KB163021

작가에게 반성을 촉구한다

유안나 장편소설

동아

작가에게 반성을
족구한다 I

초판 1쇄 인쇄일 | 2020년 7월 24일
초판 1쇄 발행일 | 2020년 7월 31일

지은이 | 유안나
펴낸이 | 박성면
펴낸곳 | (주)동아

출판등록 | 제406-2007-000071호
주소 | 경기도 파주시 문발로 115, 세종출판벤처타운 201-A호
전화 | (031)8071-5201
팩스 | (031)8071-5204
E-mail | bear6370@hanmail.net

정가 | 12,000원

ISBN 979-11-6302-373-9 (04810)
       979-11-6302-372-2 (set)

ZERO NOVEL

작가에게 반성을 촉구한다

유안나 장편소설

I

동아

contents

1. 자캐 살인마의 글

나는 파멸적 해피엔딩을 사랑하는 슈뢰딩거의 해피엔딩 추구자.

내가 만든 캐릭터를 사랑하는 만큼, 나의 캐릭터는 더없이 예쁘게 죽어주는 편이 옳다. 사실, 죽음이야말로 인물을 완성시키는 가장 훌륭하고도 간단한 수단일 것이다.

수십 편, 수백 편을 들여 죽음을 준비하고, 캐릭터의 영정을 미리 그려둔다든가 하며 그 순간만을 고대하고 있다. 그 이전의 평화는 꿈결같이 아름답고도 달콤해야 한다. 파멸을 향해 달려가는 인물의 찬란했던 순간이야말로 슬픔을 극대화한다.

내가 낳은 세계에서 꿍꿍이가 없는 캐릭터는 없다. 비극과 역경 없이 완성되는 행복도 없다. 모든 이야기는 하나의 세계이며, 모든 세계는 그 자체로 이야기가 된다. 따라서 모든 인물에게는 저마다의 인생, 그들만의 이야기가 있을 것이다.

인생이 있다면 상처와 죽음도 있는 것이 지당한 논리.

탄생이 인생을 엮는 하나의 단추라면 죽음은 또 하나의 단추였다. 그들이 자기 자신의 서사를 완성하는 최후의 순간.

첫 순간은 예기치 못한 찰나에 시작되지만, 최후의 순간만은 누구에게나 지극히 완벽하기를 바란다.

* * *

나는 상당히 잘 죽이는 작가였다. 빈도로 봐도 그랬고, 기본적으로 모든 죽음에는 톱니바퀴 같은 역할을 줬다. 독자님들이 예쁘게 울어 주시는 건 즐거운 일이고, 나는 내가 글을 쓰는 성격 나쁜 방식을 꽤 좋아하는 편이었다. 내 새끼들, 두려워 말고 아름답게 파멸을 향해 기어들어 가렴. 이게 다 너희들을 사랑해서 이러는 거야.

이렇게 말하며 잠든 것이 엊그제인데, 아무래도 설정도 덜 짠 나 자신의 차기작에 들어온 것 같다. 시발.

이쯤에서 내가 글을 쓰는 방식을 다시 한 번 정리할 필요가 있을 것 같다. 내가 좋아하는 요소는 간단히 말해 다음과 같다.

인간을 완성시키는 수많은 역경과 이별과 죽음, 고난, 슬픔, 그럼에도 불구하고 그들을 하나의 정점으로 이끌고야 말 강인한 마음과 놓을 수 없었던 것들에 대한 미련. 나는 바로 그런 요소들이야말로 캐릭터를 살아 숨 쉬는 듯한 인물로 완성시키고 깊이를 더해 준다고 믿는 작가였다.

어떤 삶에든 인생을 뒤바꾼 슬픔은 존재하기 마련이다. 가상의 인물 역시 그런 순간을 하나쯤은 품고 있으리라고 생각한다. 오직 행복하기만 한 인생이 없듯, 오직 행복하기만 한 인물도 없을 테니까.

거창하게 말해 보았지만, 결국 요약하자면 '잘 죽이는 작가'였다는 것이다. 어떤 식으로든 내가 만든 세계에는 범세계적 재난이 생기고, 그 과정에서 숱한 인물이 죽으며, 심지어는 종종 주인공도 죽는다.

일부 지인들과 독자님들은 장난삼아 나를 두고, 자기가 만든 캐릭터를 죽이기 좋아하는 사이코패스라며 '자캐코패스'라고 부르기까지 했다. 하지만 사실 억울한 호칭이다. 쾌락을 위해 캐릭터를 죽일 이유는 당연히 없다. 다른 사람이 어떻게 보든지 내게는 나름의 작가적 소신이 있었다.

나는 단지 의미 있는 죽음을 가치 있게 여기고 내 캐릭터들을 사랑하기 때문에, 오직 그들의 인생이 더없이 현실적이고 완전해지기를 바랄 뿐이었다. 물론 그 의미 있는 죽음의 주인공이 내가 될 줄은 몰랐지.

그렇다. 나는 아마도 내 캐릭터가 되어 죽게 생겼고, 이 상황을 시팔 이상의 단어로 설명할 길을 찾지 못했다. 역시 작가 새끼, 자캐코패스 아니냐? 하필 그게 나지만.

시팔.

아니, 아니다. 일단 진정해 보자. 그래도 직업윤리가 있는데 욕설에 x나(삐) 정도의 적당한 검열 처리는 해 줘야 하는 것일까? 가끔은 시팔과 저 팔로만 표현할 수 있는 감정이 있는데, 어쨌든 직업이 작가인 사람으로서 그럴 때마다 날것의 비속어를 적을 수는 없는 일이다. 특히나 '좆같음'과 같은, 사전에까지 등재된 욕설을 할 때 매번 첫 음절의 외설적이고 불유쾌한 단어를 언급할 수도 없는 일이었다.

하지만……. 하지만 어차피 묵음 처리를 한다고 해도, 알 사람은 다 알아볼 것이 아닌가? 결국 나는 중도를 찾기로 했다. 기분 내킬 때 가리는 정도면 충분할 것이다. 진심보다 더 큰 '성의 표현'을 하는 것은 사회화된 인간에게서 뺄 수 없는 자질이기도 했다. 연습해 본다. (삐), (삐) (삐).

이건 좀 귀여운데? 생각해 보니 가끔 정도는 나의 단호함을 귀여움으로 대체하는 것도 괜찮을 것 같군.

좋아, 머릿속을 개소리로 채웠더니 충분히 진정됐어.

마음을 진정시키기 위한 사설은 이것으로 마치고, 이제 본론으로 돌아와 내가 처한 상황의 좆같음을 서술해 보겠다.

나는 내 글에 빙의했다. 그것도 하필이면 곧 죽을 듯한 캐릭터의 몸이었다.

의미 있는 죽음을 맞이하는 캐릭터는 좋아하지만, 내가 죽는 것은 역시 싫었다. 사실 내가 선사하는 의미 있는 죽음은 대체로 잔인하거나 비참하거나 괴로웠다. 시발, 아무리 생각해도 싫다.

긍정적인 마음을 갖고 다른 가능성을 떠올려 보려 했지만, 솔직히 말해 그럴 만한 여지가 없었다. 내가 들어온 몸의 포지션이라면 백 퍼센트 죽으리라고 확신할 수 있다.

내가 빙의한 몸, '유리 옐레체니카'는 살아 있을 때보다 죽었을 때 더 가치를 발휘하는 포지션의 캐릭터였다. 사실, 미완성의 시나리오에서조차 가장 먼저 죽는 인물로 확실하게 정해져 있기도 했다. 필연적으로 대단한 혼돈과 파괴를 남기는 죽음이 될 것이다. 그야 작가가 나니까 당연한 일이다. 벌써부터 내 미래가 눈앞에 보이는군.

만일 내가 죽음을 맞이한다면, 주인공에게 각성의 계기를 주고 죽거나 주인공을 감정적 소용돌이에 밀어 넣거나 주인공의 등을 떠미는 죽음이 될 것이다. 서사에 필요 없는 죽음은 선호하지 않는 편이니 분명했다.

물론 나는 해피엔딩을 사랑하므로 이 세계에도 희망과 사랑은 넘칠 것이다. 주인공은 어쩌면 내 죽음으로 인해 인류애적 사랑에 눈을 뜰지도 모른다. 나는 내 죽음으로 인류에 희망을 불러일으키는 도화선 역할을 할지도 모른다.

이 세계는 이후 거대한 분란에 휘말려 망가지고, 희망을 되찾은 후에는 죽은 자들 빼고 남은 자들이 모두 다 어찌어찌 행복을 찾아가게 될지도 모른다.

그리고 최후에, 분명 평화롭고 아름답지만 잃어버린 것들을 곱씹을 수밖에 없는 슈뢰딩거의 해피엔딩을 맞이하게 될 것이다.

'이것은 해피엔딩이지만 해피엔딩이 아니다.'

양자역학만큼이나 불완전한 해피엔딩이 될 것이라는 얘기다. 그때 누군가는 떠나간 내 얼굴을 떠올리며 가슴을 아릿하게 하는 평화를 맛볼 것이고, 잃어버린 것이 그토록 많음에도 이론적으로는 '모두가 행복한' 해피엔딩을 곱씹을지도 모른다.

직접 경험해 보지 않아도 알 수 있다. 이 세계의 해피엔딩 기준은 아주 많이 잘못됐을 것이다. 그야 작가가 나니까.

제길, 역시 시발 같은 일이 아니겠는가? 작가 새끼는 역시 자캐코패스인 것이 아닐까? 물론 그게 하필이면 나지만, 이 상황에서는 과거의 나 자신을 비난해도 되지 않을까?

그렇다. 이 상황에 누굴 비난하랴? 한 명밖에 없었다.

자캐코패스인 작가(a.k.a. 나)에게 반성을 촉구한다.

* * *

사실 진심으로 말하건대, 나는 하고많은 이세계로의 빙의나 환생 자체를 꿈꿔 본 적이 전혀 없다. 그야 잘못하면 꼭 나 같은 작가의 세계관에 가게 될지도 모르고, 돌연 떨어진 세계가 포스트 아포칼립스일지 어떻게 안단 말인가.

물론 그 수많은 이세계로의 트립 중에서도 가장 최악의 사태는 내가 쓴 글에 들어가는 일일 것이다. 가끔 익명 질문 게시판에 작가님은 책 빙의물이나 책 환생물은 안 쓰시냐는 질문이 올라왔지만, 그때마다 내 대답은 늘 한결같았다. '하핫, 다른 글은 몰라도 제 글에는 들어가고 싶지 않네요…….'

그리고 그것이 현실이 되었습니다. 죽지 그래, 나 자신.

"몸과 마음이 탈탈 갈리고 털리기 전에 고통 없는 방법으로 자살을 하는 게 낫지 않을까."

스스로 쓴 글, 정확히 말하자면 설정을 짜다 만 차기작에 들어오게 되었음을 깨달은 것은 빙의 시점으로부터 불과 몇 분 지났을 때의 일이었다.

가장 먼저, 나는 몹시도 고풍스러운 방의 침대 위에서 깨어났다. 아마도 잠을 자다가 깬 모양이었다. 낯선 장소에서 일어난 시점에서 가장 먼저 한 일은 장소를 파악하는 작업이었다. 다행히 이 방에는 넓은 테라스가 있었다. 테라스 바깥에 프랑스 궁전 같은 정원이 펼쳐져 있었다는 게 첫 번째 문제였다.

빙의나 환생은 이쪽 장르의 글을 쓰는 입장에서 낯선 소재는 아니다. 일단 설마 싶었지만 볼을 꼬집어 봤다. 아팠다. 하지만 어디까지나 속설일 뿐이다. 꿈속이어도 볼이 아플지도 모른다. 그러나 만일 그렇다면 이게 꿈인지 아닌지를 어떻게 판명한단 말인가.

우선 나는 일어섰다. 세계관과 역사부터 확인할 생각이었다. 그리고 테라스를 벗어나 돌아서던 그때에야, 방 외곽에 죽은 듯 서 있던 집사를 발견했다. 왜 여성이 자는 방에 남성 집사가 들어와 대기 중인지는 알 수 없었으나, 일단 그에게 요청해 역사서나 지도를 가져오게 할 셈이었다.

"이봐."

부르자마자 집사가 고개를 들었다. 대단히 아름다운 얼굴을 지닌 남자였다. 우아한 은발 아래에서 보석 같은 청보랏빛 눈동자가 묘하게 반짝였다. 입술 아래쪽의 선명한 점과, 인형 같은 섬세한 낯이 시선을 잡아끌었고.

나는 시팔 저 새끼가 누군지 당장에 눈치챘다.

"너 설마 레일리?"

라는 이름을 지닌 인간쓰레기는 아니겠지.

"'설마 레일리'? 마스터, 좀 서먹한 표현을 쓰십니다."

남자가 우아하게 절을 했다.

"좋은 밤 되셨습니까."

그 즉시 내가 빙의한 몸이 이 세계에서 무슨 역할인지도 눈치챘고, 이 세계관이 무슨 세계관인지도 알았고, 평화로운 대륙에 몇 년 내로 멸망의 징조가 깃들게 되리라는 사실도 대강 파악했다. 왜냐하면 레일리는 내 '자캐', 요컨대 내가 만든 캐릭터였다.

그 인격이 끝내주게 쓰레기이므로 인간쓰레기 캐릭터를 사랑하는 원작자(물론 나)의 애정 캐릭터 반열에 들어 있는, 주인공 시점에서 다신 없을 개자식이 내 침실에 있던 저치라는 것이고.

그에게서 '마스터'라 불릴 인물은 설정상 한 명밖에 없었다. 즉, 지금 나는 레일리 크라하의 마스터, 푸른 숲의 은자, '유리 옐레체니카'에게 빙의한 것이 틀림없다는 판단을 내리게 됐다. 유리 옐레체니카는 주인공이 세상 그 누구보다도 동경하는 사람이었고, 이 나라의 대마법사이며 정령사였다.

그리고 주인공이 동경하는 인간은 일단 죽이고 보는 게 이 세계관을 만든 자캐코패스의 방식이다. 그런데 그게 나야. 미래에 희망이 보이질 않으니 좀 웃기라도 해 둘까. 하하. 하하. 하하하!

그리하여 이야기는 이 시점으로 돌아온다. 망연히 레일리를 바라보며 사태를 머릿속에 정리하던 나는 우선 고통 없이 죽는 방법을 찾아보기 시작했다. 내가 하는 꼴을 물끄러미 지켜보던 레일리가 눈을 가늘게 뜨며 특유의 나긋나긋한 태도로 슬쩍 허리를 기울였다.

"마스터, 드디어 자살에 취미라도 얻으셨습니까? 재산은 제 이름 앞으로 돌려 주십시오. 잊으시면 안 됩니다."

성심성의껏 제작했던 내 애정 캐릭터가 이제 그만 닥쳐 줬으면 좋겠다. 어찌 되었든 그는 나름대로 스토리를 관통할 악당이 될 예정이니, 외모부터 설정까지 주인공만큼이나 공을 들인 캐릭터였다. 앞으로도 그 표현에 공을 들일 예정이었고.

하지만 지금 같은 마음으로는 이 녀석을 길거리의 엑스트라쯤으로 격하시키고 싶을 뿐이었다. 나는 우선 마른세수를 했다. 내가 빙의한 몸의 사망 플래그가 너무 확고해서 대체 이 사태를 어떻게 헤쳐 나가야 할지 감도 안 잡히는 상황이었다.

우선, 나는 아직 이 설정의 시나리오를 다 짜 두지 않은 상태였다. 기껏해야 주요 인물 몇 명과 큰 맥락만 짜 두었다. 사실 원래 세세한 일은 그때그때 아무 말이나 지껄이며 적당히 채워 둔 후 한꺼번에 수정하는 편이고, 이 글, 가제 ≪세레나의 티타임≫이라고 해서 예외는 아니었다.

여자 주인공 세레나 윌리엄스는 제국 변경의 과수원집 첫째 딸이다. 윌리엄스 농가에는 세 명의 딸이 있었는데, 셋째 레이첼은 마치 기사도 소설의 여자 주인공처럼 상냥하고 아름다운 아가씨로, 불과 열다섯의 나이로 유명한 기사와 그림 같은 사랑에 빠졌다. 이후 행복하고도 멋진, 동화 같은 결혼에 골인한다.

둘째 엘리사는 아주 유능하고 똑똑한 인재다. 변경백이 직접 운영하는 상단에 들어가 일을 배우다가 새 지부를 지원받았다. 이후 인근 지방에만 알음알음 알려져 있던 윌리엄스 농가의 질 좋은 과실들을 수도에 알리고, 황실에까지 납품하게 만든 그녀는 변경백의 눈에 들어 귀족가의 재산을 관리하게 되었다.

바로 이 둘째, 엘리사 덕분에 이야기가 시작된다. 시골에서 소규모의 장사를 하던 윌리엄스 농가가 수도까지 납품을 시작하자, 수도 지부를 관리할 사람이 필요해졌다. 하는 일도 없이 놀고먹는 장녀가 있으니 문제는 쉽게 해결됐다. 그리하여 혼기를 놓친 과년한 처자 세레나가 고향을 떠나 수도에 진출한 윌리엄스 농가를 물려받게 되는 것이다.

부모님께 본가를 맡긴 세레나는 홀로 수도의 사업을 관장하기 위해 상경한다. 그리고 황실에 과일을 진상하기 위해 처음 입궁한 날, 세레나는 몹시 우아하고 아름다우며 위풍당당한 여인을 먼발치에서 발견한다. 담당 사무관에게 물어 그녀가 제국의 대마법사이자 정령사인 푸른 숲의 은자, 유리 옐레체니카라는 사실을 알게 된 후, 세레나는 그녀의 업적을 조금씩 알아 가며 자칭, 타칭 레이디 옐레체니카의 열성적인 추종자가 된다.

도시적이고 세련된 옷차림, 품위 넘치는 발걸음, 우아한 몸짓, 뛰어난 능력과 신비로운 이미지. 유리 옐레체니카가 지닌 모든 것은, 농가의 첫째 딸로 태어난 자신에게는 마법 같은 일이 일어나지 않으리라고 믿던 세레나의 이상향 같은 모습이었다.

세레나는 이후 우연한 계기로 유리 옐레체니카와 안면을 갖게 되고, 그 첫 만남에서 유리 옐레체니카는 세레나에게 정령술의 재능이 있을지도 모른다는 사실을 일러 준다. 이날 유리 옐레체니카가 스치듯 던진 말 한마디로 인해 세레나의 인생은 백팔십도 달라진다.

마법도 마법이지만, 정령술은 더더욱 흔치 않은 능력이었다. 보다 세상의 마력에 민감한 상위 마법사들만이 정령술에 손을 댈 수 있었다. 드문 경우지만, 정작 마법보다는 정령술 쪽에 좀 더 재능을 보인 세레나는 순식간에 승승장구하여 대단한 사람들과도 안면을 트고, 이후 다시 유리 옐레체니카와 공식 석상에서도 대면할 수 있게 된다. 여기까지가 ≪세레나의 티타임≫의 도입이다.

이후의 내용은 큰 흐름만 짜 둔 상태였다. 세레나 윌리엄스에게 유리 옐레체니카는 인생의 은인이자 동경하는 멘토였다. 그러나 모종의 사건으로 유리 옐레체니카는 세레나 윌리엄스와 얽혀 목숨을 잃는다. 평범한 시골 처녀 세레나 윌리엄스가 구국의 용사로 성장하기 위한 내적 성장의 발판이 그렇게 마련되는 것이다. 그런데 그때 죽는 게 바로 나다, 이 얘기다.

이런 개좆같은 일이 정말로 현실이란 말인가? 개시팔이다.

죽음의 방식은 정해 두지 않았지만 사망 플래그는 충분했다. 유리 옐레체니카는 완벽하게 '죽이기 위해' 설정을 짠 캐릭터에 해당했다. 별다른 사건이 없어도 당장이라도 죽을 수 있는 이유가 두 가지나 있다.

첫째, 집안의 병력. 가문에 얽힌 저주로 인해 대단한 능력을 지닌 대신, 뇌의 마력 회로가 뒤집어져 있어 능력이 폭발하면 목숨을 잃는다.

둘째, 유전병. 유리 옐레체니카는 선천적으로 심장이 기형적이기 때문에 늘 약을 달고 산다. 그런 그녀의 건강과 약물을 책임지던 인물이 바로 충실하고 믿음직스러운 집사, 유리 옐레체니카의 전적인 아군, 레일리 크라하였다.

어쨌든 유리 옐레체니카는 죽는다. 서사의 흐름상 이미 정해져 있다. 솔직히 말하자면 집안의 저주 병력이나 추가 유전병과 관련된 자세한 설정은 나도 잘 모른다. 그야 아직 완벽하게 설정을 짜진 못했으니까. 하지만 아무튼 대충 뭔가 문제가 있다는 것 정도는 구상해 두었다.

그렇다, '대충' 말이다. 좀 더 꼼꼼하게 짜 놨으면 문제가 무엇인지를 알고 해결할 노력이라도 할 테고, 좀 더 헐겁게 짜 놨으면 없는 설정인 셈 칠 수도 있을 텐데, 애석하게도 과거의 나는 이도 저도 아닌 애매한 완성도의 설정을 짜 두었다. 개시팔, 역시 나 자신을 탓할 수밖에 없다.

그리고 과정이야 어찌 되었든, 결과적으로 '유리 옐레체니카의 충실한 집사'였던 레일리 크라하는 유리 옐레체니카의 죽음에 크나큰 비탄을 느끼고, 그녀의 시신을 품에 안은 채 푸른 숲 안으로 사라져 버린다.

"마스터, 오늘은 약속된 일정도 없는데 연구는 하지 않으실 셈입니까?"

바로 그 레일리 크라하가 지금 내 뒤에 서서 정중한 태도로 머리를 땋아 주고 있는 이 곱상한 놈이다.

그는 사실 유사 종족의 피가 섞인 혼혈인 데다가 히트맨으로 활약하던 어두운 과거까지 있다. 한창 날뛰던 시기, 붙잡혀서 노예로 팔렸다가 유리 옐레체니카에게 구원받은 전적이 있고, 그 일을 계기로 그녀를 따르게 되었다는 과도한 설정까지 존재한다. 어떤 일에든 만능, 사실상 해내지 못하는 일은 거의 없으며, 만일 있다고 해도 마스터를 위해 어떻게든 익히는 오버 파워 캐릭터였다.

무엇보다도 가장 중요한 건데, 유리 옐레체니카의 죽음을 계기로 완벽하게 맛이 가는 놈이었다.

유리 옐레체니카의 죽음을 왜 다른 시놉시스보다 앞서 확정해 두었겠는가? 그녀의 죽음이 그만큼 큰 방아쇠를 당기기 때문이었다. 유리 옐레체니카는 세레나의 성장뿐만 아니라 악당 출현의 계기까지 죽음 하나로 완벽하게 커버해 주는 위대한 인물이었다.

아직 그가 벌일 사건 자체를 구체적으로 정해 두지는 않았으나, 어쨌든 레일리는 이 대륙을 절망에 몰아넣는 강력하고 끔찍한 최종 빌런이 된다. 그 전에 다른 사건이 일어나 안 그래도 흉흉하던 대륙이 곧장 종말 임박 테크를 타게 되는 것도 결국 레일리 탓이었다.

그러니까, 내 머리에 꽃을 섞어 땋아 주며 라즈베리 홍차를 타 온 이 새끼가 말이다. 얼굴에 집착하는 내 취향으로 인해 생긴 건 또 인성에 반비례해 잘생겼다.

괜히 정들게 웃지 마라, 짜식. 네가 먼 훗날 이 나라를 말아먹을 극악무도한 악당인 것은 남들 몰래 나만 안다고. 근데 시팔 생긴 건 정말 내 취향이군.

그렇다면 내 취향인 얼굴은 무엇을 의미하느냐? 물론 내 취향대로 인성을 말아먹었음을 의미한다.

역시 죽자. 탈출할 방법은 시급한 자살뿐이다.

* * *

한참 동안 혼돈 속을 헤매고야 침착한 이성을 되찾을 수 있었다. 이미 빙의해 버린 이상 어쩔 수 없다. 어떻게든 살아남아서 평범하고 아름다운 내 세계로 돌아갈 방법을 찾는 일이 우선이었다.

어쨌든 ≪세레나의 티타임≫은 로맨스판타지 장르에 해당하는 시나리오였다. 아마도 사랑이 뭔가 해 줄 것이다. 거기까지 생각하고 나니 더 좆같아졌다. 내가 글을 쓸 때 장르를 선정하는 기준은 다음과 같다.

1. 판타지: 주인공의 인생이 아주 개 같다.

2. 판타지로맨스: 그 인생의 어딘가에는 사랑이 있을 것을 믿어 의심치 않는다.

3. 로맨스판타지: 세상 사람들, 그래도 사랑만은 이렇게 아름다워요.

4. 로맨스: 물론 주인공의 사랑은 아주 개 같다.

이런 염병, 작가 새끼 제발 좀 죽어. 아니, 작가가 나니까 죽는 건 곤란하고 반성 좀 해라.

아무튼 로맨스판타지는 내 마음에 별다른 도움이나 위안이 되지 않는 장르였다. 애초에 제일 답 없는 장르가 아닌가. 내가 쓰는 로판이란……. 마음속으로 나의 로맨스판타지 설정들을 떠올렸다가 암담해졌다.

나름대로 로맨스 중심이라고 표명한 로맨스판타지에서만큼은 여자 주인공의 얼굴을 박살 낼 때도 반쪽만 박살 냈다. 내장을 짓뭉개도 다시 회복할 수 있도록 장치를 마련해 뒀다. 70층에서 밀더라도 무사히 살려 줄 수 있는 놈과 함께 떨어트렸다.

나름대로 자비로운 처사라고 생각했다. '로맨스'가 아닌가? 그 와중에 사랑만 있으면 그만인 것이다. 나는 언제나 장르에 충실했다. 물론 그런 글 안에 내가 들어올 줄은 몰랐지. 왜 하필 책 속에 빙의를 해도 내 책이란 말이냐. 다른 좋은 작가님들 많잖아. xxx.

절망……. 절망이다. 하지만 절망만 하고 있어서는 정말로 절망뿐인 인생이 될 테니, 생각은 해야 했다.

≪세레나의 티타임≫에도 완성된 시나리오 부분은 존재한다. 내가 아는 내용도 그뿐이었다. 최소한 알고 있는 내용이라도 어딘가에 쓸모가 있을까 싶어 종이를 꺼내 한국어로 옮겨 적다가 책상에 이마를 박았다. 역시 그냥 고통 없이 자살을 할까!

그 순간 누군가의 서늘한 손이 슬쩍 내 이마 아래에 들어왔다. 쿡, 한 번 더 책상에 박던 이마가 길고 우아한 손가락에 푹 눌렸다. 곧 가늘지만 단단한 손가락이 내 이마를 부드럽게 감싸고는 가볍게 밀어 올렸다.

슬쩍 고개를 들어 올렸다가 나를 퍽 흥미롭게 바라보던 레일리와 시선이 마주쳤다. 그가 보랏빛 눈을 초승달 모양으로 접더니 대단히 달콤하게 고개를 기울여 속삭였다. 사뭇 빈정거리는 투였다.

"제국에서 제공하는 마법사 대상의 정신병 보험을 들어 두셨던가요, 마스터?"

넌 좀 꺼져라, 좀.

레일리의 손을 밀어내고 팔을 괸 채 이마를 묻었다. 유리 옐레체니카의 손가락은 얼음장같이 차가웠다. 그야 대마법사에 현자라면 일단 건강부터 갈아 버리는 것이 내 캐릭터 빌딩 방식이었다. 내가 하필 그 건강 박살 난 대마법사가 되리라곤 생각조차 하지 않고 벌인 짓이지만 말이다.

아무튼 희망적인 요소가 없는 것은 아니었다. 나는 일반적으로 빙의물을 쓸 때는 돌아갈 수 있는 방법을 염두에 두고 제작한다. 요컨대 지금 상황이 '내 글'의 법칙을 따라 준다면, 본래의 세계로 돌아갈 방법은 나에게도 준비되어 있을 것이다.

나는 과연 이 위험천만한 포스트 캐터클리즘의 세계에서 벗어날 수 있을까? 게다가 내가 아직 쓰지도 않은, 시놉시스만 존재하는 글 안에 나 자신이 빙의한 이 시점을 과연 '내가 쓴 빙의물'로 정의해도 되는 것일까?

물론 그보다 더 근본적인 문제도 있다. 벗어날 수 있는 방법의 존재 여부는 차치하더라도, 그때까지 살아남을 수 있는 걸까?

미완성의 시나리오에는 아직 상세하게 포함되지 않았으나, 언젠가는 유리 옐레체니카의 죽음이 들어갈 예정이었다. 그러니 그 전까지 열심히 발로 뛰어 시나리오를 바꿔야 했다. 애초에 유리 옐레체니카는 고아하고 온화한 미인이지 나 같은 자캐 살인마가 아니니, 뭐라도 바꿀 수 있을 것이다.

문제는 바꿀 시나리오조차 없다는 점이었다.

흑흑흑, 왜 하필 미완성의 차기작 시나리오에 들어와 버렸단 말이냐. 아무나 좋으니 현실에서 내가 짜다 만 시나리오를 발견해서 하하 호호 행복한 뒷내용을 대신 써 줬으면 좋겠다.

명확한 전개가 정해진 부분은 초기 시나리오와 엔딩 방식뿐이었다. 다만 거기까지는 갈 필요도 없이 유리 옐레체니카의 죽음 전에 시나리오를 갈아엎어야 하므로 엔딩 따위는 고려하지 않기로 했다. 따라서 중요한 부분은 초기 시나리오였다.

개중에서도 명확하게 정해 났던 파트는 세레나의 상경과 유리 옐레체니카와의 조우까지. 놀랍게도 내가 컨트롤할 여지가 있는 파트였다. 세레나 윌리엄스와 유리 옐레체니카가 만나지 않으면 그만 아닌가. 좋다, 오늘부터 푸른 숲의 은자는 건강상의 문제로 칩거. 간단하네!

하지만 깨달음은 금세 이루어졌다. 즐거운 마음으로 종이를 덮었던 나는 다시 주섬주섬 종이를 끌어와야 했다. 내가 글을 쓰는 방식에 따르면, 레일리 크라하가 갑자기 최종 빌런이 되는 것은 자연스럽지 못한 흐름이다. 그가 악당으로 나타나기 전에 '다른 요소'가 있어야만 했다.

애초에 세계관의 특성상 레일리 크라하는 태생부터 지닌 전투 능력이 뛰어난 편이다. 약삭빠르고 눈치도 있으며 지능도 높다. 생전에 유리 옐레체니카가 축적해 두었던 재력과 마법 물품들도 그에게 도움을 줄 것이다. 하지만 실질적으로 권력을 휘두를 수 있는 상층부와의 연줄은 거의 없는 편이었다. 유리 옐레체니카는 차라리 하층민들과 가깝게 지내 고위직 관리들의 눈 밖에 나는 종류의 인간이었고, 레일리 크라하는 배척받는 유사 인족 혼혈이었다.

여기는 어쨌든 내가 낳은 세계의 안쪽이고, 내 세계 안에서 레일리 크라하쯤 되는 얼굴을 가진 캐릭터라면, 더구나 빌런이라면 그가 사용할 방식은 정해져 있다.

만일 내가 예쁘고 잘생긴 누군가를 굳이 최종 빌런으로 세운다면 돈과 권력과 명예, 그 모든 것을 손아귀에 쥐어 줄 것이다. 아무도 그의 존재를 모르지만 권력의 상층부에도 알게 모르게 그의 손이 닿아 있는 방식으로 말이다. 내 취향의 세계에서 본디 악당이란 그만한 힘을 휘두를 수 있어야 했다.

그런데 유리 옐레체니카와 레일리 크라하의 설정에 따르면, 현재 지닌 것들로는 그런 인물이 될 수 없다. 먼 미래에 레일리 크라하가 알아서 그런 힘을 손에 넣을 수도 있겠지만, 현실적으로 유사인족 혼혈인 이상 그렇게 되기는 힘들 테니 일단 배제해 본다.

그렇다면 나는 내 취향대로 스토리를 전개하기 위해 추가 빌런을 제작했을 것이다. 어쩌면 레일리 크라하가 메인 빌런이 아닌 보조 빌런일지도 모른다. 어느 쪽이든 또 다른 개인, 혹은 다수의 빌런들에게는 권력이 있어야 했다. 그게 내가 빌런을 제작하는 방식이기 때문이다.

레일리 크라하가 직접적으로 모든 사태에 나서게 되는 캐릭터인 만큼, 그 뒤의 보이지 않는 곳에 서서 모습을 드러내지 않는 존재가 최소 한 명에서 최대 n명까지 있을 것이다. 레일리에게 부족한 것이 권력이니 권력을 대 줄 수 있는 인물일 가능성이 높다. 즉, 권력층의 캐릭터들을 살피다 보면 느낌이 올지도 모른다.

그리고 흑막이 존재하는지, 존재한다면 누구인지, 존재하지 않는다면 레일리가 홀로 진정한 악당으로 거듭나기 위해 손에 넣을 부와 권력이 어디에서 비롯되는지만 제대로 파악해도 대강의 시나리오는 상상할 수 있다. 기본적으로 내가 만든 세계이니, 내가 생각하기에 이거다 싶은 시나리오면 실제로 이 세계의 서사가 될 가능성이 높다고 봤다.

어느 쪽이든 시나리오를 파악하고 나면 그것을 변형하는 일도 가능해진다. 즉, 최대한 안전하게 내 터전, 내 세계로 돌아가겠다는 궁극적 목적을 달성하는 일이 꽤 수월해진다는 것이다.

다행히 유리 옐레체니카는 언제든 마음만 먹으면 권력층의 인사들을 살필 수 있는 지위에 있었다. 그녀는 설정상 열여섯 나이에 제국의 황제에게서 명예 백작의 작위를 받았다. 본인의 성품이 내향적이라 사교계를 피하고 있었지만, 언제든 원하기만 하면 사교계에 발을 들여도 문제가 없는 거물이었다.

문제는 이렇게 되면 사교계를 살펴봐야 하니 다짜고짜 배 째라며 칩거를 하지도 못한다는 얘기인데, 사교계는 훑어보면서도 세레나 윌리엄스와 얽히지 않는 일이 과연 가능할까?

에라, 씨바. 만일 세레나 윌리엄스와 만난다면 그녀의 재능을 알려 주지 않는 것이 좋겠다. 간단하게 생각하기로 했다.

물론 간단하게 생각한다고 해서 모든 문제가 해결되는 것은 아니었다. 애초에, 레일리 크라하는 왕년에 히트맨 노릇을 하며 '므라우의 까마귀'라고 불렸고, 여러 악명을 자자하게 쌓은 강력한 인물이었다. 이 대륙에서도 손에 꼽히는 실력자인 셈이다. 그런데 그런 레일리 크라하가 선봉대장에 불과하다면, 과연 악당진은 얼마나 강력한 힘을 보유하고 있단 말인가?

나는 다시 절망했다……

책상에 다시 이마를 박을까 하다가 나를 유심히 관찰하는 레일리의 시선을 느끼고 빠르게 진정했다.

물론 빌런은 다소 과하다 싶을 정도로 세야 제맛이다. 내가 상대하지 않을 때의 얘기지만 말이다. 유감스럽게도 취향이라는 것은 책에 빙의를 좀 했다고 바뀌지 않는 모양이었다. 그냥 취향을 예나 지금이나 말아먹었을 뿐이다.

한 손으로 이마를 짚고 깊은 한숨을 뱉어 냈다.

나 자신을 새끼라고 부르는 일은 지양하고 싶으니 작가 새(삐) 반성해라. 네, 반성합니다. 이런 삐. 아무래도 나는 오늘도 내일도 자꾸 삐삐거리며 귀여워질 것 같군.

"레일리."

"차가 입에 맞지 않으십니까? 오늘따라 손도 대지 않으시는군요. 아침부터 이상하시기에 가장 좋아하시는 차를 가져왔는데 말입니다."

"아니, 좀 생각할 게 있어서 그래. 잠시 혼자 있고 싶은데 괜찮을까."

별생각 없이 미간을 꾹꾹 누르며 고개를 들어 올렸던 나는 묘한 표정으로 눈썹을 찡긋 꺾었다가 말끔하게 웃는 레일리의 보랏빛 눈동자를 마주했다.

내가 제대로 된 반응을 보이기도 전에 남자가 다시 우아하게 절을 했다. 집사복을 차려입은 그가 장갑 낀 손으로 과장스럽게 허리 앞에 팔을 굽히고 허리를 숙이며, 산뜻하게 대답했다.

"얼마든지 원하시는 만큼. 필요하시면 종을 울리십시오, 마스터."

그리고 그 과장된 몸짓을 보고야 실수를 깨달았다. 유리 옐레체니카는 존댓말 캐릭터다!

"어, 그, 레일리."

다급히 아무 말이나 해 보다가 몹시 침착해졌다. 아니, 이 실수를 뭐라고 해명한단 말인가? 이런 시팔. 다른 일에 정신이 팔려서 '유리 옐레체니카처럼' 행동하는 것을 까먹고 있었다.

"머리가 아픈 나머지 실수를 했군요. 갑자기 예사말을 해서 불쾌했다면 미안해요."

최대한 차분히 말해 보았지만, 어째 효과는 미비했다. 깔끔한 태도로 허리를 펴며 흘긋 나를 바라본 레일리가 달콤하게 미소를 지었다. 그가 가늘게 감탄사 엇비슷한 소리를 흘렸다.

"물론 그럴 수 있지요, 마스터. 좋아하는 라즈베리 홍차에도 손끝 하나 대지 않으신, '고민 많은' 날이니까 말입니다. 아침에도 '너'라고 하셔서 놀랐답니다."

왜 아침 일찍 느꼈던 수상함을 이제야 말해, 이 새끼야.

나는 속으로 피눈물을 철철 흘리며 가까스로 웃었다. 의심을 품으면 의뭉스럽게 적립해 두지 말고 바로바로 이상하다고 말을 하라고.

므라우의 까마귀, 레일리 크라하는 온갖 산전수전을 다 겪고 인생의 밑바닥까지 보고야 유리 옐레체니카에게 거두어진 작자였다. 눈치도 빨랐고 두뇌 회전도 비상했으며, 무엇보다 의심이 많았고, 가차 없는 데다 자비를 몰랐다.

게다가 그는 자신에게 부정적인 감정을 불러일으킨 일은 굳이 입에 담아 표현하지 않는다. 마냥 내면에 쌓아 둔다는 것이다. 홀로 곱씹고 판단을 마칠 때까지는 침묵한다.

물론 그 과정에서 정말로 성격 좋게 쌓아 두기만 하는 건 아니지만, 어쨌든 중요한 일일수록 그 자리에서 즉시 터트리지 않는 편이었다. 대신 별것 아닌 서운한 일이나 못마땅한 일이나 사소한 문제는 뉴런을 거치지 않고 곧장 혀 위에 올리는 성품이었다.

간단하게 요약하자면, 아주 겉과 속이 다른 타입이다. 특히 유리 옐레체니카의 안위와 관련된 문제에 있어서는 아주 잔인무도한 놈이었다.

그리고 유리 옐레체니카란 내가 들어온 몸의 원래 주인이다. 원래 주인이 어찌 됐을지는 알 바 아니지만 일반적인 빙의물에서 몸의 원래 주인이 무슨 꼴이 나는지는 뻔한 일이다. 다른 건 몰라도 '더는 없다'는 것만은 확언할 수 있을 것이다.

그렇다면 지금 유리 옐레체니카의 안위에 가장 위협이 되는 것은? 물론 이 몸을 차지한 '나'다.

그러니까 지금, 나는 내 글 안에 빙의하자마자 지뢰를 밟은 셈인가?

이런 개시팔. 왜 하필 시작부터 이딴 놈과 같은 방에서 시작했단 말인가. 그나마 검증된 인격의 소유자인 세레나 윌리엄스의 소꿉친구 3 정도로 빙의할 것이지 왜 하필 이 꼴이란 말인가.

결국 나는 최후의 수단을 썼다. 상큼하게 웃으며 두 손을 가지런히 모으고, 아름다운 유리 옐레체니카의 얼굴을 한 채 더없이 사랑스러운 태도로 외쳐 봤다.

"사실 레일리, 당신과 조금 더 가까워지고 싶은 마음에 살짝 해 봤는데, 기분이 상한 것 같아서……."

어차피 내 캐릭터이므로 유리 옐레체니카가 말하는 방식을 떠올리는 것은 간단했지만, 그걸 우아하고 조신한 목소리에 실어서 조곤조곤 속삭이려니 아무래도 곤욕이었다. 뺨 근육이 파들파들 떨렸다. 대체 이 오그라드는 화법을 어떻게 유지한단 말이냐.

속으로는 환멸을 느꼈지만 겉으로는 유리 옐레체니카의 우아한 손짓을 보이며 입을 살며시 가리고 부드럽게 시선을 깔았다. 그리고 사뭇 처연하게 말해 봤다.

"괜한 일이었다면 미안해요."

미치겠군. 이런 멍청한 작가야. 자기 글에 빙의한다면 장기적인 생존 및 귀환 계획을 짜기 이전에, 늘 곁에 붙어 있는 충성스러운 집사의 의심부터 처리할 대책을 세워야 했다. 왜냐면 멍청한 작가 네 글에 나오는 모든 캐릭터는 기본적으로 의심이 아주 대단하거든. 또 한 번 메타 비평의 시간이 왔다. 네, 반성합니다.

그런데 그때 레일리가 잠깐 웃었다. 그는 나를 바라보며 싱긋 미소를 짓더니, 대단히 수상쩍은 태도로 상냥하고도 의뭉스럽게 대꾸했다.

"괜한 일이라니요. 새삼스러운 말씀을 하시는군요. 마스터가 원하신다면 언제든지 당신 뜻대로."

허리 앞에 팔을 굽히고 비스듬히 어깨를 기울인 레일리 크라하가 부드럽게 말했다.

"개의치 마시고 그리하십시오."

음. 좋 됐다.

내가 낳은 캐릭터이므로 반응만 봐도 확신할 수 있다. 이 자식은 지금

나에 대한 의심을 품었고 빼도 박도 못할 만치 수상하게 여기고 있다.

나는 가까스로 뺨 근육을 파들파들 떨고 미소를 지었다. 막 깨어났을 때 당황해서 이름을 부르며 알은척을 하지만 않았어도 배 째라며 기억 상실 테크를 타 버리는 건데. 역시 아무리 생각해도 좆 됐다.

심지어 레일리는 그 말을 끝으로 정말 뒤도 돌아보지 않은 채 나가 버리기까지 했다. 나는 그가 나간 문을 바라보다가 머리를 쥐어뜯으며 잎새에 이는 바람에도 괴로워했다*.

소리를 내 봤자 귀신같이 신체 능력이 좋은 레일리 크라하가 전부 들을 테니 이 악물고 조용히 발버둥을 쳤다. 이것이야말로 소리 없는 아우성**이 아니고 뭐란 말인가. 누구라도 좋으니 꿈도 희망도 없는 내 글에서 나를 좀 꺼내 줘.

한동안 발버둥을 쳤지만 곧 진정하기로 결심했다. 그리고 일단은 다 식은 라즈베리 홍차부터 단숨에 들이켰다.

레일리 크라하는 유감스럽게도 차 끓이는 능력이 대단했다. 머리가 조금 식고 나서야 한 번에 다 마시지 말고 조금씩 마실 것을 후회하며 찻잔을 내려놓았다. 일단, 좋다. 생각을 하자. 생각을 해야만 했다.

어쨌든 감시자가 자리를 비웠으니 마음 놓고 고민할 시간을 획득한 셈이었다. 물론 이제는 레일리 크라하를 속여 넘길 레퍼토리에 대해서도 고민해 봐야 했다.

가제 ≪세레나의 티타임≫은 로맨스판타지다. 내가 쓰는 로맨스판타지라는 장르가 으레 그렇듯, 꿈도 희망도 없는 세계관에서 이상하게 시트콤 같은 발랄한 이야기들이 이어진다. 특히 이 글의 경우 애매하게 중세를 탈피하고 근대로 접어들기 시작할 것 같은 시대관을 배경으로 삼고 있는데, 그중에서도 유리 옐레체니카와 관련된 설정은 스팀펑크에 가깝다.

*윤동주, 「서시」
**유치환, 「깃발」

증기 기관을 비약적으로 발전시켜 상상하기 힘든 도구들을 만드는 사람들을 이 세계에서는 '공학자' 혹은 '발명가'라고 부른다. 그리고 공학자들이 운영하는 실험실 혹은 연구소 비슷한 것이 '공방'이다. 유리 옐레체니카는 수백 년 전부터 명성 높던 유명한 공방 '푸른 숲'의 이번 대 주인이었다.

본래 푸른 숲이란 기이한 독초와 묘한 절벽이 굽이굽이 깊게 이어진 새파란 계곡의 지명이었다. 산천초목이 마력으로 가득 젖어 있고, 그 숲 안에서는 바깥 사람은 모르는 기이한 일들이 끊임없이 벌어진다는 소문이 돌곤 했다.

사람이 돌아 나오지 못하는 숲이었지만, 길을 잃은 자들만이 때때로 우연히 공방을 찾아내 발명품을 가지고 나와 세간에 알렸다고 한다. 푸른 숲 공방의 주인이 공방 밖으로 나와 대외적인 활동을 시작한 것은 유리 옐레체니카의 대에서 시작된 일이다.

푸른 숲 공방은 예부터 명성이 자자했고, 언제나 한 걸음 앞선 발명품들을 내놓았다. 따라서 황제는 자기 자신을 푸른 숲의 공방주라고 밝힌 열여섯 살 때의 유리 옐레체니카에게 몇 가지 시험을 내 보았다. 그리고 그가 요구한 것을 모조리 완벽하게 이루어 낸 유리 옐레체니카는 제국에서 명예 백작의 작위를 획득했다.

사실, 현 황제는 7일간의 고요한 모반을 통해 형제들의 목을 베고 황위를 차지한 인물이다. 그에게 있어 유리 옐레체니카의 존재는 보기 좋은 상징물이었다.

7일 동안은 수도가 완벽하게 은폐되어 바깥에는 어떤 말도 새어 나가지 않았으나, 역모가 끝난 후에는 어떤 식으로든 외부에도 그 소식이 전해졌다. 즉위 후에도 그는 끊임없이 비난을 받아야 했다. 그 선봉에 서 있던 것이 그의 숙부 마이어 대공이었다. 유일하게 정정한 정신과 신체를 유지하고 있는 황실의 어른이기도 했다.

즉, 현 황제는 명분이 부족한 군주였다. 뷔올 제국이 무소불위의 힘을 지니고 있다고는 해도 작금 대륙의 정세는 사뭇 묘했다. 본래 내분이 잦던 연합국이 아메트리크를 중심으로 굳건하게 뭉쳤고, 제국을 사이에 둔 채 양옆에 자리 잡은 두 왕국은 내적 안정기에 접어들었다.

한 나라가 내적으로 안정되면 그 후 이어지는 것은 응당 정복 전쟁이다. 하필 융성한 시기를 맞이한 두 국가 사이에 낀 나라는, 감당하기 힘들 정도로 넓은 땅덩이를 지닌 뷔올이었다.

따라서 황제는 자신의 곁에 인재가 따르고, 또 앞선 시대에 없던 은혜가 자신의 치세하에 이루어진다는 점을 공고히 알릴 필요를 느꼈다. 그때 전설 속의 푸른 숲 공방을 이었다는 계승자가 나타났다.

그 순간부터는 간단한 일이었다. 공방주란 보통 자신의 발명품과 함께 한다. 강력한 발명품은 곧 강력한 국가를 만든다. 유리 옐레체니카 한 명만으로도 충분한 홍보 효과를 낼 수 있었다.

더구나 유리 옐레체니카는 연금술에도 통달했으며 앞선 공방주들에게 물려받았다는 거대한 마나 또한 지니고 있었다. 독과 마법으로 뿌옇게 흐려진 푸른 숲 안에서 자란 덕인지 정령술에도 놀랄 만치 능숙했다.

열여섯의 유리가 '공방주' 대신 '은자'라고 불리게 된 것도 그 무렵의 일이다. 뒤에서 열심히 물타기를 한 황제의 공이 큰 칭호라고 볼 수 있을 것이다.

본래 귀족이 아니었던 탓인지, 혹은 사람들과 얽히지 않은 채 숲 안에서만 자란 탓인지 유리 옐레체니카는 세간 사람들이 보이는 권위와 신분, 계급, 종족과 무관한 사고방식을 지니고 있었다. 그녀는 사람들이 함부로 드나드는 것조차 꺼리는 무법 지대, 버려진 자들의 땅 므라우에 빈번히 드나들며 구휼 활동을 했다. 그러던 중 만나게 된 이가 므라우의 까마귀, 악명 높은 청부업자였던 레일리 크라하였다.

수차례 레일리 크라하와 얽혔으나 본인의 뛰어난 능력을 십분 발휘해 무사히 도망치기를 몇 번. 유리 옐레체니카는 어느 날 제국에서 대대적으로 므라우를 정리하려 한다는 소식을 접하게 된다. 그녀는 즉시 므라우로 향했으나 그 땅에 남은 것은 폐허와 시체뿐이었다. 이후 유리 옐레체니카는 므라우에서 잡혀간 유사인족들의 행방을 좇기 시작했다.

이 세계에는 다양한 유사인족이 존재한다. 유사인족이란 말 그대로 인간과 유사한 존재들이다. 개중에서도 가장 기이한 부분은, '자연'의 힘을 고스란히 받고 태어나는 자들이 있다는 것이다. 그들을 특히 다른 유사인족과 구분해 '반인'이라고 불렀다.

번개를 맞은 인간 여자가 번개인을 낳는 경우도 있고, 큰 화상을 입은 남자의 상처에서 떨어진 피부 조직이 흙과 뒤섞여 용암인을 형성하는 경우도 있다. 갈기갈기 찢겨 나무에 걸린 시체에서 유복자로 태어나는 목인들도 존재한다. 익사자의 시체에서는 인어가 태어난다고 한다. 괴조가 인간을 잡아가 찢어 먹으면 그 알에서는 조인이 태어난다.

엄밀히 말하자면 무성 생식으로 발생하는 자손인 셈인데, 정확한 탄생 원리에 대해서는 밝혀진 바가 없다. 아직 제대로 설정을 짜지 않은 세계관이니 당연히 내 머릿속에도 발생 원리 따위는 존재하지 않는다.

그저, 이 세계에서 그들은 비견할 바 없이 강력한 힘이나 신체 특성을 지니고 있다.

그 괴이함과 강력함으로 인해, 절대 다수의 입장을 지니고 있는 인간들은 그들 유사인족을 철저하게 배척했다. 아마도 인간의 역사와 함께 시작되었을 것이다.

언제부터 반인을 비롯한 유사인족이 있었고, 언제부터 모습을 드러냈는지는 알 수 없지만, 그들의 존재를 안 순간부터 차별은 시작되었다. 생각보다 박해의 역사는 짧을지도 모른다. 마법과 증기 기관이 발전하면서부터는 그들의 힘을 강제로 묶어 두고, 자연의 힘을 죽이는 구속구까지 개발해 유사인족의 주요 장기에 이식해 버리기 시작했다.

그런 식으로 사람들에 의해 격리된 자들, 즉 손을 대기 힘든 범죄자들과 버려진 자들, 갈 곳을 잃어버린 인간들, 그리고 짐승과 가축처럼 취급받던 유사인족, 반인들이 모인 땅이 바로 므라우였다.

레일리 크라하가 바로 그런 부류의 혼혈이다. 그의 어머니는 번개인이 었고, 대로변에서 태어난 탓에 즉시 인간들에게 붙잡혀 구속구를 이식당한 채 홍등가를 전전했다. 결과적으로 아버지의 이름도 모를 아이를 임신한 그녀는 홍등가에서도 쫓겨나 므라우의 시체 더미에서 자식을 낳고 그 자리에서 사망했다.

레일리 크라하는 온전히 므라우에서 태어나 므라우에서 자랐다. 체계와 규율이 없는 곳이므로 그는 구속구 따위를 이식당하지도 않았다. 므라우가 지도에서 사라지던 날, 결국 붙잡혀 노예상에 끌려가서 왼쪽 안구 뒤쪽에 구속구를 이식당했지만, 이는 당대 최고의 공학자인 유리 옐레체니카가 구출한 후 직접 제거해 주었다.

그리고 레일리 크라하라는 강력한 아군이 생긴 유리 옐레체니카의 입지도 사뭇 달라졌다. 가녀리고 아름다운 공방주, 유리라는 이름을 지닌 세상 물정 모르는 어린 소녀에게 양심 없는 짓을 일삼던 귀족들은 길들여지지 않은 까마귀를 두려워하게 되었다.

레일리 크라하는 들개 같은 망나니였다. 그는 유리 옐레체니카의 명령에 전적으로 따르는 것도 아니었다. 그냥 자기 마음에 안 들면 밤중에 찾아가 목을 잘라 버리고 방 안을 피바다로 만든 후 얌전히 돌아오기 일쑤였다.

그 수법이 한창때의 레일리 크라하가 벌이던 짓과 비슷할뿐더러 레일리 크라하가 원한을 품자마자 일이 터지곤 했기 때문에 모두가 어렵지 않게 범인을 짐작했지만, 악랄한 레일리 크라하는 그런 짓을 할 땐 절대로 번개를 사용하지 않았다. 어쩔 수 없게도, 범인에 대한 확증 없이 확신에 가까운 심증만이 꾸역꾸역 쌓여 갔다.

그러기를 몇 차례. 결국 유리 옐레체니카가 유사인족 노예를 방종하게 놓아두는 것에 대한 비난의 목소리가 높아졌지만, 동시에 그녀를 함부로 건드리려는 인간도 싹 사라졌다. 유리 옐레체니카가 하사받은 봉토는 불가침의 영역이 되었다. 제멋대로 날뛰던 레일리 크라하가 인간들의 예의범절에 겉으로나마 적응하기까지도 7년이 걸렸다.

≪세레나의 티타임≫이 시작되는 시기는 유리가 레일리를 거둔 후 10년째 될 무렵이지만, 레일리 크라하의 내면은 여전히 시체 파먹는 금수에 가까웠다. 사실 그가 본래 지닌 기질 자체가 영영 길들여지지 않는 짐승과 같았다.

설정에 따르면 그렇게 지내던 중 유리 옐레체니카의 갑작스러운 죽음을 계기로 해 레일리 크라하가 맛이 가는 건데…….

세레나가 상경하기도 전에 그만 레일리 손에 죽게 생겼군. 나는 다시 책상에 머리를 박았다.

신분과 체계에 익숙하지 않은 유리 옐레체니카의 몸에 깃들자마자 반사적으로 너 설마 레일리 크라하냐고 힙하게 묻고, 자연스럽게 하대하며 평범한 집사처럼 대하고 말았다.

진짜 유리 옐레체니카라면 죽어도 하지 않을 짓이었고, 레일리 크라하가 대번에 수상하게 여긴 태도였으며, 내가 생각해도 유리가 정말 그랬다면 이는 바야흐로 세계관을 뒤집어엎을 캐릭터성 붕괴였다. 그렇다고 이제 와서 사실 저는 기억을 잃었어요, 흑흑, 이러며 뻔뻔하게 기억 상실 테크를 밟을 수도 없다. 총체적으로 문제였다.

절망에 빠져 끙끙대던 내 눈에 불현듯 알약이 한가득 담긴 그릇이 보였다. 레일리가 미지근한 온수 한 주전자와 함께 두고 간 손바닥만 한 그릇이었는데, 그 안에 빼곡히 크고 작은 알약이 담겨 있었다.

유리 옐레체니카는 가문 대대로 전해지는 저주와 본인의 연약한 몸뚱이 탓에 뇌와 심장에 문제가 있다. 매일같이 한 사발씩 약을 먹지 않으면 금방이라도 무리가 오는 체질이었다. 그리고 그 약물을 책임지는 것이 충실한 집사 레일리 크라하의……

머릿속에서 알아서 줄줄 읊던 ≪세레나의 티타임≫의 설정들을 휘휘 치워 냈다. 중요한 건 약을 많이 먹는다는 사실 그 자체가 아니었다.

나도 사람인지라, 내가 쓰는 글 안에서 마음에 드는 콤비가 나오면 온갖 동인 설정을 만들곤 했다. 물론 공식 설정과 동인 설정은 내 안에선 엄격하게 분리되어 있고, 오히려 그렇기 때문에 마음 놓고 동인 설정을 짜고 풀어 대곤 하는 것이지만, 나는 돌연 불안감에 사로잡혔다.

손끝을 덜덜 떨며 약 한 사발을 집어 든 채 차분히 물컵을 바라봤다. 내가 빙의한 ≪세레나의 티타임≫은 동인 설정을 반영한 이야기인가, 공식 설정만 포함된 이야기인가?

만일 전자라면 곤란했다. 유리 옐레체니카는 알약을 잘 삼키지 못한다. 여기까진 이래 봬도 공식 설정이다.

물론 알약 좀 못 먹는다고 그게 큰 문제인 것은 아니다. 문제는 동인 설정…… 이라기보다 좀 많이 사심 섞어 풀었던 '썰' 쪽이었다.

나는 레이유리 지지자였다. 물론 ≪세레나의 티타임≫ 내부에선 공식적으로는 그런 썸씽이라곤 한 티끌도 없이 유리는 죽고 레일리는 흑화하지만 알 게 뭔가. 커플링이란 원래 근본 없고 원작에서의 접점 같은 것이 없어도 케미만 좋으면 충분히 지지할 가치가 있다.

'하하. 약 많이 먹고 똑 부러지는 여주가 사실 일상생활에선 좀 헐렁하고 알약 잘 못 먹는 체질이라 남캐가 먹여 줬음 조켔네~ 물론 어떻게 먹여 줄까? 정말이지 궁금해 버려.' 따위의 말을 SNS에 지껄이던 작가, 당장 나와서 대가리 박아. 네, 빙의자님. 물론 저는 지금 열심히 책상에 이마를 박고 있습니다.

내 캐릭터랑 꿈속에서 입술 좀 비빈다고 그게 큰 문제가 되는 것은 아니지만, 거기까지의 과정이 문제였다. 애초에 어차피 소설 속인데 키스 좀 한다고 뭐가 대수란 말인가. 물론 앞날이 막막해서 살짝 죽고 싶어지긴 했지만, 당장 직면한 문제는 키스 따위가 아니라, 레일리 크라하가 왜 굳이 이걸 의심스러운 내 눈 앞에 두고 나갔는가에 있었다.

어느 쪽이든 레일리 크라하라는 놈은 알약을 못 먹는 유리 옐레체니카에게 알아서 하라고 알약만 휙 두고 나가 버릴 놈이 아니었다. 그러니 굳이 이 꼴로 알약을 두고 나간 경위에는 아무리 생각해도 시꺼먼 속셈이 있을 것이다. 나는 내 캐릭터의 인성을 그렇게까지 신뢰할 수 없다.

역시 유리 옐레체니카가 알약을 먹는 방식은 레일리가 굳이 시험할 정도로 독특한 걸까? 동인 설정으로 썰을 풀었듯 해괴망측한 방식이라 절대로 혼자서는 먹지 못하는 건가?

아니면 혼자서 먹을 방법이 있어서 이러는 건가? 방법이 있는데 약에 손도 대지 않으면 수상할 것이다. 하지만 혼자서 먹을 방법이 없는데 약을 먹거나 그럴 시도라도 한 흔적이 남는다면 그 또한 수상할 것이 분명했다.

제대로 완성되지 않은 세계관이다 보니 아는 게 전혀 없었다. 이게 함정인가 싶다가도 함정이라고 생각하게 만드는 함정인가 싶고, 그런 생각이야말로 함정에 빠진 건가 싶었다.

왜 나는 캐릭터의 성품을 이렇게까지 복잡하게 짰단 말인가? 레일리 시발 새끼는 대체 왜 뱃속이 저렇게까지 배배 꼬여서 의심이 들든 의문이 들든 자기 입으로 말을 하지 이렇게 분란의 황금 사과만 던져두고 나가 버린단 말인가? 그러다가 마스터가 정말 제때에 약을 못 먹고 큰일이라도 나면 어쩌려고 저런단 말이냐. 아, 환장할 일이었다.

레일리가 시험하듯 두고 간 이 알약을 대체 어떻게 처리해야 하는가? 소설 안에서 유리 옐레체니카는 본래 어떻게 알약을 해결했을까? 동인 설정과 같을까? 혹시, 동인 설정을 어딘가에 기록 가능한 형태로 언급했기 때문에 그것이 이 세계에서 '공식'이 되었을까? 아니면 그런 이상한 소리랑은 아무 상관없이, 제대로 된 내부의 공식 설정만을 따르는가?

공식 설정대로라면 어느 선까지 알약을 못 먹는 인간이었는가? 한 알씩은 먹을 수 있는 걸까? 알약을 너무 못 먹은 나머지 뭐라도 발명을 했을까? 미친, 알약을 잘 삼키게 해 주는 장치 같은 게 있을 리도 없고 도저히 상상조차 가지 않으니, 역시 그냥 이 수많은 약들을 일일이 빻아서 가루처럼 만들어 삼키는 걸까?

설정상 꽤 독한 약일 텐데, 그렇게 먹어도 무해한가? 그리고 만일 빻아서 가루로 먹는다면 레일리가 그냥 알약을 통째로 가져왔을 리가 없다. 대체 이 사태를 어떻게 해결하면 좋단 말인가?

이런 개시팔, 나는 왜 그런 괜한 설정을 포함해서 이런 혼돈과 파괴를 낳았는가? 어째서 이따위의 해괴한 고민을 하고 있어야 한단 말인가?

아니, 대체 왜 다른 장르도 아니고 로맨스판타지에 들어와서 다른 무엇보다도 죽음을 피할 걱정을 해야 한단 말인가? 그야 작가가 나니까! 놀랍게도 이 한마디로 모든 의문이 종식되었다. 아주 개 같은 일이 아닐 수 없다.

야, 내 안의 인격 3번, 작가 새끼 대가리 박아. 네, 지금 열심히 책상에 박고 있습니다.

인격 4번, 2차 설정 썰 푸는 애, 너 뭐 해. 너도 대가리 박아. 네, 물론 저도 지금 열심히 박고 있습니다.

내 안의 자아가 신명 나게 분열하며 다 함께 슬퍼했다. 나의 슬픔이었고 내 안에 있는 모든 자캐코패스의 슬픔이었다. 다른 곳도 아니고 왜 하필 내 글에 빙의해서 이 꼴이란 말인가. 애초에 나는 어느 소설에도 빙의하고 싶은 생각이 한 터럭도 없었단 말이다. 빙의 같은 건 하고 싶은 사람이나 하게 해 줘.

아아아아, 얼굴을 감싸 쥐고 고통스러워하다가 그 순간 벼락같은 깨달음을 얻었다. 유일한 타개법이 떠올랐다. 사실 상황을 완벽하게 타개해 줄 수 있을 것 같지는 않지만 지금 내가 선택할 수 있는 유일한 방법이었다.

"지킬 박사와 하이드 씨다."

의지 넘치게 뇌까리며 눈물 젖은 티 푸드를 입에 밀어 넣고 온수부터 벌컥벌컥 들이켰다.

아무리 생각해도 가장 편한 선택지는 좀 뒷맛이 찝찝해도 깔끔하게 기억 상실 테크를 타는 것이지만, 이미 불가능한 선택지가 되었다. 그렇다면 내가 고를 수 있는 길은 하나뿐이다. 이 꼴로 레일리를 제대로 속일 수 있을 것 같지도 않고 살아 나갈 수 있을 것 같지도 않으니 별수 없었다. 게다가 곱씹을수록 좋은 방법처럼 느껴지기까지 했다.

나는 결국 열과 성을 다해 실험을 하다가 그만 내면에 난폭하고 무례한 하이드 씨를 창조하고 만 양심 있는 지식인 지킬 박사가 되기로 결정했다. 물론 유리 옐레체니카가 지킬 박사고 내가 하이드 씨다. 양심적으로 내가 지킬은 아니니까.

스스로 생각해도 어처구니가 없었지만, 나는 결국 한참을 고민한 후 정말로 종을 흔들었다. 종을 흔들고 몇 초도 기다리지 않았는데 문 쪽에서 똑똑 노크 소리가 들려왔다. 내가 종을 내려놓기도 전에 일어난 일이었다.

저 자식의 신체 능력이란 대체 무엇인가. 정말로 수틀렸다간 비명도 못 지르고 죽게 생겼군. 잠시 문 쪽을 힐끔 바라봤던 나는 슬그머니 종을 내려놓고 고민하다가 방 안에 들어오라는 허락의 말을 꺼냈다. 일단 이번에는 존대였다.

내 허락이 떨어지자마자 문을 열고 들어온 레일리가 우아하게 절을 하며 자신을 부른 용건을 물었다. 그러는 와중에도 그의 눈이 흘긋 굴러 손도 대지 않은 알약을 살폈다. 아마도 유리 옐레체니카는 스스로 알약을 먹을 방법을 만들어 둔 모양이었다. 그나마 다행인 일이라고 봐야 할지도 모른다.

문제는 오직 내가 그 방법을 모른다는 것에 있다. 나는 잠시 레일리를 응시하다가 침을 꿀꺽 삼키며 큰마음을 먹고 입을 열었다. 큰마음을 하도 먹어서 배가 부를 지경이었다.

"레일리."

"네, 말씀하시지요, 마스터."

레일리가 생글생글 웃는 낯으로 차분히 대답했다. 이 속모를 놈에게 내 내면에 제2의 인격이 존재한다는 개소리를 하고 싶을 때, 그 첫마디를 어떻게 시작하면 좋단 말인가. 일단 이름부터 불러 놓고 한참을 고민하다가 급기야 와그작 표정을 일그러뜨렸다.

내 표정이 일그러지자, 레일리 역시 웃는 낯 그대로 한쪽 눈썹을 휙 치켜세웠다. 그러나 그는 이번에도 별다른 말을 하지는 않았다. 먼저 말한 것은 내 쪽이었다.

"너 지금 내가 굉장히 수상쩍지."

나는 사람을 대할 때 말로 논리적인 전개를 펼치는 데 익숙하지 못한 편이었다. 글로라면 그럭저럭 쓸 수 있겠으나 아무리 생각해도 말로는 그 능력이 현저히 떨어졌다. 그렇다고 해서 레일리와 필담을 주고받을 수도 없는 법이었다. 그러니 역시, 이럴 때 제일 좋은 방법은 다짜고짜 안쪽 꽉 찬 직구를 던지는 것이다.

"네, 물론 머리부터 발끝까지 수상하십니다만, 스스로 아시는 줄은 몰랐군요."

그리고 대단하신 레일리 크라하 씨는 사양이나 겸양이라고는 쥐뿔도 모르는지, 생글생글 웃는 낯으로 야구공이 아닌 돌덩이를 돌려보냈다.

"아시는데 왜 그렇게까지 수상하게 구십니까? 암살자가 마스터의 거죽이라도 뒤집어쓴 줄 알았는데 그 꼴로는 사람 목에 흠집도 못 내겠습니다. 실제로 일을 벌인 자는 따로 있고 아마 눈속임과 시간 벌이 목적으로 당신을 넣어 뒀을 테지요. 무슨 목적으로 유리 님께 손을 뻗었고, 또 그분께서는 어디에 계십니까?"

"아니, 너는 시발 거기까지 생각했는데 이제야 그걸 묻냐?"

"하루 종일 당신을 감시하고 주변을 살펴보고 있었지요. 밤새 유리 님의 방을 드나든 자가 없는데 아침에 돌연 바뀌어 있었다니, 이 레일리 크라하의 눈을 피하고 사람을 바꿔치기하는 능력을 지닌 적이라면 응당 조용히 사태부터 파악하는 것이 도리 아니겠습니까?"

끙 소리를 내며 몸을 세우려는 순간 목덜미에 따끔한 감촉이 느껴졌다. 순간적으로 등골이 싸늘해졌다.

아니, 이 미친놈이. 나는 흘금 시선을 굴려 목 언저리를 겨우 살폈다가 레일리를 물끄러미 바라봤다. 도무지 무슨 짓을 했는지는 모르겠으나 아무것도 보이지 않는데 선명하게 목덜미를 옥죄는 감각이 느껴졌다.

대체 미래의 나는 저놈에게 무슨 전투 능력을 쥐여 준 걸까? 아직 능력의 정체는 정하지 않고 대륙의 여덟 초월자라는 먼치킨(즉, 비현실적으로 강한 캐릭터)들의 존재만 설정해 둔 상황이라 나도 그의 능력이 무엇인지는 확실히 알지 못한다. 하지만 일단 아주 사람 환장하게 만드는 종류인 것은 명백해 보였다.

빙의한 지 n시간 만에 절체절명의 위기 상황에 처했다. 결국 나는 충실한 집사에게 명줄을 위협받으며 최대한 열심히 머리를 굴리기 시작했다.

집사복에 존대를 사용하는 은발의 캐릭터. 호리호리한 체형. 이명은 이유도 없이 까마귀가 어울릴 것 같아서 므라우의 까마귀로 만들었지만 이름부터 만들었다면 언젠가는 그 이름에 걸맞은 사연이나 능력을 줬을 것이다.

까마귀?

나는 눈을 가늘게 떴다. 세계관과 지금 상황에 의거했을 때, 판단은 빠르게 이루어졌다. 므라우는 화학적으로 발달한 지역이었고 레일리 크라하는 번개인의 능력을 지니고 있다.

따라서 짐작건대, 레일리 크라하는 아마도 번개를 흘려 넣기 좋은 재질을 써서 전투에 알맞게 개조한 '실'을 사용하리라고 판단할 수 있을 것이다. 원작자의 직관적 추리다.

더불어 그런 전투를 벌이는 스타일이라면, 동에 번쩍 서에 번쩍하며 빛나는 실을 사용해 사람의 목숨을 거두는 검은 옷의 암살자를 세간에서 까마귀라고 부르게 될 만한 경위도 그럭저럭 타당해 보인다. 무엇보다도, 그런 실을 사용한다면 지금 내게 가하고 있는 위협을 설명할 수 있다. 시발.

진짜 시발이다! 아무리 그래도 그렇지, 마스터의 서재에 이 미친 자식이 지금 뭔 짓을 해 두었단 말인가?

장갑 낀 손끝으로 입가를 만지작거리던 레일리가 부드럽게 눈을 휘었다.

"이 정도로 무능한데 감히 내 눈을 속일 수뇌급의 암살자일 리 없지. 누굴 위해 일하고 있습니까? 어차피 그쪽의 배후가 누가 되었든, 이런 멍청한 인간을 집어넣었다면 쓰고 버리는 패로 여겼을 테니, 누군가가 구해 줄 거라는 생각은 버리십시오."

"유리가 걱정되지는 않나 보지? 나한테 이러고 있어도 되는 거야?"

"본래부터 한낱 암살자에게 당할 능력을 지닌 분은 아니지요. 제때에 약을 드시지 못하는 점은 걱정스러우나, 어차피 약은 본래 저녁때에야 드시니 괜찮습니다. 애초에 당신이 때가 아닌데도 약을 두고 가는 제게 별다른 말을 하지 않고, 이에 대해 어떤 추가 명령도 내리지 않은 시점에서 생각은 마쳤습니다."

그러니까 시팔 놈아, 그때 마친 생각을 왜 지금 말하는데. 나는 속으로 피눈물을 철철 흘렸다. 기억하자. 다시는 이런 캐릭터 만들지 않기.

"몸에 병이 없는 건강한 인간에게 이만한 약물은 도리어 해가 되지요. 물론 그렇다고 해서 정말로 손을 대 볼 생각조차 않을 만큼 제 몸을 아끼는 자를 암살자로 보냈을 줄은 몰랐습니다만. 상식 있고 충성심 있는 암살자라면 차라리 약물이라도 먹고 죽어 버리는 게 온당하지 않겠습니까?"

이 자식이 지금 로맨스판타지 장르에서 느와르나 스파이물 같은 충성심

운운하고 있지 않은가. 내 표정이 단숨에 안 좋아졌는지, 생긋 웃은 레일리가 다시 말을 이었다.

"물론 그런 충성심을 찾으려야 찾을 수 없는 인물임을 또한 확인했으니, 괜한 반항 마시고 아시는 정보를 줄줄 읊어 보시는 것이 좋을 겁니다. 생명이라도 살려 드릴지 누가 압니까."

대체 내가 자살 방법을 찾는 동안 나를 지켜보며 뭔 생각을 그리 많이 했단 말인가. 저녁까지 기다렸다가 먹기 위해 별말 없이 약을 내버려 뒀을지도 모른다는 가정 따위는 전혀 고려하지 않은 눈치였다.

내 행동이 그렇게 수상했는가? 스스로 묻고 스스로 대답했다. 물론 아주 많이 수상하기는 했을 것이다. 인생아.

메타 비평의 시간을 갖는 동안 나를 물끄러미 살피던 레일리가 몹시 부드럽게 대꾸했다.

"주인을 물리적 위협으로부터 지키는 것은 기사의 일입니다. 집사가 그런 일을 한다니 듣지도 보지도 못했군요. 그러니 그저 저택을 지키고 보안을 관리, 감독하는 것이 제 역할 아니겠습니까? 요컨대 저는 지금 제 업무에 충실하게 행동하고 있다는 얘깁니다."

물론 나도 집 안에 이따위 트랩을 설치하는 집사에 대해선 듣지도 보지도 못했다. 몸이 조금씩 흔들릴 때마다 목덜미에 섬뜩한 감촉이 느껴지며 핏물이 희미하게 흘러내리고 있었다.

"미안한데 나는 일단 네 마스터가 맞아. 인정하고 싶지 않겠지만……."

결국 끙끙거리며 얌전히 앉아 있던 내가 두 손을 들어 올리며 말했지만 레일리는 그다지 귀담아듣는 눈치가 아니었다. 그는 장갑 낀 손을 슬쩍 내려 알약이 가득 담겨 있던 그릇을 들었다. 그리고 그 안을 헤집으며 차분히 물었다.

"그래서, 누굴 위해 일하고 계시지요?"

"유리는 잠들었어. 나도 그래서 정말 곤란하다고."

"그래서, 누굴 위해 일하고 계시지요?"

"물론 내 인격 자체를 유리 옐레체니카냐 묻는다면 애매하겠지만, 몸 자체는 네 마스터의 몸이 맞다."

"그래서, 누굴 위해 일하고 계시지요?"

"자동 응답 기계냐?"

내 말을 들을 생각이 네놈에겐 한 터럭도 없다는 건 눈치 없는 나도 알겠다. 끙끙거리며 다시 한 번 생각을 정돈하는데 무언가가 덜컥 턱을 붙잡았다. 우악스럽게 내 턱을 붙잡아 올린 레일리가 서늘한 보랏빛 눈으로 나를 지그시 바라보더니, 반대쪽 손으로 약이 가득 들어 있는 그릇을 잘랑잘랑 흔들었다.

"유리 님께서는 마력의 흐름이 불안정하기 때문에 이를 정돈하기 위해 구조를 뒤집고 흐름을 느리게 만드는 약을 복용하십니다만, 평범한 마력 흐름을 지닌 이가 그런 것을 먹었다가는 당장에 송장 치우는 것이 지당한 일이지요."

아니, 쓰지도 않은 글에 그런 디테일한 설정이 있었다니.

"끝까지 실토를 하지 않으려 드니 몸에 묻는 수밖에 없겠습니다. 언제고 더 많은 정보를 말씀하실 생각이 든다면 불러 주십시오. 이 모든 약을 직접 만드는 장본인인 만큼, 약간은 생명 연장에 도움을 드릴 수 있을지 누가 압니까."

유감스럽게도 이때까지 쓸모 있는 발언은 한마디도 꺼내지 않았던 레일리의 입에서 최초로 환영할 말이 나왔다. 내 몸은 정말 유리 옐레체니카의 것이니 약 좀 먹는다고 죽을 일은 없고, 오히려 이렇게 신분 확인만 된다면 레일리의 위협은 사라지는 게 아닌가?

애초에 이 자식이 이렇게까지 제멋대로 결론을 내리고 주인의 얼굴을 지닌 정체불명의 누군가에게 선후 과정 없이 협박부터 할 줄은 몰랐는데 과연 내 자캐 인성 삐리리였다.

물론 나는 유리 옐레체니카로 추정되는 몸에서 깨어났을 뿐, 이게 정말로 유리 옐레체니카의 몸이라는 보장은 없다. 요컨대 정말로 누군가가 유리 옐레체니카에게 위해를 가했고, 내가 그녀를 빼돌리는 과정에서 가져다 놓은 제삼자에게라도 빙의했다면 단숨에 황천 가는 지름길이 아닐 수 없을 것이다.

하지만 내 시나리오 방식에 맞춰 생각해 보면 조금 사정이 달라진다. 만일 이런 세계에서 능력 있는 악당이 유리 옐레체니카를 정말 빼돌린다면 그 자리에 놓일 것은 사람이 아니라 오토마타일 가능성이 높다. 로봇이 약을 좀 먹는다고 죽을 리는 없으니 그나마 안심되는 일이었다.

그렇다면 역시 문제는 유리가 알약을 못 먹는다는 점뿐이다. 레일리 놈은 나를 유리가 아닌 다른 사람으로 생각하고 있으니 알약을 못 먹는 경우에 대해선 전혀 고려하지 않았을 것이다. 나는 재빨리 항의했다.

"나……. 나 알약 못 먹는데? 너도 알다시피 나 알약 못 삼켜!"

"걱정하지 마십시오."

레일리가 산뜻하게 대답했다. 그의 반대쪽 손에서 파지직 스파크가 일었다. 아, 시발. 불길한 촉이 왔다.

"왜……. 갑자기 번개를 뽑니?"

내 말을 들은 레일리가 생긋 웃었다. 왠지 이 자식이 지금 무슨 짓을 하려는지 대번에 알 것 같은데. 뻥이라도 좋으니 아니라고 해 주면 행복할 것 같군.

"주인의 부족한 점을 채우고자 집사가 있는 게 아니겠습니까?"

야, 이 자식 진짜 쓰레기 아니냐! 번개를 이용해서 주인의 근육을 강제로 자극해 알약을 처먹인다는 집사에 대해선 소문조차 들어 본 적이 없다, 이 망나니 같은 놈아!

본능적으로 기겁해서 물러나려다가 그의 손에 얼굴을 붙들렸고, 입 안으로는 좔좔좔 알약이 떨어져 내리기 시작했다. 나는 입 안 가득 알약을 문 채 다급히 외쳐 보았다.

"미친놈아, 물이라도 줘!"

"제 능력을 너무 무시하지 마십시오."

아니, 알약 못 먹는 여캐에게 남캐가 알약을 먹여 주는데 강제로 먹이기 위해 떠올린 방법이라는 것이 질척이는 마우스 투 마우스도 아니고 이따위 전기 고문이라니?

이 소설 장르가 이러고도 로맨스라니 말이나 되냐. 아무리 생각해도 작가는 반성하는 것이 옳다. 물론 이런 금수만도 못한 놈들이 가득한 세계관으로 로맨스를 써 댄 작가가 다름 아닌 나라는 점이 제일 문제였다.

이런 삐. 작가님 반성해. 네, 매우 많이 반성합니다. 나는 다시 한 번 메타 비평의 시간을 가지고 말았다.

* * *

아무리 생각해도 내 인생은 뭔가 많이 잘못됐다.

일단 하고많은 글 중에 이따위 글에 들어온 것부터가 잘못이었다. 형체 없는 흑막과 나도 모를 내 사고방식을 추론해야 한다는 점도 환장할 일이지만, 눈을 뜨자마자 눈앞에 하필 레일리 크라하 같은 새끼가 있었다는 게 더더욱 문제였다.

내 신작의 애정 캐릭터는 창조주님의 입 안에 한 사발이나 되는 알약을 강제로 처넣더니 다짜고짜 전기 자극을 가했다. 물론 그따위로 알약을 넘기게 하는 일이 손쉬울 리 없다. 내가 어떻게 발악을 하든 레일리는 꿋꿋이 알약을 밀어 넣어 먹인 후에야 방을 나갔다. 굳이 분류하자면 고문을 곁들인 추궁에 가까운 행위였다.

어떻게든 물도 없이 알약을 삼킨 내가 쿨럭거리든 말든 레일리 크라하는 개의치 않는 듯했다. 그는 언제든 뭔가를 고해바칠 생각이 있으면 울리라며 정중하게 종을 내려놓고 쌩하니 자리를 벗어났다. 내 말을 들으려는 기색은 추호도 없었다.

혹시나 싶어서 재빨리 쫓아가 문고리를 잡아당겨 보았으나, 과연 문은 일찌감치 잠겨 있었다. 유리 님이 아니면 여기에서 약이나 처먹고 마력 회로나 꼬여서 뒈져 버리라는 얘기군. 과연 내 캐릭터답게 인성 하나는 참으로 예쁘게 도려낸 놈이었다. 나는 레일리 크라하의 뒤통수 대신, 그가 닫고 나간 문을 향해 가운뎃손가락을 예쁘게 들어 주었다.

물론 나는 유리 님의 행방에 대해 내 존재 이상으로 보여 줄 수 있는 것이 하나도 없고, 약을 먹는다고 해서 죽지도 않을 것이다. 이제 내가 할 일은 시간이 지나도 멀쩡한 모습을 보여 주는 것뿐이었다. 그러고 나면 적당히 대화를 할 자리도 마련이 될 것이다.

그렇다면 다시 내가 직면한 문제는 대체 앞으로 이 세계는 어떤 꼴로 돌아갈 것이며, 그 사이에서 내가 살아남으려면 어떻게 해야 할지, 그리고 종래에 내 세계로 돌아가는 방법을 찾을 수 있느냐에 대한 것이었다.

≪세레나의 티타임≫에서 이야기의 중심이 되는 이 제국은 마도 제국이라고도 불리고 공학 제국이라고도 불리는 대륙의 패자 뷔올이었다. 애초에 신성 제국이 따로 있는데 감히 건방지게 황제니 어쩌니 하는 칭호를 스스로 부여한 것에서부터 오만한 국력을 과시하는 셈이었다. 본래 대륙에는 여덟 명의 초월자가 존재하는데, 그중 네 명이 뷔올에 있으니 더 꺼낼 말도 없었다.

여덟 초월자라는 것은 말 그대로 일반인의 범주를 뛰어넘은 작자들에게 붙은 이름이었다. 쉽게 말해 오버 파워 캐릭터. 유감스럽게도 제국에 상주하는 초월자 네 명 중 두 명이 이 저택에 있고, 그중 한 명은 나다.

유리 옐레체니카는 거의 맥이 끊긴 정령술에도 상당한 성취를 이루었고, 본인이 지닌 마법 능력만으로도 이 어린 나이에 5클래스에 해당한다. 클래스 설정을 상세히 짜지는 않았지만, 이 나이에 그 정도 성취라면 직관적으로도 감이 온다. 가히 '초월한' 능력이었다.

사실 나는 소위 말해 먼치킨이라 불리는 캐릭터들을 좋아하는 편이었다. 강하면 좋잖아. 쓸 때도 튼튼한 캐릭터가 재미있다. 물론 뛰어난 능력을 지닌 캐릭터라 해서 세계를 제패할 수 있는 것은 아니었다. 오히려 일찍 죽는 편이다. 왜냐하면 내 세계관이기 때문이다.

먼치킨이 좋으므로 수많은 캐릭터가 먼치킨이고, 그렇다면 그 수많은 먼치킨끼리 서로 죽고 죽여야 스토리도 재밌어지지 않겠는가. 그렇다. 지금에 와선 후회밖에 남길 것이 없는 그런 문제적 취향이 하필이면 내게 있었다는 얘기다.

그리고 그런 구조에서, 유리 옐레체니카를 죽음에 이르게 하기 위해서는 같은 초월자 수준의 능력을 발휘해야 할 것이다. 어느 정도는 유리 옐레체니카의 살해 용의자를 추릴 수 있다는 뜻이었다. 다행인지 불행인지, 이 저택에서 집사 노릇을 하는 성격 파탄자가 또 한 명의 초월자이므로 저치는 제외해도 될 것이다.

사실 레일리에게 그런 칭호가 붙은 것은 진짜 무언가를 초월한 능력 덕도 있기는 하지만, 그림자 아래에 숨어서 온갖 쓰레기 짓을 하고 다닌 악명 덕도 컸을 것이다. 그리고 애초에 유리를 죽일 음모를 꾸민 놈이 유리의 죽음으로 정신줄을 놓고 최종 빌런이 되어 돌아오지는 않을 테니 빼고 생각하기로 했다.

그러고 나면 여섯 명이 남는다. 한 명은 교황이고, 연합국에 두 명이 있다. 슈리하 왕국에도 한 명이 있다. 이 네 명은 내가 당장 확인해 보고 싶어도 그럴 수 없는 곳에 있으니 일단 제쳐 두면, 뷔올 제국에서 바로 확인할 수 있는 것은 두 사람이 남는다.

첫째, 황제의 숙부인 마이어 대공의 셋째 아들로서 자신만의 능력으로 작위를 받은, 대부분의 군벌 귀족들이 존경하며 따르는 뷔올 제국의 젊은 소드 마스터, 후작 솔데인 마이어.

그리고 둘째, 형제의 피를 보고 황좌에 앉은 황제가, 당시 너무 어렸다는 이유만으로 유일하게 살려 둔 막냇동생이자 전무후무한 대마법사인 대공 알렉시스 에슈마르크.

정치판의 형태만 따지자면 내가 곧잘 사용하는 전형적인 구조였다. 한쪽은 무인이고 한쪽은 학자, 그리고 그 중간에서 중립을 지키는 정령사가 있다. 유리 옐레체니카 본인도 아니고, 정령술이나 마법을 사용하는 법조차 몰라서 이 우수한 능력을 썩혀야 하는 나로서는 그들 사이에서 균형도 못 잡겠지만 말이다.

어쨌든 이렇게 되면 둘 중 한 명은 거대한 권력을 쥐고 있어야 했다. 그리고 거대한 권력을 쥐고 있는 인간이라면 유리 옐레체니카를 처리할 명분도 이유도 능력도 충분히 지녔을 것이다.

둘 중 어느 쪽도 아직은 구체적인 캐릭터 설정을 짜기 전이었다. 따라서 나는 그들의 성격은커녕 머리카락 색조차도 모른다. 일단 둘 다 만나 보고 나면 내가 짜는 캐릭터 스펙트럼에 맞춰 그 성향을 추론할 수 있을 것이다. 세레나가 상경하기 전에 그 작업을 끝내고 대충 상황을 파악한 뒤, 위험 요소만 싹 없애자마자 빠르게 칩거 루트를 타는 게 가장 나아 보였다.

그렇다면 나는 그들을 만나야만 한다. 직접 만나고 얼굴을 맞대고 대화를 나눔으로써 그들의 캐릭터성을 읽어 내야 했다. 그리고 그러기 위해서는 내 부자연스러운 태도를 뒷받침할 근거가 필요했다.

가장 쉬운 방법은 기억을 잃었다며 사교계의 관심을 끌고 돌연 이곳저곳을 전전하며 정보를 모으는 것이다. 그리고 그러기 위해서는 황제의, 그보다 앞서 레일리 크라하의 협조가 필요했다.

나는 책상 앞에 앉아 두 팔을 쭉 뻗으며 머리를 굴렸다. 어차피 레일리는 내가 약을 먹고도 멀쩡하면 또 수만 가지 의심을 하게 될 것이다. 이렇게 된 이상, 레일리 역시 자충수를 둔 셈이 됐다.

그는 일단 내가 멀쩡하다는 사실을 확인한 후에는 나를 함부로 처리할 수 없게 된다. 유리 옐레체니카의 의식에 손을 썼을 뿐 그녀의 몸은 그대로일 수 있다는 생각을 하게 될 것이다.

그는 일단 내게 협조해 주는 시늉을 할 것이다. 레일리야 어차피 날 때부터 의심이 많은 놈이니 알아서 의심하라고 버려두는 수밖에는 없다.

그래도 아무튼 그 과정에서 잘만 노력하면 레일리의 협조를 얻어낼 수 있을지도 모른다. 레일리의 협조만 있으면 누구도 내 상태에 이의를 제기할 수 없을 것이다. 지근거리에서 유리 옐레체니카를 보필하는 자, 레일리 크라하라 하면 빈민가의 꼬마도 아는 그녀의 최측근이었다. 얼핏 사람이 바뀐 것 같아도 레일리가 맞는다고 하면 맞는 것이 된다.

그러면 내가 레일리의 협조를 얻은 후에 무슨 일을 해야 할지도 고려할 차례였다. 나는 유리 옐레체니카의 죽음을 비틀어야 했다. 우선 살아남아야 돌아가든 말든 할 것이 아닌가. 그리고 살아남기 위해서는 본래 ≪세레나의 티타임≫에 예정되어 있는 시나리오를 뒤바꿔야 한다.

하하…… 젠장, 말이야 쉽지.

나는 변태처럼 복선을 뿌리고 싸패처럼 뒤통수를 친다 하여 지인들에게 비난받기를 '복선 싸패', 독자님들에게 불리기를 '멘탈 사디스트'라고 했다. 스스로 기분 좋자고 하는 얘기가 아니다. 오히려 나는 과거에 스스로 뿌린 씨앗으로 인해 지금 이 순간 미치고 팔짝 뛸 지경이 되었다.

자캐코패스 같은 작가(a.k.a. 나)는 유리 옐레체니카를 돌연사시키기 위해 얼마나 열심히 떡밥을 뿌리고 빠져나가기 힘든 죽음의 덫을 만들어 놓았을까?

"개시팔이다. 시팔. 시팔."

유리 옐레체니카의 물빛 머리칼을 마구잡이로 헤집으며 한숨을 푹푹 내뱉었다. 사소한 것 하나도 놓칠 수 없다. 어떤 말, 어떤 행동, 어떤 찰나의 일이 유리 옐레체니카의 데드 플래그가 될지 모른다.

앞으로 일어날 일을 알 수 없는 이 시점에, 내가 할 수 있는 최선의 행동은 요컨대 작가로서의 행동이었다. 어차피 레일리의 협조를 얻기 위해 기다려야 하는 시간인 만큼, 이 시간을 허공에 날리지 않고 시나리오를 짜기로 했다.

무슨 시나리오를 짜느냐? 당연히 가제 ≪세레나의 티타임≫이다. 이제 와서 내가 짜는 시나리오가 이 세계에 썩 영향을 미칠 것 같지는 않지만, 최소한 나라면 내가 짜고 싶은 시나리오를 짐작할 수는 있을 것이다.

물론 나도 때로는 여러 가지 방향으로 글을 전개하고 싶기도 하고, 시나리오와 별개로 손이 가는 대로 움직여서 더 나은 전개가 탄생하는 일도 있으므로 확신을 할 수는 없다.

하지만 그렇다면 시나리오를 여러 갈래로 짜면 될 것 아닌가? 일반적으로 내 글은 선택과 분기점으로 이루어져 있다. 그렇다면 선택과 분기점마다 경우의 수를 나누면 그만이다. 그리고 그 모든 경우의 수에서 위험하다고 여겨지는 요소는 먼저 피해 다니면 된다.

막상 행동으로 옮기려면 어렵기야 하겠지만, 어쨌든 시도는 해 봐야 했다. 그 이상으로 데드 플래그를 피할 확실한 방법이 마땅히 떠오르지 않았다.

현실에서의 내 생활만큼 바쁜 일이 없는 유리 옐레체니카의 삶이고, 어차피 나는 그녀의 본업인 발명에는 손도 댈 수 없다. 약한 스팀펑크에 가까운 중세와 근대 사이, 발명을 손에서 놓은 대부호 발명가의 삶이란 더없이 게으를 수밖에 없다.

시나리오 정도야 하루 종일이라도 짜 주지. 어차피 시나리오를 짜는 시간 자체는 짧게 걸리는 편이었다. 나는 즉시 종이를 끌어 와서 시나리오를 짜기 시작했다. 대체 왜 내가 미래의 나 자신이 짤 시나리오와 두뇌 싸움을 벌여야 하는지 아무리 생각해도 이해가 안 가고 이게 꿈이라면 악몽이니까 한시라도 빨리 깨면 좋겠지만.

새롭게 시작된 이야기들의 시작점은 전부 똑같았다. 아직 분기가 나뉘기 전, 시골에서 과수원을 하던 세레나 윌리엄스가 뷔올의 수도로 상경하는 시점부터였다.

Ⅰ. 자캐 살인마의 글

Big Question!

1) 나는 왜 내 책 속에 있나? 책 빙의물은 안 쓰는데!

2) 유리 옐레체니카는 어디로 사라졌을까?

3) 돌아갈 방법은 존재하는가? 존재한다면? 내 빙의물의 법칙을 따르는가?

4) 흑막(혹은 악당 수괴)는 누구?

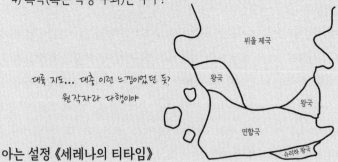

대륙 지도... 대충 이런 느낌이었던 듯?
원작자라 다행이야

아는 설정 《세레나의 티타임》

1. 레일리 크라하(29세?)
   · 므라우의 암살자 출신 ·악역 겸 최종 전투 상대 ·강력한 무력
   · 유리 옐레체니카의 집사 ·유능함 ·생각을 감추는 편
   · 꿍꿍이가 검고 인성 나쁨
   · 므라우(히트맨) → 노예 → 집사 루트
   · 반인 ·1/4 인간 번개 능력 보유
   · 유리의 죽음 이후 시체를 안고 푸른 숲으로 사라짐

   + 전도성 은사를 사용하는 듯

2. 세레나 윌리엄스(22세)

·과수원집 딸(제국 변경!) ·주인공

·유리 옐레체니카를 존경! ·정령술사 → 마법사

·각성 계기: 유리 옐레체니카의 죽음 (시발......)

3. 유리 옐레체니카(26세)　그러고 보니 존댓말 깨였음 시발ㅋㅋㅋㅋㅋ 아 좆됨

·세레나의 스승 ·죽을 예정 ·5클래스. 대단한 성취임

·푸른 숲 공방의 후계자　·16살에 명예 백작　　클래스 개념이 어떻게 되는 건지?

·가문 병력: 가문의 저주? 마력 회로가 비정상.　아직 미설정된 상태임. 확인 필요.

·심장의 기형 → 건강관리는 유능한 집사 레일리가.

　　　　　→ 레일리한테 변명은 이렇게 했다!
　　　　　유리의 영혼체 분리 실험 도중 우연찮은 실험 성공 사례가 나타남!
　　　　　증명을 위해 반복해 보았지만 재구현이 되지 않음.
　　　　　지킬 박사와 하이드 씨의 루트를 타서 인격이 두 개로 갈라졌다고 해 뒀음.
　　　　　뭐 딱히 믿는 것 같진 않은데...... 말은 통일해 두기.

4. 대륙사

　A. 뭔가 흉흉한 사건 ⓐ → 유리의 죽음, 세레나 각성

　　　　　　　　　　→ 레일리의 흑화 후 사건 ⓑ

　　　　　A에 대해서 ☞ ⓐ 사건과 ⓑ 사건은 유관한가?

　　　　　아니면 완전 별개의 사건인 걸까?

　B. 황제의 7일 모반 → 유리 옐레체니카는 명분을 지니지 못한

　　　　　　　　　　황제의 와일드카드!

2. 왕하의 검 솔데인 마이어와
믿음직한 쓰레기

　레일리가 돌아온 것은 시나리오를 네 개쯤 짰을 무렵이었다. 세세한 틀은 아니어도 큰 틀과 윤곽은 잡아 두었다. 본래 시나리오나 설정을 짜는 속도는 빠른 편이지만 한 번에 짤 수 있는 양에는 한계가 있다. 친분이 있는 작가님과 종종 이야기할 때 이를 '우주의 아카이브'라고 불렀다.

　그 단어 그대로였다. 우주의 힘이 신작의 설정을 보내 준다는 느낌이 들 정도로 팟 떠올라서 팟 이어진다. 그저 한 번에 떠올릴 수 있는 설정의 양에 제한이 있다는 점만이 문제였다. 그리고 슬슬 아카이브 다운로드 제한 용량을 초과할 무렵이었다. 산책이라도 다녀오면 잘 써질 것 같다고 생각할 때쯤 레일리가 찾아온 것이다.

　시체라도 치울 태도로 태연히 문을 열고 들어오던 레일리는 시체가 되기는커녕 멀쩡히 앉아 양피지에 못 알아들을 말을 줄줄 끄적거리던 나를 발견하자마자 한쪽 눈썹을 휙 치켜세웠다. 그가 어딘지 복잡한 낯으로 나를 바라보다가 입매를 비틀었다.

"……."

봐라, 레일리! 나는 살아 있다! 나는 보란 듯이 한 손을 펼쳐 보이며 어깨를 으쓱했다.

그런데 한동안 싸늘한 낯으로 시선을 깔아 나를 물끄러미 바라보던 레일리가 성큼성큼 다가와서 내 턱을 획 잡아 올리더니, 곧장 장갑 낀 손가락을 펼쳐 내 입 안에 푹 쑤셔 넣었다.

이 오라질 놈이.

"으읍읍, 으읍 읍 으읍, 읍읍읍 으읍읍!"

"약을 전부 삼킨 것도 맞고, 해독제를 물고 있던 것도 아닌 것 같은데……."

아, 글쎄 내가 유리라니까. 나로서도 환장할 일이란 말이다. 나는 내 입 안을 이리저리 휘젓고 이빨 안쪽의 여린 잇몸까지 꾹꾹 손톱으로 긁어내듯 훑어보는 레일리의 손목을 붙잡고 발버둥을 치다가 가까스로 손가락을 뺄어 냈다. 이 자식은 내가 유리 옐레체니카면 어쩌려고 이렇게나 불충하고 무례하단 말인가?

장갑 낀 손가락이 입 안을 멋대로 누비고 다닌 촉감은 그야말로 찝찝했고, 나는 입가를 만지작거리며 끙끙거리다가 레일리가 나름대로 정중하게 내민 물을 받아 마셨다.

"이, 이 자식, 유리가 돌아오면 어떤 염치로 걜 보려고 나한테 이런 짓을 해?"

"아까는 본인이라더니, 갑자기 말이 달라지셨군요."

"본인은 본인인데 다르다고 했잖아! 나는 유리의 두 번째 인격이라고!"

내 턱을 부여잡고 다시 뭔가를 밀어 넣으려던 레일리가 눈썹을 획 꺾으며 고개를 기울였다. 일단 엉겁결에 내뱉었지만 본래 하려던 말이 맞긴 했다. 그리고 내가 듣기에도 여지없이 수상쩍은 발언이었다.

"……."

"……."

예리하고도 서먹한 침묵이 흘렀다. 레일리가 생긋 웃었다. 대단히 다정하고 상냥해 보이는 얼굴이었다. 이퀄 몹시 빡쳤다는 이야기가 된다. 작가가 직접 하는 캐릭터 해석이니 한 치의 오차도 없다. 그는 지금 몹시 빡쳤다.

물론 굳이 캐릭터 해석이 없이도 이딴 소리나 들으면 당연히 열이 받을 것이다. 상식적인 결과였다. 나는 다급히 덧붙였다.

"지, 진짭니다. 일단 얘기 좀 들어 주세요."

"요즘은 암살자를 이따위로도 키웁니까? 제가 은퇴한 이후 그 바닥도 많이 살기 좋아진 모양이군요."

"아, 글쎄 진짜라니까. 나야말로 유리가 왜 갑자기 나한테 몸을 넘기고 소식도 없이 사라졌는지 모르겠단 말이다."

빠르게 웅얼거리고야 레일리가 내 턱을 놓아줬다. 이번에 먹이려던 게 무엇인지 확인해 보니, 척 보기에도 유해해 보이는 새까만 환약이었다. 이 자식이 정말로 마스터를 단숨에 죽이려 했단 말인가.

내 시선이 저절로 환약으로 향하자, 레일리가 즉시 손을 튕겨 어딘가로 그것을 감추어 버렸다. 가만히 나를 내려다보던 그는 퍽 흥미로운 듯이 입매를 비틀었고, 책상에 비스듬히 걸터앉아 건방진 태도로 턱을 추켜들었다.

"마력 회로가 유리 님의 것과 같군요."

"엥."

"신체 특징도 그대로입니다. 얼굴에도 인피면구 같은 것의 흔적은 전혀 없고."

"에엥."

"그런 것치고 하는 말이라곤 영 논리가 없는 말뿐입니다만, 일단 그 몸이 유리 님의 것이라는 얼토당토않은 주장만큼은 별수 없이 인정하고 있습니다. 이야기나 들어 보지요."

생글생글 웃는 얼굴로 할 소리는 아닌 것 같았지만, 아무튼 그보다도 시급히 이해할 문제가 생겼다. 나는 그의 말을 해석하기 위해 좌편으로 고개를 기웃, 우편으로 고개를 기웃거렸다가, 이내 손뼉을 짝 쳤다.

그러니까 이놈은 지금껏 유리 옐레체니카의 몸이라는 걸 알면서도 저렇게 함부로 대하고 있었다는 말이렷다.

"네가 그러고도 집사냐? 이거 완전 쓰레기 새끼 아냐."

"생각이 들리는군요."

"미안, 나도 모르게 진심 어린 생각을 말해 버려서."

"변명이나 해 보십시오. 논리적으로 말씀하시는 게 이로울 겁니다."

레일리가 오만한 태도로 명령했다. 아랫사람을 대하듯 시건방진 태도였다. 하도 자연스러워서 순간적으로 레일리 크라하가 주인이고 유리 옐레체니카가 집사였는지 설정을 검토해 봐야 할 지경이었다.

정말로 어처구니가 없군, 내 캐릭터의 인성이란……

나는 눈을 세모꼴로 떴다가 혀를 차고, 일단은 지어낸 이야기부터 구구절절 떠들기 시작했다. 어쨌든 나는 이래 봬도 글을 쓰는 사람이었다. 말로 풀어서 소통하는 일보다는 이야기를 만들고 구성하는 일에 재능이 있다.

애초에 유리 옐레체니카의 모든 요소는 내 손아귀에서 탄생했고, 앞으로도 그럴 예정이었다. 나는 그럭저럭 '유리 옐레체니카가 할 만한 일들'을 구상해서 보기 좋게 이야기를 채워 넣었다.

내가 한 변명을 간단히 요약하자면 다음과 같다.

이 시대의 성실한 발명가 유리 옐레체니카는 어느 날 문득 생명체의 영혼을 육신으로부터 분리해 내는 약을 개발하기로 결정했다. 처음엔 동식물을 대상으로 실험을 했으나 별다른 진척을 거두지 못했다. 한동안 진척 없이 답보 상태에 머무르던 그녀는, 결국 자신의 몸을 직접 이용해 인체 실험을 해 보기에 이른다.

본디 내가 설정한 유리 옐레체니카는 자기애가 없는 인물이었다. 본인의 병든 육신에 냉소적이며, 어차피 길게 살지도 못할 인생이니 스스로 실험체가 되는 일도 마다하지 않는 성품이었다. 레일리 역시 내 이야기에 어렵지 않게 납득했다. 인상을 왈칵 찡그리더니 "나를 두고 또 그런 짓을." 하고 날카롭게 뇌까리기까지 했다. 내가 지어낸 이야기기는 하지만, 실제로도 유리가 할 만한 일이라고 판단한 모양이었다.

어쨌든 그렇게 스스로 실험을 가한 뒤, 유리 옐레체니카는 돌연 정신을 잃었다가 깨어난다. 그런데 정신을 차리고 나서 실험실을 둘러보니, 이전과 무언가가 달라져 있었다. 유심히 실험실을 살핀 유리 옐레체니카는 자신이 정신을 잃은 사이 몽유병과 비슷한 증세를 보였다는 사실을 논증해 냈다. 스스로 움직인 몸이 이곳저곳을 휘젓다가 구석의 플라스크 몇 개를 깨트렸던 것이다.

결국 그녀는 다시 한 번 약물을 복용했다. 이쯤 되면 뻔한 전개가 이어진다. 유리 옐레체니카는 그 약물을 통해 '내면의 새로운 인격'을 표면으로 끄집어낼 수 있게 됐다. 그리고 유리 옐레체니카의 내면에서 튀어나온 그 또 다른 인격이란, 당연히 나다.

나.

반쯤 넘어온 사람처럼 미간을 좁힌 채 묵묵히 이야기를 듣던 레일리가 거기에서 갑자기 설명을 끊어 냈다. 그가 몹시도 미심쩍은 낯을 했다.

"유리 님의 다른 인격이 그 꼴일 리 있습니까?"

"야 인마, 너 말 함부로 한다?"

툴툴대는 내 말을 듣고도 레일리는 다른 대꾸를 하지 않았다. 그는 그저 한동안 웃는 낯으로 나를 관찰하듯 뜯어보다가, 부드럽게 다시 말했다.

"어디 더 얘기해 보시지요."

"……."

어찌하여 주께서는 이놈에게 이토록 뿌리 깊은 의심을 주셨나이까. 지옥에나 끌고 가 주소서. 아멘. 마음속으로 성호를 그린 뒤, 나는 직업에 대한 소명의식을 살려, 레일리가 더 깊은 의심을 품기 전에 아무 말이나 더 붙여 보았다.

"나야 유리의 지식은 공유하지 못하니 유리가 뭘 어떻게 했는지도 몰라. 아무튼 나는 어느 날 눈을 떴어. 유리의 몸이었고. 이름은 딱히 없어. 유리는 나를 '유리'라고 불렀거든. 눈을 뜨면 꼭 꿈속에서 깨어난 것 같았지. 유리가 부를 때마다 나왔어. 그런데 얼마 전에 갑자기 이 몸을 갖고 싶지 않느냐고 이상하게 묻더니, 아니 글쎄, 오늘 갑자기 유리의 침대에서 깨어난 거야."

"침대에서 깨어난 게 뭐가 문제지요?"

"나는 늘 실험실에서만 눈을 떴다고!"

뻔뻔한 외침이었다. 하지만 나는 거짓말을 하는 것이 아니다. 이야기를 지어냈을 뿐이었다. 작가가 자기 소설에 대한 스핀오프 좀 만들어 내겠다는데 뭐가 나빠. 따라서 조금 더 뻔뻔하게 굴어도 양심의 가책을 느끼지 않아도 될 것이다. 양심? 나한텐 그런 거 없어.

"유리는 나를 실험실 바깥에서 불러낸 적이 없어. 그도 그럴 것이 나는 마법도, 정령술도, 연금술도 못 한다고. 예절도 모르고 화법도 모르고…….
어?"

그러나 거기까지 구구절절 말하던 나는 뭔가 이상한 사실을 깨달았다. 가끔은 세계관 특유의 언어 체계도 대강 만들어 보는 미친 짓을 하지만, ≪세레나의 티타임≫을 구상할 때는 그럴 생각조차 없었다. 즉, 이 세계관의 대륙 공용어는 내가 알 리 없는 언어여야 한다는 얘기다.

하지만 나는 분명 아까 무사히 책을 읽었다. 이게 대체 어떻게 된 일이지?

갑자기 얼굴에서 핏기가 싹 가셨다. 뭔가가 이상했다. 뇌가 공유되기 때문에 언어를 이해할 수 있다면 유리 옐레체니카의 기억, 능력, 학술적 지식, 화법까지 완벽하게 떠올릴 수 있어야 했다. 그러나 나는 바로 어제 그녀가 무슨 일을 했는지도 알지 못한다. 그렇다면 그 가설은 폐기해야 한다.

뇌가 공유되는 것이 아니라면, 내가 애초에 대륙 공용어를 알고 있었다는 전제가 존재해야지만 책을 자연스럽게 읽을 수 있다. 하지만 책 표지에 찍힌 글자는 적어도 한국어는 아니었다. 영어와는 닮은 것 같기도 하지만, 영어처럼은 읽을 수 없다.

결과적으로 이 상황을 어떻게 해석하든 부자연스러웠다. 이 세계의 언어 체계에 무지한 내가 이 세계의 책을 무난히 읽을 수는 없다. 말도 안 되는 일이 벌어진 것이다.

내가 만든 세계에서 이유 없이 벌어지는 일은 없다. 특히 이런 초월적 이고 기이한 일에는 반드시 원인이 존재해야 했다.

반사적으로 더듬더듬 손을 뻗어 아까 살피던 역사서를 펼치려는데 돌연 누군가의 손이 쾅 하고 책을 찍어 눌렀다. 레일리의 장갑 낀 손이었다. 흘 긋 시선을 올렸다가 생글생글 웃는 보랏빛 눈동자와 딱 마주쳤다.

"뭘 하는 겁니까?"

"아니, 내가 글을 읽었잖아, 아까……."

"그게 뭐가 이상하지요?"

"난 유리가 아는 건 아무것도 모르고 걔가 하는 건 하나도 못 해야 맞는데……."

레일리가 눈을 가늘게 떴다. 그는 내 손에서 강제로 책을 빼 가더니, 사뭇 차분하고 다정한 태도로 달콤한 미소를 지으며 설명을 종용했다.

"일단 저부터 설득하는 게 좋을 겁니다. 책을 읽을 수 있는지 아닌지 따위는, 책을 읽을 눈이 있고 없고 같은 문제보다 중요한 일은 아니겠 지요."

이따위 발언을 숨 쉬듯이 하는 놈이 악당으로 등장하는 소설이 로맨스라니 말도 안 돼. 아무리 생각해도 반성해야 한다. 나는 다시 한 번 입을 떡 벌렸다가 소리를 빽 내질렀다.

"내 몸은 유리의 몸이거든. 이 자식, 충성심은 어디로 갔냐!"

"유리 님께서 돌아오시면 제 눈은 물론 심장도 내어 드릴 테니 걱정 마십시오. 당신과는 무관합니다."

집사복을 입은 개망나니가 나긋나긋하게 대꾸했다. 아무튼 정말로 설득에 성공하기 전까진 책을 돌려주지 않으려는 듯한 눈치였다. 그리고 지금 마법도, 정령술도 쓰지 못하는 내가 유리 옐레체니카의 병든 몸으로 레일리 크라하를 이길 수 있느냐? 아, 그것 정말 절대로 무리입니다, 작가님.

대마법사의 몸을 종잇장으로 만든 것도 어서 빨리 반성하자.

"아무튼……. 유리는 어딘가로 사라졌어. 내 안쪽에 잠들어 있는지도 모르지. 늘 유리가 바깥에서 나를 불러내면 나오고, 안쪽에서 나를 부르면 들어가기만 해서 나는 유리를 불러낼 방법도 몰라."

"유리 님이 갑자기 자취를 감춘 이유로 짐작 가는 바는?"

"딱히 없는데. 그냥 그것뿐이야. 며칠 전에 나한테 몸을 갖고 싶지 않느냐고 물어봤어. 나야 뭐 유리의 몸에 들어오면 맛있는 걸 먹고 못 해 봤던 걸 하니까 좋다고 했지."

"당신에게 그 몸을 선물했다는 얘깁니까? 그럼 유리 님은?"

"아니, 자기 몸을 나한테 완전히 선물한 건 아닌 것 같은데."

나는 최대한 심드렁한 태도로 덧붙였다. 무엇이 중요한 요점인지조차 모른 채 마구잡이로 떠드는 순진무구한 하이드 씨처럼 행동해야 했다.

"목숨을 노리는 자가 존재하는 위험한 몸이어도 괜찮은지 물었거든."

레일리 크라하의 푸른 보랏빛 눈동자가 날카롭게 기울었다. 그가 눈을 가늘게 떴다. 짐작 가는 놈이 한둘은 아닌 듯했다.

실제로도 유리 옐레체니카는 행동거지가 정갈하고 더없이 도덕적으로 구는데도 이상하리만치 적이 많은 인물이었다. 너무 맑은 물에는 고기가 머무르지 못한다고, 귀족들의 정치판과 사교계에서 그녀는 아웃사이더이더였다. 물론 레일리 크라하가 저지른 짓들도 그녀의 적을 대량 생산한 중요한 원인 중 하나였다.

나도 거짓을 말한 것은 아니다. 그 수많은 적군 중 누구인지는 모를 일이지만, 실제로도 유리 옐레체니카의 목숨을 노리는 놈이 있기는 있다. 그래야 언젠가 유리 옐레체니카가 목숨을 잃을 것이고, 《세레나의 티타임》이라는 이야기가 완성된다. 누군지는 몰라도 나는 그를 찾아내고 미리 위협을 제거해야 했다.

그러니 조력자도 정체불명의 적이 존재한다는 사실은 알아 두면 좋을 것이다. 이 시점에서 내가 선택한 '조력자'는, 레일리였다.

"나는 모르고 유리는 아는 것. 나에겐 없고 유리에겐 있는 무언가를 갖고 의식 안쪽으로 도망친 거 아닐까? 누군가가 유리에게 요구할 만한 것 말이야."

"정보."

적당한 단서만 던져 주자 레일리가 알아서 답을 내렸다. 인상을 차갑게 굳힌 그가 내 품에 책을 휙 내던지더니 벌떡 자리에서 일어섰다.

"아직 당신의 논리조차 없는 발언들을 제대로 신뢰하는 것은 아니니, 방에서 꼼짝도 말고 계십시오. 약품을 들고 와서 그 몸이 정말 유리 님의 것이 맞는지 확인해 보겠습니다. 그사이 한 발자국이라도 나가려 했다간 몸통과 머리가 생이별을 하게 될 겁니다."

빠르게 일갈한 그는 성큼성큼 걸어서 당장에 방을 벗어나 쾅 소리와 함께 문을 닫아 버렸다. 흐흥. 내가 이래 봬도 네놈의 창조주다. 적당한 의심의 낌새만 던져두면 알아서 의심하는 놈이 레일리 크라하였다. 미션 컴플리트!

이젠 위협을 제거하고, 남들이 보기엔 유리 옐레체니카 그 자체로 보일 나를 미끼 삼아 '유리 옐레체니카의 형체 없는 적'을 끌어내자고 부추기기만 하면 그만이었다.

사실은 그냥 유리 옐레체니카를 둘러싼 인간 군상을 직접 마주하고 탐색하며 나 자신의 캐릭터 스펙트럼에 대입해 어떤 놈이 참된 쓰레기인지 확인하려는 계획이지만, 레일리가 알 게 뭔가. 그런 건 모르는 게 더 낫다.

레일리도 가만히 앉아 수성전을 할 수 있는 성향은 아니니, 아무리 유리의 몸이 소중해도 별수 없이 함께 바깥 사회의 정황을 살펴 주리라고 생각했다. 물론 저 쓰레기 같은 자식이 정말로 유리의 정신만 소중하고 육신은 안중에도 없어서 이렇게나 막 대할 줄은 추호도 몰랐지만 말이다.

인성의 예쁨이 얼굴의 예쁨에 반비례하는 놈 같으니. 단명해라, 레일리. 욕 많이 먹었다고 장수하지 말고.

나는 레일리 크라하가 쌩하니 빠져나간 문을 바라보며 인자한 창조주의 미소를 지어 보았다.

* * *

뭔가를 가져와서 내 피와 섞어 본 레일리는 곧장 인상을 찡그렸다. 못마땅해 보이는 표정을 보아하니, 짐작건대 내 주장을 무턱대고 부정할 수 없게 된 모양이었다. 혈액 유형이 똑같다거나, 피에 뒤섞인 마력 성질도 동일하다는 등의 이해 못 할 발언도 뒤따랐다.

"뭐 하는데?"

멀뚱히 그의 행동을 지켜보다가 한마디를 툭 던졌는데, 싸늘한 눈으로 나를 흘긋 올려다봤던 레일리 크라하가 들으라는 듯이 혀를 찼다. 그러더니 덥석, 나를 끌어안고는 이곳저곳을 더듬었고, 뭐라고 할 새도 없이 다시 쌩하니 방을 나가 버리는 것이었다.

저 새끼 뭐야? 자기가 뭔데 갑자기 주인님을 더듬는단 말이냐? 눈 뜬 채 코를 베이고 만 나는 레일리 크라하가 돌아오자마자 욕이나 잔뜩 쏟아 내 줄 작정으로 책상 앞에 앉아 한참을 기다렸지만, 애석하게도 레일리 크라하가 돌아온 것은 몇 시간이나 지났을 때의 일이었다. 심지어 그는 돌아오자마자 중대한 질문부터 했다.

"유리 님을 다시 불러들일 방법은 없겠습니까?"

그것이 그의 첫마디였다. 나도 대충 사안의 경중은 판단했다. 욕을 꿀꺽 삼킨 뒤, 말을 걸러 가며 되도록 침착하게 대답했다.

"나로서도 짐작 가는 방법은 없어. 하지만 일단 위협을 차단하면 유리가 알아서 돌아오지 않을까?"

그 밖에는 딱히 내 입장에서도 내어 줄 만한 대답이 없었다.

실제로도 내 세계관인 이상 누군지 모를 흑막이 존재할 것이고, 또 누군지 모를 유리 옐레체니카의 적도 존재할 것이다. 어쩌면 같은 놈일지도 모르고 다른 놈일지도 모른다. 어느 쪽이든 미지의 적을 찾아내서 그를 처리하면 나도 생존 걱정 없이 편안하게 돌아갈 방법에 대해 고찰할 수 있고, 레일리의 입장에서는 유리가 숨어야 할 이유도 없으니 여러모로 문제 해결이었다.

"내가 유리라는 건 인정하고?"

"이름이 같은 타인쯤으로 여기도록 하지요."

단정한 태도로 대꾸한 그가 새롭게 끓여 온 향홍차를 정중하게 내밀었다. 나는 들고 있던 책을 툭툭 흔들다가 홍차를 받았다.

레일리가 자리를 비운 사이 이렇게도 읽어 보고 저렇게도 읽어 보았으나, 여전히 전혀 모르는 언어인데도 술술 읽히고 있었다. 역시 그 이유는 찾아내지 못했다.

방도 없이 책을 내려놓았다.

그사이 내 말을 곱씹던 레일리도 금세 결론을 내렸다. 어느 정도는 내 의견에 동의하는 듯한 눈치였다. 그러나 묘한 태도로 시선을 깐 채 나를 이리저리 탐색하던 그는 잠자코 턱을 만지작거리며 돌연 괴상한 말을 했다.

"그러다간 오히려 유리 님의 몸이 위험해지는 것 아닙니까? 자칫하다간 위험에 노출될 텐데요."

내가 들어 본 말 중에서 제일가는 뻔뻔하고 양심 없는 소리가 아닐 수 없었다.

"방금 전까지 내게 있어 최대의 위협은 너였거든?"

"당신이야 어찌 되든 알 바 아닙니다. 하지만 제 마스터가 돌아오셔야 할 육신인데 생명에 위협이 갈 정도면 곤란하지요. 저는 그분께 들어야 할 말이 있습니다."

"아이고, 독 먹이려 했던 놈이 말은 잘한다."

"어차피 유리 님의 몸이 맞는다면 약은 무사히 먹었어야 합니다."

"그거 말고, 인마. 그거, 그. 검은 환약."

내 말을 듣고 의아한 눈치로 고개를 기울였던 레일리가 곧 묘한 태도로 비웃듯 웃음을 뱉어 냈다. 그러고는 별안간 장갑 낀 손을 두어 번 까딱까딱 접었다 폈다. 어디에서 뿅 나타났는지 그의 손아귀에는 다시 검은 환약이 들려 있었다.

사뿐히 제 입술 앞으로 환약을 가져다 댄 레일리가 눈을 접고 부드럽게 눈웃음을 쳤다. 사뭇 비꼬는 것 같은 태도였다.

"이게 뭔지 정말 모르십니까?"

"내가 어찌 알아?"

"마스터께서 친히 만들어 주신 약입니다. 어지간한 맹독은 단번에 해독할 수 있는 마법적인 치료제지요. 연금술과 마법이 만나 만들어 낸 이 시대 최고의 발명품이라고 해 두겠습니다. 제가 유리 님이 돌아오실 곳을 제 손으로 없앨 리 있습니까?"

나는 턱을 괴고 다쿠아즈를 집어 먹다 말고 레일리를 물끄러미 바라봤다.

마스터의 입 안에 손가락을 쑤셔 넣고 이리저리 휘저어 보는 정도는 적당히 넘길 수 있는 무례지만, 마스터가 죽는 것은 곤란하다는 이야기란 말인가? 대체가 알 수 없는 놈이었다.

산딸기 다쿠아즈를 우물우물 먹고 꽃향기가 나는 향홍차를 한 모금 들이켜다가 불현듯 레일리의 표현에 그냥 넘기지 못할 부분이 있었음을 뒤늦게 깨달았다.

"아니, 그 말인즉 내가 하는 짓이 중독 상태 같았다는 뜻이냐."

레일리는 대꾸 없이 눈을 가늘게 뜨더니 내 입에 다짜고짜 초콜릿 사블레 쿠키 하나를 처넣었다. 닥치고 먹기나 하라는 태도였다.

읍 소리를 내며 그의 손을 물어뜯다가 일단 홍차부터 벌컥벌컥 마셨다. 그리고 구시렁거리며 화제를 바꿔, 일찌감치 레일리를 설득하기 위해 아무 말이나 섞어 만들어 둔 '작전'에 대해서 구구절절 읊어 주었다.

유리 옐레체니카는 본래 사교계에 자주 드나드는 인물이 아니었다. 황제가 이를 기껍게 여기지 않는 탓도 있고, 본인의 성향이 내향적인 탓도 있었다. 본래도 정통 귀족이 아닌 발명가 출신인 만큼 어느 정도 틀어박혀 사는 것은 용인되고 있었다.

따라서 내가 유리 옐레체니카의 몸을 지닌 채 사방을 둘러보며 상황을 파악하기 위해서는 바깥으로 나가야 하고, 원활히 귀족들과 소통하면서도 황제의 눈 밖에 나지 않으려면 미리 황제에게는 사정을 알려 두는 것이 낫다. 그리고 나는 이 세계관의 방식으로 편지를 보내는 법도, 예절도 모르고, 심지어는 직접 글씨를 쓸 수도 없기 때문에 레일리에게 대필을 부탁해야 했다.

내 요청을 들은 레일리는 묘한 표정으로 입술을 만지작거리며 더할 나위 없이 수상한 말투로 차분히 대꾸했다.

"황제에게 사교 활동의 윤허를 구하고, 실험 중의 사고로 '기억을 잃은' 것으로 해 두자, 라……."

"유리에게서 뭔가 협조를 얻어 내려 하던 놈들이 있으면 알아서 위기의식을 느끼고 얼쩡거리며 접근할 것 아니야. 기억을 잃은 게 진짜인지도 확인하고 싶을 테고, 이 기회에 연줄을 대서 속여 먹으려 들 수도 있지."

"다만 기이하군요."

"뭐가?"

태연히 이것저것 대꾸하며 딸기를 입 안에 집어넣다가 눈을 동그랗게 뜨고 레일리를 올려다보았다. 그러나 레일리의 표정이 어쩐지 이상했다. 싸늘한 듯싶다가도 늘 그랬듯 유들유들했다. 이게 뭔 소린가 싶지만 진짜 그랬다. 그가 다시 생긋 미소를 지어 보이며 홍차를 한 잔 더 따라 주었다.

"당신의 말대로라면, 당신은 차라리 그 몸을 손에 넣는 것을 목표로 하는 게 나을 텐데 왜 유리 님을 돌아오게 하려는 겁니까?"

"엥."

예기치 못한 공격이었다. 나는 신음처럼 감탄사를 뱉어 내다가 가까스로 딸기를 씹어 삼키며 최대한 여상스럽게 대답해 보았다.

"그, 나는 유리가 없으면 돈도 못 벌고 일도 못 하는데."

"……."

"난 유리가 부양해 주는 돈으로 대강 놀고먹는 삶이 목표라……."

"알 만하군요. 일단은 그런 것으로 해 두겠습니다."

레일리가 경멸 어린 태도로 상냥하게 대꾸했다. 그 표정이 어찌나 불쾌한지 가운뎃손가락이라도 냉큼 들어 주고 싶었으나, 아, 환장하게도 아무 말이나 해 놓고도 아주 거짓은 아니라는 점이 문제였다. 글을 쓰는 일을 하던 내가 읽는 것 외에는 언어도 모르는 이 세계에서 일을 계속할 수 있을 리도 없으니 정말로 유리 옐레체니카가 벌어 둔 돈을 축내는 생활이 될 것이다. 스스로 서술하니 더 비참하군. 참으로 빌어먹을 일이었다.

"마치 자기는 유리의 살림살이를 축내지 않는 것처럼 말하고 말이야……."

"유감스럽게도 제게는 개인 재산이 있습니다."

내 혼잣말을 귀신같이 알아들은 레일리가 손끝으로 옷깃을 다듬으며 심드렁히 답했다.

"은퇴할 때쯤에는 소왕국 하나쯤은 돈으로 살 수 있을 정도로 모아 두었죠. 유리 님은 알고 계실 텐데, 이 또한 모르시는 모양이군요."

완벽하게 은퇴를 했단 말인가? 어느 정도는 연줄을 남겨 두었을 줄 알았는데, 말하는 투를 봐서는 아예 손을 뗀 것 같기도 했다. 하지만 나는 아무것도 몰라야 하므로, 질문을 살짝 바꿔 보았다.

"벌써 은퇴를 했어?"

"히트맨의 수명이라는 게 그렇게 긴 줄 아십니까. 저야 유리 님을 따라오며 일찌감치 그만뒀지만, 어쨌든 당신과는 경우가 다릅니다."

레일리의 푸른 보랏빛 눈동자가 흘긋 굴러 나를 일별했다. 기분이야 나빴지만 별달리 할 수 있는 말도 없었다. 어차피 못 알아들을 테니 기어코 가운뎃손가락을 그의 면전에 대고 휙 들어 올렸다.

그런데 시선이 마주친 레일리가 못마땅한 태도로 생긋 웃으며 눈썹을 훌쩍 꺾더니, 내 손을 붙잡고 강제로 손가락을 접으며 다정다감하게 속삭였다.

"유리 님의 몸으로 그런 상스러운 욕지거리는 하지 마십시오."

이 세계에도 존재하는 욕이었냐. 나는 내심 차분해졌다. 허공에서 딱 마주친 레일리의 눈동자가 몹시 상냥하고 나긋나긋해 보이는 것이 아무래도 깊이 빡친 것 같았으므로, 슬쩍 손가락을 접으며 다른 주제를 꺼내 보았다.

"그런데 '들어야 할 말'이라는 건 뭐야?"

아까 이야기를 하다가 튀어나왔던 표현이었고, 그냥 넘기기 어려운 말이기도 했다. 그러나 레일리는 이번에도 대답할 생각이 전혀 없는 눈치였다. 그는 그저 내 입에 다쿠아즈 하나를 통째로 쑤셔 넣었다.

"왜 궁금해하시지요?"

"아니, 그렇게 궁금한 건 아니지만."

"돌아오시면 말씀드리겠습니다. 강제로 밀어붙일까 하다가 언젠가는 기다리던 말씀을 해 주시리라 믿고 얌전히 지내기로 결정했는데, 즉시 일이 이렇게 되어 곤란해졌군요."

"이미 질문을 한 거야? 그러면 다른 이유가 아니라 네 질문이 곤란해서 숨었을 수도 있지 않냐?"

이미 온갖 방식으로 레일리와 충돌하고 있었으므로 홍차나 열심히 입안에 밀어 넣고 턱을 움직이며 퍽 빈정대는 태도로 툭 물어보았다. 그리고 다시 입 안 가득 들어찬 다쿠아즈를 먹는 일에 집중하기 시작했다.

그런데 한참이 지나도록 레일리의 대답이 돌아오지 않았다. 나는 다쿠아즈를 무사히 삼켜 넘긴 후에야 슬쩍 고개를 들어 그의 얼굴을 살폈다.

레일리의 표정은 아주 기묘했다. 웃음기가 희미하게 깔린 얼굴이, 그러나 유난히 싸늘하고 복잡한 형상으로 물끄러미 나를 깔아 보고 있었다. 잠시 숨을 뱉어 내듯 냉소적으로 웃은 그가 찻잔을 다시 채워 주며 차분히 대꾸했다.

"그럴지도 모르지요."

무……. 무슨 질문을 했기에 반응이 이따위인 거야? 나는 갑자기 목 안쪽이 꽉 메어 오는 것 같아 다급히 홍차를 끌어왔다. 끝내주는 쓰레기 주제에 왜 말 한마디만 듣고도 저렇게 복잡 미묘한 표정을 짓는단 말인가?

"노, 노, 농담이었어. 너 때문은 아니라고 생각합니다."

밀려오는 인간적인 죄책감에 일단 책임도 못 질 말을 대강 주워섬긴 후 벌컥벌컥 홍차를 마셔 보았으나 영 체기가 내려가지 않았다. 대체 나는 어떤 최악의 타이밍을 노려 드라마틱한 사랑과 갈등의 현장에 돌연 뚝 빙의해 버린 것이란 말인가?

아니, 그런데 생각해 보니 이 자식, 아까 분명 나를 끌어안고 더듬더듬 만져서 뼈대와 골격을 살피더니 유리의 몸이라고 확신하지 않았던가? 대체 평소에 둘이 함께 뭘 하는 사이란 말인가? 체기를 밀어내기 위해 마시는 홍차마저 단숨에 체할 것 같았다.

대체 뭔 시점에 빙의를 한 거냐. 조연들 주제에 왜 이런 끝내주는 로맨스를 찍고 있단 말이냐? 정작 글에서는 로맨스라곤 제대로 다루지도 않는데. 말하다 보니 다시 열 받네. 작가는 반성해라.

그러나 다급히 홍차를 들이켬으로써 동공의 격동을 겨우 감추던 나를 물끄러미 살핀 레일리가 잠자코 덧붙였다.

"아직 묻지는 않았습니다. 하지만 물어봐야 할 이야기가 있었던 것은 사실이죠. 제 의문의 낌새를 채셨습니까? 아니, 분명 낌새를 채셨겠지요. 그래서 숨으신 겁니까? 제 이해가 잘못되었을지도 모른다고 여겨 직접 여쭤볼지의 여부는 고민하고 있었습니다만, 상당히 기분이 나쁘군요. 혹은 숨은 척하시는 겁니까?"

"뭐, 뭐가?"

"일단은 장단을 맞춰 드리겠습니다. 왜 굳이 그 꼴을 하고 그런 소리를 하시는지는 몰라도, 뜻은 이뤄 드리지요. 황제의 허가를 받으면 되는 겁니까?"

"아니, 그걸 부탁한 게 맞긴 한데……."

나는 입술만 달싹이다가 침착하게 홍차를 한 모금 더 마셨다. 실화냐.

세레나가 상경하기도 전에 이미 레일리 크라하와 유리 옐레체니카 사이에는 썸씽이 있었단 말이냐. 작가인 나도 몰랐다. 지금은 내가 빙의해 있다지만, 본래는 유리 옐레체니카가 레일리 크라하의 '하고 싶은 말'을 듣고 그에 대해 대답을 해 주었을 게 아닌가?

레일리 크라하도 딱히 그런 것과는 인연이 없는 놈이라고 생각했지만, 유리 옐레체니카는 더더욱 애정 관계에 관심이 없으니 분명 거절을 했을 텐데. 아니, 그럼 레일리 이놈은 차이고도 곁에 머무르며 온갖 충성을 표현하다가 유리 엘레체니카가 죽자 이성을 잃고 날뛸 정도의 순정파였단 말인가? 차이고도 시체를 품어 안은 채 숲 속으로 사라지고, 대륙을 말아 먹을 정도의 강대한 빌런으로 돌아오면서까지?

"와, 오졌네."

"……."

내 걸쭉한 표현을 들은 레일리의 표정이 즉시 차게 식었다. 나야 이 세기말적 로맨스에 감탄한 것뿐이지만 그의 입장에서는 맥락 없이 튀어나온 말로 들렸을 텐데, 표정을 보니 뭔 생각을 했기에 그따위 소리를 뱉느냐고 따져 묻기도 싫은 모양이었다. 나와는 말도 섞기 싫은 거냐? 개자식, 사실 나도 그래.

경멸과 한심함 따위가 반반 섞인 시선을 잠시 내리깔았던 그가 손끝을 들어 내 입가에 묻은 과자 가루를 툭툭 털어 주며 사뭇 달콤하게 말했다.

"뭐, 꼴을 보아하니 숨은 척하시는 것은 아니라고 생각하고 있습니다만. 적어도 황제를 비롯해 다른 귀족들의 의심을 사지 않으려면 최소한의 품위는 익히시는 편이 좋겠군요."

달콤하긴 한데 백 퍼센트 비꼬는 태도였다. 그는 마지막으로 스콘을 내 입에 강제로 밀어 넣은 후 저녁 준비를 하겠다며 휙 돌아서서 방을 나가 버렸다. 그가 나간 문을 멀뚱히 보고 있던 나는 허어, 감탄사를 뱉어 내며 찻잔을 들어 다시 입술을 축였다.

팝콘, 팝콘이 필요하다. 심지어 레일리가 직접 요리까지 해서 거둬 먹였단 말이냐. 약도 챙겨, 식사도 챙겨, 아까는 정신이 없어 넘겼는데 저 자식이 옷도 입혀 줬지, 고백했다가 차이고도 일평생 지키겠다며 곁을 떠돌다가 시신마저 품에 안고 사라지는 위대한 사랑을 알아 버리지 않았는가? 저기 저, 일단 원작자긴 하지만 역시 최애 커플 레이유리 주식 삽니다.

아니 근데 정작 내가 지지하는 유리가 여기에 없잖아. 젠장.

멀리에서 볼 땐 흥미진진한 남의 연애였으나 하필이면 내가 들어온 몸이 그 당사자의 몸이었고 단명할 예정이다. 애초에 내 글인데 그만한 남의 연애를 구경할 수 있을 리가 없지.

아, 인생. 흥미진진한 연애담을 기다리던 나는 곧장 현실을 깨닫고 다시 팍 식어서 절망하고 말았다.

* * *

그리고 내 기념비적인 빙의일로부터 일주일도 지나지 않아 황제에게서 답장이 도착했다.

편지를 보낸 의도는 황제에게 미리 내 사회 활동을 알리고 이에 대해 고깝게 여기지 말라는 것이었지만 정말로 그렇게 말할 수는 없는 일이었다. 레일리가 대신 작성한 편지에는 그런 구구절절한 문장이 들어가지 않았다. 그의 마스터 유리 옐레체니카가 실험 도중의 사고로 기억을 잃고 어린아이 같은 백지 상태가 되었으며, 지식이나 능력을 발휘하는 방법도 전혀 기억하지 못하는 상태임을 고하는 지극히 담백한 편지였다.

물론 담백한 편지라고 해서 내용까지 담백한 것은 아니었다. 우리는 황제에게 편지로나마 좀 질척거려 봤다. 기억을 잃어 매우 곤란하니 기억을 되살릴 겸 기억에 남은 장소를 돌아보고, 유리 옐레체니카의 발명품을 받아갔던 이들을 만나며 사교 활동을 하고 싶다는 의견을 표명한 것이다.

한마디로, '야, 나 진짜로 권력 안 노릴 테니 좀 돌아다녀도 고깝게 보지 마라.'를 우아하고 고상하게 표현했다. 과연 전근대의 언어 표현……. 레일리는 태연한 얼굴로 편지를 썼지만, 나는 그가 편지를 쓰는 내내 괜히 뒤에 서서 감탄하기만 했다.

그 고상한 편지가 괜히 탄생한 것은 물론 아니었다. 조금은 위장의 목적도 있었다. 괜찮으시면 유리 옐레체니카의 발명품을 지닌 현 소유주가 누구인지를 황실에 요청해 자료를 얻고 싶다는 것을 명목으로 삼았다. 누가 중간에서 편지를 빼돌려도 그럴싸해 보일 만한, 요컨대 황제의 기분을 조금도 상하게 하지 않을 만한 편지가 필요했으므로 적당한 변명거리를 선별한 것이다.

유리 옐레체니카는 황제가 직접 스카우트한 인재로, 그녀의 발명품은 전부 황궁을 통했다가 의뢰자에게로 전해진다. 국가에 공헌한 발명품도 많다. 받는 이의 기분이나 명예를 실추시키지도 않는 마땅한 편지였다.

황제는 흔쾌히 이를 허가했다. 자료를 내준 것은 사회 활동의 허가로써도 기능했다.

어쨌든 황제는 답장 내내 구구절절 의례적이고 고상한 어조로 안부를 묻고 걱정 어린 말을 하더니, 결론적으로는 본인이 유리 옐레체니카를 '신뢰'하고 있으며 큰 '기대'를 걸고 있으니 조속히 회복하여 본인의 업무로 돌아가 주길 부탁했다. 한마디로 권력을 탐내거나 나대면 재미없을 줄 알라는 우회적인 협박이었다. 어서 틀어박혀 발명이나 하라는 소리이기도 했다.

이런 식으로 떠드는 내 캐릭터는 대개 능글맞은 쓰레기지만, 사실 이런 세계관에서 황제를 해 먹고 있다면 어느 정도는 쓰레기여야 마땅할 것이다. 개연성과 신분 제도와 전제 왕권의 원활한 유지를 위해서라도 말이다. 황제에게 인성이 좀 없다고 해서 소설의 흑막이라고 단언할 수는 없는 법이다. 나는 황제의 편지를 팔락팔락 넘겨 살펴보았을 뿐, 그를 용의 선상에 올리는 일은 일단 보류해 두기로 했다.

황제는 심지어 조만간 열릴 주요 살롱 몇 가지를 직접 추천해 주기까지 했다. 이쪽으로는 문외한인 나는 별수 없이 황제의 추천에 따라 그 살롱에 참석하는 쪽으로 방향을 잡았다.

본래 ≪세레나의 티타임≫이 귀족 사회에 스팀펑크를 끼얹은 정체불명 시대 불명 고증 여부 불명의 상류 문화를 중심으로 돌아가는 만큼, 살롱에의 참가는 실제로도 우리에게 도움이 될 것이라는 계산도 있었다.

"코트를 입혀 드리겠습니다."

내가 혼자 입지 못하는 옷을 오늘도 직접 입혀 준 레일리는 내 어깨 위로 부드러운 털이 덮인 코트까지 둘러 주었다.

며칠 지내면서 알게 된 점인데, 유리 옐레체니카의 저택에는 레일리 크라하를 제외한 어떤 고용인도 없었다. 피부의 재질이나 움직임이 놀랄 만큼 자연스러운 인간형의 자동인형(오토마타)들은 종종 보였으나, 대개 가사와 청소, 정원의 관리 등을 비롯한 잡무를 담당하고 있었으며, 유리 옐레체니카의 모든 생활은 레일리가 돌보았다.

아무리 이 몸이 내 것은 아니라 해도 최소한의 상식과 양심을 발휘해 레일리가 입혀 주는 것을 거부해 볼까 했으나, 이 세계의 옷은 도저히 내가 혼자 입을 수 있는 형태가 아니었다. 뭔가 많이 복잡했고, 대단히 화려했으며, 이해하기 힘든 구조물도 곳곳에 붙어 있었다.

결국 레일리에게 다시 부탁하자 레일리는 척척착 하고 순식간에 옷을 입혀 주었다. 일단 집사복을 입은 개망나니이기는 하나, 집사 업무에도 그럭저럭 숙련자라는 점만은 인정해 줘야 할 것 같았다.

"비공정 카드가 어디에 있는지는 물론 기억하지 못하시겠지요."

"'비공정 카드'?"

"비공정을 타기 위해서는 카드가 있어야 합니다. 함부로 이용할 수 있는 이동 수단이 아닙니다."

스팀펑크풍 세계관이라고는 짜 두었으나 세세한 요소까지는 아직 설정해 두지 못했으므로, 나는 레일리의 설명을 듣고야 '아, 비공정도 있군.' 따위의 생각을 했다. 카드를 통해 신분을 확인하는 모양이었다.

내게 코트를 둘러 입혀 준 레일리는 오토마타에게 무언가를 지시하더니 머리 위에 우아한 꽃과 망사, 태엽과 사슬로 장식된 베일 달린 모자를 얹어 주었다. 레일리의 집사복만 봤을 때는 유별나게 스팀펑크처럼 느껴지는 요소가 딱히 없었으나, 유리 옐레체니카가 지닌 외출용 옷은 대개 한 땀, 한 땀 스팀펑크적 요소로 이루어져 있었다.

얼마 지나지 않아 오토마타들이 저택 안을 샅샅이 뒤져 황금빛이 맴도는 검은 카드를 들고 왔다. 레일리는 그것을 받아 본인의 품 안에 챙겨 넣었다.

"완성되자마자 황제의 50세 생일 선물로 바치기는 했으나, 어쨌든 당신의 발명품인 만큼 언제든 대가 없이 편히 탈 수 있도록 황제가 친히 허가한 증표입니다."

"그런데 왜 네가 챙겨?"

"어떻게 이용하는지 알고 계시기는 합니까?"

물론 아니었다. 나는 잠자코 레일리의 안내를 받아 저택을 벗어났다. 사실 아직까지는 저택 현관조차 나서 본 일이 없었다.

그러나 거대한 유리 온실 같은 것으로 둘러싸인 화려한 정원을 지나쳐, 바로 앞의 대로로 나가 선 순간, 나는 별천지를 보고야 말았다.

바깥에서 바라본 유리 옐레체니카의 저택은 거대한 시계 장치 같았다. 반투명한 푸른 유리로 둘러싸인 온실 정원, 실험을 하지 않아도 알아서 작동하는 모양인지 한편으로 비죽 튀어나와 주기적으로 검은 연기를 뿜어내는 지하 실험실, 크고 작은 시계가 붙어 서로 다른 시간을 가리키며 째깍째깍 돌아가고 있는 삐죽빼죽한 벽면에는 담쟁이 대신 시계에 딸린 수많은 톱니바퀴들이 얼기설기 엉켜 있었다.

요란하고도 비현실적인 저택 전경을 피해 슬쩍 고개를 들어 보자 또 시야 가득 이상한 풍경이 잡혔다. 하늘이라기보다는, 그야말로 번쩍이는 보석을 가득 박아 둔 푸른 벨벳 양탄자 같았다. 푸른 하늘에는 손톱만큼 작아진 비공정들이 드문드문 떠다니고 있었다. 새파란 하늘에서 그 기기묘묘한 색과 번득이는 금속 강판, 크리스털과 보석으로 만든 창이 화미하게 빛났다.

그 형태만으로도 비행기와는 사뭇 느낌이 달랐다. 프로펠러와 열기구, 태엽을 덕지덕지 붙인 쇳덩이가 하늘을 날고 있다. 나로서는 단 한 번도 보지 못한, 생전 처음 보는 기묘한 풍경이었다. 잠깐 관자놀이를 문지르며 흘긋 주변을 둘러봤다.

이제 보니 유리 옐레체니카의 저택은 수도가 한눈에 보이는 교외의 깎아지른 절벽 위에 있었다. 높은 절벽은 아니고 공간도 넓어 따지자면 거대한 구릉에 가까웠다. 유리 옐레체니카의 저택뿐만 아니라 몇 개의 공방과 화려한 저택들도 구릉 곳곳에 띄엄띄엄 놓여 있었다.

구릉이 어디까지 이어지는지도 육안으로는 확인이 되지 않았다. 그저, 유리 옐레체니카의 것만큼 수상쩍고 세계관 파괴적인 디자인을 지닌 저택은 다행히도 별로 없어 보였다.

그때 푹푹푹 증기를 뱉어 내며 덜컹덜컹 움직이는 무인 마차가 다가오더니 알아서 툭 문을 열었다. 마차 안에 얌전히 앉아 있던 어린 소년이 우아한 몸놀림으로 내려 손을 내밀었다. 반사적으로 그의 에스코트를 받아 마차에 올라탔는데, 소년의 손을 잡고야 그가 오토마타임을 알았다.

대체 나는 무슨 세계관을 짜 버린 것인가. 단 한 번도 세계관을 짜는 일에 힘을 들인 적이 없지만, 마찬가지로 단 한 번도 세계관이 폭발해서 퍼져 나가는 것을 스스로 통제해 본 일이 없다. 이번엔 아무래도 폭발 쪽이었다. 나는 도무지 내 디자인 감각으로는 떠올리지 못할 화려한 태엽 장치들을 내내 살피며 허어, 낮은 탄식을 뱉어 내고야 말았다.

세계관이나 이야기를 온전히 통제하지 못하는 편인 데다가 설정을 구성하는 과정도 우주의 아카이브에서 다운로드 받는 식이니, 내 글에는 별수 없이 일관성이 없었다. 장르도 천차만별이었다. 나는 어쩌면 우주의 아카이브를 통해 실제로 어떤 세계에서 일어나고 있는 일들을 전달받아 그것을 글로 쓰는지도 모를 일이다.

모든 이야기는 사실 하나의 세계고, 모든 세계는 언젠가 수많은 이야기가 되는지도 모른다. 늘 하던 생각이고 내 창작 활동의 기본 모티브이기도 하지만, 직접 두 눈으로 보고 나니 더더욱 신뢰가 가는 가설이었다. 이 세계는 내가 만들었을 수도 있지만 이렇게나 센스 있는 디자인은 내 머릿속에서 나왔을 것 같지가 않군…….

몹시도 침착해져서 주변을 둘러보다가 일단 얌전히 마차 안에 들어서려 했는데, 돌연 레일리의 손에 이마를 붙들려 잠시 고개를 젖혔다. 마차의 입구에 이마를 박을 뻔했던 것을 슬며시 눌러 막아 준 레일리가 내 고개를 낮추게 하고 안까지 에스코트해 주었다.

몸을 웅크린 채 자리에 앉자 소년 오토마타가 문을 닫았고, 그 즉시 덜컹덜컹 뿌우 소리를 내며 마차가 움직이기 시작했다.

"살롱에 참가하기 좋은 최신 유행의 드레스들을 급하게라도 몇 벌 사겠습니다. 장인을 저택에 불러도 괜찮겠으나, 직접 제작을 부탁하기엔 시간이 걸리니 일단 당장 열릴 살롱들에는 기성 제품을 이용해 참가하고, 차차 드레스들을 구비하도록 하지요."

"유리는 드레스가 별로 없구나."

"있기는 합니다만, 수십 년은 지난 유행의 복식을 선호하셔서."

레일리는 내 맞은편에 마주 앉아 본인의 옷깃을 깔끔하게 가다듬은 후 내 목 언저리를 장식한 장식물에 손을 뻗었다. 그가 시선을 내리깐 채 장신구를 조금 손봐 주는 내내 나는 레일리의 얼굴을 물끄러미 관찰하고 있었다.

잘 뻗치는 편이지만 깔끔하게 정돈한 짧은 은빛 머리칼 아래로 서늘한 보석처럼 반짝이는 푸른 보랏빛 눈동자가 자욱하게 가라앉았다. 코앞까지 다가왔다가 다시 올라가는 은빛 머리칼, 길고 가느다란 속눈썹이 팔랑팔랑 흔들리는 섬세한 낯과, 인형 같은 이목구비와, 인성에 반비례해 예쁘장한 이모저모를 찬찬히 뜯어 살폈다. 역시 생김새만큼은 대단했다.

사실, 인성을 말아먹었는데 얼굴이라도 예쁘지 않으면 이놈들을 굳이 캐릭터로 만들고 예뻐할 이유가 무엇이란 말인가? 보편적으로 내가 만든 쓰레기들은 예뻤다. 레일리 크라하라고 예외는 아니었다. 그는 새삼스럽게 도 대단히 잘생긴 인물이었다. 어쨌든 개자식이지만 말이다.

레일리는 금세 손을 떼어 냈다.

"당신이 선호하는 색이나 스타일은 있습니까?"

"아니, 난 전혀 몰라. 직접 보기 전까진 어떤 느낌인지도 모를 것 같은 데. 디자인이 어떨지 감이 안 잡히거든. 그런데 언제까지 '당신'이라고 할 거냐? 이름만 같다고 생각하면 유리라고 부르든가. 호칭 좀 정리하자."

레일리라도 나를 계속 유리라고 불러야만 누군가가 나를 이름으로 불렀을 때 익숙하게 대응을 할 것 아닌가? 일단은 한동안 내 이름 삼아서 사용해야 하니 조금 더 익숙해질 필요가 있었다. 그러니 '당신' 대신 다른 호칭, 요컨대 이 육신의 이름인 '유리'를 제대로 사용하자고 제안한 셈이었다.

그런데 내 말을 들은 레일리는 아주 못마땅하고 불쾌한 낯으로 생글 생글 웃기 시작했다.

아, 뉘, 레일리 님 안의 유리 님은 한 명뿐이세요? 참사랑 인정하고요, 두 번 인정하고요, 이거 리얼 반박 불가인 것 자알 알겠습니다.

그의 표정을 보자마자 대번에 결론을 내린 나는 됐다고 손사래를 쳤다. 어차피 기억 상실인 것으로 해 두었으니 이름을 불리고도 돌아보지 않는 다 해서 큰 누가 되지는 않을 것이다. 마법과 정령술을 쓰는 방법도 잊게 만든 초강력 기억 상실에 대체 뭘 바란단 말인가.

그런데 내가 손을 내젓자 레일리가 별수 없다는 태도로 제 목덜미를 만 지작거리더니, 단정하고 정갈한 집사 본연의 자세로 돌아와 예의 바르게 제안했다.

"마스터로 부르지요."

"그것도 유리에 대한 호칭 아니냐?"

"딱히 그런 건 아닙니다. 주인으로 모시기로 했으니 공적으로는 그런 호칭이 자연스러우리라 여겼을 뿐, 은퇴하기 전에는 신분 높은 의뢰인을 부를 호칭이 마땅치 않을 때 마스터라 부르기도 했습니다."

한마디로 뭐 어떻게 쓰든 별 상관이 없는 호칭이니 주겠다는 얘기인 듯했다. 어차피 그에게서 유리라는 이름을 제대로 들을 생각은 없었으니 나도 대번에 승낙했다. 마차 창 바깥으로는 여전히 기이하고 시대를 알 수 없는 풍경들이 휙휙 지나가고 있었다.

"그나저나 유행에 맞는 옷이 한두 벌도 아닐 텐데 어떻게 골라? 나는 이 나라의 귀족 여성들이 보통 어떻게 입는지 알기는커녕 제국민이 선호하는 색이나 사용하면 안 될 상징 같은 것도 모르는데."

"물론 마스터께서는 아는 바가 전혀 없으실 테지만 걱정 마십시오."

유명 살롱에 참석하려면 최소한의 예의로 차림새는 말끔히 해야 할 텐데, 너무 튀는 색이나 주최자의 심기를 어지럽힐 디자인이 되면 곤란했다. 떠오른 질문을 즉시 던지자, 본인이 직접 챙겨 주었던 작은 손가방을 가져가서 그 안을 정돈하던 레일리가 여상한 태도로 툭 대답했다.

"주인의 부족한 점을 채우고자 집사가 있습니다."

쓰레기 주제에 사뭇 믿음직스러운 발언이었다. 내가 물개 박수를 치는 사이 레일리가 돌연 손가방에서 엄지만 한 작은 함을 꺼내 들었다. 그러고는 또 내 턱을 불친절하게 휙 잡아채더니 함 위에 약지를 슥슥 문지른 후 내 입가에 가져다 댔다.

"그러니 유리 님의 품위를 훼손하지 말고 입 다문 채 얌전히 계십시오, 마스터."

달콤한 향이 나는 꽃물을 내 입가에 툭툭 문질러 준 후 위협적으로 입술을 꾹 짓누른 그가 보랏빛 눈을 싱글벙글 휘며 다정하게 속삭였다.

"주인이 방종하게 군다면 그것을 처리하는 것도 또한 집사의 소임 아니겠습니까?"

물론 주인의 생명을 처리할 기세로 그딴 소리를 하는 집사가 존재한다는 이야기는 들어 본 일조차 없다. 나는 또 한 번 인자한 조물주의 미소를 지으며 그의 이마를 쾅 들이받아 버렸다.

* * *

마차를 타고 이동하는 내내 간단한 지리의 설명을 들었다. 유리 옐레체니카의 저택이 있는 이 구릉 '아네신트라'는 수도 바로 위쪽에 자리 잡고 있는데, 그 경사가 위험할 정도로 극심하기 때문에 수도에 향할 때는 비공정을 이용해야 한다. 즉, 비공정을 이용해 왕래할 수 있을 정도의 재력을 지닌 자들만이 아네신트라 위에 거처를 잡았다고도 볼 수 있다. 유리 옐레체니카의 백작저도 그중 하나였다.

주된 고객층이 아네신트라에 자리를 잡으니 이름 높은 공방들도 구릉 위에 분점을 냈다. 수도의 유명한 공방이 전부 주문 제작을 모토로 돌아가는 반면, 아네신트라 위의 분점은 장인의 이름을 붙인 기성품을 주로 판매한다.

어차피 우리는 당분간 수도로 내려가서 생활할 예정이었다. 그러니 아네신트라 위에서 나쁘지 않은 기성품을 몇 벌 구입한 후, 수도에서 추가로 의복을 제작하기로 했다.

"황제가 추천한 것은 바로 나흘 후에 열리는 레스킷 양의 살롱입니다. 다 늙어서 주책맞게 끼고 사는 황제의 정부죠. 마스터께서 최소한의 예의범절조차 잊었음을 알고 계시니 이를 미리 일러두겠다고 하는 눈치더군요."

여전히 황제에 대한 존칭이나 존경심이라곤 티끌만치도 찾아 볼 수 없는 태도로 당분간의 살롱 일정을 꺼내 든 레일리가 말했다.

"레스킷 양은 본래부터 고상한 예의범절과는 거리가 있는 자유로운 여성입니다. 황제가 따로 불러 사정을 얘기했다면 마스터에 대해서도 유감없이 이런저런 것을 챙겨 줄 겁니다. 최근에 노래하는 태엽새를 상당히 마음에 들어 했다는 이야기를 확보했으니 살롱 방문 시 태엽새를 선물로 들고 가는 것도 괜찮을 겁니다."

"태엽새? 그건 황……. 폐하께서 알려 주신 거야?"

"물론 제가 직접 알아낸 겁니다."

"유리에게 그런 정보력이 있었어?"

"유리 님과는 무관하게 말이지요."

나는 힐긋 미간을 좁히며 그의 말을 곱씹었다. 귀족의 일상적이고 사소한 선호나 사담에 대해 엿들을 정도의 정보력이 존재하는데, 그 정보력을 유리 옐레체니카와 무관하게 레일리 크라하가 제멋대로 부릴 수 있다?

유리 옐레체니카가 죽는 것 이상으로는 관련 설정을 세밀하게 짜기 이전이었기 때문에, 레일리 크라하가 어떤 악역이 되어 돌아오는지도 아직 모른다. 그러나 듣고 나니 얼추 윤곽이 잡혔다.

므라우의 잔당이 남아 있단 말인가?

내가 말 그대로 백지 상태의 상식을 지니고 있기 때문에 경계 없이 말하나 싶었지만, 레일리 크라하가 딱히 그럴 위인은 아니었다. 그렇다면 나는 알아도 상관없는 얘기라는 뜻이 된다.

내가 알아도 상관없다는 것은, 요컨대 유리 옐레체니카가 알아도 상관없다는 해석으로 곧장 이어졌다. 혹은, 이미 유리 옐레체니카가 알고 있던 사실이라고도 볼 수 있다.

그리고 만일 그렇다면 유리 옐레체니카는 유사인족의 해방을 위해 뒤에서 수작질을 벌이고 있었을지도 모른다. 캐릭터 설정을 생각해 보면 충분히 가능성이 있는 일이었다.

유리 옐레체니카는 속세로부터 떨어진 푸른 숲에서 자라나 인간들의 권위와는 인연이 없었고, 그로 인해 신분 계급에 얽매이지 않는 인간이었다. 실제로 내 눈앞에 있는 이 작자, 레일리 크라하도 유리 옐레체니카가 폐허가 된 브라우를 들쑤시다가 구해 온 노예 출신의 유사인족 혼혈이 아니던가.

만일 정말로 유리 옐레체니카가 레일리 크라하와 함께 유사인족의 해방을 준비하고 있었다면, 유감스럽게도, 데드 플래그는 내가 상상한 것 이상으로 대폭 늘어나게 된다.

"마스터."

생각에 사로잡혀 있다가 퍼뜩 고개를 들었다. 나를 물끄러미 바라보던 레일리가 손끝을 펼쳐 본인의 입술을 만지작거리며 부드럽게 말했다.

"저와 있을 땐 얼마든지 방종하게 구셔도 상관없습니다만, 다른 인간들이 있을 때 그런 호칭을 잘못 사용했다간 목이 달아날 겁니다."

"어?"

"아무리 같잖아도 본인이 섬기는 주군에게는 존칭을 제대로 쓰셔야지요. 잠깐이라도 방금처럼 망설이거나 실수를 하면 큰일입니다. 유리 님의 몸에 해악을 끼치지 마시지요."

"나는 같잖다고까지는 안 했는데. 너야말로 조심하지 그러세요."

"저는 얼마든지 상황에 맞춰 대처할 수 있습니다."

뻔뻔하게 대꾸한 그가 살롱 일정을 넘기다가 한 페이지를 펼쳐 내게 보여 주었다. 이번에도 전혀 모르는 언어인데 놀랄 만치 제대로 읽혔다. 글자의 형태는 눈에 들어오지 않았지만 의미만은 확실히 파악했다. 마리벨 후작이라는 이름이 대문짝만 하게 적혀 있었다.

"어쨌든 레스킷 양의 살롱 이후에 참석할 만한 근일 내의 큰 파티는 마리벨 후작의 생일 파티로, 한 달 반 정도의 시간이 있습니다. 마스터께서 사교 활동을 시작하셨다는 이야기를 들으면 누구나 앞다투어 초대장을 보낼 테니, 편의를 살피기 좋은 살롱에서 살짝 이야기를 흘려 두는 것으로 충분합니다."

"너무 대놓고 다른 살롱들을 빠지면 평판이 나빠지지 않을까?"

"레스킷 양의 살롱 이후에는 바로 쥬덴 공작 부인의 살롱이 있으니 거기까지만 참가해 소문을 퍼트린 후, 마리벨 후작의 파티에 참가할 때까지 건강상의 문제를 핑계 삼아 쉬면 그만입니다. '건강 문제로 빠지기 곤란한' 파티에만 무리해서 얼굴을 보이는 정도로 해 두면 됩니다. 지난 며칠간 익힌 것은 극히 기본적인 예절에 불과하니, 그때 조금 더 예의범절을 공부해 두는 편이 좋을 겁니다."

"아, 괜찮네."

고개를 주억주억 흔들자 레일리가 조금 더 설명을 붙였다.

"마리벨 후작의 파티 이전까지 이어질 살롱들은 레스킷 양의 것처럼 편하지도, 쥬덴 공작 부인의 것처럼 영향력이 크지도 않습니다. 알맹이 없는 곳에 일일이 참석할 필요는 없습니다. 유리 님은 본래 연약하시니 적당한 핑계도 되겠지요."

"유리의 몸 상태는 대충 어떤 거야? 뭐, 내 몸이기도 하겠지만 자세하게는 들어 본 바가 없어."

"마스터께서 염려하실 문제는 아닙니다. 제가 곁에 있는 한 어떤 문제도 없을 겁니다."

말이 나온 김에 유리의 신체 이곳저곳에 깃든 데드 플래그를 알아볼 의도로 질문을 꺼냈지만 레일리가 딱 잘라 말을 끊어 냈다. 대단히 태연한 태도였으나 이번에도 놀랄 만치 믿음직스러운 발언이었다.

물론 레일리가 뜻밖에 믿음직스러운 것과는 별개로, 나는 내 몸의 상태를 알아야만 데드 플래그를 쉽게 피할 수 있을 것이다. 다시 질문을 던지려는데 무인 마차가 뚝 멈춰 섰다. 푹푹푹 증기를 뱉어 낸 후 다시 덜컹 문이 열렸다.

이미 주섬주섬 자료와 짐을 다시 정리하고 있던 레일리는 즉시 자리에서 몸을 세우며 내게 손을 내밀었다.

"지금부터는 입 다물고 계십시오. 단순히 기억을 잃은 것과 기억을 잃은 후 망나니 같은 행동을 일삼는 것은 경중이 다릅니다."

뜻밖의 믿음직스러운 발언 직후에 그는 다시 주인에 대한 예의를 말아 먹은 발언을 했다. 나는 그의 뒤통수에 대고 한 번 더 가운뎃손가락을 올렸다가 주섬주섬 자리에서 일어났다.

일단 마구잡이라고는 하나 판타지 배경의 장르 소설을 n년 써 본 경력이 있다. 나는 내 글 안에서 그럭저럭 통용될 법한 레이디의 태도로 그의 손을 붙잡은 채 마차에서 내려섰다.

레일리는 나를 데리고 커다란 저택에 들어갔고, 잠시 누군가와 이야기를 하더니 곧장 안쪽의 별관으로 안내를 받았다. 다양한 사람들이 내게 인사를 건네고 있었다. 본래 유리 옐레체니카가 하층민에게 다정한 태도를 보였으니, 나도 그들을 향해 슬며시 웃으며 목례를 해 주는 정도로 적당히 넘겨 버렸다.

본래 유리 옐레체니카의 옷은 장인을 불러들여 원하는 디자인을 건네거나 시안을 받아 본 후 결정하는 식으로 마련했기 때문에, 이런 곳에 직접 찾아온 일은 처음인 듯했다. 직원들은 흘끔흘끔 소문의 천재 발명가를 살피며 저희끼리 수군대고 있었다.

설정상 저택에 틀어박혀 연구만 하고, 자원봉사가 아니면 잘 나가지도 않는 인물이니 당연한 반응이었다. 유명인이기도 했고 말이다. 나는 그들의 시선을 애써 무시한 채 레일리의 안내를 받아 별관 안쪽으로 들어섰다.

별관에는 온갖 종류의 드레스가 좌르르 전시되어 있었다. 내가 상상한 옷가게와는 뭔가 많이 달랐다.

유리 옐레체니카의 몸짓은 무엇을 하든 우아했고, 그 기본적인 품위가 육체에 익어 있는 덕에 나름대로 조신하게 움직이고는 있었으나, 나도 모르게 시선이 굴러가는 것만큼은 막지 못했다.

레일리는 내 손부터 붙잡아 끌더니 정중하게 한쪽에 앉혀 두었고, 오토마타가 들고 온 착용자의 신체 사이즈를 적는 판에 망설임도 없이 치수를 줄줄 써 넣었다. 마법으로 여러 정보를 입력해 둔 오토마타는 판을 유심히 들여다보더니 레일리를 안내했고, 직원도 그의 곁에 따라붙어 몇몇 드레스들을 추천하기 시작했다.

그런데 레일리는 추천은 한 귀로 듣고 한 귀로 흘리는 태도로 성큼성큼 걷다가 옷 몇 개를 휙휙 지목하며 쭉 순찰하더니 곧장 내게로 돌아왔다.

"공방마다 치수를 다르게 적용하는 경우도 있고 재질에 따라 부피감이 다르니, 두어 벌 정도는 직접 입어 보셔야 할 것 같습니다. 다행히 경의실이 안쪽에 있다 하니, 잠시 모시겠습니다."

"예?"

곁에서 무언가를 설명해 주던 직원이 당황한 얼굴로 반문했다. 레일리의 부축을 받아 자리에서 일어나던 나는 눈을 댕그랗게 뜨고 그녀를 흘긋 바라보았다. 직원은 곤혹스런 낯으로 말을 고르다가 가까스로 문제 제기를 했다.

"따로 옷시중을 들 시녀는 데려오지 않으셨습니까?"

아.

과연 아무리 막나가는 세계관 설정이어도 여주인의 옷시중을 드는 인물은 여성인 것이 일반적인 모양이었다. 역시 나만 이상하게 생각하는 게 아니었다.

그러나 나는 혼자 옷을 입을 수도 없고, 시간도 오래 걸리며, 애초에 레일리는 처음부터 끝까지 자연스러운 태도로 내 옷시중까지 전부 본인이 들지 않았던가? 아니나 다를까 레일리는 심드렁한 낯으로 시선을 깔며 태연히 대꾸했다.

"저로 충분합니다."

"그, 다른 분들도 쓰시는 장소라, 곤란한 일을 하시면……."

직원이 차마 못할 말을 꺼내는 태도로 조심스럽게 말을 걸었다. 무슨 생각을 하는지 뻔히 보였다. 옷 갈아입겠다고 들어가서 애정 행각이라도 벌이면 재미없을 줄 알라는 완곡한 표현인 듯했다.

나는 눈썹을 추켜세웠다가 가늘게 눌러 떴다. 즉, 그런 귀족들이 적지 않게 존재하는 사회라는 뜻도 된다.

노예 제도가 존재하고, 향락에 젖은 이들이 적지 않고, 방탕하며 후안무치한 자들이 넘쳐나는 세계. 그리고 스팀펑크다. 공방과 점포의 발달과 재화의 제공 방식을 보아하니 상업적으로도 적지 않은 발전이 진행됐을 것이고…….

귀족들이 지방 영지를 지키기는커녕 대놓고 수도에서 활개를 치고 있는 것을 보면, 사회 분위기는 대략 현대에 근접한 근대와 비슷한 수준으로 생각해도 되지 않을까? 신분제가 얼마나 완고한지, 얼마나 부당한지는 아직 잘 짐작이 안 가지만, 그건 뭐, 귀족들 틈바구니에서 찬찬히 살펴볼 일이었다.

듣자니 사람들의 인식에도 물질중심적인 사고방식이 팽배해 있는 듯했다. 문명에서 배제되고 결국 지도에서 삭제당한 므라우 지역의 설정만 떠올려 봐도, 세계관의 전반적인 양극화가 심하게 진행되었다고 해석할 수 있을 것 같았다. 므라우 난민들만의 문제가 아닐지도 모른다. 부유한 귀족의 입장에선 이만한 유토피아가 없지만, 아래로 가면 디스토피아가 펼쳐져 있다는 얘기인가? 이 세계를 구성한 권력과 자본의 기반에는 제3세계에의 지독하고 잔인한 착취가 있을까?

제국주의 신분제 국가의 발명재벌 귀족이 된 셈이니 물질적으로는 풍족하겠지만 전반적으로 따져 보면 곤란한 일이었다. 특정 계층의 불만이 팽배한 세계라면, 문제는 어디에서든 시작될 수 있다. 귀족 작위를 지닌 인물이 예기치 못한 죽음을 맞이할 요소가 어디에든 넘쳐난다는 뜻이다.

권력 구조를 뒤집거나, 세계 전반의 규칙을 뒤집으려는 움직임도 물론 언제든지 벌어질 수 있을 것이다.

그런데 거기까지 생각했을 때, 레일리가 생긋 웃으며 어디 더 말해 보라는 듯 불쾌한 태도로 돌아섰다. 레일리 님의 유리 님이 모욕을 당했다고 여긴 듯했다. 그는 정말이지 당장이라도 사람 하나 죽일 기세였다. 결국 나는 레일리의 팔을 붙잡으며 대신 나섰다.

사실, 내 캐릭터인 만큼 화법만큼은 완벽하게 숙지하고 있다. 세계관에 대해서는 미처 파악하지 못해 예의범절은 모른다고 밀어붙이는 게 낫겠지만, 유리 옐레체니카의 행세는 그저 존대를 사용하는 것만으로도 충분했다.

나는 유리다. 만인에게 예의 바르고 다정한 스위트 걸 유리 옐레체니카다. 일단 내면에 최면부터 걸었다.

"부끄럽지만 제가 건강이 좋지 못해, 제 건강을 돌봐 주는 레일리에게 여러 시중을 맡기고 있답니다. 하다못해 신발 굽을 결정하는 일에도 레일리의 도움이 필요하지요. 놀라셨다면 죄송한 일이에요. 사전 설명을 드리지 못했군요."

나는 유리 옐레체니카의 설정 그대로 조심스러운 낯을 했고, 입가에 손을 가져다 댄 채 서글픈 듯 눈을 깔았다.

"실례가 되는 요청이었다면 죄송합니다."

본래의 내 몸으로 했으면 대번에 티가 났을 것 같지만, 사실 유리의 얼굴로는 뭘 해도 개연성이 넘쳐흘렀다. 직원도 그런 말씀 하시지 말라고 괜찮다며 손사래를 쳤다. 옆에서 엄격한 얼굴로 따라다니던 분점의 지배인은 오히려 직원에게 날카롭게 눈을 흘기고는 재빨리 끼어들었다.

"오히려 저희가 사죄드려야 합니다. 옐레체니카 백작님께서 지병을 지니신 사실이나 크라하 씨가 많은 업무를 담당하신다는 점을 알고 있었는데, 이를 미처 배려하지 못한 저희의 잘못입니다. 들어가시죠."

그리고 무사히 방 안에 들어섰다. 코르셋을 착용하려면 다른 도움의 손길이 필요치 않겠느냐고 마지막 질문이 들어왔지만, 미리 골라낸 옷 몇 벌을 들고 따라 들어오던 레일리는 대꾸도 없이 문을 닫아 버렸다. 나는 소파에 아무렇게나 걸터앉아 일단 굽 있는 신발부터 벗어 내던 중이었다. 레일리가 대번에 온화한 미소를 지었다.

"방금처럼 '귀족답게' 행동할 줄 아시면서 왜 또 그 꼴입니까."

"유리 행세를 하는 건 정신적으로 타격이 있다고. 아, 젠장. 소름이 쫙 돋는군."

"예의범절은 따로 배우지 않아도 괜찮으신 것 아닙니까?"

"유리는 기본적으로 존대를 쓰니까 나도 나긋나긋하게 존대를 써 봤을 뿐이야. 제대로 된 예의는 모른단 말이다."

내 세계관에서 주로 사용하는 귀족 문화의 방식은 존재하니 대충 짐작은 가지만, 정확하게 확인하지 않은 채 그렇게 행동하는 것도 저어되는 일이었다. 무엇보다도 괜히 따라 하는 행세를 하다가 실수나 과장된 행동을 해서 비웃음을 사는 것은 곤란했다. 그보다는 아예 백지 상태인 천연 그대로의 나 자신을 밀어붙이는 게 나았다. 양손에 신발을 잡아 든 채 가지런히 정돈해 둔 후 레일리에게 손을 뻗었다.

레일리는 못마땅한 낯으로 빙그레 웃어 보이더니 내 옷을 벗겨 주기 시작했다. 집사복을 입은 개망나니이기는 하나, 어쨌든 그는 민완 집사였다. 솜씨만은 대단했다.

"군청색 위주의 드레스들이네."

"레스킷 양은 본인이 가장 튀어야만 직성이 풀리는 인물입니다. 쥬덴 공작 부인은 화려한 옷차림을 싫어하지요. 그러니 색이 진하고 어두운 계열로 골라 보았습니다."

"그런데 생각하면 할수록 이상한데, 왜 하필 남자가 유리의 옷을 갈아입히게 된 거야?"

"유리 님이나 저나 그런 것에는 개의치 않았고, 못 믿을 인간을 유리 님과 단둘이 남겨 둘 수도 없는 일입니다. 어차피 제가 옷을 갈아입는 자리에 동석해야 한다면 굳이 다른 인간을 쓸 이유도 없습니다."

"코르셋은 어쩌게?"

"언제 제가 마스터의 몸에 코르셋을 걸치게 한 일 있습니까?"

나는 또 옷 갈아입히기 인형이 된 것처럼 레일리의 손과 팔에 감싸인 채 뱅글뱅글 휘둘리다가 금세 새로운 옷을 걸쳐 입었다. 그리고 보니 단 한 번도 코르셋을 입은 적이 없었다.

흘긋 살펴본 거울에는 우아하고 아름다운 유리 옐레체니카가 끝내주는 피트를 자랑하며 서 있었다. 아, 네. 코르셋 따위 필요 없는 우주 제일의 미녀시군요.

"무슨 생각을 하시는지 알겠습니다만, 코르셋 같은 걸 조였다간 버티지 못하십니다."

등 뒤로 손을 뻗어 천 조각을 정돈하고 목덜미의 장식물을 제대로 세우던 레일리가 즉시 일갈했다. 건강 문제였군. 나는 즉시 납득했다. 사실 굳이 건강을 해치면서까지 그런 것을 사용할 필요가 없는 늘씬한 몸이기도 했다.

"움직여 보십시오. 조이거나 불편한 부분, 공간이 남는 느낌은 없으십니까?"

"응. 괜찮은데."

"치수는 그냥 입어도 얼추 맞는 모양입니다. 다만 수수해도 너무 수수하니 장식을 달 수 있도록 수선을 부탁해 두지요. 그 정도 작업은 하루 이틀 사이에 끝날 겁니다. 직공이 한둘 있는 것도 아니니 즉시 끝내서 유리 님의 원조하에 비공정을 태워 보내도록 하겠습니다."

"응."

대강 대답한 후 거울 앞에 다가가서 서 보았다. 묘사로는 끝내주는 미녀라고 nn번 서술할 인물이고, 설정상으로도 미인이기는 하지만 직접 본 일은 없었기 때문에 궁금증이 일었다. 그도 그럴 것이 저택 안에는 그 흔한 화장대 하나 없었다. 옷이나 매무새 점검은 모조리 레일리가 해 주었으니 직접 스스로 점검할 일조차도 없었다.

"와, 관리 하나 안 하고 이런 미녀란 말인가."

나는 솔직하게 감탄했다. 저택에 화장대가 없고 매일 아침 레일리가 머리를 정돈해 주거나 직접 세수를 하는 게 전부였으니 실제로도 별다른 관리를 하지는 않았을 텐데, 유리 옐레체니카의 외모는 정말이지 장난이 아니었다.

찰랑찰랑 흘러내리는 아름다운 물빛 머리칼과, 홍옥을 박아 넣은 듯 부드러운 분홍빛을 머금은 붉은 눈동자가 인상적이었다. 도자기 같은 창백한 피부와 파리한 혈색, 가느다란 손가락, 레일리가 일찌감치 꽃물을 발라 주었기 때문에 유난히 반짝이는 분홍빛 입술이 선명하게 눈에 박혔다. 마치 우아하고 성숙한 물의 요정이 거울 속에 깃든 것 같았다.

옷들을 정리하고 몇 가지 주문 사항을 적어 오토마타에게 주던 레일리가 옷을 다시 갈아입자며 나를 향해 돌아서다가 묘한 표정으로 질문했다.

"처음 보십니까?"

"거울이 있어야 보든 말든 할 것 아냐."

"유리 님이 거울을 싫어하셔서. 당신은 괜찮은 모양이군요."

유리가 거울을 싫어한다고? 나야말로 처음 듣는 이야기였다. 아직 미처 손대지 못한 설정이기도 했다. 자세한 것을 묻기 위해 돌아서다가 코앞까지 다가온 레일리의 얼굴과 정통으로 시선이 마주쳤다.

나는 즉시 상념을 멈춘 채 자연스러운 대답을 했다. 요컨대, 생전 처음 자신의 얼굴을 보게 된 두 번째 인격이 할 법한 자연스러운 대답 말이다.

"이야. 유리 예쁘네. 내 몸이 이렇게 예쁘다니 기분은 좋다."

내 말을 듣고 눈을 가늘게 떴던 레일리가 다시 나를 끌어들였다.

"그리고 당신을 세상에서 가장 아름답게 만들 수 있는 것은 저뿐입니다. 유리 님의 저택에 시녀를 더 들일 생각 따윈 하지도 마십시오."

이 새끼 진짜 뭐야. 세기말적 트루 러브라도 하는 모양이다.

그리고 나는 아무래도 뷔올 최대의 순정남으로 추정되는 레일리 크라하의 팔 안에서 다시 한 번 뱅뱅 휘둘리며 옷 갈아입히기 인형이 되어야 했다.

* * *

"옐레체니카 백작님께서는 생각보다 유쾌한 분이셨군요."

붉은 부채로 입가를 가린 아멜리아 레스킷이 경쾌한 어조로 말했다. '생각보다 유쾌'하다니, 이걸 좋게 받아들여야 하는지에 대해 상당한 고민을 했지만 결국 그저 조용히 웃어 보였다.

분명 꼬박꼬박 예의 바른 존대를 썼는데 어디에서 '유쾌한' 상대가 되었는지는 알다가도 모를 일이었다. 어째 나도 모르게 묻어나는 태도가 있는 모양이었다.

아니면 단어의 문제인가? 표현상의 문제? 대화를 치고 들어가며 주고받던 별것 아닌 농담들이 아멜리아 레스킷의 기준에서 '유쾌한' 형태였는지도 모른다. 아무튼 유리 옐레체니카는 본래 '유쾌한' 인물이라는 평가를 들어선 안 될 인물이니 내가 많이 잘못했다.

나는 슬그머니 웃으며 시선을 굴렸다. 곁에서 내가 마실 음료와 음식들을 대신 선별해 가져다주던 레일리가 슬쩍 힐난의 눈짓을 하며 알아서 하라는 투로 고개를 돌렸다. 그리고 잠시 양해를 구하더니 알코올이 섞이지 않은 음료를 가져오기 위해 자리를 비웠다.

다행히 내 태도가 아멜리아 레스킷의 심기를 어지럽히진 않은 눈치였다. 오히려 그녀는 태엽새를 선물로 받은 시점부터 상당한 호감을 표하고 있었다. 내게 관심을 보이는 이들에게 본인이 앞장서서 내 불운을 설명하고 소문을 내 주기도 했고, 곤란할 것 같은 상대가 보이면 자신의 손님이라며 나를 감싸 주기까지 했다. 황제에게 어떤 언질을 들었는지 나를 자신의 곁에 앉혀 둔 채 이리저리 말을 걸어 주고 있었다.

"레스킷 양이 그리 말씀해 주시니 기쁜 일이군요."

내 대답을 듣고 즐거운 듯이 입매를 올린 아멜리아 레스킷이 타오를 듯한 주홍색에 다홍색이 뒤섞인 드레스를 입은 채 상체를 기울였다. 그녀는 붉고

곱실거리는 머리칼을 길게 풀어헤친 채 젊은 귀족 여성 특유의 화려한 보석 장식을 느슨히 걸치고 있었다.

"어머, 전 비꼬는 게 아니에요. 다른 분들이야 어떠실지 몰라도 저는 옐레체니카 백작님의 여러 거침없는 말씀이 꽤 마음에 들거든요. 애초에 돌려서 비난할 만한 소양을 갖추지도 못했답니다."

준남작의 딸로 태어나 황제의 눈에 들어 세습되지 않는 자작 작위를 받은 여인이 부채로 입가를 툭툭 두드리며 긴 눈꼬리를 가느다랗게 접었다. 말이 자작이지, 거의 후궁과 비슷한 여러 특권을 허가받은 상태인지라 실질적인 대우는 후궁에 가까웠다. 황제가 어째서 그녀에게 비빈의 신분을 내리지 않는지는 몰라도, 오늘의 살롱에도 황제의 손길이 닿아 있었다.

황제가 친히 보내 주었다는 유명한 바드가 중앙에 서서 노래를 하는 중이었다. 대부분의 사람들이 그쪽으로 관심을 던지는 사이, 레스킷 양이 소리 죽여 뇌까렸다.

"아무튼 기억을 잃으셨다니 곤란하시겠어요. 소설에서나 보던 경우라서 뭐라고 말씀은 못 드리겠지만, 꼭 낭만 소설의 도입부 같네요. 덕분에 저도 소문의 옐레체니카 백작님을 직접 뵙게 되어 기쁜 일이랍니다."

"이해해 주시니 감사합니다. 레스킷 양과는 이전에도 뵌 적이 없었다고 들어, 제 건강상의 부득이한 이유였다지만 이 기회를 빌려 꼭 한 번 만나 뵈어야 할 것 같다 여겼답니다."

"사실 기억을 되찾을 단서를 모으기 위해 사교계에 참석하신다는 이야기를 듣고 처음엔 거짓이라 여겼어요. 뭔가 다른 속셈이 있으리라고 여겼죠. 그런데 직접 만나 뵈니 소문 속의 옐레체니카 백작님과는 상당히 다르군요. 아, 제 말이 좀 무례하더라도 이해해 주세요. 제 아버지의 관직이 한미하여 어린 시절에 그리 좋은 교육을 받지는 못했거든요."

아멜리아 레스킷의 말 그대로였다. 그녀는 고상한 태도로 말하려고 애를 쓰기는 하지만 그렇게까지 열성을 들이는 것도 아니었고, 실제로 하는 말이

썩 귀족적인 것도 아니었다. 품위 있게 돌려 말하는 일도 별달리 없었다. 사실 나는 아멜리아 레스킷의 태도를 이리저리 살피며 이 세계관의 귀족 사회가 대강 어떤 형태로 접어들었는지를 파악하고 있었다.

대강 살피기에는 프레시외한 시기를 지나쳐서 중산 계급의 귀족화가 어느 정도 이루어진 시점인 것 같은데, 만일 그렇다면 나 또한 예의범절에 크게 구애받을 필요는 없다고 판단했다.

극도로 발전한 스팀펑크적 세계관을 지닌 덕인지, 귀족 사회에서의 복잡하고 교양 있는 예의범절은 크게 요구되지 않는 듯했다. 어차피 이 시점의 예의범절이라고 해 봤자 '보여 주기'식에 불과한 것이다.

나는 가만히 웃으며 고개를 기울였다. 그리고 사실 그간 얻어 낸 요령으로 말하건대, 유리 옐레체니카의 얼굴로는 '닥치세요.' 따위의 말을 해도 고상해 보였다. 얼굴이야말로 개연성이었다.

"예의로 따지자면 저야말로 미리 사죄를 드려야 할 입장이지요. 혹, 저에 대해 어떤 소문을 들으셨던지요?"

"꽉 막힌 사람."

딱 잘라 대꾸한 아멜리아 레스킷이 싱글벙글 웃으며 코앞까지 얼굴을 들이밀었다.

"이라고 들었는데 딱히 그렇지도 않군요. 사실 신랑감을 찾으러 나오신 줄 알았답니다."

"신랑감 말씀이신가요?"

잘못 들은 게 아니겠지. 여기에서 그 얘기가 돌연 왜 튀어나온단 말인가. 나는 몹시 서먹한 낯을 한 채 그녀를 일별했다. 그러나 레스킷 양은 태연한 얼굴로 와인을 마시며 자연스럽게 대꾸했다.

"그도 그럴 것이 옐레체니카 백작님께서도 슬슬 상대를 찾으실 시기가 아닌가요? 그간 내내 발명에 열중하셨으니 뒤에서만 나오던 얘기지만, 백작님께서 친히 사교계로 발길 하신다는 소식이 들리자마자 다들 그런 이야기를 떠들었답니다. 마찬가지로 적령기가 지나고도 혼인을 하지 않은 멋진 신사분이 마침 이리도 많은 시점이니, 저뿐만 아니라 많은 귀족 아가씨들이 비슷한 생각을 했을 거예요."

부드럽게 말한 그녀가 녹색 눈을 반달 모양으로 접었다. 부채로는 입가를 톡톡 두드리고 있었다.

"기억을 잃으셨음은 안타까운 일이지만, 사실 많은 이들은 단순한 기억 상실만을 이번 수도 방문의 이유로 생각하지 않는답니다. 옐레체니카 백작님의 아름다운 용모와 품행, 그간의 행적, 지니신 모든 것들을 노리고 달려들 하이에나 같은 치들을 조심하세요. 이리도 아름다우신데 별 볼일 없는 사내에게 붙들려 버리면 곤란한 일 아니겠나요."

"조언 감사합니다. 제게 어쩌다가 이런 호의를 베푸시는지는 모르겠지만……."

슬쩍 시선을 들어 그녀를 살피자, 아멜리아 레스킷이 특유의 소녀 같은 얼굴로 새초롬하게 입술을 비틀었다.

"물론 우리네의 완벽한 여성상인 백작님께서 멋진 상대를 잡으셔야 저도 아름다운 낭만 소설을 읽는 기분에 빠지지 않겠어요? 단순히 여인의 기대감이랍니다."

나는 두어 번 눈을 깜박이다가 유리 옐레체니카의 얼굴을 백분 활용해 달콤한 미소를 지으며 차분히 대꾸했다.

"조언 감사히 받겠습니다."

저렇게 말은 하지만 아멜리아 레스킷이 초면에 내게 저런 말을 던질 이유는 없다. 호의든 경고든, 어느 쪽이든 별다른 대화가 오갈 이유가 마땅치 않은 상대였다. 고위 귀족 특유의 고상한 화술이나 기타 지식에 대해 배운 것은 없어도 그녀는 황제가 드러내 놓고 총애하는 여인이었다. 최소한의 눈치와, 권력 중추에서 혜택을 볼 정도의 두뇌는 있을 것이다. 그녀가 하는 말은 일단 황제의 손을 탔다고 판단하고 들어야 했다.

황제는 애초에 내가 혼인 상대를 고르기 위해 변명을 들고 사교계로 나왔다고 생각하는 모양이었다. 황제가 그런 생각을 떠올리지 않았더라도 레스킷 양이 본인의 그런 판단을 고했다면 황제도 한 번쯤은 곰곰이 생각해 봤을 것이다. 말을 듣고 보니 과연 그럴싸한 시점이었다.

푸른 숲에서 대대로 공방을 운영하던 일족의 후계자인 유리 옐레체니카가 제국에 모습을 드러낸 것은 가문의 번영을 위해서였다. 어찌 되었든 직접 그리 말하고 황제에게 충성을 맹세한 만큼, 유리 옐레체니카는 단순히 발명품 몇 개를 만들어 부를 축적하고자 이 나라에 발을 들인 것은 아니었다.

물론 《세레나의 티타임》의 도입부에서도 유리 옐레체니카는 연인조차 없는 독신이었고 애정 관계에는 기본적으로 관심이 없었다. 그러니 실제로 뚜렷한 생각이 있는 것은 아니었겠지만, 주변에서 보기엔 넉넉히 그럴 법한 상황이었다.

그리고 혼인이 얽히게 되면 이야기가 복잡해지는데, 기본적으로 현 황제는 형제들을 베어 넘기고 황위를 차지한 인물이었다. 자신이 할 수 있는 일은 남도 할 수 있다고 생각하는 것이 인간의 심리다. 즉, 언제고 타인의 권력을 의심할 수밖에 없는 인물이 황제였다. 내 캐릭터들은 대개 쓰레기이므로 높은 확률로 맞아떨어질 것이다.

그리고 유리 옐레체니카는 강대한 군사력과 재력을 언제든 만들어 낼 수 있는 마법의 황금 주머니였다. 그녀가 현 체제에 불만을 지닌 권력자와 혼인이라도 하면 황제로서는 곤란해질 수밖에 없다.

그래서 편지에도 괜히 권력을 탐했다간 재미없을 거라고 뱅뱅 돌려 경고를 꺼냈었군. 나는 얌전히 케이크를 잘라 먹다가 레일리가 가져온 과일 접시를 받아 들었다.

황제가 그리 믿는다면 일단 그런 것으로 해 두기로 했다.

"말씀 감사합니다. 그럼 혹 추천해 주실 멋진 분이 계실까요?"

"어머. 이쪽엔 관심도 없는 듯하시더니."

"사교계에 나온 김에 멋진 인연이라도 찾는다면 나쁘지 않은 일이겠지요. 저도 낭만 소설 같은 사랑 정도는 꿈꾸고 있답니다."

눈을 가늘게 접으며 웃던 아멜리아 레스킷이 차분히 대꾸했다.

"작금의 여성이라면 누구나 한 번쯤 소설 같은 사랑을 노려보고 있지요. 이런 이야기는 역시 다 같이 하는 게 재미 아니겠어요?"

그러더니 내게 눈을 찡긋해 보였고, 나도 그녀를 제지하지 않았다. 그녀가 눈치를 줘서 여태 멀찍이 떨어져 있던 다른 귀부인들이 그때에야 다가와 비로소 제대로 된 대화를 나누기 시작했다.

내 접시에 이것저것 챙겨 주고 새로운 음료를 옆에 내려놓은 레일리가 흘긋 그들을 살피더니 두어 걸음 뒤로 물러서서 자리를 잡았다. 순식간에 주변이 요란스러워졌다.

"옐레체니카 백작님께서 이제 보니 남편감을 찾으러 수도에 오셨군요!"

"기억을 잃으셨다고 들었는데, 괜찮으신 건가요?"

"아, 네. 이번에 사고가 있어서. 기억도 없고 세상 모든 것이 낯선 탓에 연구조차 이어 가기 힘들어 기억을 찾고 싶은 마음도 있습니다만, 실험을 하다가 폭발 사고가 생기니 저도 겁이 조금 나는군요."

"세상에. 폭발 사고였나요?"

"네. 폭음이 터지는 것은 본래 발명가의 저택에서는 드문 일이 아니고, 실험실에는 제 집사도 별다른 이유가 없으면 들어오지 않는지라 하루가 다 되어서야 발견되었답니다. 곱씹어 보면 꽤 위험한 순간이었네요. 조금만 늦게 발견되었어도 죽을 뻔했지요."

"생각보다도 큰일이었군요."

아르톨라 남작 부인이 과장된 반응을 하며 내 안위를 살피듯 걱정스런 낯을 했다.

"어서 기억을 찾아야 여러분께 도움이 될 다른 것들도 만들어 볼 텐데,

실험실에 들어가는 것도 어쩐지 무서워져서…… 조금 쉬기도 할 겸 바람을 쐬러 나왔답니다. 만일 이런 불안한 마음을 나누고, 위험할 때에 믿고 의지할 만한 분이 생긴다면 그런 인연을 이어 가는 것도 나쁘지 않겠지요."

"하기야 저도 그런 사고를 겪으면 무서워질 것 같아요. 저라면 이제 발명도 그만두고 안정된 삶을 꾸릴 텐데, 옐레체니카 백작님은 여전히 발명에 뜻이 있으신가요?"

"뜻이야 있지만 실험실에 다시 들어갈 용기가 언제쯤 날지는 모르겠군요. 모쪼록 응원해 주세요."

적당히 변명하자 여러 귀부인들이 감탄했다. 대체 뭐에 감탄한 건진 몰라도, 일단 재기가 넘치고 입담이 좋아 귀족들의 살롱에 종종 초대받는 평민 출신 작가 소피 테일러의 대답만은 확실히 들었다. 그녀는 역경을 겪고도 본인의 능력을 발전시키려는 자세가 멋지다며 감탄사를 뱉었다. 슬쩍 살피니, 다른 귀부인들의 의견도 크게 다르지는 않은 모양이었다.

사회 활동의 문은 열렸지만 실질적인 지원은 없다. 자신의 힘으로 명예로운 모든 것을 쟁취한 유리 옐레체니카는 사회 활동을 하는 여성들에게 있어 선망의 대상인가. 세레나에게도 그럴까? 직접 만나 보기 전까지는 모를 일이었다.

조금 더 이야기가 길어질 무렵, 나는 슬그머니 내 상대로 추천할 만한 '괜찮은 분'이 없는지 운을 뗐다.

사실 대놓고 독신 상태인 능력 좋은 고위 귀족 남성이 둘이나 있는 상황인데 다른 인물의 추천이 먼저 나올 일은 없었다. 실제로도 화제는 금세 이 나라의 두 초월자, 에슈마르크 대공과 마이어 후작에게로 흘러갔다.

"마이어 후작님은 여전히 여성에는 별다른 관심이 없으신 듯하지만, 묵직하고 듬직한 느낌이지요."

"멋지시죠. 식을 진행하실 때마다 그만 가슴이 설렌답니다."

"나중에 얼마나 부인을 아끼시려고 소문 한번 터트리지 않으신답니까?

하기야 그런 점이 또 젊은 귀족들로 하여금 후작님께 딸을 보내기 위해 혈안이 되도록 만드는 것이겠지요."

"글쎄, 제 딸아이도 지난달 열린 기사단 서임식에서 마이어 후작님을 먼발치로 뵙더니 그만 그분의 열렬한 추종자가 되었지 뭡니까?"

아르톨라 남작 부인은 말도 말라며 손사래를 쳤다. 뒤따라 튀어나온 웃음기 어린 말들을 들어 봤을 때, 마이어 후작은 전형적인 귀족 남성의 특징을 모조리 붙여 놓은 사람인 듯했다. 앞뒤 없이 꽉 막혔으며 융통성도 없는 것 같다는 얘기다. 요약하자면 전근대적 남자. 별로구먼.

가끔 귀부인들은 샐쭉 웃으며 '그' 마이어 대공비가 직접 키운 아들인데 당연히 과묵하시겠지요, 따위의 말을 던지기도 했다. 마이어 대공가는 보수적인 성향이 강해, 마이어 대공비 또한 완고하고 칼 같은 면이 있다는 눈치였다. 그리고 이는 다른 귀족들에게 인기가 없다는 말과도 상통했다.

하기야 황제가 황위를 차지한 과정에도 대놓고 불만을 표현한 마이어 대공이니 더는 첨언할 필요조차 없는 확고한 가풍이었다. 마이어 후작 본인도, 기계와 마법, 총기가 극도로 발전한 세계관에서 굳이 기사가 되어 굳이 소드 마스터 수준까지 오른 '굳이……?' 싶은 인간이 아니겠는가.

말하자면 상징적인 인물이다. 이런 시대 상황에서 그가 실제로 검을 들고 할 일은 딱히 없겠지만, '기사가 갖는 전통적인 이미지가 있으니까. 아니, 하지만 정말로 모르겠군. 왜 굳이 굳이 이런 세계관에서 그런 인생을?

"그에 반해 알렉시스 님은……."

마이어 후작에 대해서는 다들 신이 나서 그 사람이 얼마나 묵직하고 무게감 있는 남성인지, 얼마나 좋은 남편감인지에 대해 떠들던 부인들이 전부 가만히 입을 다물었다. 왜인지 숙연했다.

아니, 잘나가는 젊은 남성에 대해 떠들다가 왜 이리 갑작스럽게 숙연해진단 말인가.

나는 신음을 섞어 의아함을 표했다가, 이런 일에 가장 거침이 없는 레스킷 양의 말을 듣고야 그들이 왜 숙연해지고 말았는지 이해하게 되었다.

"우리끼리 하는 얘기지만, 매일매일 상대가 바뀐다지요?"

"정착하실 생각이 없으신 게 아닐까요?"

"또 그런 분이 한번 진짜 사랑에 빠지면 걷잡을 수 없다지 않습니까?"

"소설에서나 그렇지요. 알렉시스 님은 진짜배깁니다. '진짜.'"

수도에서 제일가는, 명성 자자한 '진짜배기' 플레이보이였군……. 나는 빠르게 이해했다. 그래, 한 명쯤은 있어야지, 그런 의미의 인간 망종.

일단 딱 봐도 여자관계를 말아먹은 인간 같았다. 그럼에도 불구하고 여전히 인기가 좋은 것으로 봐선, 또 인성에 반비례해 얼굴도 끝내주게 예쁠 것이 틀림없었다.

그리고 보통 내 글에서 예쁜 캐릭터는 쓰레기다.

고로 알렉시스 에슈마르크는 쓰레기일 가능성이 몹시 높다. 완벽하고 논리적인 삼단 논법과 함께, 나는 알렉시스 에슈마르크의 방탕함을 논하는 귀부인들 앞에서 조물주로서의 책임을 갖고 사뭇 뿌듯하고도 자애로운 미소를 지어 보여야 했다.

어쩐지 다들 에슈마르크 대공이라는 멀쩡한 호칭을 두고 이름으로 부른다 싶었다. 아무리 혈육을 모조리 죽인 비정한 황제가 없는 놈 취급하는 동생이라고는 해도 황족이고, 심지어는 대공 위를 지니고 재상으로서도 일하고 있다. 사실 함부로 이름을 불러도 될 신분이 아니었다. 그런데도 다들 '알렉시스 님'이라며 이름을 막 불러 젖힌 데에는 그럴 만한 연유가 있었던 것이다. 무시해서 이름을 부르는 것이 아닌, 뷔올의 아이돌이라 이름을 부르는 셈이었다.

알렉시스 에슈마르크에 대해서는 이름과 포지션만 만들어 뒀는데, ≪세레나의 티타임≫ 공인 서브 남주가 지닌 평판이 이 꼴이라니 나는 졸지에 세레나에게도 사과해야 할 입장이 되었다.

그래도 서드 남주인 마이어 후작만큼은 평판이 좋아서 다행이었다. 솔직히 말해 엄밀히 따지자면 마이어 후작도 좀 별로인 것 같지만, 대충…… 세계관 기준으로는 괜찮으니까. 세레나, 원래 인생은 하나 건지면 하난 놓아야 하는 거야.

"하룻밤의 정열이어도 그분께 안기고 싶어 하는 아이들이 얼마나 많은지 아십니까? 상대를 정할 때의 기준도 마땅히 알려진 바가 없으니 저택에서도 하녀 아이들이 틈만 나면 그분 이야기로 쨱쨱거리고. 아이고, 말도 마십시오."

"그 아이들에게도 꿈이지요. 잘만 하면 잘생긴 대공님의 눈에 들어 신분 상승을 할 수 있는 일인데요."

"그럴 일이 있겠어요? 얼핏 방탕하게 지내시는 것 같아 보여도 탈이 있을 법한 상대에게는 손을 대지 않으시니 허튼 꿈이지요."

"그래도 그런 분이 상대라면 짧은 꿈이어도 좋을 것 같습니다."

몇몇 거리낌 없는 사람들에 의해 이야기가 주도되기 시작했다. 에슈마르크 대공이 화제로 떠오른 순간부터 이야기는 감당할 수 없을 만큼 저속해졌다. 귀부인 몇몇은 못마땅한 낯을 한 채 부채로 입가를 가리고 꾹 누르고만 있을 뿐 대화에 끼어들지 않았다.

나도 대화에 끼어들지는 않은 채 홍차나 홀짝이며 그들의 이야기를 조금 더 들어 보았다. 그러나 별달리 건질 내용은 없었다. 에슈마르크 대공의 밤 능력이 얼마나 좋은지, 한 여자와 가장 오래간 것이 세 달이며, 지난번의 연인은 얼마나 아름다웠는지 따위의 가십은 딱히 궁금치 않은 요소였다. 아니, 애초에 왜 그런 게 소문이 나는 거야. 에슈마르크 대공 당신, 대체 무슨 인생을 살고 있나요?

"그래도 늘 연인에게는 살뜰하게 대하시지요."

"지난번에 카슬리 백작 영애에게는 글쎄, 연합국에서 들여온 값비싼 산호를 아무렇지 않게 선물하셨다지 않습니까? 과연 무역왕이라 불리는 분은 간단한 선물의 가치도 남다릅니다."

"제가 들은 건 왕실 극단의 무희 스텔라 양이 받은 귀한 융단과 신성 제국의 태피스트리에 대한 이야기였는데요."

외교와 무역을 담당하는 재상으로서 일하는 사람이 이렇게나 방탕하게 산단 말인가. 딱 봐도 쓰레기의 냄새가 났다. 하지만 그렇다고 해서 대번에 그를 적으로 규정할 수는 없는 것이, 마이어 대공가의 사정도 여러모로 신경이 쓰였다. 황제에게 반발하는 과정에서 황제의 도깨비방망이인 유리 옐레체니카부터 건드렸을 가능성도 있지 않은가?

"마스터."

곰곰이 생각에 빠져 있는데 돌연 레일리가 등 뒤에 다가와 조심스럽게 말을 걸었다. 귀부인들이 대화를 멈추고 그를 바라보았다. 퍼뜩 고개를 들자 레일리가 푸른 보랏빛 눈을 부드럽게 접으며 퍽 다정다감한 목소리로 속삭였다.

"돌아가셔서 치료를 하셔야 할 시간입니다."

난데없는 말이었다. 무슨 치료를 한단 말인가? 그런데 레일리의 말을 들은 다른 귀부인들은 알아서 내게 작별 인사를 건네기 시작했다. 결국 나는 레일리가 제멋대로 그들에게 구한 양해 덕에 돌연 폭발 사고로 화상까지 입어 여전히 치료를 받고 있는 비운의 레이디가 되었다.

"갑자기 뭔 치료야? 왜?"

털이 듬뿍 달린 코트를 꽁꽁 동여맨 채 마차에 타서 묻고야 레일리가 대답을 돌려줬다.

"더는 이야기를 들어도 소득이 없을 것 같아 모셔 왔습니다."

"아. 그건 그랬지."

"굳이 자리에 남아 있을 필요가 없다고 판단될 때는 융통성 있게 자리를 떠나십시오. 실제로도 유리 님의 몸은 오랜 시간 무리를 하면 쉽게 상합니다."

"그렇구나."

나는 떨떠름하게 대답했다가 푹 한숨을 뱉어 냈다. 대체 왜 대마법사인데 몸을 이따위로 연약하게 만들었단 말인가. 나 자신의 취향에 대해 다시 한 번 반성해야 할 시점이었다. 끙 소리를 뱉으며 턱을 괴다가 레일리와 시선이 마주쳐서 재빨리 덧붙였다.

"오래 써 본 적은 없는 몸이라 익숙하지가 않네."

그리고 눈이 마주친 김에 돌연 떠오른 생각까지 이어 붙였다.

"야, 너 진짜 성격 나쁘긴 한데 뜻밖에 정말로 믿음직스럽다."

내 말을 들은 레일리가 눈썹을 가볍게 꺾더니 표정도 없이 가만히 시선을 깔았다. "또 방종한 말투." 그가 대번에 날을 세워 비난을 던졌다.

"저는 제 업무에 단 한순간도 소홀하지 않습니다."

"보니까 다들 편하게들 대화하는 것 같은데 네가 자꾸 예절, 예절 하니까 너무 긴장하고 있었잖아. 별로 그렇게까지 빡빡하지 않은 눈치인데 말이야."

"유리 님은 푸른 숲 출신으로, 태생적으로 지닌 작위가 없는 인물이지만 그 누구도 그녀의 기품과 정통성에 대해 반발하지 못했습니다. 몸짓 하나, 발언 하나에도 혈통 좋은 자만이 지닐 품위와 격식이 묻어났기 때문이지요."

"그건 유리고, 난 아냐. 어차피 기억을 잃었으니 상관없지 않을까?"

내 말을 들은 레일리의 눈이 샐쭉 접혔다. 샐샐 웃는 꼴이 아무래도 못마땅한 낯이었지만 그는 결국 순순히 고개를 끄덕였다.

"마음대로 하십시오."

"진짜로. 네가 너무 예절 강조하는 바람에 실수할까 봐 엄청 긴장했다고."

"네, 그러셨군요."

"그런데 살롱이 원래 저런 저속한 대화까지 오가는 자리인가? 듣자니 밤 얘기까지 하던걸."

"레스킷 양의 주최이기 때문에 더 그럴 겁니다. 그녀의 신분 낮은 친구들도 자주 드나드니까 별수 없는 일입니다. 본래 레스킷 양도 신분에 구애받지 않는 인물인 만큼 유리 님에 대한 감정이 나쁘지 않았으리라 여겼는데, 정말로 괜찮아 보이더군요."

"아하. 그렇구나."

그때 마차가 멈춰 섰다. 수도 교외에 마련되어 있는 유리 옐레체니카의 두 번째 저택 앞이었다. 즉시 벌떡 일어섰는데, 순간 눈앞이 어찔했다. 레일리가 반사적으로 내게 손을 내밀려 했으나, 비틀거리다가 의자 등받이를 붙잡고 알아서 지탱했다.

"헐, 진짜 하루 종일 파티에서 떠들기만 했는데 빈혈 왔잖아."

"그러게 조심하라고 말씀드리지 않았습니까."

나는 침음을 삼키며 눈가를 꾹 눌렀다.

미안하다, 유리. 내가 네 몸을 이 꼴로 만들어 놓은 것에 대해 진심으로 사과한다. 네가 아픈 만큼 나도 아프다. 빈말이 아니고 진짜로 나도 아팠다. 소설 속의 유리만 아프면 사실 나야 상관없는데 하필 그 몸에 내가 들어왔다는 건 정말이지 크나큰 문제였다.

머리가 어찔해지며 시야가 새까매졌다가 천천히 다시 밝아지기 시작했다. 대체 나는 유리 옐레체니카의 몸에 무슨 짓을 해 놓았단 말인가. 능력치 하나를 말도 안 될 지경으로 강하게 만들어 주면 다른 능력치 하나는 밑바닥을 찍게 만들어야 한다고 생각하는 이 사이코 같은 작가. 물론 그 사이코가 바로 접니다. xxx.

끙끙거리며 겨우 서 있다가 어느 정도 시야가 돌아오고야 몸을 세웠다. 한시라도 빨리 침대에 누워 쉬고 싶어졌다. 당장에 소년 오토마타의 손을 붙잡고 마차에서 내려서는데 레일리가 뒤에서 훌쩍 내 허리를 붙잡더니 품 안에 안아 들었다. 깡마른 유리의 몸은 어렵지 않게 그의 품에 휙 안겨 올라갔다.

"뭐야. 안아서 옮겨 주려고?"

"얌전히 계십시오. 떨어집니다."

"오."

나는 대번에 감탄사를 내며 꾸물꾸물 그의 품 안에 자리를 잡고 팔을 쭉 뻗어 레일리의 목에 감았다. 기껏 옮겨 준다는데 사양할 이유는 없다. 어차피 유리 옐레체니카의 육신이 약한 것도 사실이니 편의를 좀 본다고 문제될 이유 또한 없었다.

"너 진짜 뜻밖에 듬직하다."

"마스터는 정말 뜻밖에 무용하시군요."

"이게 좀 칭찬만 하려 하면 막말을 하고 말이야."

"아, 죄송합니다."

생글생글 웃는 낯으로 달콤하게 사과한 레일리가 우아하게 덧붙였다.

"'뜻밖'의 일은 아니군요."

"뒈질래, 진짜."

농담 아니고 주여, 캐릭터를 단명시키고 빠르게 처리해 버릴 수 있는 초인적인 필력을 제게 주소서. 나도 모르게 자애로운 미소를 머금었던 나는 그의 이마를 한 번 더 박아 버리려다가, 그래 봤자 어차피 나만 아팠던 것을 떠올리고 뚜하게 몸을 늘어트렸다.

* * *

유리 옐레체니카의 몸은 정말이지 상상 이상으로 연약했다. 다음 날 자리에서 일어나려다가 온몸이 쑤시고 목 안쪽이 칼칼한 것을 깨닫고 기함하고야 말았다. 레일리가 그렇게 말 좀 잘 들으라며 혀를 쯧쯧 찼다.

결국 사흘 내내 끙끙 앓다가, 두 번째 살롱이 열리기까지 고작 일주일을 앞두고야 겨우 병석에서 일어섰다. 등을 부드럽게 받쳐 올려 시원한 꽃차를 입가에 대어 준 레일리가 내 상태를 꼼꼼히 살펴보았다.

"유리 님은 사람이 많은 곳을 싫어하셨습니다. 정신적인 문제이리라 여겼는데, 아무래도 여전히 육신에는 부담이 가는 모양이군요."

"이런 몸으로 홍차 같은 거 마셔도 되는 거냐……."

이래서 저택에만 칩거하고 외부 활동이라곤 일절 하지 않았군…….

나는 끙끙거리며 자리에서 일어나 달콤한 시럽을 탄 꽃차를 단숨에 들이켰다. 크으, 시원한 액체가 넘어가니 조금 살 만했다. 요 며칠 내내 미지근한 온수와 수프만 먹고 살았다.

"심장의 문제는 감당하기 힘들 정도로 강력한 마력 때문이니, 각성제 종류의 복용으로는 일반인 이상의 영향을 받지 않습니다."

살뜰하게 침대 근처를 정돈해 준 레일리는 퀭한 낯으로 창밖만 멀뚱히 보고 있는 나를 일별하더니, 간단하게 입을 수 있는 원피스 한 벌을 챙겨 주며 담담하게 물었다.

"산책이라도 하시겠습니까?"

"산책?"

"뷔올의 수도는 대륙에서 제일가는 고도의 발전을 이룬 곳으로, 이름 높은 관광 도시기도 하지요. 어차피 대부분은 유리 님이 만든 물건들로 돌아가는 곳입니다만, 마스터께서는 보신 적 없으시잖습니까."

"아팠다가 막 괜찮아진 시점인데 그래도 되는 걸까."

"내일쯤이면 멀쩡해질 겁니다. 괜찮으시면 내일 오후에 나가도록 하지요."

"오. 갈래, 갈래."

내 세계관이 혼자서 폭주한 결과 얼마나 시대 불명, 정체불명, 근원 불명, 국적 불명의 공간이 되었는지 확인해 둘 필요가 있었다. 지금의 나로서는 도무지 이 세계가 어떤 꼴로 돌아가는지 전혀 알 수가 없다.

보아하니 총기도 등장한 모양인데 왜 아직도 기사단이 멀쩡히 존재하며, 이렇게까지 고도로 발달한 스팀펑크 세계관에서 소드 마스터가 웬 말이란 말인가? 아무튼 좀 더 알아봐야 했다.

레일리는 동의를 얻어 내자마자 그럼 잠이나 자고 체력을 회복하라며 웃는 낯으로 내 이마를 꽉 붙잡아 강제로 베개에 뒷머리를 묻어 버렸다.

그리고 우리는 날이 밝는 즉시 편한 옷을 입고 시내로 나갔다. 유리 옐레체니카의 수도 저택은 도개교 바깥의 교외에 있었다. 멀지 않은 거리였다. 나는 한 번쯤 걸어가 보는 것을 제안해 봤지만, 레일리가 칼같이 잘라 냈다. 오래 걷는 것은 좋지 않다는 것이 그의 요지였고, 나도 이미 유리 옐레체니카의 종이 몸을 경험해 본 후였기 때문에 별수 없이 그의 말을 따르기로 했다.

유리의 몸을 살뜰히 챙기는 주제에 웬 산책인가 했더니, 레일리가 말한 산책이란 내 생각만큼 바쁘게 돌아다니는 산책은 아니었다. 시내 중앙, 뷔올의 왕궁이 새하얗고 거대하게 보이는 광장의 커다란 카페 바깥쪽에 자리를 잡고 앉아 계속 뭔가를 먹는 것이 전부였다.

이 몸뚱이로 산책 같은 짓을 해도 되나 걱정했는데 굳이 그럴 필요가 없었던 것이다. 그리고 개인적으로도 나름대로 만족스러운 외유였다. 세계관의 창조주 된 입장에서 말이다.

뷔올의 세계는 정말이지 상상 그 이상의 스팀펑크였다. 역시 나는 이 세계관을 도무지 종잡을 수가 없다.

특히 시선을 잡아끈 것은, 카페 바로 앞의 광장에 있는 분수였다. 거대한 물레방아로 길어 올린 물을 수십 개의 관을 꼬아 만든 증기 기관의 압력으로 위까지 끌어 올리는 장치도 대단했지만, 그보다도 더한 장관이 있었다.

여러 방향으로 솟아난 꼭지로부터 튀어나온 강한 물줄기가 사방으로 산산이 부서졌다. 나팔처럼 생긴 수도관은 마력으로 강화한 크리스털 재질이었고, 군데군데 뒤섞여 있는 몇 개의 관으로는 물 대신 증기가 푹푹 뿜어져 나왔다. 마치 물이 떨어지며 물안개가 피어나는 것 같은 형상이었다.

색을 입힌 유리관은 기하학적이고 구불구불한 형태로 화려한 장식을 만들고 있었다.

가장 거대한 분수뿐이 아니었다. 사방에 점점이 자리 잡은 분수들이 제각기 색색의 빛을 머금은 물줄기를 뿜어내고 있었다. 나는 한참이고 넋을 놓은 채 그것을 바라보다가 다 녹은 파르페를 레일리가 바꿔 주고야 정신을 차렸다.

"저것도 유리가 만든 거야?"

"뷔올의 랜드마크인 대광장에는 유감스럽게도 유리 님의 발명품이 없습니다. 발명가 길드에서 황실에 진상한 것들로 이루어져 있지요."

"오……."

내가 연신 감탄사를 뱉자, 레일리가 심드렁한 태도로 홍차를 마시며 흘긋 눈짓을 했다. 그의 시선을 따라 고개를 들어 올리니 거대한 프로펠러를 무수히 단 채 연기를 뿜어내는 비공정들이 하늘을 가로지르고 있었다.

"저게 유리 님의 대표적인 발명품입니다. 재력을 갖춘 자들이라면 비공정을 한 번쯤 타 보는 것이 일생의 꿈이 된 것도 불과 몇 년 사이의 일이고 말이죠."

"와. 진짜 천재는 천재네."

내 글이기는 하지만 아무리 생각해도 유리가 하던 일을 내가 이어서는 못 할 것 같고 말이지. 나는 아련한 얼굴이 되어 하늘을 바라보다가, 다시 분수대를 봤다가, 칙칙거리며 지나가는 증기 마차를 살폈다가, 태엽과 마법 회로를 이용해 움직이는 오토마타들이 우아한 귀부인과 신사들의 뒤를 졸졸 따라다니며 시중을 드는 것을 구경했다.

최소한의 식사 예절과 행동 예절을 가르쳐 주며 내내 귀신같이 굴었던 레일리는 안절부절못하며 사방을 훑어보는 나를 못마땅한 낯으로 물끄러미 바라보고 있었다. 그런데 말 대신 얼굴로 나를 비난하던 레일리의 표정이 일순간 딱딱하게 굳었다. 어느 순간, 그가 생글생글 웃으며 한 손을 들어 슬쩍 손짓을 했다.

의아해서 그를 바라보았으나 왠지 내게 하는 행동이 아닌 것 같았다. 뒤쪽을 돌아보자, 골목 안쪽에서 이쪽을 바라보고 있던 두어 명의 사람이 나와 눈이 마주치자마자 그 안으로 사라졌다. 나는 파르페를 한입 크게 퍼먹다가 슬쩍 눈을 굴려 레일리를 살폈다. 레일리가 몹시도 말끔하게 웃는 낯으로 상쾌하게 말했다.

"신경 쓰지 마십시오."

"친구들 아니야?"

다른 인물들은 몰라도 한 명은 뺨에 묘하게 균열이 있는 것이 조인이나 어인쯤 되는 것 같았다. 나는 얼마 전에 떠올린 므라우 잔당들의 생존 가설을 떠올리며 떠보듯이 물었다. 레일리가 눈썹을 꺾으며 되물었다.

"'친구'?"

"아님 말고. 왜 정색이야. 하긴 네가 어디 친구가 있기는 하겠냐."

대강 대답한 후 꿀과 레몬즙에 적신 과일들에 손을 뻗었다. 잠시 눈을 가늘게 뜨고 나를 의심스레 살피던 레일리는 당장에 지나가는 거대한 태엽 마차에 입을 떡 벌리는 나를 보고 더더욱 빛이 나는 얼굴로 싱글벙글 웃기 시작했다.

저 자식이 저런 기분 좋은 얼굴을 할 이유가 마땅치 않으니 그냥 내 태도가 못마땅한 것 같았다. 나는 큼큼 소리를 내며 품위 있게 시선을 깔고 레모네이드를 단숨에 들이켰다. 내가 하는 짓을 또 대단히 불쾌한 낯으로 보고 있던 레일리가 결국 자리에서 일어섰다.

"그럼 잠시 자리를 비우겠습니다."

"응. 다녀와."

"부족하면 이거로 더 주문하십시오."

레일리는 며칠 전에 가르쳐 준 화폐 단위를 복습하라며 동전과 지폐

약간이 담긴 작은 주머니를 내밀었다. 내 머리 너머로 시선을 빼 들었던 그가 유들유들하게 웃는 낯 그대로 눈꼬리를 쭉 늘어트리더니 사뭇 살벌하게 말했다.

"만일 제가 늦게까지 오지 않으면 마스터께서 홀로 돌아가셔야 할 것 같은데, 괜찮으십니까."

"마차를 잡으면 되는 거야? 그 정도면 괜찮아."

케이크를 한입 더 잘라 먹던 내가 순순히 대꾸하자 레일리가 묘한 태도로 시선을 깔더니 장갑 낀 손을 내 머리 위에 얹고 무슨 개라도 쓰다듬듯 쑤석쑤석 머리칼을 헝클어트렸다. 이 자식이 지금 마스터에게 뭘 하는 짓이란 말인가.

눈을 세모꼴로 뜨고 올려다보자 그가 생긋 웃으며 상큼하게 말했다.

"혼자서 계산해 보기, 혼자서 집 찾아가기입니다. 열심히 하십시오."

"야, 내가 무슨 막 서너 살 된 애도 아니고, 사람을 무시해도 정도가 있지."

"잔돈까지 제대로 받아 오셔야 합니다."

"아, 알겠다니까!"

신경질을 내서 그를 쫓아내 버린 후 지갑을 주워 품에 집어넣다가 잠깐 다시 꺼내서 펼쳐 보았다.

"이…… . 일 클루트가 뭐더라…… ."

큰소리는 쳐 놨는데 큰일이었다. 나는 다급히 지갑을 뒤지며 열심히 화폐 단위를 복습하기 시작했다. 나는 화폐 단위를 만들 줄만 알았지 그 디자인을 만들 정도의 능력은 없단 말이다. 얼마까지 동전이고 얼마부터 지폐인지도 헷갈릴 지경이었다.

애초에 내가 주로 다루는 등장인물이란 대개 몇 만 클루트를 뉘 집 개 이름처럼 턱턱 써 버리는 놈들인 것이다.

아, 인생 진짜. 환멸이 난다. 잎새에 이는 바람에도 나는 괴로워했다.*

*윤동주, 「서시」

결국 나는 지갑 안에서 각 단위별로 하나씩 돈을 꺼내 둔 후 이게 1클루트, 저게 5클루트 하며 세고 있었다. 그리고 얼마 지나지 않아 난관에 봉착했다. 이 나라 말로 '5'를 뜻하는 글자가 적힌 동전이 두 개 있었고, '50'이라 적힌 지폐가 두 개 있었던 것이다. 혹시나 싶어 찾아 봤더니 아니나 다를까 '1'을 뜻하는 글자가 적힌 동전도 두 개였다.

클루트 아래 단위로는 플라드가 있는데, 문제는 어느 쪽이 1플라드, 5플라드, 50플라드고 어느 쪽이 1클루트, 5클루트, 50클루트인지 알 수가 없다는 점이었다. 대체 왜 대부호 유리 옐레체니카의 개인 집사가 이런 잔돈까지 전부 들고 다닌단 말인가.

레일리가 한번 보여 준 적이 있긴 했는데 어디까지나 한 번이고, 모양과 숫자로 대강 외워 두었기 때문에 똑같은 숫자와 크기를 지닌 두 동전을 문양만 보고 구별하기는 영 어려웠다.

다른 화폐는 대강 분류해 두었으니, 나는 문제의 여섯 화폐만 하나씩 꺼내 놓고 나머지는 전부 품 안에 쏙 집어넣었다. 그리고 반 정도 남은 파르페가 전부 녹아 버리도록 클루트와 플라드 사이에서 게슈탈트 붕괴를 일으키고 있었다.

그런데 불쑥 누군가의 손이 휙 끼어들더니, 동전 하나를 집어 올렸다.

"위대하신 발명가 옐레체니카 백작께서 플라드도 들고 다니다니, 의외로군그래."

낯선 목소리였다. 나는 당장에 고개를 들어서 내 동전을 집어 간 남자를 살펴봤다. 새까만 페도라를 쓴 남자가 붉은 눈으로 나를 내려다보고 있었다. 목덜미를 살짝 덮는 검은 머리칼은 멋 내어 기른 느낌이었고, 입고 있는 복식은 레스킷 양의 살롱에서 종종 본 차림새보다는 훨씬 힘이 덜 들어간, 다소 수수한 형태의 정장이었다.

"유령이라도 본 얼굴인걸."

허락도 없이 앞자리에 털썩 주저앉은 남자가 대강 문지르던 동전을 툭 내려놓았다. 대놓고 빌런 같은 이 태도를 보니, 졸개거나 본인이 유능하고 위대하다고 믿는 졸개거나 아무튼 졸개거나 셋 중 하나였다.

아니, 애초에 왜 갑자기 빌런의 하수인이 직접 찾아와서 나한테 수작질을 건단 말인가? 나는 아직 데드 플래그를 맞이할 마음의 준비가 되지 않았단 말이다. 그래서 이건 대체 무슨 상황인 건가. 다른 건 모르겠고 이놈이 유리를 싫어한다는 것만 알겠다.

내가 남자의 얼굴을 유심히 살피는 사이, 남자가 다짜고짜 내 턱을 슥 잡아 올렸다. 우아하고 예쁘장한 얼굴은 기껏해야 유리나 레일리의 또래로 보였고, 인형 같은 낯으로 루비색 눈을 가늘게 접은 남자가 깔보는 투로 다시 말했다.

"그래, 기껏 나와서 레일리 크라하까지 쫓아낸 것을 보니, 충분히 준비가 됐나 보지?"

"아, 그게 저, 기억을 잃어서."

턱이 잡혀 강제로 남자와 눈을 마주한 나는 새로 등장한 살아 움직이는 데드 플래그를 물끄러미 바라보며 직구로 질문했다.

"죄송한데 누구시죠? 발명왕 유리 옐레체니카의 고객님이세요?"

"뭐?"

남자의 눈썹이 비죽 올라갔다.

"지금 설마 나를 잊었다는 건 아니겠지."

"기억을 잃는데 고객 명단만은 백업이라도 된답니까? 누구시죠."

내 말을 듣고 불편한 얼굴로 미간을 좁혔던 남자가 일단 턱을 놓아주더니 유심히 나를 살피기 시작했다. 그러나 곧 헤에, 하고 건달 같은 태도로 불량하게 상체를 기울이며 제 모자 뒤쪽을 쭉 잡고 고쳐 썼다.

"유리, 이런 식으로 나올 거야? 기억을 잃었다느니 하는 소리로 이제 와서 끝낼 수 있는 일인 줄 알아?"

미친놈이, 기억을 잃었다는데 뭐 어쩌라는 거야. 다시 의뢰하든가. 내 표정이 단숨에 일그러졌는지 남자도 인상을 찡그리며 내 손목을 휙 잡아챘다. 이 새끼 이거 어디서 수작질이야. 나는 단숨에 그의 손을 날카롭게 쳐 냈다.

"글쎄, 제가 기억을 잃어서 화폐 단위부터 다시 공부하고 있는 중이니, 죄송합니다만 다시 의뢰 내역을 알려 주시고 좀 기다려 주시지 않겠습니까?"

파르페에 꽂혀 있던 과자를 휙 뽑아서 질겅질겅 씹으며 짜증스레 쏘아붙였다.

이 무례한 놈이 아무리 그래도 남의 손목을 허락도 없이 잡아채기에 즉시 공격적으로 대응했는데, 남자의 눈이 즉시 휘둥그레졌다. 내가 생각하기에도 유리가 할 법한 행동은 아니었다. 그의 반응을 살피고 '나는 유리다'를 세 번 곱씹은 후 크게 반성하며 손을 갈무리해 넣었다.

"뭘 만들어 드리길 바라시는데요? 죄송한데 제가 지금 당장은 능력이 안 되고, 나중에 기억이 좀 돌아오고 발명할 수 있게 되면 할 테니까 재의뢰 좀 해 주고 가시면 좋겠는데."

"정말로 기억을 잃었다고?"

인상을 찡그리며 중얼거리던 남자는 내 대답을 듣기도 전에 벌떡 일어나더니 페도라를 고쳐 썼다. 그리고 아주 이상야릇한 것을 보듯 낯선 시선으로 나를 응시하다가, 내가 펼쳐 놓고 공부 중이던 화폐들을 슬쩍 일별했다.

"보고하지. 다만 기억을 잃었다고 해서 무작정 없앨 수 있는 일이라 믿어 수작을 부리는 거라면, 유리 옐레체니카, 당신도 멀쩡하지는 못할 거야."

그러더니 내가 뭐라고 하기도 전에 단숨에 자취를 감췄다. 어딘가로 걸어 나간 것이 아니라, 그림자에 스며들듯이 땅 아래로 푹 꺼져서 사라졌다. 다급히 테이블 아래쪽을 살폈지만 남자는 간데없이 사라진 후였다.

아니, 대체 5클래스의 마법사에 정령술에 능통한 초월자이며 천재 발명가인 유리 옐레체니카를 멀쩡하게 두지 않을 능력이 있다는 그 '보고'의 대상이 누구인지 나야말로 궁금하군. 물론 나는 그 수많은 능력들 중 하나도 못 쓰는 상태지만 아무튼 범상치 않았다.

아무래도 그 '보고 대상'이 현재 상황에선 유리 옐레체니카의 가장 큰 가시적 데드 플래그 같아 보였다. 귀족 조사는 다 소용없는 일이었을지도 모른다. 아니, 어쩌면 귀족 중에 있을지도 모르니까 쓸모는 있을 수도 있겠다.

그 이전에 유리는 대체 무슨 짓을 하고 있었단 말인가? 암흑의 세계에 뒷줄을 대고 무슨 발명품이라도 만들어 주기로 약속이라도 한 것일까? 도무지 알 수 없는 일이었다.

아니지, 아니지……. 방금 전의 대화를 곰곰이 곱씹어 보면, 마치 유리 옐레체니카는 예전부터 발을 빼고 싶어 했다는 듯한 말투였으니……. 자발적, 능동적으로 도움을 줬다기보다는, 협박을 당해서 강제로 지식과 노동력을 제공했을지도 모른다.

나도 직접 봐서 알지 않던가. 유리 옐레체니카의 능력은 범상치 않다. 누구나 탐낼 법한, 따라올 자가 없는 대단한 자질. 뷔올 황제의 황금을 쏟아내는 도깨비방망이.

노리는 집단이 많았나? 그럴 만도 했다. 그리고 만일 그렇다면, 포섭과 회유가 잘 안 풀려서 확 그냥 죽여 버리는 걸까?

그런데 애초에 이 글은 분명 로맨스판타지인데 왜 이리 사방이 데드 플래그란 말인가? 아무리 내 글이어도 그렇지, 내가 설정한 데드 플래그 그 이상의 죽음 떡밥이 이렇게 온 천지에 가득한데 대체 어떻게 하란 말인가?

머리칼을 박박 헤집다가, 일단 유리 옐레체니카가 레일리 몰래 혼자 벌인 일도 존재한다는 사실을 알았으니, 더는 레일리 없이 이런 탁 트인

장소에 머무르기보다는 저택에 돌아가는 편이 낫겠다고 판단했다. 이미 먹은 것들은 레일리가 선금을 치렀으므로 카페에서 더 지불할 돈은 없었다. 딸기 디저트도 먹어 보고 싶었지만 별수 없는 일이었다.

그리고 무엇보다도, 유리가 레일리 몰래 무엇을 했는지 알기 위해서는 레일리를 따돌리고 실험실에 들어가 봐야 할 것 같았다. 연구 작업이 중단된 발명들을 확인할 필요가 있을 것 같다는 이야기다. 대놓고 레일리를 팽개치고 나온 것만으로도 자신들과 대화를 나누려 한다고 생각한 눈치였으니, 높은 확률로 레일리가 알아서 좋을 일 없는 주제일 것이다.

생각을 정리하며 주섬주섬 짐을 챙겼다. 그리고 초가을에 유난히 눈에 띄는 털 코트를 두른 채 카페를 벗어났다.

주변 사람들에게 물어물어 어렵지 않게 마차고를 찾아냈다. 다행히 아까 돌연 난입했던 정체불명의 졸개 씨 덕분에 클루트와 플라드는 구별할 수 있게 되었고, 금세 마차 하나를 대여할 수 있었다. 목적지를 먼저 마력석으로 입력해야 하는데, 나는 정확한 위치를 모르므로 옐레체니카 저택을 찾아 달라고 마차고의 직원에게 부탁해서 입력을 완료했다.

아무튼 레일리가 내 지능을 대놓고 무시했음에도 불구하고 나는 혼자서도 무사히 집에 돌아갈 수 있을 것 같았다. 일단 그때까지는 자신만만했다. 마차고 직원들이 하늘이 꾸물꾸물한 게 곧 마차고가 사람들로 바글바글해질 텐데 빨리 잘 오셨다고 말해 주었기 때문에 승리자의 기분까지 맛보던 중이었다.

그런데 정말로 마차가 대광장을 다시 지날 때쯤 빗방울이 점점이 떨어지기 시작하더니, 시내 외곽을 돌아 뷔올의 궁전을 반 이상 지나칠 때쯤은 빠르게 폭우로 변했다.

타이밍도 좋게 마차를 잡았다고 생각하며 창부터 닫고 얌전히 앉아 있었는데, 그로부터 한참이 지나 아마 궁전을 다 돌았다고 생각될 무렵, 갑자기 쾅 하는 요란한 소리와 함께 마차가 크게 흔들렸다. 당황해서 벽을 붙잡았다. 커다란 진동과 함께 마차의 움직임은 멈춘 듯했다.

창을 열어서 상황부터 확인하려는데, 돌연 마차가 기우뚱 기울었다. 이런 시발. 잠깐만.

다급히 몸을 세우려다가 크게 휘청거리는 순간, 내 허리쯤 오는 소년 오토마타가 대뜸 내 허리에 팔을 감았다. 그때 마차의 문이 저절로 벌컥 열렸다. 그리고 소년 오토마타가 기계적인 힘으로 나를 번쩍 안아 올린 채 마차 바깥으로 즉시 빠져나갔다.

쏴아아아, 마차의 금속 천장 위에 쏟아지던 빗소리와는 전혀 다른 소리가 단숨에 귓전을 때리고 머리칼과 옷이 순식간에 젖어 들기 시작했다.

"아, 자, 잠깐."

다급히 말을 더듬는데 꾸드득, 무언가가 요란하게 기우는 소리가 나더니, 우리가 타고 온 마차가 저 너머로 훌쩍 기울어져 떨어져 버렸다. 이제 보니 도개교 위였다. 다급히 주변을 살피자, 반대 방향으로 움직이던 두 마차가 빗물에 미끄러져서 도개교 위에서 충돌한 모양이었다.

수도 안쪽으로 들어가려던 마차, 즉, 내 마차와 충돌한 마차에 타고 있던 사람들도 당황한 얼굴로 창을 열었다가 나와 눈이 마주쳤다. 딱 봐도 대가족이었는데, 그들이 대번에 난감한 표정을 지었다. 누가 봐도 나를 태워 줄 빈자리는 없어 보였다. 애초에 얻어 타서 다시 시내로 들어간다 해도 마땅히 향할 곳이 없기는 했다.

"자, 잠깐만."

뭐 하는 세계인지도 모르는 이런 세계에서 별안간 추돌 사고라니 말이나 되냐. 당황해서 이 상황을 어찌 해결할지 고민하는데, 오토마타가 갑자기 내 손을 붙들고 무언가를 쥐여 주었다. 시선을 돌려 살피니 아까 지불했던 마차비의 선금이었다. 아니, 자세히 살피니 그것보다 조금 더 많았다. 보상금에 대한 매뉴얼이 입력되어 있는 모양이었다. 그런데 돈이 문제가 아니었다.

당황한 내가 오토마타를 붙잡고 뭘 어떻게 할지 고민하는 사이, 내 마차와 부딪쳤던 상대 마차는 문제가 해결된 즉시 푹푹푹푹 증기를 뱉어 내며 쌩하니 움직이기 시작했다.

"아, 시팔, 잠깐만."

이게 웬 봉변이란 말인가?

더구나 본인의 할 일을 마친 오토마타도 기계적이고 사무적인 태도로 휙 돌아서더니 빠른 속도로 시내 안쪽에 돌아가기 시작했다. 나는 멍청히 서 있다가 다급히 치맛자락을 걷어들고, 코트의 모자를 꺼내서 머리 위로 눌러쓴 채 오토마타의 뒤를 쫓기 시작했다.

레일리가 알려 주길 대부분의 대도시는 성문 앞에 마차고가 있다 했으니 거기에 가서 새 마차를 받든가 해야 했다. 아무튼 이 폭우 속에서 이 꼴로 걸어서 저택까지 가는 것은 무리였다. 애초에 길도 몰랐다.

나는 다급히 도개교를 되짚어서 성문 바로 앞의 마차고에 뛰어들었다. 한번 마차고를 찾아낸 일이 있어 간판은 쉽게 알아봤다.

"저, 저기, 마차 주세요!"

다급히 뛰어 들어온 행색을 딱 봐도 마차를 찾는 사람 같았겠으나, 마차고 안에 모여서 떠들썩하던 사람들은 비바람을 휭 몰고 들어온 나를 일별했다가 딱하다는 눈을 했다. 폭삭 젖은 코트 모자 아래로 물이 뚝뚝 떨어지는 푸른 머리칼이 축 늘어져서 흔들렸다. 누가 봐도 귀신 같은 행색일 것이 분명했다.

마차고의 직원은 안됐다는 얼굴로 조심스럽게 말했다.

"저, 그, 지금 이 지점의 마차는 전부 운행 중입니다. 여기 계신 분들이 다들 대기자시고요. 한참 기다리셔야 할 것 같은데……."

"저는 방금 전까지 마차를 타고 나가다가 도개교에서 접촉 사고가 나서 쫓겨났다고요! 저기 강물에 빠진 마차가 제 마차예요."

"아, 방금 전 그 소리가 그럼."

"아니, 정말 너무 억울하다고요. 저는 집까지 혼자 가는 길도 모르는데."

"그거 정말 듣기만 해도 안타까운 일입니다만……. 합석 자리라도 찾아 드릴까요?"

어쨌든 마차에 문제가 생겨 보상금까지 받고 온 입장인 데다, 집까지 가는 길을 모르고, 젖었어도 고급스러운 옷을 입고 있으니 귀한 집 아가씨 같았을 것이다. 마음이 쓰였는지 직원이 두툼한 명부를 집어 들며 양해를 구했다.

나는 다급히 고개를 끄덕였다. 온몸이 폭삭 젖어서 벌써부터 덜덜 떨리고 있었다. 대기자들이 모여 있던 자리에 불을 때고 있기는 했으나 영 시원치 않았다.

"네네네네, 부탁드립니다!"

다급히 모자를 벗고 머리칼을 대충 쓸어 모아 옆으로 쭉 짜며 직원에게 간청하는 표정을 지었는데, 내 얼굴을 본 직원이 돌연 멍청한 표정을 짓더니 갑자기 당황스러운 낯을 했다. "저, 그." 그가 조심스럽게 말을 꺼냈다.

"이런, 합석을 하기는 좀 애매할 것 같습니다만……."

"왜요?"

내가 주저 없이 따져 묻자 그가 난감한 얼굴을 했다. 그러고는 슬그머니 손짓을 했다. 고개를 기울이고 귓가를 가져다 대자 직원이 소리 죽여 조언했다.

"현재 대기자분들은 전부 기사님들과 귀족 신사분들이십니다. 그런 사람이야 드물겠지만, 혹시라도 아가씨 같은 미인이 합석했다가 상대를 잘못 만나면 큰일 나십니다. 귀한 집 자제분 같은데, 무슨 일이라도 생기면 저희는 책임질 수가 없습니다. 불가에 자리가 나면 즉시 안내해 드릴 테니, 차라리 혼자 사용할 수 있는 마차가 올 때까지 기다리시다 가십시오."

아니, 이런 개씨발. 이게 말이야 소야. 신분제도가 전근대 수준이라고 해서 이런 것까지 전근대스러울 일이냐?

너무나 어처구니가 없어서 입을 떡 벌렸지만, 더럽고 불유쾌한 이유라고는 해도 생판 모르는 세계에서 그런 도박을 할 수 있을 정도의 배짱은 없었다. 애초에 귀족이 존재하는 시대관인 만큼 그런 부분은 더더욱 상상과 경험 밖의 영역이었다.

허어엉. 나도 모르게 우는 소리를 뱉으며 카운터에 엎어졌다.

"네……. 그냥 기다렸다가 혼자 타고 갈게요……."

직원이 안쓰러운 눈을 하더니, 일단 카운터 쪽의 불이라도 쬐고 있으라며 작은 난로 하나를 내 쪽으로 밀어 줬다. 그나마 고마운 일이었다.

우울한 얼굴을 하고 의자를 꺼내서 카운터 바로 앞에 앉았는데, 그 순간 문이 벌컥 열리더니 "28번 대기자분! 마차 왔습니다!" 하고 정비공이 직접 찾아와 소리를 질러 주었다. 젠장, 좋겠다.

아련한 눈으로 문을 바라보며 코트의 물기를 털어 냈다. 그리고 코트로라도 머리 위를 감싸고 문질러 보는데, 문 근처로 다가가 자신이 지니고 있던 대기자 패를 보여 준 남자가 내 쪽을 지목했다.

"나 대신 저 아가씨를 태워 가시오."

나는 눈을 댕그랗게 떴다. "엥." 소리를 내자마자 직원이 헉 소리를 내며 그에게 다가가서 괜찮겠느냐고 다시 물었다. 차림새로 봐서는 아무래도 상당한 직위의 기사 같았다. 남자가 진한 검은 머리칼을 대강 정돈하며 대수롭지 않게 대꾸했다.

"저렇게 젖은 채로 이런 곳에 있다간 병이 들 테니 내 마차를 저분에게 양도하지. 아까 들었는데 사연도 딱하고."

"기사님은 괜찮으십니까?"

"오늘의 업무는 끝냈네. 그리고 나는 달리 방도가 있으니 데리러 올 이에게 연락을 넣도록 하지. 혹 통신구가 있나."

"네, 가져오지요."

재빨리 대답한 직원은 멍하니 있던 내게로 와서 등을 떠밀어 주며 잘됐다고 속삭였다. 나로서도 염치없긴 하지만 몸이 으슬으슬 떨려 오는 꼴을 봐선 아무래도 개 같은 상황이었으므로, 사양을 하기보다는 그의 호의를 받아들이기로 결정했다.

다급히 남자의 앞에 다가간 나는 빠르게 고개를 숙이며 감사 인사를 했다. 남자의 눈은 진하고 선명한 푸른빛이었다.

내가 친절을 받아서 그러는 게 아니고 진짜 정말로 대단히 잘생긴 남자였다. 조각 같은 얼굴은 묵직하고 덤덤해서 딱 기사 같은 낯을 하고 있었지만, 우수에 젖은 듯한 차갑고 수려한 얼굴만은 유난히 눈에 박혔다. 역시 잘생긴 얼굴에 잘생긴 인성이 깃든다. 전근대 사회의 직업기사 최고, 최고, 완전 최고.

보통 내 세계관에서 인성을 말아먹은 캐릭터는 '조각 같은' 얼굴보다는 '예쁘장한' 외모를 지니고 있다. 그러니 이 남자의 조각 같은 얼굴에서 반비례된 인성의 시궁창 향이 나는 것은 아니라고 할 수 있다.

아니, 일단 나한테 마차를 양보한 시점에서 인성은 잘생겼다고 봐도 좋지 않을까? 그저 보통 내 글에서 이런 타입의 잘생긴 남자는 긍정적인 경우 전형적인 기사 타입이고, 부정적인 경우 권력욕과 명예욕과 자기애의 화신이다. 극단적이기는 하지만, 이런 유형이 공통적으로 우선시하는 것은 어느 쪽이든 명예.

예, 그리고 명예를 지키고 약자를 보호하기 위해 저한테 마차를 양보해 주시다니 아무튼 좋은 분이시군요. 나를 도와줬으니 일단 착한 사람 점수를 주기로 했다. 말하는 투만 봐도 이 남자는 전자였다. '전형적인 기사 타입' 말이다.

물론 전형적인 기사 타입이라 해서 현대인의 관점에 부족한 점이 없는 캐릭터냐 하면 그것은 아니겠지만, 어쨌든 나로서는 실이 될 것이 없었다.

"아, 저기, 감사합니다. 염치없지만 지금 정말 너무 추워서……. 호의 정말 감사히 받겠습니다."

그런데 그때에야 내 얼굴을 제대로 확인한 남자가 이상한 표정을 지었다. 그가 무언가를 물으려는 얼굴로 입술을 달싹였지만, 곧 미간을 좁히며 알다가도 모를 표정이 되었다. 내가 눈을 댕그랗게 뜨고 그를 올려다보자 그가 조금 망설이다가 겨우 물었다.

"옐레체니카 백작 아니오?"

"엥."

나는 도착지를 입력해 달라는 정비공의 손에 끌려 마력석 앞에 섰다가 고개를 돌려서 그를 바라보았다. 모르는 사람인데 아무래도 유리를 아는 눈치였다. 유명인이라 아는 건지, 본래 안면이 있는 사이였던 건지는 알기 어려웠다. 슬슬 열이 오르는 것 같아서 뺨을 꾹 눌러 본 후 제대로 돌아섰다.

"저, 제가 정확한 위치를 몰라서 그러는데, 옐레체니카 저택을 대신 입력해 주시겠어요?"

나는 정비공에게 대신 좌표를 입력해 달라고 부탁한 후, 남자에게 다시 말을 걸었다.

"네, 맞는데요. 저를 아는 분이신가요?"

내 대답을 들은 남자가 대번에 이상한 표정을 지었다.

"나를 모른단 말인가?"

네가 뭔데 내가 너를 알아. 원래부터 아는 사이였으면 어째서 못 알아보느냐 묻거나 자신을 다시 소개하거나 뭔가 모르는 척해야 할 사정이 있나 할 것이지, 세상 모두가 자신을 모르면 안 된다는 듯한 저 미묘한 말투는 뭐란 말인가?

남자의 말투는 꼭, '어떻게 네가 나를 못 알아봐?' 식의 질문이라기보다 '어떻게 나를 모르는 사람이 존재할 수 있지?' 식의 질문으로 들렸다. 보아하니 유리 옐레체니카가 자신을 모를 수도 있다는 가능성 역시 고려하고 있는 듯한데 그 정도면 친한 사람은 아닐 테고…….

전근대 기사 나리여서 그런지 자의식 과잉이 끝내주는 듯했다. 남자를 안쓰럽고도 애틋한 눈으로 살피다가 예의상 웃어 보이고 좌표 입력이 완료된 마력석을 마차 안에 꾹꾹 박아 넣었다.

유리 옐레체니카가 기사 계급과 안면이 있을 것 같지는 않지만, 이 세계는 이미 내 손을 떠나서 제멋대로 설정을 폭발시키고 있으니 안 될 것도 없으리라고 봤다.

"저, 혹시 안면이 있던 분인가요?"

"그런 건 아니지만……."

안면도 없었단 말인가. 그럼 정말 무슨 자신감인지 알 수가 없군. 명심하자, 세상 모두가 나를 안다고 생각하지 말기.

속으로 생각하며 마력석이 제대로 작동하는 걸 확인하는데 머리가 띵하고 아파 왔다. 과연 유리 옐레체니카의 종이 몸에는 답이 없었다. 이마를 꾹 누르며 마력석을 들여다보다가, 별안간 팔뚝을 붙잡혔다.

돌아보니 여전히 그 남자였다. 내가 합석을 곤란히 여길까 싶어서 아예 마차를 넘겨준다지 않았던가. 왜 자꾸 이리 질척거리는 건가? 내가 인상을 찌푸리자, 그가 미간을 좁힌 채 다시 물었다.

"백작이 이 시기에 왜 여기에 있지? 소문의 집사도 동반하지 않았군. 혹 당신도……."

얌전히 그의 뒷말을 기다렸지만 남자는 알아서 입을 닫았다. 그의 얼굴만이 몹시 심각하고 경계 어린 낯빛을 띠고 있었다. 아니, 이건 또 대체 뭔 사망 플래그란 말인가. 아무리 생각해도 허투루 넘길 수 없는 표현이었다. 즉시 인상을 찡그리며 "예?" 하고 반문했다가 다급히 덧붙였다.

"아, 제가 기억을 잃어서. 혹시 제가 해 드리기로 예정되어 있던 업무가 있던 분인가요?"

"아."

그때에야 남자가 멍청한 표정을 지었다. 기억을 잃었다니 전혀 예상치 못한 전개였을 것이다. 나도 그의 적당한 공황은 이해해 주기로 했다. 입술을 달싹이던 그가 묵직하게 입을 닫더니 뒤늦게 내 팔을 놓아주었다.

"무례를 용서하시오."

아니, 그래서 네가 입 밖에 낸 정체불명의 데드 플래그는 대체 뭔데. 폭발해 버린 세계관으로 인해 맞이한 예기치 못한 데드 플래그가 벌써 세 번째였다.

첫 번째 예기치 못한 플래그, '페도라를 쓴 남자와 그 주군'.

두 번째 예기치 못한 플래그, '레일리 크라하는 알지 못하는 유리 옐레체니카의 연구'.

세 번째 예기치 못한 플래그, '이런 시기에 수도에 있는 게 이상하다는 투로 말을 건 초면의 기사'.

아무리 생각해도 내 세계관이지만 요지경이었다.

내가 샅샅이 탐색하는 시선으로 자신을 바라보고 있자, 그가 난처한 표정을 짓더니 뒤늦게 가슴 앞에 손을 가져다 대며 고개와 어깨를 살짝 숙였다.

"기억을 잃은 분께 실례를 저질렀군. 나는 마이어 후작 솔데인이오. 비공정 시승식 때도 동행했고, 황실에 행사가 있을 때마다 소개는 받지 못했어도 스치듯 백작을 본 적이 있지. 내가 알고 있으니 그대도 나를 알고 있으리라고 섣불리 판단하고 말았소."

"아……."

아, 그야 보통은 그 정도 스쳤으면 얼굴을 알아보는 게 정상일 것이다. 내가 유리의 기억을 공유하지 못해 민망하게 만들었다는 점에 대해서는 유감스러운 일이었다.

미적지근하게 감탄사를 흘리던 나는 마차고 안에서 우리만 예의 주시하고 있는 시선들을 발견하고 인상을 찡그렸다. 일단 솔데인 마이어라면 제대로 이야기를 나눠 보기는 해야 하는 상대였다. 주변을 살펴보고 결국에는 마차를 향해 엄지를 쿡쿡 세워 보였다.

"제게 묻고 싶으신 게 있다면, 같이 마차를 타시는 건 어떠세요? 마이어 후작님이라면 저도 안심하고 편한 마음으로 합석할 수 있을 것 같습니다. 제가 기억을 잃은지라 예의에 대한 기본적인 지식조차 떠올리지 못하게 되어 혹 무례한 행동을 할까 걱정되지만, 괜찮으시다면 응해 주세요. 목적지에 각자 도착할 때까지, 중간까지만 동행하겠습니다."

"젊은 여성이 나 같은 인물과 단둘이 마차를 타는 것은 보기에 좋지 않겠지. 괜히 붙잡아 세워 미안했소. 일단……. 비도 맞으셨으니 귀가하시는 게 좋겠군. 마차는 개의치 마시고 쾌히 이용해 주시면 기쁠 것 같으니 걱정 마시오."

"수많은 군인과 기사들이 존경하는, 명망 높은 마이어 후작님께서 제 평판에 누가 되는 행동을 하지 않으리라는 사실은 세상 사람 모두가 다 알 겁니다. 마이어 후작님께서 동행해 주셔도 제게는 전혀 문제가 없고, 오히려 든든하게 곁을 지켜 주신다면 감사한 일이 되지 않을까 생각해 보고 있답니다. 사실, 우연한 사고로 기억을 잃게 된 이후 본래 제가 하던 활동을 되짚고 기억을 찾고자 수도에 나온 참이라서요. 제 행적에 대해 조금 더 자세한 이야기를 듣고 싶어, 개인적으로 부탁드리고 싶은 부분이기도 하고요."

소문의 고지식하고 과묵한 마이어 후작이 이렇게 서로 얼굴 까발려진 시점에서 막돼먹은 짓을 할 것 같지도 않았고, 솔직히 말하자면 그의 설명을 조금 더 듣고 싶었다. 솔데인 마이어는 끝까지 주저했지만, 어차피 우리가 동행하리라는 사실이 모두에게 알려졌으니 문제가 없으리라고 판단했는지, 결국 고개를 끄덕였다.

그리고 그렇게 마차가 움직이기 시작하고도 한참 동안 아무 말도 오가지 않았다. 그야 마이어 후작은 분위기나 행동거지가 영 말을 걸기 불편한 족속이었고, 나한테 그만한 사교성은 없었기 때문이다.

열이 오르는지 점점 혼미해지는 눈가를 비비며 침묵 속에 앉아 있다가, 도개교를 다 지날 무렵에야 위기감을 느끼고 먼저 말을 꺼냈다.

"그, 기억을 잃었다는 괴상한 말에도 이상하게 여기지 않으시는군요. 의심 없이 받아들여 주셔서 감사합니다."

"아. 어제 어머니께서……."

아무렇지 않게 대답하려던 마이어 후작은 순간 난감한 표정이 되었다. 한 손에 얼굴을 묻은 그가 해석하기 힘든 한숨을 뱉어 냈다. 마이어 대공비가 후작에게 뭔 소릴 했단 말인가. 슬그머니 눈치를 살폈지만, 짐작 가는 부분이 없었다.

내가 이상하게 여긴다는 것을 눈치챘는지 마이어 후작이 재빨리 아무것도 아니라고 말을 번복했다. 수상쩍은 태도였다.

"대공비 전하께서 혹시 저에 대해 뭔가……. 제가 혹 대공비 전하께 실례라도 저질렀나요?"

"아니, 그런 게 아니라……. 점심때에 잠시 들러 함께 차를 마시기로 했는데, 백작이 수도로 나왔다는 이야기를 하셨소. 자세한 말씀은 않으시고 백작과 잘……. 큼, 챙겨 드리라 하시더군. 그래서 무슨 일이 생겼나 하고 있었기에 백작의 말을 듣고 이해한 거요."

그리고 그가 대번에 어색하고 서먹한 낯을 했다. 주먹 쥔 손으로 입가를 가리고 큼큼 난처한 태도로 헛기침을 하기에 더는 묻지 않기로 했다. 짐작이 가는 부분도 있었다.

마이어 대공비도 레스킷 양의 살롱에 내가 나타났다는 이야기를 듣고, 그로부터 자세한 소문을 파악했으리라. 그리고 유리 옐레체니카, 알렉시스 에슈마르크와 더불어 이 나라의 전력을 책임지고 있는 군부의 아들에게 미리 귀뜸을 해 주었을 것이다.

마이어 대공가는 황제에게 사사건건 잔소리를 해 대고 있었으나 마이어 후작 본인은 황태자의 젖형제이자 막역지우였다. 알렉시스 에슈마르크는 황제의 동생이지만 황제 본인이 형제들을 도륙하고 제위에 올랐으며 에슈마르크 대공을 찬밥 취급하고 있으니 사이가 좋은 편은 아니다.

그런 가운데 유리 옐레체니카가 황제의 명을 받아 귀족이 되었다. 그녀는 작위를 받은 뒤로 황제의 수족이 되어 여러 가지 발명품들을 만들어 주며 충직한 신하처럼 굴었지만, 사실 그 이상의 실질적인 충성을 표현한 일은 없었다. 어딘지 '미온적'이라고 해야 할까. 그녀의 태도는 어디까지나 중립적이었다.

확실히 대공가에서는 유리 옐레체니카의 수도 진출에 신경이 쓰일 만도 했다. 곰곰이 생각하고 있는데 마이어 후작이 다시 말을 걸었다.

"그런데 백작은 어찌 소문의 집사도 대동하지 않고 홀로 비를 맞고 있었소?"

"아. 그게."

별생각 없이 레일리가 나를 두고 잠시 자리를 비웠다고 답하려다가 다급히 입을 다물었다.

어느 정도의 정보력과 권력을 지닌 자들 중에 레일리 크라하의 출신과 태생을 모르는 이는 없었다. 평범한 시민들 사이에도 브라우의 까마귀라 하면 악명 높은 히트맨이었다. 레일리도 딱히 본인의 출신을 숨기는 작자는 아니었다. 그리고 이 나라에서는 유사인족, 반인들을 그다지 좋게 보지 않고 있다.

레일리가 자유롭게 돌아다닐 수 있는 건 어쨌든 공식적으로나마 유리 옐레체니카의 고급 노예 취급을 받고 있기 때문이다. 유리 옐레체니카라는 감시자 겸 보증인이 있는 덕에 레일리 크라하의 방종함을 국가 차원에서 제압하지 않고 그냥 두는 셈이다. 유리 옐레체니카가 기억을 잃은 틈을 타 레일리가 자리를 비웠다는 얘기는 썩 좋게 해석되지 않을 가능성이 높았다.

그리고 내 앞의 이 남자는? 군부를 손에 쥐고 있으며 근위기사단을 맡고 있고, 스스로 판단해 극악한 범죄자를 즉결 처분할 권리까지 하사받은 국가 전력급의 소드 마스터다.

"제가……. 기억을 찾고 싶어서, 레일리를 따돌리고 몰래 나와 버려서요……. 그런데 마차는 도개교 바깥으로 떨어지고, 저는 비를 쫄딱 맞고. 되는 일이 하나도 없네요. 하핫! 잔소리 듣겠다!"

끝내주는 가짜 웃음을 호탕하게 터트리고 속으로는 욕설을 짓씹었다. 레일리, 짜식. 넌 정말 나한테 고마워해야 한다. 나는 레일리의 허물을 감싸 주기 위해 눈물을 머금고 거짓말을 했다. 나 자신을 말괄량이로 묘사하면 그럭저럭 레일리와 관련된 문제가 수면 위로 드러나지는 않을 것이다.

내 말을 들은 마이어 후작이 눈을 동그랗게 떴다. 그가 잠시 당황한 낯을 했다가 퍽 난감한 얼굴로 희미하게 웃었다.

"소문과는 상당히 다르군."

"'소문'이요?"

"좀 더 신중하고 의뭉스러운 사람이리라 봤소. 옐레체니카 백작이 재야의 책략가라는 소문은 당신이 뷔올에 왔을 때부터 늘 따라다니던 이야기였지."

"그렇군요."

"자유롭게 생활하고 기억을 찾는 일은 좋지만 혼자 돌아다니지는 않는 것을 추천하오. 당신의 능력도 뛰어나니 문제야 없겠지만, 가능하면 그 집사를 대동하는 게 좋아."

그야 뭐, 진짜 유리 옐레체니카야 그 표현 그대로 '재야의 책략가'라 칭해 부족함이 없는 인물이었겠지만……. 나는 인자한 표정으로 고개를 두어 번 끄덕여 그의 말을 얌전히 받아들이는 시늉을 하고, 잽싸게 화제를 전환했다. 사실 내가 상세히 짚고 싶은 화제는 따로 있었다.

"아까도 왜 혼자 돌아다니는지 물으셨죠. 무슨 일이 있었나요?"

내가 굳이 마이어 후작과 동행하도록 마음먹게 한 문제적 발언이었다. 변명 삼아 꺼낸 '나 자신에 대해 듣고 싶다'는 용건은 '신중하다고 들었다.' 정도로 대충 해치웠으니, 우선은 듣고 싶던 이야기를 들어 볼 필요가 있었다. 마이어 후작이 크게 개의치 않고 대답했다.

"최근 뷔올 시내 안에서 살인 사건이 이어지고 있소."

대체 왜 캐면 캘수록 사건이 나타나는지 알 수가 없군. 내 로맨스판타지는 과연 이대로도 괜찮단 말인가. 나는 인상을 찡그렸다가 조심스럽게 다시 질문했다.

"살인 사건이요?"

"유사 종족과 반인들을 대상으로 이루어지는 사건들인데, 짐작건대 범인 또한 유사 종족이나 반인들 같소. 대부분의 살인에는 의도가 있지. 혹은 일관성이라도 보여야 해. 이번 사건은 알다가도 모르겠더군. 옐레체니카 백작은 그들을 곧잘 지원했으니, 혹 원한을 가진 흉수라면 당신에게도 위협을 가할지 모르겠어서. 위험하니 당분간은 홀로 다니지 않는 것이 좋겠소."

마이어 후작이 담담하게 권고했다. 그러나 그의 말을 곧이곧대로 들을 수는 없었다. 나는 조용히 머리를 빗어 내렸다. 열이 오른 손바닥에 차갑게 젖은 머리칼이 싸늘하고도 기이한 촉감을 남겼다.

말은 저렇게 하지만 처음엔 분명 혹시 당신도 어쩌고 했으니, 아무래도 나에 대해서 뭔가를 의심한 듯했다. 이제 와 말을 바꾸고 나를 걱정해서 이야기를 꺼냈다고는 했으나, 본래의 방향성은 그쪽이 아니었다.

처음엔 내가 흉수들과 관련이 있다고 생각했는지도 모를 일이다. 하기야 유리 옐레체니카는 유사인족을 지원하고 빈민가를 돌아다니며 구휼 활동을 하는 것으로 유명했다. 어느 쪽이든 유사인족에 대한 논의가 수면 위로 떠올랐을 때 가장 먼저 거론될 귀족 중에는 유리 옐레체니카가 빠질 수 없다.

아니, 잠깐만. 뭔가 이상한데. 당신'도'?

또 누가 얽혀 있었단 말인가? 이번 사건의 배후에 거물급 귀족이 존재한다는 정황을 파악했나? 유사인족을 이용해 유사인족들을 죽여 없애고 다니는 사건의 배후에 마이어 후작이 예의 주시할 법한 고위 귀족이 존재한단말인가? 유리 옐레체니카가 덤으로 엮여 나올 정도의 귀족이라면 최소 백작위보다 높은 작위를 가진 귀족일 것이다.

맹렬하게 머리를 굴리는데 마이어 후작이 재차 질문했다.

"자신에 대해 묻고 싶다고 했지. 또 무엇이 궁금한 거요?"

"아."

아까 그 얘기로 끝 아니었냐. 생각이 끊어진 나는 뜨끈뜨끈한 뺨을 손끝으로 누르며 재빨리 말을 지어냈다.

"저와 대화를 나눠 보신 적은 없나요? 아니면 최근에 제가 진행하던연구라도……."

"대화를 제대로 나눠 본 일은 없소. 가볍게 인사를 하는 정도였지. 연구는나보다는 본인이 더 잘 알지 않을까. 그쪽에는 문외한이라."

"아. 그렇군요. 제가 최근에 어떤 연구를 하고 있었는지도 모르겠어서요.사실 실험을 하다가 사고가 난 거라, 이전에 하던 실험을 계속 진행하긴해야 하는데 뭘 하려던 건지 알 수가 없으니 함부로 건들 수가 있어야죠."

"실험을 하다가 사고가 났다고?"

인상을 찡그렸던 마이어 후작이 지그시 미간을 좁힌 채 다시 물었다.

"공방에서는 폭발 사고가 적지 않게 일어난다고 들었는데, 혹 큰 부상을 입진 않으셨는지 먼저 여쭤봐야 했던 것을. 내가 그만 기본적인 예의와절차도 지키지 않았군."

"아뇨, 괜찮습니다. 레일리가 빠르게 응급 처치를 해 줘서 말짱해요."

"그러고 보니 안색이 창백한데."

"아하하, 그게, 이건 그냥 비를 맞아서."

젖은 머리칼을 다시 손끝으로 가다듬으며 어색하게 웃는데 마이어 후작의 표정이 이상했다.

"비."

새삼스러운 사실을 깨닫기라도 한 듯 찬찬히 곱씹은 그가 곰곰이 나를 바라보다가 별안간 정중히 사죄의 예를 표했다. 갑작스러운 인사에 두 손을 딱 멈춘 채 천천히 눈을 깜박이는데, 그가 담담히 말했다.

"지금부터의 무례를 미리 사죄하오."

아니, 이놈이 지금 무슨 짓을 하는 거란 말인가. 설마 진짜 말로만 듣던 마차에서의 무뢰한 짓을 당할 상황인 건 아니겠지. 나는 핏기가 싹 가시는 것을 몸소 느끼며 다급히 물러나려다가 마이어 후작의 커다란 손에 당장 붙잡혔다. 그리고 그가 내 이마에 즉시 손을 가져다 댔다. 이쪽이야말로 예기치 못한 행동이었다.

나는 눈을 댕그랗게 떴다. 그의 손목 너머로 보이는 푸른 눈동자와 대뜸 시선이 마주쳤다. 내 이마에 손바닥을 댔던 마이어 후작의 잘생긴 얼굴이 돌연 흉악해졌다.

"몸도 약한 이가 이런 상태로 여태 젖은 채 있었단 말인가!"

그가 역정을 내다시피 하며 옆에 앉아 있던 오토마타에게 빠르게 명령했다. 마법으로 만든 간단하고 사무적인 인공 지능을 탑재한 오토마타들은 보통 정해진 키워드에 반응하게 되는데, 마이어 후작이 꺼낸 명령은 전부 키워드를 이용한 명령이었다.

"목적지를 변경하겠다."

"말씀하십시오."

"가장 가까운 의원은?"

"시내의 광장입니다."

"그럼 가장 가까운 귀족가를 말해라."

"동쪽으로 유리 엘레체니카 백작의 수도 저택과 마이어 후작의 사택,

남쪽에 대공비 전하의 별장과 쥬덴 공작 부인의 명예 살롱이 있습니다."

잠시 멈칫했던 마이어 후작이 인상을 찡그리며 고민하다가 즉시 말했다.

"그중에서 가장 가까운 곳은?"

"마이어 후작 저택과 쥬덴 공작 부인의 명예 살롱입니다. 마이어 후작 저택이 10분가량 가깝습니다."

"내 저택은…… 안 좋겠지. 명예 살롱으로 간다. 공작저 본관도 아닌 명예 살롱에 의원이 있을지는 모르겠군. 너는 지금 즉시 마이어 후작 저택에 가서, 명예 살롱으로 의원을 보내도록 연락을 전하라. 발신자는 마이어 후작 솔데인이다."

"오토마타의 개별 행동에 대한 추가금은 1클루트 60플라드입니다."

"잔돈이 없으니 5클루트를 주마."

"3클루트 40플라드의 팁을 받았습니다. 후한 대우 감사합니다. 최대한 빨리 움직일 수 있도록 좌표 설정을 다시 한 후 출발합니다."

"아, 저, 그렇게 심하진 않고 괜찮은데요."

살짝 혼미한 건 맞지만 대하기 힘든 상대를 앞에 둔 채 버티기보다는 어서 저택에 돌아가서 침대에나 파묻히는 편이 좋을 것 같고 말이다.

저택에 레일리가 돌아와 있을지 어떨지는 모르겠지만 유리 옐레체니카의 전속 의사쯤 되는 레일리가 있으면 더더욱 금상첨화일 것이다. 약까지 받아먹은 후에 한숨 자면 그만이었다.

그러나 내 말에 마이어 후작이 민감하게 반응하며 미간에 주름을 왈칵 잡았다.

"쥬덴 공작 부인은 명망 높은 여인이니 그대 평판에 누가 되지도 않을 거요. 의원을 만나고 가시오. 그 상태로 무리하게 만든 것은 내 불찰이오. 내가 비를 맞는 것에 개의치 않으니 안일하게 생각해 당신을 배려하지 못했소."

"저택에 가면 레일리가 뭐라도 해 줄 거예요."

"집사와 의원은 다르오!"

아니, 그게, 걔는 내 전속 의사로도 일한다니까. 레일리가 지닌 오만 팔천 가지 능력에 대해 설명을 덧붙이려다가 순간 어 했다. 마이어 후작이 두 명으로 보이고 있었다. 아까부터 좀 혼미하다 했더니 정말로 상태가 안 좋긴 한 모양이었다. 저택에 레일리가 있을지 없을지도 모르는데 신세를 지는 것도 괜찮을 듯싶기도 하고…….

인상을 찡그리다가 의아한 듯 나를 부르는 마이어 후작의 어깨로 푹 이마를 파묻었다. 어딘가 기댈 곳이 필요했다. 순간 마이어 후작이 당황해서 몸을 빼려다가 그대로 내 몸까지 기울어졌다.

"백작."

마이어 후작이 당황한 눈치로 내 이름을 불렀다. 그러나 한번 몸의 균형이 무너지자 걷잡을 수가 없어졌다. 지금까진 푹신한 의자에 푹 파묻혀 있어서 스스로 몰랐던 건지도 모른다. 헉, 나는 다급히 마른 숨을 집어삼키다가 마이어 후작에게 매달리듯 그의 옷자락을 붙잡고 죽 긁어내리며 무너졌다.

눈앞이 깜깜해졌다.

＊ ＊ ＊

정신을 차려 보니 낯선 곳이었다. 커다란 침대에 혼자 누워 망연히 천장을 올려다보다가, 옆에서 나를 내려다보던 늙은 의사와 눈이 마주쳤다. 그때에야 내가 어떤 상황에서 기절했는지를 깨달았다.

발딱 일어나다가 눈앞이 시꺼멓게 물들었다. 기립성 빈혈의 두통과도 비슷한 부분이 있었다. 빠개질 것 같은 머리를 붙잡고 끙끙거리는 사이, 곁에서 손목을 붙잡고 맥을 짚어 보던 의사가 손을 거두었다.

"마나의 폭주일 뿐 신체에는 아무 이상 없으니, 조금만 휴식을 취하시면 다시 건강해지실 겁니다."

"네. 감사합니다. 으으, 뒈지겠네."

일단 의사에게 대답부터 하고 걸걸한 욕설과 함께 낑 소리를 뱉었다. 그 후 고개를 들고야 이 방 안에 있는 사람이 의사와 나뿐이 아니었다는 사실을 제대로 깨달았다. 문 근처에 서 있던 솔데인이 고개를 까딱해 보였고, 내가 누워 있는 침대 곁에는 처음 보는 부인 두 명이 나란히 앉아 두런두런 떠들던 중이었다.

빠르게 두 명의 부인을 스캔했다가, 왼쪽에 앉은 회색 머리칼의 나이 지긋한 부인이 솔데인과 상당히 닮았다는 사실을 어렵지 않게 깨달았다. 아무래도 그녀가 마이어 대공비, 옆에 앉은 주황 머리칼의 여인이 쥬덴 공작 부인인 것 같았다.

이런 십장생. 공작 부인과 대공비 앞에서 처음 꺼낸 발언이 뒈지겠네, 라니. 내 안의 미치도록 힙한 망나니, 진짜 뒈져라 좀.

"아, 저, 그."

나는 다급히 말을 더듬으며 쥬덴 공작 부인과 마이어 대공비를 살펴봤다. 내 걸걸한 발언에 눈을 동그랗게 떴던 그들이 제각기 꿀 먹은 벙어리가 되어 서로 시선을 교환하고 있었다.

초면부터 뒈지겠다고 해서 죄송합니다, 두 분 고명하신 부인들…….

나는 침을 꿀꺽 삼켰다가 모르쇠 생긋 웃어 보이며 젠틀하고도 상냥한 한 떨기 가녀린 물망초 같은 유리 옐레체니카의 얼굴을 가장해 보였다.

"제가 그만 폐를 끼치고 말았네요. 혹시 어떻게 된 경위인지 여쭤봐도 폐가 아닐지 모르겠습니다."

"어머, 죄송해요. 넋을 놓고 있었군요. 방금 왠지 이상한 말을 들은 것 같아서."

"아하핫. 환청입니다, 환청."

쥬덴 공작 부인이 재빨리 포장해 주고 나도 머쓱하게 웃으며 뒷머리를 긁적이며 그러게나 말이에요, 대답하려다가, 또다시 눈을 동그랗게 뜨고 나를 물끄러미 바라보는 고명하신 두 부인과 눈이 마주쳐야 했다.

이런 개 염병. 발전하지 못하는 인생 반성이나 해라.

애매한 침묵이 가라앉았을 때 나를 구원해 준 사람은 이미 내 자유분방한 내면세계를 살짝 엿본 일이 있는 솔데인 마이어 후작이었다. 희미하게 웃는 듯했던 그가 뒤늦게 큼큼 헛기침을 해서 주의를 환기시키더니 상황을 설명해 주었다.

"당신이 갑자기 쓰러져서 쥬덴 부인의 살롱을 잠시 빌렸소. 공작 부인께서 쾌히 도와주신 덕에 쉴 공간을 얻어 의사를 부를 수 있었지. 마침 어머니께서 내 저택에 계셨던 덕에 함께 오셨다고 하는군."

"오토마타에게서 동행인이 백작이라는 이야기를 전해 들었답니다. 사내에게 백작의 진찰과 간호 전반을 맡길 수는 없는 일 아니겠어요."

"감사합니다, 부인."

재빨리 감사 인사부터 한 후에 의사에게 조금 더 자세한 상태를 물어보려 했는데, 마이어 후작이 앞장서 요약해 주었다.

"마나가 폭주한 것 같다기에 일단은 내 힘으로 진정시켜 두었소. 혹 실례가 되지 않았다면 좋겠어."

"아뇨, 도와 주셔서 감사합니다. 오히려 제가 폐를 끼친 것 같아 죄송합니다."

"저택에는 따로 기별을 넣어 뒀는데, 소식이 늦게 전해지는지 별다른 연락은 없군."

"아……."

레일리가 아직 저택에 돌아오지 않은 모양이었다. 이 망할 자식, 주인은 이렇게나 고생을 하고 있는데 네놈은 아직도 므라우의 반인족들을 만나고 있다 이거냐.

나는 인자한 창조주의 미소를 지으며 일단 적당한 변명거리부터 꺼내

놓았다. 레일리는 저택에 있고 내가 그를 따돌리고 나왔다고 말을 해 둔 후이므로 별수 없는 선택이기도 했다.

"제가 사라진 걸 알고 찾으러 나간 모양이에요. 길이 엇갈렸을지도 모르겠네요."

다행히 다들 레일리가 주인에게 극진한 번개인 혼혈이라는 것은 익히 아는 눈치였다. 모두들 그러려니 하며 내 안부를 몇 마디 더 물어보다가, 의사가 며칠 푹 주무시고 잘 챙겨 드시기만 하면 된다고 언질을 준 후 자리에서 일어났다. 그런데 돌연 대공비 전하가 그를 따라 몸을 세웠다.

"아, 저희도 나가죠, 부인."

"예?"

쥬덴 공작 부인이 처음 듣는 말이라는 태도로 눈을 댕그랗게 떴다가, 마이어 대공비가 그녀의 팔을 잡아끌며 힐긋 눈치를 주자 그때에야 마이어 후작과 나를 번갈아 바라보며 아아, 이상한 감탄사를 흘렸다. 마이어 후작이 당황한 눈치로 어머니, 했지만 마이어 대공비는 잽싸게 인사를 건넸다.

"그럼 쉬도록 해요, 백작."

"편한 만큼 머무르다가 가세요. 어차피 일주일 후의 살롱 전까지는 손님이 없을 예정이랍니다."

"두 분 정말 감사합니다. 집사가 오면 그와 함께 귀가할 예정입니다. 회복한 후 조촐하게나마 선물이라도 보내겠습니다. 마음을 써 주신 것에 대한 답례의 표현이니, 괘념치 마시고 편히 받아 주세요."

나는 재빨리 그들에게 걸맞은 예의를 차려 감사 인사를 했다. 선물은 레일리가 알아서 적당히 값지고 귀한 발명품을 골라 보낼 테니 인사치레만 하면 그만이었다. 어차피 유리 옐레체니카에게 남아도는 것이 돈과 시간이었다.

그런데 그러고 나서 마이어 후작과 나만 남았을 때에야 어, 싶었다. 대공비

전하는 그들을 따라 방을 나서려던 마이어 후작의 면전에 대고 문을 쾅 닫아 버리기까지 했다.

"아."

"……."

마이어 후작이 어머니에게서 나에 대한 언질을 받았다더니, 단순히 정치적인 언질만은 아니었던 모양이다. 하기야 내가 변명 삼아 결혼에 신랑감 얘기를 구구절절 꺼냈는데, 이 나라에서 유리 옐레체니카쯤 되면 제일가는 결혼 상대 중 한 명이 아닌가. 마이어 대공비의 뜻도 이해 못 할 것은 아니었다.

문제는 내가 유리가 아니라는 점이긴 한데, 이 사람들은 내가 언젠간 다시 기억을 되찾고 진정한 유리 옐레체니카가 되리라고 여길 것이다. 생각해 보니 내 쓸모없는 몸뚱이는 마이어 후작 앞에서 마치 로맨스 소설의 한 장면처럼 가련히 실신하기까지 했다.

이게 무슨 일부러 의도한 듯한 기절 타이밍이란 말인가? 미쳐 버린 내 몸아, 이 소설이 로맨스 소설이라도 되는 줄 아냐? 아참, 이거 로맨스 소설이었지. 나는 실없는 생각을 하다가 뒤늦게 정신을 차렸다.

"큼, 큼……."

마이어 후작의 멋쩍은 헛기침 덕분이었다. 나도 반사적으로 희미한 탄식을 흘렸다. 흠……. 대공비가 이렇게까지 직접적으로 일을 추진하려 한다는 건 확실히 문제였다. 장기적으로 여러모로 곤란하지 않겠는가.

미간을 꾹 누르고 있던 마이어 후작은 한숨 섞인 내 탄식을 듣고야 정신을 차린 듯 뒤늦게 고개를 숙이며 인사했다.

"나도 이만 가 보겠소. 쉬시오."

"아, 네. 감사했습니다. 레일리가 저를 데리러 오면 돌아갈 테니 두 분께도 전해 주세요."

그리고 제대로 인사를 주고받은 후 마이어 후작이 문고리를 돌렸으나,

덜컥 하는 소리와 함께 문이 중간에서 멈췄다.

"……."

"……."

대공비는 상상 이상의 추진력을 지닌 사람이었다.

순간적으로 경직되었던 그의 어깨가 단단하게 올라갔다가 다시 내려오더니, 나름대로 최선을 다해 티 나지 않게 문을 툭툭 두드리며 이를 악물고 속삭였다.

"어머니, 여십시오."

물론 대답은 없었다. 문고리를 잡은 채 고요히 서 있는 마이어 후작의 체격 좋은 등짝에서 무시무시한 회한이 묻어 나왔다. 당장이라도 문에 머리라도 박고 싶어 보이는 뒷모습이었다.

내가 그 마음 잘 알지. 나는 온화한 창조주의 미소를 지으며 마이어 후작의 캐릭터 해석을 대충 뇌 안쪽에 적립했다. 내가 캐릭터를 만드는 방법은 내가 제일 잘 안다. 좀 꽉 막히긴 했어도 나쁜 놈은 아니겠군. 아까부터 짐작은 했지만 덕분에 확신했다. 친하게 지내도 좋을 것 같다.

어차피 이렇게 됐는데 레일리가 올 때까지 얘기 정도는 나눠도 나쁘지 않으리라고 판단했다. 대공비가 저렇게까지 나오는 이상 호락호락 이겨 먹을 수 있는 상대도 아닐 테니 일단은 장단을 맞춰 주기로 한 것이다.

독신 귀족 남녀가 한 방에 단둘이 오래도록 머물렀다는 사실을 왜곡해 관계에 쐐기를 박을 저질스러운 소문을 흘리기엔 대공가의 급이 높아도 너무 높으므로 그럴 걱정은 없어 보였다. 게다가 권력의 정점에 있는 마이어 가문과 안면이 생기면 나 역시 이런저런 정보를 파악하기에 용이할 것이다.

나는 그저 아하하 웃어 버리고, 방금 전까지 부인들이 앉아 있던 의자를 조금 밀어내며 그를 불렀다.

"그, 괜찮으시다면 잠시 말벗이나 되어 주시겠어요? 레일리를 기다려야 하니 한동안 심심할 것 같아서요."

"……."

결국 몇 번 더 문고리를 돌려 보던 마이어 후작이 어깨를 축 늘어뜨렸다. 주저하다가 내 곁에 다가와 앉은 그가 끙 소리를 냈다.

"실례를 저지르게 되었소. 미안하오."

"아하핫, 괜찮아요, 괜찮아. 아까 하시던 사건 얘기라도 마저 해 주세요."

"좋은 주제는 아닐 것 같은데."

"그런 얘기 좋아하는 편입니다."

아, 됐으니까 정보 좀 뱉어 봐. 나는 생글생글 웃는 낯으로 빨리 이야기나 해 보라고 그를 독촉했다.

내 캐릭터 스펙트럼에 빗대 생각했을 때, 여기까지 왔다면 이 작자는 입만 열면 레이디, 입만 열면 명예, 입만 열면 고지식한 발언을 일삼아 사람으로 하여금 고구마를 한 상자 통째로 퍼먹은 것 같은 답답함을 느끼게 만드는 캐릭터일 것이다. 그러나 기본적으로 내면에 흉악한 무언가를 기르는 종류의 인물은 아니었다. 내면에 흉악한 걸 기르는 놈은 우리 집 집사 새끼고.

아무튼 수도의 치안 전반을 담당하고 있는 인물인 만큼, 위험하지 않다고 판단이 선 이상 그를 통한 정보망을 최대한 효율적으로 이용해야 했다. 이렇게까지 안전한 성품을 지닌 인물은 내 소설에 가뭄에 콩 나듯 드물게 있으므로 이 기회를 놓칠 수는 없다.

결국 마이어 후작은 살인 사건에 대해 일반인에게 공개 가능한 선에서 이런저런 이야기를 들려주기 시작했다. 최근 반인의 살인 사건이 일어나고 있다는 이야기에서 시작해, 금지된 노예 무역이 연합국 쪽으로 이루어지는 정황을 파악했다는 이야기, 새로 발견된 대륙에서 가져오는 구황 작물과 특수 자원에 대한 이야기, 대륙에 진출하고자 경쟁적으로 싸워 대는 통에 판을 치는 무역 관련 위법 행위들에 대한 이야기까지.

솔데인 마이어는 무뚝뚝하게 핵심만 짚어 내는 편이었다. 그 정도의 고위 귀족치고는 화술이 좋은 편은 아니었지만, 덕분에 이 세계에 대한 기본 지식이 부족한 나로서는 어렵지 않게 알아들을 수 있었다. 대화는 거리낌 없이 이어졌다.

종래에는 웃으며 이런저런 얘기를 하다가 기억을 잃고 처음으로 옷가게에 갔던 날의 이야기를 꺼냈다가, 마이어 후작이 신분을 숨긴 채 수도의 고아원과 빈민 구휼소에서 가끔 자원봉사를 한다는 뜻밖의 이야기를 듣기도 했다. 그럼에도 불구하고 그의 인식 체계에서 '귀족'과 '평민'은 완벽히 다른 종족처럼 여겨지고 있다는 놀라운 전근대맨 마인드도 깔끔하게 확인했다.

솔데인 마이어는 상상 이상으로 신사적이고 부드러운 태도로 내 안위를 살피고 물이나 수건 같은 것을 챙겨서 쥐어 주었고, 나는 그의 배려를 거리낌 없이 받아들이며 창조주의 관점에서 평화롭게 미소를 지었다.

하핫……. 생각보다 괜찮을지도, 내 세계관……. 역시 사랑이 넘치는 로맨스 작가답다. 과연 스스로 생각하기에도 뿌듯하고 흐뭇한 일이 아닐 수 없었다.

그런데 솔데인 마이어와 이런저런 신변잡기식의 사소한 이야기를 주고받으며 유리 옐레체니카 행세 따위 내던지고 그냥 편히 떠들고 있는데, 돌연 누군가가 문을 두드렸다. 솔데인이 즉시 내 의견을 구했고, 내가 동의하자 바로 들어오라고 대꾸했다.

그때에야 잠겨 있던 문이 열렸다. 시종이 깊숙하게 고개를 조아리더니 손님이 왔다고 고했다.

"응접실에 옐레체니카 백작님의 집사가 왔습니다."

"앗, 들여보내 주세요."

내가 재빨리 허가하자 시종이 알겠다고 대꾸하며 몸을 돌렸다. 그러나 그 너머로 누군가가 휙 팔을 뻗더니 당장에 문을 열어젖혔다.

응접실에서 기다리기는커녕 시종의 뒤를 밟아 쫓아온 것 같은 레일리가

물이 뚝뚝 떨어지는 옷차림을 한 채 성큼성큼 방 안에 들어왔다. 솔데인에게
목례조차 하지 않은 그는 즉시 내 곁에 다가와 섰다. 들고 있던 두꺼운 외투를
내 어깨 위에 둘러 준 레일리가 미간을 좁히며 인상을 썼다.

"열이 나면 당장 저택에 돌아오셔야지 왜 비를 맞으며 쏘다니고 계셨습
니까."

장갑 낀 손으로 내 머리칼만 슥 밀어 올린 후에 이마를 들이박듯 쿵
찍어 버린 레일리가 코앞에서 싸늘하게 말했다. 이마에서 싸늘한 체온이
전해졌다. 몇 시간 동안 비를 맞으며 바깥을 돌아다닌 듯했다. 하기야
여태 비가 내리고 있으니 별수 없는 일이었을 것이다. 나는 팔짱을 끼고
근엄하게 고개를 끄덕이며 대수롭지 않게 대꾸했다.

"음, 그게 말이지, 주인님한테도 주인님 나름의 사정이 있단다, 집사야.
사정이라기보다는 봉변이었지. 돌아가는 길에 마차가 도개교 바깥으로 떨
어지는 바람에."

"그걸 변명이라고 하시는 겁니까?"

"진짜 유감인데 실화다."

열을 재 본 후 이마를 떼어 내고 품 안을 뒤져서 약 몇 개를 꺼내던
레일리의 표정이 급속도로 요상해졌다. 또 나를 대단히 한심하게 여기는,
특유의 깔보는 시선이었다.

"야, 나라고 원해서 마차를 도개교 바깥으로 떨어지게 한 게 아니거든?"

"알겠습니다. 일어날 수 있으십니까? 일단 약부터 드시고, 못 일어나실
것 같으면 안아서 옮기겠습니다."

"약 안 먹어도 돼. 마력이 폭주한 것 같대."

"네. 마력이 폭주한 게 분명합니다. 약 드십시오."

"엥."

내 대답을 들은 레일리가 못마땅한 낯으로 시선을 쭉 깔았다. 그는 곧
생글생글 웃으며 등을 받쳐서 상체를 세워 주었다.

"마스터의 몸은 물의 마나와 특히 친밀한 관계를 지니고 있습니다. 평소에 씻고 나오시면 제가 무엇을 챙겨 드렸지요."

"물론 약이었습니다. 먹겠습니다. 아니, 그런 건 바로바로 설명 좀 하고 먹여라."

"독약이 아닐까 의심하고 드신 것 다 압니다. 알약은 비를 맞으신 상태로는 어떤 조치를 취해도 드시기 힘들 것 같아 액제로 가져왔습니다."

그는 내 상체를 받친 채 반대쪽 손으로 물약이 든 병을 입가에 대 주었다. 나는 평소에 늘 그랬듯 그가 먹이는 대로 약을 받아 마셨다. 그런데 레일리가 들어온 이후로 조용해졌던 후작이 돌연 인상을 찌그렸다. 미묘한 태도였다.

"저택에 아무도 없다고 하던데."

"예, 제가 방금 전에야 저택에 돌아갔기 때문에 이제야 기별을 받았습니다."

"그럼 다른 사용인 없이 집사만 백작을 섬기고 있는 건가?"

마이어 후작이 혼란스러운 태도로 물었다. 나는 눈을 댕그랗게 뜨고 그를 바라봤다가 닥치고 처먹기나 하라는 레일리의 손짓을 따라 강제로 물약 한 병을 더 들이켰다. 이 십새기가. 내가 도끼눈을 치뜨는 순간, 레일리가 사근사근하게 웃으며 후작을 돌아봤다.

"문제라도 있습니까?"

이건……. 뭐지……. 분위기도 요상한 데다, 이 지나치게 온화한 낯짝이 영 마음에 걸리는데. 일단 욕설을 꿀꺽 삼킨 나는 슬그머니 두 사람을 번갈아 살펴보았다.

마이어 후작은 영 이상한 표정을 지었지만, 별다른 말을 붙일 생각은 없는 것 같았다. 결국 나는 레일리의 부축을 받아 일어나려다가 다시 기립성 빈혈이 와서 이마를 부여잡고 끙끙댔고, 레일리는 한시도 지체하지 않고 당장에 나를 안아 들었다.

"쉬시오."

따라 나와 배웅을 하지는 않기로 한 마이어 후작이 담담하게 말하기에 나도 재빨리 인사를 건넸다.

"네네, 후작님도 평안히 지내세요!"

그러고 나서 다시 레일리의 품 안에 축 늘어지다가 문득 선명한 보랏빛 눈동자와 대번에 눈이 마주쳤다. 레일리가 어딘지 생글생글 웃는 낯으로 나를 물끄러미 바라보고 있었다.

"왜……. 왜 그렇게 보냐."

순간 내가 뭘 잘못했는지 곱씹어 보았는데, 대공비와 공작 부인 앞에서 힙하게 뒈지겠다고 한 것부터 머리칼을 벅벅 긁으며 호탕하게 웃은 것까지 잘못한 일이 하도 많아서 이놈이 그중에 뭘 알아채고 이러는지 도무지 알 수가 없었다.

그런데 레일리는 한쪽 눈썹을 휙 올리며 미묘한 표정을 지었을 뿐 별다른 설명은 붙이지 않았다. 그는 그저 다짜고짜 나를 마차 안에 밀어 넣고, 저택에 도착하자마자 다시 다짜고짜 침대에 처박은 후 약이나 줄줄이 처먹일 뿐이었다.

네, 네, 연약한 유리 님의 몸을 아프게 했으니 닥치고 약이나 처먹겠습니다. 나는 눈물 젖은 약을 삼키며 침대에 파묻혀 다시 나흘을 보내야 했다.

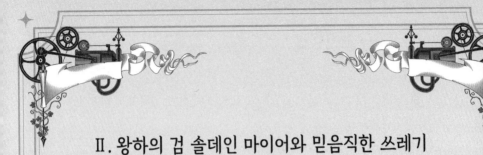

II. 왕하의 검 솔데인 마이어와 믿음직한 쓰레기

5. 뷔올 제국 황실, 세력 구도

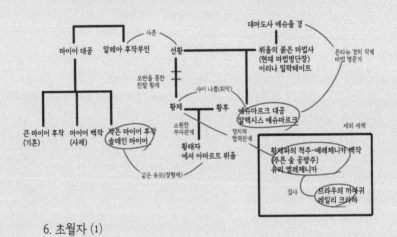

6. 초월자 (1)

A. 레일리 크라하

· 자체 정보력을 보유했다.

　므라우 잔당이나 반인-유사인족들의 커넥션일까?

· 이 자체 정보력의 존재를 유리도 알고 있는 상황 같음.

· 그렇다면 유리의 협조 여부는?

· 유리와 함께 유사인족의 해방을 꾀하고 있었을 가능성이 높다.

> → 어쩌면 이게 대륙을 뒤흔드는 주요 사건일지도?
> 확인해 봐야 할 듯함.

B. 유리 옐레체니카

·집에 거울이 없어서 그런가 보다 했는데, 레일리 왈, 거울을 싫어했다나 봄.

·사람 많은 곳을 기피했음. → 가시적인 신체적 이상으로 이어지기도.

·각성제 복용은 ok.

·레일리 몰래 벌인 실험이 있고, 암흑의 세계에 대한 강제 협조였을지도?

·By 마이어 후작: 신중하고 의뭉스러운, 재야의 책략가?

·물의 마나와 친화도 높음! 너무 친화도가 높아서 물에 닿으면 마나가 폭주.

C. 알렉시스 에슈마르크

·뷔올의 아이돌인가 봄. 황족인데도 아무나 이름으로 찍찍 불러 댐.

·바람둥이(진짜배기!)

·대단히 예쁜 모양인데 그렇다면 아마 쓰레기일 듯함.

·황제가 없는 놈 취급하는 막냇동생.

·Feat. 귀부인들: 방탕해 보여도 선을 지킨다? 아니 그거 콩깍지 아닌감?

·부자, 유능, 재상, 외교, 무역.

D. 솔데인 마이어

· Feat. 귀부인들: 여성에게 관심이 없는 묵직하고 듬직한 사람.

· 융통성이 없다는 모양. 전근대적 남자? 별로인데…….

· 대공가부터가 보수적 성향을 지녔고 적장자 계승을 주장한다고 함.
　어쩌면 마이어 대공가와 유리 엘레체니카는 정적일지도? 주의해야 할 듯.

· 전형적 기사 계급 귀족 남성으로 추정.

　　　　　→ 앗 쟤 길 아니다! 착하고 좋은 사람! 마차도 양보해 줌!
　　　　잘생긴 얼굴엔 역시 잘생긴 인성이지

　⇒ 근데 이 시기라느니 혹시 당신도?라느니 수상쩍은 말 개많이 했음.
　유사인족-반인이 관여됐다는 수도 살인 사건에 주목할 필요 있어 보임.
　유리 이상의 고위 귀족이 얽혀 있나?

7. 뷔올 제국

· 제3세계에의 착취를 기본으로 함. 완벽한 제국주의.

· 중산 계급의 귀족화 중으로 추정.

· 극단적 양극화? 반인과 유사인족의 취급도 최악인 듯.

· 문은 열려 있지만 실질적으로는 제한된 여성의 사회 활동 →
　유리 엘레체니카에 대한 대중적 선망

· 있는 놈에겐 유토피아, 아닌 사람에겐 디스토피아?

· 동전 단위 1클루트〉1플라드. 1클루트=100플라드

· 클루트: 꽃, 새, 나무 문양!/플라드: 물고기, 왕관 문양!

※ 이상한 점…… 이건 역시 좀 더 알아봐야 한다.

1) 내가 왜 이 세계의 글을 읽을 수 있는 걸까?
2) 레일리가 유리를 사랑했던 모양 ㅎㅎ 아무래도 찐사랑인 듯
3) 페도라의 남자 이 새끼 누구임? → 얘 상관이 제일 수상함.

친애하는 부단주님께.

자주 찾으시는 품목, YY는 어쩌면 '유사체'일지도 모릅니다.
상황을 보건대 서부의 E는 YY에 대한 오종의 루트가 있었거나,
아니면 E가 YY에 일방적으로 관심을 보이고 있을 가능성이 높아 보이는군요.
나는 그 명확한 연계를 파악하지 못했습니다. 우리가 E보다 앞서 YY에 대해
파악해 둘 필요가 있을 듯합니다.
그리고 만일 그렇다면, YY에게 갑자기 발생한 문제에 E가
특정한 영향을 이쳤을 가능성을 무시할 수 없습니다.
하지만 지금은 YY에 대해 충분한 정보를 알아낼 수 있는 상태가 아닙니다.
제 행동 역시 제한되어 있고요. 아무래도 원활한 공급을 위해서는
이 문제에 대해 도움이 필요할 듯합니다. 오늘도 번창하시기를 바라며.

R이.

SIDE OUT : 작가에게 로맨스를 촉구한다! (1)
Vol. 1 — 레일리 크라하

유리 옐레체니카는 타인을 신뢰할 수 없는 극도로 예민한 인간이었다. 레일리 크라하가 그러하듯이. 그들의 세계에는 자신과 타인밖에 없었다. 서로에게 극진한 행세를 하는 것은 협조자가 필요했기 때문이다. 어떤 식으로든 협력을 얻을 신뢰 있는 대상이 필요했다. 필요에 의해 신뢰를 줄 대상을 만들었다.

사실 그들의 관계가 형성된 순서는 다른 사람들이 생각하는 것과는 사뭇 달랐다. 레일리 크라하의 배척이 무례하고 무신경한 태도로 드러났다면 유리 옐레체니카의 배척은 극도로 편집증적인 예절에서 드러났다. 므라우의 까마귀가 방종함으로 자신을 보호했다면 푸른 숲의 은자는 절대적인 완벽함으로 자신을 무장했다.

"까마귀 같은 신사님."

달콤한 다홍색 눈을 부드럽게 누그러트리며, 므라우의 쓰레기 더미 위에 노을을 등지고 서서 물끄러미 자신을 내려다보는 사신 같은 남자를 향해, 열다섯의 유리 옐레체니카가 최초로 말했다.

"빛나는 것은 얼마나 모았나요?"

* * *

대부분의 가사 활동은 오토마타가 도맡아 해결한다. 레일리 크라하가 옐레체니카 백작의 저택에서 하는 일은 오직 유리 옐레체니카를 돌보는 일뿐이었다. 그녀의 상태를 진찰하고, 그 상태에 알맞은 약을 제작하고, 부작용이 없도록 돌보고, 발작이 일어나지 않도록 여러 가지로 컨디션을 체크했다.

물론 유리 옐레체니카에게 직접적으로 주어질 먹거리를 만드는 일이나 일상의 소소한 부분을 챙기고 디저트 같은 것을 알맞게 준비하는 것 역시 레일리 크라하의 업무였다. 말하자면 '모든' 가사 활동에서 손을 놓을 수 있는 것은 아니었다. 그저 레일리 크라하는 유리 옐레체니카를 챙기는 일 외에는 하루 종일 여유 시간을 가질 수 있는 자유분방한 집사였다.

비를 맞고 끙끙거리는 유리 옐레체니카의 곁에 앉아서 팔랑팔랑 베이킹 책을 넘기던 레일리 크라하가 다리를 꼬고 시선을 깔았다. 침대 시트에 파묻힌 유리 옐레체니카가 웅얼웅얼 알아들을 수 없는 잠꼬대를 했다.

작은 티 테이블을 유리 옐레체니카의 침대 바로 옆에 끌어다 놓고 그 앞에 앉아 책을 읽으며 주인의 상태를 살피던 그가 장갑 낀 손으로 티 테이블 끝을 툭툭 두드렸다. 주기적으로 툭툭, 마치 무언가를 가늠하듯이 흔들었다.

유리 옐레체니카가 돌연 기억을 잃었다고 주장한 것은 그가 유리 옐레체니카의 비밀 한 가지를 파악한 바로 다음 날의 일이었다. 정말로 기억을 잃은 건지, 아니면 레일리 크라하의 질문을 일찌감치 눈치채서 그것을 회피하기 위해 벌이는 수작질인지는 알 수 없었다.

어느 쪽이든 레일리 크라하는 일단 기다려 보기로 했다. 사실 그는 본래부터 인내심이 뛰어난 작자였다. 뜻밖의 일이지만 늘 그랬다. 그는 언제고 그림자 아래에 숨어 오랜 시간을 숨죽여 기다리고, 어떤 절대적인 순간을 노려 상대의 목숨을 앗아 가는 교활한 암살자였다.

노을이 핏빛으로 내린 시체 더미 위에 앉아 사신처럼 도사리는 검은 복장의 브라우 출신 히트맨을, 그래서 사람들은 경멸과 혐오, 두려움을 담아 브라우의 까마귀라고 불렀다.

레일리 크라하는 까마귀로 태어났다. 어둠에 잠긴 도시에서 까마귀로 자랐다. 유리 옐레체니카와 레일리 크라하는 모종의 거래를 했다. 그리고 그 거래의 조건에 맞춰, 그들은 언제고 충실하게 생활해 왔다.

이제 와서 유리 옐레체니카의 그런 '비밀'이 균열을 불러일으킬 정도로 신뢰 없는 계약 관계는 아니었다. 그들의 계약은 체계적이었고 온전했다. 서로가 바라는 바가 뚜렷했으며 그것을 지키는 이상 언제고 완벽하게 톱니바퀴가 맞아 돌아갈 수밖에 없다.

레일리 크라하는 그녀가 자기 자신을 두 번째 인격이라고 소개하는 헛소리를 시작한 날, 즉시 은사로 유리 옐레체니카의 혈액을 채취했다. 유리 옐레체니카는 마치 그가 피를 채취했다는 사실을 눈치채지 못하기라도 한 듯 전혀 개의치 않는 낯을 하고 있었지만, 평소의 그녀가 얼마나 예민하고 예리했는지를 생각해 보면 그마저도 함정인지 모른다. 어쩌면 그의 등을 일부러 떠밀고 선택지를 제시한 채 떠보며, 그 행동을 유심히 관찰하고 있을지도 모르는 일이었다.

결국 이것은 상호간에 품고 있는 신용의 정도 따위를 알아보기 위한 시험인가? 물론 그러든 말든 레일리 크라하가 알 바는 아니었다.

유리 옐레체니카의 실험실은 레일리 크라하에게 허용되지 않은 공간이었다. 레일리 크라하도 딱히 발명 공간 따위가 궁금하지는 않았다. 그들은 서로에게 허용하고 허용하지 않은 선을 확실하게 지켰다.

하지만 유리 옐레체니카가 갑자기 두 번째 인격이니 뭐니 하는 이상한 소리를 지껄이기 시작한 이상, 레일리 크라하가 그 선을 온전히 지켜 줄 이유 역시 사라졌다.

실험실의 문을 여는 열쇠는 공방주의 혈액이다. 그는 실험실 문 앞에 섰다.

사실, 지난밤 그는 유리 옐레체니카의 실험실 문 앞에서 혈흔을 발견했다. 처음엔 침입자가 유리 옐레체니카의 손에 처리되었다고 생각했지만, 손끝으로 살피며 번개를 일으켜 보고 대번에 그게 아님을 파악했다. 유리 옐레체니카의 피였다. 이미 말라붙어 실험실의 문을 여는 일에는 쓸 수 없었지만, 실험실 안에서 바깥으로 흘러나오듯 딱딱하게 굳은 검붉은 핏자국이 선명하게 남아 있었다.

그리고 유리 옐레체니카의 피를 살짝 찍어 맛봤던 레일리 크라하는 그녀의 비밀 한 가지를 알게 되었다.

"야, 김레일리."

갑자기 방종한 태도로 고개를 쳐든 유리 옐레체니카가 침대 시트 사이로 손짓을 했다. 늘 그랬듯 반절 정도는 헛소리와 함께였다. 레일리 크라하는 사실 그녀의 말을 일일이 이해하려 들지 않고 있었다. 보통 헛소리니까.

퀭한 눈을 한 막무가내의 인간이 대뜸 명령조로 말했다.

"꿀물 좀 타 와 봐. 꿀물. 아, 시팔. 뒈지겠네, 진짜."

그리고 다시 죽는 소리를 내며 나자빠졌다. 머리 아파아아. 죽어 가는 소리를 내기에 마력을 휘발시키는 약을 다시 한 병 꺼내서 잔의 가장 밑바닥에 부었다.

레일리 크라하는 잠시간 가벼운 한숨을 뱉으며, 약부터 넣은 잔에 분부대로 꿀을 듬뿍 타서 꿀물을 만들고 얼음을 가득 넣어 마시기 좋을 만큼 시원하게 만들었다.

유리 옐레체니카의 피에서는 싸늘한 물과 얼음의 맛, 날카롭고 청량한 향, 물에 젖어 눅눅한 숲 속의 흙 같은 묘한 향취가 났다.

레일리 크라하는 온갖 종류의 유사인족을 만나 봤다. 유사인족의 피는 인간의 것과는 전혀 다른 구조를 지니고 있다. 어쩌면 처음부터 다른 종족이었는지도 모를 일이다. 그저 인간이 다수를 차지했고, 그들과 공통점이 많은 생김새를 지녔기 때문에 '변형된' 인간이라고 명명되었는지도 모른다.

레일리가 눈을 가늘게 뜨며 시선을 깔았다. 결과적으로 그는 유리 옐레체니카가 수인이나 어인, 혹은 그 비슷한 종류의 유사인족이리라고 짐작했다. 세간에 알려진 것과는 사뭇 다른 정보였다.

비밀일 수 있다고 생각했다. 유사인족과 반인은 뷔올에서는 짐승만도 못한 취급을 받는 최하층의 인류였다. 뷔올의 인간들이 자신과 다른 것들에게 얼마나 잔혹해질 수 있는지 레일리 크라하는 날 때부터 지켜봤고 몸소 체험했다. 유리 옐레체니카가 이때껏 반인에게 우호적이고 소외받는 자에게 다정한 행동을 취해 왔던 것도 이제야 비로소 이해가 갔다. 오히려 유리 옐레체니카의 비밀을 깨달음으로써 지금껏 이해하지 못했던 행동들을 이해하는 계기가 됐다.

유리 옐레체니카가 돌연 대답을 회피하고 숨어 버릴 정도의 문제라고는 여기지 않았다. 그리고 그래야만 할 이유가 있었다면, 그것이야말로 레일리 크라하가 알아내야 하는 비밀이라고 판단했다.

문제는 시일이 지날수록 유리 옐레체니카의 말도 안 되는 이중인격 논리에 묘하게 신뢰가 가고 있다는 점이었다. '저건' 유리 옐레체니카가 아니었다. '저걸' 그가 아는 유리 옐레체니카와 동일 인물로 취급하는 건 유리 옐레체니카 본인에게도 예의가 아닐 것이다. 그는 자칭 두 번째 인격이라는 망나니 같은 인간을 유심히 관찰했다.

확실했다. '저건' 유리 옐레체니카가 아니었다.

확인을 해 보겠다며 다시 피를 채취해 가볍게 맛을 살폈을 때는 유리 옐레체니카의 것과 비슷한 싸늘한 맛이 났다. 육신은 그녀의 것이 맞다. 하지만 유리 옐레체니카는 아니었다.

정말로 다른, 사유하는 개체로서 구별되는 존재라면 레일리 크라하도 그들을 확실히 구분할 필요가 있었다. 혼동되는 호칭은 사리 판단을 어렵게 만든다.

유리 옐레체니카의 '새 인격'은 정말이지 이 세계에 지금 막 새로 발을 디딘 백지 상태의 생명체 같았다. 이 나라의 면면에 대해서는 아는 것도 없고, 유리 옐레체니카에 대해서조차 추호도 알지 못하는.

사실 그 꼴을 보고도 '저것'을 유리 옐레체니카라고 여기는 일이 더 어려울 듯했다.

그러나 문제는 여전히 남아 있었다. 정말 저것이 두 번째의 인격에 불과하다면, 만일 그렇다면 유리 옐레체니카는 어디로 사라졌는가? 두 번째 인격이 주장하는 대로 특정한 정보를 감추기 위해 사라졌나? 그렇다면, 감추려고 했던 정보는 무엇이란 말인가? 애초에 저런 경계심 없고 신중치 못한 두 번째 인격에게 제대로 모든 사실을 알려 주지는 않았을 테니, 어쩌면 다른 일이 발발한 것인지도 모른다.

유리 옐레체니카에게 그만한 영향을 미칠 일이라면 단순한 문제가 아니었다. 아마 국가 단위의 문제일 것이다. 그리고 국가 단위의 문제가 발생했다면 레일리 크라하 역시 그 문제를 좌시할 수 없다.

진실로 다른 일이 발발했다면, 알아내야 했다. 그들이 협력하고 있었던 이상 유리 옐레체니카만의 문제는 아니었다.

레일리 크라하가 어둠 너머의 주민들에게 손을 뻗었다. 므라우에서 살아남은 자들 사이에는 그들만의 신뢰가 있었다. 그리고 어디에도 속하지 못한 자들만큼 시국의 기이함을 빠르게 눈치챌 수 있는 자는 적다.

므라우에서 태어나 므라우에서 자라고, 이제는 대륙 곳곳에 녹아든 옛 동료들의 정보력이 필요했다.

결국 그는 채취한 혈액을 지니고도 실험실의 문을 열지 않았다.

* * *

알렉시스 에슈마르크에게서 난데없는 편지가 왔다. 레일리 크라하는 편지를 팔랑팔랑 흔들다가 거침없이 뜯어냈다. 단 한 번도 에슈마르크 대공에게서 편지가 온 일이 없는데, 유리 옐레체니카가 기억을 잃었다는 소문이 퍼지고야 연락이 왔다.

레일리 크라하는 그것을 유리 옐레체니카에게 전달해 줄 생각이 추호도 없었다. 그러나 봉인을 뜯는 순간 시꺼먼 불길이 날름날름 혀를 내밀더니 봉투를 통째로 불살라 버렸다.

레일리 크라하가 흉악한 낯으로 웃었다. 편지는 이미 온통 잿더미가 되어 있었다. 제삼자가 봉투를 뜯으면 당장에 편지를 불태우게 만든, 상위의 보안 마법이었다.

알렉시스 에슈마르크는 이 나라에서 제일가는 마법사였다. 그의 어머니가 황실 마법사단장인 이리나 경이고 외조부가 전설적인 대마도사 에슈올 경이라 어릴 때부터 좋은 교육을 받은 덕인지, 아니면 단지 그 조상이 역사상 가장 위대했다는 마법사 몬타뉴 밀락테이트인 덕에 재능을 물려받은 것인지는 모를 일이었다.

아무튼 그는 타고난 인재였다. 알렉시스 에슈마르크는 젊은 나이에 전례 없는 성취를 이루었다. 유리 옐레체니카의 정령술을 마법으로 환산해도 알렉시스 에슈마르크의 능력과 가까스로 비등해질 정도였다.

유리 옐레체니카가 푸른 숲에서 여러 가지 유리한 배움을 얻고 나왔으리라는 점과 사실 평범한 인간이 아니었다는 점을 종합하자면, 알렉시스 에슈마르크야말로 비현실적인 천재였다.

그리고 그런 천재적인 마법사가, 유리 옐레체니카가 기억을 잃었음을 파악하자마자 남들이 보지 못하게 조치를 취한 편지를 보냈다. 레일리 크라하의 두뇌가 빠르게 돌아가기 시작했다. 그는 권모술수에 능했다. 높은 분들의 권모술수가 아닌 뒷골목 협잡꾼들의 권모술수에 가까운 난폭한 방식이었지만, 사실 인간이 사는 방식은 어딜 가나 비슷했다.

그들 사이에 레일리 크라하가 모르는 사이 안면이 생겼던가? 그는 자신의 눈에 띄지 않고 그들이 교류를 가질 수 있었는지 재차 고민을 시작했다. 그러나 마땅한 틈이 없었다. 레일리 크라하는 타인의 기척을 감지하는 데에 특출한 능력을 지니고 있고, 번개를 제 수족처럼 부리는 이상 무엇보다도 빠르게 상대를 감지하고 그 자리에 도달할 수 있다. 그의 능력은 빛과도 상통했다.

그렇다면 이건 뭐지? 유리 옐레체니카가 숨은 이유? 혹은 그녀가 정말로 자신을 대체할 무언가를 남겨 두고 의식 저편으로 자취를 감춘 이유인지도 모른다.

그는 유리 옐레체니카가 어떤 인간이었는지를 상기했다. 분명 유리 옐레체니카는 레일리 크라하에게 모든 것을 내어 보이지 않았을 것이다. 레일리 크라하도 그랬다. 하지만 적어도 그들 사이에는 암묵적인 약속과 거래가 있었다.

뛰어난 두 인물의 연합이 있었으니 둘 다 최소한의 선은 지켰다. 레일리 크라하는 유리 옐레체니카를 구성하는 요소 중 못해도 절반 정도는 자신이 파악하고 있다는 자신을 가졌으며, 따라서 그녀의 능력을 신용할 수 있다는 확신을 품고 있었다. 그녀도 마찬가지였을 것이다.

유리 옐레체니카는 반인과 유사인족에게 자유를 주고 싶어 했다. 레일리 크라하는 자유로워지고 싶었다. 그래서 그들은 손을 잡았다. 그 밖의 어떤 것도 중요치 않았다.

그는 유리 옐레체니카의 출신 성분이나 혈통에도 크게 개의치 않았다. 오히려 지금까지 자신의 혈통을 숨긴 채 남들 몰래 동족을 지원하고 있었으리라 생각하면, 그 완벽한 모사가 존경스러울 지경이었다.

그렇다면 유리 옐레체니카가 숨은 이유는 무엇이란 말인가? 레일리 크라하가 장갑 낀 손으로 잿더미를 헤집었다.

알렉시스 에슈마르크. 레일리 크라하가 보랏빛 눈을 가늘게 접으며 시선을 깔았다. 그는 이 시점에 가장 쓸 만한 정보를 얻을 수 있을 만한 창구를 단숨에 선별했다. 이따위 편지까지 받았는데 무시할 수는 없는 법이었다. 함정인지 뭔지 몰라도, 레일리 크라하는 그런 위험한 도발 앞에서 꼬리를 말고 도망칠 위인은 아니었다.

마침 '마스터 유리'도 대공에게 관심을 보이고 있으니 거리낄 것도 없다. 그녀에게 협조하는 셈 치고 에슈마르크 대공에게 접근해야 했다. 마침 파티 초대장도 있었다. '마스터 유리'를 적당히 설득해서 그녀의 파트너로 참석하게 되면 파티장 내부에 들어설 수 있다. 레일리 크라하가 장갑 낀 손끝으로 티 테이블 끝을 툭툭 두드렸다.

대공은 어쩌면 레일리 크라하를 부르고 있는지도 모른다. 유리 옐레체니카가 기억을 잃었다고 알려졌기 때문에, 그게 진실이든 거짓이든, 적어도 중간에서 편지 정도는 어렵지 않게 낚아챘을 레일리 크라하에게 보란 듯이 마법 섞인 편지를 남겨 둔 셈이다.

말했다시피 레일리 크라하는 이런 도발을 무시하고 넘어갈 수 있는 성질을 지닌 작자가 아니었다. 레일리 크라하가 대단히 온화하고 우아한 낯으로 이를 드러내며 웃었다.

므라우의 까마귀는 태생부터 길들여지지 않는 금수였다.

* * *

"빛나는 것."

레일리 크라하가 온후한 태도로 곱씹었다. 쓰레기 더미를 뒤집어엎은 손끝에 핏물이 형형하게 말라붙어 있었다. 흘긋 자신의 손가락을 일별한 그가 마구잡이로 뻗친 은발 아래로 보랏빛 눈을 가늘게 깔았다.

"그런 건 없어."

유리 옐레체니카가 표정을 늘어트렸다. 물빛 머리칼 아래로 선홍색에 가까운 다홍색 눈동자가 노을을 받아 발갛게 기울었다. 시선이 마주쳤다.

"그런가요."

그림자가 붉게 늘어지고 있었다. 므라우의 파국을 얼마 남기지 않은 시기에 무법자들의 땅에 겁도 없이 발을 디뎠던 이방인이 요요하게 웃어 보였다.

"그럼 이제부터 찾아볼까요."

여자가 그에게 거래를 제안했다.

"까마귀는 빛나는 것을 물어야 비로소 날갯짓을 하니까요. 레일리."

유리 옐레체니카의 그 말 그대로였다.

생명에서 빛을 꺼트리는 일에는 재능이 있었다. 타인의 빛나는 것을 파괴하는 작업에도 도가 텄다. 자신의 그림자를 치울 생각은 없이 상대의 빛만을 치우려 들던 자들에게 협조했다. 빛을 망가트리는 까마귀.

날갯짓을 하기 위해서는 스스로 빛나는 것을 찾아내 만족스럽게 부리에 물 필요가 있다.

* * *

그러면 유리. 레일리 크라하가 자조했다.

당신 곁에 이어져 있는 그 길의 끝에는, 무언가 빛나는 것이 있었을까?

3. 에슈마르크 대공과
내가 아는 나의 취향

아무리 생각해도 요지경이었다. 솔데인 마이어는 뒤에서 수작질을 부릴 타입은 아니고, 레일리는 유리의 충성스러운 부하이며, 그나마 한 명 더 남아 있던 '인성을 말아먹었을 것이 확실한' 에슈마르크 대공은 뷔올의 명성 자자한 플레이보이라는 방향으로 인성을 말아먹었다.

사실 가장 의심스러운 건 광장에서 만난 페도라의 남자와 그 뒤에 있는 배후 세력이었다. 하지만 그들은 유리 옐레체니카의 연구를 독촉하고 있으니, 일단 당분간은 신상에 위협을 가하지 않을 것이다. 스토리가 진행되며 뭔가가 달라졌을 수도 있지만, 일단 현재의 상태로서는 그렇다는 얘기다.

그리고 대체 유리가 하던 실험이 무엇인지를 알아보기 위해 아네신트라 언덕 위의 옐레체니카 백작저를 방문해 실험실에 들어왔던 나는, 다른 어떤 작업을 하기에 앞서 일단 실험실 문 앞에 의자를 끌어 놓고 아무도 들어오지 못하게 막기부터 해야 했다.

실험실 안이 온통 피투성이였기 때문이다.

역시 개시팔이다.

레일리 놈이 이 꼴을 보면 눈이 뒤집혀서 무슨 짓을 할지 알 수 없다. 나는 일단 문 앞에 가구들부터 낑낑대며 옮겨 놓은 뒤, 적당한 의자를 골라 걸터앉아서 미간을 문지르며 방 안을 찬찬히 둘러보았다.

바닥은 흥건한 핏자국으로 여러 번 덧칠된 듯했으며, 비릿한 피 썩은 내가 퀴퀴하게 맴돌고 있었다. 슬래셔 호러 영화의 한 장면이라도 된 것 같은 상태였다. 방 안을 가득 채운 피 냄새도 냄새였지만, 무엇보다도 상황이 심상치 않았다.

유리 옐레체니카는 습격을 받았나? 그로 인해 혼수상태에 빠지거나 의식이 사망해 버림으로써 이 육신은 주인을 잃은 걸까? 그리고 그 빈 공간에 내가 빙의되었다는 이야기인가? 아니, 아직 ≪세레나의 티타임≫이 시작되기도 전인데?

역시 아무리 생각해도 요지경이었다. 애초에 레일리 크라하도 유리 옐레체니카도 이 대륙의 여덟 초월자 중 한 명이다. 그 둘이 머무르는 저택에 누가 감히 몰래 숨어들어 습격을 했단 말인가?

이쯤 되면 나는 또 한 가지의 의문에 종착하게 된다. 유리 옐레체니카는 대체 어디로 사라졌는가? 일단 내가 이 몸을 차지했으니 그녀의 의식이 무사히 내면에 남아 있지는 않을 것이다. 그렇다면, 죽었나? 죽었다면, 어떤 이유에서, 무슨 과정을 통해 죽었단 말인가? 그것도 ≪세레나의 티타임≫이 시작되기까지도 한참의 시간이 남은 이 시점에서? 더구나, 확인한 바에 따르면 유리의 목숨을 노릴 집단도 마땅치 않은 이 시점에서?

핏자국이 까맣게 말라붙은 실험실 안을 정처 없이 서성거리던 나는 바닥에 들러붙어 있던 깃털 하나를 발견했다. 검은 깃털이었다. 촉감은 마치 금속 같기도 했다.

깃털 끝을 만지작거리며 그게 어떤 조인이나 반인의 것일지, 짐승의 것일지, 몬스터의 것일지 떠올려 보았다. 그리고 까마귀라는 이명을 지닌 작자가 저택 안에 존재하고 있다는 사실을 문득 떠올렸다.

아니, 아니지. 그 자식은 은사를 이용해서 이곳저곳을 옮겨 다닐 수 있어서 까마귀라는 이명이 붙었을 것이다. 설정을 참고해서 추측하기에는 그랬다.

검은 옷을 입고 눈에 보이지 않는 속도로 쏘다니면 까마귀가 날아다니는 것처럼 보이기도 할 것이다. 은빛 머리칼은 반짝이고, 보랏빛 눈동자는 인간의 것과는 사뭇 다른 분위기를 풍긴다. 그리고 아마도 브라우라는 지역의 특징적인 설정을 생각하자면, 언제고 시체가 가득한 동네였을 테니, 시체 먹는 히트맨으로 이름이 알려졌을 가능성도 있다.

그렇다면 이 깃털은?

손가락 사이에서 검은 깃털을 뱅글뱅글 돌려 보던 나는 돌연 실험실 문을 두드리는 소리에 화들짝 놀라 문 쪽을 돌아봤다. 레일리였다.

"마스터. 내일은 쥬덴 공작 부인의 살롱이고, 그 후에 파티에 참석하셔야 하니 여러 가지 준비해야 합니다. 어차피 할 수 있는 것도 없으시면서 시간 낭비하지 마시고 나오시지요."

"야! 할 수 있는 것도 없을 거라고 어떻게 장담하나?"

대번에 왁 내질렀던 나는 실험실 안을 찝찝하게 훑어보다가 일단 깃털부터 품 안에 집어넣었다. 실험이야 언제든 다시 확인할 수 있으니 일단은 예정된 일들부터 처리해야 했다. 실험실 문 앞에 쌓아 뒀던 가구들을 치운 후, 끙 소리를 내며 문을 빼꼼 열었다가 즉시 닫아 버렸다.

레일리가 코앞에 있었다.

"뭘 하시는 겁니까?"

웃음기 서린 목소리가 문 너머로 뚝 떨어졌다. 누가 봐도 감정이 상했고 기분이 몹시 나쁘다는 말투였다.

아니, 그렇지만, 이 실험실 안쪽을 네놈한테 보였다간 무슨 의심을 살지

뻔하고, 또 그냥 이 핏자국만으로도 네가 어떻게 미쳐 날뛸지 모르는 상황인데 내가 어떻게 너한테 이 안을 보이겠느냐고.

나는 문고리를 부여잡고 고민을 거듭하다가 슬그머니 말했다.

"야."

"지금 뭐 하자는 것인지요, 마스터."

"두 걸음 물러나 봐."

"이유부터 말씀하십시오."

"아, 미친놈아, 문 열자마자 네 얼굴이 내 코앞에 떡하니 있는데 사람이 어떻게 안 놀라냐! 물러나, 물러나."

"……."

잠시 침묵하던 레일리가 뒤늦게 "알겠습니다." 대꾸하더니 얼마 지나지 않아 "됐습니다." 하고 덧붙였다. 그때에야 조심스럽게 문을 열고 레일리가 멀찍이 있다는 것을 확인한 후 잽싸게 실험실에서 빠져나와 문을 닫았다.

그리고 의심 서린 낯으로 나를 면밀히 관찰하는 레일리에게 배 째라고 뭐, 뭐, 왜, 뭐, 오히려 당당하고 뻔뻔하게 밀어붙였다.

"제게 뭔가 말씀하실 것은 달리 없으십니까?"

아니 미친, 쪼들리게 왜 그런 걸 물어. 나는 레일리를 그르렁그르렁 경계하는 눈초리로 올려다보다가 한 박자 늦게 대답했다.

"너 유리가 최근에 무슨 연구를 했는지 알아?"

"안에서 뭔가 이상한 거라도 발견하셨나 보지요."

"아, 아니, 미친, 그런 건 아닌데 일단 연구를 계속하려면 주제는 알아야 할 것 아냐."

오라질, 귀신같은 새끼. 나는 입술을 축이며 침착하게 거짓말을 해 보았다. 눈을 가늘게 뜬 채 나를 물끄러미 깔아 보던 레일리가 생긋 웃었다.

"제가 왜 가르쳐 드려야 합니까?"

"이 자식 인성 보게."

"가르쳐 드린다고 연구를 계속 이어 가실 수는 있으십니까?"

이런 제기랄.

왜 시발 맞는 사람 아프게 팩트로 때리고 난리냐. 팩트 폭력을 멈춰 주세요! 나는 결국 그의 어깨를 퍽 밀쳐 버리고 성큼성큼 걷기 시작했다.

그런데 레일리가 나를 따라오는 기척이나 소리가 전혀 느껴지지 않았다. 등골이 싸해져서 휙 돌아보니, 다행히 실험실 문을 열고 들어가거나 한 것은 아니었지만 그 앞에 가만히 서서 문 쪽을 빤히 응시하고 있었다. 나는 급히 레일리에게로 돌아가서 그의 옷소매를 두 손으로 휙 잡아챘다.

"레일리."

내가 자신의 옷소매를 꽉 쥔 채 쭉 잡아당긴 탓에 별수 없이 나를 향해 돌아선 레일리가 눈썹 하나를 휙 올렸다. 새파란 보랏빛 눈동자와 시선이 마주쳤다. 그의 옷소매를 꽉 틀어쥔 채 레일리를 물끄러미 올려다보다가 다급히 횡설수설 지껄였다.

"왜, 왜 안 따라와?"

"예?"

"네가 같이 따라와야 내가 어디든 마음 놓고 다닐 것 아냐!"

상식적으로도 나는 길도 모르고 지리도 모르고 이 나라의 화폐 단위도 아직 잘은 모르는 신생아 상태의 백지 뇌라고! 물론 널 붙잡은 게 그 이유 때문만은 아니지만!

나는 그가 실험실에 더 이상의 관심을 두지 못하도록 정신없이 그의 손을 붙잡은 채 성큼성큼 걷기 시작했다. 한두 걸음은 거의 질질 끌려오던 레일리가 결국 자발적으로 성큼성큼 따라오기 시작했다. 머리 위로 레일리의 한심해 죽겠다는 한숨이 푹푹 떨어지고 있었지만, 그의 힐난 섞인 한숨을 애써 무시했다.

나는 그의 손을 붙잡고 한사코 질질 끌어냈고, 뷔올로 돌아가는 비공정에 재빨리 탑승하는 일에 성공했다.

"제가 재촉할 땐 들은 척도 않으시더니, 갑자기 어딜 가려고 이리 급히 움직이십니까?"

비공정의 맞은편 자리에 앉은 레일리가 심드렁한 낯짝으로 턱을 괴며 물었다. 너한테 말할 수 있는 이유는 물론 없다. 나는 본능적으로 변명했다.

"춤."

"하?"

"나 춤 못 춰. 파티에 가면 춤을 춰야 할 것 아니야."

생각해 보니 완벽한 변명거리였다. 레일리도 내가 춤을 새로 배워야 한다는 사실은 깨닫지도 못하고 있었는지 멍청한 얼굴로 눈을 동그랗게 떴다가 허, 하고 숨을 삼켰다. 나는 가슴팍에 한 손을 가져다 대며 웅변조로 당당하게 외쳤다.

"춤 가르쳐 줘. 집사의 역할이다."

"……."

레일리의 표정이 다시 경멸하는 태도로 돌변했다. 하하, 짜식. 나는 그의 깔보는 시선을 마주하자마자 창조주의 인자한 미소를 지으며 애써 입가를 떨었다.

내가 지금 당장은 화제를 돌리고 싶으니 그냥 넘어가 주지만, 어떻게든 이 세계에서 나가면 저 망할 놈을 단명시키고야 말 것이다.

* * *

"마스터."

내 손을 부드럽게 거머쥔 레일리가 달큼하게 속삭였다. 그의 얼굴을 빤히 올려다보고 있던 내 코앞까지 고개를 숙인 그가 나른하게 눈매를 접으며 사뭇 부드럽고도 유쾌한 낯을 했다.

"세상에는 박자와 리듬이라는 게 있습니다. 마스터는 모르시는 것 같지만 말이지요."

"압니다, 예, 죄송합니다."

"댄스 상대에 대한 최소한의 예절이라는 것도 있지요. 이 역시 마스터는 모르시는 것 같습니다만."

"오호호호, 제, 제가 많이 밟았지요, 아휴, 우리 레일리 님, 발 아프셔서 어째."

"유리 님은 잘만 하시던 일을 왜 이리 못하십니까?"

"아, 나라고 알겠냐? 좀 익숙해지면 잘하겠지!"

이래 봬도 배우면 배우는 족족 나름대로 시정은 하고 있는데 익숙하질 않은 것을 어쩌란 말이냐. 유리가 댄스에 상당한 재능이 있는 건 사실인지 몸이 알아서 움직이고 있기는 했지만, 거기에 내 의식이 끼어드는 순간 나도 모르게 발이 꼬여 버리는 것을 정말이지 어쩌면 좋단 말이냐.

결국 나는 레일리의 품에 안기다시피 한 채 강제로 움직이며 다시 스텝을 익히기 시작했다. 거의 레일리의 주도하에 끌려가듯이 익히고 있었다. 여태 그를 올려다보기 위해 목을 죽 빼 들고 있었던 탓에 목이 아파 오기 시작해서 그냥 고개를 숙여 레일리의 어깨에 파묻어 버렸다.

아마도 자세가 뭔가 잘못된 것 같은데 어떻게 교정하면 좋을지 알 수가 없었다. 그런데 아니나 다를까 꼭 내 캐릭터 같은 인성의 소유자인 내 캐릭터 김레일리가 또 꼬치꼬치 시비를 걸었다.

"상대방의 얼굴을 어느 정도는 바라보는 것이 기본 예의입니다."

"고개 아파서 조금만 쉰다."

"그렇게 고개를 빼 들고 계시지는 않아도 됩니다. 살짝 드십시오, 살짝. 정도라는 걸 모르십니까."

"아, 젠장, 신경 쓸 것도 더럽게 많네. 일단 춤부터 익숙해지고 하자고."

"버릇이 잘못 들면 춤에 익숙해진다고도 할 수 없습니다."

그러더니 레일리는 내 손을 붙잡고 있던 손을 움직여 자신에게 두르게 하더니, 빈손으로 내 목 근처를 더듬었다.

"뒤로 기대 보십시오."

"왜?"

일단 순순히 고개를 뒤로 젖히며 반문하자, 내 목 뒤를 부드럽게 받친 그가 손으로 적당한 각도를 조절해 주었다.

"이 정도로 보시면 됩니다."

나는 두어 번 눈을 깜박이며 코앞까지 내려온 레일리의 보랏빛 눈동자와, 미인 점이 박힌 입술과, 구체 관절 인형의 것만 같은 우아하고 섬세한 얼굴을 물끄러미 살피다가 홀린 듯이 뇌까렸다.

"짜식, 역시 잘생겼네."

과연 내 캐릭터 아니랄까 봐, 인성을 말아먹은 대신 얼굴만은 대단했다. 잘생기지 못한 인격 대신에 최소한 얼굴만큼은 잘생겨야 하는 것이 2D의 원칙이다. 볼 때마다 너무 취향이라 깜짝깜짝 놀라는군.

"그래, 인격 요소를 모조리 말아먹었으면 능력과 얼굴만큼은 전부 말끔하게 보유하고 있어야지……."

창조주의 마음이 되어 흐뭇하게 바라보고 있는데 레일리가 싱글벙글 웃기 시작했다.

앗, 귀엽게 (삐) 해 본다. 나 혹시 방금 소리 내서 말했냐, (삐).

"장난하십니까."

"아뇨, 저도 모르게 감탄사가 튀어 나갔습니다. 죄송합니다. 진심으로 죄송한 저의 마음 알아주시면 좋겠네윱."

다급히 변명한 나는 "그러니까 이 정도로 젖히면 된다는 거지? 손 떼 봐. 혼자 해 볼게." 하고 재빨리 덧붙였다. 레일리가 대번에 심기 불편한 낯을 했지만, 한심해 죽겠다는 한숨을 또 한 번 푹 뱉어 내며 "예. 그 정도로도 고개가 아프실 것 같으면 말씀하십시오. 각도를 다시 잡아 드리겠습니다."
하고 다정하게 대꾸했다.

한동안 더 레일리의 눈치를 살피며 연습을 하다가, 칭찬은 고래도 춤을
추게 만든다는 전설의 방식을 채택하여 입에 침이 마르도록 그의 얼굴을
칭찬해 주었다. 사실 얼굴 외엔 딱히 칭찬할 게 없는 놈이기도 했다.

"아이고, 김레일리 얼굴만은 잘생겼네! 누가 이렇게 잘생긴 놈을 만들
었나!"

"제가 잘생긴 것은 전부 제 자신이 잘난 덕이지요."

하핫, 양심도 없는 새끼. 나는 단아하고 정갈한 미소를 지으며, 한 번
더 레일리의 발을 꾹 지르밟아 주었다.

* * *

레일리가 유리의 최근 연구에 대해 운을 뗀 것은, 쥬덴 공작 부인의 살롱에
참석하기 위해 마차를 타고 이동하던 중의 일이었다. 갑작스러운 화제 전환에
눈을 동그랗게 뜨고 바라보니, 저번에 궁금해하지 않으셨냐며 태연히 설명을
했다. 뭔 생각으로 갑자기 친절하게 설명을 해 주는지는 몰라도, 나도 일단
얌전히 그의 말을 들어 보기로 했다.

말하는 투를 보니, 뜻밖에도 유리의 최신 연구 주제를 레일리도 속속들
이 알고 있는 모양이었다. 정황상 유리가 레일리를 속이고 다른 연구까지
진행하기에는 시간이 부족했을 테니, 페도라의 남자가 언급한 연구 주제도
그것과 같은 방향성을 지니고 있었을 것이다.

페도라의 남자는 마치 레일리 크라하가 그 문제를 전혀 모르고 있으니
그에게 숨겨야 한다는 듯 말했었는데, 꽤나 기이한 일이었다. 기이하다기
보다는 수상쩍달까…….

"갑자기 그게 왜 궁금해지셨는지는 모르겠습니다만."

"연구는 계속 이어 가야 할 것 아니냐."

"못 잇습니다. 그 상태로는."

"아니, 이놈이."

"불사약에 대한 연구였습니다. 연금술과 마공학의 정점에 서 있는 유리 님도 오랜 시간 고심 끝에 겨우 발을 딛기로 결정한 영역이지요."

그 말을 듣고 나도 모르게 장탄식을 흘렸다. 너무 발전한 사회여서 의식하지 못하고 있었는데, 과연 이렇게 보니 비과학적인 세계인 것은 확실했다. 내가 영 공감하지 않는 얼굴로 고개만 주억거리자, 레일리가 눈썹을 꺾으며 다시 말했다.

"가능한 연구입니다. 먼 옛날 대마도학자 몬타뉴 경이 실제로 불사약을 만들었다고 하지요."

"실체 없는 도시 전설 같은 거 아니냐."

"대마도학자 몬타뉴 경의 후손은 뷔올에도 있습니다. 요즘 관심을 두시는 에슈마르크 대공 각하의 외가가 몬타뉴 경의 직계 가문이 아닙니까. 몬타뉴 경이 불사약을 만드는 법을 가르쳐 주지는 않은 채 은거해 버려 불사약이 남지는 않았습니다만, 당시 실험 삼아 불사약을 복용시켰던 가솔 몇몇과 애완동물들은 차근차근 처리되다가 바로 20년 전에 마지막으로 숨을 거두었습니다."

"엥. 기껏 불사하게 만들어 놓고 왜 군이 그걸 또 죽여?"

"불로까지는 책임지지 못하는 약이었기 때문입니다. 20년 전에 죽은 것은 몬타뉴가의 집사로, 죽기 삼백 년 전부터 이미 거동을 하지 못한 채 온몸에 진물이 흐르는 상태였다고 합니다. 남긴 가족들의 동의가 없어 편한 결말을 내 주지 못했지만, 에슈마르크 대공 각하가 그들을 일일이 설득하러 다녀서 동의를 얻어 냈다고 하더군요."

그 말을 듣고 인상을 찡그렸던 나도 결국 알겠다고 고개를 끄덕였다. 요컨대 유명한 대마법사 몬타뉴 경이 만든 불사약은 반쪽짜리였다. 노후는 보장해 주지 않으면서 노후 기간만 늘리다니, 내가 보기에도 불합리해 보였다. 무슨 그따위 약이 다 있단 말인가?

"그런데 왜 에슈마르크 대공에게 '전하'처럼 혈통을 알리는 호칭을 쓰지 않고 각하라고 부르지? 황제 폐하의 친동생이잖아?"

"황제는 그에게 황실의 계승권을 주지 않았습니다. 받아야 생기는 권리가 아니니, 엄밀히 말하자면 뺏었다고 해야 합니다. 종친으로서의 권력도 물론 없습니다."

레일리가 대수롭지 않게 대꾸했다.

"그저 살려만 두었지요. 그는 '뷔올의 붉은 마법사'라며 위명을 떨쳤던 이리나 밀락테이트 경의 아들이기도 하니, 그녀가 몸소 이끄는 마법병단에 내보이기 위한 마스코트일 뿐입니다."

"황제가 그를 살려 둬야 했을 이유가 있을까?"

"글쎄요. 상황이 꽤 애매했다고는 들었습니다. 현 황제가 선황을 시해하고 황위를 찬탈한 '7일의 밤'은 황실 마법사였던 이리나 경이 후궁으로 책봉된 지 일주일 만에 발생한 사건이었기 때문에, 사건 이후 아무도 후궁들에게 신경을 써 주지 못하는 사이 여덟 달이 지나 팔삭둥이로 에슈마르크 대공이 태어났습니다."

"헤에. '팔삭둥이'. 애매하네."

"맞습니다. 아버지가 선황인지 아닌지는 아무도 모르지요. 당시만 해도 이리나 경이 다른 사내를 후궁에 끌어들인 것 아니냐며 말이 많았습니다. 대마도사 에슈올 경이 자리를 비웠을 무렵이고, 아직 이리나 경 본인은 지금만큼 명성을 떨치지 못했을 때입니다. 당시 그녀를 향하는 인신공격에는 정도가 없었다더군요. 결국 이리나 경은 후궁 직위를 반납하고 마법병단으로 복귀했습니다. 명목상으로는 그녀의 능력을 썩힐 수 없어 취한 조치지만, 사실 귀족들의 불만을 누르기 위함이었지요."

"즉, 어차피 황위를 탐하기엔 핏줄이 확실치 않아 명분도 없을 테니 마음 편히 자애를 베푸는 셈 치고 살려 둔 거군."

"이리나 경의 능력을 잃기도 아까웠을 겁니다. 그때까지만 해도 실질적인 공훈을 쌓은 일은 없었지만, 그래도 이미 이 나라에서 손에 꼽히는 마법사였으니까요. 그런데 그렇게 살려 둔 에슈마르크 대공이 해가 지날수록 황가의 특징을 고스란히 보이며 두각을 드러내기 시작하니, 황제로서는 선택지가 별로 남아 있지 않았습니다."

"'두각'이라……."

"선황, 현 황제의 젊은 시절과 똑같이 생겼다더군요. 반박의 여지조차 없이 친탁을 한 모양입니다. 어릴 때부터 누가 봐도 그 집안 핏줄이 아니고서는 설명될 수 없는 인물이었다고 합니다."

황가의 비설 따위엔 관심조차 없는지 시큰둥한 태도였지만, 레일리는 나름대로 친절하게 설명을 이어 갔다.

"더군다나 에슈마르크 대공이야 몬타뉴 경의 현신이라며 명성이 자자한, 이 나라에서 손에 꼽는 능력 있는 인물이잖습니까. 어린 시절엔 크게 두각을 발휘하지 않았지만, 그때도 이미 외가가 지닌 무력만은 무시할 수 없을 만큼 강력했으니까요. 황제로서야 그저 그에게서 계승권과 황족으로서의 모든 권리를 뺏을 수밖에 없었을 겁니다. 사실 간단한 일입니다. 대공은 대공대로, 당장 형님의 말을 듣지 않았다간 언제 쥐도 새도 모르게 죽을지 알 수 없는 처지이니 황제의 말을 거역할 수도 없었을 테지요."

"와우."

"하지만 반대로, 별다른 형식 없이 술술 해결된 일이었기 때문에 황제가 말 한마디만 하면 다시 황실 종친으로 인정받을 수 있습니다. 결과적으로 에슈마르크 대공은 황제 앞에서만은 절대적인 약자가 된 거죠. 황제는 미래의 정적을 해결하는 동시에 강력한 힘을 지닌 장기말을 얻으려 한 겁니다. 주인 잃은 에슈마르크 대공령 하나 내주고, 꽤나 이득 보는 장사가 아니었겠습니까. 물론 어릴 때부터 황제에게 이리저리 시달리며 온갖 억하심정을 품었을 에슈마르크 대공이야 그렇게까지 황실 종친위나 계승권에 연연하지 않기 때문에, 두 사람의 사이는 뷔올 상류층에 소문이 자자할 만큼 나쁜 편입니다만……."

"한마디로 콩가루 집안이구먼."

"권력을 손에 쥔 자들이란 늘 그렇지 않습니까."

여상히 대꾸한 레일리가 장갑을 고쳐 꼈다. 쥬덴 부인의 살롱에 거의 도착해 가고 있었다. 그가 몹시 자연스럽게 내게 손을 내밀었고, 나는 이젠 좀 익숙한 태도로 그의 손을 붙잡고 마차에서 내렸다.

"모쪼록 오늘도 즐거운 하루 되십시오, 마스터. 상태가 안 좋으신 것 같으면 즉시 약을 챙겨 드리지요."

"응, 고마워. 오늘도 부탁 좀 하자."

레일리의 어깨를 툭툭 두드려 준 후 함께 쥬덴 부인의 살롱에 들어갔다.

쥬덴 공작 부인의 살롱은 예술적인 주제를 논하는 자리라기보다는 정치적인 이야기가 오가는 자리였고, 아직 공표되지 않은 인사 조정이나 구조 이동, 심지어는 특정 인물의 승진 소식까지도 즉시 알 수 있는 살롱이었다.

레스킷 양의 살롱이 완벽한 사교 파티였다면 이쪽은 조금 더 정치적인 깊이가 있었다. 레일리가 나름대로 살롱을 선별해 주겠다더니, 정말로 신경 써서 골라 준 모양이었다.

안면이 생긴 덕인지 쥬덴 부인은 살롱을 연 내내 나를 이래저래 챙겨 주었다. 이런 살롱에 잘 나오지 않는다는 마이어 대공비가 왜인지 살롱에 참석해서 내 곁에 붙어 앉아 있기는 했지만, 어쨌든 이미 실수를 한 사람들의 앞이라 나도 조금 부담이 덜했다.

아직 컨디션이 최고조로 돌아가지는 못했기 때문에, 살롱에서 여러 담화가 진행되는 내내 뒤에 붙어 있던 레일리가 주기적으로 불쑥 손을 내밀어 이마를 짚고 입술 언저리를 만지작거리다가 시기적절하게 약을 내주고 있었다.

"옐레체니카 백작께서는 신랑감을 구하기 위해 오랜만에 방문하셨다지요?"

이 얘기가 왜 안 나오나 했지. 시팔. 마시던 물을 코로 뿜거나 입으로 뿜거나 둘 중 하나는 할 뻔했지만, 다행히도 금세 정신을 차리고 진정했다. 내게 먹일 과일 푸딩들을 고르기 위해 돌아다니던 레일리가 즉시 눈치를 준 덕이었다.

"아……. 벌써 이야기가 퍼졌군요. 개인적인 이야기가 이렇게 거론되어 부끄럽습니다."

애초에 유리 옐레체니카도 뷔올의 귀족인 건 마찬가지인데 굳이 '방문'이라는 표현을 쓰는 의도가 뻔했으나, 나는 그런 것은 모르쇠 넘기고 적당히 말을 받아 주었다. 어차피 권력 놀이를 할 생각은 추호도 없었다. 그럴 능력은 더더욱 없고.

그저 모르는 체 웃으며 주섬주섬 말을 받아넘겼다.

"아시다시피 최근에 사고가 있어 여러모로 불편함이 있었고, 그만 기억도 잃고 말았답니다. 이럴 때에 의지할 만한 분이 곁에 계셔 주시면 얼마나 좋을까 생각하다가 꺼낸 이야기인데, 아직 제대로 뜻을 가졌다거나 하는 것은 아닙니다."

"어머, 하기야 그렇지요. 저희 남편도 제게 청혼했을 때가 국경 지역에 나갔다가 어깨에 큰 부상을 입었을 때였어요."

백작의 딸로 태어나 마찬가지로 백작 가문의 후계자인 소꿉친구와 오래도록 연애를 하다가 결혼에 성공했다는, 흔히 말하는 '귀족 여성의 아름다운 결혼 성공 사례'인 모나트 백작 부인이 한 떨기 꽃처럼 웃으며 말했다.

"큰 역경을 겪고 나면, 그런 역경을 함께 헤쳐 나갈 동반자가 있었으면 하는 마음이 커지기 마련이지요."

"네에. 뭐, 그런 느낌으로."

"백작이 올해 스물여섯이던가요?"

"네에에, 그쯤 되었지요."

"제 아들과 세 살 차이네요. 이제 막 스물셋이랍니다. 신랑은 역시 자기보다 어린 사람으로 맞는 게 좋아. 딱 좋지 않나요?"

아니, 됐습니다. 나는 얼굴로만 웃고 하핫, 하핫, 숨을 들이켜다가 레일리가 가져온 푸딩을 받으며 재빨리 화제를 전환하려 시도해 보았다.

"과일 푸딩이 맛있군요!"

"제 아들이 과일을 참 잘 깎는답니다. 천생연분이네요!"

예에, 안 궁금합니다. 즉시 등판한 다른 귀부인에게 난처하게 웃어 주며 말 걸지 말라는 느낌으로 입 안에 푸딩이나 밀어 넣는데, 지금까진 잠자코 이야기를 듣고 있던 마이어 대공비가 대뜸 끼어들었다.

"제 아들도 과일을 그렇게 좋아한답니다. 같은 것을 즐길 수 있는 사이라니, 멋지군요."

"아드님이라 하시면……? 큰 후작님이실지, 백작님이실지, 작은 후작님이실지……."

가장 먼저 아들 얘기를 꺼냈던 귀부인이 대번에 긴장한 낯이 되어 다시 물었다. 아니, 이 난데없는 긴장감은 대체 뭔데. 내 표정이 굳어 갈 즈음, 마이어 대공비가 생긋 웃으며 부채를 팔랑팔랑 흔들었다.

"첫째는 혼인을 했고 둘째는 사제가 되었으니 논외지요. 결혼 문제로 제 속을 썩이는 놈이라고 해 봤자 솔데인 외에 더 있겠습니까. 젊은 사람들 일이야 우리가 관여할 부분이 아니지만, 지난번에 백작님께서 솔데인의 좋은 말벗이 되어 주셨다는 이야기를 듣고 감사 인사를 하고 싶었답니다."

"아……."

애석한 표정을 지은 귀부인이 즉시 입을 다물었다. 그들끼리 소리 죽여 소곤거리는 소리가 유감스럽게도 잘 들렸다. 유리 옐레체니카의 청력은 좋은 편이었다. 이래 봬도 대마법사인 덕 같았다.

대공비 전하께서도 백작을 노리시는 모양입니다. 하기야 옐레체니카 백작만큼 큰 힘이 되어 줄 귀족도 없고, 마이어 후작님의 눈에 들려면 능력이 좋아야 하니 그것 또한 옐레체니카 백작을 따라올 자가 없겠지요. 상대가 안 되는군요……. 수군수군…….

슬쩍 대공비를 살피니 그녀는 그 대화를 듣지 못한 눈치였지만 나는 골치가 아파졌다. 이런 개좆같은 일을 봤나. 아무래도 내가 레스킷 양의 살롱에서 괜히 남편감 얘기를 꺼낸 모양인데. 절대로 건드려선 안 될 주제였던 듯하군. 먹다 체하겠네.

"우연히 마주쳤음에도 제 어려움을 돌보고 도움을 주신 후작님께 오히려 제가 감사하답니다."

그냥 스친 인연이니 뭔가 있었던 것처럼 과대 포장하지 맙시다. 부드럽게 제안해 보았으나 마이어 대공비는 우아하고 온화한 얼굴로 여상히 대꾸했다.

"그 애가 여성분과 그렇게 오랜 시간 대화를 나누는 것을 본 적이 없답니다. 백작은 교양 있는 레이디인 데다, 뛰어난 마법사이기도 하시니 여러 모로 다양한 주제를 논할 수 있는 좋은 벗이 되어 주시면 좋겠어요."

친구부터 시작하자는 대답이 돌아오고 말았다. 게다가 이번엔 무시하기 힘든 발언이 따라붙었다.

"아, 그러고 보니 아마 곧 저를 데리러 올 거랍니다. 제가 오늘 살롱에서 돌아가는 길에 오랜만에 어미와 데이트라도 하지 않겠느냐 물었더니 일이 끝나자마자 오겠다고 하더군요……."

아니, 저기요. 묘한 태도로 말끝을 흐리며 나한테 은근한 눈짓 보내지 마십시오, 제발. 나는 대체 이 난관을 어떻게 헤쳐 나가면 좋단 말인가?

함부로 거절하기에도 애매한 상대인 데다가, 이미 저쪽 귀부인들 사이에서는 '작정했네, 작정했어. 하기야 마이어 후작님은 완벽하게 황태자 전하의 지지 세력으로 서셨으니, 폐하의 척추 역할을 하고 있다는 옐레체니카 백작을 끌어들이고 싶기도 할 거야.' 따위의 소곤대는 목소리가 들려오고 있었다.

이런 젠장, 유리의 청력은 왜 이렇게 뛰어나단 말인가. 유리의 청력 탓에 몰라도 좋을 것들을 알게 되지 않느냐 이 말이다. 그때 레일리가 정중하게 끼어들었다.

"일전에 열이 올라 쓰러지신 마스터를 공작 부인과 대공비 전하께서 보살펴 주신 일에 대해 저도 감사히 여기고 있습니다. 마스터께서도 이에 대한 감사를 표하고자 하시기에, 아직 열이 내리시지 않았음에도 쥬덴 공작 부인의 살롱에는 반드시 참가하고자 하셨지요. 준비해 온 조촐한 선물을 드리는 것을 잊고 있었군요. 마스터, 제가 그만 중요한 선물을 까먹고 놓칠 뻔해서 죄송합니다. 지금 꺼내도 마스터의 평판에 누가 되지 않을는지요?"

여러분, 보세요. 제 집사가 이렇게나 민완 집사입니다. 나는 레일리에게 흘긋 감사의 눈짓을 한 후에 대번에 고개를 끄덕이며 살포시 웃었다.

"저도 그만 잊을 뻔했군요. 부드럽게 실수를 알려 줘서 고마워요. 부탁해요, 레일리."

내가 허가한 즉시 레일리가 곱게 포장한 얇은 증명서 같은 것을 꺼내 마이어 대공비와 쥬덴 공작 부인에게 건넸다. 대공비에게 건넨 증명서는 그녀 대신 뒤에 서 있던 대공저의 시종이 정중히 받아 들었지만, 쥬덴 공작 부인은 시종을 만류하고 직접 손을 내밀어 선물을 받으며 내게 슬쩍 눈짓으로 허가를 구했다. 멍청히 있다가 레일리가 등에 슬쩍 손을 얹는 바람에 그 눈짓의 의미를 이해했다. 내가 어서 뜯어보시라고 허가의 말을 하고 나서야 그녀가 찬찬히 포장을 열어 보았다.

"어머, 세상에. 그 유명한 수제 커스텀 오토마타의 구매 증빙서가 아닙니까?"

그 말이 떨어지자마자 주변이 술렁였다. 뭔지는 몰라도 값어치가 상당한 모양이었다. 물론 나는 정말 그게 뭔지도 모른다. 나는 그저 수줍게 웃어 보이며 대답을 생략했다.

어차피 대부분 유리의 발명품들을 이용해 선물을 보내므로 옐레체니카 백작의 자산에 큰 타격은 없을 것이다. 내가 신경 써야 할 문제는 없었다. 레일리가 어련히 알아서 준비했을 것이다.

그 꼴을 본 대공비도 즉시 화제를 돌리며 방금 전의 은근한 압박을 싹 치워 내고 내 어깨를 부드럽게 감싸 안았다.

"어머, 아직 회복하지 못한 거였군요. 혹시 살롱이 끝나면 함께 산책이 라도 하지 않을지 청하려 했는데, 아무래도 삼가야겠어요. 몸은 괜찮은지 모르겠습니다, 백작."

"두 분의 덕으로 거의 회복되어 가고 있답니다."

어색하게 웃어 보이며 적당한 인사치레를 붙이는데, 때마침 양반은 못 되는지 정말로 솔데인 마이어가 도착했다는 소식이 시종장을 통해 전해졌다. 대공비는 그야말로 작정하고 온 것 같았다. 본래 자신이 돌아갈 시간에 맞춰 오게 했는데 일찍 일을 끝낸 모양이라며, 어차피 귀족들이 한담을 떠드는 자리이니 솔데인이 살롱에 참석해 기다려도 괜찮을지 쥬덴 공작 부인에게 의견을 물은 것이다. 흥미진진하게 추이를 지켜보던 쥬덴 공작 부인은 좋다 고 승낙했다.

어차피 살롱이라는 것이 대개 그렇듯 딱히 성별의 제한은 없는 장소였 고, 특히 쥬덴 공작 부인의 살롱은 상층부 정계의 소문을 듣고 싶은 젊은 귀족들도 적지 않게 참여하는 편이었다. 실제로도 귀부인들이 모여 앉아 떠들고 있는 곳과, 몇몇 젊은 귀족들이 사교적인 대화를 나누는 곳이 묘하 게 나뉘어 있었다. 시를 읊고 최근의 정책을 논하는 몇몇 귀족들도 근처에 있었다.

그리고 그런 자리에 돌연 고위 귀족인 마이어 후작이 난입하니, 다른 귀족들도 저마다 반색을 하고 반겼다. 나만 죽을 맛이었다.

오자마자 어머니에게 안부를 묻고, 몇 시쯤 이야기가 끝이 날지 정중히 질문한 마이어 후작은 쥬덴 공작 부인에게 감사를 표한 후 자신을 호시탐탐 노리는 젊고 야망 있는 귀족들 사이로 들어갔다. 청렴하고 예의 바른 마이어 후작은 그 와중에 나름대로 안면이 있답시고 하필 나한테도 희미하게 목례를 해 보였다. 결국 나도 별수 없이 씨익 웃으며 가벼운 인사를 돌려주어야 했다.

문제는 그 인사에 있었다. 시발. 내 캐릭터 주제에 왜 예의 바르게 인사를 건네고 난리란 말인가. 그 모습을 지켜본 다른 부인들도 모든 것을 내려놓고 마이어 대공비에게 점수를 따려 들기 시작한 것이다. 그때부터는 일사천리였다. 마이어 대공비가 굳이 품위 떨어지게 나설 일도 없이, 알아서 주변에서 분위기를 조장하며 줄타기를 시작했다.

"저는 후작님이 특정한 여성을 향해 따로 인사를 하시는 것을 처음 보았습니다."

아, 그러세요…….

"아까부터 백작님을 종종 살피고 계시지 않습니까? 앗, 지금도 살짝 보셨네요."

그렇군요……. 소리를 죽여서 소곤소곤 말씀하셔도 대마법사인 내 귀에 잘 들렸던 걸 보면 소드 마스터의 귀에는 더더욱 다 들릴 테니 당신들의 말이 신경 쓰여 살피고 있는 것이 분명하답니다…….

"그러게요. 마이어 후작님께서 백작님보다 네 살이 많으시던가요? 네 살이라니, 완벽하네요!"

마이어 후작이 현재 서른이로군요. 몰랐는데 감사합니다…….

대놓고 곤란하다는 표정을 지으며 슬그머니 상체를 물렸지만 이미 이 자리의 귀부인들은 어차피 나를 채갈 수 없다면 차라리 대공비에게 잘 보이기로 작정한 눈치였다.

훗날의 황태자 최측근이 될 마이어 후작이 포함된 대공가다. 거기에 옐레체니카 백작까지 포섭하고 나면 사이가 나쁘던 현 황제의 힘도 등에 업게 되고 마공학에 의한 기계 전력도 보강되니 금상첨화라는 계산속 같았다.

그냥 이 자리를 당장 탈주하고 싶군. 나는 말없이 우걱우걱 젤리를 퍼 먹다가 돌연 레일리에게 덥석 턱이 잡혔다. 주변의 부인들이 전부 눈을 동그랗게 떴다. 귀족들의 담화에 난입한 집사를 경계하는 눈초리가 쏟아졌다. 장갑 낀 손가락 끝으로 내 입술 아래를 꾹 눌러 본 레일리만이 뻔뻔하게 말했다.

"마스터, 피곤하십니까."

"으응?"

몸은 아니고 정신이 좀 피곤하긴 하지.

"아직 병중이시니, 예가 아닐 만큼 창백해 보일까 싶어 꽃물을 평소보다 진하게 썼는데도 안색이 안 좋으시군요."

아, 그거. 내 정신이 피곤해서 그래.

허허 웃으며 도와 달라고 간절한 눈초리를 보냈는데, 내 시선을 받아 낸 레일리가 보랏빛 눈을 가늘게 뜨며 대번에 한심하다는 표정을 짓더니, 곧 생글생글, 사뭇 다정해 보이는 낯으로 웃으며 달콤하게 속삭였다.

"괜찮으시다면 조금 일찍 모시겠습니다."

야호. 김레일리, 이 자식, 오늘따라 예뻐 보인다. 나는 당장에 난처한 척 웃으며 공작 부인에게로 시선을 돌렸다.

"공작 부인, 괜찮을까요."

"그래요. 언제든지 편히 돌아가세요. 이리 보니 정말 창백하네요. 백작이 아직 회복도 덜 됐는데 저 때문에 괜히 신경을 쓴 게 아닐까 염려됩니다."

"아닙니다, 부인. 오늘 불러 주시고 여러모로 신경 써 주셔서 감사하고 기뻤습니다. 먼저 물러가게 되어 죄송합니다."

일단 쥬덴 부인과 주변의 다른 사람들에게 양해를 구하고 신나게 레일리의 손을 잡아챈 후 물러가려 하는데, 문 근처에 서서 다른 이들과 몇몇 대화를 나누고 있던 마이어 후작이 나를 발견하더니 무뚝뚝하게 고개를 숙여 보였다. 나도 사뿐히 치맛자락을 잡아 올리며 그에게 즐겁게 인사해 주었다.

마차에 탄 후에는 더는 남의 눈치 볼 일도 없이 대놓고 외쳤다.

"아, 시팔!"

내 외침을 듣자마자 레일리가 부드럽게 웃으며 마차의 마력구에 방음 설정을 추가했다.

"누가 들을까 두렵군요. 성공적인 제 집사 인생에 그런 식으로 재를 뿌리시면 곤란합니다."

"하지만 너무 스트레스 받잖아! 저렇게 몰아가도 되는 거냐? 씨바, 결혼이 뭐 대단한 것도 아니고 푸딩 먹다 체하는 줄 알았네."

"귀족 사회에서는 부정할 길 없이 중요한 문제지요. 혼인이란 곧 거래요 전쟁입니다. 애초에 스스로 그만 드시면 될 텐데 그 와중에 꾸역꾸역 잘만 드시더군요."

"사람이 그럴 수도 있지 그걸 또 뭐 그리 대놓고 빈정거리냐. 아씨, 죽겠다. 마이어 후작은 딱히 생각도 없어 보이는구먼, 왜들 저리 난리야."

"뷔올의 마공학 전반을 책임지고, 마법과 정령술에 대한 재능을 수치로 환산해 합쳤을 때는 에슈마르크 대공에게도 크게 밀리지 않는다고 평가되는 옐레체니카 백작이란 누구에게든 정치적으로 이용하기 좋은 상대입니다. 어차피 마이어 후작에게 개인적으로 마음에 둔 여인이 존재하는 것도 아니라면, 그도 가문과 주군에게 득이 되는 결합을 저어할 생각이 없을 겁니다."

자리에 걸터앉자마자 한쪽 다리를 반대쪽 무릎 위로 걸친 채 단박에 굽 높은 신발을 빼내자 레일리가 힐난하듯 눈짓을 했다. 나는 샐샐 웃어 보이며 그의 어깨를 두어 번 두드려 주고, 결국 반대쪽 신발도 벗어 냈다. 오늘은 레일리가 눈치 빠르게 처신해 준 덕에 여러 번 위기를 모면

했으니, 이 자식이 좀 망나니처럼 굴어도 너그럽게 용서하고 넘어가 줄 생각이었다.

"신발이 불편하셨습니까?"

"이런 신발이야 언제든 불편하지."

"까지거나 쓸린 곳이 있었는지요."

"앗, 아냐, 아냐. 그런 건 아니고 그냥 단순히 불편한 거라고. 자, 봐. 다친 곳 없지?"

기분 좋게 한쪽 발을 치마 바깥으로 꺼내서 휙 보여 주고 다시 치맛자락을 덮는데, 레일리가 대뜸 내 발목을 붙잡고 쭉 들어 올렸다. 단숨에 몸이 뒤집어진 나는 마차 안의 푹신한 쿠션에 구겨지다시피 나동그라져서 멀뚱히 그를 올려다보다가 입을 쩍 벌렸다.

"이놈이 지금 치마 입은 여성의 다리를 붙잡고, 이게 무슨 파렴치한 짓이야?"

"애초에 옷을 갈아입혀 드린 게 누군지는 아십니까?"

"아, 그건 그거고 이건 이거지. 안 놔?"

"주물러 드리겠습니다."

레일리가 고개를 비스듬히 꺾더니, 잡아끌었던 내 발목을 본인의 무릎 위로 쭉 가져갔다. 나는 입을 동그랗게 모으고 오, 감탄사를 뱉었다.

"너 오늘 서비스가 좋다."

"상태가 안 좋으셨던 것은 사실이니까요."

다시 한 번 오, 하고 감탄사를 뱉으려는데 어째 발목과 종아리 아래쪽, 발바닥과 뒤꿈치, 발가락과 여린 살갗들을 어루만지는 손길이 이상하리만치 농염했다. 장갑의 묘한 촉감 탓인지도 모르겠는데, 아무튼 나는 이런 여지를 남겨 두고 그냥 넘어갈 수 있는 종자는 아니었다.

"야, 야. 잠깐만. 터치가 왠지 수상한데."

"자의식 과잉이십니다."

"아니, 진짜로 뭔가 야릇하잖아. 장갑이라도 벗든가. 감촉 무시무시하게 수상하다고."

"자의식 과잉입니다. 무릎 세우지 마십시오. 치마가 올라갑니다."

"이 새끼가 어딜 봐?"

"그러니까 망나니처럼 날뛰지 말고 얌전히 계시라지 않습니까."

아니 그래도, 하며 상체를 세우려다가 악 하며 풀썩 무너졌다. 뭔지 모를 찌릿한 통증이 얼얼하게 밀려오고 있었다. 눈물이 핑 고인 채 아연히 올려다보다가 레일리와 눈이 마주쳤다. 이 자식이 이 와중에조차 웃고 있었다! 그가 발의 움푹 파인 부분을 손끝으로 힘주어 꾹 눌렀다. 찌르르 전류가 흐르듯이 통증이 치밀었다.

"아! 아파, 인마!"

"몸에 좋습니다."

"좋긴 개뿔이! 너 나한테 무슨 억하심정 있지! 아니, 미친, 아프다고!"

"드레스를 입은 채 한쪽 다리를 반대쪽 무릎에 걸쳐 두고 신발을 벗어 던지는 방종한 행동거지는 대체 어디에서 배워 오셨습니까? 배우셔야 할 것이 아직도 많습니다. 반성 좀 하십시오."

"아씨, 그래서 마차에 탄 후에 했잖아. 너 지금 보복성 지압 하는 중이냐? 아! 아프다니까!"

"몸에 좋으니 잠자코 계십시오."

"필요 없어!"

꽥꽥 고함을 내지르며 발버둥을 쳤지만 다시 발목이 붙잡혀 질질 끌려갔다. 결국 마차를 타고 이동하는 내내 윽윽 흐느끼며 마차의 쿠션에 얼굴을 파묻고 발목을 잡혀 있다가, 교외의 옐레체니카 저택에 도착해서 마차가 멈춰 서고야 겨우 풀려났다.

초췌해진 얼굴로 엎어진 채 레일리를 빤히 바라봤다가, 나를 안아 들기 위해 손을 뻗는 그의 어깨를 격하게 걷어찼다. 유감스럽게도 별달리 타격을 준 것 같지는 않았다. 그저 반걸음 물러났던 레일리는 오토마타에게 무언가를 입력해서 마차의 출입구를 조금 더 넓게 열었다.

저런 것도 가능한 거였냐. 나는 이 와중에 내 세계관의 폭발력에 감탄하며 입을 떡 벌렸다가 다시 발을 쿠션 근처에 꾹꾹 문질렀다. 흑흑흑, 젠장, 아직도 발바닥이 얼얼하잖아. 안절부절못하며 발끝만 꼼질거리는 사이 바닥에서 내 신발들을 먼저 주워 올린 레일리가 나를 한 팔로 훌쩍 들어 올렸다.

주여, 자캐의 인생을 이놈의 인성만큼 말아먹고 마구잡이로 굴릴 수 있는 신명 들린 필력을 주소서.

"씻고 나오시면 향유를 써서 조금 더 부드럽게 주물러 드리겠습니다."

"됐다, 이 악마야. 안 씻고 자련다. 흑흑흑, 젠장, 더럽게 아프군."

"무슨 소리십니까? 외출을 하셨으니 씻기는 하셔야 합니다. 씻고 나오면 약도 드셔야 함은 물론입니다."

"내 몸 내가 안 씻겠다는데 내 선택권은 어디로 갔냐?"

"언제는 그 몸과 관련해 마스터의 선택권이 존재는 했습니까? 주인의 빠짐없는 안녕을 도모하는 것도 집사의 역할이지요."

물론 주인한테는 선택권이 없다며 모든 행동을 강요하고, 망나니짓을 삼가고 제대로 좀 살아 보라며 협박 섞어 지압을 해 대는 집사에 대해서는 나로서도 전혀 들어 본 일이 없다. 이 자식은 정말 양심을 어디에 팔아먹었기에 이 꼴이란 말인가?

아! 내 자캐 인성 삐리리! 나는 레일리의 어깨에 대롱대롱 매달려 저택 안으로 옮겨지면서 그저 마음속으로만 레일리의 욕을 목청껏 외쳐 보았다.

* * *

이놈의 세계에 들어와 버린 뒤로 내 뜻대로 굴러가는 일이라곤 하나도 없었지만, 어쨌든 나는 유리 옐레체니카가 지니고 있던 능력 정도는 되찾기로 결정했다.

세계관을 짤 줄만 알았지, 그 세계관 내부의 과학 발전까지 내가 전부 이해하고 있는 것은 아니었다. 유리 옐레체니카의 가장 큰 전력은 발명, 정령술, 마법 정도인데 발명은 아무리 생각해도 요원한 일이므로, 적어도 마법과 정령술 정도는 쓸 수 있어야 하지 않을지 생각해 보게 된 것이다. 언제 무슨 일이 생길지 모르는데 최소한의 무력 정도는 갖춰야 마음이 놓이지 않을까.

보통 판타지 세계관에서 마법이나 정령술 같은 능력을 사용하기 위해서는 수련이 필요하다. 기초 마법서 몇 권을 읽어 봤는데, 마력을 체내에 모아 두는 써클과 클래스 개념이 있다고 말하는 책도 있고, 마력은 단지 바람의 흐름 같은 유체이므로 그 결을 따라 의지의 힘을 흘리라는 주장도 있지 뭔가. 의지의 힘이 뭔지에 대해서는 설명이 없었다.

보아하니 마법 수련 방식이 하나의 학설로 정돈되진 않은 듯했다. 그래서 일단은 가장 통달한 인물의 서적을 읽어 보려 했다. 하지만 물론 일이 뜻대로 흘러가지는 않아서, 알렉시스 에슈마르크는 집필 활동을 하지 않는다는 투머치 인포메이션만 알게 됐다.

이렇게 되면 맨 땅에 헤딩하듯 시도해 보는 수밖에는 없다. 나는 내 일과 시간에 규칙적인 '틈'을 만들어서, 그 시간에 마법과 정령술을 수련해 보기로 결정했다.

사실 공부 시간을 만드는 건 어려운 일이 아니었다. 본래 내 일과랄 것이 딱히 없었기 때문이다.

오전 시간에는 레일리의 수발을 받으며 씻고, 아침을 먹은 후 테라스에 앉아 책을 읽으며 다과 시간을 가진다. 점심 식사를 마친 후에는 유리의 몸을 안전하게 보살피기 위해 두세 시간 낮잠을 자고, 레일리를 내보낸 후 혼자서 시나리오를 네댓 갈래씩 짜 본다.

가능성의 분기마다 각자 다른 시나리오를 짜 두려니 그 자체로 노동이지만, 시나리오의 큰 흐름만 만들고 정리하는 정도는 오래 걸리지 않는 작업이므로 하루에 두세 시간 정도만 집중하고 있었다. 그러고 나면 저녁을 먹을 때가 된다.

본래는 저녁을 먹고 나면 책을 조금 읽다가 따끈하게 목욕을 하고 티타임을 가진 후 잠자리에 드는 편이었는데, 파티를 준비하면서는 그 일정이 조금 변화했다. 저녁을 먹고 나면 레일리와 춤 연습을 한 후 목욕을 하고 마법과 정령술을 조금 만져 보다가 잠자리에 들게 된 것이다.

레일리는 마법은 쓰지 못하지만 자연력을 몸 주변에 돌리고 이용하는 방법에는 익숙한 편이었다. 그가 본래 번개인 혼혈인 덕도 있고, 유리 옐레체니카의 마공학을 곁에서 보조하는 제1 조수이자 유일한 조수가 레일리뿐이었으니 어찌 보면 당연한 일이었다. 직접 실험을 보지는 못했어도 10년간 그녀의 마력 흐름에 익숙해진 것이다.

나는 레일리에게 부탁해서 내 몸 주변에 번개의 흐름을 만들도록 부탁했고, 그 중앙에 앉아서 번개의 흐름을 전신으로 감지하기 시작했다. 이러다 보면 마력의 흐름을 파악할 수 있지 않을까 한 것이다. 그리고 피부를 통해 마력의 흐름을 느끼고자 노력해 보았다. 물론 현대인의 입장에서 스스로 생각해도 개소리 같았다.

전근대 판타지 인류인 유리의 몸으로는 다를까 싶었으나, 실제로도 개소리였다.

"마나…… 마나란 어떻게 느끼는 걸까…… 존재하기는 하는 걸까……."

"저는 마법을 써 본 일이 없어 달리 드릴 말씀이 없군요. 차 한 잔 더 드시겠습니까."

"으으음. 으음. 젠장. 으음."

"마스터, 차 한 잔 더 드시겠습니까?"

"아, 응. 미안. 차 줘. 무슨 차야?"

"연합국의 베하르 고원에서 얻은 찻잎에 과일과 꽃을 부드럽고 달콤하게 블렌딩해 보았습니다. 일전에 마라꽃을 좋아하시기에 커다란 마라꽃을 몇 송이 말려서 섞어 두었더니 차 위에 꽃이 예쁘게 피었습니다만, 넓은 잔으로 꽃을 띄워 드릴까요?"

"아니, 한 번에 털어 넣을 수 있게 해 줘. 꽃 띄운 건 나중에 마실래. 꽃잎이 길고 풍성한 보라색 꽃 말하는 거지? 하긴, 그거 좀 예쁘긴 하더라."

"예, 그겁니다. 그럼 이번 차는 시원하게 해 드리겠습니다."

레일리는 높은 유리잔에 막 끓인 차를 붓고는, 얼음 막대를 하나 집게로 집어 그 안에 푹 꽂아 넣었다.

인체에 무해한 금속에 쉽게 얼어붙는 물질을 넣어 둔 사치품이었다. 마력을 불어넣으면 차가워진다. 레일리는 마법은 못 써도 자연스럽게 번개를 다뤄 장치를 자극할 수 있으니, 마찬가지로 금속으로 이루어진 집게를 이용해 간편하게 사용하는 것이다.

찻물 안에 얼음 막대가 푹 잠긴 순간 쩌저적 소리가 울리더니 유리잔에 온통 살얼음이 꼈다. 얼음 막대를 다시 집게로 집어낸 레일리가 유리잔을 내 앞으로 슬쩍 밀어 주었다. 나는 별생각 없이 바로 손을 뻗었다가, 그만 주변을 돌던 번개의 흐름에 손을 가볍게 데고 말았다.

파직 하는 스파크와 짜릿한 통증에 화들짝 놀라며 몸을 뒤로 물리는데, 순간 너무 격하게 꿈틀거렸는지 의자가 뒤로 기우뚱 기울었다. 어 하는 순간 레일리가 의자를 덥석 잡아챈 후 제대로 세워 주었다. 이미 주변의 번개는 말끔하게 사라진 후였다.

"손."

레일리가 사납게 말하다가 입을 꾹 닫았다. 인상을 찡그리며 내 손을 당장에 채어 간 레일리는 손 곳곳을 면밀히 살피다가 결국 혀를 찼다.

"가벼운 화상이군요."

"약간만 따끔했고 금방 뺐어. 괜찮지 않을까."

"약한 강도의 번개만을 흘리고 있었으니 망정이지, 하마터면 큰일이 날 뻔했습니다. 생각 좀 하고 사십시오."

힐난조의 말에 아, 사람이 거참 그럴 수도 있지, 제때에 뺐으면 그만 아니냐고 따져 물으려다가, 손끝에 닿은 싸늘한 촉감에 움찔 어깨를 움츠렸다. 얼음 막대를 하나 맨손으로 꺼내 든 레일리가 막대를 활성화시켜서 내 손가락에 가져다 댄 것이다. 끄으응, 앓는 소리를 내며 손끝을 꼼지락 거리자 그가 인상을 쓰며 손을 내려놓았다.

"온도는 잘 조절해 두었으니 그럴 일이야 없겠지만 아프다 싶으면 그냥 내려 두시고, 큰 문제가 없으면 얌전히 대고 계십시오. 약을 가져오겠습니다."

"나 차 마시고 있어도 돼?"

"마음대로 하십시오. 다치지 않은 손으로 드시는 편이 나을 겁니다."

"물론 그 정돈 안다. 다녀와."

다치지 않은 손을 살랑살랑 흔들어 주며 배웅한 후 레일리가 나가자 마자 서늘한 유리잔을 단숨에 들어 올렸다. 풍부하고 향긋한 향취가 이 리저리 오감을 자극하고 있었다.

나는 차를 한 모금 맛보자마자 크으, 감탄사를 뱉었다. 오늘도 역시 향 홍차의 대가 레일리 크라하다운 차였다. 레일리가 직접 블렌딩하고 향을 입힌 차에는 실패라는 것이 없었다. 내 카페인 생활 nn년의 경험을 기반 으로 판단해 봐도, 아무튼 그의 실력은 수준급이었다. 개중에서도 마라꽃 차는 손에 꼽힐 만큼 좋아하는 편이다.

화려한 보랏빛 꽃잎을 풍성하게 피우는 마라꽃은 현대에는 없는 이 세 계만의 꽃이다. 그 꽃송이가 크고 요란한데다가 줄기에 독 가시가 있어 벌레가 꽃까지 올라가 꽃잎을 갉아먹지는 못하고, 뜨거운 물을 부으면 만 개한 것처럼 화사하게 펼쳐진다.

그런 특성 덕분에 귀족들의 티타임에 곧장 올라가는 꽃차였다. 손잡이가 달린 넓적한 자기 그릇에 띄우면, 그 꽃송이가 그릇을 가득 채울 만큼 크게 펼쳐진다.

나 역시 처음 마라꽃 차를 봤을 때 나도 모르게 '예쁘다', '보기 좋다', '그림 같다' 등의 요란한 감탄사를 연발했다. 그때 흥분해서 레일리를 붙잡고 이 꽃이 뭐냐고 닦달을 한 탓인지 레일리는 한동안 한심하다는 듯한 얼굴로 나를 물끄러미 깔아 보았지만, 그래도 그 후로 종종 내게 마라꽃 차를 만들어 주곤 했다. 맛도 달달하니 괜찮아서 거의 매일같이 마시는 차가 됐다. 이젠 다른 차를 마실 때도 마지막엔 찻잔에 마라꽃을 띄워 준다.

하여튼 솜씨도 좋지. 레일리 크라하는 정말이지 대단한 집사였다. 사실 이 낯선 형태의 차를 마실 때마다 정말로 다른 세계 같아서 괴리감이 느껴지지만, 아무튼 나름의 호의인 듯하므로 말없이 잘 받아 마시고 있다. 맛이 없는 것도 아니니 됐지, 뭐.

이번에도 온갖 감탄사를 뱉으며 몇 모금 음미하듯 맛보다가 결국 벌컥벌컥 들이마신 후 잔을 내려놓을 무렵 레일리가 돌아왔다. 그는 순식간에 텅 빈 유리잔을 물끄러미 바라보다가 한숨을 뱉었다. 레일리가 내 앞에 한쪽 무릎을 굽히고 앉았다.

우선은 자신의 세운 무릎 위에 새하얀 면포를 몇 겹이고 깔고, 그 위에 내 손을 얹었다. 그리고 조심스럽게 손끝을 살피더니 가져왔던 약병들을 하나둘 꺼내서 손가락 위에 뿌리기 시작했다.

평소에는 마냥 망나니같이 구는 놈이면서 레일리는 이런 뜻밖의 구석에서 철저하게 원리 원칙을 따지는 종자였다. 나는 다치지 않은 손으로 턱을 괸 채 레일리를 빤히 바라보다가, 소독을 하고 약까지 꼼꼼하게 바른 후에야 손가락을 쭉 펼쳤다가 다시 꼼지락거려 보았다.

"붕대를 감을 겁니다. 얌전히 계십시오."

"아, 뭐 이런 거에 붕대를 감아."

"덧나지 않게 보조하기 위해 약품 처리를 해 둔 붕대입니다. 잠자코 내미시는 게 어떻습니까?"

날카롭게 대꾸한 레일리는 결국 내 손끝을 쭉 잡아끌어서 끝부분부터 정갈하게 각을 맞춰 얇고 가느다란 붕대를 감아 주었다. 움직이기 불편할 정도는 아니었다. 말이 붕대지, 거의 밴드와 비슷한 착용감이었다. 붕대를 감은 후에 두어 번 주먹을 쥐었다 펴 본 나는 만족스럽게 손을 거두고 유리잔을 내밀었다.

"좋아, 그럼 다시 번개 띄워 봐."

"오늘은 그만하십시오."

"손가락 다쳤다고 마법을 못 쓰나?"

"어차피 손이 성해도 못 쓰시잖습니까."

이번에도 아무렇지 않게 팩트를 휘둘러 나를 아프게 때린 레일리가 신랄하게 덧붙였다.

"오늘은 다치셨으니 어차피 성공하지도 못할 짓은 이만 마무리하지요. 마라꽃을 예쁘게 띄워 드릴 테니 따뜻한 차나 한잔 드시고, 주무시는 것이 좋겠습니다."

"심한 부상도 아닌데, 뭐."

늘 그랬듯 유리 옐레체니카의 몸이 입은 상해에 유난히 민감하게 구는 레일리를 향해 정말 별거 아니라고 팔랑팔랑 손사래를 치는데 레일리가 또 눈매를 생긋 휘었다. 닥치고 말이나 들으라는 무언의 압박이었다. 별수 없이 순순히 따뜻한 찻잔을 받기로 했다.

시원하게 마실 때와는 사뭇 다른 느낌으로, 찻잔이 테이블 위에 올라온 순간부터 우아하고 그윽한 향이 진하게 퍼졌다. 화려하게 피어난 보랏빛 꽃이 찻물 중앙에서 천천히 회전하고 있었다.

"언제 봐도 이 꽃 예쁘다니까. 참 보기 좋다."

흥얼흥얼 중얼거리며 찻잔 손잡이에 성한 손가락 끝을 살며시 건 뒤 흘 긋 레일리를 살펴보았다가, 슬그머니 입을 열었다. 작가로서도 궁금하고 빙의자로서도 궁금한 일인데, 묻는다고 솔직한 대답을 들을 수 있을 것 같지는 않지만 일단은 물어볼 요량이었다.

"유리의 어디가 그렇게 좋아?"

따뜻한 차에 곁들이기 좋은 작은 과자 몇 개를 콩알만큼 꺼내 주던 레일리가 눈썹을 휙 꺾어 올렸다. 나는 평온한 태도로 질문을 보강해 보았다. 사실대로 말하자면 레이유리 지지자로서도 궁금한 부분이다. 하, 시체를 안고 자취를 감추는 일편단심의 사랑. 좋네. 내 소설에서 도통 나오지 못할 것 같은 로맨스라는 점이 최고 좋다.

"네 주군을 은애하고 있잖아."

기대감에 젖어 싱글벙글 웃으며 묻자 그가 다정한 태도로 되물었다.

"역시 자의식 과잉에 의한 이상 증세를 앓고 계신 것은 아닙니까?"

"닥쳐라, 좀. 말을 말자. 나 말고 유리에 대한 얘기였다고. 레일리 님의 유리 님 말이다."

하여튼 말 한마디 예쁘게 받는 법이 없지. 백 퍼센트 내 캐릭터 같은 놈.

인상을 팍 찡그리며 신경질적으로 대답한 뒤 혀를 쯧쯧 찼다. 내가 만든 캐릭터에게서 허심탄회한 연애 이야기를 듣는 일은 역시 어려워 보였다. 깔끔하게 포기해야 할 모양이다. 하기야 그렇다. 나 자신의 캐릭터에게서 무슨 위대한 연애 전선을 바란단 말인가? 마음을 접고 찻잔이나 입가에 가져다 댔다. 홀짝홀짝 맛을 볼 때마다 달콤하고 우아한 향이 입과 코 근처를 뱅글뱅글 휘돌았다.

그런데 내가 체념하고 여유롭게 차를 마시는 내내 별다른 말 없이 이런저런 수발만 들어 주던 레일리는 한참이 지나서야 천천히 대답했다.

"유리 옐레체니카의 어떤 점을 은애하느냐."

마치 곱씹는 듯한 모호한 목소리로, 레일리가 내 질문을 반복해 입에 담았다. 그리고도 잠깐 침묵하던 그는 다 마신 찻잔을 부드럽게 거둬들이며 조용히 반복해 중얼거렸다. 이번엔 꾹꾹 눌러 씹어 삼키듯이, 제 입 안에서 몇 번이고 유의미하게 되풀이해 굴리는 듯한 태도였다.

"어떤 점을 은애하느냐."

헉. 나는 당장이라도 팝콘 한 박스는 먹어 치울 수 있을 것 같은 기분이 되어 두근두근 설레는 마음으로 그의 대답을 기다렸다.

"뭐야, 뭐야. 빨리 말해 봐."

인내심 없이 독촉하자, 보랏빛 눈을 지그시 내리뜬 레일리가 재미있다는 듯 웃었다.

"은애?"

돌연 그가 비꼬듯이 반복했다.

"재미있군요, 마스터. 역시 자아도취가 과하신 게 아닐까 싶습니다만."

유들유들하게 대꾸한 레일리는 일상적인 태도로 홍차를 따랐다.

"얼굴이죠. 그 밖에 유리 님께 별게 있답니까?"

"아."

나는 빠르게 납득했다.

물론 내가 보기에 유리에게는 돈도 있고 능력도 있지만 그거야 레일리한테도 있을 테니 그에겐 별로 중요한 문제가 아닌 모양이었다. 어쨌든 유리 옐레체니카는 손에 꼽히는 무시무시한 미인이 아닌가. 그의 말을 납득하는 것은 사실 별달리 어려운 일이 아니었다.

"괜찮네. 나도 좋아해, 네 얼굴. 하긴, 레일리한테도 딱히 얼굴 외엔 별게 없지."

내 말을 들은 레일리가 단정하게 웃으며 콧등을 찡긋거렸다. 내 코앞까지 찻잔을 밀어 둔 그가 한 번 더 정중하게 따뜻한 차를 권했다. 잠들기 전에 따뜻한 걸 조금 더 배 속에 밀어 넣으라는 이야기였는데, 그 말을 하는 와중에조차 더할 나위 없이 못마땅해 보였다.

아니, 얼굴 외엔 건질 게 없는 놈한테 너 정말 잘생겼다, 다른 건 몰라도 얼굴만은 호감이다, 좋은 이야기만 잔뜩 해 줬는데 이 자식은 또 뭐가 문제냐.

힐긋 눈치를 살폈다가 작은 찻잔으로 한 잔 더 마신 후 자리에서 일어나는데, 내 등허리를 받쳐 늘 그랬듯 자연스럽게 부축해 준 레일리가 나를 침실로 에스코트하며 뒤늦게 덧붙였다.

"나름대로 존경할 만한 요소가 있는 인간이었다고 생각합니다."

"어떤 의미에서?"

"추진력이나 방식, 능력적인 면에서 말이지요."

"그게 다야?"

눈을 댕그랗게 뜨고 고개를 들자 레일리가 신경질적인 낮으로 시선을 깔았다.

"어쨌든 저는 유리 님께는 빚을 졌습니다. 딱히 제가 원했던 구제는 아니었지만, 이미 빚을 진 이상 그걸 그대로 두는 것은 썩 즐거운 방식이 아닙니다. 별수 없이 저는 유리 님께 보은을 하기로 결정했습니다. 우리가 서로 협력함으로써 득이 되는 결과물을 낳는 것은 부차적인 일이겠지만, 그에 앞서 저는 제 성의를 보일 필요가 있었습니다. 어떤 식으로든 말이지요."

"그 '어떤 식으로든'이라는 표현 되게 못 미덥고 불안하다."

"집사의 업무에 대해 말하는 겁니다. 사실 제가 이런 잡무까지 하게 된 건 온전히 마스터가 유리 님과는 달리 혼자서는 아무것도 못 하시기 때문입니다만……. 어쨌든 그러니 이 역시 일종의 보은이겠지요. 저는 제가 하겠다고 결정한 일에 대해서는 완벽하지 않으면 성미가 풀리지 않습니다. 그런 의미에서 마스터께서는 제 완벽한 집사 생활에서 한 점의 새카만 오명이 되어 주고 계시지요."

"아, 네, 그거 참 죄송하게 됐습니다."

그의 손을 붙잡고 침대로 기어 들어가며 빈정대듯 대꾸하자 레일리가 언제나 그랬듯 침대 옆에 의자를 끌어 앉으며 다리를 꼬고 코웃음을 쳤다.

"'은애'라니. 다시 곱씹어 봐도 어처구니가 없군요."

"아님 말고. 왜 난리야. 강한 부정은 긍정이라던데 역시 내 표현이 딱 맞는 거 아니냐. 사실 너 자신도 파악하지 못하고 있던 진심 어린 의중과 핵심을 푹 찌르는 날카로운 말 한마디 아니었냐? 응?"

"아무리 생각해도 자아도취가 과하신 게 아닙니까."

"아, 글쎄 나 말고 유리 얘기라니까."

눈을 가늘게 떴던 레일리가 결국 순순히 대꾸했다.

"어쩌면 티끌만 한 신뢰 같은 것이 지난 10년 사이에 조금쯤은 생겨났는지도 모르지요."

늘 내 머리맡을 지킬 때면 읽곤 하는 베이킹 책을, 오늘도 어김없이 펼쳐 든 그가 등받이에 방만하게 몸을 묻었다. 시건방진 태도로 다리를 꼰 채 발끝을 까딱거리기까지 했다.

"하지만 그뿐입니다. 신뢰란 언제나 뙤약볕 아래의 싸라기눈처럼 힘겹게 쌓여, 바람이 불면 즉시 날려가 흔적도 없이 사라져 버리는 것이 아니겠습니까?"

그가 의미심장한 태도로 중얼거리더니, 푸른 보랏빛 눈을 부드럽게 접으며 지그시 시선을 깔았다.

"주무십시오."

모시던 이가 목숨을 잃은 것을 확인하자마자 그 시신을 품에 안고 어딘가로 사라져 자취를 감춘 것도 레일리의 기준에선 '최소한의 성의', 혹은 그런 충성의 영역에 속한단 말인가?

그렇게 보기는 어렵다고 생각한다. 그런데 정작 지금 레일리가 떠드는 말이 모조리 거짓 같지도 않으니 역시 도통 모를 일이었다. 미래에 레일리가 그런 행동을 할 것은 확실한데 당장 눈앞에 있는 레일리의 의중을 알 수 없으니 아무래도 오리무중이다.

차근차근 레일리를 관찰하며 여러모로 머리를 굴리고 있는데, 장갑 낀 손이 팔락, 책장을 넘기는 소리에 뒤따라 레일리의 사뭇 다정하게 들리는 목소리가 이어졌다. 조금은 의뭉스러운 태도였다.

"마스터께는 아직도 가르쳐야 하는 것이 한참이나 남았습니다. 손이 다친 정도로 마스터의 게으름을 며칠이고 봐 드리지도 않을 테니, 내일부터 다시 여러 가지 배우시려면 어서 주무시는 게 좋을 겁니다."

아니, 다쳤으니 하루 정도는 쉬라고 온화하고도 상냥하게 재촉할 때는 언제고 내일부터 다시 스파르타식 강행군이 기다리고 있단 말인가. 나는 못마땅한 얼굴로 그를 흘겨보았지만, 실수로 눈이 마주친 순간 레일리가 또 도깨비 같은 얼굴로 싱글벙글 웃기에 재빨리 눈을 감았다.

귀신같은 새끼……. 애초에 마스터에게 가르쳐야 할 것이 한참이나 남았으니 오늘도 내일도 앞으로도 놀게 할 생각이라곤 추호도 없다는, 정중하지도 귀엽지도 못한 말본새를 지닌 집사가 실존한다니, 정말이지 말세가 아닐 수 없다.

아, 생각해 보니 말세는 맞군. 기본적으로 내 소설인 만큼 자칫하다간 뛰올이고 뭐고 조만간 세레나의 상경을 기점으로 빠르고 경쾌하게 멸망 테크를 타 버릴 테니 말이다. 무심결에 넘겨 두고 있었는데, 생각해 보니 이 자식 빌런이잖아.

(차마 입에 담지 못할 욕설)! 그리고 그게 바로 이 빌어먹을 빙의 생활에 있어 가장 환장할 점이었다.

* * *

마리벨 후작의 예순 번째 생일 파티는 수도 외곽의 별장에서 이루어졌다. 거대한 별장을 통째로 파티용 별관으로 개조한 장소였다.

파티장은 본래 현대 사회의 발전된 과학 아래에 살던 나조차도 쉽게 본

적이 없을 만치 거대하고 화려했다. 이런 화려한 파티가 으레 그렇듯, 권세 높은 고위 귀족이나 아웃사이더가 아닌 이상에야 파트너가 필요했다.

유리 옐레체니카는 본래 사교적이지 않은 삶을 사는 연구자였지만, 내가 빙의한 이래 직접 고위 귀족들을 만나 보고 내 캐릭터 스펙트럼에 빗대 인물들을 확인하기로 결정한 이상 여러모로 사정이 달라졌다.

그런 이유에서 인맥이라고는 한 톨도 없는 내게 초대장을 보내면서 마리벨 후작이 먼저 신경을 써 주었는데, 그의 아들들은 이미 모두 혼인을 했으니 손자라도 보내 에스코트를 시킬까 하는 것이었다. 마리벨 후작의 손자 중 가장 나이 많은 아이가 열넷이었다. 나름대로 작위가 있는 꼬마인 만큼 이 세계 기준으론 크게 문제가 될 파트너가 아니었지만, 내 기준에서는 영 민망한 꼴이 아닐 수 없었다.

마리벨 후작의 호의가 고맙기도 하고 필요하기도 해서 열네 살의 어린 자작한테 에스코트를 맡겨야 할지 말지 2박 3일을 고민했는데, 뒤늦게 편지를 채 가서 읽어 본 레일리는 편지를 심드렁히 접어 벽난로에 내던졌다.

"아악! 여, 열네 살 어린애랑 춤출 생각을 하니 민망하긴 했지만 혼자 가는 게 더 환장할 일이 된다고!"

"제가 있는데 무슨 걱정이십니까?"

"집사가 파트너를 어떻게 해?"

"제가 얼마나 유명한 사람인지 잊으신 모양이군요."

당당하게 답한 레일리는 내 앞에 새 편지지를 꺼내 놓았다. 그리고 나는 그가 불러 주는 대로 편지를 받아 적었다. 내용은 다음과 같았다.

> 호의는 감사하나, 적이 많고 사교계의 평판이 모호한 자를 에스코트해 주면 어린 자작의 평판에 차후 누를 끼치게 될 것 같아 염려가 됩니다. 제 소유의 집사는 나름대로 대륙에 이름을 알린 인물이니 괜찮으시다면 그에게 초대장을 보내 주십시오, 집사를 동행하여 구색을 맞추도록 하겠습니다.

최근 겨우 글자를 익혀 비뚤배뚤 글씨를 적어 내리는데, 내 꼴을 지켜 보며 점점 더 환하게 웃는 낯이 되던 레일리는 결국 내 손에서 편지지를 휙 채서 다시 벽난로에 던져 넣은 후 새 편지지를 꺼내 주었다.

"후작에게 쓰는 편지를 제가 대필할 수는 없습니다. 이전, 황제의 경우 에는 기억을 잃은 직후였다지만 아직까지 언어를 익히지 못했다는 것은 어불성설입니다."

"나도 언어를 익히긴 했거든……?"

"유리 님의 머리와 똑같은 머리를 공유하고 계시니 당연히 빠르게 익히 셔야지요. 뇌가 그대로인데."

그건 할 말이 없군. 실제로도 나는 본래의 내 몸에서 하던 것보다 훨씬 효율적이고 빠른 속도로 뷔올의 언어를 익혔다. 유리 옐레체니카의 두뇌는 유례없이 비상했고, 마음만 먹으면 한 번 슥 본 것을 기억력으로 복기하는 것도 어려운 일이 아니었다.

대륙 공용어가 아닌 귀족들이 사용하는 뷔올 고유어를 익힌 것이기는 했지만, 대륙 공용어를 익히지 않은 게 능력의 부족 탓은 아니었다. 내가 언어를 모를 때에도 책을 읽었던 것이 떠올라, 확인을 해 봐야 할 것 같 아서 일단은 상태를 유지한 것이다.

하지만 읽는 것과 쓰는 것은 별개의 문제였다. 이런 꼬부랑글씨는 살다 살다 처음 배워 보는데, 어떻게 순식간에 잘 쓰게 되겠냐고……. 나는 입 술을 삐쭉 내밀고 새 편지지에 다시 편지를 적어 보기 시작했고, 그렇게 몇 장의 편지가 불쏘시개로 쓰일 때쯤에야 기어코 레일리의 온갖 구박을 들으며 가까스로 그럴싸한 편지를 완성했다.

그리고 편지를 보낸 뒤 며칠 지나지 않았을 때 빠르게 답장이 왔다. 악명이기는 하지만 대륙에 이름 높은 인물이라는 점만은 사실이었고, 마 리벨 후작도 영 못 미덥지만 나름대로 수긍한 모양인지 그저 여러모로 '소유'하고 있는 집사를 잘 관리해 달라는 부탁만이 돌아왔다.

그렇게 파티 당일이 된 것이다. 나를 에스코트해 마차에서 내리게 도와 준 레일리가 간단한 설명을 해 주었다.

"어차피 갈 곳 없는 반인에게 의식주를 제공하며 정부 삼아 데리고 있다가 부인 대신 파티의 파트너로 데리고 참석하는 망나니 같은 자들도 적지 않습니다. 후작으로서도 거절할 이유는 마땅치 않지요. 그의 손자를 위해 꺼낸 제안이니 더더욱 그렇습니다."

레일리의 말대로, 파티 당일 파티장 앞에는 반인이나 유사인족을 통제하기 위한 목걸이 형태의 구속구가 준비되어 있었다. 이미 이 나라를 비롯해 대륙에 퍼진 반인이나 유사인족 중에는 구속구를 착용하지 않은 자들이 드물지만, 어쨌든 타인의 영역에 들어가고자 하면 파티 주인의 관할 하에 있는 구속구를 하나 더 채우라는 취지였다. 파티 주인이 착용한 목걸이의 톱니를 조작하면 마법으로 연결된 구속구를 찬 모든 반인들에게 제재 신호를 보낼 수 있는 것이다.

그리고 레일리 크라하로 말할 것 같으면, 널리 알려진 사실은 아니지만 구속구가 없는 반인이었다.

"너 그런데 이런 거 해도 괜찮아?"

목걸이를 들어 올린 내가 레일리를 휙 돌아보며 묻자 레일리가 눈을 가늘게 떴다.

밤늦게까지 파티가 이어지기 때문에 유리의 몸에 무리를 주지 않기 위해 낮잠까지 자고 오다 보니 파티에는 조금 늦고 말았다. 의도한 일은 아니었지만 덕분에 주변에는 다른 사람이 없었고, 나도 레일리에게 편히 그런 질문을 던질 수 있었다.

므라우 출신의 반인인 그에게 이런 노예 취급을 하려니 마음에 걸려서 의견을 묻게 된 것이다. 나름의 배려였다. 하지만 정작 내 배려를 맞이한 레일리는 감동 가득한 반응을 보이기는커녕, 알다가도 모를 낯을 한 채 가만히 대꾸했다.

"마리벨 후작이 제게 제지를 가할 일이 생기진 않을 테니 걱정하지 마십시오."

"그럼 목걸이 한다?"

"네, 제 목에 채워 주십시오. 착용자가 아닌 타인만이 잠금장치를 조작할 수 있는 구조입니다."

본인이 괜찮다니 어쩔 수 없었다. 나는 목걸이 하나를 골라내고 레일리에게 손짓을 했다. 그가 즉시 내 곁에 다가와 비스듬히 목을 빼 들고 뺨을 기울였다. 구속구를 풀어내서 두 손에 양끝을 각각 잡아 걸고 레일리에게로 한 걸음 다가섰다.

유리 옐레체니카는 현대의 키 큰 여성과 비슷한 체격으로, 이 시대 기준으로는 상당한 장신의 몸을 지니고 있었다. 체감으로는 거의 170센티미터쯤은 되는 것 같다. 물론 레일리보다야 머리 반 개 이상이 작지만, 그에게 성큼 다가서면 어렵지 않게 손을 뻗어 그의 목에 무언가를 걸어 주기에 불편함이 없을 정도의 눈높이였다.

나는 레일리의 코앞에 서서 그의 어깨 너머로 손을 올리고 주섬주섬 잠금장치를 만지기 시작했다. 그러나 이 잠금장치가 생각보다도 교묘했다. 잠금장치를 이리저리 조작해 보다가 서너 번 연달아 실패했다.

레일리가 두어 번 웃는 소리를 섞어 "마스터." 하고 달콤하게 부르지 않아도 나는 알아서 신상의 위협을 느끼고 있었다. 치, 침착해라, 손아.

처음엔 고개를 숙인 채 잠자코 기다려 주던 레일리는 얼마 버티지 못하고 신경질적으로 내 허리를 잡아채더니, 갑자기 나를 훌쩍 안아 들었다. 겨우 얽으려 했던 구속구의 양끝이 다시 뚝 떨어져서 손아귀 아래로 대롱대롱 흔들렸다. 레일리는 나를 어깨 위에 짐짝처럼 안아 올린 채 문 옆의 외곽으로 자리를 옮겼고, 길 곁으로 물러나고야 사뿐히 내려놓았다.

"야, 나 아직 못 채웠어."

"사람 옵니다. 빨리 좀 하십시오."

"아씨, 이게 내가 빨리 하고 싶다고 빨리 할 수 있는 게 아니라고. 방금 전에 막 될 뻔했는데 너 때문에 못 했잖아."

"잘하시는 게 뭡니까?"

"막말하네, 이 자식이."

바로 옆으로 기울어진 레일리의 얼굴을 돌아보며 짜증을 내는데 정말로 문이 열렸다. 왁자한 소음을 몰고 파티장에서 빠져나오던 사람은 길옆에서 레일리에게 구속구를 걸어 주던 나를 발견하더니 아차 하는 표정을 지었다.

"안녕하십니까, 백작님."

"아, 네, 안녕하세요. 그러니까…….”

"저는 아보리스 마리벨입니다. 백작님을 초대하신 분께서 제 아버지 되시지요."

"이런, 알아보지 못해 죄송합니다."

"아닙니다. 저희가 조금 더 배려를 해 드렸어야 하는데 죄송합니다. 기억을 잃으셨으니 그 후로는 구속구 같은 것을 만져 보신 일이 없을 텐데. 제게 주시면 대신 착용시키겠습니다."

머릿속을 재빨리 뒤져서 아보리스 마리벨이 후작의 셋째 아들이라는 사실을 깨닫고 부드럽게 웃어 보이며 구속구를 정돈했다. 내가 걸다간 천년만년 여기에만 서 있어야 할 것 같으니 그에게 부탁할 생각이었다. 그런데 돌연 레일리가 싸늘하게 말했다.

"할 수 있다면 하시지요."

보랏빛 눈동자 위로 은색 속눈썹을 가지런히 내리깐 레일리가 마치 깔보듯이 아보리스 마리벨을 바라보며 유들유들하게 읊었다.

"주인 아닌 자에게 목을 내주는 취미는 없으니, 목에 손을 대시려면 당신의 목도 내밀어야 할 겁니다만."

"레일리."

새꺄, 벌써부터 파티 주최자한테 반항하고 있으면서, 뭘 말썽을 안 부릴 테니 마음 놓고 채워 달라는 거냐.

아보리스 마리벨의 심기가 상할까 싶어서 재빨리 경고 섞어 호명하며 레일리에게 눈치를 주는데, 내 손에 들려 있던 구속구가 갑자기 부르르 진동하기 시작했다.

아니……? 마리벨 후작이 이 상황을 알아내고 열이 받아서 마법을 발동시켰나? 아니면 이 집 아들인 아보리스 마리벨이 무슨 제재라도 가한 것일까?

즉시 설명을 요구하기 위해 아보리스 마리벨에게 시선을 돌렸지만, 오히려 아보리스 마리벨이야말로 예기치 못한 일을 맞이한 사람처럼 어쩔 줄을 몰라 하고 있었다. 당황한 표정으로 구속구를 바라보던 그가 번쩍 고개를 들어 나를 찾았다. 도리어 내게서 설명을 듣고 싶은 모양이었다. 서로에게서 답을 구하려는 사람들끼리 허공에서 시선이 마주쳤다. 우리 둘 다 어리둥절해졌다.

그 순간 구속구가 돌연 내 손을 벗어나 허공에 붕 떠오르더니, 단숨에 바람처럼 날아들어 레일리의 목을 꽉 조였다. 평소와 같이 유들유들했던 레일리의 표정이 왈칵 일그러졌다.

그가 날카롭게 목을 긁어내 구속구를 강제로 뜯어내려는 순간 짝, 누군가가 느긋하고 정돈된 태도로 손뼉을 두어 번 쳤다.

"마리벨 후작의 경사스러운 날, 그를 축하해 주기 위해 병중에도 불구하고 직접 찾아온 주인의 고귀한 뜻을 한낱 집사가 훼손하면 안 되지."

부드럽고 우아한 미성이 우리 사이를 비집고 뚝 떨어졌다. 남자의 목소리였다.

"그렇지 않나, 레일리 크라하."

아보리스 마리벨의 어깨 너머에서 반달 모양으로 눈매를 접으며 고개를 기울인 낯선 남자가 말끔한 태도로 속삭였다. 듣는 것만으로 사람을 홀릴 것 같은 달짝지근한 목소리였다. 화들짝 놀란 아보리스 마리벨이 뒤를 돌아보았다가 황급히 예의를 갖추고 깊숙이 인사했다.

"각하, 오늘은 못 오신다고 들었습니다."

"회담이 생각보다 일찍 끝나서. 후작가의 기쁜 날에 내 어찌 발길을 하지 않을 수 있단 말인가?"

여상한 태도로 인사를 받아 준 남자가 성큼성큼 걸어서 오토마타의 앞에 섰다. 남자는 고상하고 품위 있는 정장 제복을 입고 있었다. 구속구를 나눠 주는 오토마타에게서 새 구속구를 받아 든 그가 뒤에 따라오던 보좌에게 구속구를 건네며 힐긋 고개를 들었다. 문득 남자와 시선이 마주쳤다.

눈꼬리가 처진 보랏빛 눈이 제비꽃 같은 빛깔로 선명하고 달콤하게 휘어졌고, 그 위로 저녁의 조명을 받아 화려하게 반짝이는 백금발은 마치 새하얀 왕관처럼도 보였다. 목 뒤로 묶은 머리칼은 등의 절반가량을 덮으며 하늘하늘 흔들렸다. 그리고 무엇보다도 중요한데, 그 자체로 반짝반짝 빛이 나는 듯한 아름다운 얼굴을 지니고 있었다.

"이런, 놀라게 했나. 기억을 잃었으니 마법도 낯설 테지. 배려가 부족했군."

눈이 마주치자마자 남자의 보랏빛 눈이 온화한 형태로 접혔다. 나는 본능적으로 그리스 시대 조각 같은 미려한 면면을 쫙 훑어보다가, 시선이 마주친 즉시 대번에 으악 했다.

이, 이거 약간 쓰레기의 상인데.

나는 저런 얼굴을 많이, 몹시 많이 안다. 원래 쓰레기일수록 예쁘고 봐야 하는 것이 내 지론 아니겠는가. 일단 저 남자의 얼굴은 좀 지나치게 내 취향인 데다가, 잘생겨도 너무 잘생겼다.

저 눈매, 저 콧대, 저 색깔, 저 태도, 저 유들유들하고 부드러운 목소리, 저 다정함.

완벽했다. '저건' 백 퍼센트 내 취향대로 만들어진 인물이다. 더구나 저렇게 젊고 아름다운데 '각하'라 불릴 작자는 뷔올에 단 한 명밖에 없었다.

즉시 머릿속에서 그 남자, 알렉시스 에슈마르크의 위험도를 '수상함'에서 좌르륵 높여 '나쁜 의미에서 남의 인생 여럿 말아먹었을' 캐릭터 인성 블랙리스트에 추가했다. '저건' 결코 평범한 플레이보이가 아니었다. 그럴 수가 없다. 왜냐면 나는 저런 외모에 저런 태도를 지닌 능력 있는 캐릭터를 절대로 일반적인 인성으로는 만들지 않기 때문이다.

그 순간 에슈마르크 대공이 신사적인 태도로 다정다감한 인사를 건넸다. 홀릴 듯한 눈웃음과 함께였다.

"만나게 되어 기쁘군, 유리."

언제 봤다고 그렇게 친근하게 남의 이름을 부르는 거냐. 그 뻔뻔하고도 나긋나긋한 인사를 받은 순간부터 위험한 경종이 울렸다. 확실히 평가를 정정해야만 할 것 같다. 알렉시스 에슈마르크는 '약간'이 아니라 '좀 많이' 쓰레기 관상이었다. 이리 보고 저리 봐도 여러 인생 말아먹을 예쁜 쓰레기의 상이었다는 것이다.

이쯤에서, 내 취향을 설명해야 할 것 같다. nn년의 잘못된 인생으로 인하여 확고하고도 분명하게 형성된 취향 말이다. 내 취향이란 곧 내 글의 취향이기도 했으며, 내 글의 취향이란 곧 이 세계의 기본 규칙으로 깔려 있는 대전제이며 공통의 규범이라고 할 수 있을 것이다.

사실, 개인적으로 '아악, 오빠!' 하게 되는 캐릭터는 대개 검은 머리칼이나 가무잡잡한 피부를 지닌 몸 좋고 조각 같은 쿨한 인상의 착한 남자로, 굳이 고르라면 솔데인 마이어 같은 얼굴에 가깝다. 하지만 내가 사랑하는 '악당'이라면 일단 예뻐야 했다.

거듭 얘기했지만, 사실 인성이고 뭐고 남김없이 말아먹어서 건질 것이 하나도 없는 놈인데 생김새라도 예쁘지 않다면 그놈들의 무엇을 예뻐하란 말인가? 그리하여 인성과 외모는 반비례한다는 나름의 공식이 발생한 것이다.

머리색이 밝을수록 쓰레기일 가능성이 높다. 선해 보이는 얼굴일수록 쓰레기일 가능성이 높다. 맑고 아름다운 눈동자를 지녔을수록 쓰레기일 가능성이 높다. 눈매가 처져서 유순해 보이면 금상첨화일 것이다. 태도는 부드럽고 유들유들해야 하며, 그야말로 스위트해 보이는 성미를 지니고, 거기에 타인을 추호도 존중하지 않으면서 존대까지 하면 완벽할 것이다.

왜냐. 천사 같은 얼굴로 쓰레기 같은 인성을 지닐수록 왜인지 '갭모에'가 발생하기 때문이다. 차가운 얼굴로 싸늘하게 말하지만 사실은 가슴 따뜻한 남자에게 쉽게 설레는 것처럼, 착한 얼굴로 신랄한 짓을 하는 악당에게 끌리는 것은 콘텐츠를 만들고 소비할 때 인간이 느끼게 되는 지당한 반전의 매력. 하는 짓은 저열하고 끔찍해도 그 행동거지는 우아하고 품위 있어야 악당에게도 설렐 수 있다.

악당의 능력은 당연히 뛰어나야 하고, 풍족한 형편을 지니고 있다면 그 악행의 스케일을 불리기도 손쉽다. 이유 없이 사람을 죽이는 놈이 우후죽순 나타나면 아무리 가상의 콘텐츠여도 괜히 내가 찝찝하므로, 보통은 박살 난 과거사를 비설로 붙여 준다. 그렇게 내가 쓰는 소설의 보편적인 악당을 규명할 수 있다.

알렉시스 에슈마르크는, 놀랍게도 존대를 제외하면 모든 요건을 충족시키는 인물이었다. 아니, 애초에 판타지 세계관에서 황제의 동생쯤 되는 작자가 아무에게나 존대를 쓰면 그건 정말 기이하고 이상한 일일 테니 이런 경우에 '존대를 쓸수록 본성과 갭이 생겨 내 취향'이라는 캐릭터 형성의 요소는 의미를 잃어버린다.

말하자면 완전체라는 것이다. 이 남자는 완전체의 쓰레기다!

나는 내 손을 부드럽게 들어 올려 손등에 키스하는 이 남자가 무시무시한 무언가를 시꺼면 뱃속에 기르고 있는 우주 쓰레기임을 대번에 확신했다.

앗, 미쳤어, 도망쳐, 세레나. 어쩌다가 서브 남주가 이딴 쓰레기가 되었단 말인가. 물론 내가 그렇게 만들었다. 정말 실화냐?

사실 레일리 크라함만 따져도 앞서 언급한 '내가 좋아하는, 즉 내가 자주 쓰는 악당의 요소' 중에 절반 이상은 먹고 들어가는 놈이지만, 이만한 완전체는 아주 드물었다.

여태껏 내가 이런 요소를 전부 몰아서 넣은 캐릭터들 중 가장 남의 인생을 덜 말아먹고 착한 일만 한 놈을 극단적으로 뽑아 봐도 답이 없었다. 개중 제일 착한 일만 하면서 산 놈이 세계를 쥐락펴락하는 검은 큰손에, 주인공을 사사건건 스토킹하는 양심 없는 집착남이었기 때문이다. 으악, 작가 새끼 반성해! 착한 애들만 쓰면서 살았어야 했는데! 진짜로 이게 현실이란 말이냐?

"그대 이제 나를 기억하진 못하겠지. 그래도 우리의 친애의 정을 나 홀로라도 기념할 수 있게 알렉시스라고 불러 주게."

하필 내가 빙의한 글에 그 모든 요소를 말끔히 몰아넣은 캐릭터가 존재하고, 지금 사뭇 친근한 태도로 내 손을 잡아끌어 자신의 팔에 에스코트하듯 끼운 남자가 바로 그 완전체라는 것이 실화냐고?

"내가 그만 파트너 없이 오고 말아서. 그대에게 함께 입장하기를 청해도 괜찮을까."

"대공 각하께서 보좌인 제가 모르는 사이 제 마스터와 친분을 쌓으셨는지는 미처 몰랐군요."

정작 나는 아직도 공황 상태를 벗어나지 못한 채였지만, 여전히 웃는 얼굴로 싸늘하게 그를 바라보던 레일리가 생긋 웃고 말을 잘라 냈다. 구속구를 뜯어내는 일은 포기한 눈치였다. 그러나 대공은 레일리의 말을 듣고도 별로 개의치 않는 듯했다. 그는 그저 내 손을 잡아끌며 단정한 태도로 말끔하게 웃어 보였다.

"남녀 관계를 보좌에게 밝히는 이도 있다던가?"

갈수록 가관이었다. 나는 재빨리 끼어들었다.

"아, 그러니까, 대공 각하시군요. 제가 최근에 불의의 사고로 기억을 잃어 그만 예를 잊었습니다."

"됐어. 다른 이도 아니고 옐레체니카 백작이 파티에 나타났다는데 그런 게 대수는 아니지."

"제가 대공 각하와 가까운 사이였나요?"

"마음이 있다면 누군들 가깝지 않을까?"

그러니까 아는 사이라는 거야, 뭐라는 거야.

나는 그냥 아하핫 웃다가 레일리에게 눈치를 주며 에슈마르크 대공의 제안을 받아들였다.

황제에게 여러모로 후원을 받고 있다고는 해도 유리 옐레체니카는 뒷배경이나 혈육조차 없는 명예 백작이었고, 에슈마르크 대공으로 말할 것 같으면 황제와는 소원한 사이여도 대공인 데다 황실 종친이었다. 더구나 이 나라의 외교업과 무역업 전반을 책임지고 있는 거물이다. 제안을 거절할 마땅한 이유도 없고, 대공의 제안은 합당했으며, 거절할 수 있는 위치도 아니었다.

"뷔올의 여인이라면 누구나 각하를 동경하고 있지요. 영광스럽고 기쁜 일입니다."

"내가 보낸 연서는 받았을까, 그대."

"예?"

웬 연서란 말인가. 눈을 댕그랗게 뜨고 그를 올려다보다가 아차 싶어서 레일리를 바라봤다. 이 자식이 감히 주인한테 오는 편지를 중간에서 채 갔단 말인가? 그러나 레일리는 뻔뻔하고 당당한 얼굴로 빙그레 미소를 지어 보였다.

"외람되나 배송상의 실수가 있었던 모양입니다. 저택의 우편 업무는 제가 총괄하고 있습니다만 최근에 저택에 도착한 편지 중에서는 각하의 인장이 찍힌 편지를 확인하지 못했습니다."

"그래? 그거 아쉽군."

레일리의 말을 들은 에슈마르크 대공은 눈을 가늘게 떴다가 부드럽게 웃으며 다정하게 대꾸했다.

"이야기는 차차 나누면 되겠지. 들어갈까, 백작."

잠시 미심쩍은 눈으로 에슈마르크 대공을 바라보았지만, 그런다고 해서 별달리 방도가 생기는 것은 아니었다.

나는 결국 그의 팔을 붙들고 성큼성큼 걸어 파티장 안으로 들어섰다. 에슈마르크 대공과 옐레체니카 백작이 입장한다는 소식이 우리보다 앞서 파티장 안에 떨어진 탓에, 문이 열리고 파티장에 들어선 순간부터 우리는 이목의 중심에 서야 했다.

사방이 쥐죽은 듯 고요했다. 원래 파티장이라는 게 이렇게 조용한 곳은 아닐 텐데, 역시 아무리 생각해도 환장할 일이었다.

황제의 측근 중 한 명인 대발명가 유리 옐레체니카가 황제의 이복동생이자 종친으로 인정받지 못한 거물 황족 에슈마르크 대공의 파트너로 후작가의 파티에 참석했다. 대체 이 사태를 뭐라고들 해석할지 벌써부터 머리가 아파 왔다.

"두 분이 함께 등장하시다니, 놀랐습니다."

가장 먼저 말을 건 사람은 파티의 주인인 마리벨 후작이었다. 그는 우리를 보자마자 영 복잡한 표정을 짓더니, 인사를 마치자마자 조심스럽게 운을 뗐다.

"혹시……."

이것 보세요, 뷔올 최고의 플레이보이 알렉시스 에슈마르크의 이번 애인은 내가 아닙니다. 나는 그의 표정을 보자마자 뒤에 이어질 질문의 내용을 즉시 파악했다.

그래서 아까부터 진위를 가리기 힘든 발언만 하고 있는 에슈마르크 대공이 스캔들을 퍼트리기 전에 내가 먼저 해명을 하려고 인사부터 건네는데, 대공은 이번엔 뜻밖에도 담백한 태도로 앞장서 대답했다.

"회담이 끝나고 급히 오느라 파트너를 구하지 못해서, 바깥에서 마침 백작을 만나 부탁하게 되었소. 최근 후작가에는 축하할 일이 연신 생기니 이 또한 경사로군. 앞으로도 무탈하게 뷔올을 지켜 주면 좋겠어."

다정하게 시선을 깔며 축하 인사를 건넨 대공의 뒤를 이어 나도 마리벨 후작에게 예순 번째 생일을 축하하는 말을 건넸다. 후작은 대공이 굳이 회담이 끝나기가 무섭게 시간을 내서 파티에 방문해 주었다는 사실에 상당히 만족한 눈치였다.

더구나 대공이 데려왔던 보좌와 그 뒤에 있던 바위반인이 내려놓은 것은 황제의 선물이었다. 직접 찾아오지는 못했으나 축하의 마음을 전하기는 해야 하니, 그나마 혈육인 대공의 손에 들려 보낸 하사품들이었다.

늦게 와서 미안하다는 대공의 말에 마리벨 후작은 대번에 괜찮다고 대꾸했고, 나도 건강상의 이유로 늦게 참석할 것 같다고 미리 양해를 구해 두기는 했으나 역시 죄송하다며 재차 사과하자 오히려 내 건강을 걱정해 주었다.

그런데 마리벨 후작의 인사가 끝나고, 호시탐탐 우리를 노리던 다른 귀족들이 다가오기 위해 눈치를 살피는 순간, 돌연 알렉시스 에슈마르크가 내 손을 부드럽게 잡아끌었다. 나는 얼떨결에 그에게 끌려 파티장의 중앙으로 향했다. 당황해서 고개를 들자 그가 다정하게 설명했다.

"늦게 찾아와 흥을 꺼트렸으니 우리가 책임지고 재시작을 알려야겠지. 안 그런가."

"여부가 있겠습니까. 단지 제가 기억을 잃은 후 여러 교양을 급하게 다시 익힌 탓에 각하께 불편을 드릴까 염려됩니다."

"이런, 무의미한 걱정을 하는군. 그런 걱정은."

내 손을 잡아끌어 단숨에 중앙으로 데려간 에슈마르크 대공이 나를 품에 안듯이 댄스 준비를 하며 온화한 미소를 지어 보였다. 화사한 백금 발 아래로 보랏빛 눈동자가 자수정처럼 반짝였다.

"숙련자의 앞에선 별 의미가 없지."

결국 그를 난처하게 바라보던 나는 알겠다는 대답을 돌려줘야 했다. 사실 답은 정해져 있고, 나는 알렉시스 에슈마르크가 원하는 대답을 꺼낼 수밖에 없는 상황이었다. 젠장맞을 일이 아닐 수 없었다.

우리의 난입으로 인해 잠시 춤을 멈췄던 사람들이 다시 음악에 맞춰 서서히 움직이기 시작했다. 사실상 파티는 일찌감치 시작되어 있었기 때문에, 우리가 이제 와서 춤을 춘다 해서 다른 사람들이 굳이 물러나 줄 이유는 없었다. 나는 결국 그들의 가운데에 서서 알렉시스 에슈마르크와 춤을 추기 시작했다.

그저 파티장의 중앙에서 보란 듯이 내 허리를 휘어잡은 알렉시스 에슈마르크의 뭔지 모를 시선이 부담스러웠고, 사방에서 아닌 척 자신의 일들을 계속하면서도 흘끔흘끔 우리를 살펴보는 귀족들도 거슬렸다. 그 와중에 유리 엘레체니카의 몸은 여전히 못하는 것이 없었다. 춤은 완벽하게 흘러가고 있었다. 더구나 알렉시스 에슈마르크는 본인 입으로 말한 그대로, 대단한 숙련자였다.

"말과 달리 댄스는 능숙한데 그대의 표정이 안 좋은걸. 불편한 곳이라도 있나."

응, 네 존재.

"괜찮습니다. 걱정해 주셔서 감사합니다."

뷔올의 명망 높은 레이디답게 조신하게 대답해 보았는데 알렉시스 에슈마르크가 수상하다는 듯 희미한 감탄사를 뱉으며 눈을 휘었다. 능청스러운 태도이기는 했으나 가장한 표정은 아니었다. 그저 일반적으로 귀족들이 사용하는 표현 그대로, 빨리 제대로 이야기를 해 보라는 독촉이었다. 나는 어색하게 웃으며 변명을 했다.

"그, 다른 분들의 시선이 조금 부담스럽네요. 회복한 후로는 저택 안에서만 지내다가 살롱을 두 군데 다녀 본 것이 전부라서."

"정말?"

"정말 그게 전부입니다. 몸은 괜찮습니다."

"내가 물은 건 그 질문이 아닌데 말이야, '유리'."

다시 직위명이 아닌 이름으로 나를 부르며 박자에 맞춰 뱅그르르 휘돈 알렉시스 에슈마르크가 유순한 눈매를 내리깔았다. 나긋나긋한 태도로 부드럽게 고개를 숙인 그가 내 뺨 바로 옆에서 조용히 속삭였다.

"정말로 기억을 잃었나."

그러더니 맞잡은 손가락 끝으로 내 손을 문지르듯 감아쥐고는, 얼핏 서늘하고 비정하게까지 들리는 태도로 뇌까리는 것이었다. 낮고 고요한 목소리였다.

"아니면 그대, 그저 나와의 모든 인연과 진실로부터 도망치고 싶어서 그러는 걸까."

"네에에?"

나도 모르게 얼빠진 소리를 뱉었다가 다시 그의 손안에서 자연스럽게 휘둘리며 거리가 멀어졌다. 내 얼굴 바로 옆까지 고개를 숙이며 질척한 댄스를 취했던 사람과는 영 다른 사람처럼, 그는 태연한 낯으로 어깨를 세우고 스텝을 옮기기 시작했다.

"하기야, '그' 유리 옐레체니카가 도망을 쳤을 리는 없겠지."

그가 가뿐한 태도로 말을 번복했다. 나는 멍청히 춤을 이어 추며 그를 바라보다가 두서없이 말을 꺼냈다.

"어, 그러니까……."

이건 또 뭔 개소리야. 아니, 데드 플래그인가. 아니 아니, 로맨스 플래그로 봐야 하나? 아니 아니 아니, 일단 내 세계관이고 이런 얼굴을 지닌 인간 쓰레기 유력 후보자인데 그럴 리가 있냐. 일단 데드 플래그로 생각하자.

하지만 그렇다고 해서 수상쩍은 발언을 한 당사자에게 데드 플래그인지를 물을 수는 없으니 로맨스 플래그인지 아닌지를 먼저 묻기로 결정했다.

"제가 각하와 뭔가……. 깊은 관계였나요?"

목소리를 낮추고 짐짓 진지하게 묻는데, 별안간 알렉시스 에슈마르크가 소리 죽여 웃음을 터뜨렸다. 우리 곁에서 귀를 쫑긋 세우고 대화를 엿들으려 하던 사람들의 시선이 대번에 쏟아졌다.

어깨를 잘게 떨며 여전히 웃던 그가 조금 누그러진 태도로 달콤한 표정을 지어 보였다. 알렉시스 에슈마르크의 손이 다정한 태도로 내 손을 고쳐 쥐었다.

"이런, 적어도 지금까지의 당신과는 다른 사람으로 봐야겠군."

"제가……. 제가 이상한 발언을 했나 보군요. 잊어 주시면 좋겠습니다. 죄송합니다."

"아니, 아니야. 신경 쓰지 말게. 그것도 나름대로 좋을 테지."

제엔장. 물론 나도 로맨스 플래그만은 아닐 거라고 생각하며 물었지만, 아무리 그래도 그렇지, 사람 민망하게 그렇게까지 웃어 버릴 일이란 말이냐?

일단 개소리를 한 것은 사실이니 사죄부터 하는데 에슈마르크 대공은 왠지 모를 기분 좋은 낯으로 산뜻하게 대꾸했다. 한 곡이 끝나 가고 있었다.

"천천히 떠올리게. 내가 슬퍼질 테니 그래도 아주 잊지는 말고."

상냥하게 속삭인 알렉시스 에슈마르크가 특유의 꿀이 떨어질 것 같은 눈빛과 표정으로 달콤하게 말했다.

"다음에 만날 땐 이전처럼 이름으로 불러 주면 기쁠 것이다."

아주 의미심장한 발언이었다. 그러나 내가 뭔가를 더 묻기에 앞서 곡이 끝났고, 에슈마르크 대공은 생긋 웃으며 고개를 숙여 내 이마에 가볍게 키스하더니 나를 놓아줬다. 주변이 단숨에 술렁였지만 그저 그뿐이었다. 그 이상의 접촉은 하지 않고, 말 그대로 입장용 파트너로서의 업무가 끝나자마자 그는 즉시 양해를 구하고 몸을 뺐다.

나는 알렉시스 에슈마르크에게서 풀려나자마자 당장에 레일리에게 끌려가 부채를 돌려받았고, 인상을 찡그리며 알렉시스 에슈마르크의 등 뒤를 시선으로 좇다가 결국 혀를 찼다. 도통 알 수가 없었다.

요컨대……. 설마 정말로 저쪽도 뷔올 최대의 사랑을 하고 있는 건가. 쓰레기지만.

세레나의 서브 남주여야 할 작자가 왜 유리 옐레체니카에게 저런 플러팅을 하고 있는지는 몰라도, 어쩌면 이건 플레이보이가 한 여자에게 정착하는 과정을 다루는 로맨틱 레볼루션인지도 모른다는 생각이 아주 잠깐 머릿속을 스쳤다. 딱히 신빙성은 없었지만 이 세계관의 장르적 특성상 자연스럽게 그쪽 가능성이 가장 먼저 떠오른 것이다.

놀랍게도 이 글 《세레나의 티타임》의 장르는 정말로 로맨스가 맞았단 말인가? 아, 만일 그게 사실이라면 정말이지 놀랍고도 희귀한 일이군. 나는 그만 스스로 감탄하고 말았다.

나름대로 복잡한 심경으로 열심히 고민하고 있는데, 그동안 묘한 낯으로 나를 바라보기만 하던 레일리가 갑자기 나를 끌고 휴게실로 향했다. 공식적인 이유는 화장과 머리 장식을 정돈하겠다는 것이었지만, 정작 휴게실에 들어선 레일리는 화장과 머리 장식에는 전혀 관심이 없는 듯한 태도로 팔짱을 끼더니, 내 앞에 버티고 서서 못마땅한 얼굴로 나를 깔아보기만 했다. 나는 뒤늦게 그 시선을 의식하고 정신을 차렸다.

"뭐, 뭐야?"

나를 힐난하듯 바라보는 레일리의 표정을 흘긋 확인하며 그 이유를 추론해 보았지만, 아무리 생각해 봐도 난데없는 일이었다. 눈을 댕그랗게 뜨고 그의 시선을 당당히 받아치자, 레일리가 기다렸다는 듯이 질문했다.

"그와 안면이 있습니까?"

"누구? 에슈마르크 대공 각하? 내가 알겠냐. 나보다야 네가 잘 알겠지."

통명스럽게 대꾸하자 잠깐 눈썹을 휙 꺾었던 레일리가 묵묵히 생각에 잠겼다. 알렉시스 에슈마르크의 갑작스러운 태도 변화의 이유를 나름대로 추론해 보려는 듯했다. 아마도 그 문제를 묻기 위해 자리를 옮긴 것 같았기 때문에, 나는 레일리가 고민하는 사이 그에게서 거울을 받아 스스로 화장을 정돈했다.

작업을 마무리해서 다시 거울을 돌려줄 때쯤, 아까 들었던 이야기가 문득 떠올랐다.

"그러고 보니 너 편지 어떻게 했어? 남의 편지에 왜 손은 대고 난리야. 편지 내용은 어떤데?"

"읽기 전에 타 버렸습니다. 타인의 손을 거치는 순간 불길에 사로잡히는 구조인 것 같더군요. 대공이 무슨 말을 한 겁니까? 제게 거짓을 말할 생각은 추호도 하지 마십시오. 그리고 마지막에는 갑자기 왜……."

그러나 나는 레일리의 말을 뚝 잘라 내고 대뜸 물었다.

"야, 유리한테 애인 없었지? 확실하지?"

"구속구 하나도 혼자 못 채워서 다른 이의 손을 타게 하더니 갑자기 파트너를 바꿔 버리고 하시는 말씀이라기엔 상당한 개소리시군요, 마스터."

"너 설마 화났냐? 짜식, 예민하긴. 왜 삐치고 그래. 나도 너랑 파트너로 들어오고 싶긴 했는데, 그럴 수밖에 없는 상황인 거 봤잖아. 서운했어도 네가 알아서 풀어라."

"설마 제가 그러겠습니까. 사람을 뭐로 보십니까."

"방금 전에 대놓고 개소리라고 했잖아, 인마……."

"단어 좀 검열하십시오. 누가 들을까 무섭군요. 제 주인의 방종함을 동네방네 소문내지 않으셨으면 좋겠습니다."

자기나 잘 것이지 또 나한테 시비로군. 나는 다시 자애로운 얼굴이 되어 자애로운 마음을 품어 보기로 결심하고, 한동안 레일리를 바라보다가 부드럽게 대답했다.

"그래요, 레일리. 기억을 잃기 전의 제게 연인은 없었던 게 맞나요?"

내 유창한 유리 옐레체니카 성대모사를 듣더니 레일리가 대번에 못마땅한 낯이 되어 싱글벙글 웃기 시작했다. 유리처럼 잘 행동했는데 왜 또 불만인지는 모를 일이었다.

"물론입니다, 마스터. 실험실에만 틀어박혀 계시는 날이 많았으니 연인을 만나 볼 시간도 없으셨지요."

"역시 그렇군요. 제가 궁금했던 건 그게 다랍니다. 그럼 이제 화장도 다 고쳤으니 다시 파티장으로 돌아가지요."

우아하게 대답한 뒤 마지막으로 그의 면전에 가운뎃손가락을 쑥 들어 올려 주고 나서야 후련해졌다. 나는 즉시 돌아서서 휴게실을 나가려 했다. 그런데 여태 나를 물끄러미 바라보기만 하던 레일리가 한숨을 푹 내쉬더니 팔짱을 풀고, 내게 한 걸음 성큼 다가와 턱을 우악스럽게 잡아 올렸다. 그리고 반대쪽 손으로 내 미간과 관자놀이를 꾹꾹 문지르기 시작했다. 나는 눈을 세모꼴로 떴다가 턱이 잡혀 붕어처럼 뻐끔대며 불만을 토해 냈다.

"아, 새꺄, 또 뭐야."

"유리 님의 몸으로 인상 쓰지 마십시오. 제가 어떻게 관리하는 피부인데. 주름 생깁니다."

"아, 네. 거참 죄에송하게 됐네요."

"상스러운 말투도 안 됩니다."

"이 새끼가 누구보고 상스럽대?"

"누구겠습니까? 마스터와 저뿐인 이 장소에서 제가 그런 말을 한다면, 당연히 마스터의 이야기가 아닐는지요?"

"닥쳐."

더는 대화를 나눌 가치가 없어 보여서 짜증스레 그의 손을 털어 내고 휙휙 걸어 대차게 문을 열어젖혔다. 그런데 그 순간, 막 휴게실로 들어오려던 솔데인 마이어와 딱 마주치고 말았다. 아니, 이 작자도 파티에 와 있었단 말인가? 눈을 댕그랗게 뜨고 그를 올려다보다가 치마를 잡고 먼저 인사를 건넸다.

"마이어 후작님, 오랜만에 뵙습니다."

"아."

왜인지 얼이 나가 있던 마이어 후작은 내 인사를 받고야 정신을 차린 듯했다. 그가 무뚝뚝한 얼굴로 한 손을 가슴팍에 대며 뒤늦게 인사했다.

"이전보다 안색이 좋아 보여 다행이오, 백작. 쥬덴 부인의 살롱에서 계속 창백해 보이기에 걱정을 많이 했소."

"아하핫, 많이 좋아졌어요. 원래 비를 맞으면 종종 그런다더라고요. 기억을 잃어서 저만 모르고 있었나 봐요."

유쾌하게 말해 주다가 멀뚱히 나를 바라보는 마이어 후작의 시선과 마주치고야 아, 좆 됐구나 하는 깨달음을 얻었다. 나는 즉시 침착하게 얌전한 자세를 되찾았고, 방금과 전혀 다른 태도로 살짝 웃어 보이며 다시 말했다.

"걱정해 주셔서 감사합니다."

그런데 여전히 나를 멀뚱히 바라보고 있던 마이어 후작이 인상을 찡그리듯 희미하게 웃더니 금세 헛기침을 하며 흘긋 시선을 돌리고 표정을 갈무리했다.

"편한 대로 행동하셔도 좋소. 이미 다 봤으니까. 정말 소문과는 다른 사람이군."

"하핫……. 그, 제가 뷔올의 예의에 아직 다시 익숙해지질 못해서. 늘 실례가 많습니다."

"아니, 괜찮소. 예전의 백작은 다가오는 사람에게 선을 긋는 듯 웃던 사람이니까. 오히려 당신에게 신뢰나 정을 주기는 어려웠지. 이제 보니 이전의 신중하고 조심스럽던 태도나 말씨도 당신이 낯선 타지에서 스스로 방어하기 위해 취한 방식이었을지도 모른다고 생각하오."

뷔올의 기사 계급이 공식 석상에서 주로 착용하는 코트 형식의 검은 정복에 푸른 장식, 은색 가검을 차고 있던 솔데인 마이어가 어깨를 부드럽게 기울이며 손을 내밀었다. 다시 희미하게 웃는 낮이었다.

"어쨌든 나는 지금의 당신에게 더 마음이 끌리는군. 마땅히 친교를 쌓지는 못한 관계에 갑작스러우나, 내가 당신에게 춤을 한 곡 청해도 실례가 아니라면 좋겠소."

나는 댕그랗게 눈을 뜨고 그의 손을 바라보다가 뒤늦게 으악 했다.

방금 그거 과묵한 남자 솔데인 마이어 나름의 최선을 다한 플러팅이었지? 그렇다! 아무리 곰곰이 곱씹고 다시 생각해도 당신의 솔직한 모습에서 호감을 느꼈고 여러모로 마음이 있다는 직선적인 의사가 함유된 총체적 수작질이었다!

세상에나 마상에나, ≪세레나의 티타임≫은 정말로 로맨스일지도 모른다. 정말이지 놀랄 노 자였다.

문제는 이 남자도 세레나의 서드 남주라는 점이다. 지금 대체 내 시나리오는 어떻게 흘러가 버리고 있는 건가. 세레나의 사랑은 이대로도 멀쩡할 것인가. 물론 이 세계에 주어졌던 얼마 없는 올바른 인성을 열심히 몰아준 황태자가 그녀의 메인 남주인 만큼, 서브 남주와 서드 남주가 뭔 짓을 하고 있든지 스토리에는 별 지장이 없을지도 모른다.

한동안 작가로서의 혼란에 사로잡혀 멍청히 그의 손만 바라보다가, 뒤늦게 정신을 차렸다.

"아, 넵."

"마스터."

뒤에서 상황을 지켜보던 레일리가 힐난하듯 나를 불렀고, 이내 쑥 손을 뻗어 내 손에 들려 있던 부채를 뺏어 갔다. 어쩐지 기분이 나쁜 듯했다.

아니나 다를까 슬쩍 고개를 돌려 보자, 부드럽게 생글생글 웃는 얼굴이 바로 등 뒤에 다가와 있었다. 몹시도 심기 불편한 표정이었다. 레일리의 눈치를 살핀 나는 잽싸게 태도를 변경한 후, 치맛자락을 살포시 들어 올리며 단정하게 다시 대꾸했다.

"기꺼이 함께하겠습니다."

그리고 솔데인 마이어의 손 위에 내 손을 올려 두었다. 손을 맞잡고 나자마자 춤을 추기 위해 파티장의 중앙으로 함께 걸어가며 짧게나마 이런저런 얘기를 했다.

"대공 각하와는?"

"원래 제가 대공 각하와 아는 사이였나요?"

"나는 그런 얘기를 들어 본 일은 없소만. 내게 묻기보다는……."

"레일리도 모른대서요. 그럼 아마도 제게 장난을 치신 모양이에요. 짓궂으신 부분이 있으신가 봐요."

"아아……. 그런 분이시긴 하지."

솔데인 마이어도 알 만하다는 표정을 지었다. 과연 알 만했다.

주변에 귀족들이 많은 곳으로 다가가면서부터는 알렉시스 에슈마르크의 이야기가 아닌 다른 이야기를 했다. 일전에 내가 비를 맞고 기절했다가 깨어나, 레일리가 나를 데리러 올 때까지 떠들었던 것처럼 별 쓸모는 없는 이야기들 말이다.

기억을 되찾은 후 처음으로 탔던 비공정이 남긴 컬처 쇼크, 솔데인 마이어가 처음으로 빈민가에 나갔다가 발견한 참상, 그가 때때로 시간이 날 때마다 진행하고 있다는 여러 봉사 활동들에 대한 이야기와, 그리고 나의 사교계 진출이 대화의 주된 화제였다.

"정말로 그……."

잠깐 머뭇거렸던 솔데인 마이어가 미간에 주름을 잡으며 내 허리 위에 손을 얹었다. 춤을 출 준비였다. 아까는 알렉시스 에슈마르크와 춤을 추더니 이번엔 솔데인 마이어였다. 이 나라의 제일가는 천재 마법사에 뒤이어 젊은 소드 마스터라니, 당연히 주변으로부터 쏟아지는 시선도 무시무시했다.

"그런 이유에서 나온 건가."

나에게 하는 질문이라기보다는 스스로 묻듯 애매하게 말을 끊어낸 질문이었다. 나는 의아함에 고개를 기울이다가 아, 하고 뒤늦게 감탄사를 뱉었다.

그놈의 신랑감. 시발.

어떻게든 이 문제를 해명하고 싶은 마음에 다급히 입을 열었다가, 사방의 시선을 의식해 부드럽게 말투를 바꿔 조용히 대꾸했다.

"겸사겸사 꺼낸 말이지요. 아무래도 마음이 불안해지면 의존할 사람을 찾는 모양입니다. 하지만 첫 번째 목적은 기억을 찾는 일에 있고, 아직까지는 방도가 여의치 않아 곤란하네요."

"그렇군."

그 후 두어 번 입술을 달싹이던 솔데인 마이어가 다시 굳게 입을 닫았다. 뭔가를 말하려다가 마는 듯한 태도였다. 짐작건대 이 자리에서 꺼내기 애매한 화제거나, 혹은 내게 꺼내기 애매한 화제일 것이다. 어느 쪽이든 궁금했다.

지금 상세히 캐물어 봐도 될까?

눈을 가늘게 뜨며 상황을 가늠해 보았지만, 결국 일단은 꼬치꼬치 캐묻지 않고 패스해 줘야겠다는 판단을 했다. 주변의 시선도 신경이 쓰이는 데다, 아직 나도 달리 파악한 정보가 없어서 함부로 그를 떠보기도 꺼려졌다. 그렇게까지 친해지지도 못했고, 마이어 후작으로 하여금 괜히 나를 경계하게 만들면 여러모로 곤란해진다.

"후작님께서 그런 소문을 들으셨다니 부끄러운 일입니다. 소소하게 떠들다가 나온 얘기이니 잊어 주세요."

"내가 괜한 이야기를 꺼낸 것 같소."

"아뇨, 괜찮습니다. 신경을 써 주셔서 기쁜 일이에요."

"사실 당신이 갑자기 뷔올의 사교계에 나서겠다고 했을 때는 당황했지. 이유를 듣고 더더욱 기이하게 여겼어. 솔직하게 말하자면, 옐레체니카 백작은 내 안에서는 어딘지 완전무결한 인물이라, 실험에 실패하는 경우도 있다니 의외였소."

"아."

사실 자타공인 유리 옐레체니카의 오른팔인 레일리퍼셜, 유리 옐레체니카도 종종 실패를 하는 인간이었다지만 말이다. 성공한 발명품만 저택 바깥으로 나오고, 그 빈도가 워낙에 잦다 보니 남들이 보기에는 유리 옐레체니카가 완전무결한 인사처럼 느껴진 모양이었다.

뭐라고 대답하기가 애매해서 그냥 멋쩍은 겸양의 표현으로 하핫 웃어 버릴까 했다가, 주변의 시선을 의식해서 재빨리 표정을 갈무리했다. 대신 가까스로 입가만 끌어 올리고 차분하고도 침착한 태도로 대답해 보았다.

"저도 사람인데 어떻게 그럴까요. 사실 집사에게 이전의 저에 대해 물어보니, 본래도 실험에 실패하는 경우가 적지는 않았다고 하더군요. 폭발이 일어난 적도 처음이 아니라는 것 같았어요. 그저 매일같이 무수히 떠오르는 새로운 생각이 많아, 이것저것 시도하다 보니 내놓는 결과물도 적지 않은 편이랍니다. 초라하나마 마이어 후작님의 귀에까지 흘러간 발명품들이 운 좋게도 많았던 모양입니다."

"겸손이 과하군. 당신은 기억을 못 할지도 모르나, 옐레체니카 백작의 발명품이라 하면 늘 우리가 상상치도 못한 획기적이고 대단한 물건들밖에 없었소. 무엇이든 생각만 하면 현실로 만들어 낼 수 있는 사람이라 여겼지. 당신의 사고에는 물론 유감을 느끼고, 앞으로도 늘 성공적인 실험을 이루기를 바라고 있지만, 개인적으로는 인간적인 면모를 볼 수 있는 기회도 되었다고 생각하고 있소. 부상이나 후유증만 없었다면 좋았을 텐데.

건강도 빨리 회복할 수 있으면 좋겠군."

거기까지 말한 솔데인 마이어가 아차 한 표정을 지었다. 그가 황급히 말을 덧붙였다.

"아, 이런. 당신의 사고가 잘되었다는 것은 아니오. 그저 내가 느끼기에……. 복잡하군. 내가 경솔했어. 불쾌한 말이 되지 않았다면 좋겠소."

"어떤 말씀을 하시려는지 이해했습니다. 지금은 기억을 잃은지라 보시기에 많이 부족할 텐데도 좋게 여겨 주셔서 감사합니다."

마이어 후작이 희미하게 웃는 낯으로 대꾸했다.

"모쪼록 응원하고 있소. 도움이 필요하면 언제든지 말해 주시오. 백작을 도울 수 있다면 나도 정말로 기쁠 거요."

"저야말로 격려의 말씀 감사합니다."

그리고 이번엔 마이어 후작의 두 형님 이야기를 듣기 시작했고, 얼마 지나지 않아 곡 하나가 끊어졌다. 이야기가 한창 진행되던 도중이었다. 어정쩡하게 나를 붙잡고 있던 마이어 후작은 고민하듯 신음을 뱉었고, 급기야 한 곡 더 추지 않겠느냐고 제안했다. 나는 흔쾌히 그의 제안을 받아들였다.

우리는 한 바퀴 더 파티장 안을 맴돌며 대화를 나누기 시작했다.

* * *

결국 나는 솔데인과 세 곡이 지나도록 춤을 추다가 뒤늦게 손을 놓고 헤어졌다. 나중에 기회가 되면 본인이 봉사 활동을 할 때 함께하지 않겠느냐는 제안까지 들었다.

본래 유리 옐레체니카가 빈민가와 서민가를 거리낌 없이 돌아다니는 인물이었으니 그의 제안에 응하는 편이 자연스러울 것 같기도 했고, 나도 개인적으로 그런 일을 꺼리는 편은 아니었다. 더구나 솔데인 마이어라 함은 뷔올의 경찰총장과 비슷한 일을 하고 있는 작자가 아닌가. 친하게 지내서 나쁠 것도 없었다. 이래저래 괜찮은 일 같아서 흔쾌히 그의 제의를 받아들였다.

춤을 과하게 춘 탓인지 좀 열이 올랐다. 열이 나는 건지, 혈액 순환이 활발해진 탓인지는 알 수 없었지만 아무튼 슬슬 진정을 할 필요가 있어 보였다.

인사를 건네는 다른 귀족들에게 적당히 대답을 해 주며 레일리를 찾다가 결국 혼자서 테라스로 나갔다. 서늘한 공기가 뺨을 스치고야 조금 살 만해졌다. 테라스의 난간에 팔을 세워 턱을 괴고 구부정하게 서서 몇 번이고 숨을 들이마셨다가 뱉어 내기를 반복했다.

아네신트라 언덕 위에서는 현대 사회에서 상상하기 힘든 맑은 공기를 마실 수 있었는데, 뷔올의 대기는 현대 사회의 것과 크게 다르지 않았다. 하기야 증기를 뻑뻑 뿜어 대는 기계들이 이렇게나 많이 돌아다니는데 공기가 맑으면 이상한 일일 것이다.

마법을 이용한 정화조를 두고 있기는 하지만, 증기를 대량 뿜어내는 기관이라곤 옐레체니카 저택밖에 없는 아네신트라 언덕 위에 비하자면 이곳의 공기는 여전히 매캐한 수준이었다.

한동안 테라스에 서 있다가 슬슬 들어가기 위해 몸을 세우는데, 누군가가 달각 소리를 내며 난간 위에 작은 쟁반을 내려 두었다. 흘긋 바라보니 소리도 없이 다가왔던 레일리가 한 팔에 걸치고 있던 외투를 내 어깨에 둘러 주었다. 그가 난간 위에 내려 둔 쟁반에는 얼음이 사각사각 씹히도록 갈린 노란 칵테일이 들어 있었다.

어깨에 외투부터 둘러 준 후 정중하게 칵테일 잔을 내민 레일리는 그 후에야 내 머리칼을 외투 바깥으로 빼며 차분히 설명했다.

"춤을 추신 후 갈증을 느끼실 것 같기에 시원한 음료를 가져오긴 했습니다만, 드레스의 소재가 얇은 편이니 얇게라도 외투를 두르시는 편이 낫습니다."

"오, 센스. 사실 아까 춤 끝나고 너 찾으려 했는데 어디에 있는지 모르겠어서 혼자 나왔어."

"제가 뷔올의 귀족들과 어울려 얻을 것이 뭐가 있겠습니까?"

냉소적인 태도로 말한 그가 내 외투의 목 부분에 달린 사슬 끈으로 앞을 여며 주었다.

"사람들이 오가지 않는 구석에 서 있었습니다."

하기야 레일리 크라하란 본래 그런 캐릭터였다. 캐릭터 프로필을 훤히 꿰고 있는 만큼 대수롭지 않게 그의 말에 수긍했고, 칵테일 잔부터 받아 냄새를 맡아 보았다. 얼핏 복숭아 향이 났다. 알코올 특유의 냄새는 나지 않았지만, 비주얼이나 잔 안쪽의 기포를 보면 아마도 알코올이 들어간 음료 같았다.

"그런데 나 술 마셔도 돼?"

"과하게 드시지만 않으면 괜찮습니다. 혹시 몰라 지양하고 있기는 하지만 기본적으로 주량은 상당하시다고 알고 있고, 취한 모습을 본 적도 없습니다. 본래 연구가 성공한 날이면 가끔은 와인을 한두 잔 하시는 편이었고 말이지요."

그렇다면야 사양할 이유가 없었다. 본래 나는 술을 좋아하는 편이었다. 주량과는 별개로 말이다. 유리 옐레체니카의 몸에 빙의해 버린 이후, 나름대로 장수를 위해 알코올은 삼가고 있었는데 주량도 강하다면 걱정할 것이 없다. 흔쾌히 잔을 들어 올려 레일리의 코앞에 짠, 하고 가볍게 시늉을 해 준 후 입가로 가져갔다.

테라스의 난간에 한 팔을 걸친 채 불량하게 몸을 기울이고 서서 칵테일을 홀짝홀짝 마시는 사이 레일리도 불성실한 태도로 내 곁에 섰다. 그는 난간에 등허리를 대고 비스듬히 서서 파티장 안을 바라보고 있었다. 서로 반대 방향을 바라보며 얼굴 한 번 마주하지 않은 채, 그가 지나가는 말투로 질문을 던졌다.

"마이어 후작과는 어떤 대화를 나누셨습니까?"

"딱히 떠들 만한 특별한 얘기는 없었는데."

칵테일 잔의 가장자리에 달린 꽃과 과일 장식들을 툭툭 쳐 낸 후 한 모금 훌쩍 마시며 대수롭지 않게 대답했는데, 돌연 레일리의 묘한 시선이 내게로 향했다. 나는 눈을 댕그랗게 뜨고 뭐가 문제냐고 눈짓을 하며 두어 모금 더 칵테일을 마셨다.

"야, 이거 맛있다. 한 잔 더 마셔도 돼?"

"곡이 세 개나 지나갈 정도로 오래도록 떠들지 않으셨습니까. 사방에서 전부 옐레체니카 백작의 의중을 추론하느라 난리더군요. 마이어 후작이 마스터께 관심이 있다는 것 같습니다."

"엥. 성가시게 됐네. 그래도 딱히 틀린 말은 아닌 것 같은데. 나도 약간 썸 타는 기분이고."

"'썸' 말씀이십니까?"

"'연애 이전에 적당한 호감만 있는 사이에서 상대는 어떤지 서로 간 보기 하는 느낌'이라고. 나 한 잔 더 마시면 안 되냐."

그런 쓸데없는 이야기보다는 내게 필요한 부분에 선택과 집중을 발휘해 다시 묻자 레일리가 한숨을 내쉬었다. 그가 자신의 몫으로 들고 왔던 분홍색 칵테일 잔을 내 앞으로 내밀었다. 아직 입도 대지 않은 새 잔이었다.

"넌 안 마셔?"

"딱히 음주에 취미는 없습니다. 톡 쏘는 느낌을 좋아하는 편도 아니고 말이지요."

"그래도 두 잔 가져왔던 건 마시려 했다는 거잖아."

"제가 한 잔만 가져가면 수상쩍게 바라보는 인간들이 한둘이 아니라서 가져온 겁니다. 그건 자두입니다. 달콤한 향이 나는 것을 보니 아무래도 좋아하실 것 같아서 맛을 다르게 챙겨 왔습니다."

"그럼 사양 않고 이것도 내 거."

내가 태연히 자두 칵테일까지 챙기자 레일리가 한숨을 푹 뱉으며 한 손을 불쑥 들어 내 머리 위에 얹고 쑤석쑤석 흩어 놓았다. 다른 손은 주머니에 찔러 넣은 채 감히 주인의 머리에 손을 얹다니, 따질 것 없이 몹시 불량한 태도였다.

이 자식이 또 주인님께 버릇없이. 눈을 세모꼴로 뜨며 일단 자두 칵테일 위의 과일부터 집어서 입 안 가득 밀어 넣고 우물우물 씹어 먹는데, 그런 나를 확인한 레일리가 더더욱 깊은 한숨을 뱉어 냈다.

"이게 틈만 나면 사람을 애 취급하고."

"주인을 돌보는 것이 집사의 소임이기는 합니다만, 마스터께서는 아무리 생각해도 과하게 방종하십니다."

"아, 사람이 그럴 수도 있지."

귀족이 없는 세계에서 살다 온 인간한테 너무 많은 걸 바라는 게 아니냐 이 말이다.

나로서는 불만이 많았지만 레일리가 알지도 못하고 알아서도 안 될 부분에 대한 이야기이도 했고, 어쨌든 현대 사회에서 글이나 좀 쓰던 평범한 대학생인 내가 실제로 스물여섯의 명망 높은 대발명가 겸 숨만 쉬어도 우아하다는 고명한 고위 귀족다운 처신을 못 하고 있는 것도 사실이기는 했다. 그래서 그 문제를 두고 괜히 재차 불만을 토로하기보다는 앞선 이야기를 마저 이어 가기 시작했다.

"아무튼 마이어 후작은 실제로도 작업을 거는 것처럼 굴던데. 그 융통성 없는 태도로 데이트까지 제안했고 말이야."

"'데이트' 말씀이십니까?"

잘못 들었다는 듯 반문하기에 눈을 댕그랗게 떴다가 차근차근 설명해 주었다.

"아, 그러니까……. '서로 호감이 있는 남녀가 함께 시간을 보낸다'는 의미에서 사용하는 '데이트' 말이야."

"단어를 설명하지 않으셔도 압니다."

난 또 '썸'처럼 모르는 단어라 묻는 줄 알았지.

태연히 복숭아 칵테일을 원샷한 후 자두 칵테일을 제대로 잡아 드는데 레일리가 미간을 좁혔다. 그는 즉시 내 손에서 칵테일 잔을 뺏어 가더니 다짜고짜 케이크 한 조각을 대신 밀어 넣었다. 언제나 그랬듯 우악스럽게 쑤셔 넣는 식이었다.

"맛은 달콤해도 도수는 낮지 않습니다. 천천히 드십시오."

아차, 원래 술 마시던 버릇이. 일단은 크지 않게 잘려 있던 케이크부터 씹어 삼키는데 레일리가 뒤늦게 다시 질문했다.

"마이어 후작이 마스터께 데이트를 신청했단 말입니까?"

"자원봉사 같이 가자는 얘기였지만, 뭐."

"마스터는 마음이 있으십니까?"

"글쎄. 가깝게 지내 둬서 나쁠 거라고 생각하지는 않아. 최근에 뷔올에 수상한 사건도 일어난 모양인데, 어쩌면 유리가 사라진 것도 그 일과 관련이 있는지도 모르고 말이야."

현실의 남친은 과묵하고 착하며 다정한 인간이 좋지만, 솔데인 마이어는 말하자면 2D가 아닌가? 아니, 글이니까 1D라고 해야 하나. 귀찮으니 그냥 2D라고 하자.

아무튼 2D든 무엇이든 그만한 미남과 이래저래 떠들고 썸을 타는 기분은 나쁘지 않았지만 어디까지나 그뿐이었다. 다시 자두 칵테일이나 홀짝거리며 난간 위에 턱을 괴었다.

"그리고 개인적으로는 알렉시스 에슈마르크가 수상해. 뭔가를 등에 업지 않는 이상 함부로 조사하기 힘든 상대라고."

"새삼스러운 말씀을 하시는군요. 미리 말씀드리자면, 마스터와 그 사이에는 정말로 어떤 교류도 없었습니다."

"그런 것도 있고."

얼굴이 너무 쓰레기상이라. 나는 곰곰이 생각하며 시선을 굴렸다가 레일리를 제대로 바라봤다. 내 곁에 서서 파티장 안을 살피던 레일리가 흘긋 눈을 깔고 나를 마주 바라봤다. 더 필요한 게 있기라도 한지 묻는 눈짓이었다.

생긴 것이 쓰레기상인 것으로는 김레일리도 마찬가지로 심각한 편이지만, 나는 알렉시스 에슈마르크의 얼굴을 보자마자 확신하고 만 것이다.

레일리 크라하는 몇몇 초반부의 설정만으로도 애정 캐릭터의 반열에 자리매김한 '박살 난 인생'의 소유자지만, 끝까지 스토리를 짰다면 분명 내 최애캐는 알렉시스 에슈마르크였을 것이다. 그리고 내 최애캐라는 것은 무엇을 의미하느냐?

물론 인품을 말아먹었음을 의미한다.

"일단 얼굴이 너무 내 취향이야."

진지하게 대답했건만, 내 대답을 들은 레일리는 사람을 더없이 같잖게 보는 듯한 눈으로 싱긋 웃어 보였다. 그러더니 손을 들어 내 머리 위에 얹고 손끝을 꽉꽉 조이며 내 두피를 지압하기 시작했다. 나는 대번에 악소리를 냈다. 레일리의 손에 쥐어 잡힌 머리가 꽉꽉 눌리며 통증을 호소했다.

그렇다! 얼굴이 내 캐릭터 취향에 부합한다는 것이 무엇을 의미하느냐면, 최소 이따위 인품을 지녔다는 것을 의미한다!

"주인한테 이게 뭔 짓이야, 미친놈아!"

"이젠 때와 장소를 가리지 않고 개소리를 일삼으시는군요. 진지하게 들어 드리려 했습니다만, 무용한 일임을 깨달았습니다."

"이씨, 아프다고!"

"몸에 좋습니다."

"이 망나니가? 너야말로 개소리 마라."

결국 레일리의 손을 쳐 낸 후 한 걸음 옆으로 멀어졌다. 레일리는 다시 땅이 꺼져라 한숨을 뱉었고, 반대쪽에 두고 있던 케이크 몇 조각이 담긴 접시를 우리 사이에 밀어 두었다. 덕분에 레일리에게서 한 걸음을 물러서고도 무리 없이 케이크를 집어먹을 수 있었다. 전부 한입 크기의 작은 조각들이었다.

아무튼 내 의심은 나름대로 타당했다. 캐릭터를 사랑할 때의 취향은 스스로 생각해도 확고했고, 내 캐릭터 취향이 의미하는 바는 더더욱 명확했다. 현실의 사람으로 만났을 때 좋아하는 얼굴과 캐릭터로 사랑하는 얼굴은 살짝 다르다. 알렉시스 에슈마르크는 부정할 길 없이 후자였다.

더구나 알렉시스 에슈마르크는 기억을 잃은 유리 옐레체니카가 사교계에 등장하자마자 친절한 태도로 접근해서 호감이 있는 사람처럼 가장하며 곁을 맴돌지 않았는가? 머릿속에 떠오른 가설은 하나뿐이었다. 그런 식으로 접근한 인물은 최근에 한 명 더 있었다.

페도라를 쓴 남자의 주군이 알렉시스 에슈마르크인가?

"견과류 케이크나 치즈 케이크는 입에 안 맞으십니까?"

우걱우걱 케이크를 밀어 넣으며 칵테일을 홀짝이는데 레일리가 대뜸 물었다. 그의 말을 듣고 나서 접시를 살피니 과연 대놓고 초콜릿 케이크와 과일 케이크만 집어 먹고 있었다.

나는 뒤늦게 응, 하고 대꾸하다가 마음에 안 들었던 케이크들을 슥슥 옆으로 밀어 두었다.

"아냐, 제일 좋아해. 그러니까 우리 착한 집사 줄게. 너 먹어. 자신이 좋아하는 걸 나눠 주는 배려심 있고 착한 주인."

내 말을 듣고 싱글벙글 미소를 지은 레일리가 내 턱을 우악스럽게 잡아 올렸다. 그리고 내가 꽥 신음을 뱉는 순간 케이크를 강제로 처먹이기 시작했다. 당장 그의 손목을 잡고 반항하려 했지만 이놈의 망나니 같은 집사 새끼는 쓸데없이 신체 능력이 좋았다.

레일리는 급기야 "편식은 안 좋습니다. 어느 안전에서 거짓말을 하십니까?" 따위의 위계질서를 팔아먹은 발언을 했고, 기어코 주인의 입에 견과류 케이크 두 개와 치즈 케이크 세 개를 마저 밀어 넣고야 손을 떼어 냈다.

결국 나는 다시 그에게 가운뎃손가락을 장렬하게 들어 올렸고, 생글생글 웃는 레일리에 의해 맛있게 마시던 칵테일마저 뺏길 뻔했다.

Ⅲ. 에슈마르크 대공과 내가 아는 나의 취향

8. 생각해 볼 문제

☆ 페도라의 남자와 유리 엘레체니카의 비밀 실험

　1) 페도라의 남자는 뭔가······. 외주 같은 걸 제안한 집단에서 온 걸까?
　　위험한 의뢰를 받았거나 이 의뢰를 거부하는 바람에
　　처리당하게 되는 것일지도 모른다.
　2) 아씨발 피투성이 실험실을 발견함. 시발 뭐가 자꾸 파도 파도 계속 나와?
　　→ 습격을 당해 유리가 혼수상태에 빠지고, 그 빈자리를 내가 메꿨나?
　　하지만 그렇게 생각하기엔 원작이 설명되지 않음.

+ 인간보단 짐승의 소행.

레일리 왈,
최신 연구는 불사약에
관한 것이었다고 함.
그런데 왜 얘가 이걸
이렇게 자세히 알고 있는지는
모르겠음······.

평범한 까마귀 깃털과 비슷.
촉감은 마치 금속 같음.
빛을 흡수하는 듯한
거무튀튀한 광택이 있다.

유리가 레일리 몰래 뭔가를
진행하고 있었다는 식으로
떠들어 댔던 페도라남의 말과
충돌하나?

아마도 반인이나 유사인족의
신체 일부 같은데·······
까마귀·······
혹시 레일리와 관련이 있을까?

9. 마법의 구조에 대해

주장 1) 써클과 클래스 개념. 체내에 마력을 모아 두시라!

주장 2) 마력은 단지 바람의 흐름 같은 유체이니 의지의 힘을 써 봐라!
        의지의 힘이 뭔데.

주장 3) 자연력을 몸 주변에 돌리고…… 뭐 씨발 학자 새끼들마다 말이 달라?
        이 와중에 레일리 새끼 차 진짜 잘 타네.
        마라꽃 예쁘다. 이건 뭐 몇 번을 봐도 예쁘냐.

10. 초월자 (2)

D-1. 솔데인 마이어 (투머치인포)

·과일 좋아함. 시발 진짜 안 궁금했어.

·서른이라고 함. 진짜 묻지도 않았는데…….

·시발 이러다 쥐도 새도 모르게 결혼당하는 거 아냐?
  아냐, 아냐, 입 조심하자. 말이 씨가 된다…….

·그래도 아무튼 좋은 사람이긴 한 것 같음.
  썸타는 기분도 들고, 어차피 소설 속 캐릭턴데 싶지만 기분은 좋음. ㅎㅎ
  개 같은 내 소설 속이지만 나도 조금쯤은 즐겨야지.
  정보도 캘 겸 봉사 활동 같이 하기로 일단 약속 잡음.

·이 소설 조금 로맨스 맞는 것 같기도 함ㅋㅋ

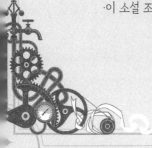

B-1. 유리 옐레체니카

· 마이어 후작 왈, 사람들에게 선을 긋는 듯한 사람이었다.
어딘지 완전무결해 보이는 사람. 아마 성공작만 저택 밖으로 나오는데
그 빈도가 워낙 잦아야지, 다른 사람들이 보기엔 하는 족족 성공하는
대단한 천재처럼 보인 모양.
· 하지만 주변인들의 평가를 종합해 보면, 어쩐지 의뭉스럽고 유능한 사람?

A-1. 레일리 크라하

· 솔직하지 못한 놈. 유리 좋아했다는 고백 한마디를 못함.
· 유리의 어떤 면은 존경했다고 함. 그게 바로 사랑 아니냐.
· 어쨌든 우리 집사 참 유능함. 인성은 반성해라, 새끼야.

> 추가 메모)
> 이 새끼도 행동 참 개같이 함.
> 주인에게 오는 편지를
> 중간에서 가로채서 처분해 버리다니,
> 그따위 짓을 하는 집사에 대해선
> 들도 보도 못함.
> 그런데 그게 내 집사라면?
> 환장할 일이 아닐 수 없다.

C-1. 알렉시스 에슈마르크

· 7일의 밤 이후 8달, 팔삭둥이로 태어남.
· 정통성 의심받은 덕분에 살아남음.
황제도 그래서 크게 경계하지 않고 살려 둔 듯.

·친탁을 오지게 한 외모 때문에 요즘은

대체로 선황의 친자로 인정받고 있는 듯.

·혈통을 인정받게 된 대신 황제가 황실 종친으로서의 모든 권리를 뺏음.

⇒ 황제와의 관계는 개판!

　　두각을 드러내면 드러낼수록 더 철저히 밟힌 모양.

·황제 앞에서의 절대적 약자. 말 한마디로 복권될 수도, 쫓겨날 수도 있다.

·하지만 정작 본인은 종친위나 계승권에 연연하지 않는 사람처럼

막 굴면서 자유로운 행보를 보이는 듯함. 어쩌면 방탕아가 된 이유.......?

　　　　이 새끼는 당대 최고의 마법사면서 집필 활동도 안 하나 봄.

　　　　나도 마법 좀 써 보자 개새끼야.......

추가 메모)

야, 이 새끼 이거 추가해야 함. 반드시 추가해야 함.

일단 이놈은 쓰레기의 관상을 갖고 있다.

말하는 투도 유들유들한 게 딱 쓰레기 타입이었음.

말 진짜 개같이 해서 뭐가 진실인지 모르게 하는 스타일.

우리가 얘랑 아는 사이였는지 뭐였는지?

초면부터 너무 친한 척을 해 대는데 일부러 그러는 건지

뭔지 모르겠음. 네가 왜 유리한테 편지를 써?

마치 옛날엔 이놈을 부르던 사이였다는 듯한

그 의미심장한 말은 대체 뭔데? 야, 수상하다, 수상해.

어떻게 이렇게 머리카락 한 올까지 수상하냐.

추가 메모 2)

생각해 보니, 혹시 알렉시스 에슈마르크가

페도라남의 주군인가?

접근 방식이 비슷한데......?

4. 글의 시작

마리벨 후작의 파티 이후로는 딱히 주의해서 참가해야 하는 거물급의 파티가 열리지 않았다. 찾아온 초대장은 많았으나 레일리가 발신인만 확인하고 죄다 땔감으로 썼다. 당분간은 할 일이 없을 것 같다고 결론을 내린 것은 겨울이 깊어 갈 무렵의 일이었다. 우리는 다시 아네신트라 언덕 위의 옐레체니카 제1 저택으로 돌아왔다.

나는 기억을 찾기 위한 노력을 하겠다며 주기적으로 레일리를 따돌리고 혼자 실험실 안에 들어가 곳곳을 뒤지기 시작했다. 작금 내가 처한 상황에는 아무리 생각해도 답이 나오지 않는 복잡함이 있다. 마리벨 후작의 파티에 한 번 참가한 것만으로 너무 많은 문제점을 깨닫게 되지 않았던가.

고려해야 할 요소가 우후죽순 늘어났다. 덕분에 시나리오 작업은 일단 뒤로 미뤄 두게 되고 말았다. 내가 상상한 것 이상으로 설정이 꼬여 있는 것 같았기 때문이다. 예상 시나리오 정리 작업을 다시 이어 가기 전에 몇 가지 문제를 먼저 생각해 봐야 한다. 한두 가지가 아니었다.

첫째로, 페도라의 남자가 던진 정체불명의 황금사과를 해석해야 한다. 그 남자는 분명 극심한 분란을 일으킬 만한 무언가를 내 앞에 던져두고 갔다. 하지만 나는 그 황금사과의 정체를 아직까지도 모르고 있다. 유리 옐레체니카가 진행하던 정체불명의 연구가 있으며, 뭔지는 몰라도 레일리에게 함부로 알려서는 안 되는 유리 옐레체니카만의 위험천만한 비밀이 존재한다는 떡밥이었다.

둘째로, 이로 인해 문제를 의식하고 조사하기 시작했을 때 레일리가 알려 준, 유리 옐레체니카가 최근 진행한 실험의 '주제'가 있다. 유리 옐레체니카의 최근 연구는 불사약에 대한 것이다. 레일리에게 만능 해독제 따위를 쥐여 준 걸 봐서는 완전히 거짓말도 아닌 것 같고, 레일리도 어느 정도 연구 내용에 대해 알고 있다.

이 두 가지 사항을 조합했을 때, 페도라의 남자가 언급한 '그들을 위한 연구'가 불사약에 대한 연구의 일환인지, 아니면 전혀 다른 연구인지를 고민할 필요가 있다는 사실을 알게 됐다.

그런데 여기에서 세 번째 문제가 발생했다. 유리 옐레체니카의 실험실이다.

핏자국이 가득 들어찬 실험실 안에 의자를 가져다 놓고 그 안에 파묻히듯 쪼그리고 앉아 고개만 빼 들었다. 저택을 뒤져 공기를 깨끗하게 걸러 주는 기계를 찾아 며칠이고 틀어 뒀더니 피 냄새는 좀 가셨지만 청소는 아직도 하지 못했다. 사실, 뭔가를 알아내기 전에는 청소를 할 수도 없다.

처음 공방을 뒤져 봤던 날에 발견한, 핏자국이 남은 은빛 도는 검은 깃털을 손아귀 안에서 뱅글뱅글 돌리며 시선을 깔았다. 무언가 얇고 단단한 것에 깊게 긁힌 강철 벽, 거칠게 파이고 긁혀 나간 바닥의 대리석. 엉망으로 사방에 튄 핏자국이 곳곳에 선명했다. 마치 기괴한 살인사건이라도 벌어진 현장 같았다.

누군가에게 습격을 당한 게 아닐까 생각하다가도 금세 고개를 저어야 했다. 인간의 소행보다는 짐승의 소행처럼 보였다. 애초에 이 저택에는 누군가의 침입을 허용하지 않을 인간이 둘이나 산다.

여기에서 네 번째 문제점이 발발한다. 유리 옐레체니카에게는 대체 무슨 일이 생겼으며, 그 결과 어디로 사라졌는가?

생각해 보자. 내가 이 몸에 빙의하기는 했지만, 분명 유리 옐레체니카라는 존재는 이 세계 안에 실존했다. 물론 《세레나의 티타임》에 따르면 앞으로도 실존해야 했다. 그러나 유리 옐레체니카의 의식만이 어디론가 간데없이 사라졌고, 그 자리에 내가 들어왔다.

유리 옐레체니카의 의식이 죽었는가? 반시체가 된 몸에 내가 들어온 건가? 아니면 모종의 이유로 의식이 파괴당해 빈껍데기 상태의 몸이 되었을 수도 있다. 그러나 어느 쪽이든 레일리가 그 사실을 눈치채지 못했다는 점이 마음에 걸렸다. 애초에 내가 이 몸에 깃들었을 때, 유리 옐레체니카의 육신은 상처 하나 없이 침대에 누워 있었다.

다섯 번째 의문은 즉시 뒤따라 등장한다. 유리 옐레체니카에게 모종의 습격, 혹은 위협이 있었다면 그 주체는 누구인가?

후일 유리 옐레체니카를 세레나의 눈앞에서 죽게 만들고 각성의 계기가 되게 만드는 '살해범'인가? 그 '살해범'은 페도라의 남자와 연관이 있을까? 지금으로서는 알렉시스 에슈마르크가 가장 의심스럽고 수상한데, 그는 정말로 페도라의 남자와 연관이 있는 걸까? 혹은, 서로 무관한 두 집단 중에 유리 옐레체니카를 살해한 자가 존재할까?

마지막으로, 그 정체가 누가 되었든 '유리 옐레체니카 살해범'은 무슨 목적으로 유리를 죽였을까에 대한 문제도 남아 있다. 세레나의 눈앞에서, 레일리 크라하의 눈앞에서 유리 옐레체니카가 죽을 법한 사건은 과연 무엇이었을까? 전투 중에 죽었을까? 그렇다면, 누구와의 전투 중에? 암살을 당했을까? 그렇다면, 누구의 사주로?

어느 쪽이든 이유가 필요했다. 유리 옐레체니카가 진행하고 있던 모종의 연구가 그 원인인지, 페도라의 남자가 꺼낸 '제안'을 끝까지 거절했기 때문에 보복을 당한 건지, 혹은 다른 이유가 있는 건지를 파악하기가 힘들었다.

애초에 페도라의 남자 뒤에 존재하는 배후가 알렉시스 에슈마르크라고 확신하기에도 여러모로 애매한 점이 많았다. 생김새나 포지션, 태도나 웃는 방식, 말투와 신분 등등, 내 취향아 온갖 형태로 뒤섞인 그 작자를 떠올려 보자. 그 남자가 어떤 식일지는 몰라도 아무튼 쓰레기이리라는 사실만은 명백하다. 하지만, 그게 페도라의 남자와 같은 방식은 아닐 것이다.

페도라의 남자는 유리 옐레체니카에게 '연구'를 맡겼으나, 알렉시스 에슈마르크는 이 세계의 스팀펑크적 기반을 만든 위대한 마공학자이자 대마도사였던 몬타뉴 경의 직계 혈손으로, 몬타뉴의 현신이라고 불릴 정도의 천재적인 인물이다.

문벌 귀족들은 그를 존중하며, 마법병단과 마공학기단 전원이 알렉시스 에슈마르크에게 존경을 표하고 있다. 몬타뉴 경이 남긴 여러 비법들은 대를 거쳐 황실 마법사이자 마법사단장인 이리나 경에게 전해졌고, 지금은 알렉시스 에슈마르크의 소유였다.

물론 이 시대에는 유리 옐레체니카만 한 발명가가 없겠지만, 굳이 따지자면 '반드시 유리 옐레체니카여야' 하는 이유도 알렉시스 에슈마르크에겐 마땅치 않다. 본인이 뷔올의 제일가는 마법사이며 학자 중 한 명인데, 자신을 따르는 하고 많은 공방과 길드들을 뒤로하고 대뜸 황제의 수족을 협박할 이유도 입지도 온당치 않다는 것이다.

황실 종친으로서의 권위를 인정받지 못한 에슈마르크 대공에게 황제란 절대로 건드려서는 안 될 역린 같은 상대였다. 그런 그가 황제의 도깨비방망이 유리 옐레체니카를 제거할 정도의 도박을 할 이유라곤 역모 외에는 마땅치 않은데, 알렉시스 에슈마르크가 역모를 꾸밀 법한 인물인지에 대해서는 의문이 있었다.

알렉시스 에슈마르크는 너무 조용히 살았다. 황제가 시키는 일을 전부 도맡아 하고, 국내에 거의 붙어 있지 못하는 외무부에도 순순히 빠졌으며, 열심히 실적을 올렸다. 결국 외교 전반과 무역 전반을 도맡아 하게 되었지만 여전히 그는 황제에게 충성을 표하고 있다. 절대로 자신의 공을 내세우지 않고 쥐 죽은 듯 살고 있는 것이다.

세력을 모으지도 않았다. 따로 사병을 양성하는 일에 힘을 쏟지도 않고 있다. 자연스럽게 주변에 모인 마법병단과 마공학기단이 있기는 하지만, 그들이 사랑하는 것은 대마법사이자 유쾌하고 친근한 외교관인 알렉시스 에슈마르크일 뿐, 황제를 대신해 자리를 차지할 재목으로 그를 추대하려는 것은 아니었다.

애초에 현 황제는 나름대로 정치를 잘하는 편이었고, 시대는 평화로웠다. 귀족들에게도 적당한 인사치레와 공치사를 아끼지 않았다. 그에게 불만을 가진 세력은 극히 드물었다. 폭군이나 무능한 군주가 민생을 망치고 있는 상황도 아니라는 이야기다.

능력이 좋다고는 하나, 구체적으로 뜻을 내비치지 않은 시점에서 온전히 알렉시스 에슈마르크의 편으로 서리라고 확신할 수 있는 세력은 많지 않다. 기껏해야 그의 친어머니인 이리나 경과 그녀를 맹목적으로 따르는 몇몇 마법사들이 전부일 것이다.

그에게는 마땅한 이유가 없다. 생각은 더더욱 미궁 속으로 빠져들었다.

"마스터, 잠시 나와 보시지요."

실험실 안에 쭈그리고 앉아 혼자 생각에 사로잡혀 있는데 돌연 레일리의 목소리가 들려왔다. 나는 퍼뜩 고개를 들었다.

"왜?"

"편지가 왔습니다."

"이번엔 불쏘시개로 안 쓰냐?"

"거물이라서요."

"알겠어, 뒤지던 거 마무리하고 나갈 테니까 달콤한 차랑 디저트 내 방에 준비해 줘!"

"알겠습니다."

자연스럽게 레일리를 먼저 보낸 후, 그가 실험실 앞에서 사라진 것을 확신하고야 실험실을 나섰다.

나는 유리가 무슨 연구를 하고 있었는지라도 확인하고 싶다며 주기적으로 실험실을 뒤지러 내려오곤 했다. 무슨 연구를 하고 있었는지, 최근에 새로 기록하거나 찾아낸 정보는 없는지 알아보겠다는 변명을 내세웠다. 사실 온전히 거짓말은 아니었다.

양심에 거리끼는 점조차 없이 태연한 얼굴로 방에 올라가니, 레일리는 이미 디저트를 전부 준비해서 차를 따르고 있었다. 테라스에 꺼내 둔 새하얀 원목 티 테이블 위에는 온갖 아름다운 장식품들과 색과 패턴을 맞춰 꺼내 둔 접시들, 오늘 새로 정돈해 화병에 꽂아 둔 꽃들이 흐드러지게 피어 있었다.

햇살이 들어오는 테라스 가장자리에 서서 집사복을 입고 고개를 기울인 레일리가 흘긋 나를 바라봤다. 빛을 받아 하얗게 반짝이는 짧은 은발 아래로 푸른 보랏빛 눈동자가 부드럽게 휘어졌다. 인격은 고상하지 않지만 레일리의 취향만은 언제든 고상하고 우아했다.

"안 오고 뭐 하십니까. 그런 멍청한 얼굴로 서 계시지 마십시오."

여전히 주인에게 하는 소리라고는 믿을 수 없을 만큼 무례하게 말하는 놈이었지만 아무튼 간에 생긴 것만은 예뻤다. 꽃이 흐드러지게 피어난 테라스의 티 테이블 앞에 집사복을 입고 서 있으니 눈만은 즐거웠다. 예쁘고 잘생긴 것을 보니 내 기분도 한결 나아졌다. 역시 쓰레기는 최소한 예뻐야 한다.

만족스러운 조물주의 표정을 짓고 그를 찬찬히 뜯어보다가, 성큼성큼 걸어가 테라스의 티 테이블 앞에 풀썩 걸터앉았다.

"정말이지 얼굴만은 끝내줘."

"입 다물고 드시기나 하시지요, 마스터."

레일리가 생글생글 웃으며 다정하게 대꾸했다. 나는 얌전히 자리에 앉아 찻잔을 받아 들며 편지나 내놓으라고 그를 종용했다. 그리고 레일리가 꺼내 준 것은, 다름 아닌 에슈마르크 대공의 인장이 찍힌 편지였다.

새해가 밝으면 신년 축제 기간이 지난 후 자신의 생일 파티를 할 예정인데 옐레체니카 백작이 참석해서 자리를 빛내 주면 좋겠다는 내용이었다. 편지를 읽어 보다가 영 싫고 꺼려져서 거부감의 표현으로 상체를 뒤로 쭉 빼며 눈가를 좁히고 시선을 깔았다. 내 꼴을 곁에서 지켜보던 레일리가 차분히 조언했다.

"표정 관리 좀 하십시오. 너무 티 나게 싫어하시는군요."

"응, 격렬하게 가기 싫으므로 아픈 것으로 해 두자."

"마스터의 몸이 안 좋아 당분간은 파티에 참석하기 힘들 것 같다고 답장을 써 두겠습니다."

"부탁해. 내가 직접 쓰는 것보단 네가 대신 쓰는 게 정말 많이 아픈 것처럼 보이겠지. 나는 아무튼 참석할 생각 없으니까 적당히 알아서 써 줘."

대충 휘휘 손을 저어 레일리의 방식에 동의를 표한 후 편지를 툭 내던졌다. 레일리가 알아서 답장을 쓸 테니 나는 더 이상 저 편지를 볼 이유가 없었다. 수상쩍은 얼굴로 편지를 바라보던 레일리는 결국 직접 편지를 주워서 품 안에 챙겨 넣었다. 그러더니 돌연 떠보는 투로 다시 묻는 것이었다.

"잘생겨서 마음에 든다고 하지 않으셨습니까? 도가 지나치게 싫어하시는군요."

"아, 그게 확실히 얼굴은 내 취향인데. 일단 얼굴이 너무 내 취향이라."

잘생기긴 했으나 잘생긴 만큼 끝내주는 인성을 지니고 있을 테니 그다지 가까이하고 싶지도 않고, 만일 그에게서 뭔가를 캐내야 하더라도 굳이 마음의 준비가 되지 않은 시점에 만날 이유까진 없을 것이다. 마침 병약한 유리 옐레체니카의 몸이니 이렇게라도 활용하지 않으면 이 몸을 어디에 쓰란 말인가? 아무튼 가기 싫었다.

내 입장에서는 알렉시스 에슈마르크의 얼굴이 '내 취향'인 것만큼 그와 상종하지 못할 이유가 없으니 대충 대답했는데, 레일리는 내 말을 제대로 이해하기 힘든 모양이었다. 이상한 얼굴로 커스터드를 조금 더 퍼 준 그가 곰곰이 생각해 보더니, 짐짓 미간을 좁히며 부드럽게 재차 질문했다.

"그러니까, 관심을 끌기 위한 거절입니까? 그런 뉘앙스를 남기고 편지를 적을까요."

"엥. 아니, 뭔 소리야. 그냥 안 간다고 하라니까? 그 뭐냐, 잘생기긴 했는데, 아무래도 너무 내 취향이라 정이 안 가. 가까이하고 싶지 않다고. 왠지 싫어. 뭔가 꺼려져. 완전 별로야."

손사래를 치며 케이크를 한입 먹는데 레일리가 눈썹을 휙 꺾었다. 그가 알다가도 모를 표정을 지었다.

"결론은 뭡니까? 얼굴이 마음에 들어서 싫다니, 마스터의 지능 수준을 의심해 봐야 할 순간이 온 것 같습니다만. 어떻게 유리 님의 두뇌를 공유하시고도 그런."

"그냥 그렇다면 그런 줄 알아라. 아무튼 싫으니까 안 간다고."

"알겠습니다."

눈을 가늘게 뜬 채 못마땅하게 나를 바라보는 듯했던 레일리가 이내 다시 생긋 웃고 순순히 대답했다. 그러고는 내가 열심히 먹던 과일 잼을 듬뿍 채워 주었다. 나는 눈치 빠른 레일리의 배려 덕에 즉시 커스터드와 잼을 듬뿍 바른 스콘을 입 안에 앙 집어넣으며 대수롭지 않게 첨언했다.

"생각해 봐라, 너만 해도 얼굴이 적당히 내 취향인데도 인성이 그 꼴인데, 그렇게 찍은 듯 내 취향인 얼굴을 지닌 작자면 인격 수준이 어느 정도겠냐?"

"……."

디저트들이 쌓인 트레이를 정돈하며 내가 잘 안 먹는 디저트들을 빼고 있던 레일리는 내 말을 듣더니 빙그레 웃었다. 싱글벙글 미소를 지은 그가 트레이에서 빼 들었던 견과류 파이를 내 입에 푹 쑤셔 넣었다.

읍 하고 견과류 파이를 입에 물어 버린 내가 못마땅한 표정을 짓고 한입만 살짝 베어 먹은 뒤 접시 위에 슬그머니 나머지를 내려놓자, 레일리가 부드럽고 온화하게 웃으며 내 턱을 잡아 들었다. 늘 그랬듯 표정만 살뜰하지 실제로는 거칠게 잡아 올렸다. 덕분에 붕어 입이 되어 뻐끔거리던 내가 눈을 세모꼴로 뜨고 눈썹을 휙 올렸다. 이 자식이 왜 또 패악을 떤단 말인가.

"편식하지 마십시오."

"아, 왜 또 시비야! 싫은 걸 어쩌라고!"

"주인의 부족함을 채우기 위해 집사가 존재하니, 그 못된 버릇부터 고쳐 드리겠습니다."

"그럴 필요 없는데."

"내키지 않으신다면 제가 직접 먹여 드리지요. 아, 하십시오."

"그럴 필요 없다니까."

"닥치고 드십시오."

야, 이 망나니야. 애초에 그게 올바른 집사의 태도냐?

나는 불만이 많았지만 레일리는 아랑곳하지 않았다. 그는 기어코 내가 별로 좋아하지 않는 디저트들을 쏙쏙 골라 강제로 먹이고야 내 얼굴을 놓아주었다. 레일리가 처먹인 것들로 인해 정작 좋아하던 것을 먹을 위장을 충분히 남겨 두지 못했으니, 정말이지 환장할 일이었다.

아쉬운 마음에 깨작깨작 찍어 먹기만 하며 티 테이블 앞에 붙어 앉아 케이크를 신경질적으로 헤집었다. 얼마 지나지 않아 레일리가 내 손을 잡아 세웠다. 나도 대번에 인상을 찡그리며 그를 올려다봤다. 서로 물끄러미 노려보기를 몇 초가 지났을 때, 레일리가 먼저 숙이고 들어왔다.

"오늘은 가리지 않고 드셨으니 내일은 좋아하는 것들만 만들어 드리겠습니다."

내가 음식을 가리지 않으려는 마음에 골고루 먹었겠느냐고. 인상을 팍 쓰며 대꾸도 없이 시선을 내리고 좋아하는 디저트도 꾸역꾸역 마저 입에 집어넣었다.

"너는 일단 그 인성을 개선할 필요가 있어."

물론 그 인성을 내가 만들었지만 진심이다.

"마스터께서는 인격을 갈아엎을 필요가 있으시군요."

반사적으로 가운뎃손가락을 휙 들어 올렸다가 다시 강제로 붙들려서 곱게 접혔다. 젠장, 방도를 찾기는커녕 사태 파악도 못 하겠어서 안 그래도 심란한데 레일리 이놈 쉐기가 불난 곳에 기름을 붓고 있었다. 그런데 슬슬 올라가기 시작하는 내 눈꼬리를 발견했는지, 그가 뒤늦게 태도를 누그러트렸다.

"최근에 맛 좋은 딸기가 들어왔다고 합니다. 내일은 딸기를 이용해 무엇이든 원하시는 것을 만들어 드리지요."

"얼씨구. 얼마나 해 주시려고 그렇게 말씀하세요?"

"마스터께서 원하신다면, 바라시는 만큼 얼마든지."

생긋 웃어 보인 레일리가 부드럽게 절을 해 보이며 과장된 예의를 차렸다. 망나니 같은 놈이 이번엔 스스로 생각하기에도 이유 없이 날 괴롭힌 모양인지, 나름대로 신경이 쓰인 듯 저자세로 나오고 있었다.

그 꼴을 보고 새삼스럽게 기분이 나빠졌다. 인마, 주인님은 오늘 매우 많이 민감한 날이야. 데드 플래그를 뽑아내기는커녕 데드 플래그가 어디 어디에 꽂혀 있는지도 모르겠단 말이다. 더구나 아마도 직감적으로 판단하기를, 내 몸에 온통 전선이 감긴 정도로 데드 플래그가 창궐한 것 같다.

심지어 내가 주의하고 있던 것은 세레나의 눈앞에서 죽게 될 법한 순간과 그 배후에 있었을 이 세계의 최종 빌런과 유리 옐레체니카의 못 미더운 몸뚱이뿐인데, 어쩐지 주의 깊게 살펴보니 문제는 그것만이 아닌 듯했다. 유리 옐레체니카의 생명을 위협하는 것들이 그 밖에도 무수히 도사리고 있었던 것이다. 아니, 내가 쓴 글이면 내가 쓴 글답게 나한테만은 모든 복선과 시나리오를 보여 줘야 하는 것 아니냐고.

아무튼 머릿속도 복잡한데 김레일리 이놈은 스트레스 해소를 위한 당분 섭취마저 방해했다. 나는 이 몹쓸 놈의 집사를 날카롭게 째려봤다가 끙 소리를 내고 자리에서 일어섰다.

어차피 레일리가 없으면 생활조차 제대로 이루어지지 않으니, 우리의 관계에서 갑을을 따지라면 내가 을이었다. 아니, 근데 생각할수록 이상하군. 왜 집사랑 백작이 있는데 백작이 을이고 집사가 절대 갑이냐? 이 상황이 말이나 된단 말이냐?

내내 못마땅한 태도를 유지하며 책이나 읽겠다고 서재로 들어가 버리자, 결국 레일리는 내 기분부터 풀어 주기로 결정한 모양이었다. 그는 내가 책을 읽는 사이에 과일을 사 오겠다고 자리를 비웠다. 레일리가 과일을 사 오든지 말든지, 나는 그가 자리를 비운 틈을 놓칠 생각이 없었다.

레일리가 문을 닫고 나간 즉시 평소에 찾아보기엔 눈치가 보이던 책들을 쑥쑥 뽑아 펼쳐 읽기 시작했다. 푸른 숲에 대한 전설이나 소문, 경험담이 적힌 책들이었다.

어쨌든 모든 의문은 유리 옐레체니카가 어떤 인물이었는지에 대한 질문으로 귀결된다. 유리 옐레체니카와 얽힌 사건들을 이해하기 위해서는 유리 옐레체니카를 파악해야 했다. 애초에 이 몸에 빙의한 후로 듣고 알게 된 '유리 옐레체니카'란 장난 아니게 수상한 인물이었다.

솔데인 마이어는 유리 옐레체니카를 두고 '재야의 책략가', '어딘지 완전 무결한 사람', '타인과 거리를 두는 듯했다'고 묘사했다. 그뿐이랴?

알렉시스 에슈마르크는 거기에서 더 나아가 옐레체니카 백작에게 '정말로 잊었는지', 그리고 '다른 속셈이 있는지'를 묻고 '하기야 〈그〉 유리 옐레체니카가 도망쳤을 리 없다'고 평하기까지 했다. 여기에서 끝나지 않는다.

밑바닥에서부터 굴러먹다가 뷔올의 상류 사회에 발을 들이기까지, 더없이 파란만장한 출신 성분을 지닌 레일리 크라하는 본인이 섬기던 주인을 두고 '곁에 사람을 두지 않으며', '레일리 크라하가 무엇을 하든 개의치 않았고', '추진력이나 방식, 능력을 존경'한다고 말했다.

이 나라에서 가장 능력이 뛰어난 세 작자의 평가가 놀랍도록 일관된다. 레스킷 양의 표현을 떠올려 봐도 훨씬 재미없는 사람이리라고 생각했다지 않았던가. 유리 옐레체니카는 분명 범상치 않은 인간이었다. 달리 표현하자면 대단히 수상쩍고 능력 좋은 인간이었다는 말과도 상통한다.

그렇다고 해서 내 몸이 하고 다닌 짓을 온전히 파악하고 그 흔적을 좇아다닐 만한 방도가 마땅히 있는 것도 아니었다. 사람들에게서 옐레체니카 백작과 관련된 소문을 듣는 정도가 내 최선이었다. 그 정도로는 당연히 유의미한 정보를 얻기 어려울 테니, 조사를 하려면 다른 곳에서부터 시작해야 한다.

유리 옐레체니카라는 범상치 않은 인간이 파묻혀 살았다는 '푸른 숲 공방'이란 대체 어떤 곳일까? 요컨대, 나는 푸른 숲 공방에 대한 깊이 있는 조사야말로 내가 가장 손쉽게 정보를 얻을 수 있는 창구라고 본 것이다.

그래도 '유리에게 위협을 가한 가상의 적을 찾자'며 동맹 비슷한 관계를 맺게 된 레일리의 눈앞에서 대뜸 푸른 숲을 조사하기엔 여러모로 마음에 걸렸다. 그래서 적당히 눈치를 봐서 레일리가 오래 자리를 비울 때에만 틈틈이 관련 조사를 하고 있었다. 이 세계를 처음 맛보는 두 번째 인격 행세를 하고 있지만, 기본적으로는 유리에게서 어느 정도 그녀의 주변 정보는 들었다는 설정을 밀어붙였으니 별수 없는 일이었다.

'푸른 숲'이란 유리 옐레체니카의 가장 기본적인 요소에 속한다. 내가 정말 당사자에게서 유리 옐레체니카의 신상에 대한 간단한 정보를 전해 들은 두 번째 인격이라면 다른 건 몰라도 푸른 숲만은 알아야 했다. 그러니 비밀스럽게 작업할 수밖에 없었다.

문헌에 등장한 푸른 숲이란 어디까지나 단편적인 형태를 지니고 있었다. 애초에 푸른 숲에 들어갔다가 무사히 돌아 나온 인간이 드물었다. 푸른 숲에 들어갔다가 무사히 돌아온 최초의 인간은 대마도사 몬타뉴 경이었다.

몬타뉴 경이 한창 활약하던 2400년 전에도 이미 푸른 숲은 악명이 자자한 곳이었다. 기이한 마력이 그곳을 중심으로 맥동했으며, 언제고 음습하고 서늘한 자연의 정기가 소용돌이쳤다. 새 한 마리조차 푸른 숲 안에서는 살아 나오지 못했다.

그 숲은 늘 죽은 것 같았으나 살아 있었고, 생명을 가지고 살아 움직이듯 꿈틀대는 것처럼 보였으나 죽음처럼 고요했다. 세 번이나 푸른 숲에 들어갔다가 무사히 빠져나온 몬타뉴 경은 숲 안에 무엇이 있었는지에 대해 단 한 번도 구체적으로 입에 담은 일이 없다. 그는 그저 누구에게도 푸른 숲 내부를 묘사해 주지 않은 채 다시 한 번 푸른 숲 안으로 향했고, 그 네 번째 여행에서는 그마저도 돌아오지 못했다.

그로부터 400년가량이 흘렀을 무렵, 그러니까 지금으로부터 이천 년쯤 전에, 푸른 숲에 들어갔다가 무사히 돌아 나온 두 번째 인간이 등장했다. 망국 에레스타의 왕녀이며 도망자 신세였던 실비아 에레스타였다. 그녀 역시 푸른 숲 안에 무엇이 있었는지에 대해서는 이야기하지 않았다. 그저 그녀는 푸른 숲에서 빠져나온 후, 그 전까지는 지니지 못했던 기이한 물건을 든 채 악한들을 하나씩 처리하고 다녔다.

역사적인 문헌에 최초로 유사인족과 반인이 등장하기 시작한 시점이기도 했다. 그녀는 '인간을 흉내 내는, 돌연변이 같은 괴이한 종족'을 무찌르며 명성을 얻었다.

어느 순간부터 실비아 에레스타는 용사로 불리기 시작했고, 종래에는 자신의 적과 원수들을 모조리 무찌른 후 다시 뷔올이라는 국가를 세웠다. 그녀가 사용한 기이한 물건은 유실되었지만, 기록을 살펴 추정하기로는, 최초의 '총'이었다.

다시 이백 년이 흐르고야 뷔올의 사람들은 뒤늦게 그 물건이 '총'과 비슷한 물품이었으리라고 깨달았다. 지금으로부터는 1800년 전의 일이다.

몬타뉴 경의 본거지였으며 실비아 에레스타에 의해 국가로서 형태를 갖춘 뷔올은 일찌감치 마도 국가로 당당하게 이름을 알린 상태였다. 그런 뷔올조차도 200년 늦게야 푸른 숲에서 나온 기술을 따라잡은 셈이었다. 게다가 당시 뷔올이 구상한 '총'은 실비아 에레스타의 기록에 등장한 기이한 무구와 비교했을 때 한없이 뒤처졌다. 학자들과 발명가들은 응당 푸른 숲에 관심을 가질 수밖에 없었다.

그때부터 수많은 인간이 푸른 숲으로 향했다. 처음엔 이전처럼 많은 이들이 돌아오지 못할 길로 사라졌으나, 어느 시점이 되자 빈번히 귀환자가 등장했다. 그들이 입을 모아 말하기를, '푸른 숲 안에는 아무것도 없었다'고 했다.

그런데 어느 날, 누군가가 다른 말을 했다. '푸른 숲 안에는 작은 공방이 있었다.'

사람들은 물론 그의 말을 비웃었다. 푸른 숲에 들어가기가 무서워 들어가는 시늉만 했다가 거짓말을 한다고 모함했다. 그런데 그 여행자는 불현듯 무언가를 꺼내 보였다. 그리고 그가 품에서 꺼내고, 뷔올의 황성에 귀하게 전시되어 천여 년이 넘도록 보관되고 있는 그것은, 최초의 '전구'였다.

그런 일이 몇 차례 반복되었다. 반복되고, 반복되고, 반복되고……. 사람들은 정말로 푸른 숲 안에 누군가가 살고 있다는 사실을 알게 됐다. 그리고 푸른 숲 안에 살고 있는 발명가는 감히 바깥세상의 사람들은 엄두조차 낼 수 없는 지식과 기술을 보유하고 있다는 사실 또한 어렵지 않게 깨달았다.

'푸른 숲 안에는 기이한 은자가 사는 공방이 있고, 그곳에서 나오는 물품은 언제나 세상의 모든 것보다 몇 발자국을 앞서 있다.' 푸른 숲에 대한 이야기는 전설처럼, 동화처럼, 괴담처럼 입에서 입으로 전해지다가…….

지금으로부터 10여 년 전, 나이 어린 소녀가 푸른 숲에서 빠져나왔다.

열넷의 유리 옐레체니카는 뷔올과 연합국 곳곳을 쏘다니다가 열여섯의 나이로 뷔올에서 작위를 받았다.

그녀가 스스로 밝히길, 유리 옐레체니카는 푸른 숲 공방의 이번 대 주인이라고 했다. 자신의 태생을 증명할 방도는 아무것도 없었으나, 유리 옐레체니카는 그저 발명을 시작했다. '세상의 모든 것보다 몇 발자국을 앞서 있는' 발명들이었다.

유리 옐레체니카는 푸른 숲 공방에 대해서는 좀처럼 자세히 설명하지 않는 편이었다. 그녀의 입장에서는 가문의 비전이니 어찌 보면 당연한 일이었을 테지만, 덕분에 유리 옐레체니카와 푸른 숲 공방은 세상에 드러나고도 더더욱 신비한 이미지를 지니게 되었다. 유리 옐레체니카가 자신의 가문과 푸른 숲에 대해 남긴 정보는 황제가 물었던 몇 마디 질문에 돌려준 선문답 같은 답변만이 유일했다.

'푸른 숲 공방은 옐레체니카 가문에 의해 돌아가고 있다.'
'옐레체니카 가문은 아주 오래전부터 푸른 숲 안에서 살아왔다.'
'일부의 사람들만이 공방에 닿을 수 있었던 것은 공방 주변에 정령과 마법을 이용한 결계를 쳐 두었기 때문이다.'
'옐레체니카의 핏줄에는 저주가 걸려 있어서 내부의 마력이 거꾸로 회전한다.'
'개중에서도 유리 옐레체니카의 뇌와 심장, 혈관은 특히나 연약한 편이다.'

"그러니 폐하, 제가 일찌감치 당신 곁을 떠나게 되더라도 노여워 마소서."
별생각 없이 책을 팔랑팔랑 넘기다가, 책에서 굳이 따옴표로 표시해 둔 유리 옐레체니카의 발언을 소리 내어 읽어 냈다. 묘한 발음이 혀 안에서 굴러떨어졌다.
최근 발간된 근대 마공학의 발전과 관련된 책에는 빠짐없이 유리 옐레체니카의 이야기가 실려 있다. 그녀는 살아 있는 위인이었다. 개중에서도 이 책에 실린 황제와의 대화는 상당히 구체적이었다.

"푸른 숲은 세계의 근원과 맞닿아 있는 치열한 마력의 터전이니, 응당 제가 그것을 통제하고 말을 삼가며 섭리와 표준, 중심과 원리에 대한 비밀을 지켜야 함을 이해해 주셔야 합니다."

나는 힐긋 시선을 깔고 책의 문장들을 곱씹듯이 발음해 보았다. 전부 유리 옐레체니카가 한 말이었다.

"그러니 폐하, 제가 진리를 엿보고자 하는 당신의 질문에 무엇 하나 온전히 답변 드릴 수 없음으로 인하여 또한 노여워 마소서."

"갑자기 그런 책은 왜 보고 계십니까?"

뒤에서 불쑥 낯익은 목소리가 들려왔다. 화들짝 놀랐지만 최대한 태연히 책을 탁 덮고 심호흡을 두어 번 하고야 돌아섰다. 아니나 다를까 레일리였다. 과일을 사서 손질까지 하고야 내게 왔는지, 그의 손에는 예쁘게 정돈된 딸기 한 접시가 들려 있었다. 시선이 마주치자마자 레일리가 눈을 가늘게 뜨며 생긋 웃었다.

"어, 왔냐."

나는 책을 본래 있던 자리에 쑥 꽂아 넣으며 신경 써서 침착하게 대답하고 책상 앞으로 돌아갔다.

여상스러운 태도로 딸기부터 먹기 시작하는데, 내 머리 위에 따라붙은 레일리의 시선이 따끔따끔 선명하게 느껴졌다. 나는 속으로 욕을 했지만 성급하게 앞장서서 변명을 늘어놓는 짓은 하지 않기로 했다. 레일리가 먼저 묻기 전까진 떠들지 않아야 했다. 나는 아무것도 켕기지 않는 평범한 일을 했을 뿐이니까! 물론 변명거리를 생각할 필요도 있다. 어느 쪽이든 지금은 일단 잠자코 있는 것이 현명했다.

결국 내가 뻔뻔하게 과일만 먹기 시작하고도 한참이 지나서야 레일리가 먼저 말을 걸었다.

"갑자기 그 책은 왜 찾아 읽으신 겁니까?"

"하핫, 그냥. 연구를 하려면 알아봐야 할 것 같아서."

레일리가 질문을 꺼냈을 때 놓치지 않고 태연히 대꾸한 나는 우걱우걱 딸기를 쑤셔 넣었다. 먹고 있으니 말 시키지 말라는 우회적인 표현이었다. 평소에 잘 먹었으니 오늘도 좀 잘 먹는다고 해서 수상하진 않을 것이다. 그런데 레이디가 열심히 음식을 먹고 있는데도 아랑곳 않은 망나니 집사는 감히 주인의 책상에 털썩 걸터앉더니, 다짜고짜 다시 물었다.

"'연구' 말씀이신지요."

인마, 입 안 가득 딸기 씹고 있는 거 안 보이냐. 애초에 주인이 간식을 먹고 있는데 책상에 걸터앉는 건 어느 나라의 예절이냐고. 나는 못마땅하게 그를 훑어보다가 우물우물 느긋하게 딸기를 씹어 삼키고야 천천히 대답했다.

"유리가 애초에 대부분의 것을 배우고 익혀 나온 건 푸른 숲에서의 일이잖아? 정령술도 마법도 거기에서 익혔을 테고. 내가 뭐라도 하려면 정보는 탐색해야지. 딱히 알려진 건 없는 것 같지만."

"왜 '무언가를 하기' 위해 집착하시는 겁니까?"

은근한 투로 떨어진 질문이었다. 나는 눈을 가늘게 떴다. 당연한 질문을 들은 탓이었다.

물론 거짓말로 변명 삼아 꺼낸 말이긴 했지만 내가 유리 옐레체니카의 능력을 한 가지라도 익히긴 해야 한다는 점만은 명백한 진실이었다. 어떻게든 살아남으려면 능력이 필요했다. 내가 살던 세계로 돌아가든 말든 일단은 살아남은 후의 문제인 데다가, 막말로 내가 정말 두 번째 인격이든 아니든 유리 옐레체니카가 돌아오기 전까진 알아서 생활할 수 있을 만한 능력이 필요하지 않겠는가?

유리 옐레체니카는 고인 확정 캐릭터고, 직접 살펴본 이 세계에도 기본적으로 답이 없었다. 여길 가든 저길 가든 수상쩍은 놈들밖에 없고, 이놈이든 저놈이든 뭔 짓을 꾸미고 있는지 알 수가 없는데 대체 뭘 믿고 아무 것도 못하는 채로 지내란 말인가? 최소한 마법이나 정령술은 해야 했다.

물론 발명이나 연구는 내 관심사 바깥이었지만, 나는 적당히 레일리를 설득할 수 있을 법한 요소만 꺼내서 대충 대답했다.

"일이 이렇게 된 이상, 내가 평생 놀고먹기만 할 수는 없잖아?"

"평생 놀고먹어도 충분할 재산이야 유리 님이 일찌감치 벌어 두셨습니다만. 뭐, 황제의 조력은 좀 덜해지겠지요. 더는 그에게 쓸모가 없으니 말입니다. 하지만 사실, 추측하기로는 유리 님이 돌아오시지 않는 이상 '마스터' 그 자체로는 높은 확률로 그리되겠군요."

생글생글 웃는 면상에 주먹이라도 한 대 박아 줄까 하다가 조물주의 넓은 도량을 발휘해 한 번 꾹 참기로 했다. 미간을 누르며 인내하고 있는데 레일리가 굳이 한마디를 더 붙였다.

"별 효력이 없을 것 같긴 합니다만 정진해 보십시오, 마스터."

닥쳐라, 좀. 결국 나는 인내를 버리기로 결정하고 레일리의 정강이를 단번에 걷어찼다. 눈을 가늘게 접으며 코웃음을 친 레일리가 건방진 태도로 턱을 들었다.

신체 능력이 박살 난 유리의 몸으로는 아무리 걷어차도 레일리에게 일말의 타격조차 주지 못한 것 같았다. 아니, 레일리의 신체 능력이 인간 초월이기 때문인지도 모른다. 어느 쪽이든 못마땅했다. 도무지 어처구니가 없어서 입을 떡 벌리고 시건방진 집사 놈을 바라보다가, 별 의미는 없지만 한 번 더 레일리의 발목 근처를 걷어차 주었다.

주머니에 손을 쑤셔 넣고 책상에 걸터앉아 있던 레일리가 다시 눈썹을 꺾었다. 성격 나쁘게 웃어 보인 그가 다시 내게 뭐라고 하려는 순간 똑똑, 노크 소리가 들려왔다. 이 저택에 사람이라고는 나와 레일리뿐이니 오토마타가 뭔가를 전하기 위해 온 게 분명했다.

레일리가 허락을 표하는 말을 하자 오토마타는 알아서 문을 열고 들어

왔다. 집게 손으로 얹은 쟁반 위에는 편지가 놓여 있었다. 늘 그랬듯 레일리가 자연스럽게 편지를 들었고, 나는 딸기나 입에 밀어 넣으며 마법과 정령에 대해 연구한 논문집을 꺼냈다.

그런데 어느 순간, 레일리의 표정이 나보다도 더 못마땅해졌다. 부드럽게 미소를 짓기 시작하더니, 어느새 생글생글, 생글생글 웃기 시작한 것이다. 오, 주여. 이 망할 자식은 왜 또 갑자기 기분이 안 좋아졌단 말인가.

"뭐⋯⋯. 뭔데 그래."

"마이어 후작의 편지입니다. 직접 읽으시죠."

그가 성의 없는 태도로 편지를 툭 내던졌다. 나는 책상 위에 떨어진 편지를 주워 읽으며 주섬주섬 이제 얼마 남지도 않은 딸기를 입 안에 쏙 집어넣었다. 확실히 맛이 좋기는 좋았다.

편지는 안부를 묻는 것으로 시작해서, 조만간 이전에 말했던 봉사 활동을 함께 가지 않겠느냐는 질문으로 이어져 있었다.

아무래도 이런 사적인 편지에는 집사의 대필을 받으면 모양새가 이상할 것이다. 씹고 있던 딸기를 삼킨 나는 즉시 편지지 하나를 꺼냈다. 그리고 이젠 좀 익숙해진 뷔올의 귀족 언어를 이용해 편지를 쓰기 시작했다. 여전히 유리 옐레체니카다운 우아한 필체를 쓸 수 있는 것은 아니었지만 그럭저럭 정돈된 글귀를 쓸 수는 있게 되었다.

그런 연유에서 편지의 답장도 길게 쓰지는 않았다. 내 필체가 아직 미흡함에 대한 사과를 먼저 하고, 말씀해 주신 날짜면 나도 좋다는 대답을 적고, 제안 감사하다는 말과 그때 만나자는 말로 마무리를 지었다.

그런데 편지를 다 쓰고 봉투에 집어넣어 밀랍 인장을 찍으려는 순간, 여전히 책상에 걸터앉은 채 나를 빤히 바라보고 있던 레일리와 시선이 마주쳤다. 나는 밀랍 인장을 찍기 위해 인장이 각인된 커다란 반지를 꺼내들며 멀뚱히 그를 바라보았다.

"왜? 내가 무슨 이상한 문장 썼나?"

"생긴 건 에슈마르크 대공이 취향이라 하시더니, 마음에 든 것은 마이어 후작이십니까?"

"어? 일단 착해 보이잖아. 딱히 거리를 둘 필요는 없다고 봐서. 누구와는 다르게 말이지."

마리벨 후작의 파티에서 에슈마르크 대공이랑 연달아 보고 깨달았다. 솔데인 마이어야말로 이 세상의 살아 있는 양심임에 틀림이 없다. 내가 작가라서 하는 얘기이긴 한데, 정말이지 이 세상에 그만한 양심은 세레나의 남자 주인공인 황태자 외에는 솔데인 마이어밖에 없을 것이다.

나 자신의 합리적인 판단 능력에 크게 만족해서 고개를 주억거리며 밀랍 봉인을 마치고 딸기 두 개를 한 번에 쏙 집어넣었다. 그리고 우물우물 씹고 있는데 내 손에서 휙 편지를 채 간 레일리가 오토마타의 쟁반 위에 아무렇게나 그걸 던져두더니 다시 우악스럽게 턱을 잡아 올렸다.

"뭐야, 인마. 자꾸 주인님 턱을 사유 재산처럼 막 잡아 올리지 말아 줄래? 유리의 몸은 연약하거든? 말 나온 김에 떠들자면 맘대로 이것저것 쑤셔 넣지도 마라."

인상을 찡그리며 단호하게 명령하자, 시선을 내려 나를 물끄러미 바라보던 레일리가 빙긋 웃어 보였다.

"일전에 말씀하신 대로 '썸'을 타는 기분이라 나쁘지 않으신 모양입니다?"

"그런 마음이 한 톨도 없다고는 물론 말 못 하지만."

심드렁히 대꾸하자 레일리가 눈을 가늘게 뜨고 다시 잔소리를 했다.

"그런 방종한 태도는 고치십시오. 유리 님이 돌아오시면 무슨 꼴이 되겠습니까?"

"아, 쓰벨. 유리의 몸이면서 내 몸이기도 한데 뭐가 문제냐."

애초에 내가 뭔가 조치를 취하지 않는 이상 유리의 인격이 알아서 돌아올 가능성은 거의 없다고 봐야 옳고 말이다. 내가 대수롭지 않은 태도로 툭 답하자 레일리가 못마땅한 낯을 했다.

아, 뉘이뉘이, 레일리 님의 유리 님한테 누가 될 일을 하고 있어서 거참 죄에송합니다.

"일단은 최근에 일어났다는 살인 사건에 대해 자세히 듣고 싶어서 친해지려는 거야. 사람도 좋아 보이고."

"'누구와는 다르게' 말이지요."

내 뺨을 붕어처럼 꾹꾹 쥐었다가 놓아주길 반복하며 지껄인 말이었다. 나는 멍청히 그를 바라보다가 뒤늦게 아, 하고 감탄사를 뱉어 냈다.

"질투하냐?"

내 말을 들은 레일리의 눈썹이 대번에 꺾였다. 그가 생글생글 웃는 낯을 하더니 유려하게 대꾸했다.

"그럼 제가 키우는 고양이가 다른 작자의 발치에 가서 재롱을 떨고 있는데 기분이 좋겠습니까? 재롱 떨 상대를 잘못 찾으신 것은 아닌지요? 평소에 말이나 좀 잘 들어 보십시오."

그 말을 듣고 한동안 고개만 기웃거리다가 뒤늦게 이해했다. 아니 이런 개자식이?

정말이지 양심도 없는 새끼가 아닌가. 버르장머리 없는 고양이 같은 집사 놈은 본인이면서 어디 감히 나한테 고양이 소리를 한단 말이냐? 애초에 이건 뭔 구도란 말인가? 망할 놈의 자식이 일상처럼 주인의 턱을 제멋대로 잡아 올리고 말이다.

내 집사의 버르장머리가 아무래도 존재조차 않는 것 같은데 옐레체니카 백작가의 가풍은 이대로도 괜찮은가?

"야, 나야말로 어처구니가 없다. 고양이 같은 집사 놈한테 뭐만 하면 무시당하지, 이대로는 내가 서러워서 살 수가 없다. 어? 살 수가 없다고."

당당하게 손사래를 치며 자유로운 손으로 딸기나 우걱우걱 밀어 넣는데, 당장에 코웃음을 친 레일리가 보랏빛 눈을 가늘게 뜨며 나를 대놓고 깔아 봤다.

"뻔뻔한 소리를 하십니다. 제멋대로 방종하게 구는 고양이를 키우는 쪽은 저라고 봅니다만. 누가 봐도 반박할 수 없는 문제가 아니겠습니까?"

"미쳤나 봐, 이 자식이 지금 주인한테 뭐라는 거야? 고용주님 말씀하신다. 넌 해고야, 해고!"

"물론 저는 '유리 님'이 어떤 이유에서든 필요하기 때문에 언제고 돌아오시기를 바라고 있습니다만, 어차피 마스터를 닦달한다 해서 딱히 성과를 얻을 수도 없을 것 같고. 능력 없이 흥청망청 집 안에 돌아다니고 집사로서 정성 들여 돌보는 사람의 말도 좀처럼 잘 듣지 않는 앙칼진 고양이를 키우는 기분도 나쁘지는 않군요. 나름대로 열심히 귀여워해 드리고 있는데, 고양이님 심기에 괜찮으신지 모르겠습니다."

"이게 끝까지."

"아무튼 걱정은 마십시오. 평생 놀고먹기만 하셔도 제가 집사로서의 소임으로 성심을 다해 키워 드리겠습니다."

"건방진 쉐기, 필요 없."

까지 말하는데 순간 입이 막혔다. 레일리의 보랏빛 눈이 코앞에 있었다. 응? 하고 얼빠진 소리를 내려다가 목을 타고 거꾸로 넘어갔다. 고개가 조금 뒤로 밀렸다. ……?

어?

?

??

¿?

¿¿¿¿¿¿

"딸기가 입에 맞으시는 모양입니다."

"어……. 맛있을 거라고 하더니 정말 맛있네."

레일리가 고개를 들어 올리며 태연히 말하는 바람에 나도 그만 태연히 대꾸해 버리고 말았다. 장갑 낀 손이 내 입술을 문질러 준 후에야 본인의 입가를 닦았다. 딸기 과즙이 약간 묻어 있던 입술을 문질러 닦고 장갑을 물끄러미 바라보던 그가 장갑을 벗어 내며 대수롭지 않게 덧붙였다.

"확실히 맛은 좋군요. 앞으로도 윌리엄스 농가의 과일을 애용해야겠습니다."

"아니 그게 아니지. 너, 너 이 미친, 방금 뭐한."

그런데 레일리에게 다짜고짜 방금 전의 만행에 대해 따지려던 나는 어, 하고 괴상한 신음을 뱉었다.

"뭐라고?"

"한 번 더 해 드릴까요?"

눈을 부드럽게 접으며 생글생글 웃는 낯으로 나를 내려다보는 레일리와 다시 시선이 마주쳤지만, 나는 그깟 키스보다도 다른 말을 그냥 들어 넘길 수 없는 상태가 되고 말았다.

"무, 무슨 농가?"

미소를 머금고 있던 레일리의 눈가가 움찔 흔들렸다. 그가 상냥하게 되물었다.

"그게 지금 왜 중요하지요, 마스터."

"아, 아니, 아니, 시발. 무슨 농가라고?"

"윌리엄스 농가입니다만. 제가 키우고 있는 말 안 듣는 고양이님은 정말 먹는 것 외에는 관심조차 없으십니까?"

"아 씨발! 그런 중요한 건 미리 말해야지, 새꺄!"

나는 격하게 외치며 거칠게 자리를 박차고 일어났다. 마이어 후작에게 답장을 보내러 간 오토마타는 이미 한참 전에 방을 빠져나갔다. 나는 다급히 오토마타를 쫓아 뛰기 시작했다.

아, (삐), 이런 (삐) (삐). 내 욕설은 언제나 그랬듯 귀여워졌지만 이 상황은 추호도 귀엽지 못했다. 안 돼, 마이어 후작을 만나기 위해 바깥에 나갔다가 세레나와 마주쳐 버리기라도 하면 내 인생은 그대로 좆 되는 루트를 타 버린단 말이다! 마이어 후작에게 편지를 부치기 전에 재빨리 되찾아서, 유리 옐레체니카 백작은 몸이 많이 안 좋아졌으므로 당분간 칩거를 하겠다는 말을 써서 보내야 했다!

세레나에게는 미안하지만 걔도 걔 나름대로 평범한 농가 여식으로 살다가 적당한 남자 만나서 적당히 행복하게 사는 것이 ≪세레나의 티타임≫에서와 같은 파란만장한 삶보다는 나을지도 모른다. 아직 시나리오는 안 짰지만 내 주인공들 중에 인생이 평탄한 놈은 단 한 명도 없었으니, 세레나의 인생도 굴곡으로는 히말라야 뺨칠 것이 분명했다. 그러니 너 자신을 위해서라도 황태자 남친은 다음 생으로 미루렴, 세레나!

나는 너무나 다급했고, 결국 오토마타가 편지를 부치기 전에 편지를 되찾아서 편지를 다시 쓰느라 정신이 없었다. 애석하게도 이미 그 이전까지의 모든 문제는 죄다 머릿속에서 증발해 버린 후였다.

갑작스러운 ≪세레나의 티타임≫의 시작으로 인해 밤까지 고뇌하다가 잠자리에 누워서야 레일리가 한 짓을 떠올렸다. 아차, 키스당했지. 왠지 하루 종일 레일리가 아주 못마땅한 얼굴로 나를 바라보며 생글생글 웃고 있더라. 심지어 잠자리를 지키던 평소와 달리 잘 주무시라며 문을 쾅 닫고 나가기까지 했다. 그것이 나도 고의는 아니었는데.

"아니, 시팔 근데 정말 뭐였지."

레일리 자식 유리 좋아하지 않는댔잖아? 도통 모를 일이었지만 일단 나는 이불을 뻥 차며 아악 하고 늦은 비명을 내질렀다. 유감스럽게도 반나절 늦게 떠올리고 보니 첫 키스는 의도치 않게도 딸기 맛이었다. 게다가 레일리가 키스한 상대는 (아마도) 내가 아니고 유리일 텐데, 본인 입으로 유리에게 연애 감정은 추호도 없다고 못을 박기까지 했다. 정말 뭔데?

"아니 시팔 근데 정말 뭐지!"

게다가 이런 마땅한 질문을 할 만한 타이밍조차 놓치고 말았다. 하지만…… 하지만 정말 어쩔 수 없는 일이었다! 키스 따위보다는 살아남는

게 중요한 것 아니겠는가! 그래도 편지를 중간에서 다시 작성하는 일에는 성공했다는 점만이 위안이 됐다. 덕분에 이 의문에 확실하게 답을 내릴 방법이 사라져 버렸지만 말이다.

그리하여 자기 글에 빙의했는데 데드 플래그가 꽂힌 고인 예정 캐릭터의 몸 안이었고, 살 길을 찾아가는 와중에 최종 빌런 예정 캐릭터에게 돌연 남의 몸으로 키스를 받은 자캐코패스 작가(a.k.a. 나)는 뒤늦은 혼돈에 빠지고 만 것이다.

스발 대체 뭐가 어떻게 되어 가고 있는 거냐, 내 차기작. 언제나 그랬듯 지식인으로서의 고뇌를 담아 잎새에 이는 바람에도 나는 괴로워했다*.

* * *

키스를 당했다. 일단 이 글의 장르가 로맨스판타지인 만큼, 이건 아주 중요한 명제였다.

그렇다. 나는 집사에게 키스를 당했다.

……?

아무리 생각해도 이상했다. 여기는 로맨스판타지의 세계지만, 기본적으로 꿈도 희망도 없는 내 글이다. 그런데 돌연. 딸기를 먹다가.

¿키스를 당했다고?

아침에 눈을 뜨면 레일리의 얼굴을 어떻게 봐야 할지 고민하고 걱정했는데, 정작 아침에 나를 깨운 레일리는 평소와 다를 것이 없는 태도를 보였다.

그는 평소와 다를 바 없이 목욕물을 준비한 후 나를 깨웠고, 비몽사몽해서 제대로 판단을 이어 가지도 못하는 상태의 나를 자연스럽게 안아 들어 욕실 안에 집어넣었다. 나는 그 상태로 대강 물만 끼얹고 비척비척 돌아

*윤동주, 「서시」

나와 다시 레일리의 품에 얼굴을 박고 고롱거리다가, 고스란히 품에 안긴 채 아침상 앞에 앉아 식사 수발을 받아 가며 밥을 먹었다.

정신을 차린 것은 식사 도중이었다. 헉, (시)삐, 정말로 김레일리 집사가 키우는 나태하고 방종한 고양이님 같잖아. 이런 제길, 당황한 나머지 괄호가 바뀌고 말았다. 시(삐). 아무튼 전근대 사회의 집사 수발에 너무 익숙해지고 말았다. 현대의 인간으로서 반성해야 한다.

아무튼 정신을 차린 타이밍이 너무 늦어진 바람에 계획이 다 틀어졌다. '너 유리한테 연애 감정 없다며?' 하고 늦게나마 물으려 했는데, 이렇게 또 한 번 말을 꺼낼 타이밍을 놓치고 만 것이다.

급기야 기계적으로 일을 처리하면서 끊임없는 고찰을 시작했다. 유리를 좋아하지도 않아, 나한테는 평소처럼 시비를 걸어, 새 장갑을 꼈는지 장갑은 다시 말끔해졌고, ≪세레나의 티타임≫은 시작되고 말았다. 나는 더는 레일리의 키스 따위로 고민하고 싶지 않았다.

그냥 그, 그 뭐냐. 딸기가……. 먹고 싶었나.

그럴 리가 없지, 젠장.

결국 나는 윌리엄스 농가의 딸기를 먹은 지 불과 나흘 만에 초췌해지고 말았다. 그사이 솔데인 마이어가 건강을 걱정하고 안부를 묻는 편지를 보냈기에 걱정 마시라고 답장을 보냈고, 재차 그 편지에 대한 답장을 받아 또 한 번 답장을 보내기도 했다. 그러면서도 머릿속은 마치 주머니에서 갓 꺼낸 이어폰처럼 엉망이었다. 왜인지 이어폰은 어디에 어떻게 넣어도 꺼낼 때면 늘 꼬여 있지. 내 삶도 마찬가지였다.

내 데드 플래그를 뽑아내기 위해서는 그 전선을 따라가서 플래그를 찾아낼 필요가 있는데, 이 빌어먹을 전선 또한 여러 갈래로 엉망진창 꼬여 있어서 도무지 어느 전선이 플래그에 연결되어 있는지 알 수가 없을 지경이었다. 이 모든 것이 윌리엄스 농가의 딸기 탓 같았다. 살아남는 것도 돌발 행동을 한 레일리에 대한 대처도 물론 꼬였다. 어느 쪽이든 문제였다.

유리 옐레체니카의 예정된 데드 플래그야 세레나를 안 만나면 그만이겠지만 일단 글이 시작된 이상 놀고만 있기에는 마음이 불편했다. 애초에 세레나만 안 만난다고 해서 평화로운 인생을 살 법한 인물이 아니었음을 최근에 뼈저리게 깨닫기도 했다.

더구나 레일리가 평소와 똑같은 태도로 사사건건 수발을 들어 주고 있는데, 이마저도 영 불편했다. 다짜고짜 내게 키스했던 일을 굳이 입 밖에 내지도 않고, 일언반구 언급조차 않고 있는데 그 또한 불편했다.

사실 그냥 인생이 너무 불편했다. 내 글에 빙의했다는 점부터 인생 전반에 대한 황금빛 청사진이 그대로 끝장나고 만 것 같았다. 아, 그건 일단 확실하군. 추측형을 쓰다니 반성한다. 백 퍼센트 확신을 담아 말한다. 나 자신의 글에 빙의한 순간부터 내 인생은 망했다. 캐릭터 좀 덜 죽일걸.

아니, 애초에 캐릭터를 좀 덜 배배 꼬인 인간으로 만들었다면 김레일리의 만행으로 인해 이렇게까지 머리 싸매고 골치 아플 일은 없었을 것이다. 다시 생각해도 열 받네! 캐릭터 인성을 좀 괜찮게 만들어 놓을걸!

나는 지금까지 유지하던 매일의 성실하고 계획적인 삶을 모조리 내던진 채 하루 종일 서재에 앉아 의미도 없이 '세레나', '에슈마르크 대공', '마이어 후작', '레일리 크라하', '키스', '키스? 미친놈 아니냐.' 등을 한글로 써 둔 종이 위에 엎어져 끄적끄적 펜을 움직이거나 했다. 머리가 아팠다.

흐흑흑, 젠장, ≪세레나의 티타임≫은 애초에 내 글인 주제에 왜 이렇게 로맨스력이 넘쳐나서 나를 이렇게나 번민하게 만드는 거냐. 결국 반성의 흔적이라곤 하나도 없이 다시 ≪세레나의 티타임≫에 사랑이 너무나 넘쳐나서 이 꼴이라는 결론에 도달했다. 이 모든 게 이 자식들이 로맨스로 가득하기 때문이다. 역시 좀 더 서사를 망가트렸어야 옳았다. 사랑 따위 할 틈도 없이 말이다. 흐흑흑 흑흑.

그런데 머리를 쥐어 잡으며 책상 위에 이마를 굴리는 사이, 갑자기 불쑥 누군가의 손이 끼어들었다.

"엥."

평소와 달리 맨손이었다. 이마를 붙잡고 눈가를 비롯해 통째 덮어 버린 커다란 손 너머로 레일리의 불유쾌한 표정이 어렴풋이 보였다. 한 손의 장갑을 벗어 내고 내 이마에 손을 얹은 듯했다.

"뭐야."

날카롭게 말하며 상체를 세우려는데, 갑자기 레일리가 불쑥 몸을 숙였다. 그러더니 나를 번쩍 안아 들고 어딘가로 성큼성큼 옮기기 시작했다. "뭐야?" 당황해서 다짜고짜 내지르는데 레일리는 대꾸조차 제대로 하지 않았다. 그는 단지 나를 침실로 데려가더니 불쑥 침대에 내던지듯 내려놓았다. 유리 옐레체니카의 물빛 머리칼이 출렁 흔들리며 허공으로 떠올랐다가 가라앉는 모습이 시야에 화려하게 흐드러졌다. 나는 잠시 아연해졌다.

헉, 이 전개는 설마. 설마 설마 '당신의 마음을 가질 수 없다면 당신의 몸이라도 가지겠어.' 라는 식의 주인공 입장 배려하지 않는 막나가는 로맨스의 전개? 몇 십 년 전 유행이야? 아니, 그보다도 이 몸은 유리의 몸이지만 현재 상태 마음만은 제 거라서 정말로 곤란한데요! 애초에 나는 그런 식의 배려 없는 로맨스는 질색이다!

나는 캐릭터의 인성은 말아먹어도 캐릭터의 사회적 개념만은 빌런이 아니고야 말아먹지 않는 편인데, 레일리 크라하 네놈은 정녕 그렇게나 망한 개념의 소유자였단 말이냐? 아차, 이 녀석 빌런이지. 나는 무릎을 탁 치며 외쳤다.

"야! 너 유리 안 좋아한다며!"

다급히 이불로 몸을 둘둘 말며 방어 태세를 취하는데 레일리의 눈썹이 꿈틀거렸다. 그는 나를 강제로 이불에서 풀어내더니, 기어코 제대로 눕혔다. 그러더니 차분하고도 깔끔하게 이불을 제대로 덮어 주었다. 다행히도 걱정하던 전개로 흘러가지는 않을 듯했다. 내가 눈을 동그랗게 뜨자 그가 한숨 섞어 말했다.

"열이 있지 않으십니까."

"앗."

어쩐지 머리가 아프다 싶더니 열이었던 모양이다. 나는 또 내가 레일리에 대한 성의 있고 열성적인 고민을 하느라 열이 나는 줄 알았지. 내 표정을 물끄러미 바라보던 레일리가 또 한 번 경멸하는 듯한 표정을 지었다가 몹시 빡친 태도로 빙긋 웃으며 다정스럽게 말했다.

"모르셨다면 아십시오. 열이 납니다. 누워 계시면 약을 가져오겠습니다."

그 말을 끝으로 레일리는 즉시 내 머리맡에서 몸을 세우며 돌아섰고, 나는 반사적으로 그의 옷자락을 잡아챘다. 짧은 은발 아래로 날카롭게 치켜 올라간 보랏빛 눈동자가 뒤늦게 나를 향했다. 내가 왜 갑자기 레일리의 옷자락을 잡아챘는지는 나도 모를 일이었다. 인생 요지경이군.

일부터 저질러 놓고 뒤늦게 아차 싶어서 손을 쭉 폈다가 하핫, 하고 웃어 봤다. 레일리의 입꼬리가 또 성격 나쁘게 말려 올라갔다.

"무엇이지요, 마스터."

"야, 그."

나는 최대한 우회적으로 좋게 포장해서 표현을 할 수 있을 만한 방도를 찾으며 열심히 고민하다가, 반사적으로 툭 말해 버렸다.

"왜 키스했나?"

너무 직구데? 뱉자마자 후회했다.

내 난데없는 돌직구를 맞아 버린 레일리는 잠시 멀뚱히 서 있기만 하다가 뒤늦게 눈썹을 꺾었다. 그리고 아주 못마땅한 낯을 하며 인상을 찡그리다가 특유의 시건방진 태도로 입꼬리를 얼핏 올렸다. 그가 기분 나쁜 얼굴로 빙그레 미소를 짓더니 내 머리맡에 두 손을 짚고 상체를 숙였다.

"글쎄요. 이제야 묻기엔 너무 늦었다고 생각합니다만, 고양이님께서 친히 물으시는데 집사가 어떻게 대답을 하지 않을 수 있단 말입니까?"

내가 뭐라고 반응을 할 틈도 없이, 레일리가 다시 고개를 숙였다.

"얼굴이죠."

애석하게도 바람처럼 이루어진 두 번째 키스였다. 나는 멍청히 있다가, 본인이 의도한 일을 마치자마자 깔끔하게 몸을 세우려는 레일리의 옷자락을 다시 잡아챘다. 이번엔 나름대로 그를 붙잡은 이유가 명백했다.

그러니까, 결론은 유리를 좋아한다는 것 아닌가? 나는 두 눈 훤히 뜨고 코 베일 듯 두 번이나 키스를 당한 입장에서 '그럼 역시 네놈은 유리를 좋아하는 게 아니냐'고, 이전에 나누던 대화의 뒤를 이어 추궁을 시작하려 했다. 역시 이 부분에 대해서는 확답을 받아 둬야 앞으로 레일리 크라하라는 놈을 어떻게 대하고 어느 정도로 얘기를 나눌지 결정할 수 있을 것 같았다.

그런데 내가 질문을 꺼내려던 그 순간 돌연 노크 소리가 들렸다. 말을 시작하기에 앞서 반사적으로 시선부터 돌아갔다. 오늘도 역시 오토마타인가, 그렇다면 편지인가, 편지라면 요 근래 매일같이 편지를 주고받던 솔데인 마이어일까 싶었으나, 흘긋 고개를 들었던 레일리가 시큰둥한 얼굴로 다시 고개를 숙이더니 재차 입을 맞췄다.

"자, 잠깐."

나는 뒤늦게 반응했다. 그의 어깨를 붙잡고 밀어내기 위해 손끝에 힘을 줬다.

얼굴이 좋으면 일단 유리 옐레체니카에 대한 호감이 아닌가. 같은 맥락에서 어차피 내 몸도 아니니 키스 한두 번 한다고 문제는 아니었지만, 그것만은 짚고 넘어가야 했다. 애초에 나는 유리 옐레체니카가 아니란 말이다. 아무리 사정이 사정이라지만 나 아닌 다른 누군가, 백 퍼센트 타인으로 오해받고 키스를 당했는데 기분이 좋을 일은 없었다.

그뿐만이 아니다. 그래서 차마 존재를 설명할 수 없는 '나'를 제외하고도 레일리 크라하는 유리 옐레체니카에게 연애 감정을 품은 거냐, 뭐냐. 하기야 죽은 후에 시체까지 안고 숲 속으로 사라질 정도의 사랑이면 전례 없이 대단한 사랑이기는 할 것이다. 그런데 이렇게 즉시 말을 번복할 거면 왜 안 좋아한다고 뻥을 쳤냐 이 말이지.

그런데 이 자식이 급기야 사람이 싫다고 하든 말든 다짜고짜 밀어붙이기 시작했다.

"굳이 저를 잡아 세우셨으니 후작의 편지에는 나중에 답장하십시오."

"아니, 미친놈아, 잠깐 좀."

"열이 꽤 심하시군요."

"아, 그런 거 혀로 알아보지 말고 온도계나 가져와! 그리고 일단 떨어져!"

"열부터 잰 후 약을 드시기 전에 공복을 채울 간식을 해 드리겠습니다."

"내가 짐승이냐?!"

"이제야 아셨군요, 고양이님. '야옹' 해 보시죠."

"이 쉬팔쉐끼가."

무릎을 세워 급소라도 후려치려는데 읍 소리와 함께 다시 부드럽게 키스당했다. 숨이 꿀꺽 목 안쪽 깊은 곳으로 넘어가 버렸다.

아, 아니, 근본적으로 무언가가 잘못됐다. 이 자식은 일평생 사랑 따위 해 본 적 없을 것 같은 인종인 주제에 대체 왜 이렇게 키스를 잘하는 거냐. 역시 로맨스 장르 남자 주연진의 가장 기본적인 요소인 톨 앤 핸섬, 리치 앤 영, 빅 앤 절륜을 이 자식도 디엔에이 단위로 타고났단 말인가?

레일리 크라하의 인생을 어떻게 하면 아름답고 짜릿하고 늘 새롭게 말아먹을지만 고민했지 그런 설정은 한 적조차 없는데 그만 내가 저지르지 않은 설정에 대해서마저 책임을 지게 생겼다. 머릿속이 어찔해졌다. 녹진한 숨이 입술과 입술 사이에서 뭉개졌고, 금세 달짝지근하게 포개지고 있었다.

그러나 즉시 이어진 네 번째 입맞춤이 어떻게 제대로 형체를 갖추기도 전에, 문 밖에서 돌연 낯익은 목소리가 들려왔다.

"갑자기 찾아와서 실례겠지만, 백작. 아무리 그래도 그렇지 손님이 도착한 지 30분이 족히 지났는데도 아무도 맞이하러 나오지 않는 저택은 처음이군."

레일리의 움직임이 딱 멈췄다. 나도 침대에 누운 채 레일리의 어깨를 붙잡고 가까스로 밀어내던 자세 그대로 딱 굳었다. 문밖에서 들려오는 목소리는 익숙하진 않아도 최소한 기억에 또렷하게 남아 있는 음성이었고, 대번에 그 주인을 알아챌 수 있을 정도로 독특하게 아름다웠다.

문제가 한두 가지는 아니었지만 그중에서도 가장 큰 문제를 말하자면, 방금 들려온 것이 이 집에 지금 있을 작자의 목소리는 아니라는 것이었다. 남자가 웃음기 섞어 속삭였다.

"이 저택에는 정말 기계밖에 없나?"

달콤한 목소리가 안부라도 묻듯 다정하게 떨어져 나왔다. 레일리의 심기가 즉시 불편해졌다. 그는 웃음기도 없는 낯으로 고개만 돌려 문 쪽을 바라보다가 자리에서 일어났다. 나는 레일리에게 짓눌리다시피 침대에 누워 있다가 멍청히 상체를 세웠다. 목소리만 들어도 누군지 명백했다.

에슈마르크 대공이었다.

내가 벌떡 상체를 세우는 사이 레일리가 대신 인기척을 냈다.

"죄송합니다, 대공 각하. 마스터께서는 현재 몸이 안 좋아 주무시고 계시니 추후 다시 방문해 주시지 않겠습니까? 괜찮으시다면 제게 말씀해 주시기를 부탁드립니다. 깨어나시면 전해 드리겠습니다."

그런 방법이 있군.

나는 알렉시스 에슈마르크를 상대하고 싶지 않았으므로 잽싸게 다시 누워 이불 안을 파고들었다. 그런데 흘긋 나를 바라봤던 레일리가 묘한 태도로 시선을 깔더니 장갑 낀 손으로 내 머리를 쑤석쑤석 헤집어 놓았다. 나는 베개에 파묻힌 채 눈을 댕그렇게 떴다가 급기야 이불 밖으로 가운뎃손가락을 내밀었다. 레일리는 또 한 번 생긋 웃더니, 주인의 손가락을 부러트릴 기세로 곱게 접어 버렸다.

그리고 그가 나를 뒤로한 채 문을 살짝 열고 바깥으로 나가려는 순간, 에슈마르크 대공이 평온한 태도로 용건을 뱉어 냈다.

"제안 한 가지를 하러 왔네. 비밀이 될 만한 일은 아니지만, 나도 당장 바쁜 일은 없으니 백작이 깰 때까지 기다리지."

그의 대답을 들은 레일리가 뻔뻔하고 날카로운 태도로 응수했다.

"그에 앞서 차를 내 드리겠습니다. 기척을 느꼈다면 제가 미리 눈치채고 나가서 모셨을 텐데, 방문 앞까지 오시게 만들어 죄송합니다."

"주인의 침소를 정돈하고 있었다면 조금쯤은 실수를 할 수도 있지. 옐레체니카 백작이 곁에 사람을 많이 두지 않음을 알고 있으니 이해하네. 걱정하지 않아도 좋아."

"기별이라도 주고 오셨다면 보다 제대로 대접해 드릴 수 있었을 겁니다. 너무 미흡한 대접이 되지 않을까 걱정이 됩니다. 각하, 이쪽으로."

레일리가 산뜻하게 웃는 목소리로 대답하며 방문을 닫고 에슈마르크 대공을 안내해 성큼성큼 걷기 시작했다. 너무 산뜻하다 보니 도리어 비꼬는 투 같았다. 본디 레일리 크라하의 화법이란 그 꼴이었다. 실제로도 비꼬는 말이 맞았다.

사실 나로 말할 것 같으면, 그 말을 듣고야 아차 싶었다. 본래 이 저택에 사는 인간 둘은 대륙에서 제일가는 초월자 두 명이며, 에슈마르크 대공은 유리 옐레체니카보다도 우수한 마법사다. 그가 제대로 기적을 내고 다가왔다면, 방문 앞에 서기까지 레일리가 에슈마르크 대공을 감지하지 못했을 일이 없다.

더불어 일반적으로 오토마타는 손님이 오더라도 응접실로 안내하지, 이리로 데려올 리가 없다. 보통은 오토마타가 응접실로 안내한 손님을 레일리가 한 번 검사한 뒤 들여보내는 게 옐레체니카 저택의 기본 입장 수순이었다.

물론 그렇게 들일 만한 손님이 찾아온 적은 지금까지 단 한 번도 없었다.

유리 옐레체니카에게 친구 따위 없기 때문이다. 내가 유리의 몸을 쓰게 된 이래 이 저택에 들어온 외부의 것이라고 해 봤자 편지 정도가 전부였다.

그러니 더더욱 기가 막힌 상황이었다. 우선 오토마타가 안내하지 않은 것부터 수상쩍고, 만일 오토마타가 안내하지 않는다면 여기까지 들어오기 위해 첫째로 자동 방범 시스템을 뚫어야 하고, 둘째로 미친 솜씨의 암살자 출신 레일리의 감각에 잡히지 않도록 자신을 숨겨야 하고, 셋째로 유리 옐레체니카의 보안 마법에 걸리지 않을 만큼 대단한 마법적 수완을 지녀야 한다.

이야, 속속들이 에슈마르크 대공을 설명하는 문장 그 자체지만 저놈이 여기에 올 이유는 정말이지 없다. 게다가 시발, 애초에 오토마타는 손님을 기다리게 하지 않는다! 방범 시스템이나 정문의 보안에 기척이 잡히자마자 오토마타가 전투나 응대를 위해 문으로 마중을 나가기 때문이다.

요컨대 에슈마르크 대공이 던진 말의 모든 부분에 양심이 없다는 뜻이 된다. 본인이 오토마타를 회피한 데다 레일리와 내게 저지당하지 않도록 온갖 능력을 발휘해 남의 침실까지 기어들어 와 놓고 30분 동안 반응이 없었다고 개지랄을 한단 말인가? 그러는 댁은 손님 주제에 30분 동안 기별도 없었잖아, 시발! 굳이 기척을 죽이고 찾아온 건 뭔가 우리 몰래 캐고 싶은 정보가 있었다는 뜻이 아니겠는가? 예를 들어 비밀스러운 대화를 엿들······. 으려 했다······. 든가······.

잠깐, 그럼 혀로 온도를 재고 어쩌고 운운을 한 것도 들었단 얘기가 아닌가. 나는 생리적인 반응으로 이불을 뻥 차올리며 고통스러워했다. 아무리 나여도 그런 민망한 짓을 소리 높여 떠드는 일을 남에게 굳이 내보일 정도의 뻔뻔함을 갖춘 건 아니었다. 아니, 그보다도 진짜 의문은 따로 있다. 대체 왜 키스했느냐 이 말이다.

뭘 어떻게 좋게 생각하려 해도 레일리 크라하의 키스는 수상했다. 그걸 곧이곧대로 키스라고 해석할 수는 없다. 내 캐릭터의 인성이 으레 그렇듯 레일리 크라하의 인성 역시 배배 꼬여 있었고, 더군다나 처음에 내가 분명 나 자신을 두고 유리 옐레체니카와 같은 육신을 공유하는 다른 인격이라고 주장하지 않았던가? 이런 상황에 키스를?

김레일리의 만행은 단순한 키스의 형태를 갖추고 있었지만, 내가 고려해야 하는 요소는 한두 가지가 아니었다.

첫째, 레일리 크라하는 유리 옐레체니카를 사랑하는가? 이건 일단 알 수 없으니 보류한다 치더라도, 그에게 유리가 뭔가 특별한 존재라는 것은 분명했다. 애초에 레일리 크라하의 인생을 구제했고, 어떤 식으로든 빚을 갚을 요량이라고 자기 입으로도 말하지 않았던가? 하지만 그가 이미 말했듯, '어떤 식으로든 돌아오길 기원하는 유리 님'은 부재중이다.

둘째, 그렇다면 레일리 크라하는 '내'가 깃들어 있는 상태와 기존의 유리 옐레체니카를 동일시, 혹은 혼동하는가? 이게 문제인데, 그는 그런 조짐은 커녕 사사건건 '나'를 유리 옐레체니카와 분리하고 싶어 안달이었다.

셋째, 그러면 레일리 크라하는 '나'에게 키스했는가, '유리 옐레체니카'에게 키스했는가?

그게 아주 큰 문제였다. 유리 옐레체니카에게 키스를 한 거라면 내 기분은 개 같지만 실질적인 문제는 없다. 레일리 크라하가 유리 옐레체니카에게 품은 깊고 진한 은애의 감정에 떠밀려, 내용물로 내가 있는 틈을 빌려 남몰래 입이라도 맞춰 보고 싶었을 수도 있지 않겠는가.

그런데 레일리가 유리와 나를 제대로 구분 짓고 있는 상황에서, 요컨대, 그가 키스한 상대가 나라면? ……?

역시 이 새끼 무슨 속셈이지?

애초에 나는 대체 왜 로맨스판타지에 빙의해서 키스 한번 당한 걸 가지고 온갖 가설을 떠올리며 알 수 없는 저 녀석의 속셈을 두려워하고 괴로움에 몸서리쳐야 하는 거냐.

소리 없는 아우성을 치며 침대 안에서 머리를 쥐어뜯다가 결국 발딱 일어났다. 어차피 내가 멀쩡히 깨어 있다는 사실을 대공이든 레일리든 뻔히 알고 있다면 굳이 시간을 끌 이유가 없었다. 내가 깰 때까지 기다리겠다고 저쪽에서 선수를 치기도 했으니, 어찌 되든 대공과 이야기를 나누기는 해야 했다.

주섬주섬 자리에서 일어나다가 무언가에 콧등이 가볍게 눌렸다. 가느다란 실 같았다. 순간적으로 머리카락인 줄 알고 손을 들어 그걸 떼어 내려하다가, 손목 역시 무언가에 눌려 있다는 사실을 깨달았다. 뒤늦게 그것이 은사임을 눈치챘다. 단숨에 사람의 살갗을 베어 내는 종류의 은사는 아니었지만, 날뛰다가는 뭉텅뭉텅 다치게 될 것이다.

이 망나니 같은 새끼가 또, 또 주인의 침실에 이딴 짓을 했단 말인가. 정말이지 어처구니가 없어서 견딜 수가 없군.

슬그머니 탁상 위로 손을 뻗어, 물이 담겨 있던 유리잔을 흔들어서 근처에 물을 조금씩 뿌려 보았다. 얼마 지나지 않아 이슬이 방울방울 매달린 은사들이 비로소 제대로 형상을 내보이게 됐다. 혹시라도 몸을 빼돌릴 만한 틈이 있을까 싶어서 시도한 일이었는데, 이 미친 집사 새끼가 꼼꼼하게도 은사를 쳐 둔 모양이었다. 팔뚝 이상으로 통과할 만한 구멍은 없었다.

결국 나는 다시 이불 안으로 기어 들어갔다. 허용된 움직임의 범위는 딱 그 정도였다.

그런데 깜빡 눈을 감았다 떴더니 레일리가 눈앞에 있었다. 그는 여느 때와 같은 태도로 내 머리맡에 앉아서 팔랑팔랑 아이싱 방법이 적힌 책을 넘기다가 내 기척을 느끼고서야 흘긋 시선을 돌렸다. 나는 그를 멍하니 응시하다가 벌떡 일어났다. 은사는 없었다.

"야, 대공은?"

"응접실에서 하염없이 기다리다가 저녁 무렵이 되는 바람에 돌아갔습니다. 마스터께서 정말로 그 상황에 잠드실 줄은 몰랐습니다만. 어쨌든 오토마타들에 새로운 보안 시스템을 추가해 두겠습니다. 알고리즘이 내재

된 마력석 정도는 얼마든지 사서 박으면 됩니다."

"네가 움직이지도 못하게 은사로 감아 놨잖아. 잠든 게 내 탓이냐?"

"잠옷 차림으로 대공의 앞에 뛰어나가는 방종한 짓은 삼가라는 의미에서 만들어 둔 예방책이었습니다만, 마스터께서 정말로 그 상황에 잠드실 줄은 몰랐군요."

"아차, 잠옷. 아니 근데 보통 움직이지도 못하고 누워 있으면 당연히 잠든다고."

"마스터께서 정말로 그 상황에 잠드실 줄은."

"아, 거, 네. 죄송합니다."

레일리는 또 자동 응답 기계 패턴을 사용하며 나를 힐난했고, 나는 더 듣기 귀찮아서 대강 대답한 후 몸을 세워 앉았다. 머리칼을 벅벅 헤집으며 곰곰이 곱씹다가, 이윽고 다시 에슈마르크 대공에게로 생각이 흘러갔다. 고의는 아니었지만 무사히 대화도 회피했으니, 이제 남은 문제는 그가 왜 굳이 기척까지 죽이고 찾아왔는가에 대한 의문뿐이다.

"그래서 용건은 뭐였대?"

"마법을 가르쳐 주겠다더군요."

"허?"

눈을 세모꼴로 뜨며 레일리를 휙 돌아보자, 디저트 만드는 방식이 나와 있는 책을 접고 홍차의 블렌딩과 관련된 책을 새롭게 펼치던 그가 대수롭지 않게 대꾸했다.

"기억을 잃었다면 정령술이나 마법을 쓰는 방법도 기억하지 못할 것 같았다며, 괜찮다면 주기적으로 시간을 내서 지도를 해 주겠다고 합니다."

"왜?"

"뷔올의 전력이기 때문에, 라고 하더군요. 마스터께서는 어찌 이해하실지 모르겠습니다만 믿을 말은 아닙니다."

"나도 알아. 황제랑 사이가 좋은 것도 아니면서 왜 뷔올의 전력 운운이야.

자기 힘이 되라는 건가……. 아니, 그렇게 되기엔 너무 맥락이 이상한데. 애초에 기척을 죽이고 내 저택에서 뭘 한 거야? 실험실이나 창고나, 여러 가지 확인은 해 봤어?"

턱을 만지작거리며 끙 소리를 뱉어 내는데 어쩐지 뺨이 따끔따끔했다. 뭔가 싶어서 고개를 들었다가, 책을 펼치고만 있을 뿐 나를 빤히 바라보던 레일리와 시선이 마주쳤다. 어쩐지 관찰하고 경계하는 듯한 태도였다. 턱을 손끝으로 긁적이던 나는 엥, 하고 얼빠진 소리를 뱉으며 고개를 기울였다.

"왜 그렇게 봐?"

여기까지 말했다가 아차 싶어서 벌떡 일어나며 레일리의 멱살을 잡아챘다.

"생각해 보니 아까 말하다 말고 나갔잖아! 너 그래서 유리를 좋아하는 거야, 뭐야?"

"마법은 배우실 생각이십니까?"

"그건 나중에 알아서 편지 쓸 테니까 신경 쓰지 말고 대답이나 해 봐. 안 좋아한다며? 그런데 왜 키스를 해? 유리가 좋으면 유리가 있을 때에 수작을 걸란 말이다. 내가 있을 때 말고!"

"유리 님에 대해서는 좋게 여기고 있음이 사실입니다만, 말씀드렸잖습니까? 고양이처럼 귀여워해 드리고 있는 겁니다. 유리 님은 고양이처럼 키워 드려야 하는 분은 아니었지요."

태연히 대답한 그는 자신의 타이를 휙 잡아끌어 코앞으로 잡아당긴 내 손끝을 꽉 쥐어 잡으며 그대로 고개를 숙였다. 다시 읍 하고 입술이 틀어 막혔다. 허리가 주춤 뒤로 물러나다가 반대쪽 팔에 붙들려 비정상적인 자세로 가까스로 레일리의 팔에 의존해서 멈춰 섰다. 아, 잠깐만. 지금 촉이 왔다.

"너 시팔 그냥 성가실 때 입 막고 있는 거지."

"에슈마르크 대공이 제안한 조건은 다음과 같습니다. 첫째, 대공저에 직접 찾아올 것. 둘째, 집사를 동반하지 말 것. 셋째, 매주 주말에 반나 절씩. 대공은 이 나라에서 가장 많은 업무를 담당하는 인사 중 한 명이 니 그만한 시간을 빼는 것은 상당한 성의의 표현이지만, 그 목적은 알지 못해도 이 '성의'가 어째서 발휘되었는지 고민 정도는 해 보셔야 하는 것 아닙니까."

"직접 찾아오라고?"

무슨 그런 수상한 강요를 했단 말인가? 인상을 찡그리며 레일리의 얼굴 을 붙잡고 꾹 밀어내는데 눈을 가늘게 뜨며 시선을 깔았던 그가 태연히 대답했다.

"단도직입적으로 말씀드리겠습니다. 언제 돌아올지도 모르는 분을 마냥 기다리고만 있을 수는 없습니다. 여러모로 아직은 '유리 옐레체니카'가 필 요합니다. 마스터께서 실용적인 효율을 올리지는 못하고 계시니 제가 알아 서 '유리 님'을 찾거나, 불가능하다면 '만들'겠습니다만. 방종한 짓은 '유리 옐레체니카'가 필요한 일이 마무리된 후에 얼마든지 하십시오. 제가 상대해 드리겠습니다."

손에서 레일리의 타이를 얼핏 놓치는 순간 그가 재차 고개를 숙였다. 여전히 몹시도 달콤하고 산뜻한 키스였다. 반사적으로 그의 어깨를 밀어 내려다가 풀썩 쓰러졌다. 그리고 다시 입술을 뺏겼다.

"그때는 얼마든지 말 안 듣고 시간이나 축내는 고양이님을 성심성의껏 귀여워하며 키워 드릴 테니 말입니다."

퍽 정중한 말투였지만 당장에 하고 있는 짓은 도무지 예절과 도리를 아는 집사의 행동거지가 아니었다.

레일리가 진득하게 입을 맞추며 나를 조금씩 밀어내서 침대에 눕게 만든 후에야 타이를 정돈하고 상체를 세웠다. 내 눈꼬리가 하늘 높은 줄 모르고 휙휙 올라가는 것을 발견하고도 그는 태연한 낯짝이었다.

"자꾸 연애 감정으로 설명해 드리길 바라시는 것 같으니, 그쪽으로 간단하게 요약하자면 '스스로도 지각하지 못한 애정에 의한 질투' 정도로 해 두지요. 고양이님께서는 제가 키워 드리는 대로 얌전히 털이나 고르고 계시면 됩니다."

"질투 같은 소리 하고 있네. 너랑 내가 사용하는 '질투'의 사전적 정의가 그렇게나 다르냐?"

"잠시 나갔다 올 테니 얌전히 다시 주무시기나 하십시오."

"너 진짜 수상하다. 뭔 짓을 하고 있는 건데?"

내 말을 들은 그가 담담한 얼굴로 싱긋 미소를 지었다.

"'친구' 만나고 오겠습니다."

개소리다.

웃기지 마라, 레일리. 작가 공식 설정으로 말하건대 너한텐 친구 같은 거 없어.

므라우? 므라우의 잔당인가? 개소리를 하는 레일리에게 조금 더 캐묻기 위해 눈을 휙 치켜뜨고 반항적으로 몸을 세우다가 다시 어깨를 확 눌려서 부드럽게 키스당했다. 늘 그랬듯 이번에도 키스만은 다정했다. 머릿속은 더더욱 복잡해졌다.

레일리 크라하는 '유리 옐레체니카'가 에슈마르크 대공이나 마이어 후작과 가까워지길 바라지 않고 있다. 하지만 본인에게는 '유리 옐레체니카'가 필요하다. 내가 막무가내로 돌아다니며 그들과 가까워지면 레일리 크라하는 곤란해진다. 그래, 뭐, 그야 그렇겠지. 잠깐. 그래서 결론은 뭐야.

"이, 이 미친놈아, 그래서 왜 나한테 키스를 하냐고!"

"말했잖습니까."

레일리가 그것도 이해하지 못하느냐고 경멸하는 태도로 시선을 깔았다. 그리고 이번에는 내 얼굴을 꽉 부여잡고 상당히 깊게 입을 맞췄다. 신음처럼 억눌린 끙 소리가 엉겁결에 새어 나갔다. 다급히 시트를 붙잡은 손끝에 힘이 들어갔다.

"고양이님께서 마땅히 재롱을 부릴 방향이 어디인지도 곰곰이 생각해 보시는 게 좋을 겁니다."

그러니까 애초에 이 자식의 이런 태도를 어딜 어떻게 봐서 훌륭한 집사의 태도로 생각해야 한단 말인가?

《세레나의 티타임》은 시작되었지, 알렉시스 에슈마르크는 수상쩍은 제안을 하지, 레일리 크라하 이 미친 새끼는 어디에서 뭘 하고 다니는지 알 수가 없다.

'친구'라면 분명 유사인족일 것이다. 므라우 잔당을 주축으로 한 해방 운동의 중앙에 유리와 레일리가 있다는 추측이 틀리지 않았다면, 레일리가 말하는 '유리 옐레체니카'의 필요성이라는 것도 대강 일목요연해진다. 그리고 그 과정에서 내가 기억을 잃었다며 설치고 다녀서 에슈마르크 대공이나 마이어 후작과 긴밀해지면 곤란해지겠지. 거기까진 이해했다.

그러니까 내 말은, 대체 왜 네가 나한테 키스를 하느냐고?

일단 유리 옐레체니카에 대한 사랑은 아닌 듯했다. 그렇다고 해서 나를 향한 애정일 이유도 없다. 충동적이라기엔 한번 입술을 댄 후로는 거칠 것이 없이 밀어붙이고 있다.

나를 꼬드겨서 말을 잘 듣게 만들겠다는 속셈인가? 나를 연애 관계로 묶어 두면 여러모로 편해지니까? 연애니 결혼이니 하는 변명으로 인해 미미하게나마 인연이 생긴 에슈마르크 대공이나 마이어 후작과의 교류를 차단하고 나를 통제할 수 있기 때문에?

하지만 그런 것치고는 내 마음을 휘어잡을 만한 매력적인 태도를 취하는 것도 아니었다. 이 태도는……. 아무리 잘 봐 줘도 '내가 하고 싶으니 한다', 그 이상도 그 이하도 아니었다.

아! 정신 차리자. 나는 지금 로맨스 장르의 안에 들어와 있단 말이다. 알 게 뭔가? (삐), (삐), 귀여운 신호음을 자꾸 뱉는 내가 너무 매력적이어서 김레일리가 반해 버렸는지도 모르는 일 아닌가?

아 시팔, 말이나 되는 소릴 해야지. 나는 레일리가 쌩하니 나가 버린 후 다시 침대에 머리를 박았다.

애초에 므라우의 잔당들이 어딘가에서 숨을 죽이고 때를 기다리는 중인 데다가 누군가는 남들 모르게 반인 혁명을 준비하고 있는 일촉즉발의 시대관이다. 그 반인 혁명의 주축에 섰던 희대의 발명가 유리 옐레체니카는 오른팔인 레일리 크라하에게조차 알리지 않은 채 비밀 실험을 진행하고 있었으며, 그 주제는 아마도 수상쩍은 불사약.

더군다나 황제의 막냇동생인 원작의 서브 남주는 전무후무한 쓰레기로 추정된다. 문제의 시대적 폭풍, 반인 혁명의 주체적인 인물은 바로 내 집사고 말이다. 그런데 사랑 따위는 모르고 알아서도 안 되는 그 집사 새끼가 나에게 별안간 키스를 했다. 하지만 유리 옐레체니카를 사랑하는 것은 아니라고 한다. 그렇다면 그 이유는? 목적은? 숨어 있는 음모는?

이런 개씨발, 대체 무슨 로맨스판타지의 세계관이 이 모양 이 꼴이란 말인가? 왜 나는 로맨스판타지에 빙의해 놓고 이런 고민에 골머리를 썩어야 하는가? 내 로맨스판타지는 정말로 이대로도 괜찮단 말인가? 역시 내 글 따위에 빙의한 순간부터 애석하게도 내 인생 또한 이어폰 꼴이 되고 말았다. 주머니에서 갓 꺼낸 이어폰 꼴!

이유는 모르겠지만 어느 순간부터 꼬여 버려서 이제는 아무리 풀고 싶어도 풀 수 없는, 최악의 망해 버린 상태 말이다!

Ⅳ. 글의 시작

11. 푸른 숲 공방

· 통칭 '사람이 돌아 나오지 않는 숲'
· 발견: 2천 4백 년 전. 최초 방문자는 대마도사 몬타뉴 경.
　　　　유일한 생존 귀환자이기도 했으나, 네 번째 방문에서 실종.
· 재등장: 2천 년 전, 망국의 왕녀 실비아 에레스타 방문 후 귀환.
　　　　이때부터 '총기'가 등장, 뷔올 건국.
· 대두: 우연한 방문자, 공방의 존재 주장. '전구'가 등장.

"푸른 숲은 세계의 근원과 맞닿아 있는 치열한 마력의 터전이니,
응당 제가 그것을 통제하고 말을 삼가며 섭리와 표준,
중심과 원리에 대한 비밀을 지켜야 함을 이해해 주셔야 합니다."

　　→ 아무리 생각해 봐도 이게 뭔 대사냐. 유리도 참 범상치 않았던 건 확실한 듯.
　야, 왜 깔수록 오리무중이야. 일단 자료 조사는 여기에서 멈추고 가설을 좀 세워 봐야겠음.

·
·
·

문제 상황 1. 페도라의 남자와 관련된 의문
　　　　　　(feat. 유리 옐레체니카의 비밀스러운 xxx?)
문제 상황 2. 유리의 연구 주제는?
문제 상황 3. 피투성이 실험실 씨발.

문제 상황 4. 그래서 유리 옐레체니카에게는 대체 무슨 일이 생겼으며,
그 결과 어디로 사라졌는가?
→ 그래서 위협을 가한 인물은 누구고, 그 목적은 무엇일까?
유리 옐레체니카가 죽을 법한 사건이 뭔지?
그 죽음의 형태가 타살인지 사고인지?

참고해야 할 점) 알렉시스 에슈마르크가 수상하긴 한데
알렉시스 에슈마르크에게는 그런 짓을
저지를 마땅한 이유가 없다.

.
.
.

지금 이게 중요한 게 아님. 세레나가 수도에 상경했다.
원작이 시작됐음!

일단 세레나를 피해야 하니 마이어 후작과의 약속은 취소.
그나저나 시발 키스당함. 아니 이게 중요한 게 아닌데.
그래, 살아남기 위해서는 좀 더 생각해 봐야 한다.
그래, 윌리엄스 농가가 수도에 등장했다.
즉, 세레나가 나타났다 이거지.
마이어 후작한테서 살인 사건 얘기 도 좀 더 자세히 들어야 하고,
알렉시스 에슈마르크가 너무 수상쩍으니
확인은 좀 해 봐야 할 것 같은데 그래서 대체 왜 키스했지.

레일리 크라하 이 새끼 진짜 뭔 꿍꿍이야. 정치적인 이유나 예방책…….

아니면 나를 통제하기 위한 수단?

그런데 이 새끼가, 이유가 뭐가 됐든지 갑자기 키스라니? 미친놈 아니냐.

아니, 이 생각 그만해. 하지만 왜 갑자기 내가 걔한테 키스를 당해?

아 시발……. 생각할수록 쪽팔리네,

대공 개자식은 왜 기별도 안 하고 와서 지랄…….

애초에 걔가 왜 나한테 마법을 가르쳐 줘? 꿍꿍이가 의심스럽다.

얼마나 의심스럽냐면 나한테 키스한 레일리 크라하만큼……. 이런 염병.

김레일리 크라하 미친 새끼 때문에 생각이 안 이어짐.

어쩔 수 없지, 지금부턴 실전이다!

B-5조가 살해당했음.
지난 초여름부터 시작된 일.
초여름.
초여름.
그래, 생각해 보자……. 이성적으로. 초여름.

이 시대에 가장 신에 가까운 인물.
그래, 당신, 정말로 무슨 생각이지?

SIDE OUT: 작가에게 로맨스를 촉구한다! (2)
Vol. 2 ― 레일리 크라하

레일리 크라하는 기분이 나빴다. 뭐가 어떻게 기분이 나쁘냐고 묻는다면 설명할 길은 없지만 아무튼 기분이 나빴다. 그는 손가락 끝을 상 위에 툭툭 두드리다가 힐금 시선을 깔았다.

유리 옐레체니카의 몸을 하고 방종하게 나돌아 다니는 망나니 같은 '마스터'의 입을 강제로 막아 두고 저택을 나오는 길에, 그는 또 한 번 편지를 발견했다. 이번에도 역시 솔데인 마이어였다.

못마땅하게 편지 봉투를 이리저리 뒤집어 보다가 품에 넣어서 들고 나왔다. 오토마타에게 넘기면 알아서 마스터에게 전달했을 테지만 그냥 챙겼다. 아무리 생각해 봐도 기분이 나빴다. 단지 불쾌했다. 이 모든 것이 멍청한 마스터 때문이다. 그녀는 책임을 져야만 한다. 물론 이유나 근거는 없다.

검은 망토를 깊게 눌러쓰고 굽이굽이 길을 돌아 찾아든 장소는 뷔올 외곽, 작은 상단으로 위장한 저택 3층의 작은 방이었다. 어떻게든 살아남은 반인들이 꾸역꾸역 모여들어 자리를 잡은 장소이기도 했다.

세상의 모든 법칙과 규율에서 소외된 자들이 있다. 언젠가는 그들을 압제하는 자들을 깔끔하게 몰아내고 다시 세상의 기득권을, 그 강대한 힘으로 손에 넣기로 약속했다. 누구에게도 인정받지 못한 반쪽짜리 인간들이 어느 순간부턴가 세상을 뒤엎기로 작당을 했다.

쫓겨나고 쫓겨나 도달한 땅마저도 산산이 파괴되었을 때, 이미 방아쇠는 당겨졌다. 폭약에 불을 붙인 것은 자신들을 소위 '인간'으로 구분하는 '보편적인' 자들이었다.

유사인족이라 불리는 자들이 있다. 개중에서도 반인이라 불리는 끔찍하고 괴이한 것이 있다. 인간과 닮았지만 아무튼 인간과는 다른 그것들이 언제 어떻게 시작되었는지는 그들 자신조차 알지 못한다. 그저 사회는 그들을 두고 이단이며 변종이라고 불렀다. 그래서 그들 역시 자신들이 이단이며 변종이라고 믿으며 살아왔다.

일반적인 '인간'과 다른 태생을 가졌다는 이유만으로 그들은 누가 되었든 위협받는 삶을 살아야 했다. 사회는 그들에게 가혹했다. 레일리 크라하는 그나마 축복받은 편이었다. 그는 그 가혹함을 위협할 수 있을 정도로 강력했다.

압도적인 힘이었다. 태어날 때부터 대단했다. 번개인은 본래부터도 드문 편이지만, 개중에서도 레일리 크라하처럼 공격적이며 파괴적인 힘을 지닌 자는 희귀했다. 아니, 유일했다고 말하기에도 어려움이 없다.

어느 생명체나 덜 자라 미숙할 때에는 연약한 것이 인지상정이건만 레일리 크라하는 네 살에 처음으로 사람을 죽였다. 첫 번째 살해 따위를 마음에 둘 정도의 감상적인 성격은 아니지만, 타고난 기억력이 좋아 아직도 그때의 일을 기억한다. 므라우 구석에서 매음업을 알선하던 조인 남자였다.

레일리 크라하는 신체능력도 뛰어나지만, 일반인은 도무지 상대할 수 없는 번개의 힘을 다룰 수 있다. 날래고 튼튼한 조인이라 해도 자연의 힘을 빌린 재앙을 이길 수는 없었다. 마법적 능력조차 지니지 못한 평범한 반인 따위는 도무지 그의 상대가 아니었다. 네 살짜리 반인의 육신은 연약했지만, 그 안에 깃든 것은 강대한 자연의 힘이었다.

그 일을 계기로 이름이 알려졌다. 그런 무법지대에서 매음업 따위를 했으니, 아마 그 조인 남자 역시 꽤나 난폭한 인물이었을 것이다. 하지만 레일리 크라하의 특수한 능력 앞에서는 어떤 괴력도 무의미했다. 누구누구를 죽인 꼬마. 레일리 크라하는 순식간에 므라우 안에서도 손에 꼽히게 위협적인 존재가 됐다.

그 '악명'이 돈이 된다는 사실을 알게 되고, 여섯 살 나이에 최초로 청부업을 했다. 쓰레기를 뒤져서 돈 될 만한 물건을 얻어 알선업자와 중개인에게 수수료를 뜯긴 뒤 입에 풀칠을 하며 사는 것보다는, 확실히 벌이도 좋고 살기도 편해졌다. 열세 살이 될 무렵에는 이미 업계에서 악명이 자자한 히트맨이었다.

흔적을 숨기기 어려운 능력이었다. 오히려 금세 악명이 높아졌다. 열다섯 나이에는 국가 단위로 그를 위협하는 집단들이 생길 정도였다. 그쯤 되자 아무리 독불장군처럼 살았던 레일리 크라하여도 조금쯤은 살 길을 도모할 필요를 느꼈다. 번개 대신 다룰 만한 무기가 필요했다. 그 자신을 숨길 수 있는 수단 말이다.

전기를 흘려 넣기 용이한 금속 실을 선택했다. 므라우는 폐자원을 화학적으로 응용해 신소재를 만드는 기술이 발달한 지역이었기 때문에, 그 정도면 인맥 없고 형편 나쁜 그 시절의 레일리 크라하가 구하기에도 어려움이 없었다. 금속 실을 펼쳐 두고 그 사이를 기괴한 몸놀림으로 빠르게 움직이는 것도 괜찮은 전투 방식이라고 생각했다. 특히 대단위의 전투에 효율적이었다.

발밑에 시체가 쌓이면, 검은 옷을 입고 요사스러운 보랏빛 눈동자를 빛내며 그 위에 서 있는 그림자는 사신처럼도 보였다.

누군가는 그, 피도 눈물도 없는, 자비를 모르는 짐승을 두고 인간의 가장 빛나는 것, 생명을 훔쳐 가는 까마귀라고 했다.

그렇게 얼마간을 살았다. 살아온 세월을 세 본 적은 없다. 그럴 여유도, 필요도 없는 삶이었다. 그러나 어느 때엔가, 성인이 되고 므라우의 패자처럼 군림하던 시기에, 외부에서 기어들어 온 기이한 소녀와 마주쳤다.

'까마귀 같은 신사님, 빛나는 것은 얼마나 모았나요?'

그는 코웃음을 쳤다. 빛나는 것.

무법자들의 악취 나는 쓰레기 소굴, '므라우'란 빛나던 것도 빛을 잃는 땅이었다. 폐허의 도시였다.

그의 인생에 빛나는 것 따위는 없었다. 필요를 느껴 본 적도 없다. 삶은 언제나 무가치했으며, 그뿐만이 아닌 모든 므라우의 쓰레기들이 똑같이 생각했다. 언젠가는 그 무용하고도 무가치한 삶이 쓰레기처럼 폐기되고, 끝나게 되리라고.

모두가 그렇게 믿어 의심치 않던 어느 날엔가, 예상하지 못한 형태로 므라우 몰락의 날이 찾아왔다.

그는 명실상부한 므라우의 패자였다. 무법자들의 도시를 제패한 실권자였다. 하지만 므라우가 지도에서 사라지던 날, 그날만큼은 그도 달리 방도가 없었다. 어쩔 수 없이 붙들리고 말았다. 야생을 떠돌던 난폭한 짐승처럼 포획됐다.

지금은 아는 게 늘어나고 본 것이 많아졌다. 짐작건대 그날, 므라우의 몰락에는 알렉시스 에슈마르크가 관여했을 것이다. 그 정도의 초월적인 능력이 아니고서야 그렇게 쉽게 므라우를 무너트릴 수는 없었을 테니까. 다른 누구도 아닌 레일리 크라하가 아무런 대응도 하지 못한 채 무력하게 잡힐 이유가 없었을 테니까.

사실, 다시 생각해 봐도 감흥은 없다. 어쨌든 그는 인간들에게 붙잡혔다.

신비롭고 강력하며 아름다운 물건으로서.

나름대로 레일리 크라하 정도라면 누구나 원하는 고가의 유사인족 노예였을 것이다. 그는 그럭저럭 신사적인 대접을 받았다. 안구 뒤쪽에 힘을 제어하는 구속구를 이식당했지만, 다른 동족들이 당한 처사에 비하면 비교적 신사적이기는 했다.

그렇다면 뻔해진다. 레일리 크라하처럼 강력하지도 특수하지도 아름답지도 않았던, 힘없고 약한 유사인족들은 그 시기에 어떤 대우를 받았겠는가.

그들은 악착같이 살아남았다. 도망쳤다. 무슨 수를 써서든 자신의 정체를 숨기고 인간들 사이에 숨어들었다. 하룻밤 사이에 브라우는 사라졌고, 그들은 인간의 대륙에서는 차마 인간조차, 생명조차 아니었다.

특히 뷔올 제국의 유사인족 처우는 가장 가혹했다. 같은 인간도 자비 없이 착취해서 그 피와 땀, 눈물로 쌓은 부귀영화 위에 앉은 국가이므로 사실 새삼스러운 일은 아니었다.

무자비하게 학살당한 유사인족들은 바로 그 뷔올 제국을 첫 번째 사냥감으로 삼았다. 제국이야말로 그들의 적이었다. 다행히도 과녁은 컸다. 실수로라도 빗나가지 않을 만큼 컸다. 그래서 조금 더 치명적인 타격을 남기기 위해, 그 중앙을 노리기로 했다.

물밑에서 작업이 시작됐다. 조금씩, 조금씩 수족을 퍼트렸다. 세상 가장 깊숙한 곳까지 인적 자원이 퍼진다면, 그때야말로 세상이 뒤집히는 날일 것이다.

재물이 부족할 때면 레일리 크라하가 대부분을 원조했다. 무사히 탈출한 뒤 가장 먼저 자신의 개인 자산을 숨겨 놓았던 비밀 장소를 찾아 자금을 만들었고, 그 대부분의 자금은 동족들을 위해 투자됐다. 그는 뷔올의 사회가 아주 역겹다고 생각했다. 코웃음이 절로 나왔다. 전부 박살 내 버릴 것이다. 그는 뷔올 제국을 그대로 둘 생각이 추호도 없었다.

뜻밖에도 그에게는 든든한 아군이 있었다. 드높은 명성과 막대한 부를 소유한 뷔올의 자산가, 자수성가형 명예 귀족, 황제의 총아 유리 옐레체니카가 그에게 동조했다.

그 이름만으로도 수많은 일반 인간의 존경과 원조를 얻어 낼 수 있는 천재 발명가 '유리 옐레체니카'가.

'어째서 인간은 아등바등 무언가를 손에 쥐기 위해 악착같이 땅을 구르고, 이토록 아름답지 못한 세상에 진탕이 되며 아귀처럼 살아가고 있는 걸까요. 인간의 사회는 일찌감치 오탁에 더럽혀져 넝마가 되었으니, 소유와 욕망이란 결국 아무 의미도 없는 것에 불과한데.'

그 사실에 견딜 수 없을 만큼 흥미를 느낀 사람처럼, 기억 속의 유리 옐레체니카가 햇살을 받으며 속삭였다. 아름다운 도자 인형 같은 뺨 위로 푸른 빛이 아롱아롱 흘러내리고, 속세와 거리를 둔 듯한 조각 같은 얼굴이 어렴풋한 감상을 읊으며 하얗게 미소를 띤다.

그 여자는 정말이지, 어딘지 '초월했다'고밖에는 표현할 수 없는 인간이었으며.

'하염없이 떨어지고 나서 올려다보면 이전에는 아무렇지도 않게 누리던 하늘마저 다시는 갈 수 없는 곳처럼 높디높아 보일 뿐이지요. 처음 시작한 곳이 높을수록 떨어질 때의 편차가 커지는 법이랍니다.'

때로는 ─ 조금쯤 끔찍하게도 보였다.

'추락이란 그런 거예요, 레일리.'

"그래서 '그 사건'은 어떻게 된 거야?"

별안간 누군가의 목소리가 들려왔다. 혼자 생각에 빠져 테이블을 툭툭 두드리던 레일리 크라하는 갑작스럽게 회상으로부터 빠져나왔다.

'그 사건?'

그가 가만히 시선을 깔 때, 누군가 다른 이가 태연히 대답했다.

"기사단에서 나섰더군. 더는 함부로 살필 수 없다. 하필이면 그 사건을 담당하겠다고 나선 인물이 마이어 후작이라……."

이제 보니 레일리 크라하만 빼고 모두가 아는 이야기인 듯했다. 게다가 최근 레일리 크라하와 얽힌 인물이 관련된 듯하니, 반드시 파악해 둬야만 하는 정보에 해당한다.

천천히 시선을 올린 그가 이야기에 끼어들었다.

"무슨 얘기지?"

보통 레일리 크라하는 그들의 대화에 참가하지 않았다. 잠자코 자금을 대줄뿐더러 필요할 때는 가장 강력한 힘이 되어 주겠지만, 뷔올 상류층에 얽혀 있는 레일리 크라하가 주도할 수 있는 상황에는 한계가 있었다. 그 자신도 아는 일이었다. 따라서 그는 좀처럼 다른 동족들의 대화에 말을 얹는 일이 없었으며, 필요해 보이는 사안이 아니라면 의견을 제시하지도 않았다.

갑작스러운 레일리 크라하의 난입에 오히려 다른 자들이 조금 놀란 듯했다. 그들은 여전히 악명 높은 므라우의 까마귀를 두려워했다. 조금은 꺼림칙하게 생각하며……. 하지만 어느 정도는 숭배한다. 므라우에서 힘이란 그런 것이었다.

"아, 최근엔 네가 여기에 온 일이 드물었군. 못 들었나? B-5조를 맡고 있던 놈들이 살해당했어. 한 명씩 순서대로 죽었지."

"방식은?"

"갈기갈기 찢기고 난도질당해서. 온몸이 시꺼멓게 물들어서는 마치 피나 멍 자국 따위에 흠씬 젖은 것 같았다는데, 무언가에 잡아먹힌 것처럼도 보였다는군……. 범인도 우리 동족인 듯해. 정체 모를 까만 깃털이 사방에 가득했다는 것 같으니까. 유감스러운 일이지."

"히트맨? 노예일 가능성도 있겠어."

"히트맨의 방식이더군. 하지만 시신은 상당히 훼손되어 있었다. 흔적을 없애기 위한 체계적인 훼손은 아니었지. 깃털을 그렇게나 뿌려 두고 사라졌는데 흔적을 감추기 위해 신경을 썼다고 보기는 어렵고, 거의 본보기에 가까웠어. 잘 알겠지만 '우리'가 '일'로 그런 업무를 받는다면 그런 식으로는 처리하지 않아."

상단의 부단주 자리를 꿰찬 반인이 대번에 가능성을 잘라 냈다. 그는 각지에서 올라오는 정보들을 총괄해 처리한 뒤 다시 필요한 동족들에게 보내 주는 역할을 담당하는, 말하자면 반인 연맹의 두뇌였다.

바람인이라 겉으로 드러나는 생김새가 일반인과 크게 다르지 않은 덕에 어렵지 않게 인간의 상단에 자리를 잡아, 이제는 마음대로 자금을 운용해도 의심받지 않는 위치에 올랐다. 레일리 크라하까지 참가하는 드문 정기 회합 역시 그가 주최하곤 했다. 회합의 위치와 날짜를 각자에게 알려 주는 일 또한 그의 주도하에 이루어졌다.

요컨대 그는 중요 인물이었다. 레일리 크라하의 합류, 그리고 유리 옐레체니카의 비밀스러운 원조까지 파악하고 있는 몇 안 되는 동료라는 뜻이다. 레일리 크라하는 이미 자신의 모든 것을 그에게 공유해 두었으니, 만일의 경우 레일리 크라하가 사라지더라도 모든 작업은 수순대로 진행될 것이다.

그의 판단이라면 신뢰할 수 있다. 실제로도 그의 말대로, 레일리 크라하야말로 히트맨의 방식이라면 신물 나도록 잘 알고 있었다. 그가 눈을 가늘게 떴다.

"B-5조의 마지막 연락은?"

"작년 초여름. 무언가를 찾아냈다고 했는데, 다시 연락을 주기로 해 놓고 잠적해 버리더군……. 사실 드문 일은 아니니까, 이번에도 누군가에게 쫓기는 중이겠거니 했지. 괜히 이쪽에서 추적을 시작하면 그것 때문에 꼬리를 잡힐까 봐 자세히 알아보지는 않았다."

레일리 크라하가 희미하게 침음을 흘렸다. 올바른 판단이었지만 애석하게도 그로 인해 사태를 너무 늦게 파악했다.

'일반적인' 인간이 아닌 모든 자가 불안정한 삶을 살아가야 하는 시대였다. 동족과의 연락이 끊기는 일 역시 일상다반사로 일어났다.

구속구 없이 떠돌아다니는 유사인족이란 일반인들에게 있어 공포의 대상일 뿐이므로, 정체가 발각되는 순간부터는 추격과 도주의 연속만이 남게 된다.

그들은 모두 그런 순간을 한 번 이상 겪어 본 자들이었다. 따라서 누군가가 연락도 없이 잠적한다면 굳이 상대를 찾으려 들지 않는 것이야말로 그들 사이의 불문율이었다. 하지만 발견되어 돌아온 것은 난도질당한 시체였다는 이야기다.

누가, 대체 무슨 목적으로? 레일리 크라하가 소파 손잡이를 두드리며 머릿속에 정보를 입력해 넣다가 불현듯 손끝을 접었다.

초여름.

'마스터'가 나타나기 직전이다.

'마스터'는 유리 옐레체니카가 어디론가 사라질 이유가 있었을 것이며, 그 이유를 해결하면 유리 옐레체니카의 의식이 돌아오리라고 믿는 듯했다. 레일리 크라하는 일단 '마스터'의 존재 자체를 받아들이기로 결정한 시점에서 그 의견에도 어느 정도 동의하고 있었다.

시기가 공교로웠다. 어쩌면 그 문제와 관련이 있는지도 모른다.

'실종된 자들이 그 직전에 무언가를 찾아냈다, 고 했다……'

마스터가 추측한, 유리 옐레체니카가 지켜야만 하는 어떤 정보나 자료에 대한 이야기일까? 레일리 크라하의 사고가 급격하게 요동쳤다. 그가 침착하게 다시 물었다.

"한 명씩 죽었다고 했나."

"그래, 초여름부터 지난주까지."

"지난주……?"

레일리 크라하가 눈을 가늘게 떴다. '지난주'라면……. '마스터'는 책임 소재에서 무관하다고 볼 수 있을 것이다.

'마스터'가 유리 옐레체니카의 몸을 차지하고 대신 옐레체니카 백작 노릇을 시작한 것은 가을 무렵의 일이다. 그 후로는 늘 레일리 크라하가 그녀를 책임지고 돌봐야 했다. 혼자서는 아무것도 못 하는 인간이다. '마스터'는 정말이지 아무것도 몰랐다. 이 시대, 이 나라, 이 세계의 모든 것에 대해서. 심지어는 자기 자신에 대해서도 말이다.

그는 불현듯 '마스터'의 댕그란 표정을 떠올렸다. 그렇게나 날카로운 인상을 지닌 채, 그러나 매사 나사라도 빠진 듯한 표정으로 대굴대굴 굴러다니곤 했다. 그야말로 한심한 꼴이었다.

정말이지 그 인간은 사소했고 제멋대로였다. 하찮을 지경이었다. 에슈마르크 대공의 방문 직후 중요한 쟁점들을 잘만 집어내던 꼴을 떠올리면, 정말로 아무 생각도 못 하는 것 같지는 않다.

멍청한 인간이 아니라 그냥 게으른 인간이다. 생각을 게으르게 하는 인간. 그 일을 떠올리고 조금 더 웃었다. 배알이 비틀렸다. 그는 몹시 불쾌해졌다.

충분히 모든 문제를 올바르게 계산하고 판단할 수 있는데도 복잡하게 살지 않는 것은 그럴 필요성을 느끼지 못하기 때문이다. 유리 옐레체니카의 육신과 두뇌를 지녔으니 두뇌 능력만은 비상할 텐데, 굳이 열렬히 살 생각은 없어 보였다.

어느 축복받은 인간이 이 불합리한 세계에서 그따위 방식으로 살아도 좋았을까. 적어도 레일리 크라하는 단 한순간도 그런 축복받은 인생의 주인공이 아니었다. 본래 유리 옐레체니카도, 아니었다.

그러다 보니 손이 많이 갔다. 손이 많이 가다 보니 자주 살펴야 했다. 자주 살피다 보니 신경이 쓰였다. 신경을 쓰다 보니 기분이 나빠졌다. 악순환이었다.

방금 전까지도 자꾸만 이유를 캐물어서 강제로 키스하고 말을 끊어 낸 후 나와 버렸다. 그녀를 떠올리던 그가 빙그레 웃었다. 생글생글 미소를 지으며 손 많이 가는 인간을 상기했다. 조금은 짜증에 맞닿아 있었다.

본래 그는 유리 옐레체니카의 이름뿐인 집사였다. 실제로 하던 업무는 보좌에 가까웠고, 수발 따위를 들어 준 일은 없다. 그러나 근래, 레일리 크라하는 다른 의미에서 말 그대로 '집사'가 된 기분을 느끼며 유리 옐레체니카의 온갖 수발을 들어야 했다. 그마저도 하다 보니 익숙해졌다. 레일리 크라하가 못 하는 일이란 없어야 하고 실제로도 없지만, 아주 불쾌하기 짝이 없는 일이었다.

워낙 몸이 약해서 예전부터 낮잠 시간 등을 자주 가지던 편이기는 했다. 하지만 잠도 자다 보면 늘어나는 종류의 재능인지, '마스터'가 된 이후로는 하루 종일 게으름을 피우는 것 외에는 하는 일이 없었다. 책을 읽는 시늉 약간, 성과도 없이 마법을 연습하는 시늉 약간. 본인이 얼마나 진심이든 레일리 크라하가 보기엔 죄다 시늉이었다.

그야말로 '고양이님'이 아닐 수 없다. 먹거리를 주고 털실을 던져 주고 빗질을 해 주면 알아서 야옹대며 굴러다니다가 알아서 잠든다. 그따위로 사는 인간이라니 볼 때마다 기가 찼다. 돌봐 주는 그에게는 살갑게 재롱 한 번 부린 적이 없다. 고양이란 원래 그런 생물이지만 아무튼 기분이 나빴다. 기분이 나쁜 것은 기분이 나쁜 것이다.

레일리 크라하는 단 한 번도 그렇게 살아 본 일이 없다. 아마 유리 옐레체니카도 마찬가지였을 테지만.

키스를 한 이유? 알 게 뭔가. 애초에 레일리 크라하는 그렇게 이것저것 남의 눈치를 보는 인간은 아니었다. 그냥 하고 싶으니 했다. 굳이 이유를 붙이라면 이리저리 변화하는 표정이 재밌기도 했고 신경이 쓰였고 손이 많이 갔으며 자주 살피게 됐기 때문이다. 시끄럽고 성가시게 자꾸만 재잘대니 짜증스럽고 거슬렸다.

지지리도 말 안 듣는 손 많이 가는 고양이가 정작 돌보는 사람에게는 태연한 낯짝으로 거드름을 피우며 한 손으로 명령만 내리다가, 낯선 손님만 오면 발치에 가서 재롱을 부리는 꼴이었다. 불쾌하지 않으면 성인군자였다. 그리고 레일리 크라하는 물론 성인군자가 아니다.

재롱을 부릴 상대를 못 알아보니 버릇이라도 들일 작정이었다. 물론 레일리 크라하는 제대로 짐승을 키워 본 적도 인간을 키워 본 적도 없다. 하지만 모든 짐승은 반복 훈련을 시키면 말을 알아듣게 되지 않던가? 인간이라고 해서 짐승과 다를 것은 없다고 여겼다. 적어도 레일리 크라하는 유년부터 지금까지 내내 금수만도 못했다.

어쨌든 확실했다. 일단 '그것'은 유리 옐레체니카는 아니었다.

하지만 그렇다면 유리 옐레체니카는 무슨 이유로, 어디로 사라져서, 어떻게 하면 돌아온단 말인가? 레일리 크라하는 정말로 그녀가 돌아오길 바라고 있는가?

물론 그의 동족들이 진행하는 일련의 은밀하고도 위험천만한 계획들에는 든든한 버팀목이 필요했다. 유리 옐레체니카는 그 역할에 누구보다도 적임이다. 반드시 그래야만 하는 것은 아니지만 되도록 그녀가 제 역할을 해 주기를 원한다.

하지만 때때로, 유리 옐레체니카라는 인간이 어떤 인물이었는지를 상기하게 되는 것이다.

'마스터'가 나타난 뒤로 당장의 문제를 해결하고자 애쓰다 보니 이전보다 더 상습적으로 유리 옐레체니카의 과거 언행을 곱씹게 됐다. 어딘지 초월한 것처럼 보이는, 그러나 가장 세속적이고 비인륜적인 국가—뷔올의 상류층에 발목까지 적신.

레일리 크라하를 본 적 없는 곳으로 강제로 끌어내 그를 지원해 주기로 한 수상쩍은 인간.

본래 유리 옐레체니카란 늘 약자의 편에 서 있었다. 절대적인 소수에 해당하는 유사인족과 반인의 곁에 섰다.

최근에 알아낸 바에 따르면 사실은 동족이라 조력을 준 모양이지만, 종종 빈민층을 위한 발명을 했던 전적도 있으니 기본적으로 행동 방침을 그렇게 둔 인간이었다고 봐도 어려움이 없다. 하지만 그녀가 진실로 넘치는 인류애를 지닌 인간이었느냐고 누군가가 묻는다면, 단호히 그건 아니라고 대답할 것이다.

유리 옐레체니카는 사랑이라는 것을 모르는 인간 같았다. 언제나 다정하고 부드러운 태도를 취했지만 단 한 번도 정감 있는 얼굴을 한 적이 없다. 레일리 크라하에게는 비교적 너그러운 편이었으나 근본적으로 자비심을 지닌 인간 같지는 않아 보였다. 그저 희미하게 미소 짓는, 유하고도 의뭉스러운 얼굴을 한 채.

'레일리.'

그는 문득 지난여름, 티타임 중에 유리 옐레체니카가 돌연 꺼냈던 말을 상기했다.

'신이라는 게 존재한다고 생각해요?'
'신이 있었다면 일찌감치 그들을 구했겠지요.'

레일리 크라하는 그날도 유리 옐레체니카에게 코웃음을 치며 대꾸했다. 그러나 유리 옐레체니카는 여느 때와 같은 차분한 태도로 찻잔에 가느다란 손가락을 걸며, 의뭉스러운 얼굴로 속삭였다.

'신이란 누군가에 의해 만들어지는 거예요.'

한숨 섞어 뱉으며, 유리 옐레체니카가 유화처럼 미소를 그렸다.

'물론 신이 되고자 한다면 누구보다도 비열하고 유능해야겠지요.'

"백작에 대한 소문은 들었다."
레일리 크라하의 생각이 다시 한 번 끊어졌다.
"아아."
그가 뒤늦게 대답했다. 최근에 알아낸 고위 귀족들의 정보를 그들에게
알려 줄 차례였다. 머릿속에 문득 유리 옐레체니카의 말이 떠올랐다.

'일이 끝난다면, 그때엔 당신이야말로 그들의 구원자가 되겠군요.'

여전히 그 사람이 무슨 생각을 하고 살았는지는 추호도 알 수 없다. 한
톨의 흔적조차 남기지 않고 자취를 감추듯 어딘가로 사라져 버린, 영영 속내
모를 인간.
당신, 정말로 무슨 생각이지?
레일리 크라하가 그녀의 그린 듯한 미소를 재차 곱씹었다. 세상에서 가장
탈속적인 영혼을 지닌 듯했던 그 인간이 대체 무엇 때문에 이토록 갑자기,
어떻게, 그리고 어디로 사라졌을까?
마땅한 이유도 없이, 그는 갑자기 집에서 새근새근 잠이나 자고 있을
방종하고 나태한 '고양이님'이나 괴롭히고 싶어졌다. 고민해도 답이 나오
지 않는 유리 옐레체니카의 의중을 추론하는 일은 그만두고, 차라리 돌아
가는 길에 윌리엄스 농가의 딸기나 조금 더 사서 들고 가는 것도 나쁘지
않으리라.

그러면 또 멍청한 얼굴로 먹겠지. 아마도 맛있다고 할 것이다.

그는 가만히 손가락을 까딱이며 책상을 두드리다가, 또 한 번 희미하게 웃었다. 무의식적으로 고양이님 드릴 간식이나 떠올리며 웃는, 훌륭한 집사의 태도였다.

SIDE OUT: 작가에게 로맨스를 촉구한다! (3)
Vol. 3 ─ 솔데인 마이어

마법과 기계가 발달한 시대에, 검이란 사실 그 자체로 상징성을 지닌 무기였다. 극도로 비효율적인 무기를 드는 이들만이 수양할 수 있는 것이 존재하는 법이었다. 마법의 특혜를 받은 시대에 마법적 재능을 지니고도 검을 수련하는 자들 중에는, 때때로 검날 위에 힘을 담을 수 있는 자들이 나타난다.

말하자면 솔데인 마이어도 그런 인물이었다. 마도공학을 극도로 발전시킨 뷔올에서도 소드 마스터란 일종의 상징이었다.

뷔올의 상징은 대부분 '인간'으로 이루어져 있다. 특수한 능력을 지니고, 그 존재 자체로 역사를 몇 번이고 바꿀 수 있을 법한, 그런 인간들 말이다.

극도로 발전한 마법사들의 정점에 선 에슈마르크 대공과 이리나 경의 마법병단. 구시대의 상징과도 같은 검술을 시대에 맞춰 발전시킨 대표적인 인물로서의 마이어 후작과 기사 가문 마이어 대공가.

그리고 위대한 마공학자, 푸른 숲에서 나온 정체불명의 기인, 대발명가 유리 옐레체니카였다.

흔히 찾아보기 힘든 물빛 머리칼이 구불구불 실구름처럼 흐드러지게 흩날릴 때면 그 아래로 핏빛 같은, 석양 같은 다홍색 눈을 지그시 깔고서, 매번 식장의 중앙에 서서 황제의 좌편을 지키던 여자가 웃었다. 그린 듯한 얼굴이었다.

솔직히 말하자면 단 한 번도 그 인간을 꺼림칙하지 않다고 생각한 적이 없다. 그 여자는 꺼림칙했다. 가까이하고 싶지 않은 인사였다. 속내 모를 얼굴을 맞닥트리고 나면 어쩔 수 없이 눈짓으로 가볍게 목례만 해 보인 뒤 일부러 돌아서곤 했다.

에슈마르크 대공도 같은 생각을 하고 있었는지는 모를 일이지만, 어쨌든 솔데인 마이어가 알기로 뷔올을 상징하는 세 초월자는 단 한 번도 개인적인 인연으로 사사롭게 얽힌 적이 없다.

유리 옐레체니카에게 이번이 생기기 전까지의 일이었다.

* * *

기계 마차가 삐걱삐걱 움직이기 시작했다. 으 소리를 내며 머리칼을 쥐어 잡고 물을 쭉 짜내던 옐레체니카 백작이 인상을 찡그렸다. 그리고 엉망으로 머리칼을 헝클이다가, 젖은 머리칼이 엉키고 말았는지 미간에 주름을 잡으며 손을 거두었다.

그러더니 그녀는 귀족 여성의 행동이라기엔 믿기지 않는 짓을 했다. 제대로 머리를 빗는 대신 대강 손바닥으로 두드려 튀어나온 부분만 강제로 집어넣은 것이다. 하지만 그런다고 해서 본래 구불거리는 머리칼이 제대로 정돈되는 것은 아니었다. 사실 당연한 일이었다. 그녀의 머리칼은 또다시 산발처럼 헝클어졌다.

솔데인 마이어가 아는 '유리 옐레체니카'는 확실히 저런 인간은 아니었다. 아니, 물론 유리 옐레체니카를 '알았느냐고' 자문한다면 몰랐다고 대답해야 할 것이다. 어떤 인간인지, 무슨 생각을 하는지 추호도 알 수 없는 상대였다.

하지만 이건……. 복잡한 심경으로 옐레체니카 백작을 바라보던 그는 지난 저녁 어머니, 마이어 대공비가 꺼냈던 이야기를 떠올렸다. 어쩐지 평소에는 특정한 귀족 여성과 인연을 맺으라고 권유하는 분이 아닌데 갑자기 옐레체니카 백작의 이야기를 꺼내시기에 기이하게 여겼다. 이제 보니 그녀가 기억을 잃고 이전과는 딴판이 되었다는 이야기를 귀족 여인들 사이에서 듣고 오신 모양이었다.

'옐레체니카 백작'이란 황제의 오른팔이었으며, 그의 가장 큰 권력이자 무력이 되어 주는 존재였다. 유리 옐레체니카가 바친 발명품으로 벌어들인 재화는 이미 천문학적인 수준에 이르렀고, 강력한 마도구들은 그 자체로 전쟁에 당장이라도 활용할 수 있는 무기가 되었다. 유리 옐레체니카의 두뇌야말로 황제의 가장 큰 자산이었다. 황실 종친들을 모조리 적으로 돌리고 제위에 앉은 황제에게 지금의 절대적인 권력을 쥐여 준 사람도 궁극적으로 그녀라고 해야 할 것이다.

십 대 중반에 돌연 세상에 나타나더니 단숨에 백작의 작위를 받은 천재 소녀. 만들어 내는 것마다 기존의 사람들은 상상조차 해 보지 못한 무시무시한 것들이었다.

열일곱에 최초로 제안한 것은 사람이나 말이 없이도 움직이는 마차, 그 후 일 년간 실적이 없다 싶더니 돌연 끌고 나온 것은 하늘을 나는 배였다. 스스로 만들어 낸 것들로 인해 하늘이 어두워지자 단숨에 설계해 내놓은 공기를 정화하는 탑, 성인이 된 자기 자신에게 주는 선물이라며 고철들을 모아 만들어 낸, 알아서 움직이는 자동인형 심부름꾼들.

유리 옐레체니카는 세상을 창조하는 능력을 지닌 인간 같았다. 이 시대에 가장 신에 가까운 인물이 누구인지 꼽으라면, 단연 그녀를 골라낼 것이다.

유리 옐레체니카를 가문에 끌어들일 수 있다면 그것만으로도 큰 저력이 된다. 누구나 꿈꾸는 일이겠지만, 누구도 상상해 보지 못한 일이었다. 그도 그럴 것이 본디 유리 옐레체니카란 타인의 접근을 쉽게 허용하는 인물이 아니었다. 부드럽게 접히는 눈, 의중을 알기 어려운 유한 태도와 사뿐히 미소 짓는 아름다운 얼굴은 그 자체로 사람을 걸러 냈다.

"제가……. 기억을 찾고 싶어서. 레일리를 따돌리고 몰래 나와 버려서 요……. 그런데 마차는 도개교 바깥으로 떨어지고, 저는 비를 쫄딱 맞고. 되는 일이 하나도 없네요. 하핫!"

요컨대 본래 유리 옐레체니카란, 이처럼 호쾌한 태도로 말하며 머리칼을 벅벅 헤집는, 솔직하고 꾸밈없는 인간이었던 적이 단 한 번도 없었다는 이야 기다. 사실 이쯤 되면 '꾸밈없다'기보다는 다소 경박하기까지 하지만. 그가 가만히 시선을 깔았다.

달리 말하자면 훨씬 상대하기 쉬운 인물이 되었다는 뜻도 된다. 단 한 번도 여성과 가깝게 지내라거나 혼인을 올리라거나 하는 압박을 준 적이 없는 마이어 대공과 마이어 대공비가 작심해서 그에게 '옐레체니카 백작과 잘해 보라'고 제안하는 데에는 그럴 만한 이유가 있었던 것이다.

마이어 대공가는 황태자를 지지하고 있다. 대공가 자체가 장손이 제위를 이어야 지당하다고 여기는 편이기도 했고, 패륜을 저지른 지금의 황제에게 불만이 많다 해서 달리 지지할 황손이 남은 것도 아니었다. 꿩 대신 닭이라 고, 개중에서는 황태자가 가장 마이어 가문의 이념에 적합했다.

황제가 황태자에게 소홀하기는 하나, 달리 아끼는 자식이 있는 것도 아 니었다. 성품이 유하고 부드러운 황태자는 높은 확률로 평화롭게 제위를 차지할 것이다. 그래도 어쨌든 지지하는 황손이 있는 입장에서 힘이 되는 조력자는 많으면 많을수록 좋은 법이었다. 유리 옐레체니카는 그런 의미 에서 보자면, 정말이지 탐나는 조력자였다.

솔데인 마이어는 얼핏 당황했다가, 뒤늦게 표정을 관리하며 희미하게 웃었다. 몇 번을 생각해도 재밌기는 했다. 도무지 지각 있는 귀족이 보일 만한 태도가 아니었다. 유리 옐레체니카가 보일 태도는 더더욱 아니라고 해야 한다. 그리고 그것이 아주 새롭고도 기이했다.

어쩌면 유리 옐레체니카는 본래 이런 인간이었는지도 모른다. 뷔올에 도착해, 온통 낯선 사람과 낯선 문화로 가득 찬 푸른 숲 바깥에 적응하기 위해 안간힘을 쓰던, 혹은 그 이전의 유리 옐레체니카는 이런 사람이었을지도 모르는 일이었다.

"소문과는 상당히 다르군."

"'소문'이요?"

"좀 더 신중하고 의뭉스러운 사람이리라 봤소. 옐레체니카 백작이 재야의 책략가라는 소문은 당신이 뷔올에 왔을 때부터 늘 따라다니던 이야기였지."

"그렇군요."

옐레체니카 백작은 생전 처음 듣는 말이라는 듯 어설프게 대답했다. 솔데인 마이어는 가만히 표정을 갈무리했다. 그도 뷔올에서 나고 자란 태생적인 고위 귀족이었다. 기사로 살아온 탓에 모사꾼이라면 질색하는 편이기는 했으나, 정작 본인도 귀족 특유의 의뭉스러운 태도를 전혀 지니지 않은 것은 아니었다.

살인 사건에 당한 반인들은 어딘지 묘한 특징을 지니고 있었다. 애초에 유사인족에 의한 유사인족의 죽음은 흔한 일이 아니었다. 그리고 작금의 뷔올에서 그들과 긴밀하고 밀접한 관계를 지니고 있는 인물 중 가장 유명한 사람은, 상대의 신분을 가리지 않기로 유명한 '푸른 숲' 출신의 유리 옐레체니카뿐이었다. 하지만 기억을 잃었다면 최근의 사건과는 무관할 것이다. 정말로 기억을 잃었을 때의 이야기지만, 이 모습을 직접 보고도 기억을 잃은 시늉만 하는 것이 아니냐고 물을 수는 없는 일이었다.

"옐레체니카 백작은 그들을 곧잘 지원했으니, 혹 원한을 가진 흉수라면 당신에게도 위협을 가할지 모르겠어서. 위험하니 당분간은 홀로 다니지 않는 것이 좋겠소."

그는 적당한 선에서 주제를 가렸다. 굳이 이런저런 말을 늘어놓을 이유는 없었다. 애초에 짐작 가는 부분이 달리 없는 것도 아니었다. 솔데인 마이어는 그저 가만히 입을 다물었다.

* * *

옐레체니카 백작의 몸이 약하다는 것 정도는 뷔올의 시민이라면 누구나 알고 있는 사실이었지만, 비를 좀 맞았다고 해서 당장에 쓰러지리라고는 생각조차 하지 못했다. 그는 자신의 배려가 부족했다고 판단했다. 몸이 약하다는 사실을 뻔히 알면서 사소한 조치 하나 취해 주지 못한 것은 분명 그의 불찰이었다.

일단 책임을 지고 몸 안쪽의 힘까지 끌어올려 그녀의 상태를 호전시키는 일에 협력했다. 기존에 받던 치료나 관리법이 따로 있을 테니 백작의 저택에 전령부터 보낸 후 치료를 했고, 차도를 지켜봤다.

어머니는 이참에 그들이 좋은 인연을 이어 가기만을 바라고 계신 듯했다. 솔데인 마이어가 스스럼없이 대화를 나눌 수 있는 드문 상대인 데다가, 정치적 입지에도 도움이 되는 뛰어난 협력자가 아니겠는가. 솔직히 어머니의 마음을 이해하지 못하는 바는 아니었다.

하지만 솔데인 마이어는 어머니의 의견에 어쩔 길 없이 부정적인 입장을 취해야 했다. 어쨌든 그는 기사였고, 아무리 그래도 그럴 수는 없다고 생각했다. 몇 번을 다시 생각해 봐도 마찬가지였다.

지금의 옐레체니카 백작은 사교계에 대한 지식이나 예절조차 미처 익히지 못한, 어린애 수준의 상태로 여겨진다. 솔데인 마이어는 그런 순진무구하고 경계심 없는 사람을 상대로 수작질을 걸 정도로 양심이 없는 인물은 아니었다.

호쾌한 태도 때문인지 딱히 귀족 여인이라고 여겨지는 것은 아니고, 오히려 대화를 나누기는 편한 쪽이었다. 적어도 이전의 유리 옐레체니카처럼 말 한마디, 한마디를 교묘하게 해석해야 하는 상대는 아니었다. 하지만 이성적으로 의식하고 보려니 더 신경이 쓰였다.

누가 봐도 솔데인 마이어만 신경을 쓰고 있다. 그는 아주 한심한 일이라고 생각하며 한숨을 푹 뱉었다.

"자원봉사를 다니세요?"

유리 옐레체니카가 눈을 동그랗게 뜨고 의아한 듯 질문했다. 귀족답지 않은, 지나치게 솔직한 태도였다. 표정에는 감정이 또렷하게 묻어났다. 적나라하게 속내를 드러내는 그녀의 눈동자와 시선이 마주치자마자 반사적으로 헛웃음을 흘렸다가, 그가 애써 차분히 대꾸했다.

"그러고 보니 당신도 그런 일에 관심이 있다고 들었소."

"아아. 네! 저도 그렇게 들었어요."

그녀는 남의 일처럼 주저 없이 대답하더니 다시 씨익 웃어 보였다. 우아함을 지키고자 신경을 쓴 미소는 당연히 아니었다. 굳이 귀족이 아니어도 최소한의 교양을 배운 이들은 그런 식으로는 행동하지 않는다. 그 모습을 보고 솔데인 마이어가 다시 희미하게 웃어 버렸다.

처음에는 그저 신선했다.

* * *

여성 귀족이 다른 사용인 없이 남성 집사 한 명만을 곁에 둘 거라고는 생각해 본 적이 없다. 사용인이란 본디 집을 함께 쓰는 법이니, 따지자면 한 저택에 둘만이 살고 있는 셈이었다. 당연히 귀족 사회에서 좋게 평가

될 만한 요소는 아니었다. 조금 더 솔직히 말하자면, 상식선 바깥의 일이었다.

정작 본인은 그 사실에 별로 개의치 않는 것 같기는 했다. 하기야, 기억을 잃고 뇌가 백지화된 순간부터는 늘 그렇게 지내 왔으니 그 상황을 자연스럽다고 생각하고 있을 가능성이 높다.

어쩐지 정보가 새어 나오는 일이 없다 했더니 충실한 심복 한 명만을 곁에 두고 있었던 듯했다. 그는 의도치 않게 유리 옐레체니카에 대한 새로운 사실들을 하나둘 알게 되었다. 가끔씩 나누는 대화는 허울이 없었고 복잡하지 않았으며 마음이 편했다.

그리고 그는 살롱에서, 파티에서, 우연히 마주칠 때마다 자신도 모르게 옐레체니카 백작을 시선으로 좇았다. 다른 이유가 있는 것은 아니었다. 비만 맞아도 쓰러지던 연약한 인간인데 살롱이나 파티에 참석하는 일은 당연히 그녀에게 무리가 될 것이다. 그냥 그래서 걱정이 됐다. 인간적인 염려였다.

삼형제 중 막내였기 때문에 어린 시절부터 어머니를 모시는 역할을 맡아 왔다. 귀족 여성들이 신는 구두가 아주 불합리한 구조를 지니고 있으며 발을 고통스럽게 한다는 사실도, 그 우아한 옷차림 뒤에 건강을 해치는 부속품들이 매달려 있다는 사실도 대충은 알고 있다. 그중 무엇을 떠올려 봐도 옐레체니카 백작에게는 과할 것 같았다.

옐레체니카 백작은 괜찮은가? 오늘도 쓰러지지 않는지 모르겠군. 오늘은 의복이 다소 불편할 것 같은데. 창백해 보이는군. 사소한 생각이 쌓여 가기 시작했다.

시선이 좇다 보니 또 한 번 몰라도 좋았을 점들을 알게 되었다. 얼굴이 어떻게 일그러지든 개의치 않고 웃는 얼굴. 난처해 보이는 미소. 싹싹한 태도로 고개를 기울이고, 거리의 소년처럼 머리칼을 헤집으며 시선을 굴리고 눈을 회피한다.

그러다 보니 예기치 못한 사실도 알게 되기는 했다. 옐레체니카 백작의 모든 사소한 행동마저 주의 깊게 살피고, 그녀의 행동반경을 온전히 시야에 담은 채 자세히 관찰하는 사람은 그뿐만이 아니었다.

유리 옐레체니카의 충실한 심복, 악명 높은 반인 혼혈의 히트맨, 길들여지지 않는 므라우의 검은 짐승 레일리 크라하가 늘 그녀의 뒤에 서 있었다. 그에게도 '그런' 주인은 낯설 텐데 레일리 크라하의 보좌에는 도무지 빈틈이 없어 보였다. 그는 유리 옐레체니카가 어떤 조짐만 보여도 즉시 상황을 파악한 뒤 알맞은 대처를 찾아내 내밀곤 했다.

사고가 일어난 지 기껏해야 한 달에서 두 달 정도밖에 지나지 않은 시기였다. 그럼에도 불구하고 레일리 크라하의 대처는 이미 병적일 정도로 완벽했다. 유리 옐레체니카는 그마저도 자연스럽게 여기는 듯했지만, 솔데인 마이어는 그게 여간 일이 아니라는 사실을 대번에 눈치챘다.

솔데인 마이어는 자기 자신의 동체 시력과 반사 신경에 그럭저럭 자신이 있었다. 애초에 그런 능력 덕분에 대륙의 초월자로 불리게 된 인사이기도 했다. 그런 그마저도 만날 때마다 불쾌한 습성을 지닌 추종자라도 되는 것처럼 유리 옐레체니카를 무례할 만큼 관찰하고야 중요한 버릇 몇 가지를 겨우 확인했다. 정신을 차렸을 때는 거의 하루 종일 유리 옐레체니카를 염려스럽게 살피고 있었는데도 그랬다.

레일리 크라하가 그토록 빠른 대처 능력을 갖추기까지, 아마 하루도 빼놓지 않고 온종일 유리 옐레체니카만을 관찰해야 했을 것이다. 감탄이 나올 정도의 충성이었다.

실제로도 레일리 크라하는 주인이 파티에 참석했을 때에도 내내 그녀를 지켜보고 있었다. 그는 주인을 보좌해 파티에 참가할 때마다 이 모든 일이 지긋지긋하다는 듯한 태도로 벽에만 붙어 서 있었지만, 푸른 보랏빛의 형형한 눈동자만큼은 매번 날을 세운 채 물끄러미 주인만을 좇고 있었다. 단 한순간도 주인에게서 시선을 거두는 일이 없었다.

한 번도 생각해 보지 못한 일이지만, 도통 마음을 줄 수 없고 쉽사리 신용할 수 없는 속내 모를 상대였던 유리 옐레체니카는, 그럼에도 불구하고 므라우 출신의 근본 없는 암살자에게마저 저만한 충정을 받을 만한 인간이었을 것이다. 기억을 잃고도 그런 충성이 유지될 정도의, 무한한 신뢰를 줄 수 있는 인간이었을 것이다.

그것은 정말이지 기이한 깨달음이었고, 그는 또 한 번 생각해 봐야 했다. 기억을 잃기 전에, 어쩌면 푸른 숲에서 자연에 둘러싸여 살던 유리 옐레체니카는 본래 이런 인간이지 않았을까?

그렇다면 그것도…….

그것도 나쁘지 않으리라고 여겼다. 그는 나쁘지 않다고 생각했다. 어렵지 않고 복잡하지 않은, 해석하는 데에 공을 들일 필요가 없는 마음 편한 이야기들. 소소한 일상에 대한 대화. 정치적인 거론이라고는 추호도 없는 취미와 사생활의 이야기. 안부를 묻고 최근의 관심거리에 대해 떠드는 주제 없는 편지들.

그는 그것이 정말로 나쁘지 않다고 여겼다. 사랑 같은 것은 아니지만, 귀족끼리의 결합에 사랑은 사실 중요치 않다.

이만하면 나쁘지 않다. 일단 그는 그 정도로 스스로 결론을 내렸다. 이만하면 나쁘지 않을 것이다. 어쩌면 조금은 즐거울지도 모른다. 적어도 일평생을 함께하기를 제안했을 때 서로에게 불행한 삶은 되지 않을 것이다. 그는 또 귀가하는 길에 옐레체니카 백작의 답신부터 찾아 손에 들어 올리고 방으로 향하며 조급하게 편지를 열어 봤다. 희미하게 웃으며.

그는 정말이지 그것이 나쁘지 않은 일이라고 생각했다.

어느 순간부터는 일과의 낙처럼 변한 일이었다.

5. 내 소설이 이렇게 평화로울 리 없어

이미 봄이 끝나 갈 무렵이었다. 사실 봄이 막 시작될 무렵부터 끝날 때까지 이어진 레일리의 기행으로 인해 몇 번이고 기함했지만, 이제는 이 망나니의 의도를 추론하는 일을 때려치우고 말았다.

사실 몇 번에 걸쳐 이유를 물어봤지만 레일리가 자기 입으로 둘러대는 이유라고는 기껏해야 그놈의 '고양이님' 운운이 전부였고, 조금 더 구체적으로 따져 물었을 땐 도무지 허용하지 못할 대답만이 돌아 나왔다.

'썸을 타는 기분이라고 하시지 않았습니까?'
'그 얘기가 갑자기 왜 나와?'
'썸을 타는 기분이어서 하고 싶으니 했습니다. 한 번 더 하지요.'

이러더니 한 번 더 나를 붙잡고 강제로 키스하지 뭔가. 시발 이게 말이야, 소야.

세상 누가 연애하는 사이도 아니고 썸 타는 사이에 입술부터 들이댄단 말이냐. 연애하는 사이여도 사람이 싫다는데 다짜고짜 키스부터 하는 것은 무도한 죄였다.

정말로 내 캐릭터인 레일리 크라하, 3n세 씨는 개념을 코로 말아먹었단 말인가? 혼자만 연애하는 기분을 내면 다냐? 개 같은 내 캐릭터들이 살아 숨 쉬는 세계에 돌연 떨어져서 머리 싸매고 고민하고 있는 내 입장은 어디로 팽개치고?

아, 모른다. 나는 더 이상 레일리의 키스 따위에 왈가왈부 고민하고 싶지 않았다. 내게는 보다 심각한 문제들이 산적해 있었다. 됐으니까 키스 따위 마음대로 하라고 해. 애초에 내 입술도 아니고 닳는 것도 아닌데 알게 뭔가.

다시 한 번 김레일리의 만행을 떠올리다가 신경질적으로 딸기를 푹 찍었다. 아무리 생각해도 무언가가 아주 많이 잘못됐다. 내가 먹고 있는 딸기가 윌리엄스 농가의 딸기라는 점이 무엇보다도 최악이었다. 하지만 맛있으니 일단 입 안에 집어넣고 우물우물 씹으며 생각을 이어 가기 시작했다.

황실에 납품할 정도의 과일을 생산한다고 설정을 해 둔 탓인지, 윌리엄스 농가의 과일은 정말이지 기가 막히게 맛있었다.

물론 유리 옐레체니카나 몬타뉴 경을 비롯한 여러 마공학자, 발명가들이 만들어 낸 물품들 덕분에 거의 계절 구분 없이 과일을 수확할 수 있는 세계가 되기는 했다. 그럼에도 불구하고 시스템을 이용해 수확한 과일 중에 윌리엄스 농가의 것만큼 달콤하고 생생한 풀 내를 머금은 품종은 흔치 않았다. 과연 과일 하나로 수도까지 진출할 정도의 저력이었다. 미사여구 싹 빼고, 아무튼 맛있었다.

하지만 윌리엄스 농가의 과일이 맛만 없었어도 수도에 진출하지 못했을 것이고 내 인생은 편안해졌을 텐데, 그것만 생각하면 눈물이 앞을 가리고 마는 것이다.

≪세레나의 티타임≫에 빙의하기 전에, 내가 유리가 되기 전에. 이 세계에서 무슨 일이 일어났을지 생각해야 했다. 요컨대 현실에서 마음 편히 짜 둔 시나리오들의 기본적인 설정을 다시 한 번 떠올렸다는 얘기다. 사실 아직 별것 없었다. 작업을 제대로 시작하기도 전이니 당연히 별게 없다.

동화를 꿈꾸지도, 뛰어난 실적을 노리지도, 멋진 벼락 성공을 바라지도 못하는 평범한 서민층의 첫째 딸 세레나 윌리엄스는 도시에 상경해, 먼발치에서 위대한 마법사이자 정령술사인 유리 옐레체니카를 보고 동경하는 마음을 갖게 된다. 그녀는 마치 세상에서 가장 특별한 인간 같았고, 세레나와 똑같이 본래는 작위 없는 여성이었지만 자신의 능력만으로 단숨에 뷔올의 정치판을 휘어잡고 권력을 제패한 황제의 수족이었다.

그리고 바로 그 유리 옐레체니카로 인해 자신의 재능을 자각하게 된 세레나는 뷔올의 고위 인사들과 안면을 트게 되는 것이다. 사랑에 빠지는 과정과 만남의 과정은 진부하리만치 전형적이다. 남자 주인공은 황태자고 서브 남자 주인공은 그 숙부인 대공이며 서드 남자 주인공은 황가의 피가 섞인 황실 종친인 후작이다.

일단 본디 내 장르 소설의 로맨스란 돈과 얼굴에서 시작된다. 보통은 무엇보다도 인성이 필요하겠지만, 인간쓰레기를 사랑하는 내 취향이 어디로 가지는 않는다. ≪세레나의 티타임≫의 남자 주인공 중에서도 내가 알기로 확실한 인성 킹은 황태자밖에 없고, 솔데인 마이어도 아직 잘 모르겠으니 보류해 두기로 하자. 아무튼 세 사람에겐 모두 돈과 얼굴만은 있었다.

그들과 묘한 관계를 형성하며 사랑을 느끼고 여름날의 새 이파리처럼 파릇하게 빛을 발하기 시작한 세레나의 인생은, 그러나 금세 전환점을 맞이하게 된다. 즐거운 뷔올 생활도 잠시였다. 대륙을 뒤집어엎을 모종의 사건이 벌어지는 것이다.

그녀가 스승처럼, 멘토처럼 생각하던 위대한 발명가 유리 옐레체니카는 세레나 윌리엄스로 인해 얽히게 된 그 사건에서 목숨을 잃고, 그 시체를 품에 안아 든 채 푸른 숲 안으로 사라진 그녀의 충복 레일리 크라하는 최후의 적이 되어 나타난다.

그 외에는 별달리 특수한 설정이 마련되어 있지 않다. 본론은 이제부터 짤 예정이었다. 그리고 그 본론을 짜기도 전에, 그만 나 자신의 글에 트립하고 말았다. 빙의라고 해야 한다. 유리 옐레체니카의 몸에 들어와 버렸으니까.

그러니 내가 취할 수 있는 최선의 선택지란 '세레나를 애초에 만나지 않는 것'뿐이다. 세레나 윌리엄스가 유리 옐레체니카를 동경의 대상으로 마음에 품지 않으면 그만 아닌가.

물론 나는 실제로 세레나를 대번에 반하게 만든 위대한 여성 유리 옐레체니카 같은 무시무시한 먼치킨이 아니다. 껍데기는 유리지만, 그 안에 들어 있는 내용물은 내가 스스로 봐도 깽판인 '나'에 불과했다. 사실 이런 '짝퉁 유리 옐레체니카' 따위로는 세레나의 동경에서 'ㄷ'조차 받지 못할 것이다. 하지만 아무튼 불안한 것은 사실이었고, 사람 일은 어찌 될지 모르는 법이다. 우선은 그녀를 만나지 않는 것이 상책이었다.

흑막이 얼마나 있든지 말든지, 조력자가 얼마나 있든지 말든지. 아무튼 최종적으로 가시화되는 최후의 '빌런'은 레일리였다. 그리고 그 레일리 크라하를 어떻게 해결하는지도 아직 구체적으로 설정하기 전이었다.

대체 누가 레일리 크라하를 막아 세울까? 레일리 크라하로 말할 것 같으면 세레나 윌리엄스와 썸씽이 있었던 캐릭터도 아니니 대단한 사랑의 힘이 레일리를 막을 것 같지도 않고, 그렇다고 레일리가 알아서 '하핫, 제가 잘못했습니다. 반성합니다. 반성! 세계도 복구해 놓을게요!' 하고 순순히 물러날 놈도 아니었다. 하다못해 키스 따위를 하면서도 도무지 물러날 생각이 없어 보이는 놈인데 그럴 리가 없다.

거기까지 생각하는데 갑자기 똑똑, 노크 소리가 들리더니 내가 대답하기도 전에 벌컥 문이 열렸다. 이딴 식으로 남의 방문을 박살 낼 듯 마음대로 열어젖히는 놈은 레일리 크라하밖에 없다. 사실 이 집 안에 사람이라곤 우리 둘뿐이었다.

나는 힐끔 고개를 들었다가 레일리와 눈이 마주치자마자 반사적인 인상을 쓰며 다시 종이로 시선을 내렸다. 아, 치워, 치워. 키스 따위로 고민하고 싶지 않다.

"마스터."

"네에. 왜 부르십니까. 참고로 말하는데 키스 따위 신경 쓰고 싶지 않으니까 알아서 안전거리 유지해라."

"……."

묘하게 입꼬리를 말아 올리며 눈썹을 꺾었던 레일리가 잠자코 대꾸했다.

"손님이 오셨습니다. 그 불퉁한 태도는 어떻게 시정하실 생각 없으십니까?"

"손님?"

레일리의 뒷말은 싹 무시해 버리고 발딱 자리에서 일어나며 반문했다가 뒤늦게 으악 하며 다급히 자리에 앉았다.

"대공이면 나 아프다고 해."

"마이어 후작입니다. 몸이 편찮으시다고 전하지요."

"헉. 후작이면 그나마 인성 괜찮아 보이는 사람이잖아. 아, 비켜 봐라. 갈게, 간다니까."

레일리를 휙 밀치면서 자리에서 일어난 후, 내가 잠옷이 아닌 평상복을 입고 있다는 걸 재차 확인했다. 그리고 대강이나마 옷매무새를 정돈하는데 어쩐지 뒤통수가 따끔따끔했다. 멀뚱히 고개를 들어 올리자 레일리가 아주아주 못마땅한 낯으로 방실방실 웃으며 나를 바라보고 있었다.

"뭐……. 뭔데."

"'썸'을 타고 계시군요."

레일리가 곱씹듯이 뇌까렸다. 그래, 꼭 그런 느낌이라니까? 잘생기고 능력 좋은 2D와의 썸. 좀 오졌다. 레일리의 갑작스러운 복기를 듣고 고개를 외로 꼬았다가 뒤늦은 감탄사를 뱉으며 씨익 웃고 대답했다. 들으라고 꺼낸 말이었다.

"그래, 내가 썸을 타는 상대는 마이어 후작이지 네가 아니고, 너의 썸은 너 혼자만 타고 있을 뿐이니까 입술 대지, 읍."

반항적으로 말하다가 단숨에 붙잡혀서 입술을 빼앗겼다.

이런 시발, 내 소설은 어쩌면 생각보다 로맨스로 가득한지도 모른다. 개중에서도 ≪세레나의 티타임≫은 어쩌면 그나마 괜찮은 세계관을 지닌 희망적인 글인지도 모른다. 그러지 않고서야 레일리 이놈이 이런 식으로 나한테 수작질을 걸 이유가 없다. 그는 한번 키스를 하더니 막무가내로 앞뒤 가리지 않은 채 날뛰기 시작했다.

이런 빌어먹을, 내 캐릭터가 내 뜻대로 움직인 일은 물론 드물고 이놈은 본래 이런 놈이었으나, 작가 된 입장에서 나는 김레일리의 인성과 이 세계의 안녕을 고민하지 않을 수 없다. 물론 그에 앞서 내 생존부터 고민해야겠지. 씨발.

나는 끙끙거리듯 읍 소리를 내다가 결국 그의 뺨을 붙잡고 꾹 밀어내기 시작했다. 일방적인 기습 키스는 결국 때 아닌 완력 싸움의 장으로 넘어갔다.

잘 생각해 보자. 정말로 그랬던 게 아닐까? ≪세레나의 티타임≫이 사실 내 인생에 길이 남을 로맨스여서, 알고 보면 이 세계는 사랑꾼으로 가득한지도 모른다.

급기야 내 소설의 장르를 의심하다가 미간에 주름을 잡고 인상을 썼다. 아니, 젠장, 역시 그럴 리가 없다. 기본적으로 내 글이고 내 캐릭터인데 그렇게 희망적일 리가 있나.

거기까지 생각하다가 도무지 완력으로는 이길 수 없다는 사실을 짐작하고, 나는 밀어도 안 밀려나는 김레일리의 뺨을 대번에 후려쳤다. 하지만 므라우의 대악당 레일리 크라하에게 따귀 치기 따위는 별 타격을 입히지 못한 듯했다. 고개 한 번 까딱이지 않은 그가 아프지도 않으면서 뒤늦게 고개를 슬쩍 들어 올리더니 괜히 못마땅한 표정만 지었다.

역시 그거지? 유리 옐레체니카의 힘을 수치로 표현하면 10인 초보 용사인데 레일리 크라하는 모든 능력치를 9999쯤으로 찍은 보스급 몬스터인 거지?

게다가 괜히 어그로를 끌어 버리는 바람에, 레일리 크라하는 보란 듯이 내 머리를 움켜쥐며 좀 더 깊게 키스를 진행하기까지 했다. 사생결단의 순간에 눈웃음은 왜 치는지 도무지 모를 일이었다. 으아악, 내 캐릭터 인성 좀 어떻게 해 봐.

무릎을 움츠리며 슬그머니 빠져나가려 하다가 다시 어깨를 확 붙잡혔다. 나는 결국 이번에도 끙 소리를 뱉으며 그에게 붙잡혀 벽에 몰린 채 진득하게 키스를 했다. 벽에 박을 뻔한 등 언저리에 레일리 크라하의 장갑 낀 손이 부드럽게 닿았다가 쿠션처럼 푹 받치며 고개를 기울이고 입을 맞췄다.

헉 하는 순간 머릿속이 어찔해졌다. 역시 로맨스 장르의 캐릭터들은 기본적으로 빅 앤 절륜의 형질을 디엔에이에서부터 장착하고 있는 것이 틀림없다. 일단 적어도 내 로맨스 장르는 백 퍼센트 그럴 것이다.

이번엔 뺨 대신 그의 어깨를 후려치려다가 손까지 깍지 끼듯 붙잡혔다. 급박하게 숨을 몰아 뱉다가 다시 삼켜졌다. 그런데 왜 로맨스 장르의 캐릭터에게 인성은 디엔에이 단위로 장착되어 있지 않단 말이냐? 물론 그것이 내 글이기 때문이다. 작가님, 진짜 좀 반성해라. 그러나 반성할 수 있는 인간이었다면 애초에 취향이 망하지도 않았을 것이다. 아주 개 같은 일이 아닐 수 없다.

끙끙거리며 키스를 받아 내는데 반쯤 열린 문 너머로 기사 계급 특유의 묵직한 발걸음 소리가 들려왔다. 나는 물론이요, 데리러 올라간 레일리도 돌아오지 않자 걱정이 되었는지 마이어 후작이 서재 쪽으로 다가

오고 있었다. 그래도 그는 에슈마르크 대공보다 훨씬 상식을 아는 사람이라 나름대로 기척을 흘리는 중이었다. 자신이 도착하기 전에 우리가 먼저 그의 존재를 파악하기를 바라는 듯한 태도였다.

흠칫 놀란 나는 발을 동동 구르며 레일리의 정강이를 대차게 까 버렸다. 하지만 정강이를 까도 큰 타격은 입히지 못한 듯했다. 시발, 역시 고간을 차는 것 외에는 방법이 없나? 아무리 그래도 내 자식 같은 캐릭터의 생식 능력을 파괴하고 싶지는 않았는데……. 내 시선이 슬그머니 아래로 내려갔다.

그런데 내 생각을 읽었는지 뭔지, 갑자기 레일리가 나를 놓아줬다. 나보다도 일찌감치 마이어 후작의 기척을 느꼈을 텐데도 불구하고 일정 거리 안으로 다가온 마이어 후작이 돌연 걸음을 멈출 때쯤에야 나를 자유롭게 한 것이다. 이게 무슨 소리냐면, 마이어 후작이 충분히 우리의 이상한 기척을 파악한 뒤에야 놓아줬다는 이야기다.

이런 망할 자식이……? 어떻게 변명하라고 이런 개 같은 짓을?

마이어 후작쯤 되는 사람이면 우리가 이상하리만치 가까이 서 있다는 사실을 지금쯤이면 확실하게 눈치챘을 것이다. 나는 속으로 욕을 하며 당장에 머리칼을 정돈하고 문을 열며 뛰어나갔다.

"아하핫, 안녕하세요, 후작님!"

"아."

당황한 얼굴을 하고 있던 마이어 후작은 나와 시선이 마주치고야 뒤늦게 고개를 숙여 보이고 인사했다.

"그래도 몸이 많이 나아진 것 같아 기쁘군, 백작."

아차, 나 아프다고 했지. 고삐 풀린 망아지처럼 당차게 서재를 뛰어나왔던 나는 기겁했다가 황급히 말을 지어냈다. 상당히 늦었지만 치맛자락까지 잡아 올리며 사뿐히 인사까지 해 보였다.

"후작님께서 걱정해 주신 덕분입니다. 사실 방금 전까지도 안색이 너무 안 좋아 후작님께 폐가 될까 싶어 살짝 손을 보았는데, 너무 기다리시게 하고 말았군요."

"아아……."

이 정도면 내가 레일리와 바짝 붙어 서서 뒤늦게 나온 일에 대해서도 적당한 변명이 되어 줄 것이다. 아니나 다를까 마이어 후작도 무언가를 깨달은 듯이 미진한 감탄사를 뱉으며 희미하게 웃더니 고개를 숙여 사죄했다.

"혹시 쓰러졌거나, 이전처럼 문제가 생기지 않았을까 하는 생각이 들어서. 그러면 내 도움이 필요할 것 같아 무례를 무릅쓰고 함부로 걸음을 했소. 사적인 공간을 침범하려 해서 미안하오."

"아뇨! 괜찮습니다! 저, 그런데 오늘은 어쩐 일로……?"

"일전에 건강이 안 좋아졌다는 이야기를 듣고 시간이 꽤 흘렀는데도 여전히 회복하지 못한 것 같기에."

담담히 대꾸했던 그가 잠시 난처한 낯을 했다가 큼, 큼큼, 두어 번 헛기침을 하며 시선을 회피했다. 그리고 희미하게 다시 말했다.

"걱정이 되어서."

"오……. 그러셨군요……."

미적지근하게 답했다가 황급히 예의를 차려 감사 인사를 하긴 했지만, 나는 대번에 이 상황이 몹시 수상쩍어졌다. 무슨……. 무슨 꿍꿍이지? 일단 마이어 후작을 빠르게 한번 스캔해 봤다. 사람이 원래부터 무표정해서 더더욱 알 수가 없군.

뿌리 깊은 불신이었다. 일단 내 캐릭터의 보편적 인성이 그렇게 아름다울 리 없다.

심지어 마이어 후작의 태도는 갈수록 수상해졌다. 이런저런 말을 꺼내며 둘러대기 시작한 것이다. 본래 마이어 후작이 그런 어휘를 쓰는 사람이냐고 묻는다면 물론 아니었다. 그러니 수상할 수밖에 없다. 몇 번이고 건강을 걱정해 주던 그는 내가 결국 응접실에 가지 않겠느냐고 묻자 뒤늦게 본론을 꺼내들었다.

"날이 많이 풀렸소. 괜찮다면 잠시 산책을 다녀오는 것도 나쁘지 않으리라고 여겨져서."

"산책이요?"

"너무 실험실과 서재에만 머무르면 건강하던 이도 몸을 해치게 되지. 그러니까."

말하다 말고 인상을 찡그리며 단어를 고르던 그가 끙 소리를 뱉으며 주저하는 태도로 말했다.

"괜찮다면 산책을 청해도 백작이 불쾌하지 않을까."

"예?"

나는 얼빠진 소리를 뱉다가, 내 뒤에 불량한 태도로 팔짱을 낀 채 벽에 기대어 서 있던 레일리를 반사적으로 바라봤다. 푸른 보랏빛 눈동자가 대번에 일그러지며 웃음기를 머금었다. 오……. 뭔진 모르겠지만 기분 더러워 보이는걸……. 조금 더 곰곰이 곱씹다가 뒤늦게 반응했다.

"후작님이랑요?"

"그렇소."

"제가요?"

"내가 제안한 상대는 당신이 맞지."

"그러니까 그건……."

멀뚱히 나를 바라보는 마이어 후작을 나도 멍하니 바라보다가 어물어물 대답했다.

"데이트네요."

내 말을 들은 솔데인 마이어의 표정이 이상해졌다. 그가 특유의 표정 변화 적은 얼굴로 큼, 하고 한 번 더 괜한 헛기침을 하더니 슬그머니 시선을 회피했다. 잠시간 입가를 손으로 가리고 있던 그가 멋쩍은 사람처럼 귓가를 만지작거리며 다시 내게로 눈을 내렸다.

"그렇게 되겠군."

진심이냐.

나는 아주 많이 난처해졌다. 레일리를 한 번 더 돌아봤다가, 솔데인 마이어를 한 번 더 살폈다가, 방금 전까지 하던 생각을 다시 한 번 떠올렸다. 여……. 역시 뭔가 많이 잘못됐다. ≪세레나의 티타임≫은 내 생각보다 로맨스로 가득한 세계인 게 아닐까?

"아직 몸이 안 좋은가."

"그런 건 아니지만……."

"부담을 줄 생각은 없소. 교류도 없던 사이에 갑자기 산책을 하자고 하니 당황했겠지. 그렇게 묵직한 제안은 아니오. 데이트를 청해 본 일은 없어서 내 태도가 과도할지는 모르겠으나."

"아니, 뭐……."

"나름대로 진지하게 생각하고 있소. 물론 서로 조금 더 알아보고 난 다음에 결정하는 것도 좋겠다고 생각했지만. 그리고 그 알아보는 과정을 청한 거요. 부담이 될까."

"그게 말이죠."

너무 빠르잖아?!

아, 아, 아니. 물론 이런 세계관이라면 데이트를 할 때에는 그 기반에 결혼을 전제로 하는 만남이 선행되겠지. 어지간한 집안이면 정략결혼을 할 테지만 솔데인 마이어가 이제 와서 그런 것에 휘둘릴 법한 인사는 아니었다. 아니, 엄밀히 따지자면 유리 옐레체니카야말로 최고의 결혼 상대였다. 정략적으로나, 솔데인 마이어의 입지에 있어서나 말이다.

그리고 아무래도 내가 대하기 편하니까 호감을 갖게 된 모양인데, 아, 제길, 제가 예의를 모른다는 것이 호감 요소라니 무슨 그런 민망하고 멋쩍은 일이 다 있답니까?

나는 당장에 어디에라도 머리를 박고 싶어졌지만 최선을 다해 참아 냈다. 애초에 거절하기도 애매하지 않은가?

솔데인 마이어는 황태자의 불알친구고 이 나라에 있어서는 상징과도 같은 소드 마스터에, 작위는 후작이며, 집안은 대공가다. 유리 옐레체니카가 대놓고 독신주의를 펼친 것도 아니니, 언젠가는 황제를 위해서라도 혼인은 해야 했다. 솔데인 마이어는 나쁘지 않은 상대였다.

요컨대, 명분이 없다, 명분이. 허어어, 나는 기가 막혀서 괴상한 감탄사를 뱉다가 떠밀리듯 대답했다.

"사람이 많은 곳만 아니면 몸 상태에는 무리가 없을 것 같아요."

"한적한 곳을 좋아하나."

"예에에."

"요란한 것은 나도 싫어하오. 잘됐군. 여우 사냥에 주로 사용하는 언덕이 교외에 있소. 마차를 타면 오래 걸리지는 않을 거요. 한 번도 시간을 들여 살펴본 적이 없지만, 그러고 보면 호수가 아름다워서 레이디를 데려가기에도 나쁘지 않을 테지. 그곳에 가도 괜찮을까."

"그."

어물어물 반걸음 물러서던 나는 부지불식간에 시선을 뒤로 돌렸다가 맹렬히 나를 바라보고 있는 레일리를 발견하자마자 반사적으로 답했다.

"하하, 네."

문제는 한두 가지가 아니었다. 솔데인 마이어의 청을 거절하기에도 영 애매한 상황인데, 심지어 나는 방금 전에 레일리 크라하를 향해 직접적으로 이 몸은 솔데인과 썸을 타는 중이니 너는 꺼지라고 말하고 나온 입장이었다. 그렇게 말을 하고 나온 직후에 이런 평온한 제의를 거절하기엔 레일리의 눈치까지 보였다!

애초에 레일리 저놈은 대체 무슨 생각이란 말인가? 왜 내가 솔데인 마이어와 썸을 타든 말든 그런 것에 집착한단 말인가? 뭔가 수상쩍게 여긴 걸까? 솔데인 마이어나 알렉시스 에슈마르크 같은 주요 인사들과 어울리고 싶어 한다고 판단했을 가능성도 있다. 어쩌면 선량하고 솔직한 나는 상상도 하지 못할 최악의 가정을 떠올리고 간을 보는 중인지도 모른다.

그게 아니고서야 왜 저렇게 살벌하게 주인을 본단 말이냐? 상식적으로 저게 집사가 할 눈빛이냐? 하여간 인성 하나는 날 때부터 어딘가 다른 세계에 두고 온 녀석임에 틀림없었다.

식은땀이 쭉 흘렀다. 결국 나는 흔쾌히 그의 제안을 받아들이고야 말았다.

어쨌든 데이트를 하기 위해서는 옷을 갈아입어야 했다. 같이 있고 싶지 않은 레일리 크라하와 잠깐은 함께 있어야 한다는 뜻이었다. 솔직히 싫었지만 어쩔 수 없는 일이었다. 일단 나들이용 옷을 입고 나오겠다며 솔데인 마이어에게 양해를 구한 뒤, 괜히 레일리를 힐긋거리다가 그에게서 안전거리를 확보한 채 빙 돌아서 내 방으로 들어갔다.

자연스럽게 드레스 룸까지 따라 들어온 레일리는 입을 다물고 장신구들부터 잔뜩 챙겨 오다가 돌연 말을 걸었다.

"방금 전은 제 실책입니다. 곤란한 상황을 만들려던 것은 아닙니다. 말씀을 듣고 저도 모르게 순간적으로."

"어?"

"죄송합니다."

"그, 뭐가?"

근래 들어 김레일리가 나한테 죄송해야 할 일이 하도 많다 보니 이 자식이 스스로 '실책'이라고 표현할 법한 죄송할 일이 대체 뭔지 짐작이 가질 않았다.

내가 다른 생각을 하다가 뒤늦게 반응하자 레일리가 눈을 가늘게 뜨며 생글생글 웃더니, 내 허리를 붙잡고 뱅뱅 휘두르며 우악스럽게 옷을 갈아입히기 시작했다.

"예, 고양이님. 아무 생각 없으시군요. 알겠습니다."

으아악, 왜 또 열이 뻗친 건데, 이 자식!

나는 이유도 모를 '몹시 빠침 상태'로 접어든 레일리의 눈치가 보여서 다급히 옷을 갈아입은 후 레일리에게 간단한 피크닉 도시락을 챙기게 했다. 그리고 나서 어렵사리 솔데인의 에스코트를 받아 마차에 오르고야 조금 숨통이 트였다. 솔데인 마이어가 나와 동승한 이상 반인 혼혈의 집사에 불과한 레일리는 동석할 수 없게 된다.

레일리는 자연스러운 태도로 바깥쪽에 붙어 있는 보좌관 전용 좌석에 앉았고, 나는 더는 레일리의 눈치를 살피지 않고 편하게 자세를 풀며 후 한숨을 뱉어 냈다. 나를 물끄러미 관찰하고 있던 솔데인 마이어가 난감한 낯을 했다.

"내가 역시 부담스러운 제안을 한 것 같군."

"앗, 아니에요!"

잽싸게 대답했다가 시선이 마주치고 어색하게 웃어 보였다.

"제 건강을 걱정해 주시고 여러모로 기분 전환을 할 수 있는 제안까지 해 주시니 감사한 일입니다."

일단 데이트보다는 이렇게 생각하는 쪽이 내 마음이 편하니까. 그런데 내 말에서 대번에 의도를 읽어 냈는지 솔데인 마이어가 묘한 얼굴로 아아, 하고 대답하더니 곧 희미하게 웃었다. 그리고 표정을 가리듯 손으로 입가를 만지작거리며 진중하게 등을 숙였다.

"다음번에도 당신과 시간을 보내고 싶거든 그런 부담스럽지 않은 변명을 붙여야겠군."

"어억."

뭐……. 뭔데 이렇게 플러팅이야? 나도 모르게 기겁했기 때문에, 표정을 가리기 위해 괜히 시선을 깔며 고개를 아래로 푹 숙였다. 아니, 무슨 이런 개좆같은 플러팅을……. 아니, 아니, 진정하자.

하기야 나중에 자원봉사도 같이 가기로 한 상황이니, 솔데인 마이어의 입장에서는 충분히 제안할 만한 외출이었을 것이다. 애초에 그도 나도 일반적인 뷔올 귀족의 혼기는 지나쳤다.

이 정도의 외출은 나로서도 굳이 피할 이유가 없었다. 막말로 사귀거나 교제를 하자고 한 것도 아니고 좀 친해지자는데 매몰차게 거절하기도 애매하고, 귀족들이 여우 사냥을 하러 나가는 곳이라면 농가의 인간들과는 마주칠 일도 없을 것이다. 세레나 윌리엄스가 귀족층을 상대로 과일을 납품하기는 하지만 여우 사냥을 빈번히 할 계절도 아니니 문제는 없으리라.

"제가……. 그런 말을 사교계에서 꺼내긴 했지만 아직 그쪽으로는 딱히 생각이 없어서요."

나를 배려해 주는지 굳이 말을 걸지는 않으려는 눈치였으나, 그게 더 부담스러웠기 때문에 먼저 입을 열었다. 뒷머리를 벅벅 긁적이며 하핫 웃고 적당히 둘러댈 말을 찾아보았다. 입만 열면 진심 아닌 말을 떠들고 다니는 인간이 될 수는 없으니 그럭저럭 둘러댈 말이 필요했다.

"그냥, 그, 뭐랄까. 좀 추상적으로……. '아! 결혼하면 이런 거 좀 편해지겠지?' 하는 정도의 생각이라서."

"이해하오."

"후작님께서 제 어떤 부분을 좋게 봐 주셨는지는 모르겠지만……. 외출 정도는 나쁘지 않을 것 같다고 생각했고, 그래서 좋다고 한 거예요. 부담스러운데 억지로 받아들이거나 하지는 않습니다."

사실 부담스러운데 억지로 받아들였다. 나는 그냥 하하 웃으며 난감하게 입술만 달싹이다가 다시 조용히 입을 다물었다. 그런데 내 말을 어떻게 해석했는지, 오히려 더더욱 민망한 얼굴을 한 솔데인 마이어가 묵묵히 시선을 깔다가 뒤늦게 대답했다. 아무래도 내 속마음이 티가 난 모양이었다.

"당신의 소녀 같고 티 없는 태도가 눈에 띄더군. 사실 나도 그저 추상적으로 나쁘지 않겠다고 생각하고 있을 뿐이니 너무 부담 갖지는 않았으면 좋겠소."

이건 또 뭔 개소리야? '소녀 같고 티 없는'은 대체 어느 아가씨의 얘기란 말이냐? 설마 나냐?

눈을 댕그랗게 뜨며 반사적으로 나 자신을 향해 삿대질을 했다가 이상한 표정이 된 솔데인 마이어와 눈이 마주치고 뒤늦게 수습했다. 잽싸게 두 손을 가지런히 모아 무릎 위에 내려 두며 눈치를 살피는데 그가 다시 미간을 찡그리듯 웃었다.

"그런 점."

"어……. 레일리는 저한테 방종하게 날뛴다고 하던걸요."

"과격한 표현을 쓰는 집사를 뒀군. 아마 갑자기 사교계에 나서야 하는 당신을 걱정해서 충격 요법이라도 가하려고 그러지 않았을까."

아냐, 아냐. 그거 절대 아냐. 그렇게 좋은 놈이 아닙니다. 애초에 뷔올의 후작 주제에 왜 므라우의 까마귀가 그렇게까지 주인에게 충성을 다하고 있으리라는 믿음을 순순히 지니게 된 건데?

김레일리의 인성을 잘 아는 인간으로서 도저히 그냥 넘길 수 없는 말이었는데, 솔데인 마이어는 더더욱 이상한 소리를 덧붙였다.

"표정이 휙휙 변하고 솔직한 면이 조금쯤은 귀엽게 보였소."

시, 시빨, 사레들릴 뻔했네. 아무리 나여도 고위 귀족의 면전에 침을 뿜으면 안 될 것 같아서 순간적으로 큽 소리를 내며 입을 틀어막았다. 그런 짓을 했다간 만능 핑계 '기억 상실'로도 사태를 수습할 수 없게 된다. 이게 또 솔데인 마이어의 눈에는 달리 보인 모양이었다. 화들짝 놀란 그가 다급히 상체를 세우고 내 안위를 살피려 했다.

"백작? 어디가 또 아픈 건가!"

그거 아냐, 시발.

나는 다급히 한 손을 들어 올려 괜찮다는 표현을 했다. 그야 그렇다. 괜찮지 않은 것은 내 정신과 마음뿐이지, 육신은 유감스러우리만치 안녕하니 솔데인 마이어가 걱정할 이유는 없다.

그러니까 요약하자면 평소에 못 보던 타입이라 신경이 쓰인다는 거군. 그거 나쁘게 말하면 그냥 거슬린다는 거 아냐?

"말하자면, 귀족답지 않은 면이군요."

"그렇게도 말할 수 있겠지만……."

내 안색이 아주 말짱하다는 것을 다시 확인하고야 손을 물린 솔데인 마이어가 진중하게 다시 대답했다.

"자꾸만 나도 모르게 백작에게 시선이 가서. 차라리 함께 시간을 보내며 떳떳하게 보는 편이 덜 무례하지 않을까 생각해 봤소."

그러니까 나쁘게 말하면 그냥 거슬린다는 건데 왜 저렇게 로맨스 남주처럼 표현하는 거냐. 게다가 저런 낯부끄러운 대사를 표정 하나 변하지 않고 잘도 말하고 있지 않은가? 듣는 나는 이렇게나 체할 것 같은 기분인데 말이다. 역시 전근대맨의 낭만적인 면모는 남달랐다. 현대인인 내가 따라잡을 수 없을 정도였다.

영 수상쩍은 표정을 감추지 못한 채 그를 빤히 바라보다가 등받이에 등이 닿고야 아차 했다. 아참, 여기는 로맨스 소설 안이었고 저 남자는 로맨스 남주진이 맞지. 그리고 그 로맨스 소설은 내 소설이다. ……?

그 사실을 새삼스럽게 다시 깨닫고 나니 더더욱 수상해졌다. 정말 왜 내 캐릭터 주제에 정말로 로맨스 남주처럼 말하고 앉았는가? 이쯤 되니 솔데인 마이어나 레일리 크라흐를 비롯한 《세레나의 티타임》의 캐릭터들이 숨만 쉬어도 수상하게 느껴질 지경이었다.

그 수상쩍음을 견디지 못하고, 솔데인 마이어와 마차를 타고 가는 내내 안절부절못하며 오만 가지 생각을 했다. 아무리 생각해도 나 자신의 글에 빙의해 버린 것에서부터 뭔가 많이 잘못됐다. 그러나 마차에서 내릴 때는 그 생각을 멈추고, 일단 당장 눈앞에 닥친 시간을 잘 보내기로 마음을 고쳐먹어야 했다.

사실 굳이 굳은 결의를 할 필요도 없었다. 생각을 멈추고 싶지 않아도 멈추게 만드는 풍경이 펼쳐졌다. 녹음이 우거지게 깔린 숲이 저 너머로 보이고, 새싹이 막 돋아나는 들판이 연녹색으로 팔랑팔랑 나부꼈다.

거대한 호수가 은빛 감도는 푸른 빛깔로 흐드러지게 산란하고 있었다. 휙 불어온 바람에 모자가 휩쓸렸다. 잽싸게 모자를 잡으며 주춤 뒤로 물러서는데 레일리가 즉시 내 등허리를 받치며 보조했다. 덕분에 몸은 뒤로 넘어가지 않았다. 뒤늦게 나를 부축하려던 솔데인 마이어의 손이 뻘쭘하게 멈춰 서 있다가 민망한 태도로 내 팔을 조심스럽게 붙잡아 제대로 세웠다.

머리 양쪽으로 두 손을 올려서 모자를 꾹 틀어쥔 채 어정쩡하게 서 있던 나는 그 꼴을 발견하고 아연히 입을 열었다. 왜 아연하냐면, 이게 마치 로맨스 소설의 삼각관계의 한복판 같았기 때문이다.

일단 내 소설인데 순순히 그럴 리 없다. 그러니 문제였다. 슬그머니 시선을 내려 사방을 살폈지만 어디에도 위험 요소 같은 것은 보이지 않았다. 어디에도 수상해 보이는 점이 없다는 점이 수상했다.

하다못해 그 흔한 '암살자들이 숨어 있을 만한 공간'조차 없었다. 광활한 들판과 저 멀리 호수 맞은편에 반짝이는 숲만이 전부였다.

식은땀이 다시 한 번 쭉 흘렀다. 저, 정말 이 세계는 로맨스 소설인 걸까? 아냐, 아냐. 이럴 리가 없어. 뭔가 함정이 있을 것이다. 내 글 주제에 너무나 아무 일도 일어나지 않으니 오히려 나는 극도의 긴장 상태에 접어들고야 말았다. 아무리 생각해도 내 소설이 이럴 리 없다.

혼돈을 경험하고 있는데 레일리가 특유의 인격을 말아먹은 얼굴로 생긋 웃으며 내 등을 토닥이고 바로 세웠다.

"제가 감사 인사 하나 제때에 못 하는 주인을 모시고 있습니까?"

"아. 땡큐. 고맙다, 야."

"상당히 늦었지만 봐 드리겠습니다, 마스터. 아까부터 넋을 놓고 계신 듯한데, 모쪼록 귀한 분께 폐를 끼치지 말고 조심히 서 계십시오. 앉을 수 있는 자리를 마련하겠습니다."

"그냥 아무 곳에나 앉아도 될 것 같은데?"

"주인을 아무 곳에나 앉히는 것은 삼류들이나 하는 짓이지요."

그러더니 레일리는 쌩하니 나를 놓아주고 앞장서 언덕 위를 오르기 시작했다. 호수가 한눈에 보이는 야트막한 언덕이었다. 먼저 언덕 위에 성큼성큼 올라간 레일리가 적당한 자리에 간단한 도시락을 준비하고 앉을 자리를 만들어 두는 사이, 솔데인 마이어가 나를 에스코트했다. 그는 나름대로 신경을 써서 걷기 좋은 풀밭 쪽으로 나를 안내해서는, 조심스럽게 언덕 위로 데리고 가기 시작했다.

갑자기 극심한 '현자 타임'이 왔다. 약간 아무 생각도 하기 싫어졌다.

생각을 정지하고, 일단은 이 상황을 정리해 보자. 누가 봐도 이 상황은 전형적인 로맨스 소설의 한 장면처럼 보일 것이다.

고양이 같은 집사 놈이 주인의 입술을 훔치며 어필하고, 상당한 직위를 가진 잘생긴 후작이 젠틀하고 느끼한 대사를 치며 플러팅을 한다. 지금 이 자리에는 없지만 무슨 할리퀸에서 당장에 튀어나온 것 같은 대공도 있다. 심지어 온갖 설정을 한 몸에 밀어 넣은 이 나라의 플레이보이 대공님은 초면부터 내게만 뭔지 모를 특별 대우를 해 주며 자신을 잊지 말아 달라고 부탁했다.

게다가 나는 똑똑하고 아름다운 유리 옐레체니카의 몸에 빙의했으니, 말하자면 미모의 여주인공이다. 문제라면 위 세 남자의 인성을 보장받지 못한다는 것뿐이지만, 그것만 제외하면 정말이지 완벽한 로맨스 소설의 구도였다.

그렇다. 이렇게나 완벽하게 로맨스 소설의 구도인데 나는 어째서 이 평화롭고 아름다운 들판에서 함정이나 찾아내는 데에 열을 올리고 있단 말인가?

후후, 내 소설이 이렇게 평화로울 리 없어. 나는 아연한 얼굴로 허허롭게 미소 지으며 아릿하게 언덕 위의 나무를 바라보았다. 그냥 왜인지 마음이 허하고 아연했다. 극심한 인지 부조화가 찾아온 나머지 살짝 무상해졌다. Zn*.

차라리 여기가 내 소설이 아니라 ≪세레나의 티타임≫과 어딘지 비슷한 제3의 이세계였으면 좋으련만, 세레나와 윌리엄스 농가의 활동은 유감스러우리만치 내 예상대로 이루어지고 있었다.

애초에 세레나와 만나지 않기로 결정했다고 해서 내 할 일이 사라지는 것은 아니었다. 나름대로 레일리를 쏘삭여서 윌리엄스 농가의 진출 정도나 근황도 살피고 있었다.

레일리는 내가 계속 윌리엄스 농가에 집착하며 정보를 캐묻자 대번에 수상쩍어했지만, 과일이 맛있어서 관심이 생겼다는 내 마구잡이식 설명을 듣고 납득했다. 저놈이 대체 평소에 나를 어떤 망나니로 생각하기에 그 따위 변명에 질책 한마디 없이 순순히 납득해 버리나 싶지만 굳이 직접 무덤을 파고 싶진 않았기 때문에 그대로 넘어갔다.

아무튼 중요한 건 윌리엄스 농가의 중앙 진출이 내가 기억하는 형태 그대로 순조롭게 이루어지고 있었으며, 그들의 인생도 내 설정과 큰 차이 없이 잘 굴러가고 있었다는 점이다. 즉, 여기는 다른 누구의 소설도 아닌 내 소설 속이 맞다. 아직 쓰지 않은 내 소설의 안쪽.

그런데 내 소설 주제에 왜 이렇게 평화로운지 알 수가 없다는 것이다. 너무나 평화로운 풍경을 살핀 나는 급기야 불안증에 시달리며 초조하게 손톱을 물어뜯으려다가 레일리에게 잽싸게 손을 붙잡혔다. 위압적인 태도로 내 손을 잡아채고 비난을 섞어 시선을 내리깐 레일리가 내 손톱을 꾹꾹

*'아연(Zinc)'의 원소기호

누르며 압박을 가했다.

"아! 아! 아프다니까!"

"물어뜯지 마십시오. 관리해 드리려면 고생하는 건 마스터가 아니라 접니다."

"아씨, 알겠다고."

당장에 욕을 뱉으며 가운뎃손가락을 휙 들어 올렸던 나는 레일리의 눈이 더더욱 세모꼴이 되는 것을 보고야 아차 했다. 내 옆에 앉았던 솔데인 마이어가 눈을 댕그랗게 뜨고 우리를 보고 있었다.

지난 몇 달 내내 거울을 보며 고되게 연습한 '유리 옐레체니카의 우아한 미소 3번'을 입가에 머금은 채, 살포시 가운뎃손가락부터 접어 보았다. 솔데인 마이어의 시선이 슬그머니 내 손끝에 따라붙었다.

"하……. 하핫. 정말 멋진 호수네요!"

내 말을 듣고 그가 웃을지 말지 헤매는 것 같은 표정을 지었다가, 결국 다시 숨을 뱉어 내듯 웃어 버렸다. 그리고 매너 좋게 화제를 바꿔 줬다.

"마음에 든다니 다행이오. 막무가내로 끌고 온 것 같아 걱정했소."

그러나 까탈스러운 집사 놈은 후작님이 기껏 바꾼 화제를 다시 손가락으로 돌려놓았다.

"손톱을 잘못 물어뜯으면 해로운 것들이 들어가 곪게 됩니다. 손가락 대신 샌드위치와 과일을 드십시오."

반사적으로 다시 가운뎃손가락을 휙 펼쳤다가 부러트릴 듯 다시 손가락을 접어 넣어 주는 레일리 덕에 즉시 굽혔다. 레일리가 경멸 조의 시선을 부드럽게 내리깔며 예의 바르게 웃더니, 몸을 세우고 정중히 허리를 기울여 보였다.

"저는 그럼 이만 거리를 벌리고 있겠습니다."

"오잉, 그렇게 되나. 괜찮네. 잘 가."

"마스터."

어차피 솔데인 마이어는 내 본연의 모습을 아주 많이 봐 버린 인간이 아닌가? 별로 신경을 쓰지 않고 편한 태도로 치마를 폭폭 두드려 다리를 가리고 편하게 펼쳐 앉는데, 돌연 레일리가 생긋 웃으며 바로 옆까지 고개를 숙이더니 다정다감하게 속삭였다.

"저는 주인의 방종한 태도에 충언을 아끼지 않는 집사가 되고자 합니다만, 제 고양이 같은 마스터를 얌전히 길들이려면 혀뿐 아니라 다리까지 묶어 두고 교육해 드려야 할지 고민하고 있으니, 부디 적당히 날뛰십시오."

"아 쓥, 뉍. 알겠습니다, 집사님."

저게 대체 어딜 봐서 주인의 방종한 태도에 적절한 충언을 아끼지 않는 집사의 자세란 말이냐? 하지만 일단 대단히 살벌하게 들렸고, 저 자식이라면 충분히 주인님의 다리를 꽁꽁 묶어 제대로 앉는 법을 교육시킬 놈이므로 잽싸게 다리를 끌어당겨 인어 공주처럼 가지런히 모으고 앉았다. 물론 무시무시하게 불편했다.

내 표정이 점점 썩어 들었는지, 나를 유심히 바라보던 솔데인 마이어가 결국 웃으며 편히 굴어도 좋다고 다시 말해 주었다. 그리고 레일리가 자리를 비워 준 틈을 타 관대한 솔데인 마이어의 배려하에 편한 자세로 고쳐 앉았고, 그와 이런저런 대화를 나누기 시작했다.

정말이지 사람은 괜찮아 보였다. 일단 나랑 얽힌 세 남자 중에 인성 파괴자로 확정된 인간이 두 놈이나 존재하지만, 솔데인 마이어만큼은 그럭저럭 일반적이고 평범한 인성 수준을 지녔다고 확신해도 좋을 것 같았다. 이전에 받은 게 어렴풋한 느낌이었다면 이번엔 완벽하게 확신에 가까웠다.

그러고 나니 당연히 나는 솔데인 마이어라는 좋은 사람에게서 이런저런 정보를 듣고 싶어졌다. 실제로도 일찌감치 솔데인 마이어와의 친분이 나쁘지 않으리라고 판단한 근거 또한 그의 업무 덕이었다. 뷔올의 주요 인사에 대한 비리 정보란 비리 정보는 거의 알고 있는 사람이 아니던가.

타이밍을 재며 호시탐탐 에슈마르크 대공이나 살인 사건에 대해 자세한 질문을 던지려 하던 나는, 결국 솔데인과 나누던 하나의 주제가 끝나고 잠시 소요의 순간이 오자마자 잽싸게 물어봤다.

"저, 혹시 에슈마르크 대공 각하는 어떤 분이신가요?"

갑작스러운 내 말에 솔데인 마이어도 의아한 얼굴을 했다.

"갑자기 그건 왜 묻소?"

"파티 때에 저한테 말을 거신 것이 신경 쓰여서요."

"말이야 보통 공적인 자리에서 인사 정도로는 대화를 했지. 하지만 이전에도 말했듯, 내가 알기로 사적 친분은 따로 없었을 거요."

"대공 각하가 보통 무슨 업무를 하시는 분이지요? 저와 업무 분야가 겹치시나요? 아, 하긴, 마법과 정령술, 발명을 두루 섭렵하셨으니 겹치려나."

"겹치지 않소. 대공 각하께서는 보통 외무부의 업무와 무역 총괄, 국제 교류 전반을 맡아 하시고, 마법사로서 작업에 착수하시는 것은 뷔올 중앙의 전력을 일으키는 마력석을 보강할 때뿐이지. 사실 그 작업만으로도 상당한 힘을 쓰실 테니 평소에는 마법을 쓰지 않는 편이 나을 거라고 생각하오. 백작도 일반적으로는 마법이나 정령술을 그대로 쓰기보다는, 그것을 활용해 발명품을 만들며 저택에 머무르기만 했소."

"그럼 정말로 겹치는 분야가 하나도 없고 접점이 없다는 얘기군요. 정말로 그날은 저한테 장난을 치셨나 봐요."

어물어물 대답하며 인상을 찡그렸다. 구체적으로 새롭게 알아낸 정보가 없었다. 전부 잘 알려진 정보뿐이었다. 제길, 솔데인 마이어는 매번 알렉시스 에슈마르크와 유리 옐레체니카를 곁에 두고 살았던 몇 안 되는 인간이면서 왜 그들에게 이토록 관심이 없었단 말인가? 끙끙거리며 골머리를 썩이던 나는 결국 슬그머니 다시 질문했다.

"대공 각하께서는 안 좋은 소문 같은 건 없는 분이신가요?"

내 말을 들은 솔데인 마이어가 이번에는 조금 인상을 찡그리며 고개를 기울였다.

"어떤 의미에서?"

"여러 의미에서 말씀드린 겁니다. 후작님께서 아시는 부분에 대해서만 이라도."

"범죄나 비리에 연루되신 일이 없는지 묻는 건가?"

"그것도 포함해서요!"

마이어 후작이 어쩐지 이상한 표정을 지었다. 하지만 그는 이번에도 순순히 대답해 주었다.

"풍기 문란과 간통으로 두어 번 거론되신 적은 있지만 전부 각하 처리했지. 어쨌든 그런 죄명으로 추궁할 수 있는 분도 아니니까."

"아."

그런 거 외엔 범죄 기록이 없단 말인가? 그럴 리가 없다. 나는 심각한 표정을 지으며 생각에 잠겨야 했다.

알려진 범죄가 치정 관련 문제뿐이었다니⋯⋯. 그렇게나 수상쩍은 인간인데 그게 말이나 되나? 좀 더 스케일은 작아 보여도 사실 파헤치면 뭔가 나올 법한 수상쩍은 요소가 없을 리가 없다. 정말이지 묘한 일이었다.

아, 아니다. 확실히 그런 얼굴을 가진 예쁜 쓰레기라면 사소한 것 하나도 결코 들키지 않고 쓰레기 짓을 하고 다녔을 것이다. 나는 곰곰이 생각하다가 고개를 기우뚱 외로 꼬았다.

"그럼 혹시 에슈마르크 대공 각하께서 데리고 다니는 반인이나 유사인족 중에⋯⋯."

"백작은 대공 각하께 관심이 있나?"

"예?"

실험실에 떨어져 있던 까마귀 깃털이 마음에 걸려서, 혹시 대공에게 까마귀 반인이 붙어 있지는 않은지 알아보고자 즉시 질문을 이어 가려다가 돌연 말이 끊어졌다. 솔데인 마이어가 그답지 않게 내 말을 뚝 끊고 끼어든 탓이었다.

그런데 그 내용마저 당황스러웠다. 나는 눈을 댕그랗게 떴다가 즉시 고개를 저었다. 3초도 망설이지 않았다. 예기치 못한 질문이었던 탓에 그만 오히려 본능적으로 손사래까지 치며 진실한 태도로 즉답하고 말았다.

"아뇨. 전혀요. 완전 멀리하고 싶어요. 우리끼리 얘기니 솔직하게 말했을 때, 굳이 어느 쪽이냐고 따진다면 딱 질색입니다."

"……."

너무나 신랄하고 진실한 대답을 들은 솔데인 후작이 묘한 표정을 지었다가 멋쩍은 낯으로 미간을 손끝으로 문질렀다. 그러더니 조심스럽게 단어를 거르다가 드물게 끙 소리를 뱉으며 다시 말했다.

"나와 함께 있는데 그분에 대해서만 묻는군."

"예?"

갑작스럽게도, 나는 조금도 기대하지 못했던 말을 듣고 말았다. 내 심각한 고민의 방향성과는 너무나도 다른, 요컨대 '너무나 로맨스 소설다운' 발언을 들은 것이다.

그러니까 이건 뭐야. 설마 지금 나는 선보러 나와서 다른 사람 얘기만 줄곧 하는 상대가 되어 버린 건가. 확실히 대화 내용을 곱씹고 나니, 스스로 생각하기에도 좀 트롤링이긴 했던 것 같았다. 반성하자.

늘 그랬듯 반성은 빠르지만 회개하지는 않은 채 머리칼을 벅벅 헤집으며 어색하게 웃고 대강 변명했다.

"그, 아무래도 지난 파티 때의 일 때문에 신경이 쓰였나 봐요. 실례했습니다. 후작님은 마음이 편한 상대다 보니 저도 모르게 의존하고 만 것 같아요. 정말 죄송합니다."

그리고 나서야 나는 뒤늦게 화제를 전환하기로 했다. 하긴, 나름대로 데이트를 하러 나온 셈인데, 너무 대공의 뒷조사만 하다 가면 예의는 아닐 것이다.

솔데인 마이어와는 지금까지 늘 일상적인 주제들만 거론하며 이야기했으니, 이번에도 안전하게 그런 이야기를 꺼내 들었다. 과연 대화는 안정적으로 이어졌다. 피크닉 도시락을 야금야금 다 해치우고, 그러고 나서도 한참을 알맹이도 없이 떠들었다.

어렴풋이 먼 하늘이 붉어질 무렵이 되어서야 우리 둘 다 정신을 차렸다. 아차 싶은 얼굴로 돌아가자고 제안한 솔데인 마이어가 내게 정중히 손을 내밀었다. 너무 늦은 시간까지 붙잡고 있어서 미안하다는 말도 뒤따랐다.

저택에 있어 봤자 하는 일도 별로 없으니 괜찮다고 말하며 자리에서 일어나다가 순간 다리가 저려서 기우뚱 무릎이 꺾였다. 솔데인이 단숨에 내 허리를 잡아챈 덕분에 넘어지지는 않았지만, 나는 그만 그의 가슴팍으로 풀썩 쓰러지고 말았다. 경장을 입은 가슴팍에 코를 박는 바람에 콧속이 얼얼했다. 반사적으로 그의 한쪽 어깨를 잡고 겨우 몸을 세우는데, 저린 발에 힘이 들어가서 다시 앓는 소리를 냈다.

솔데인 마이어는 이미 살뜰한 태도로 내 턱을 살짝 잡아서 들어 올리더니, 코를 크게 상하지는 않았는지 살펴보고 있었다. 잠깐. 얼굴이 너무 가깝다.

나는 슬그머니 몸을 물리며 그의 어깨를 살살 밀어냈다. 솔데인 마이어도 뒤늦게 우리 사이의 거리가 너무 가까워졌음을 인지했는지 당황한 얼굴로 휙 상체를 물렸다.

"편히 앉아 있어도 괜찮았을 텐데. 아무래도 오늘 내가 백작에게 너무 폐만 끼치는 것 같소."

"아, 아뇨. 후작님 덕분에 편히 앉아 있었는데 이상하네요. 하하."

정말 이유를 모르겠다는 식으로 말했지만 사실 나는 다리가 이 꼴이 된 이유를 명백히 알고 있다. 후작 때문도 아니었고 유리 때문도 아니었다. 단지 유리 옐레체니카의 설정상 육신이 종이 몸이라 그렇다……. 따지자면 내 업보였다, 시발…….

그나저나 과연 직업 기사의 몸은 남달랐다. 반사적으로 짚고 일어나던 그의 어깨와 가슴팍으로부터 듬직한 근육이 선명하게 느껴지고 있었다.

옷 너머로도 그의 몸이 끝내준다는 사실 정도는 어렵지 않게 느껴졌다.

제길, 이런 거 현실에는 없겠지. 오졌다, 2D.

좀 더 더듬고 싶었지만 이성을 꽉 붙들어 맸다. 나는 그의 어깨를 붙잡고 균형을 잡은 채 다리의 뭉친 근육을 푸는 일에나 집중하기로 했다. 그런데 돌연, 솔데인 마이어가 내 머리 위로 고개를 기울이며 차분히 말했다.

"잠시 실례를 하지."

"예?"

멀뚱히 반문하는 순간 돌연 몸이 휙 떠올랐다. 그가 아주 가벼운 것을 들어 올리듯 어렵지 않게 내 다리 뒤로 팔을 넣어 휙 안아 올린 것이었다. 으악 소리를 절로 뱉었던 나는 반사적으로 그의 어깨와 목부터 감으며 안전한 자세를 찾아냈다.

"직접 들어서 옮겨 주시진 않아도 되는데요! 그렇게 아픈 것도 아니고 그냥 저릴 뿐이고요. 이런 건 그냥 레일리에게 시키면 됩니다!"

"언덕길인데 내려가다가 다리가 풀리기라도 하면 곤란하오."

그렇다고 네가 나를 안아 들 이유는 없다니까! 속으로만 욕을 한 후 안절부절못하다가, 금세 다가와서 나를 대신 받아 들려 하던 레일리에게 재빨리 눈짓을 했다. 아무리 나여도 이 시대의 후작이 몸소 안아서 옮겨 주는 것이 얼마나 수상쩍은 일인지는 안다. 내 눈짓을 살피고 웃는 얼굴로 후작을 물끄러미 바라보던 레일리는 금세 다가와서 정중히 허리를 숙이며 팔을 내밀었다.

"마스터는 제가 옮겨 드리겠습니다. 먼저 마차에 탑승하시지요."

그가 사뭇 예의 바른 태도로 말했다. 그런데 솔데인 마이어가 담담히 고개를 저었다.

"괜찮네. 백작은 마른 편이고, 그러지 않더라도 내게는 큰 부담이 되지 않으니. 굳이 어려운 일도 아닌데 번거롭게 그러지 말고 그냥 내가 직접 하지."

그러더니 레일리에게 까딱 눈짓을 해 보이고 성큼성큼 그를 지나쳐 걷기 시작했다. 에에엥? 나는 당황해서 고개를 바싹 쳐들었다가 후작의 목 언저리에 뺨을 박는 바람에 다시 몸에 힘을 풀고 그냥 그의 목이나 조금 더 꽉 붙잡았다.

번거로울까 봐 잡무는 내 집사에게 시키겠다고 했더니 자기가 굳이 번거롭게 일을 하겠다는 것을 나한테 어쩌란 말이냐? 그냥 마음 편히 있는 것밖에는 마땅히 할 일이 없었다.

그런데 문득, 솔데인 마이어에게 거절당한 뒤 물끄러미 우리 쪽을 바라보기만 하던 레일리와 시선이 마주쳤다. 레일리 크라하가 한쪽 눈썹을 휙 올리고 입매를 비틀며 웃고 있었다.

아주아주, 아주아주 기분이 더러워 보이는 표정이었다. 나는 몹시 침착해져서 슬그머니 김레일리의 표정을 못 본 척했다. 후작의 어깨 근처에 얼굴을 툭 기대며 시선을 회피한 것이다.

역시 이해할 수 없는 일이다. 이거 정말 마치 삼각관계라도 형성된 것 같잖아. 하지만 이곳은 내 소설 속의 세계이므로 그럴 리가 없다는 점만은 확신하고 있다. 별수 없이 나는 곰곰이 생각에 빠져야 했다.

그러나 아무리 생각해도 이것은 유사 삼각관계였고, 어쩌다가 그렇게 되었는지는 도무지 알다가도 모를 일이었다.

* * *

세 번째로 참가한 살롱은 사교계의 여주인으로 불리는 인맥 넓은 백작 부인이 주최한 것이었다. 특별한 일은 없었지만 뜻밖에 윌리엄스 농가에 대한 정보를 얻게 되었다. 제공된 과일이 전부 윌리엄스 농가의 물품이었던 탓에, 귀족들의 대화 주제가 자연스럽게 최근 유행인 맛있는 과일로 흘러간 것이다.

듣자니 요즘은 성황리에 장사가 이루어지다 보니, 워낙 바빠져서 수도 지부의 지부장은 상단 밖으로 나오지도 못하고 사무실 안에서 끼니를 처리하고 있다는 이야기까지 전해 들었다. 수도 지부의 지부장이라면 물론 세레나였다. 어떻게 그런 사실을 알게 되었는지 묻자, 대량으로 과일을 납입하기 위해 지부장을 만나려 했는데 워낙 바빠서 허탕을 치고 돌아왔다는 대답이 돌아왔다.

물론 세레나의 입장에서는 귀족의 심기를 거스를까 무서웠을 테니 정중한 사과 편지와 함께 대량의 고급 과일을 다음 날 즉시 배송하며 사죄를 표했고, 오히려 백작 부인은 윌리엄스 농가의 단골로 돌변했다고 한다. 나름대로 미담이었다.

그나저나 세레나가 그렇게 바쁘면 나도 조금 숨을 돌려도 괜찮을 것 같았다. 귀족들의 살롱에만 다닐 뿐 거의 칩거 같은 생활을 하고 있었는데, 평소에도 잘 틀어박혀 지냈으나 굳이 신경을 써서 칩거하려니 영 답답했던 것이다. 어차피 세레나가 상단 안에만 머무른다면 상단 근처만 피하면 그만이었다.

일찌감치 솔데인 마이어와 함께 자원봉사를 가기로 약속한 것도 있고 해서, 나는 차라리 세레나가 한창 바쁠 이 시기에 먼저 연락을 넣어서 바람보다 빠르게 자원봉사까지 클리어하고 오는 것이 낫지 않을까 판단했다. 레일리는 아주 못마땅해 보였지만, 내가 편지를 쓰는 내내 책상에 불량하게 걸터앉아 철자의 형태와 맞춤법의 상태를 손봐 줬다.

그리고 시간은 금세 흘러, 나들이로부터도 일주일이 지나고, 자원봉사 날짜도 확실하게 결정했을 무렵이었다. 레일리는 돌연 불꽃을 쏘아 올리는 행사가 교외의 강가에서 열리니 구경을 하러 가지 않겠느냐고 제안했다.

나로서는 그런 세레나와 얽힐 법한 곳에 갈 생각은 없었지만, 사람이 많아서 싫다고 변명하자 레일리는 이런저런 이유를 들어 나를 설득했다. 마차 안에서 창만 걷고 구경을 하시면 되지 않겠느냐고 재차 권유한 것이다. 스팀펑크 세계의 불꽃놀이는 구경해 보지 못했기 때문에, 솔직히 궁금하기는 했다. 결국 나는 그의 제의에 혹해서 마차에 몸을 실었다.

"그러고 보니 나 불꽃놀이 본 적 없다."

"그러실 것 같아서 모시고 가는 겁니다."

시건방진 태도로 다리를 꼬고 앉은 레일리는 뷔올의 1년 행사들이 적힌 종이 달력을 팔락팔락 넘기며 무언가를 체크하고 메모해 넣고는 불친절하게 대답했다.

"주인에 대한 예의는 어디로 팔아먹었냐?"

"저는 늘 정중합니다만?"

"'정중함'이 뭔지도 모르다니, 너 뷔올어 못하냐."

"마스터께서 아직도 단어의 정의를 파악하지 못하셨다니, 몇 달 내내 언어를 가르쳐 드린 집사로서 통탄스럽기 그지없습니다. '정중함'의 정의를 제가 몸소 가르쳐 드릴까요."

그르렁거리며 서로 쏘아붙이다가, 마차가 금세 멈춰 서는 바람에 대화가 끊어졌다. 나는 즉시 잔뜩 기대하고 창가의 커튼부터 젖혀 둔 채 강물을 물끄러미 내려다보기 시작했다.

사람이 많이 모이는 곳은 싫다고 했더니 레일리는 언덕 위쪽의 티 나지 않는 곳에 적당히 마차를 숨길 수 있도록 위치까지 선별해 두었다. 우리는 언덕 아래쪽으로부터 들려오는 사람들의 소리를 한 귀로 듣고 한 귀로 흘리며 마냥 불꽃놀이를 기다리기 시작했다.

"야, 불꽃놀이는 언제 시작해?"

"5분 내외로 시작될 겁니다."

회중시계를 꺼내 살피며 심드렁히 대꾸한 레일리가 찰칵 소리를 내고 시계를 닫아 다시 집어넣었다. 말이 5분이지 기다리는 입장에서는 한 50분쯤은 되는 것 같았다. 안절부절못하며 초조하게 엉덩이만 들썩이자 결국 레일리가 힐난조로 혀를 차며 나를 잡아끌었다. 갑자기 왜 일으켜 세우는지 알 수 없어 의아한 얼굴로 그를 바라보는데, 돌연 그는 뻔뻔스러운 낯으로 나를 제 무릎 위에 끌어들여 앉혔다.

"인마, 지금 이거 뭐 하자는 수작질이야."

"등을 편히 기대셔도 창밖이 보일 겁니다. 사람들이 모이는 곳이 싫다고 하셔서 좌석이 들어가 있는 마차를 골랐는데, 불꽃놀이를 보시려면 불편하시겠지요."

"아니, 그런데 왜 굳이 네 무릎 위⋯⋯?"

"싫으면 자리로 돌아가서 들썩거리시면 되는 것 아닙니까? 물론 그런 채신머리없는 행동거지를 봐 드리는 것에는 제게도 한계가 있습니다만."

레일리가 단조로운 목소리로 대답했다. 나는 잠깐 동안 고민을 하며 주판을 두드리다가 결국 그냥 레일리의 무릎 위에 편하게 팔다리를 늘어트리고 앉아 버렸다. 본인이 깔려 있겠다는데 내가 욕까지 먹으며 사양을 할 이유는 없었다.

그 순간 '펑!' 하는 소리와 함께 눈앞이 환하게 밝아졌다. 다급히 고개를 들어 올리는 순간 마차의 창밖으로 새하얀 불길이 거대한 나무처럼 일렁이며 치솟아 올랐다.

"헉."

나는 대번에 감탄사를 토해 냈다. 도저히 불꽃놀이의 스케일이 아니었다. 어느 사이엔가 거대한 기계 전차가 강가에 일렬로 도열한 것 같더니, 순식간에 대포 같은 것들을 요란하게 끌어 올려 거대한 불꽃을 쏘아 올리기 시작한 것이다. 강의 위쪽이 온통 화려한 금빛으로 퍼퍼펑 터져 나갔다. 그런데 어째 볼수록 마음이 차분해졌다.

"그⋯⋯. 뭐냐. 난 좀 더 귀여운 걸 기대했는데. 전쟁이라도 난 줄 알았잖아."

"본래 전쟁에서 사용하기 위해 개발되었습니다."

"진짜냐. 아니, 내가 기대한 건 좀 귀여운, 어? 꽃 모양으로 터지는 거였다고."

"실망스러우십니까?"

"실망스럽다마다! 귀청 떨어지겠네!"

빽 소리를 지르며 일어나서 자리로 돌아가기나 하려는데, 내 허리를 붙잡고 있던 레일리의 팔에 돌연 힘이 들어갔다. 나는 그의 무릎 위에 다시 풀썩 주저앉았다. 그리고 레일리의 어깨에 머리칼을 문지르며 주르르 밀려 내려가다가 문득 고개를 들어 올렸다.

황금빛 불길을 반사한 푸른 보랏빛 눈동자가 오묘한 빛깔로 나를 내려다보다가 애매하게 웃었다. 장갑 낀 손이 내 턱을 만지며 입술을 문지르더니 생긋 미소 지으며 고개를 기울였다.

"어두워서 얼굴이 잘 안 보입니다만, 그렇게 눈을 댕그랗게 뜨시니 눈 안쪽에서 꽃이 터지는 것 같습니다."

"어?"

"귀여운 것을 마땅히 준비하지 못했으니, 집사의 소임으로 마스터라도 귀여워해 드리겠습니다."

"어어?"

이 미친놈이 무슨 그런 궤변이 다 있어. 반박의 논리를 펼치기 위해 입을 벌렸다가 그대로 키스당했다. 부드럽게 입술을 집어삼키듯 가볍게 훑고, 숨을 불어넣듯이 다정하게 달싹였다. 불꽃놀이에 붉은 빛이 섞이기 시작했다. 여전히 귀가 얼얼할 정도로 요란한 소음이 들려오고 있었다.

제멋대로 입술부터 들이대는 놈이지만 키스만은 언제나 그랬듯 놀랄 만치 다정했다. 그런데 이번엔 또 유난히 그랬다. 지나치리만큼 다정한 키스를 받으려니 어째 기분이 이상했다. 즉시 그의 얼굴을 밀어내며 빠져나가려 했고, 레일리는 이번엔 이상하리만치 순순히 나를 놓아주었다.

내가 내 자리로 돌아가서 휙 고개를 돌리며 따질 말을 꺼내고자 입술을 열 때에야 그가 다시 내 뺨을 감싸며 깊게 키스했다. 앓는 소리가 웅얼대듯 튀어 나갔다가 목 안으로 쑥 사라졌다.

평소보다도 유난히 다정하다는 것은 다른 말이 아니었다. 꼭 연인들이 하는 키스처럼 얕았다가도 슬그머니 깊어졌다가, 그랬다가도 부드럽게 살짝 빠져나오는 방식의 입맞춤이었다. 정말로, 정말로 정말로 기분이 이상했다!

어리벙벙해하다가 그의 어깨를 잡아채며 밀어내려 하는데 창 안쪽으로 이번엔 보랏빛 폭죽이 환하게 새어 들며 빛을 비췄다. 또 고막이 나갈 것 같은 폭음이 터져 나왔다. 그만 숨 쉴 틈을 놓치고 눈앞이 새하얘졌다.

"다정하게 키스해 드리니."

안절부절못하며 그의 어깨를 꽉 틀어쥐는데 레일리가 나긋나긋하게 속삭였다.

"얼굴까지 빨개지며 당황을 하시는군요, 마스터."

"이."

나는 반사적으로 가운뎃손가락을 올리며 욕부터 하고 부정의 말을 꺼내려다가 다시 진득하게 키스당했다. 유감스럽게도 이번 키스도 느낌만은 좋았고, 너무 다정하게 뺨을 쓸어 주며 키스하니까 기분까지 이상해졌다. 당황해서 그의 어깨를 꾹 찍으며 밀어내는데 레일리가 녹진한 숨을 뱉어 내며 잠시 입술을 떨어트렸다가 재차 입을 맞췄다.

"앞으로는 늘 다정하게 해 드리겠습니다."

"이 자식아, 상식적으로 그게 문제가 아니지 않니?"

"물론 그에 앞서 방종한 말을 쓰셨으니 혼내 드려야겠군요."

"뭐, 읍."

깊숙하게 들어간 의자 등받이에 파묻히다시피 웅크린 내 위로 상체를 숙인 레일리가 의자 아래에 무릎을 세워 꿇고 앉았다. 졸지에 나는 그의 품에 갇히고 말았다.

이번에는 유별나게 질척였다. 서로를 아주 많이 사랑하는 연인들이 하듯이 녹진하고 부드럽게 몇 번에 걸쳐 입을 맞추려니, 정말이지 느낌이 너무 이상했다. 나는 끙끙거리며 숨을 뱉어 내고 반사적으로 그를 받아들이며 입술을 바쁘게 달싹이다가 결국 합리화를 했다.

'어차피 2D인데 조금쯤은 상관없지 않을까……?' 하고 3초가량 생각하며 열심히 그의 키스를 받아들이다가 순간적으로 이 글이 누구의 글인지에 대한 깨달음이 뒤늦게 따라 나왔다.

반성하라, 나여. 여긴 다른 누구도 아닌 내 글이다. 이 키스에 대체 무슨 끙끙이가 섞여 있을지 작가인 나조차도 모른단 말이다.

그 생각에 닿은 즉시 레일리의 얼굴을 붙잡고 입술을 꽉 틀어쥔 채 뒤로 밀어냈다. 이번에도 레일리는 이상하리만치 순순히 밀려났다. 아직 그다지 화가 난 것 같지는 않았지만 나는 이 상황을 원만하게 여기에서 끊어 내는 방법에 대해 진지하게 고찰했다.

"그."

"그?"

레일리의 표정이 조금 못마땅한 태도로 미소를 띠었다. 나는 뉴런을 거치지 않고 잽싸게 아무 말이나 꺼내 보았다.

"나는 이 세계의 남성에게 연애 감정을 느낄 수 없다."

진지하게 목소리를 깔고 말했다. 내 캐릭터를 연애 상대로 생각하는 일 같은 게 도통 쉬울 리 없으니 굳이 따지자면 사실만을 떠든 셈이었는데, 레일리가 눈을 찡그리며 눈썹을 휙 꺾었다. 그가 잠자코 나를 바라보다가 제 입을 틀어막은 내 손을 휙 떼어 내며 의자 위에 한쪽 무릎을 얹었다. 내 위에 올라타다시피 상체를 기울인 그가 시선을 내리깔며 미간을 좁혔다.

"오해의 여지가 많은 말씀을 하십니다만."

"아. 아니, 물론 이 세계의 여성에게도 연애 감정은 못 느끼지만 최근에 작업을 걸던 놈들이 죄다 남자라 나도 모르게 그만."

그런데 나는 사랑을 느끼지 못하는 인간이라고 어떻게든 다시 말을 하려는 순간 입술이 단숨에 삼켜졌다. 키스 직전에 뱉은 말이라곤 이번에도 빠짐없이 개소리였다.

"고양이님의 뜻은 중요치 않습니다. 귀여움이나 받으시지요."

이 자식이 입만 열면 입으로 말 대신 방귀를 꿔네.

솔직히 말해라, 인성은 태어나기 전에 얼굴과 등가 교환 하고 온 거 아니냐? 결국 나는 좋게 좋게, 원만하게 해결하려던 기존의 목적을 잊고 레일리 크라하의 면전에 대고 대차게 가운뎃손가락을 들어 올리고 말았다.

그러나 키스는 불꽃놀이가 끝날 때까지도 이어졌다. 아주, 아주 달콤하게. 처음부터 끝까지, 꼭 서로 사랑하는 사이에 하는 것 같은 키스였다.

* * *

내가 지금 뭘 하고 있는 건지 나도 모르겠군.

레일리는 아무리 좋게 쳐 줘도 내 연인이 아니었다. 게다가 언제나 예외 없이 무례하고 제멋대로 구는 놈이기까지 했다. 어느 쪽으로 따져 봐도 평소의 그와는 너무나 다른 태도였기 때문에, 레일리와 연인끼리 나누듯 달콤하게 키스하는 일에는 도무지 적응하기 어려웠다. 몇 번을 반복해도 익숙해질 수가 없어서 나도 모르게 불에 덴 듯이 안절부절못하며 반응해 버리고 말았다. 말하자면, 그 반응이 변태에게 불을 붙인 모양이다.

레일리 크라하는 나를 당황케 만드는 다정한 키스에 맛을 들인 듯했다. 키스 귀신이라도 붙었나. 그 후로는 매번 입만 맞추면 그런 식으로 살뜰하게 굴곤 했다. 시발, 아무리 생각해도 이건 말이 안 된다. 나는 도저히 납득할 수가 없다.

나는 분명 레일리 크라하를 만들 때에 외모 70%, 능력 30%에 음험함 5%를 섞어 총 105%의 쓰레기를 생산했는데, 구성 요소의 그 어디에도 사랑이 없음에도 불구하고 이 자식은 마치 사랑에라도 빠진 듯이 행동하고 있다. 그렇다면 이것은 무엇이지? 이런 종잡을 수 없는 행동 뒤에는 무슨 꿍꿍이가 도사리고 있는 것일까? 나는 레일리 크라하를 머리부터 발끝까지 경계하기 시작했다.

듣고 있냐, 김레일리. 나는 네놈을 만들 때에 로맨틱 같은 건 티스푼으로도 뿌린 적이 없단 말이다. 그런 것치고 레이유리는 그렇게나 열심히 지지했지만, 어차피 그건 동인 설정이 아닌가. 작가도 상상의 나래를 펼칠 수 있고 뭐 그런 거지.

그리고 나로 말할 것 같으면, 아 사실 아무리 2D라지만 얼굴만은 잘생긴 놈이 아닌가? 대체 왜 나한테 이러는지 그 속내가 매우 수상하고 의심스럽고 경계되는 것은 사실이나, 키스를 받든 안 받든 레일리 놈은 그 꿍꿍이를 키워 갈 것이 분명하니 키스 정도야 뭐 조금쯤은 나쁘지 않겠지 하는 생각으로 그만.

아차 하는 사이에 키스에 맛이 들렸다. 요약하자면 나름대로 즐겁게 키스까진 오케이하기로 결정하고 말았다는 것이다.

오, 사실 늘 그랬듯 눈만은 즐거웠다. 내가 고민한다고 해서 레일리의 생각을 알 수 있는 것도 아니고 답이 나오는 것도 아니다. 대단한 것도 아니고 키스쯤은 뭐 좀 해도 괜찮겠지.

2D와의 키스라니, 상대가 내 캐릭터라는 점에서 낭만은 싹 다 말아먹었지만, 생각해 보면 그럭저럭 로맨틱한 상황으로 생각해도 될 것 같기도 했다.

아무튼 얼굴과 테크닉만은 훌륭하니 됐다. 버려, 버려. 키스 정도야 하면 그만이지. 기분이 나쁜 것도 아니고 이놈이 키스를 더럽게 못하는 것도 아닌데 키스 따위에 골치 썩으며 고민하고 싶지 않다. 무엇보다도 레일리 크라하는 잘생긴 데다, 현실에서는 감히 기대해 보지도 못할 조각 같은 몸까지 갖고 있다.

심지어는 살살 더듬어 봐도 뭐라고 하지 않는 최고의 여건이 갖춰진 상태였다. 아니, 레일리는 오히려 내가 만지면 즐기는 것 같기까지 했다.

앗……. 집사 등짝 최고야……. 가슴도 좋아……. 엉덩이도 만져 보고 싶다……. 식의 생각을 몇 번 하다 보니, 이제 더는 헤어날 수 없게 됐다. 제길, 난 정말 뭘 하고 있는 거란 말인가?

그리하여 나는 오늘도 서재에서 읽으라는 책은 안 읽고 집사의 무릎 위에 마주 보고 앉아 목을 끌어안은 채 매일의 간식이라도 챙겨 먹듯 입을 맞추게 되고 만 것이다. 아니, 잠깐. 이건 좀 너무 온 것 같은데. 뒤늦게 정신을 차리고 고개를 뒤로 물리다가 그대로 따라잡혔다. 두 뺨이 장갑을 낀 커다란 손에 온통 붙들렸다. 또 한 번 연인처럼 다정한 키스였다.

묵직한 숨을 뱉어 내며 희미한 소리를 목 안에서 굴리다가 돌연 레일리가 고개를 빼 들었다. 회중시계를 휙 꺼내 본 그가 그대로 나를 들어 올렸다. 그의 어깨 위로 짐짝처럼 덜렁 들리는 바람에 머리칼이 조금 뒤집어졌다.

"뭐야?"

"낮잠을 주무실 시간입니다, 마스터. 내일은 외출 예정이 있으니 조금 일찍 낮잠을 주무시는 편이 좋겠습니다. 그래야 저녁에도 일찍 잠드시겠지요."

"오."

"주무시고 일어나시면 간식을 챙겨 드리지요."

약간 풍족한 먹이와 환경을 제공받은 채 사육되고 있는 기분이지만 어차피 예전부터 레일리에게 길러지듯 그를 부리고 있었으니 유감은 없다. 누가 나를 모셔 주고 키워 주는 인생이며 어딘가에서 돈이 꾸준히 나와서 온갖 풍족한 생활을 누릴 수 있는 백수의 왕 같은 삶이라니, 사실 현대인이라면 누구나 한 번쯤은 꿈꿔 보았을 인생 아닌가. 집사 최고.

캐릭터를 제작할 때 인품이라곤 1그램도 집어넣지 않았다는 점만이 문제인 민완 집사 레일리 크라하의 팔에 번쩍 들린 채 대롱대롱 흔들리다가 그의 등을 툭툭 두드렸다.

"야, 잠깐만."

"뭡니까?"

"자원봉사를 하러 가면 뭘 하는데?"

"본래 유리 님은 마법이나 정령술로 볼거리를 만들어 아이들을 즐겁게 해 주거나, 간단한 교육을 통해 봉사를 하셨습니다만, 마이어 후작이 어떤 활동을 할지는 알 수 없지요. 사실 지금의 마스터로는 교육이든 볼거리든 제공할 수 없을 것이 불 보듯 뻔합니다만."

"닥쳐, 좀."

결국 나는 레일리에게 붙잡혀 침대에 누워 낮잠을 잔 후 여러 가지 봉사 활동의 종류를 뒤져 보기 시작했다. 그러나 이 모든 것이 쓸모없는 고민이었다는 사실이, 다음 날 편한 승마복을 입고 마이어 후작과 외출을 할 때에야 밝혀졌다.

그가 하는 봉사 활동이란, 자신의 재산을 풀어 구매한 마른 식품들을 빈민가 곳곳에 가져다주는 일이었다. 여러 사용인들도 함께 나와서 돌아다녔다. 빈민가의 골목길이 좁아서 마차는 운행하기 어려웠기 때문에 사람이 직접 오가야만 했다.

일전에 슬쩍 가슴팍을 더듬어 본바 티는 나지 않아도 오지는 근육을 지니고 있는 마이어 후작이 곡물 가루를 옮기고, 말끔한 집사복을 챙겨 입고 나온 레일리도 설탕 같은 것들을 휙휙 과자 봉지처럼 거침없이 들어 올렸다. 나는 오래 보관하기 힘든 신선 식품을 한 바구니씩 담아 옮겨 주는 일을 했다. 주로 채소나 과일이었다. 그마저도 저녁쯤이 되자 팔뚝이 살살 아파 오기 시작했다.

이 인간도 아닌 자식들. 정작 전혀 문제가 없는 듯한 마이어 후작과, 심지어 집사복을 입고도 여전히 말끔한 차림새 그대로 땀 한 방울 흘리지 않고 설탕 몇 항아리를 품에 안은 채 성큼성큼 걸어가는 레일리의 뒷모습을 보며 이를 갈았다. 유리 옐레체니카의 몸은 너무나 연약했다.

그런데 슬슬 팔이 아파 온다고 생각하며 도착한 집에 물건들을 내려놓
자마자 레일리가 나를 휙 안아 들었다.

"마스터께서는 잠시 휴식을 취하시는 것이 좋겠습니다."

"아. 무리를 하게 했군. 언제든 편히 쉬시오. 나는 기사이고, 당연히 당신
보다 체력이 좋아야 하는 사람이니 내게 맞추지는 않아도 괜찮소."

"아하하핫, 도와드리겠다고 나와 놓고 죄송합니다. 잠시만 쉬겠습니다."

마이어 후작이 데리고 온 하녀들도 잘만 움직이고 있는데 나만 쉬기가
어쩐지 머쓱해서 뒷머리를 헤집으며 애석하게 웃어 보였다. 그런데 마이어
후작이 오히려 미안한 표정을 지었다.

"내가 평소에 하는 활동이 이뿐이고, 당신도 이런 활동을 즐긴다고 들었던
지라……. 오랜 시간 지속해 일을 하면 무리가 오는군. 백작의 몸이 약한
것을 늘 배려하지 못해 민망하오. 미처 생각이 닿지 못했소."

"마스터께서는 보통 교육 봉사를 하십니다. 읽고 쓰기를 가르치는 업무
지요."

"아아……."

난감한 표정을 지은 그가 나를 안아 올린 레일리의 곁에서 보조를 맞춰
걷다가 걱정스런 낯으로 고개를 기울였다.

"내가 정말 무리한 일정을 제안했군. 쉬고 계시오. 사죄의 의미라기엔
미흡하지만, 돌아가기 전에 식사라도 대접하지."

"예? 식사요?"

"보통 활동이 끝나면 수고해 준 사용인들을 먹일 겸 강변의 식당에서
저녁을 먹는데, 오늘은 백작이 함께 온다고 해 주어서 창가 자리를 비워
달라고 부탁해 뒀소. 괜찮다면 들고 가시오."

"아악, 하는 일도 없이 배려만 받는 것 같아서 너무 죄송한데요."

"당신과 식사를 하면 내 시간이 즐거워지겠지."

"으하핫, 후작님 농담도."

호탕하게 웃으며 뒷머리를 벅벅 헤집는데 레일리가 힐난의 시선을 보냈다. 뭐 또. 왜 또. 어차피 마이어 후작과는 볼 장 다 본 사이가 아니던가? 나는 당당했다. 그런데 내 당당함이나 김레일리의 못마땅함과 별개로, 늘 진지한 사람 솔데인 마이어가 진중한 얼굴로 나를 향해 고개를 돌렸다.

"나는 백작에게 진심 아닌 말을 꺼낸 적은 한 번도 없소."

"아."

"당신에게 호감을 느낀 것도 사실이고, 여러 가지를 하며 시간을 함께 보내고 조금 더 알아 가고 싶다고 한 것도 진심이오. 취미가 비슷한 것 같아 함께 행동하길 제안해 보았는데, 교육 봉사 같은 것에 대해서는 알아보지 못했소. 그것에 대해 사죄하고 싶소. 그리고 당신과 저녁이라도 함께하며 늘 그랬듯 경쾌하고 즐거운 백작과의 대화를 이어 가고 싶어. 그리고 가능하다면 백작 또한 긍정적으로 검토해 주길 바라오."

"어억."

레일리에게 안겨서 편히 길을 돌아가다가 그만 굳어 버리고 말았다. 비명에 가까운 감탄사와 함께였다. 그러니까 이건……. 진지하게 답변해 줘야 하는 묵직한 고백 같았다. 솔데인 마이어는 그냥 진지한 것도 아니고 매우 많이 진지해 보였다.

별수 없이 나는 레일리를 툭툭 쳐서 나를 내려놓게 한 후에, 끙끙거리다가 손을 홰홰 내저었다. 제삼자인 너는 당사자들이 중요한 얘기를 하는 사이 일단 저리로 꺼져 있으라는 제스처였다. 레일리는 대번에 못마땅한 낯을 하며 미간을 찡그렸다가 일단 정중하게 허리를 숙이며 한 발자국 물러났다. 졸지에 레일리까지 쫓아내게 된 솔데인 마이어가 푹 한숨을 뱉으며 미간을 눌렀다.

"당신에겐 아직 내가 그렇게 가까운 사람이 아니겠지. 부담을 주려는 의도는 아니었소. 그만 말을 하다 보니……."

"하핫……."

응, 전혀 아냐. 아냐, 아냐. 솔데인 마이어도 일단 내 캐릭터 중 하나일 뿐이지 연애 상대는 아니고 결혼 상대는 더더욱 아니었다. 나는 서먹하게 머리칼을 헤집다가 슬그머니 눈치를 살폈다.

"말씀만은 감사합니다. 저는 후작님이 정말로 좋은 분이라고는 생각하지만, 딱히 이성적인 사랑을 느끼는 건 아니에요. 앞으로도, 어, 그러니까, 적어도 당분간은 그러지 않을 것 같고요."

"사랑."

그가 문득 곱씹듯 말했다. 조금 이상한 표정이었다가 알 수 없는 낯을 했다.

"당신도 알겠지만 귀족 간의 결합에서는 그런 게 썩 중요치는 않소."

아니 왜 벌써 결혼까지 얘기하고 있어. 몇 번이나 만났다고 결혼까지 간단 말이냐? 나름대로의 전근대적 사상을 나도 어느 정도는 지니고 있을 텐데, 놀랍게도 리얼타임 전근대맨의 사고방식을 따라잡기엔 내가 너무나 현대적인 사상을 지니고 있는 모양이었다.

예기치 못한 속도를 따라잡지 못한 채 그저 속으로 눈물을 쭉 짜내며 어색하게 웃고만 있는데, 눈이 마주친 솔데인 마이어가 더더욱 이상한 표정을 짓다가 희미하게 웃었다.

"예전의 백작이면 그런 단어는 입에 담지도 않았겠지."

"으하핫, 그런가요……."

유리 옐레체니카는 정말로 뭘 하던 어떤 인간인 거냐. 만나는 놈들마다 여간 만만찮은 사람이 아니었다는 증언만 하고 있으니 나도 슬슬 유리 옐레체니카라는 인물이 궁금해질 지경이었다. 내가 눈치를 살피며 영 꺼려하는 기색을 내비치자 결국 조용히 웃어 버린 마이어 후작이 시선을 내리며 잠자코 덧붙였다.

"그런 사람이었으면 물론 나도 이런 얘길 꺼내게 되는 일이 없었을 테지만."

그래서 뭔데. 이 글의 장르 설마 진짜로 로맨스냐?

나는 웃는 얼굴 그대로 혼돈을 느꼈다. 그러나 혼돈을 곱씹기도 전에 솔데인 마이어가 말을 이어 가고 있었다. 그는 내가 앞으로도 당분간은 생각 없을 것 같다고 에둘러 부드럽게 거절 의사를 밝힌 만큼, 그대로 깔끔하게 물러나려는 듯했다.

"몇 번에 걸쳐 괜한 이야길 꺼내서 미안했소. 여러모로 고민하고 되찾아야 할 기억이 많은 지금의 당신에겐 부담을 줬을 것 같군."

"아, 아닙니다. 좋게 봐 주셔서 오히려 감사했습니다. 늘 격려해 주시고 도움 주셔서 기쁘게 여기고 있습니다."

"그래도 식사는 함께하고 가면 좋겠군. 오늘 함께 도와준 이들과 다 같이 누리는 휴식이니까."

"그야 물론이죠!"

재빨리 대답했다가, 그러나 이내 솔데인 마이어와 지금 즉시 함께 돌아가는 것은 영 좋지 못한 생각일 것 같아서 슬그머니 한발을 뺐다. 그렇게 어색한 분위기를 나는 도무지 견딜 수 없다.

"저는 그럼 레일리를 다시 데리고 중앙으로 돌아가, 잠시 휴식을 취하겠습니다."

"아아. 나는 마저 일을 끝내지. 그동안 무리하지 말고 쉬고 계시오."

그리고 그는 내게 까딱 묵례를 해 보인 후 성큼성큼 먼저 걷기 시작했다. 솔데인이 앞장서 걸어가는 모습을 보며 나는 이제야 다시 제대로 된 혼란에 사로잡히고 말았다.

아무리 생각해도 이 세계의 캐릭터들은 작가 보정을 받아 살짝 말아먹은 인성이나 기타 요소의 전근대적 사고방식이나 여러모로 계급주의적인 시각 등을 제외하면 정말로 로맨스의 캐릭터들처럼 굴고 있었다. 알렉시스 에슈마르크야 아직 모르겠지만 일단 지금까지 가깝게 관찰해 본 놈들은 죄다 그랬다.

그런데 만일 그렇다면, 이렇게 사랑이 넘치는 인물들 사이에서 대륙을 위험에 밀어 넣는 정체불명의 사건은 어떻게 된 것이고, 그 흑막은 누구이며, 목적은 무엇이고, 유리는 어쩌다가 죽는단 말인가?

그 이전에 나는 왜 하필 내 글이 시작되기도 전에 이 세계에 빙의하고 말았지? 그것도 하필이면 고인 확정 캐릭터 유리 옐레체니카의 몸으로 말이다. 왜 언어는 모르는데 책은 읽을 수 있었으며, 내가 차지한 이 몸의 원래 주인 유리 옐레체니카는 어디로 사라졌을까?

그렇다. 가장 큰 의문이었다. 유리 옐레체니카는 본래 뭘 하던 어떤 인간이고, 나는 그렇다면 왜 하필 유리 옐레체니카의 몸에 어떻게 빙의하게 된 것이며, 정작 이렇게나 수상한 세계의 중심에 있었던 유리 옐레체니카는 대체 어디로 사라졌단 말인가?

"마스터."

그때 누군가가 덥석 내 어깨를 붙잡았다. 소스라치게 놀랐던 나는 힐끔 시선을 들었다가 손의 주인이 레일리라는 사실을 뒤늦게 깨달았다.

"어……. 데리러 가려고 했는데 네가 왔냐. 가서 좀 쉬고 있자. 저녁은 먹고 갈 거니까 그렇게 알고."

"거절하셨습니까?"

"주인의 사생활을 집사가 알려 하지 말라."

단호하게 대답한 후 그의 턱 아래를 툭 쳐 버리고 휘휘 손을 떨어트린 후 앞장서서 걷기 시작했다. 뒤에 얌전히 서 있던 레일리가 집사복의 주머니에 불량하게 손을 꽂아 넣은 채 성큼성큼 나를 따라잡았다.

"충분히 사생활을 궁금해할 자격이 있다고 생각합니다만."

"네가 뭔 주제로?"

"키스를 하는 사이잖습니까. 사이좋게 무릎에 앉아 마주 끌어안고 말이지요."

"아, 그건 네가 들이대니까."

"들이대니까 받아 주셨지요?"

뭐라는 거임. 개소리 말고 사람 말을 해라.

주인님은 이렇게나 속이 복잡한데 이 새끼 이거 왜 이렇게 기분이 좋아 보이지? 나는 배알이 뒤틀려서 눈을 세모꼴로 뜨고 그를 바라보다가 코앞에 다가온 레일리의 얼굴을 검지 끝으로 꾹 눌러 밀어내며 인상을 찡그렸다.

"그러니까 너는."

"거의 연인 아닙니까?"

"약간 엔조이 파트너? 그냥 뭐, 즐기는 상대지."

"……"

"흠, 구체적으로 떠들자면……. '기분도 나쁘지 않겠다, 잠깐 재미 좀 보는 상대'겠지? 바로바로 '엔조이 파트너'라는 얘기다. 중요하니 기억해 두도록 하렴. 넌 '그냥 단지' 엔조이 파트너고, 따라서 내 사생활에 왈가왈부할 입장은 아니라는 거지."

"……"

왜인지 방금 전까지만 해도 기분 좋아 보였던 레일리의 표정이 갑자기 몹시 불쾌해졌다. 나는 생글생글 웃으며 온갖 상큼한 미소를 만면에 가득 머금는 레일리를 발견하고 황급히 말을 바꿨다. 물론 아무리 말을 바꾸더라도 일단 나랑 얘랑 연인은 아니고.

"라는 건 농담이고……. 유사 연애 정도로 하자. 아무튼 내 사생활을 알려 하지 말라."

"하하."

레일리가 눈을 가늘게 접으며 웃었다.

"고양이는 길들이기 어렵다더군요."

"어, 너 말이야, 너."

"반성 좀 하시지요."

"너 말이야, 너."

퉁명스럽게 대답하며 성큼성큼 걸어가는데, 돌연 레일리가 나를 우악스럽게 잡아끌더니 골목 안쪽으로 밀어 넣고 턱을 잡아 올렸다. 푸른 보랏빛 눈이 가늘게 늘어졌다.

"날건달 같은 제 주인의 행동거지 중에 교정해야 할 것이 물론 한두 가지는 아닙니다만, 역시 우선은 방종한 혀부터 교육시켜 드리는 것이 좋겠군요."

"무슨 야설 남자 주인공 같은 발언 하고 있어……."

"'야설'?"

"앗, 젠장, 그게 사실 입에서 나오는 대로 아무 말이나 한 거라서 설명 불가능한 단어입니다. 주인의 의식의 흐름을 알려 들지 말라."

언제나와 같이 파렴치한 태도로 나를 붙잡아 세워 놓고, 그러나 그의 키스만은 요 근래 늘 그랬듯 더할 나위 없이 달콤했다. 그런데 정말 이대로도 괜찮은 거냐. 방금 전에 후작을 걷어차 놓고 연애 중인 것도 아닌 양 아치 집사와 골목길에서 대낮에 키스 중이라니.

내 인생 이대로도 괜찮은가. 나는 돌연 극심한 회의감을 느끼고 말았다.

* * *

아무튼 나는 얼마 지나지 않아 레일리의 얼굴을 쭉 밀어내고 우리가 기다리기로 한 장소를 향해 성큼성큼 걷기 시작했다. 레일리는 내 말을 취소하길 바라며 자꾸만 수정 및 공식 사과를 종용했고, 나는 모르쇠 그의 요구를 흘려 넘기며 내가 마이어 후작과 어떻게 잘되지 않는다 해서 너와 잘해 볼 의무는 없다고 n번 반복해 설명했다.

"나는 연애 관계로 발전 가능한 애정에 대해선 관심도 없다니까? 키스야 뭐 몇 번 한다고 닳는 것도 아니고 신경은 안 쓰지만."

애초에 내 몸도 아니고 말이지. 심드렁히 걷다가 식량들이 쌓여 있는 곳의 외곽에 가서 작은 나무 의자에 걸터앉았다. 레일리는 자연스럽게 곁에 시립했다. 그러나 정중한 태도로 곁에 와서 선 것치고, 집사복을 입은 망나니 자식의 발언은 너무나 상식 바깥이었다.

"그런 게 왜 필요하지요?"

이게 정말 말이야, 방귀야. 눈을 세모꼴로 뜨고 눈썹을 휙 치켜세운 채 돌아보자 레일리가 뻔뻔한 낯으로 생긋 웃어 보였다.

"어차피 제가 일평생 돌봐 드려야 할 것 아닙니까?"

"그 전에 유리 찾아내고 나는 본래의 안락한 삶으로 돌아갈 거거든?"

"안락한 삶은 굳이 유리 님이 계시지 않아도 제가 챙겨 드리고 있다고 봅니다만."

"너는 '유리 님'이 돌아오길 바라지 않았나?"

"물론 돌아오시면 여러모로 편하겠지요."

태연히 대꾸하며 팔짱을 낀 레일리가 내 곁의 돌기둥에 툭 등을 기대며 고개를 모로 기울였다. 집사복을 깔끔하게 입은 주제에 오만방자한 태도로 턱을 들어 올린 그가 뒤늦게 푸른 보랏빛 시선을 내리깔아 흘긋 나를 살폈다.

"하지만 반드시 '유리 님'이 계셔야만 '유리 옐레체니카'의 필요성을 다 해결할 수 있는 것은 아닙니다."

"유리도 못하는 일이 있어?"

"이해를 못 하시는군요. 제가 평생 고양이님을 귀여워해 드리겠다는 이야깁니다."

"그놈의 '고양이님'."

인상을 팍 찡그리며 질색했다가 홰홰 손사래를 쳤다.

"아, 몰라, 몰라. 아무튼 너는 아니야."

"얼굴만은 잘생겼다고 하시지 않았습니까?"

"인성은?"

"제게 잘생기지 않은 구석은 없습니다."

"예에, 올해 최고의 농담 선정되셨습니다."

비웃음을 섞어 대답하는 순간 이놈의 집사 새끼가 주인의 턱을 우악스레 잡아 올려 꾹꾹 눌러 쥐기 시작했다. 붕어처럼 뻐끔거리며 턱의 고통을 호소하고 손을 쳐 내려는데, 마침 배달을 끝내고 돌아 내려오던 마이어 후작과 눈이 마주쳤다.

그가 또 괴상한 표정을 짓다가 이해하기 힘들다는 눈빛으로 레일리를 바라보았다. 레일리도 마이어 후작이 다가오자 정중하게 손을 떼어 낸 후 그에게 인사를 해 보였다.

"오래 기다렸나."

"아뇨, 레일리랑 얘기하고 있었습니다!"

사실 골목길에서 키스하다가 내려온 지도 얼마 안 됐다. 나는 그냥 하하 웃으며 경쾌하게 대답한 후 치맛자락을 정리하고 자리에서 일어났다. 레일리가 한 걸음 뒤로 빠지고 솔데인 마이어가 사용인들을 정리하기 시작했다. 어느 정도 식량의 조달이 끝났으니 미리 말한 대로 식사라도 하러 갈 모양이었다.

마이어 후작이 흘깃 내 쪽을 봤다가 상태를 살피고는 조금 마음을 놓은 태도로 미간을 문지르며 앞장섰다. 아무래도 나를 이래저래 몰아붙였다고 여겨 미안해진 모양이었다.

그가 너무 상식인 같은 도덕적 반응을 해 주고 있었기 때문에, 그를 걷어차자마자 사귀지도 않는 다른 남자와 한참 동안 키스를 한 나는 괜히 양심이 아파졌다. 그렇다고 레일리와 내가 후작처럼 썸을 타는 관계였느냐 하면 그것도 아니……. 어라?

썸을……. 레일리랑도 탔나? 생각해 보면 파티장의 테라스에 나란히 서서 두런두런 떠들다가 서로 장난을 치기도 했고, 몇 달 동안 둘이서 같이 살면서 온갖 일로 아웅다웅했고, 편식하지 말라느니 맛있으니 집사 너 먹으라느니 하고 왁왁대며 장난질을 쳐 대지 않았던가.

내가 처음 빙의를 했을 때가 초여름이니, 대략 1년 정도 그러고 살았다. 심심하면 말을 걸고 장난을 치면서 말이다. 게다가 같이 옷도 사러 갔지, 불꽃놀이도 봤지, 불꽃놀이를 보다 말고 빛이 쏟아지는 마차 안에서 다정하게 키스도 했다.

오……. 그러게, 레일리랑도 썸 탔네……. 과하게 많이 탔네……. 이런 제길, 나는 대체 왜 레일리 같은 작자 공인 인간쓰레기랑 이렇게 허물없이 지내고 있단 말인가?

미간을 팍 찡그리며 곰곰이 생각해 보는데 눈이 마주친 후작이 난처한 표정을 지었다. 아차 싶어져서 성큼성큼 걸어 그의 곁으로 다가가 싹싹하게 말을 걸었다.

"어, 그, 후작님."

"개의치 마시오."

"아뇨, 그게 아니라. 저도 어쨌든 봉사 활동을 나니는 것은 좋아하고, 후작님과 여러모로 취향이나 취미의 분야가 겹치는 것은 사실이니, 앞으로도 혹 일손이 필요하다면 불러 주십시오."

씨익 웃으며 호쾌하게 말하자 그가 융통성 없이 일손은 충분하다고 대답하며 의아한 표정을 지었다. 나는 그거 말고, 아하핫, 아시면서! 따위의 소리나 지껄이며 그의 등짝을 두어 번 팡팡 때렸다. 주변에 함께 걷던 사용인들이 저마다 입을 벌리고 뜨악한 얼굴로 우리를 바라봤지만 나는 꿀릴 것이 없으니 당당한 표정을 지으며 내 가슴팍을 엄지로 쿡 찌르고 깔끔하게 정리했다.

"기왕 이렇게 된 거 좋은 친구로 지낼 수 있으면 좋겠습니다. 너무 이기적인 이야기일까요?"

"아니……."

서먹하게 대답하던 그가 곧 숨을 뱉어 내듯 가볍게 웃고는 희미하게 뺨을 기울이고 대꾸했다.

"백작만 그래 준다면 나야말로 부탁하고 싶군."

그리고 우리는 후작이 데려온 후작가와 대공저의 사용인들이 무슨 충격과 공포를 맛보든 말든, 평소처럼 이런저런 대화를 하며 함께 식당까지 걸어가기 시작했다.

그의 입장에서야 실연당하자마자 친구로 지내 주려면 영 불편하겠지만, 내 입장에서는 솔데인 마이어와는 나쁜 감정이 남지 않는 편이 좋을 것 같았다. 미안하지만 앞으로도 그럭저럭 괜찮은 친구로 지냈으면 한다. 사건들과 관련된 정보를 접하기에도 편하고, 어쨌든 그 역시 유리 옐레체니카의 죽음과 그 행방을 밝히기에 앞서 가까워져야 할 뷔올 상층부의 인물 중 한 명이니까 말이다.

그런데 우리가 강변에 거의 다다랐을 무렵, 돌연 옆쪽 대로변에서 쾅 하는 소리와 함께 요란한 고함 소리가 오가기 시작했다. 화들짝 놀라서 어깨를 움츠리며 고개를 들었다가, 요란한 소리가 들리자마자 솔데인과 레일리가 똑같은 태도로 나부터 뒤로 밀어 넣었다는 사실을 깨달았다.

유리의 몸은 종잇장이니 고마운 일이긴 한데, 그야말로 로맨스 소설 같은 이 상황은 대체 뭐란 말이냐? 순간 동공이 세차게 떨리다가 문득 이상한 것을 발견했다.

요란한 소리가 터져 나온 발원지는 대로변 중앙에 있는 커다란 저택이었다. 다시 살피니 상자 같은 것을 안쪽에서 내동댕이치며, 그게 바깥에 지나가던 마차를 들이박은 듯했다. 마차에 타고 있던 귀족이 차양을 걷어 젖히며 인상을 쓰는데, 건물 안에서는 다시 언성 높은 목소리가 오가기 시작했다.

"뭐야?"

멀뚱히 그쪽을 보고 있던 내가 황망히 뇌까리는 순간 심각한 표정을 짓고 있던 솔데인이 아차 싶은 얼굴로 나를 돌아봤다. 그가 기사 계급 특유의 커다란 손으로 내 등을 부드럽게 떠밀어 레일리 쪽으로 밀어 주더니 차분히 대답했다.

"윌리엄스 농가로군. 근래 단승 귀족 몇과 잡음이 있다고는 들었는데, 어찌 된 일인지 확인하고 오겠소."

"엥?!"

윌리엄스 농가라니? 그런 다음 생에서도 얽히고 싶지 않은 이름이 여기에서 왜 갑자기 튀어나온단 말인가? 대번에 당황한 내가 반사적으로 그의 옷소매를 잡아챘다. 나를 끌어들이며 못마땅한 눈초리로 대로변을 바라보던 레일리와, 당장에 그쪽으로 향하려던 마이어 후작이 둘 다 의아한 눈초리로 나를 바라봤다.

오……. 설명할 길은 없지만 아무튼 나는 세레나랑 만나고 싶지 않으니까 가지 않았으면 좋겠는데.

하지만 정말로 그렇게 말할 수는 없으니 번뇌하다가 힘겹게 변명거리를 떠올렸다. 나는 어색하게 웃으며 솔데인 마이어의 옷소매를 조금 더 잡아 끌었다.

"저, 그, 위험하지 않을까요?"

내 말을 듣고 주변 사람들이 죄다 이상한 표정을 지었다. 눈썹 하나를 휙 올렸던 솔데인 마이어만이 묵묵히 나를 바라보다가 무슨 생각을 했는지 콧등을 찡그리듯 미소를 지으며 내 손을 떼어 냈다.

"나를 위험하게 만들 수 있는 사람은 이 도시에는 대공 각하와 당신 정도겠지. 애초에 내가 맡은 일의 일부이기도 하오. 다녀오지."

아니, 미친놈아, 가지 말라니까. 안절부절못하며 다른 변명거리를 생각하는 사이 마이어 후작은 사용인 몇 명을 불러들였고, 먼저 가서 당장의 싸움을 진정시키라고 명령한 후 본인도 직위를 알릴 수 있는 검을 허리춤에 제대로 찼다. 미처 변명을 생각하지는 못했지만 일단 다급히 팔을 뻗어 그의 손부터 붙잡아 세우려는데, 돌연 레일리가 내 손을 잡아챘다.

앵? 반사적으로 레일리의 얼굴을 살펴보는데 그가 못마땅한 낯으로 눈썹을 꺾으며 부드럽게 웃더니 내 손을 휙 잡아끌었다. 늘 그랬듯 망나니 같은 태도였다. 나는 짧은 신음 소리조차 내지 못하고 단숨에 끌려가 레일리의 품에 코를 박았다. 그사이 솔데인 마이어는 이미 성큼성큼 걸어서 대로변 쪽으로 향하고 있었다.

으아악. 가지 말라니까. 대번에 레일리의 얼굴과 어깨를 밀어내고 솔데인에게 달려들려는 순간 요란한 고함이 터지더니, 귀족 같은 차림새의 남자가 젊은 여자의 머리채를 잡아챈 채 질질 끌고 나와 길바닥에 내던졌다. 솔데인의 사용인들 몇몇이 들어간 직후의 일이었다. 오히려 싸움을 말리려는 이들이 나타나자 보란 듯이 오기를 불태운 모양이었다.

비틀거리며 넘어지던 여자는 솔데인의 손에 붙잡혀 가까스로 몸을 세웠다. 그러나 결국 다리의 힘이 풀렸는지 비틀거리며 주저앉고 말았다. 그녀는 자신을 붙잡아 준 친절한 남자가 허리에 검을 차고 있는 것도 확인할 겨를이 없이, 주저앉은 즉시 길바닥에 납작 엎드려 용서를 빌기 시작했다.

"나, 남작님. 저희가 일부러 남작님께만 물건을 공급하지 않는 것은 아닙니다. 저희에게도 물건 수급 능력에 한계가 있어서……."

"저번에도, 그 전에도 우리만 빼놓았지 않느냐! 감히 농부의 딸이 이 이고르 남작을 무시해?"

"정말로 아닙니다. 오햅니다. 남작님, 화를 풀어 주십시오. 매번 새롭게 주문을 받고 있고, 특정한 분께 혜택을 드리기가 어렵습니다. 다음 절기에는 정말로 풍족한 과일을 들여와 남작님께도 공급할 수 있도록 노력하겠습니다. 용서해 주십시오. 부디 용서를……."

"이고르 남작."

문제는 세 가지였다. 우선 첫째로 대화만 들어도 대강 감이 잡히는 갑질의 현장이었던 데다가, 둘째로 솔데인 마이어는 그런 횡포를 귀족의 짓이라 해서 그냥 넘어가 줄 수 있는 융통성의 소유자가 아니었으며, 애초에 마도

제국인 뷔올에서 보기 드문 엘리트 기사로서 최고의 자리까지 오른 작자로
서는 방관해설 안 될 문제이기까지 했다. 이렇게 되면 솔데인 마이어의 위신
이나 평판과도 직결되는 문제가 된다.

그 말인즉, 솔데인 마이어가 반드시 이 상황에 관여하고야 말 개연성이
삼박자로 주어졌다는 말과도 상통한다. 쓰발.

내가 절망하는 사이, 솔데인 마이어가 특유의 높낮이 없는 목소리로
흉흉하게 물었다.

"마이어 후작 솔데인일세. 수도의 치안과 사건을 담당하는 이로서, 자네
에게서 직접 이 상황에 대한 자세한 이야기를 듣고 싶군."

이렇게 된 이상 내가 뭐라고 말려도 솔데인 마이어는 저 사건에 얽힐
수밖에 없다. 동행인이 되어 버린 나 역시 얽힐 수밖에 없으리라. 속으로
눈물을 삼키며 축 늘어지는데, 나는 여태 레일리의 팔이 내 허리를 감고
있었다는 사실을 뒤늦게 깨달았다.

아차 하고 고개를 들어 올리다가 싸늘하게 나를 내려다보던 레일리와
시선이 마주쳤다. 평소 곧잘 보이던 짜증스런 미소나 배알 뒤틀린 다정함
과는 달리, 한 점의 웃음기조차 없었다.

이, 이 자식은 자기 글에 빙의해서 원작의 여주인공과 마주치고, 심지어
그 여주인공이 존재 그 자체로 데드 플래그인 것도 아닌데, 이러다가 자칫
하면 조만간 스스로 데드 플래그를 꽂아 버릴지도 모르는 절체절명의 위기
상황에 처한 것도 아닌데 대체 왜 저렇게까지 열이 받아서 나를 물끄러미
바라보고 있단 말인가?

웃음기조차 없는 날 선 시선과 눈이 딱 마주친 즉시 몹시 침착해졌다.
어쩐지 내 소설이 이렇게 평화로울 리 없었는데 지금까지가 이상했다고
속으로 눈물을 죽 흘리면서.

6. 세레나의 티타임

솔데인 마이어가 나서자마자 일은 착착 진행되어 순식간에 해결됐다. 세레나에게 자신을 무시하느냐며 행패를 부리던 단승 귀족은 솔데인이 나서자마자 사색이 되어 변명을 늘어놓았지만, 솔데인은 변명을 중간에서 잘라 내고 다짜고짜 세레나에게 장부 및 출납 기록의 조회, 예약이 가능한지의 여부부터 확인했다.

세레나는 다행히 온갖 장부를 꼼꼼히 작성해 둔 상태였고, 윌리엄스 농가가 예약을 받지 않는 형태의 장사로 자신들을 등록해 뒀다는 사실은 관청에서 즉시 확인 가능했다.

결국 행패를 부리던 남작은 어느 귀족의 밑에서 남작위를 받았는지까지 철저히 호구 조사를 당한 후 일단 돌아갔고, 솔데인 마이어는 부들부들 떨면서 겁에 질려 있던 세레나의 어깨를 두어 번 두드려 준 후 자세한 사연을 물었다. 그녀의 민원을 상세히 들은 그는 이것저것 따지더니 결국 관청에 관련 서류를 정리해 보관해 두라고 부관에게 명령한 후 세레나까지 데리고 우리에게 다가왔다.

"상단 내부의 정리에는 내가 협조하지. 일단 애석하지만 오늘은 더는 영업을 하지 않는 편이 좋겠어."

"네, 물론입니다. 도와주셔서 감사합니다."

대표적인 직위는 뷔올 황성의 근위기사단장이지만 실제로 그가 전담하는 일은 뷔올 수도의 대대적인 치안과 사건 수사 전반이었다. 안 그래도 최근 단승 귀족들이 윌리엄스 농가에 행패를 부린다는 이야기를 듣고 있었다는 모양인데, 예의 단승 귀족은 평소처럼 패악을 부리다가 마침 개같이 걸린 셈이었다.

마이어 후작은 방금 전의 깽판으로 엉망이 된 윌리엄스 농가의 매장에 일손을 보내 도움을 주기로 약조했다. 세레나는 후작씩이나 되는 사람이 자신을 성심성의껏 도와주자 어쩔 줄을 몰라 했지만, 결국 감사히 그 도움을 받기로 했다.

"일이 그렇게 되었다는군."

"하하, 그렇군요……."

그걸 왜 굳이 나한테 세레나까지 데려와서 설명해 주는지는 모르겠지만, 나는 넋이 나간 사람처럼 멍하니 나만을 바라보고 있는 세레나의 시선을 애써 무시한 채 머쓱하게 대답했다.

그래, 유리가 좀 미인이긴 하지. 내용물이 내가 된 탓에 잊고 살지만, 충분히 넋을 잃고 볼 법한 얼굴인 것은 사실이었다. 그런데 솔데인 마이어는 전혀 예상치 못한 발언까지 덧붙였다.

"걱정해 주어 기뻤지만, 어쨌든 무사히 일이 끝났으니 안심하라고 하는 거요."

"아."

걱정한 건 내 인생이지 네 안위가 아니었는데. 나는 난처하게 그를 보다가 어색하게 웃으며 다행이라고 한마디 더 붙였다.

"그래서 말인데, 최근 이런 식으로 주제넘게 행동하는 몇몇 단승 귀족과, 일부 세습 귀족들이 적지 않다고 알고 있소. 이에 대해 자세한 이야기를 윌리엄스에게서 듣고 싶어서……. 혹 동행을 해도 백작에게 무례가 되지 않을까."

"예? 아, 아니 그냥 밥 좀 같이 먹는 정도인데 무례가 될 이유는 없지요. 식사의 주최는 후작님이시고요. 저는 개의치 않으니 뜻대로 하세요."

솔직히 세레나랑 한자리에 있기는 졸라리 싫지만, 이미 이렇게 마주치고 말았으니 어지간하면 세레나의 기억에 남지 않는 흔한 귀족 1 정도로 후딱 일 끝내고 헤어지는 편이 나아 보였다.

애초에 ≪세레나의 티타임≫에서 유리 옐레체니카와 세레나 윌리엄스가 처음으로 스치는 순간 행해져야 하는 작업은 단순한 마주침이 아니었다. 세레나 윌리엄스는 자신과 마찬가지로 평민 출신에서 대귀족이 된 우아하고 당당한 여성 유리 옐레체니카의 고상한 모습을 보고 한눈에 반해야 했다. 그녀에 대한 동경이 후일 세레나를 익숙하지도 않은 세계에 뛰어들도록 등을 떠밀게 되는 것이다.

그리고 일단, 나는 누가 동경할 만한 인간이 아니다. 그것만은 확실하게 장담할 수 있다. 그러니 이미 마이어 후작과 약속해 버린 식사만 후다닥 끝내고 싹 물러날 생각이었다.

그런데 세레나도, 후작도, 심지어는 레일리마저 내 말이 떨어지자마자 못 들을 소리를 들은 사람들처럼 나를 바라봤다. 설마 내가 또 실수라도 했나.

"왜들……. 그리 보시죱. 제 얼굴 뚫어지겠네욧."

슬그머니 한 걸음 물러나며 좌중을 훑어보는데, 또 후작이 인상을 찡그리듯 웃어 버리더니 고개를 저었다.

"그저 백작다운 대답이라 생각했소. 그리 말해 주니 고맙군. 일단 가지."

나 정말 뭐 잘못 말했나. 명경지수의 마음으로 고뇌하며 상황부터 점검해 봤다. 앞장서 걷는 후작을 못마땅히 흘겨보고, 남몰래 흘긋흘긋 나를 돌아보다가 눈이 마주치자 화들짝 놀라 다시 바닥으로 시선을 돌리는 세레나를 살핀 뒤 슬그머니 고개를 돌렸다.

그때 레일리가 거칠게 내 등을 떠밀었다. 그가 낮게 속삭였다.

"애초에 대부분의 귀족은 신분 다른 이와 겸상하는 것을 좋게 받아들이지 않습니다. 처음에 받으신 질문도 곁에 시립시켜 두고 묻겠다는 말에 가까웠을 겁니다만, 마스터가 돌연 겸상으로 대답하신 덕에 동석하게 된 겁니다. 추후 사과드리십시오."

"아차."

"얼굴이 뚫어진다느니 닳는다느니 하는 마스터의 방종한 입버릇도 탈락 점입니다."

"아차차."

"그 경망한 감탄사 역시 몹쓸 노릇이군요."

"아, 죄송."

"누차 말씀드립니다만, 파락호 같은 사과법도 슬슬 바꾸실 때가 됐습니다."

"야, 아무리 그래도 주인한테 파락호가 뭐냐? 파락호가?"

내 말을 들은 레일리가 깊은 한숨을 뱉으며 미간을 문질렀다. 그리고 집에서 새는 바가지 밖에서 안 샐 일 없다는 옛말 그대로, 평소에 나를 구박하던 때와 똑같은 태도로 내 머리를 콱 잡더니 꽉꽉 누르며 지압하기 시작했다.

"아아악! 개새끼야!"

당장에 반항하며 그의 정강이를 퍽 차 버렸는데, 내 목소리에 휙 고개를 돌렸던 솔데인 마이어와 세레나 윌리엄스의 표정이 동시에 괴상해졌다. 나는 다급히 레일리의 손을 쳐 내고 얌전한 얼굴로 두 손을 모았다. 레일리의 무릎을 걷어차 버리느라 슬며시 올라갔던 승마복의 바짓단도 툭툭 털고 아무 일 없었다는 듯 태연한 표정을 지어 봤다.

세레나 윌리엄스는 뭔가를 잘못 봤으리라고 스스로 믿어 의심치 않는 표정으로 눈을 비비다가 입을 벌렸지만, 마이어 후작은 충분히 제대로 본 모양인지 우리를 보다가 다시 새어 뱉듯 실소하고 말았다. 나는 민망한 얼굴로 뒷덜미를 문지르며 레일리를 세차게 째려봤다.

"세간에서는 그런 소행을 두고 파락호나 날건달이라고 부르지요."

내 시선을 받고도 태연한 얼굴로 맞받아친 레일리가 다소 늦게 대답했다. 나는 눈을 세모꼴로 만든 채 그를 찌릿 흘겨보고 성큼성큼 걸어서 빠르게 마이어 후작의 뒤를 따라잡았다. 앓느니 죽지, 앓느니 죽어. 레일리 놈에게 올바른 예의범절과 개념을 심어 주기에는 이미 내 설정부터가 한참이나 잘못됐다.

후작이 대절해 두었다는 식당은 강변의 커다란 레스토랑이었다. 귀족들을 비롯한 여러 상류층 손님을 주로 받는 고가의 식당이었는데, 정말로 봉사를 도왔던 사용인들이 알아서 1층부터 자리를 잡아 채워 가기 시작하는 것이었다. 그 태도가 상당히 자연스러웠다. 마이어 후작은 평소에도 이런 활동을 마치고 나면 동행한 이들에게 좋은 식사를 대접하는 모양이었다.

오……. 과연 전근대맨이지만 이런저런 좋은 봉사 활동을 하고 다니는 사람다운 행동거지였다. 전근대맨인데 왜 저러고 사는지 따위야 물론 나로서는 도무지 이해하기 어렵지만 어쨌든 누이 좋고 매부 좋은 일인 듯했다.

다른 사용인들은 알아서 자신의 자리를 찾아 앉고 있었기 때문에 솔데인은 전적으로 나를 대접하고 있었고, 어쩌다 보니 고위 귀족 둘 사이에 끼인 세레나는 꿰다 놓은 보릿자루처럼 어쩔 줄을 몰라 하며 서성이다가 우리의 뒤를 어쩔 길 없이 따라왔다. 그리고 친히 후작의 안내를 받아 3층의 테라스 자리에 따로 마련된 테이블에 도착했을 때, 세레나는 더더욱 당황스러운 발언을 들어야 했다.

"앉지."

"예?"

내가 괜히 겸상을 하자는 식으로 말을 흘리는 바람에, 마이어 후작이 세레나를 동석시킬 의자를 청한 것이었다. 정말이지 세레나가 예상하지도, 바라지도 않았던 일이었으리라. 세레나는 몸 둘 바를 몰라 하며 울 듯한 표정을 지었다.

하지만 마이어 후작은 그녀의 반응 따위에는 크게 개의치 않고, 태연히 의자를 향해 손짓을 하기까지 했다.

"옐레체니카 백작이 동석을 허했으니 나도 그에 대해 부정적이지 않네. 앉아서 얘기하지."

"아, 저, 그, 그렇지만."

세레나가 어쩔 줄을 몰라 하는 얼굴로 레일리와 나를 번갈아 바라보다가 마이어 후작의 눈치를 다시 살폈다. 나야 뭐, 세레나가 원작 테크만 밟지 않아 준다면 나랑 동석 아닌 동침을 해도 상관이 없었다. 그래도 너무 정도 이상으로 부담스러워하는 것 같아서 약간의 죄책감은 느껴야 했다.

결국 솔데인에게도 그녀는 편히 두자고 제안하려는데, 애석하게도 솔데인의 대처가 더 빨랐다. 세레나와 마찬가지로 일단은 아래 계급에 속한 사람이 이 자리에 한 명 더 있으니, 우선 그 사람에게 먼저 자리에 앉기를 권유한 것이다.

"'레일리 크라하'. 자네도 앉지 그러나."

그가 입 안에 그 이름을 굴리듯이 잠자코 말했다. 솔데인 마이어가 직접 그 이름을 입에 담으니 묘한 어감이 남았다. 늘 나를 통하거나, 한 다리 건너서 말을 던지던 사이인 탓에 직접적으로 말을 건네려니 어색한 듯했다. 사실 나도 낯설었다.

그러나 내 양아치 같은 집사 놈은 당황하는 기색조차 없었다. 레일리는 대단히 뻔뻔한 태도로 즉시 내 옆의 의자를 쑥 뽑아 당당하게 걸터앉았다. 그리고 나서야 대답이 돌아 나왔다.

"사양하지 않겠습니다."

새꺄, 넌 좀 사양해 봐라.

반사적으로 팔꿈치를 들어 그의 팔뚝을 콱 찍어 버렸다. 별로 아프지도 않았을 텐데 레일리는 눈썹을 휙 꺾으며 나를 향해 힐난의 눈짓을 했다. 왜 시비를 거는지 알 수 없다는 듯한 태도였는데, 나야말로 이 자식이 왜 이러는지 알 수가 없었다. 눈을 새파랗게 부라리며 레일리에게 눈치를 줬지만 요지부동이었다.

야, 네가 아무리 유명인사여도 일단은 신분이 집사인데 후작이 앉으란 다고 대뜸 앉아 버려도 되는 거냐?

안 될 건 또 뭡니까. 자기가 앉으라는데.

이러고도 집사라니 정말 대단하다. 아직까지 네놈을 안 자른 유리를 존경해야 해.

마스터가 그러고도 백작이라는 사실보다는 별것 아니라고 생각합니다만.

이 새끼가?

시선으로 대화를 나누는 사이, 어쩔 수 없이 세레나도 그 옆자리에 앉 아야 했다. 어쨌든 집사의 신분이기는 한 레일리가 너무나 편하게 자리에 앉아 버린 시점에서 같은 계급의 세레나 역시 더는 후작의 제안을 거절할 명분을 잃어버린 것이었다.

식사가 나오기를 기다리며 테이블 위에는 잠시간 침묵이 떠돌았다. 이 테이블에 둘러앉은 네 사람 사이에는 단 하나의 공통 화제도 없으니 당연 한 일이었다. 결국 마이어 후작은 길게 끌지 않고 곧장 자신의 용건을 꺼 냈다. 세레나와 마이어 후작 사이에서 중요한 업무 대화가 시작됐다.

그들이 윌리엄스 농가와 연관된 유구한 갑질의 역사에 대해 정보를 주 고받는 동안 요리가 하나둘 나오기 시작했다. 마이어 후작이 나를 향해 일찌감치 말해 주었다.

"먼저 드시오. 나도 천천히 먹지."

"사양하지 않겠습니다."

"좀 사양해 보십시오."

레일리가 눈치를 줬다. 뭐 또. 왜 또. 원래 최고 연장자거나 웃어른인 사람은 밥상머리 앞에서 빠릿빠릿하게 수저를 들어 줘야 젊은이들한테 욕을 안 먹는 거라고. 나는 레일리를 무시한 채 당장에 포크를 집어 들었다.

결국 나는 먼저 식사를 시작했고, 세레나와 마이어 후작은 대화를 이어 가다가 뒤늦게 식기를 들어 올렸다. 어느 정도 충분히 대화를 나누고, 마이어 후작이 결단까지 내리고 나서야 식사에 제대로 합류한 것이다.

윌리엄스 농가를 딱하게 여긴 솔데인 마이어가 자신의 이름을 빌려 줄 테니 후견인인 셈치고, 이후 장사를 방해하려는 세도가가 등장하면 마이어 후작의 이름으로 둘러대라고 말해 주면서 결론이 났다. 물론 세레나가 정말로 그럴 것 같지는 않았지만 말만이라도 여느 귀족과는 사뭇 다른 태도였다.

나야 그사이 혼자서 열심히 먹고 있기는 했지만, 사실 혹시라도 괄시할 수 없는 이야기가 나올까 싶어 불길함을 느끼며 그들의 대화를 유심히 듣고 있었다. 그러면서도 최대한 자유분방한 태도로 샐러드도 우걱우걱 먹어 치웠다.

물론 이는 어디까지나 계산된 태도였다. 아무리 나여도 전근대 사회에서 후작을 앞에 두고 우적우적 샐러드를 먹어치울 정도의 뻔뻔함은 갖추지 못했지만, 지금은 그보다 중요한 문제가 눈앞에 생겨나지 않았는가? 세레나 말이다.

세레나가 만에 하나라도 내게 존경과 호감을 가지면 아주 많이 곤란해진다. 애초에 만나지 않는다는 선택지는 일찌감치 실패했다. 이미 그녀와 마주친 이상, 이제 그녀의 존경을 사지 않는 것만이 내 생존을 보장해 줄 수 있다. 그렇다면 간단한 일이었다. 세레나가 절대 존경할 수 없는 태도를 보이면 된다.

내 양아치 같은 집사의 말에 따르면 나는 이미 파락호에 날건달 캐릭터를 구축한 모양이니, 아예 이 이미지를 강화하기로 한 것이다. 잘 보렴, 세레나! 지금의 옐레체니카 백작님은 존경할 만한 구석이라고는 하나도 없는 인간이야!

물론 그러는 내내 레일리는 점점 더 싱글벙글 화사해지는 표정을 지으며 나를 바라보고 있었다. 집에 돌아가면 오붓한 잔소리 타임이 예정되어 있을 것이다. 제길, 살을 내어 주고 뼈를 취하기 위해서는 어쩔 수 없는 희생이다. 굳건한 마음을 먹고 두 눈을 질끈 감으며, 나는 애써 레일리의 시선을 회피했다.

다행히 솔데인과 세레나의 대화는 이상한 이야기로 새지 않은 채 적당한 곳에서 끝이 났다. 그와 동시에 상 위에 서먹함의 끝을 달리는 미묘한 침묵이 내려앉았다.

그쯤 되자 나도 슬슬 건달 짓을 이어 가기에 눈치가 보이기 시작했는데, 다행히 타이밍도 좋게 메인 요리가 준비되어 나왔다. 얼핏 보기에는 스테이크 비슷한 요리였다. 접시를 받고 칼질을 시작하려는 순간, 세레나가 어렵사리 입을 열었다.

"저……. 뒤늦게 인사드립니다. 소문으로만 듣던 옐레체니카 백작님이셨군요. 늘 동경하고 있었답니다."

"씁."

갑자기 세레나가 말을 거는 바람에 순간적으로 체할 뻔했다. 생리 작용에 따라 통째로 뱉을 뻔했던 음식을 간신히 삼키며 스테이크 안에 칼을 푹 꽂았다가, 난처하게 웃으며 슬그머니 뽑아냈다.

"으……. 으하핫! 세레나 양이 그렇게 말해 주니 기분이 좋네!"

씨바, 이 말투는 또 뭐야. 레일리가 극도로 싫어하는 표정을 지었지만 내 마음에 비할 바는 아니었다. 제길, 세레나! 내가 이렇게까지 하는데 어서 나를 경멸해 줘! 가까이하기 싫어해 달란 말이야!

지금 이 순간만큼은 전혀 유리 옐레체니카답지 않은 개망나니처럼 굴어야 할 필요성이 있다. 존대도 고의적으로 때려치웠다. 나는 두 눈을 질끈 감고, 평소 저택 안에서의 허물없는 태도보다 더했으면 더했지 덜하지 않은 태도로 머리칼을 헤집으며 머쓱하게 대꾸했다.

"나도 윌리엄스 농가의 과일이라면 맛있게 먹고 있어."

최선을 다해 허물없이 지껄여 보기까지 했다. 나보다 세레나가 더 귀족 같아 보일 지경이었다. 그런데 그 순간 레일리가 내 앞으로 슥 손을 뻗어 메인 디시가 올라가 있던 접시를 들고 갔다. 이제는 예의 바르게 행동하지 않으면 굶기라도 하라는 뜻이냐? 이 새끼가 진짜.

당장에 눈을 세모꼴로 뜨며 고개를 휙 들어 올리는데, 유감스럽게도 평소 내가 먹던 방식으로 일찌감치 깔끔하게 손질이 완료된 접시가 즉시 내 앞으로 내려왔다. 레일리는 여전히 못마땅한 표정을 짓고 미간에는 주름을 잡은 채 다른 접시들도 일일이 바꿔 주고 있었다. 나를 경멸하는 듯이 힐끔 깔아 보는 시선이 함께였음은 말할 것도 없다. 나는 테이블 아래로 가운뎃손가락을 대차게 들어 주었다.

"어머, 저희 농가의 고객님이셨군요. 옐레체니카 백작저로는 달리 주문이나 납품이 들어갔던 기억이 없는데, 그러면 매일 산지에서 바로 공수되는 것들을 구매해 가시는 부지런한 분이 백작저에서 일하시는 모양이에요."

"아, 그거 아마 얘야."

나는 레일리가 자연스러운 태도로 일일이 손질해 준 접시들을 전부 받아 낸 후 포크를 들어 스테이크를 한입 쑥 집어넣으며 무성의하게 턱짓을 했다. 레일리가 차분히 플레이팅을 손보며 잔소리를 덧붙였다.

"넘기고 말씀하시라고 몇 번을 말씀드리지요, 마스터."

"일찌감치 삼켰다, 인마. 아무튼 내 집에는 얘밖에 없어. 그러니까 레일리가 알아서 사 오는 거라고 생각해. 아마도."

"정갈한 태도로 씹는 횟수를 지키셔야 합니다. 입에 쑤셔 넣자마자 삼키면 짐승과 다를 게 무엇입니까. 정말이지 제 완벽한 집사 생활의 한 점 치명적인 오점이십니다. 새벽같이 마스터께 드릴 딸기와 포도를 공수해 오며 집사의 소임을 다하는 제게 이렇게나 방종한 주인이 있다니, 얼마나 큰 불명예를 선사하고 계시는지는 아십니까?"

"집사 주제에 주인이 너에게 감사를 표하거나 네 뜻대로 움직여 주길 기대하지 말라."

포크로 휙휙 삿대질을 하며 대꾸하자 레일리의 표정이 조금 더 산뜻해 졌다. 아차, 이 자식 정말로 화나 버렸군. 이젠 좀 얌전해져야겠다. 세레나의 환상도 충분히 박살 냈을 테니 문제없었다.

슬그머니 시선을 피해 내 접시로 눈을 내리는데, 돌연 세레나가 두 손을 꼭 모아 쥐고 초롱초롱한 눈빛으로 나를 바라보며 감탄사를 뱉어 냈다.

"옐레체니카 백작님은 정말로, 상상보다 더 멋진 분이셔요. 너무나 자유분방하고 담대하셔서 더더욱 동경하게 되었습니다."

으……. 으응……? 좀 잘못 들은 것 같은데. 내 귀를 의심하며 아연히 고개를 들어 올렸으나, 세레나는 여전히 초롱초롱하게 빛나는 눈으로 나를 황홀히 바라보고 있었다. 뭐임.

현실을 외면하고 싶은 마음에, 곁에 앉아 있던 레일리의 표정부터 즉시 확인해 봤다. 하지만 일상적인 태도로 그릇을 바꿔 주고 여러 생선들을 일일이 손질해 내 쪽에 옮겨 주던 레일리도 질색하는 표정을 짓고 있는 거로 봐선 아무래도 내가 잘못 들은 것만은 아닌 듯했다.

고도의 비꼬기인지 의심도 해 봤지만 세레나의 표정이 너무나 순수하고 열렬했다.

이런 개씨바, 설마 세레나 윌리엄스는 유리 옐레체니카가 어떤 인간인지에는 별로 신경을 쓰지 않는 아이였단 말이냐? 그냥 명망 높은 '유리 옐레체니카'기만 하면 누구든 상관없으니 상상 속의 이미지에 끼워 맞춰 동경하는 분으로 삼아 버리는 종류의 꿈 많은 인간이었나? 세레나의 선망 어린 시선을 다시 한 번 확인하고, 나는 포크를 이빨 끝으로 물어뜯으며 사뿐히 입가를 끌어 올린 뒤 희미하게 웃어 주었다.

"여……. 영광이네. 나 같은 사람을. 그치, 레일리."

"아신다면 다행입니다."

이 새끼가. 나는 반사적으로 나이프를 들어 레일리의 무릎에 콱 찍어 주었다.

* * *

세레나는 내가 무슨 말을 하든 멋지고 위대한 문장으로 번역해 듣는 초월 번역 기능을 뇌에 탑재한 아가씨였다. 레일리가 열이 받았든 말든 귀족으로서의 품위 따위는 찾아볼 수도 없는 방종한 행동거지만 일삼았는데도, 세레나는 식사가 끝날 무렵 내 사생활이라도 캐낼 법한 열렬한 팬이 되어 있었다.

그러다 보니 나 역시 끝물에 가서는 지칠 대로 지쳐서 그저 고요하게 입을 다물고 얌전한 행세를 하기에 이르렀다. 물론 또 이러면 이러는 대로 세레나가 좋아했다. 어쩌란 말이냐.

결국 식사를 마칠 즈음이 되자 스트레스가 한계치에 달하고 말았다.

"……."

집사야, 살려 줘. 애절히 눈짓을 해 보았지만 레일리는 싹 무시했다. 씨바, 이럴 때나 집사의 책무를 다하란 말이다, 개새끼야…….

물론 세레나가 유리 옐레체니카를 동경하든 말든 정령술에 대한 그녀의 재능만 알려 주지 않는다면 이후 함께 중대 사건에 얽힐 일은 없을 것이다. 하지만 그렇게 스스로 위안해 보려 해도 어쩔 길 없이 마음은 찝찝했다.

이쯤 되면 내가 글을 쓰는 입장에서는 딱히 즐겨 사용하지도 않던 '세계의 억지력' 따위를 믿어야 할 지경이 아닌가. 최대한 얽힐 일이 없게 만들었는데도 하필 외출을 한 날 이렇게 얽히고, 좋아할 요소가 없게 행동했는데도 세레나는 나를 경애하게 되었다…….

응?

잠깐만, 생각해 보자. 곰곰이 곱씹어 보면 부자연스럽게 이루어진 관계는 한두 개가 아니었다. 마이어 후작과는 왜 갑자기 비 오는 날에 마주쳤으며, 그는 왜 내게 관심을 가졌고, 알렉시스 에슈마르크는 왜 하필 불참하겠다던 파티에 그날 나타났단 말인가?

더구나 레일리는 나를 무시무시하게 당황시킨 연쇄 키스마가 되었다. 저 미친놈의 속셈은 나도 모르고 본인도 모를 것 같지만 아무튼 수상쩍으니 포함시켜 보자면, 어쩌면 나는 이 소설 속의 세계에서 본래 유리 옐레체니카가 이룩해야 했을 인간관계를 억지로 형성하게 되어 있는지도 모른다.

아무래도 너무 멀리 간 생각 같지만, 어쨌든 나는 경각심을 느꼈다. 잠자코 피하는 것으로 아무것도 달라지지 않는다면 뭐라도 행동을 해서 적극적으로 바꾸려 들어야 하는지도 모른다.

예를 들어 세레나를 죽인다거나……. 아니, 솔데인 마이어와 연관이 있는 만큼 그랬다가는 자칫 역풍을 맞을지도 모르겠군. 속으로 혀를 차며 눈썹을 찡그렸다. 그리고 식사나 깔끔하게 마쳤다.

행동할 방식에 대해서는 시간을 들여 고민해야 했다. 뷔올 최대의 발명가 유리 옐레체니카에게는 돈과 시간과 지능만큼은 넘쳐났고, 지능이야 내가 들어오며 말끔하게 사라져 버렸지만 돈과 시간만은 여전히 풍족했다. 잠자코 저택에 틀어박혀 고민할 시간이 필요했다. 세레나에게는 정령술을 알려 주지 않으면 그만이다. 좋아, 침착해.

"조심해서 돌아가십시오."

식사를 마친 후 정중하게 두어 걸음 물러나서 꾸벅 허리를 숙여 보이는 세레나에게 나도 인사를 해 주었고, 솔데인 마이어도 혹 추가적인 문제가 발생하면 관청에 고하거나 마이어 후작에게 즉시 연락을 달라고 했다.

구체적인 행동 방침, 구체적인 행동 방침…… 끙끙거리던 내게 솔데인이 돌연 말을 걸었다.

"괜찮다면 배웅하지."

"예?"

후딱 돌아가서 혼자만의 시간을 좀 갖고 싶은데 이건 또 뭔 달갑지 않은 소리란 말이냐? 대놓고 질색하는 표정을 지을까 하다가, 생각해 보니 그와 내가 불과 반나절 전에 고백하고 차인 미묘하고도 민감한 관계라는 사실을 뒤늦게 지각했다.

나는 가까스로 하하 웃으며 적당한 선에서 내 표정을 갈무리했고, 별수 없이 그의 말을 받아들였다. 애초에 친구로 잘 지내보자고 제안한 건 내 쪽이었으니 이제 와서 물리자고 할 수도 없는 일이었다.

"그러면 감사하지요!"

우리가 식사를 한 레스토랑은 경우에 따라 교외라 부를 수 있는 성벽 바깥의 특수 상업 지구에 위치해 있었고, 때문에 마차를 탈 수 있는 곳까지 어느 정도는 걸어서 이동을 해야 했다. 다른 사용인들은 특별한 자유 시간을 할당받아 저택에 복귀하는 시간을 지정받았고, 마이어 후작만이 내 곁에 동행했다.

그가 내 곁에 선 덕에 레일리는 알아서 뒤로 몇 걸음 물러난 채 따라오기 시작했다. 레일리 크라하가 늘 망나니처럼 굴기는 해도 저런 사소한 원칙만은 꼬박꼬박 지키는 놈이었다.

그러나 정작 나는 솔데인에게 동행을 허가하고도 한동안 내 생각에 사로잡혀 있었다. 세레나는 과연 원작의 주인공이었다. 그녀와 맞닥트린 일은 레일리의 키스 따위와는 비교도 되지 않게 강렬했다. 대단한 긴장감이었다.

세레나와 나 사이에 일방적으로 흐르던 미쳐 버린 불안감을 떠올리며, 나는 다시 한 번 섬뜩해졌다. 나 진짜 이러다가 죽는 거 아냐?

세레나와 연관된, 그리고 내가 일찌감치 짜 놓았던, 이 시점을 시작점으로 한 다양한 시나리오들을 염두에 둔 온갖 음모론들이 머릿속에 휙휙 떠올랐다가 빠르게 가라앉고 있었다.

"고민거리라도 있는 모양이오."

그러다 보니 솔데인 마이어가 돌연 내게 말을 걸었을 때 적당한 대답을 돌려주지 못하고 말았다. 머릿속이 온갖 잡생각으로 꽉 차 있었기 때문에, 갑작스러운 질문을 미처 제대로 입력하지 못한 것이었다.

"엥?"

얼빠진 신음을 흘리며 반문했던 나는 뒤늦게 그의 질문을 해석하고 고개를 한 쪽으로 빼꼼 기울였다. 고민거리야 물론 있다. 그런데 내 고민거리가 솔데인 마이어까지 저렇게 침중한 얼굴을 해야 하는 종류의 고민거리는 아니었다.

"아."

미적지근하게 감탄사를 뱉은 내가 다급히 말했다.

"후작님은 세레나 양의 후원자로 이름을 빌려주신다고 하셨죠?"

"그렇소. 그런데 갑자기 그건 왜……."

"어떤 형태의 후원자로 남으실 생각이신가요? 정말로 이름을 빌려주는 선에서 멈추시는지, 아니면 보다 구체적으로 행동을 취하실 예정인지에 대해 생각해 보고 있었습니다. 아무래도 후작님께서 특정 상단의 뒤를 봐주고 계신다는 이야기가 나도는 것은 곤란하지 않을까 하는 생각에. 그런데 제가 정작 후작님께 소홀했던 모양이네요. 하핫! 민망하게. 죄송합니다."

속사포처럼 변명을 지껄이고 주절주절 설명까지 붙인 후 씨익 웃어 보였다. 당황한 표정을 지었던 솔데인 마이어가 미간을 찡그리며 턱을 만지작거렸다. 특유의 냉정하고 우수에 젖은 듯한 얼굴이 미간을 찡그리며 고민에 사로잡혔다.

"이름을 빌려 준다면 어느 정도는 후원자로서 해야 하는 마땅한 책무는 지키는 편이 낫겠지. 최소한의 금전 지원과, 다른 후원자에 대한 알선…….흠, 어쩌면 약간의 홍보도 도울 수 있겠군. 인연이 있는 이들에게 부탁해 몇몇 살롱의 출입 정도는 허가를 받아 줄 수도 있을 테니 말이오."

"아, 그런 번거로운 일까지……. 생각하고 계신가요?"

"그 정도라면 사실 내게는 어려운 일이 아니오. 귀족이라는 직위만을 이용해 횡포를 부리는 자들로부터 피해를 입지 않도록 소상업자를 도울 수 있다면, 그리고 그게 내가 한마디 언질을 넣는 것만으로 이루어지는 일이라면 충분히 해 줄 만한 일이겠지. 윌리엄스 농가야 지금의 열풍을 살폈을 때 얼마 지나지 않아 규모가 커지겠지만, 그 기반에 위치한 것은 작은 지방 농가에 불과하니까."

내가 고민하던 게 당신의 프러포즈 때문이 아니라고 말하기 위해 애써 돌린 화제였지만, 그 탓에 썩 듣고 싶지 않던 말을 들어 버리고 말았다. 살롱에 세레나가 드나들기 시작하면 앞으로 나도 세레나와 부딪치게 될지도 모르는 일 아니겠는가?

물어보길 잘했군. 최소한 그것만은 막아야 했다. 제길……. 어떻게 하면 세레나의 사교계 진출을 막을 수 있을까? 생각이 맹렬히 굴러가기 시작했다. 그러든 말든, 내 마음을 알 리 없는 솔데인 마이어는 줄줄이 자신의 말을 잇고 있었다.

"하지만 옐레체니카 백작이 걱정하는 문제는 아마 발생하지 않을 것 같소. 오늘 있었던 일은 분명 빠르게 입소문을 탈 테고, 나를 아는 이들이라면 내가 어떤 방식을 취할지도 일찌감치 파악했을 거요."

"파악하는 것과 납득하는 것은 별개의 일입니다. 보통 귀족들은 그렇게 모든 일을 좋게 판단하고 해석해 주지는 않을 거예요. 막 부흥하는 신흥

상가와 결탁하려 든다고 해석할 수도 있습니다. 저는 그러니까……."

안절부절못하던 나는 그가 윌리엄스 농가를 위해 전폭적이고도 적극적인 지지만은 하지 않도록 설득을 이어 가기 위해, 솔데인 마이어를 배려해 주는 척 다정스레 말을 끝맺었다.

"후작님이 걱정되네요."

내 말을 들은 솔데인 마이어가 이상한 표정을 지었다. 그가 아주 잠깐 발을 멈칫 세웠다가 아무렇지 않은 태도로 내 곁에서 보조를 맞춰 다시 걷기 시작했다. 주먹을 쥐고 입가 앞에 큼큼거리며 헛기침을 한 그가 뒤늦게 말을 이었다.

"이름을 빌려주기로 한 이상 어느 정도는 예견되어 있던 일이겠지. 힘과 권력을 지닌 귀족이라면 마땅히 부담없이 해 줄 수 있는 일이 존재한다는 사실 정도는 뷔올의 귀족이라면 누구나 인지하고 있으니까. 내 행동에 대한 역풍이 돌아올 일은 없소. 그리고 만일 어그러진 시선으로 곡해해 자기 입맛에 맞는 대로 해석하는 이들이 있다 하더라도, 내가 그런 명예를 모르는 자들의 입장까지 고려해 줄 이유는 없지. 하지만 당신이 걱정을 해 줘서 고맙군. 기분이 나쁘지는 않아."

"예에?"

갑작스러운 기분 타령에 고개를 모로 꼬았다가, 아차 하며 어버버 말을 어물거렸다.

그러니까 내가 걱정한다는 건……. 너에 대한 의리 때문이 아니라 나 자신에게 찾아올 미래의 평안을 위한 건데. 물론 선의에서 나온 조언인 척 마지막 한 문장을 붙이기는 했지만 기분까지 좋아질 일이냐? 괜히 내 양심이 찔리게 말이다.

이따위 말을 어떻게 표현해서 입 밖에 내더라도 괜한 긁어 부스럼이 될 것이 분명했다. 결국 나는 제대로 설명을 붙이기보다는 그냥 정 많고 의리 있는 유리 옐레체니카로 남기로 결정한 후 얌전히 입을 다물고 말았다.

물론 그렇다고 해서 마이어 후작이 세레나를 사교계에 밀어 넣도록 마냥 둘 수는 없는 일이었다. 나는 최선을 다해 또 다른 변명거리를 떠올리다가 다급히 덧붙였다.

"사실 잘 이해가 가지 않습니다. 윌리엄스 농가의 사연이 딱하게 된 것은 사실이나, 찾아보면 그런 일에 휘둘리고 있는 소상업자는 한둘이 아닐 거예요. 마이어 후작님께서 왜 굳이 윌리엄스 농가에만 주의를 기울이고 전폭적인 지지를 해 주겠다고 하시는지 납득하기 어렵습니다."

"적어도 내가 보는 곳에서는 그런 일이 횡행하게 둘 생각이 없소."

"적지 않은 지방 귀족들 역시 뷔올에서의 대대적인 상권을 확보하기 위해 끊임없이 수도로 진출하고 있습니다. 그들 모두가 그렇지야 않겠지만 개중 대부분은 비슷한 어려움을 겪고 있을 텐데, 왜 하필 노동자 계급에서 촉발된 윌리엄스 농가에만 주의를 기울이시나요?"

빠르게 말하다가 아차 싶었다. 스스로 말하는 순간 싸한 촉이 서 버린 것이다. 이런 식으로 말하는 것은 솔데인 마이어가 좋아하지 않는 화법일지도 모른다는 생각이 퍼뜩 들었다. '왜 귀족은 그냥 두고, 하필 노동자 계급에서 촉발된 그들을 돕느냐'라는 표현은 썩 좋은 표현이 아닌 듯했다는 이야기다. 적어도 내 기준에서는 그랬다. 아니, 너무 현대인의 관점인가?

전근대의 기준을 알 수 없어서 슬쩍 그의 얼굴 표정을 살피는데, 아나나 다를까 마이어 후작은 단 한 번도 내 앞에서 짓지 않은 표정으로 인상을 팍 찡그린 채 나를 바라보고 있었다. 걸음까지 멈춘 상태였다.

"이상하게 들리는군, 백작. 그저 노동자 계급이기 때문에 내가 그들이 아닌 다른 이익 되는 자들을 먼저 지지해야 한다고 말하고 싶은 건가. 나를 어찌 보았기에 그렇게 말하는지 모르겠소."

"그건 아닙니다. 하지만 그저 단지……. 보기에 그렇게 보일 수 있으리라는 추측을 말씀드린 거예요."

"지금 당신은 나에 대한 순수한 걱정으로 인해 조언을 준다기보다는 그저 윌리엄스 농가가 마음에 들지 않는 것처럼 보이는데, 아까는 윌리 엄스 농가의 지배인 세레나 윌리엄스에게 상당히 호의적인 태도를 보이 지 않았소? 그 태도는 어찌 되었던 거지?"

"세레나 양에 대해서는 호감이 있지만, 그것과는 별개입니다."

"당신이 그렇게 속내를 숨기는 일에 능한지는 몰랐소."

마이어 후작이 인상을 찡그렸다.

"단지 노동자 계급에서 촉발된 단체이기 때문에 그들을 멀리하는 것이 좋겠다고 말하는 인물인지도 몰랐군."

"그런 뜻 아닙니다. 왜 제게 화를 내십니까?"

"그저 당신이 앞에서 보인 태도와 실제 떠올리고 있던 생각이 달랐다는 사실에 충격을 받았을 뿐이오. 본래 당신에게 화를 내려던 것은 아니었지 만, 감정이 상했음은 사실이니 거짓으로 해명을 떠들기에는 마땅치 않은 상황 같아 보이는군. 나는 내가 누구를 후원하고, 어떤 방식으로 그들에게 조력을 줄지 스스로 선택할 수 있소. 백작의 조언을 듣기엔 합당치 않은 듯하오. 예전부터 적어도 당신은 계급주의적 사고방식에 사로잡혀 인간을 무시하고 깔보지 않는 인물이며 그로 인해 여러 봉사 활동을 즐기는 것이 라고 믿어 왔는데, 그런 말을 듣게 되다니 실망스럽군."

이쯤 되면 나도 비위가 상할 수밖에 없다. 자기 멋대로 남한테 이상향의 '풋풋한 소녀 같은 해맑고 솔직한 여인'이라는 기준을 씌워 놓고 뭘 이제 와서 실망했다 말았다 한단 말이냐? 인상을 팍 찡그렸던 나는 짜증을 감출 생각도 없이 날카롭게 대꾸했다.

"마음대로 생각하십시오. 더 이상의 배웅은 필요 없습니다. 레일리, 가자."

"모시겠습니다, 마스터."

레일리가 즉시 대답했고, 솔데인 마이어도 굳이 감정이 상한 상태로 나 를 배웅하겠다고 고집을 부릴 생각은 없어 보였다. 내게 일행이 없었다면 성품상 혼자 보낼 수는 없다고 부득불 따라왔겠지만, 이 나라에서 다섯

손가락 안에 꼽히는 실력자 두 명이 함께 다니는 셈이니 사실 그가 굳이 따라올 이유도 없었다.

나는 제대로 인사도 남기지 않고 열이 받아서 시내 안쪽의 마차고를 향해 성큼성큼 걷다가, 금세 나를 따라잡은 레일리에게 붙잡혀 돌연 방향을 틀었다. 인적이 드문 골목 안쪽으로 이유도 없이 파고들게 된 것이다.

"뭐야?"

"스스로 정의파를 자청하는 족속인 만큼 마이어 후작이 여러모로 감정적으로 대응한 것 같긴 합니다만, 사실 저도 의아하군요. 어떻게든 윌리엄스 농가에 가해지는 지지를 막고 싶어 하시는 것이 눈에 훤히 보였습니다. 의도가 뻔했지요. 마이어 후작 역시 고작 그 정도에 화를 내다니 앞뒤 꽉 막힌 귀족이라는 점만은 확실히 알 법합니다. 하지만 어쨌든 마스터의 의중은 저마저도 이해할 수 없을 정도였습니다."

"아씨, 좀 티가 나면 어때. 그냥 싫어. 내가 왜 너희한테 내 의중을 이해시켜야 하나?"

"딸기는 그렇게 잘 드셨으면서 뭐가 문젭니까? 마이어 후작이 그들을 후원하면 마스터께서도 좋아하시는 과일들을 매일같이 쌓아 두고 먹는 일이 보다 편해질 겁니다."

아, 글쎄 그런 문제가 아니라니까. 미간을 좁히며 얼굴을 왈칵 일그러트렸지만, 결국 나는 마이어 후작 대신 내 바로 옆의 위험인물 넘버원인 레일리라도 납득시키기 위한 적당한 변명거리를 떠올렸다.

"아까 세레나 윌리엄스 태도 봤잖아. 살롱에서 마주치기라도 해 봐. 으, 너무 싫다."

"아아……."

레일리가 알 만하다는 표정을 지었다가 이내 한심하다는 듯 혀를 찼다.

"대하기 어려운 상대니까 안 만나고 싶다 이겁니까? 어린애처럼 구십니다."

"아, 닥쳐라, 좀. 내가 딱 대하기 어려워하는 타입이라고. 안 그래도 살롱 갈 때마다 머리 복잡한데 세레나 윌리엄스 때문에 더 신경 쓰기 싫단 말이야."

"마이어 후작이 그녀를 후원하는 것에 대해 섭섭함을 느끼는 다른 이유가 있으신 건 아니고요?"

레일리가 돌연 생긋 웃는 얼굴로 고개를 기울이고 물었다. 도통 이해하기가 어려운 말이었다. 결국 나는 코앞까지 숙인 그의 얼굴을 멀뚱히 바라보다가 미간을 일그러트리며 '허?' 하고 애매하게 탄식했다.

"그럴 이유가 뭐가 있어? 자기 집안의 재산과 시간을 직접 풍덩풍덩 아무 데나 쓰고 스스로 번거로운 일에 뛰어들겠다는데 내가 알 바냐? 섭섭하긴 그 집 식구들이 섭섭해해야지. 아무튼 세레나랑은 살롱에서 마주치기 싫은데, 마이어 후작 때문에 다 틀어지게 생겼어. 아, 기분 안 좋아. 벌써부터 스트레스 받아."

목을 주무르며 구시렁거리는 내 불평불만을 잠자코 들은 레일리가 묘한 태도로 턱을 추켜올렸다. 그리고 웃음기가 사라진 얼굴로 유심히 나를 관찰하기 시작했다. 마치 내 말의 진의를 신중히 가리려는 듯한 태도 같기도 했다.

"……? 뭐야? 나 아까 얼굴에 뭐 묻히고 먹기라도 했니?"

멀뚱히 그를 올려다보다가 뺨과 턱을 손등으로 쓱 닦아 보며 고개를 갸우뚱 기울이는 순간이었다.

무슨 결론을 내린 건지는 몰라도, 레일리 크라하가 돌연 극단적으로 상반된 태도를 취했다. 떠보듯이 온갖 질문을 던질 때의 유들유들하고 빈정대던 태도와는 완전히 다른, 더할 나위 없이 상쾌한 태도였다. 대단히 기분 좋은 티를 내며 시건방지게 고개를 숙이더니 내 입가에 가볍게 키스한 것이었다.

두 손은 여전히 주머니에 꽂아 넣은 상태였지만, 집사복을 입은 그대로 어깨만 기울여 장난을 치듯 두어 번 입을 맞췄다. 나는 그에게 밀려 두어 번 고개를 젖히다가 미간에 주름을 잡았다.

"야. 너 대뜸 뭐 하는 거야."

안 그래도 복잡한 사람한테 지금 이게 뭐 하는 짓이란 말이냐. 인상을 찡그리고 상체를 뒤로 빼며 그의 얼굴을 한 손으로 잡아 밀어내는데 부드럽게 뺨이 붙잡혔다.

"아무튼 기분이 상하셨으니, 집사로서의 마땅한 소임으로 제가 풀어 드려야겠군요, 마스터."

"네가 뭘 어떻게 해서 내 기분을 풀어 주겠다는 건데?"

"어떻게든 되겠지요. 뷔올의 행사 일정은 훤히 꿰고 있습니다. 오늘 강하류에서 연극이 있다는데, 연극이라도 구경한 후 귀가하시겠습니까?"

물론 내가 만들기는 했어도 어느 순간 폭발해 버려서 상상 그 이상의 세계가 되어 버린 스팀펑크 세계관의 연극이라면 한 번쯤은 보고 싶었다. 하지만 아무리 생각해 봐도 이 자식의 빠른 태세 전환이 너무나 수상쩍었다. 그를 미심쩍게 위아래로 훑던 나는 슬그머니 한 발을 뒤로 물리며 경계의 자세를 갖췄다.

"인성은 일찌감치 엿 바꿔 먹은 우리 집사가 갑자기 친절하게 구니까 되게 불안하다. 갑자기 왜 이래?"

"명실상부 마스터의 '엔조이 파트너' 아닙니까."

"너 그 호칭 마음에 안 들어 했잖아."

"주인의 뜻을 어찌 감히 집사 된 몸으로 거역하겠습니까. 마스터의 기분을 상하게 만든 일은 더 이상 떠올리시지도 못하도록, 제가 성심성의껏 기분 좋게 만들어 드리겠습니다."

이 양아치 같은 놈이 이번에도 무슨 수위 높은 소설 주인공이라도 된 것처럼 왜곡된 대사를 지껄이고 있지 않은가. 그의 얼굴을 다시 꾹 밀어내다가 또 한 번 키스당했다.

이거 왠지 정말 레일리와 함께 연극까지 구경한 후에야 집에 돌아가게 생겼다고 생각하면서, 나는 반사적으로 그의 어깨와 목에 팔을 감고 간신히 중심을 잡으며 입맞춤을 따라잡았다.

창조주 된 입장에서 매번 이 자식의 냥냥대는 횡포를 받아 줘야 하니, 그야말로 통탄할 일이 아닐 수 없다. 그런데 나야말로 내 인생은 정말 이대로도 괜찮은 거냐. 언제나 현자 타임은 뒤늦게 찾아왔다.

* * *

나는 딱히 솔데인에게는 사과고 나발이고 할 생각이 없었다. 애초에 저 혼자 화내고 저 혼자 실망하고 저 혼자 감정이 상한 인간한테 뭘 어쩌란 말인가? 더는 복잡하게 말 섞으며 싸우기 싫으니 됐고 실망하셨으면 댁은 뜻대로 생각하시고 나는 내 뜻대로 살고, 각자 갈 길 가면 그만이었다.

그러나 며칠 지나지 않아 솔데인에게서 다시 편지가 도착했다. 레일리가 직접 쟁반에 받쳐 들고 오면서도 못마땅하게 편지를 바라보기에 솔데인인가 했는데 아니나 다를까 솔데인이었다.

그는 이전에도 말했듯 윌리엄스 농가에 대한 후원은 자신에게 별로 문제가 되지는 않을 것이고, 자신은 신분 관계에 개의치 않고 그들을 지지할 생각이며, 이에 대해서는 내 동의를 필요치 않는다고 본인의 입장부터 밝혔다. 하지만 내가 걱정한 부분에 대해서는 이해한다는 말이 뒤따랐다. 혹 내게 감정적인 호소를 한 직후 세레나와 가깝게 지낸 일이 내 명예에 손상을 입혔다면 진심으로 사죄하고 싶다고도 적혀 있었다.

편지를 읽어 내리고 잠시 고개를 기우뚱 기울였다. 뭔 명예?

"질투했냐는 얘깁니다."

"엥."

"그런 쪽으로는 사교 관계를 가져 본 일이 없을 테니, 아마 나중에 곰곰이 곱씹어 보고야 마스터께 정식 교제를 청한 바로 그날 신분 낮은 여인의 후원자가 되겠다고 선언한 게 무례했을 수 있다는 사실을 깨달은 모양이지요."

"오……. 아니, 그건 전혀 상관없는데."

손사래를 치며 단호하게 잘라 말하기는 했지만, 그렇다고 솔데인에게 '에엥! 당신이 누구랑 연애를 하든지 저랑은 전혀 상관없는데요!'라고 답장을 보내기엔 좀……. 좀 그랬다.

일단 우리는 프러포즈를 한 후 걷어차고 걷어차인 지 며칠 되지도 않은 복잡 미묘한 관계가 아니겠는가? 더구나 구구절절 세레나와 살롱에서 마주치고 싶지 않은 개인적인 이유를 늘어놓는 것보다는 그냥 적당히 그런 셈 치는 편이 나을지도 모르겠다고 생각했다.

편지를 팔랑팔랑 흔들다가 침대에서 벌떡 일어났다. 일단은 답장을 쓸 작정이었다. 머리맡에 있는 작은 협탁에서 받침대와 펜을 끌고 와서 자세를 잡았다. 내가 하는 꼴을 잠자코 지켜보던 레일리가 속을 떠보듯 질문했다.

"답장은 어찌 쓰실 작정이십니까?"

"그냥 그런 거로 해 두려고."

"질투를 했다고 말씀이신지요?"

"질투까진 아니어도, 대충 '아, 솔직히 그 직전까지는 나한테 질척댔으면서 대뜸 힘없는 농민 여자애를 부와 권력으로 후원하겠다고 하다니, 갑자기 그게 뭡니까? 그림이 너무 안 좋다 보니 저도 모르는 사이 생각이 안 좋은 곳으로 흘러갔나 보네요. 속 좁게 굴어서 미안! 근데 너도 개짱 무례했으니 우리 서로 피장파장인 셈 칩시다!' 정도로 쓰면 되지 않을까?"

무성의하게 대꾸하며 펜 끝을 잉크에 쿡쿡 담는데 레일리가 미간을 좁혔다.

"그쪽에선 마스터의 마음을 오해할 겁니다."

"마음대로 하라 그래. 알 게 뭐냐."

"앞으로도 계속 귀찮게 굴 텐데 말이지요."

"숄데인의 플러팅은 짜증스럽지만 그 사람이랑 얘기하는 건 편하니까 상관없어."

대수롭지 않게 답한 후 편지를 슥슥 적어 내리는데, 문득 이상한 촉이 느껴져서 고개를 들었다가 레일리와 시선이 마주쳤다. 팔짱을 끼고 나를 물끄러미 내려다보는 집사 놈의 눈초리가 이상하리만치 사납기 그지없었다. 나는 눈을 가늘게 뜨고 그를 바라보다가 다시 편지로 시선을 내렸다.

"인마, 얼굴 못 풀어? 왜 또 꼬리 탁탁 쳐 대고 있는데?"

"제가 언제 인상이라도 썼답니까? 그리고 제게는 꼬리가 달리지 않았습니다. 인격 모독에도 정도가 있습니다, 마스터."

"무시무시하게 기분 나쁜 얼굴로 생글생글 웃고 있잖아."

모독될 인성마저 없는 놈이 말은 잘하는군. 나는 레일리의 말을 적당히 받아 주며 그냥저냥 무례하지만 않을 정도의 답장을 술술 적어 내린 후 잉크를 말리기 시작했다.

"언제부터 고양이님께서 제 표정까지 읽을 수 있게 되었답니까?"

"주인님 말씀에 가암히 제 기분 나쁘다고 꼬리 탁탁 쳐 대는 고양이 같은 집사가 이 세상에 생길 때부터지요."

사실 내가 너에게 인성을 깜박하고 넣어 주지 않은 바로 그 죄 많은 조물주란다.

"아무튼 신경 쓰이게 그러고 서 있지 말고 한 걸음 물러나, 한 걸음."

혹시라도 아직 서툰 뷔올 귀족의 사교어를 사용하다가 맞춤법이라도 틀렸을까 싶어 편지를 팔랑팔랑 흔들며 철자를 확인하는 사이 레일리가 못마땅하게 두 걸음을 물러났다. 길지 않은 편지의 내용까지 확실히 점검한 후 봉투에 넣어서 말끔하게 봉인을 해 쟁반 위에 툭 내던졌다. 레일리가 편지를 받아 들며 눈썹을 꺾었다.

"슬슬 일어나십시오. 오늘은 저녁 식사를 이르게 하시고 알레아 후작부인의 살롱에 참가해야 합니다."

"아, 여태 편지 쓰고 있었잖아. 일어난다, 일어나."

불퉁하게 엉금엉금 일어나서 머리칼을 헤집고 대강 빗어 내리는데, 레일리가 내 손을 강제로 하나씩 떼어 낸 후 부드러운 브러시로 다시 머리를 빗어 주기 시작했다. 그사이 나는 턱을 괴고 양반다리를 한 채 이불 안에 파묻혀 있었다.

"요즘은 책을 읽고 마법을 공부하는 시늉조차 않으시는군요. 본래도 하는 일은 없으셨지만 매일같이 침대에만 뒹굴고 계시니 집사로서 마음이 아픕니다. 상심이 크신 모양입니다."

"상심? 무슨 상심?"

머리를 다 빗어 준 후 간단하게 향유로 끝을 다듬어 준 레일리가 슬그머니 말을 던졌다. 답답한 머리칼을 한 손으로 듬성듬성 쓸어 넘기던 나는 난데없는 소리에 눈을 치뜨고 반문했다. 그러나 집사복을 입은 망나니는 태연한 얼굴로 내 손을 잡아 일으켜 세워 주며 뻔뻔하게 대답했다.

"실연의 상심 말입니다."

"내가 솔데인 마이어를 찼는데, 왜 그 사람도 아니고 내가 충격을 받아?"

"뭔가 서운하신 일이 생겨서 침대에 틀어박히신 것 아닙니까?"

"아니, 뭔 개소리야. 아냐, 아냐. 지난 며칠간 나름대로 센티멘털한 기분에 사로잡혀 나 자신의 내면세계에 대한 진지한 고찰을 하고 있었다고."

레일리가 코웃음을 쳤다. 그런데 그 행위에 담긴 것이 어떤 식의 비웃음이었느냐면, '너한테도 고민이라는 게 있냐?' 투의 비웃음이었다. 대번에 열이 받은 나는 그의 정강이를 퍽 걷어찬 후 털 슬리퍼에 대강 발을 쑤셔 넣었다.

사실 중요한 건 솔데인 같은 게 아니고 세레나 쪽이었다. 세레나의 존재가 나를 고민하게 만들었다. 나 자신의 내면세계에 대해 고민해 봤다는 얘기도 틀린 표현은 아니었다. 과연 회피가 정답일지, 주도적인 행동이 정답일지에 대한 고민이었다. 물론 자리에만 앉아서 고민을 한다고 답이 나올 수 있는 종류의 문제는 아니었다.

다만 일단 첫 번째, 세레나 윌리엄스와의 만남, 두 번째, 세레나 윌리엄스의 동경. 이 두 가지에 대해 회피 전략이 전부 실패했으니 주도적으로 행동해서 뭔가를 바꿀 수 있을지에 대한 상황 실험도 필요했다. 결과적으로 이마저도 실패하면 그때에는 정말로 진지하게 '억지력'에 대해 생각해야 한다.

시간을 거슬러 되돌아갔는데 결국 이전과 같은 일들을 겪게 된다든가, 기존의 작품에 빙의 및 환생을 했는데 별수 없이 작품의 본래 스토리대로 떠밀리게 된다는 것은 사실 드문 방식의 스토리 작법은 아니었다. 글을 쓰는 사람들은 이것을 '억지력'이라고 칭한다. 평행세계 이론 중 하나와도 연계되는 개념이다.

사실상 작가로서의 나는 별로 선호하지 않는 방법이니 ≪세레나의 티타임≫의 세계에서 그 꼴이 나리라고는 생각하지 않았는데 말이다. 물론 내가 쓰는 회귀물이란 대체로 시궁창에서 회귀하면 여전히 시궁창인 형태를 지니고 있지만, 그건 인물이 변할 수 없는 탓이었다.

회귀한다고 해서 사람이 달라지느냐? 나는 그럴 수 없다는 주의였고, 내 글들도 그렇게 형성되어 있다. 애초에 캐릭터가 '그렇게밖에 행동할 수 없는 인물'이기 때문에 그의 삶은 이미 한차례 그 방향으로 흘러갔으리라고 생각한다.

누구도 강요하지 않고, 본인 역시 다른 선택지가 있다는 사실을 알고 있음에도 결국에는 같은 선택을 할 수밖에 없는 인물들. 그렇기 때문에 내 캐릭터들은 나를 만족시키며 예쁘게 죽거나 살아갈 수 있는 것이다.

그렇게밖에 행동할 수 없는 인물들의 예정된 '결말'을 사랑했다. 정해져 있기 때문에 예정된 것이 아니라, 그 인물이 결국엔 그렇게밖에 살아갈 수 없기 때문에 '예정된' 것이다. 그들에게는 그것만이 유일한 가능성을 지닌 행복이니 응당 해피엔딩인 셈이었다. 물론 그렇다고 해서 직접 내 글에 빙의하고 싶지는 않았지만.

아무튼, 유리 옐레체니카와 나는 굳이 따지자면 '다른 캐릭터'일 수밖에 없으니 선택도 달라야 했고, 선택이 다르다면 같은 결과가 나올 이유는 없다. 억지력이 존재하지 않는 세계라고 가정했을 때의 이야기다. 일단은 내 소설이니까 높은 확률로 그러리라고 봤는데.

"……"

역시 내 예상이 틀려서, 강제로 원작의 흐름을 쫓아간다고 생각이라도 해 봐야 하나? 곰곰이 생각하다가 인상을 썼다.

아, 정말이지 일단 뭔가 행동을 하긴 해야 했다. 그런데 행동을 한다면 무슨 행동을 한단 말이냐? 사실 그냥 그 부분이 나를 고민하게 만들었다.

성큼성큼 걸어서 식당으로 향하며 얇은 가운을 하나 들어 팔을 끼워 넣었다. 침대에서 뒹굴 때는 대개 잠옷 차림이므로 간단한 외투가 필요했다. 어차피 이 저택에 사람이라곤 레일리와 내가 전부이니 큰 상관은 없지만, 기분 문제였다.

단숨에 모든 일을 말아먹을 정도의 실수는 하면 안 되고, 그렇다고 해서 가만히 있을 수도 없다. 어느 선까지 행동할 수 있을까? 그리고, 당면한 과제는 '세레나가 정령술을 배우지 않게 하는 것'이었다. 이에 대해 내가 어떻게 적극적으로 나서서 상황을 바꾼단 말인가? 이미 지니고 있는 재능을 없는 것으로 만들 수도 없고, 할 수 있는 일이라고는 지금껏 했던 것과 마찬가지로 일종의 회피에 불과했다.

잡생각은 거기까지였다. 일단은 정보도 좀 더 모아야 하고, 할 일부터 해야 했다. 식사를 마친 후 레일리의 도움을 받아 치장까지 끝내고야 마차에 올라탔다. 가 본 적 없는 후작 부인의 살롱에 가기 위해서였다.

선황의 사촌 여동생, 현 마이어 대공의 여동생이기도 한 알레아 후작 부인은 본래 살롱을 열지 않는 귀부인이었다. 아마도 조카인 마이어 후작의 부탁을 받아 세레나와 윌리엄스 농가를 소개해 주기 위한 파티를 마련한 것으로 추측이 됐다.

그렇다면 피할 수도 있을 텐데 내가 왜 굳이 후작 부인의 살롱에 참가해야 하느냐의 문제가 남아 있다. 이유는 간단했다.

알레아 후작 부인은 파티를 열면 주인공이어야 하는 인물이었다. 즉, 그녀가 초대장을 보낸 이상 괜히 불참하면 눈 밖에 나 버리고 만다. 그녀는 몸이 약해 정치적인 발언권은 없지만, 마이어 대공과는 달리 현 황제의 정권에도 그럭저럭 긍정적이었다. 그러니 황제의 수족인 유리 옐레체니카가 그녀의 첫 살롱에 불참할 명분도 마땅치 않았다.

그리고 살롱에 참가한 나는 정말로 대번에 세레나와 마주치고 말았다. 마이어 후작의 푸싱으로 알레아 후작 부인의 살롱에 초대받았을 그녀는 다른 귀족들에게 예의바른 처세술을 펼치다가 나를 발견하자마자 울기라도 할 듯이 감명을 받은 표정을 지었다. 세레나가 두 손을 꼭 모아 쥐고 멍하니 내 얼굴을 바라보다가 재빨리 인사를 했다.

"다시 뵙습니다, 옐레체니카 백작님. 일전에는 정말 감사했습니다. 오늘도 정말 아름다우세요."

"안녕, 세레나. 멋진 칭찬 고마워요."

일단은 성격 좋은 옐레체니카 백작으로서 세레나에게도 다정다감하게 인사를 건넸다. 일전에 만났을 땐 스스럼없이 반말을 썼지만 오늘은 나름대로 공식적인 자리니 반존대를 쓰기로 했다. 세레나는 이마저도 너무나 멋있어 보였는지 더할 나위 없이 감복한 표정을 지었다.

유리가 좀 예쁘긴 하다. 그래, 나도 네 마음 이해한다, 세레나. 웬 엘프가 눈앞에 있지. 그리고 그 엘프가 코를 후비든 길거리에 똥을 싸든 엘프는 엘프인 것이다.

요컨대, 세레나의 눈에 비치는 나는 무슨 짓을 하든 위대하신 유리 옐레체니카 님인 것이다……. 제길…….

일단 나쁜 애는 아닌데 내 인생에 나쁜 영향을 미칠 것 같다는 점이 문제였다. 말하자면 그것이다. '애는 착한데…….'

애는 착한데 나랑은 안 맞는다고 해야 한다. 일단 내 평온하고 아름다운 만수무강에는 알맞지 않다.

복잡하고도 미묘한 기분이 되어 초탈한 창조주의 마음으로 그녀를 바라보던 나는, 결국 세레나를 지나쳐 즉시 알레아 후작 부인에게 다가갔다. 후작 부인 역시 나름대로 내 입지에 신경을 써 준 듯했다. 내 자리는 후작 부인의 바로 옆이었다. 사양하지 않고 그녀의 옆자리에 앉으며, 나는 후작 부인에게 레일리로부터 받은 조촐한 선물을 슬며시 건네줬다.

"제대로 이야기를 나눠 보는 것은 처음이지요. 불러 주신 것에 대한 기쁨을 표현하고 싶어서 준비해 본, 조촐한 친교의 선물이랍니다, 부인."

레일리가 알려 준 문장을 그대로 읊으며 수줍게 웃어 보인 후 말끔하게 치맛자락을 정돈하고 허리를 폈다.

세레나의 존재는 신경이 쓰이지만 과하게 신경을 썼다간 오히려 휘말리는 수가 있다. 마이어 후작과의 논쟁처럼 괜히 엮여 버릴 수 있다는 뜻이었다. 제기랄. 어쨌든 매사 조심스럽게 행동해야 하는 시기를 맞이하고 말았다.

세레나가 수도에 나타났고 내가 결국 그녀를 맞닥트렸으며 ≪세레나의 티타임≫이 온전하게 시작 궤도를 타 버린 이상, 이제는 나도 날건달처럼 저택에서 뒹굴며 자료나 조사하던 생활을 청산해야 했다. 결국 내가 무언가 주도적인 행동을 개시해야 이야기를 바꾸든 죽음을 피하든 할 수 있으리라는 것이야말로 며칠 동안 내내 저택에서 뒹굴며 내린 최종적인 결론이었다.

윽, 벌써부터 정말 싫군. 이러다가 스트레스성 궤양이라도 오게 생겼다.

그렇다면 내가 할 수 있는 일에는 무엇이 있는가? 세레나의 정령술이야 내가 지금의 능력만으로 해결할 수 있는 문제가 아니고 남의 재능을 없앨 방법이 있는 것도 아니니 패스한다면, 그다음 문제는 '사건'의 정체를 밝히는 것이 된다. 유리 옐레체니카를 죽음으로 몰아넣는 사건이 과연 무엇인지를 알아야 피할 수도 있게 되는 것이다.

여기에서 한 가지 짚고 넘어가야 할 것은 순서였다.

《세레나의 티타임》은 요컨대 세레나의 상경, 자기 능력의 각성으로 시작된다. 이후 어떤 '첫 번째 사건'을 맞이하고, 이 자리에서 위대한 멘토 유리 옐레체니카가 죽는다. 유리 옐레체니카의 죽음이 계기가 되어 세레나는 어떤 방식으로든 마법적인, 능력적인 성장을 하지만 최종적으로 레일리 크라하가 적이 되어 돌아온다.

요컨대 레일리에 의해 벌어지는 것은 '두 번째 사건'이었다. 이 두 번째 사건이 첫 번째 사건과 유관한가, 무관한가?

《세레나의 티타임》은 길지 않게 서너 권 정도를 염두에 두고 기획한 소설이니 그 안에서 별개의 두 사건이 깔끔하게 마무리되려면 어느 정도는 유관한 연결 고리를 가지고 있을 수밖에 없다. 레일리 크라하가 들고일어났을 때에도 영향을 미치는 요소이며, 뷔올뿐 아닌 대륙 전반의 평화를 위협할 정도의 요소. 그럴 만한 '소재'가 필요했다.

사실, 나름대로 이 나라에서 1년 정도를 지낸 입장에서 그에 합당한 '소재'만은 그럭저럭 또렷하게 감이 잡혔다. 아마도 유리와 레일리가 준비하던 반인과 유사인족들의 혁명에 관련이 있을 것이다.

이쯤 되면 그 목적성은 단순히 자신들의 권리를 찾기 위한 것이 아닐 테고, 지금까지 그들을 차별해 오던 인간들을 말끔하게 척살하겠다는 수준으로는 극단적으로 가정해 보고 있다. 그 정도까지는 아니라고 해도 상당히 급진적이기는 할 것이다.

그렇다면 솔데인을 통해 알게 된 시내의 살인 사건이 첫 번째 단서였다. 유사인족에 의해 유사인족이 죽는 사건이니 단서가 아닐 수 없다. 높은 확률로 유리 옐레체니카가 목숨을 잃는 '첫 번째 사건'과 관련이 있지 않을까?

여기에서 두 가지 가정을 해 본다.

1. 살해를 주도한 쪽이 레일리 크라하와 유리 옐레체니카의 세력이다. 이 경우 이후 보복성의 사건에 휘말렸을 가능성이 존재한다.

2. 살해당한 쪽이 레일리 크라하와 유리 옐레체니카의 세력이다. 그렇다면, 이미 관련 준비 단계에서 적이 생겼다는 사실을 암시한다고 볼 수 있다.

전자라면 페도라의 남자를 비롯한 그 배후 세력은 시내의 살인 사건을 사주하거나 이에 협력한 세력일 가능성이 높아진다. 하지만 레일리는 그들에 대해 모른다는 것이 대전제였으므로 첫 번째 가설을 보류해 본다면, 후자의 경우……. 최악의 가설을 떠올리자면…….

레일리 크라하와 협력해 혁명을 준비하면서, 페도라의 남자와 협력해 레일리 쪽의 동료들을 처리하고 있었다든가? 오, 그거 정말 쓰레기네.

"어머, 알렉시스. 늦었군요. 바쁜데 괜히 초대한 게 아니었을지 걱정됩니다. 오늘은 신선한 손님들을 많이 모셔서 소개해 주고 싶은 마음에 초대장을 보냈는데, 피곤하면 쉬어도 좋았을 거예요. 손끝에 아직도 잉크 자국이 남아 있군요."

"종고모님께서 초대장까지 주셨는데 마땅히 와야지요. 한순간의 피곤 같은 것이 어찌 종고모님과 제 사이의 친애의 정을 막을 수 있겠습니까?"

유리 옐레체니카에 대한 음험한 음모론을 전개하려는 순간 맥이 끊겼다. 심지어 별로 만나고 싶지 않은 인물의 목소리였다. 알레아 후작 부인이 크게 반기는 소리에 이어 부드럽고 다정한 태도의 인사가 뒤따랐다.

후작 부인, 인간적으로 인간쓰레기를 초대할 때에는 다른 손님들한테도 동의를 구합시다. 눈물을 삼키며 미간을 꾹 눌렀다가 뒤늦게 고개를 돌리며 자리에서 일어났다. 후작 부인을 가볍게 안아 주며 다정하게 인사를 나누던 알렉시스 에슈마르크의 시선이 하필이면 때마침 나와 맞닥트렸다. 눈꼬리가 처진 우아한 보랏빛 눈이 둥글게 휘어졌다.

"오랜만이군, 백작. 이제 몸은 많이 나아졌나."

그가 달짝지근한 태도로 말을 걸었다. 생각해 보니 나를 찾아올 때마다 아프다고 돌려보냈었는데 결국 이렇게 마주치게 되고 말았다. 속으로 무한한 욕의 스파이럴을 시전한 나는 에슈마르크 대공을 향해 사뿐히 인사해 보이며 뻔뻔하게 대답했다.

"대공 각하께서 염려해 주신 덕에 많이 회복했답니다."

그런데 자연스럽게 나와 인사를 나눈 대공은 오늘만큼은 내게 질척거리지 않으려는 듯했다. 그는 태연히 흐름을 타서 나를 지나쳐 다른 이들과도 안부를 주고받더니, 어느 사이엔가 세레나와 인사를 나누기 시작했다. 화려한 얼굴을 지닌 고위 귀족의 등장에 어쩔 줄을 몰라 하던 세레나를 부드럽게 일으켜 세운 알렉시스 에슈마르크가 상냥하게 인사했다.

"'세레나 윌리엄스'. 반갑군. 그대가 그 윌리엄스 농가의 수도 지부를 담당한 경영자라지? 이렇게 젊고 귀여운 아가씨일 줄은 몰랐는걸."

그가 꿀이 뚝뚝 떨어지는 것 같은 목소리로 달콤하게 속삭였다. 사람을 홀릴 것 같은 미소였다. 이 자리에서 가장 예쁘니 가장 쓰레기일 것이 자명했다. 에슈마르크 대공은 생긴 것만은 넋이 나가도록 예쁘지만, 확실하게 내 타입의 쓰레기 캐릭터다. 내가 좋아하는 인간쓰레기일 확률이 높았다. 작가로서 확언할 수 있다.

저 얼굴에 여간 성격이 들어가 있을 리 없음을 확신할 수 있는 나로서는 영 꺼림칙한 태도였다. 그런 이유에서 나는 살롱에 머무르는 내내 알렉시스 에슈마르크만을 탐색하듯이 바라봐야 했고, 그러던 중 어느 순간을 기점으로 희미하게 신음을 뱉어 냈다.

짐작건대, 그는 솔데인이 후원한다는 농가에 대해 캐고자 알레아 후작부인의 살롱에 참가하기로 결정한 것 같았다. 제일 경계해야 하는 상대이긴 하지만 내가 가장 좋아하는 인간쓰레기 타입인 만큼 파악도 손쉬웠다. 나는 그가 솔데인을 캐기 위해 세레나부터 파고 있다는 것을 어렵지 않게 확신했다.

정확히 말하자면, 그는 단지 무언가를 탐색하고 있는 듯했다. 하지만 세레나에게 탐색할 만한 요소가 있지는 않을 테니 빼도 박도 못하게 솔데인 마이어 관련일 것이다.

대공이 어째서 솔데인의 뒤를 캐려고 하지? 에슈마르크 대공과 마이어 가문이 반목한다는 정보는 접해 본 일이 없다. 인상을 찡그렸다가 겨우 표정을 풀었다. 행동하려면 탐색이 필요했다. 우선은 점점 더 복잡해지는 시국에 대한 정보들부터 머릿속에 쑤셔 넣으며 눈 끝으로 그들을 살펴보기 시작했다.

그런데 그러다 보니 나도 의식하지 못한 사이 에슈마르크 대공과 나와 세레나를 주축으로 대화의 장이 열리고 말았다.

정신을 차리니 이미 대화의 한가운데에 끼어 있었다. 앗, 젠장. 생각이 너무 많다 보니 진정성이 넘쳐흐르는 열성적 대화 참여자가 되어 버렸잖아.

"위험에 처한 그대를 마이어 후작과 옐레체니카 백작이 구해 줬다고? 멋진 일이군."

"네! 특히 저는 옐레체니카 백작님의 품위 있고 아름다우며 당당하신 모습에 꼭 저런 여성이 되고 싶다고 생각해, 마음속의 지주로 삼게 되었답니다!"

세레나가 해맑게 대꾸했다. 내용까지 해맑게 들어 줄 수는 없는 입장이었다. 내 표정만이 안 좋았다.

플레이보이답게 상대의 말을 잘 듣고 받아 주는 편인지라, 어느 사이엔가 세레나는 알렉시스 에슈마르크를 상대로 편히 떠들 수 있게 되었다. 지금도 구구절절 마이어 후작과 나를 처음 만난 순간의 일을 풀어놓고 있었다.

음, 좋 됐군. 나는 거울을 보며 연습한 '유리 옐레체니카의 우아한 미소 7번'을 흠뻑 머금으며 살짝 죽고 싶어졌다.

급기야 알렉시스 에슈마르크와 오래 한자리에 있고 싶지 않은 마음에 꾀병을 앓기로 작정했다. 작정하고 나니 정말로 머리가 아파 오는 듯한 기분 작용 또한 얻을 수 있었다.

"아. 무리해서 살롱에 나왔더니 멀미가. 저는 이만 물러가 봐야 할 것 같군요. 후작 부인께 인사부터 드려야겠습니다."

이마를 짚으며 즉시 신음을 뱉어 내는데, 대번에 걱정스러운 표정을 지은 세레나와 달리 에슈마르크 대공은 희미한 미소만 얼핏 머금으며 나를 향해 눈을 접고 턱을 기울였다.

"저런. 백작이 아프다니 나도 마음이 아프군. 바래다주지."

"됐습니다."

아차, 나도 모르게 즉답이. 나는 다시 이마를 짚으며 끙끙 앓는 소리를 내고 어렴풋이 미소를 지어 보였다.

"마음만은 감사하지만 대공 각하의 귀한 시간을 축낼 수야 없지요. 집사가 있으니 걱정하지 않으셔도 된답니다."

"사양 말게. 나도 사람이 많은 곳은 좋아하지 않는 편이고 오늘 밤에는 회의도 예정되어 있어서. 종고모님께도 예를 지켰으니 슬슬 돌아갈 때가 되었지. 백작을 혼자 돌려보내는 것도 마땅치 않고 말이야."

배려해 주는 척 말하고 있잖아, 이 새끼! 나는 그냥 너랑 있기 싫다고! 나도 모르게 표정에 어느 정도 감정이 드러났는지 세레나가 눈을 동그랗게 뜨며 나와 대공을 번갈아 바라보았다.

키가 큰 편인 유리 옐레체니카보다 머리 하나는 더 작은 세레나가 동그란 녹색 눈을 크게 뜬 채 주변을 두리번거릴 때마다 갈색 단발머리가 찰랑찰랑 사랑스럽게 흔들렸다. 극단적으로 예쁜 얼굴은 아니었지만, 과연 로맨스 소설의 여자 주인공다운 사랑스러움이었다.

하지만 세레나를 감상하는 것도 잠시였다. 나에게는 직면한 문제가 있었다. 깊은 한숨을 뱉으며 끙 소리를 내고, 그의 동행을 허가해야 할지 말아야 할지, 거부한다면 어떤 변명을 입에 담을지 고민하기 시작했다.

그런데 그 순간 세레나가 덥석 내 팔을 잡아챘다.

"배, 백작님!"

주변에 있던 사람들이 각자의 대화를 멈추고 잠시 우리를 살필 정도로 다급하고 커다란 목소리였다. 세레나의 얼굴이 새빨개졌지만, 여전히 그녀의 손에는 내 팔이 붙잡혀 있었다. 알렉시스 에슈마르크도 부드럽게 웃으며 무슨 일이냐는 듯 고개를 기울였다. 그녀의 손에 붙잡혀 한 팔이 주르륵 끌려갔던 내가 의아한 표정으로 세레나를 바라보자, 그녀가 더듬거리며 어물거리다가 황급히 말했다.

"저, 제, 저, 제게 상단에 돌아가는 길에 정령을 보여 주시기로 하셨잖아요. 대공 각하와 함께 돌아가실 예정이신가요?"

이게 뭔 소리야. 내가 멍청히 그녀를 바라보며 의문 섞인 신음을 뱉어내는데, 세레나가 재빨리 다음 말을 덧붙이며 나를 질질 잡아끌었다.

"저는 상단에 가서 확인해야 할 장부가 있어 이만 자리를 비워야 할 것 같은데, 괜찮으시다면 제가 모시겠습니다. 저처럼 미천한 자에게는 흔치 않은 기회이니, 대공 각하, 외람되지만 오늘은 제가 부족하나마 백작님을 모시고 배웅해 드릴 수 있도록 해 주십시오."

아하. 나는 그때에야 세레나의 의도를 알아챘다. 내가 싫어하니까 빼돌려 주려는 듯했다. 과연 애는 착했다.

눈을 가늘게 뜨며 잠자코 웃었던 알렉시스 에슈마르크는 굳이 그 상황에 서까지 나를 잡아 세우지 않았고, 레이디들이 조심해서 돌아가기를 바란다는 상투적인 인사만을 덧붙였다. 나는 어색하게 웃어 보인 후 세레나가 잡아끄는 대로 따라갔다.

후작 부인에게 허가를 받고 레일리를 동반한 채 재빨리 살롱에서 빠져

나가는 내내, 세레나는 내 한쪽 팔을 붙잡아 안은 채 질질 끌어내고 있었다.

"음, 저기."

"헉."

내가 슬쩍 부르자 당황한 눈치로 휙 돌아봤던 세레나가 당장에 내 팔을 놓아주었다.

"죄송합니다. 곤란해 보이시고, 그, 그, 제가 감히 이런 말을 하면 안 되겠지만, 에슈마르크 대공 각하께는 여러……. 소문이 있어서."

"아아. 그런 건 아니었을 텐데, 그냥 그분은 좀 대하기가 어려워서. 고마워."

"마, 마음을 놓으시면 안 됩니다! 밤마다 여인을 끌어들이신다고 저희 같은 아랫것들에게마저 소문이 자자합니다. 백작님도 절대 긴장을 늦추지 마세요!"

"어, 응……."

이래서 사람이 평소 행실을 바르게 해야지. 일단은 인덕 넘치는 자만의 여유가 넘쳐흐르는 미소를 지으며 세레나의 머리를 쑤석쑤석 쓰다듬어 주었다.

"그런데 정말 그건 아니야. 아마 네 생각보다 조금 더 정치적인 문제라."

"그렇군요……. 저기, 제가 괜한 일을 한 것 같아요. 죄송해요."

내 대답을 들은 세레나가 대번에 풀이 죽었다. 나는 동그란 단발에 귀염성 있는 뺨과 순하게 처진 눈매를 지닌 세레나를 요모조모 뜯어보며 내 로맨스 여자 주인공의 끝내주는 사랑스러움에 스스로 감탄했다. 풀이 죽어 침울한 낯을 하고 고개를 숙인 모습을 보니 과연 한 번쯤 꽉 안아 주고 싶은 마음이 샘솟는 듯했다. 그야말로 귀여워해 주고 싶은 초식 동물의 느낌이었다.

세레나도 위로해 주고 감사도 표할 겸, 지금껏 답답하게 장식물을 걸고 있던 머리에서 장식부터 떼어 내며 회회 손사래를 쳤다.

"아냐, 아냐. 진짜 곤란했고 덕분에 빠져나왔다, 야. 그분은 영 대하기가 어렵거든. 고마워. 그런데 아마 네 말이 거짓말이라는 건 대공 각하도 눈치 채셨을 거야. 오히려 네가 곤란해질까 걱정이다."

"예?"

"얼마 전에 기억을 잃어서 지금은 정령술을 못 쓰거든. 대공 각하도 알고 계시고."

"앗, 그렇군요……."

세레나가 당혹스러운 표정을 지었다. 어물거리던 그녀가 끙 소리를 뱉으며 예쁘게 다듬은 단발을 마구잡이로 헝클었다.

"으아아, 은인이신 솔데인 님께 폐를 끼치면 어떡하죠?"

"뭐, 시비 걸지 않고 너그럽게 보내 준 거로 봐선 별로 개의치 않는 것 같고, 내가 피하고 싶어 한다는 건 그분도 알고 계시니 신경 안 쓰실 걸? 괜찮아, 괜찮아. 일 터지면 솔직하게 말해 버려. 그러면 그 앞뒤짝 막힘맨이야 당장에 정의롭게 나서 줄 테니까 도와달라고 해. 그땐 나도 도와줄게."

내 힘은 아니고 사라진 유리 옐레체니카가 쌓아 놓은 부와 권력과 황제 인맥이지만 알 게 뭐냐. 나는 생긋 웃으며 믿음직스럽게 말해 주고 세레나의 어깨를 두어 번 두드려 줬다. 하여간에 애는 착한데 말이야.

"마스터, 마차가 왔습니다. 탑승하시지요."

내가 세레나와 떠드는 사이 레일리는 손님들을 모셔 나가기 위해 대기 중이던 마차들 중 타고 가기 편한 것을 하나 알선해 왔다. 빠르게 오토마타 마부에게 값을 지불하고 마력석에 목적지를 입력해 넣기까지 했다.

우선 레일리에게 알겠다고 손을 흔들어 준 후 잠시 세레나를 일별했다. 세레나는 여전히 초롱초롱한 눈망울로 나를 바라보고 있었다. 사실 별로 가까이하고 싶지 않았던 애였고 여전히 그렇지만, 일단 오늘은 덕분에 에슈마르크 대공과 구구절절 떠드는 자리를 피할 수 있었고 곤란한 일도 회피했다.

아무리 상대가 내 캐릭터라지만 나야말로 최소한의 은혜도 모르는 인간은 될 수 없다. 세레나와 기분 좋게 이야기를 마치기까지 했으니, 여러모로 고마움의 표현 겸 호의를 드러내는 셈 치고 머리칼을 벅벅 헤집으며 먼저 제안했다.

"세레나, 마차 같이 타고 갈래? 시간도 늦었는데 혼자 가기는 좀 그렇지? 중간에 내려 줄게."

"아뇨. 사실 조만간 이 근처에서 인력 경매가 있을 예정이라 들러 봐야 해요. 직원들 몇 명이 데리러 오기로 했으니 신경 쓰지 마시고 먼저 가세요."

"그래? 그럼 나는 이만 먼저 갈게. 잘 지내."

"네, 백작님. 조심해서 가세요."

한번 사양을 들은 이상 더 권하는 취미는 없어서 즉시 돌아서려는데, 정말이지 달갑지 않은 목소리가 우리 사이를 비집고 툭 떨어졌다.

"아, 다행히 둘 다 아직 마차를 타지 못하고 있었군."

에슈마르크 대공이었다. 나는 슬그머니 돌리려던 얼굴 그대로 최대한의 복화술을 시도했다.

"세레나, 일단 타."

이 악물고 속삭인 말에 세레나가 재빨리 고개를 끄덕였다. 뻔히 거짓말을 했다는 사실을 아는 상대였다. 괜히 세레나가 그와 충돌하게 둘 이유는 없었다. 그녀는 눈치 빠르게 에슈마르크 대공과 더 부딪치지 않을 수 있는 장소를 찾아 마차로 다가갔다.

그런데 에슈마르크 대공이 딱히 세레나의 거짓말 때문에 기분이 상해서 우리를 쫓아 나온 것은 아닌 모양이었다. 알렉시스 에슈마르크는 성큼성큼 다가오더니, 내 옆에서 아주 못마땅한 얼굴로 싱글벙글 웃으며 그를 바라보는 레일리를 싹 무시한 채 덥석 내 손목을 붙잡았다.

대공의 손끝은 조금 서늘했다. 겉보기에 예쁘장하고 아름다운 얼굴을 지닌 것과는 별개로, 손만은 맞잡고 나니 명백히 남성의 것이었다. 마디가 굵고 긴 손가락이 단숨에 내 손을 감싸 쥐었다. 레일리의 눈썹이 비스듬히 꺾였다. 내 눈썹은 거의 역팔자가 되었다.

"저기, 각하?"

"잠시 기다려 보게. 그대에게 줄 선물이 있었는데 깜빡할 뻔해서."

"'선물' 말씀이십니까?"

높은 톤으로 반문하며 일단 손을 맡기는데, 그에게 붙잡혀 있던 손바닥 위로 돌연 싸늘하고 차가운 기운이 뱅뱅 회오리쳤다. 몸을 움츠리며 물러나려 했지만 알렉시스 에슈마르크는 내 손목을 잡고 있던 손에 조금 더 힘을 줄 뿐이었다. 으아악, 뭐 하는 거야. 암살이냐? 암살인 건가!

레일리에게 빨리 이 인간 좀 떼어 내 보라고 눈짓을 하려 했으나 어쩐지 레일리의 표정이 이상했다. 주인에게 접근해 다짜고짜 손목을 잡아챈 무뢰한, 혹은 빼내려는 손을 강제로 잡아채고 그 위에 반대쪽 손마저 덮어 꽉 쥐어 버리는 변태 스토커를 대하는 집사의 눈빛은 일단 아니었다.

아니, 애초에 집사라기에도 애매했다. 꼭 브라우에서 히트맨 노릇을 하던 인간이 고스란히 이 자리에 복장만 바꿔 입고 서 있는 듯했다. 나는 그런 것은 추호도 모르지만 유리의 몸은 초월자의 육신이다. 레일리의 경계 어린 시선은 물론, 그의 몸 주변으로 형성된 반사적인 방어의 기운이나, 첨예한 살기 따위가 스멀스멀 피어오르는 것까지 감지했다.

형형하고 날이 선, 그러나 적대적이거나 공격적이지 않은 관찰자의 시선이었다. 그는 묘한 기시감을 품은 채, 그저 말없이, 대공과 나의 맞잡은 손들을 바라보고 있었다. 내가 의아함을 토로하려는 순간 쩡, 새하얀 빛이 손 위로 터져 나왔다. 에슈마르크 대공이 덮고 있던 손의 아래, 내 손의 위였다.

윽 소리를 내며 눈을 감았다가 힘겹게 눈꺼풀을 들어 올렸다. 그의 손가락 사이사이로 파랗게 흔들리던 빛무리가 찬찬히 가라앉고 있었다. 내 손목을 붙잡고 있던 손에서 그때에야 힘이 빠져나갔다. 손을 감싸 쥐듯이 덮고 있던 반대쪽 손도 천천히 나를 놓아줬다.

그리고 내 손 위에는 푸른 드레스를 차려입은 손바닥 크기의 소녀가 멍하니 앉아 있었다.

"앗."

실물로 본 것은 처음이지만 묘사만은 nn번 읽고 nn번 해 보았다. 누가 어딜 어떻게 봐도 정령이었다.

색감이나 재질, 빛이 통과하는 반투명한 몸이나, 여러모로 생김새를 살폈을 때 아무래도 물의 정령 같았다. 멍하니 앉아 느긋하게 고개를 들어 올리던 푸른 은빛의 소녀와 뒤늦게 눈이 마주쳤다.

안녕. 내 이름은 뮤라.

"어, 안녕. 내 이름은……."

소리로 된 목소리라기보다는 머릿속에 웅웅 맴도는 것 같은 음성이었다. 당황한 나는 어물거리다가 뒤늦게 주변의 눈치를 살피고 유리 옐레체니카의 이름을 주섬주섬 뱉어 냈다. 물론 진짜 내 이름은 아니었다.

"유리."

유리?

정령이 눈을 가늘게 뜨며 이상하다는 듯 고개를 기울였다. 찔리는 구석이 있어서인지, 나는 정령의 그런 반응이 꼭, '유리'라는 이름이 내 본질을 담은 것은 아니지 않냐고 물으려는 것 같아 보였다.

그러나 정령은 다른 말을 꺼내는 일 없이 그저 물끄러미 나를 바라보더니, 이내 알겠다는 듯 대강 고개를 끄덕였다. 꼬마 소녀는 내 엄지손가락을 꼬옥 안아 쥐더니 그 끝에 부드럽게 입을 맞췄다. 손끝이 간질간질했다.

아무래도 좋아. 필요할 땐 내 이름을 불러.

그리고 정령은 단숨에 사라졌다.

……?

방금 뭐야? 이렇게 갑자기?

넋이 나가 있던 나는 텅 빈 손바닥 위만 빤히 바라보다가 알렉시스 에슈마르크의 얼굴을 한 번 살피고, 다시 시선을 내렸다가, 허어, 통탄 섞인 탄식을 뱉어 냈다.

"저기, 그러니까, 각하. 이게 뭘까요? 저 지금 뭘 한 거죠?"

"계약을 맺은 거지."

그럴 것 같다고 생각은 했지만 내가 묻는 건 좀 더 자세한 얘기란 말이다……. 매우 찝찝한 표정이 되어 텅 빈 손과 알렉시스 에슈마르크의 얼굴을 번갈아 살피자, 그가 부드럽게 미소 지으며 내 손목을 다시 붙잡아 올렸다.

"본래 정령과의 계약이란 소환부터 직접 하는 게 기본이지만, 가끔 초보 정령술사에게는 선배가 이런 식으로 정령을 선물하기도 한다네. 내부에 능력이 있기만 하다면 부리는 데에는 문제가 없으니까."

"왜……. 왜지요?"

"마법을 가르쳐 주고자 몇 번이고 찾아가고 불러 보았지만 백작이 마법을 다시 익힐 뜻이 별로 없는 것 같기에. 그렇다고 해서 물질적인 선물처럼 대뜸 쥐여 준 채 보낼 수 있는 것은 아니니 대신 정령을 주기로 했지. 정령 정도면 귀여운 벗 삼으면 그만이니 그대에게도 부담스럽지 않을 걸세."

"그러니까 왜……?"

"그대 생활이 조금 더 편안해지기를 바라는 마음에서 한 일이 되겠군."

유들유들하게 지껄인 대공이 붙잡아 들었던 내 손바닥에 고개를 기울여 깊게 키스했다. 손바닥이 간질간질했다. 나는 상황을 제대로 입력하지 못하고 망연히 그의 백금발만 바라보다가 급기야 입을 떡 벌렸다.

"왜?"

"적령기의 사내가 적령기의 여인에게 귀한 선물을 억지로 떠안기는 데에 달리 무슨 의미가 있겠나?"

알렉시스 에슈마르크가 보랏빛 눈을 부드럽게 접으며 뻔뻔하게 웃어 보였다.

"남모를 흠모의 뜻일세. 이런 말을 직접 입으로 내게 만들다니, 몰랐는데 그대에게도 짓궂은 면이 있군."

예, 일단 그거 정말 개소리군욥. 정말 이루 말할 수 없을 만치 무시무시하게 수상쩍었다.

아연히 대공의 얼굴 이모저모를 뜯어 살피다가 허어어, 기가 막힌 신음을 토해 냈다. 나는 주섬주섬 손을 뻗어 대공의 얼굴을 토닥토닥 만져 보는 무례한 일까지 멍하니 저질렀고, 그럼에도 답을 내리지 못한 채 혼란스럽게 그를 뚫어져라 들여다봐야 했다.

대공은 특유의 화려한 얼굴로 빙그레 미소를 짓더니 뒤늦게 내 손을 놓아줬다. 그리고 허공에 멍청히 떠 있던 내 반대쪽 손까지 잡아 쥐고 손등에 다정하게 키스를 남겼다.

"어쨌든 내 마음이 담긴 선물이니 자유롭게 쓰게."

자유롭게 썼다간 정체도 모를 꿍꿍이속에 휘말릴 것 같은데! 입술만 달싹이던 나는 한참이나 늦게 대답했다.

"저, 그, 뭐냐. 네. 일단 감사합니다."

"뒤의 윌리엄스 양은 내가 여러모로 부탁하고 싶은 남국의 과일이 있으니 조만간 들르지."

"아, 네!"

마차 앞에 서서 상황을 지켜보던 세레나도 넋이 나간 것 같은 태도로 한참 늦게 대답했다. 알렉시스 에슈마르크는 자신을 흉흉한 표정으로 생긋 웃으며 바라보는 레일리의 절까지 꾸벅 받아 내고야 성큼성큼 걸어 다른 마차를 잡아 먼저 가 버렸다.

"백작님……."

가출한 정신을 붙들기 위해 한참 동안 황망히 서 있는데, 돌연 세레나가 내 앞으로 다가왔다. 그런데 세레나의 태도가 어딘지 기이했다. 눈물이 그렁그렁한 보석 같은 청록색 눈동자가 가련한 사파이어처럼 반짝였고, 두 손을 꼭 모아 쥔 채 가슴 앞에 가져다 댄 그녀의 얼굴에는 살짝 홍조가 돌았다. 여느 때보다도 상기된 얼굴을 한 세레나가 황홀하게 뇌까렸다.

"꼭 로맨스 소설 주인공 같으셔요……. 너무 멋져……."

유감이지만 로맨스 소설의 주인공은 오히려 네 쪽이다. 나는 대번에 질색하는 표정을 짓고 말았다.

그리고 일단 문답무용으로 세레나부터 마차에 밀어 넣고 그녀가 일행들을 만날 수 있도록 중간까지 데리고 가다가, 거리에서 윌리엄스 농가의 직원들을 발견하고야 먼저 내려 주었다. 세레나가 내리자마자 레일리가 자연스럽게 마차 안에 올라탔다. 나름대로 손님이 있을 때는 마부석에 앉아 있는 편이었지만, 이제는 남들이 보는 앞에서 태연한 얼굴로 나랑 동석하는 것도 거리끼지 않게 된 모양이었다.

물론 당장 그의 방종함을 비난할 만한 심적 여유가 남아 있는 것은 아니었다. 나는 레일리가 그러든 말든 대충 무시했다. 알렉시스 에슈마르크의 이해할 수 없는 행동을 판별해 내느라 그에게 제대로 신경을 써 줄 겨를이 없었기 때문에 "타도 됩니까?", "응." 이후로는 제대로 된 반응을 돌려주지 않았다.

"마스터, 많이 놀라신 모양입니다. 가끔씩 정령을 꺼내시는 모습을 본 적이 있긴 하지만 에슈마르크 대공의 방식은 기존에 마스터가 사용하시던 것과는 사뭇 다르더군요."

"응."

마법을 가르쳐 주겠다고 자신의 저택으로 불러들이는 것은 물론 믿을 수 없는 제안이었고, 대단히 수상쩍었으므로 모르쇠 무시했다. 애초에 유리 옐레체니카에게 힘이 생긴다고 해서 에슈마르크 대공에게 이득이 되는 점은 없다.

하지만 마법이 안 되니 정령이라도 다시 다룰 수 있게 해 주겠다니, 어느 세계의 멋진 남자란 말이냐? 물론 알렉시스 에슈마르크의 얼굴 설정치만 살펴도 대강 견적이 나오는 그의 인성은 썩 멋지지 않을 것이 분명했다.

그렇다면 무슨 속셈이지?

"피곤하십니까?"

"응."

"이게 몇 개지요?"

"응."

유리 옐레체니카가 힘을 회복한다고 해서 알렉시스 에슈마르크에게 무슨 이득이 생긴단 말인가? 그것도, 기억마저 잃은 지금의 내가? 기억을 잃기 전이라면 지금의 내가 이해할 수 없는 모종의 일을 해 줄 수 있었을지도 모르니 그렇다 쳐도, 지금의 나에게 조력을 주는 이유는 대체 뭐란 말인가?

내가 힘을 가지고 에슈마르크 대공에게 협조할 일은 앞으로도 없을 것이며, 그게 무엇이 되었든 정작 나는 마법이니 정령이니 하는 것을 기억조차 못 하니 제대로 활용하기도 어렵다. 그 정도로 내 취향인 얼굴을 지닌 에슈마르크 대공이 그 정도도 추론하지 못할 정도로 멍청하다고는 생각하기 어려웠다.

"넋이 나가셨군요."

"응."

"키스라도 해 드릴까요."

"응."

"마스터께서 원하신다면, 언제든 그게 무엇이라도."

"응, 으, 응?"

덥석 짓눌린 입술 사이로 멍청한 신음이 새어 나갔다. 아차 하는 순간 레일리는 내 머리 뒤를 꽉 틀어쥐고 깊게 입을 맞췄다.

아, 아니, 이 독창적으로 미친놈이 또?

인마, 주인님은 지금 머릿속이 엄청나게 복잡해요! 너랑 놀아 줄 마음의 여유가 없다고!

내가 제대로 반응하지도 못하고 허어어, 이상한 감탄사를 흘리자 진득하게 키스하던 레일리가 뒤늦게 고개를 들었다. 그리고 내 두 손을 장갑 낀 손으로 슥 잡아 올리더니 각각 손바닥 안쪽과 손끝, 손등 곳곳에 차분히 입을 맞췄다.

"너 지금 뭐 하냐?"

"넋이 나가신 것 같기에 답습하며 소독해 드리고 있습니다."

"아, 맞다. 대공한테 키스 받았지."

"'아, 맞다'는 뭡니까?"

"지금 나를 번뇌하게 만드는 건 그깟 키스보다도 훨씬 거시적이고 절박한 문제거든?"

"무슨 생각을 하고 계셨는데 그러시지요?"

레일리가 태연히 물었다. 짧은 은빛 머리칼 아래로 푸른 보랏빛 눈동자가 비스듬히 기울어 나를 바라봤다. 입술 아래의 점이 빙그레 늘어트리는 입술을 따라 말려 올라갔다. 아주 기분이 나빠 보였지만 지금 당장은 내 관심사 밖이었다.

"알렉시스 에슈마르크를 캐자."

"하아?"

"좀 적극적으로. 가능하면 그의 사업과 직위와 관련된 부분부터 좀 털어야겠어."

적극적으로 할 만한 일이 생겼다. 인상을 찡그렸던 나는 결국 투덜거리듯 말했다.

"너무 신경이 쓰여서 안 되겠거든."

"알다가도 모를 말씀을 하십니다."

눈을 가늘게 떴던 레일리가 못마땅한 낯으로 입술을 비틀더니 내 두 손을 잡아 내리고 그대로 고개만 숙여 부드럽게 입을 맞췄다. 나는 그때에야 지금 이 자식이 넋 나간 주인님한테 무슨 파렴치한 짓을 하고 있는지 명백히 이해하고 인상을 팍 썼다.

"인간아, 안 떨어져?"

"키스 중에 다른 사람을 신경 써도 좋다고, 대체 누가 가르쳤습니까?"

"이 자식이 자꾸 장르를 위험하게 만들고 있어. 너는 넋 나간 사람한테 제멋대로 키스해도 좋다고 누구한테 배웠냐?"

"저는 누구에게도 배우지 않습니다. 제멋대로 살지요."

"당당하게 할 소리냐."

끝내주는 발언에 기겁하고 몸을 물리려다가 그대로 등받이에 머리를 박고 다정하게 키스당했다. 억눌린 숨을 뱉어 내는 순간 레일리가 사뭇 달콤하게 웃으며 고개를 기울이고 깊게 입을 맞췄다.

"에슈마르크 대공의 조사라면, 언제든 시작하지요. 분부대로 하겠습니다."

이 자식도 육감만은 짐승 수준인 만큼, 알렉시스 에슈마르크가 어지간히도 마음에 안 들었던 모양이다. 레일리의 기다렸다는 듯한 대답에 눈을 가늘게 떴지만, 일단 나로서도 환영할 말이니 고개를 끄덕끄덕 흔들고 키스부터 받아 줬다.

아무튼 할 일이 정해졌으니 고민은 잠시 접어 두고 고양이 같은 집사의 어리광을 잠깐 정도 받아 주는 것에는 문제가 없을 것이다. 물론 이놈 역시 이해할 수 없는 생각으로 똘똘 뭉친 놈이지만, 키스 정도야 괜찮겠지, 뭐. 기본적으로 미친놈이기는 해도, 내 민완 집사는 키스마저도 끝내주게 잘하는 미친 스펙의 소유자가 아니겠는가.

아, 내 캐릭터의 평균 인성은 정말 어째서 이 꼴인가. 내 소설 안쪽이다

보니 공교롭게도 죄다 내 취향의 쓰레기들이기는 했다. 이게 내가 직면한 현실만 아니었어도 딱 좋았을 텐데 말이다.

근데 내 현실이지. 후후, 검열 삭제 검열 삭제. 나는 그만 은은하게 미소 짓고 말았다. 역시 살짝 죽고 싶어졌다.

SIDE OUT: 세레나의 티타임 (1)

그 순간 무슨 일이 벌어진 건지는 아무도 즉시 깨닫지 못했다.

유리 옐레체니카의 평온하고도 여유롭던 얼굴이 어느 순간 한도 없이 일그러졌다. 새파란 빛을 발하던 결계가 거칠게 격동했다. 차갑고도 무시무시한 돌풍이 휘몰아치고, 어느 찰나 레일리 크라하가 누구보다도 빠르게 반응했다.

온갖 고함이 사방에서 뒤섞였다. 결계를 해제하기 위해서는 본래 넷 이상의 뛰어난 마법사가 균형을 맞춰야 했다. 그러나 뷔올에 그만한 마법을 다룰 수 있는 인물은 세레나를 포함해서 넷뿐이었다. 개중 세레나만은 미숙한 초보 정령술사에 불과했다.

마력의 구조를 미처 다루지 못하는 그녀로서는 그 일에 합류할 정도의 실력을 키우지 못했다. 결국 이리나 경과 에슈마르크 대공, 옐레체니카 백작 세 사람만이 결계를 해제하기 위해 빙 둘러섰다. 그 시점에서 이미 무리한 일이었다.

마력의 흐름에 어딘지 기이한 것이 뒤섞였다는 사실을 가장 먼저 알아차린 사람은 에슈마르크 대공이었다. 그의 안색이 급변하더니 돌연 고함을 질렀다.

"물러서, 유리!"

에슈마르크 대공이 그런 표정을 짓는 것을, 단언컨대 세레나 윌리엄스는 단 한 번도 목도한 일이 없다. 기억에 따르자면 그 전까지는 그들이 서로를 이름으로 부르는 모습조차 본 일이 없었다.

비틀거리던 유리 옐레체니카의 손가락이 우두둑 소리를 내며 꺾이고, 그녀의 등을 받친 레일리 크라하가 다급히 유리 옐레체니카의 손 위에 자신의 손을 얹었다. 새파란 번개의 힘이 그 안에 섞여 들었다. 그러나 그 순간 유리 옐레체니카가 검붉은 것을 토해 냈다.

빼빼 마른 가느다란 몸뚱이에서 어찌 그리 많은 것을 토해 내는지 알 수 없을 정도였다. 세레나 윌리엄스가 기겁하고 황태자 애셔가 다급히 그녀의 눈가를 가렸다. 유리 옐레체니카가 쉼 없이 토해 낸 것은 산산조각으로 뭉개진 내장이었다.

갈비뼈가 요란한 소리를 내며 툭 부러져 뒤틀려 나왔다. 마치 무언가 거대한 것에 짓눌린 사람처럼.

레일리 크라하가 뭐라고 다급히 말하는 소리가 들려왔다. 제대로 형체를 알아듣지는 못했다. 그의 손아귀에서 번져 나간 새파란 번갯불이 결계 전반으로 가득 번졌다.

써늘한 빛이 사방으로 휘몰아치는 가운데 세레나 윌리엄스는 제대로 서 있는 것조차 힘들었다. 애셔가 그녀의 어깨를 붙잡아 끌어들였고, 마이어 후작이 급히 검을 빼 들며 그들을 보호하듯 앞을 가로막고 섰다.

굉음과 뒤섞여 폭발이 터져 나왔다.

* * *

대마법사 유리 옐레체니카가 죽었다. 이리나 경도 혼수상태에 빠졌으며, 그들이 쓰러진 후 솔데인 마이어와 레일리 크라하가 알렉시스 에슈마르크와 협력해 대신 강대한 마력을 통제했다. 처음부터 끝까지 유일하게 버티며 가까스로 결계의 폭주만을 막은 알렉시스 에슈마르크도 결국 몸져누웠다.

그러나 그는 자신이 쓰러져 있는 사이에도 결계의 폭주와 관련된 사건을 조사해야 한다고 강력하게 주장했다. 그의 주장에 따르면 결계 내부에 이질적인 기운이 섞여 있었으며, 그것이 고의적으로 유리 옐레체니카를 공격했다는 것이었다. 솔데인 마이어가 직접 조사하겠다며 나섰으나 단서를 찾아내지는 못했다.

레일리 크라하는 사라졌다. 유리 옐레체니카가 죽은 바로 그날이었다.

그는 결계를 안정시키는 일에만 도움을 준 후, 품에 붙잡고 있던 유리 옐레체니카의 뭉개진 육신을 제대로 품어 안더니 싸늘한 얼굴로 그들을 일별했다. 달리 말을 나눈 것도 아니었다. 서늘한 보랏빛 눈동자가 아주 잠깐 세레나도 훑고 지나갔다. 그가 성큼성큼 걸었다. 기이한 마력의 파동만은 안정되었지만 함부로 들어갔다간 미궁에 사로잡히는 결계 안쪽으로.

무사히 돌아 나온 자가 드물다는 기이한 마법의 숲, 푸른 숲으로 멀어져 갔다.

* * *

"안녕, 세레나. 오랜만이군."

세레나 윌리엄스는 돌연 마법이라는 것이 무서워졌다. 더는 정령을 불러내지도 못하게 되었다. 내면에 깃든 두려움과 공포가 재능과 노력을 짓눌렀다. 반년 정도 방 안에만 틀어박혀 지내던 그녀는 푸른 숲의 사건으로 친분을 갖게 된 황태자 애셔의 덕으로 겨우 조금 회복했다.

후원자인 마이어 후작을 찾아가 제대로 사죄를 하고 일선에서 물러난 것도 회복한 후의 일이었다. 유리 옐레체니카가 죽은 이후 건강을 핑계로 요양을 떠났다. 늘 동경해 마지않던 인간이 처참하게 박살 나 죽어가는 것을 눈앞에서 목도했다. 실제로도 세레나 윌리엄스에게는 요양이 필요했다.

그러나 뷔올의 외곽, 아무도 찾아오지 않는 고요한 전원에, 결코 얼굴을 비칠 일 없으리라 여겼던 사람이 별안간 나타났다.

2년 만이었다.

왕관처럼 하얗게 휘도는 백금발과 우아한 보랏빛 눈동자가 빛을 등지고 세레나 윌리엄스를 돌아봤다. 만신창이로 난도질당한 반쪽 얼굴에도 불구하고 여전히 알렉시스 에슈마르크는 세레나가 아는 그 누구보다도 아름다웠다. 아니, 유리 옐레체니카를 제외한 그 누구보다도 아름다웠다고 해야 할 것이다.

한쪽 다리를 절게 되어 지팡이를 짚은 남자가 고상한 태도로 턱을 쳐들었다. 늘 그랬듯 부드럽게 웃는 낯이었다.

"알렉시스 님."

세레나의 목소리가 힘겹게 흔들렸다. 두어 걸음 물러서려던 그녀는 뒤늦게 이곳이 자신의 별장 안이라는 것을 상기했다. 아무것도 위험할 것이 없다. 떨림이 그때에야 조금 멎었다.

알렉시스 에슈마르크는 허가도 없이 침입한 타인의 저택에서 성큼성큼 걸어 소파에 앉으며 가볍게 손을 퉁겼다. 순식간에 벽난로에 불이 붙었다. 따끈한 차가 앓아서 끓기 시작했다. 사방의 전등이 우아하게 빛을 밝히고, 언제나 그랬듯 대단한 마법이 별것 아닌 일처럼 저택 안을 휩쓸었다.

"어쩐 일로……. 오셨나요?"

세레나 윌리엄스가 공포에 사로잡혀 물었다. 그는 그저 한 손을 들어 올려 세레나의 말을 멈춰 세우더니, 앞자리에 앉으라는 듯 가벼운 손짓을 했다.

주저하던 세레나가 다가가 마주 앉자, 에슈마르크 대공은 정복을 입은 손으로 느긋하게 깍지를 꼈다.

"어머니가 돌아가셨다. 이제 이 나라에 남은 마법사는 자네와 나 둘뿐이야."

"저는……. 저는 이제 마법을 쓸 수가 없습니다."

"그렇게 믿고 싶겠지."

알렉시스 에슈마르크가 웃었다.

"하지만 세레나, 재능이란 언제나 자비 없이 주인을 쫓지. 자네가 옐레체니카 백작을 만나고 그녀가 자네의 능력을 발굴한 이상, 그대 더는 마법사의 세계와 무관하게 살 수 없게 되었어."

"그, 그래서 왜 저를 찾아오셨죠……?"

두려움 섞인 목소리에 에슈마르크 대공이 희미하게 웃었다. 알렉시스 에슈마르크는 조금 지친 얼굴이었다. 이제 겨우 삼십 대인데 현저한 세월이 느껴지기도 했다. 이제 보니 난도질당했던 한쪽 눈에서부터 서서히 시력을 잃었는지, 지금 그의 눈은 양쪽 다 마력구로 만든 의안이었다.

세레나는 조금 오싹해졌다. 그날의 상흔이다.

"대륙 북부에서 기이한 일이 일어났다고 하는군. 반인들과 유사인족들에게 장착되어 있던 구속구가 일제히 파괴되었어. 그리고 단숨에 폭동으로 번졌네."

"저는 그런 무시무시한 일과는 관련 없습니다."

"구속구가 일제히 파괴될 때, 그 지방 전역을 푸른 돌풍이 휩쓸었다는군. 푸른……. 불길한 보랏빛을 띤 번개가."

그의 말은 단숨에 한 사람을 떠올리게 했다. 입술을 달싹였던 세레나가 다급히 입을 닫았다. 혼란스럽게 눈동자를 떨던 그녀가 두 손에 얼굴을 묻었다. 울음처럼 새어 나온 목소리가 가까스로 질문했다.

"그분이 왜?"

"알 수는 없지. 하지만 들려오는 소식에 의하면 제대로 된 이지는 사라진 것 같아. 본래 성가신 능력을 지닌 인물이기는 했지만 본능적으로 움직이는 행동 하나하나가 예측하기 어려운 계제를 품고 있다. 알다시피 그의 능력은 일반 기사들이 당해 낼 수 있는 성질을 지니지는 않았지. 마법사가 필요해."

'마법사'. 알렉시스 에슈마르크가 묘한 태도로 곱씹었다. 세레나 윌리엄스는 그 단어만을 듣고도 겁에 질렸다. 몸을 당기며 뒤로 물러나려던 그녀는 소파에 가로막혀 겨우 손잡이만 틀어쥐었다.

"싫어요."

그녀가 쉰 목소리로 말했다.

"싫다고 달아날 수 있는 일은 아닐세, 세레나. 자네도 그날 그 자리에 있었던 사람이니, 진지하게 고민해 보고. 혹 마법을 다시 되찾고 싶다면 내게 찾아오게."

알렉시스 에슈마르크는 자신이 할 말만 남긴 채 자리에서 일어섰다.

"그대가 늘 미숙했기에 지금까지는 보지 못했던 마법사의 세계를 새롭게 열어 줄 테니."

* * *

세레나 윌리엄스의 뺨과 몸을 타고 땀이 비처럼 쏟아졌다. 후드득 떨어져 내리는 땀방울에 시야도 흐릿했다. 어쩌면 울고 있는지도 몰랐다. 유리 님, 세레나 윌리엄스가 이 년 늦게 그녀의 이름을 입에 담았다. 그간 언급조차 피하고 있었다. 유리 님.

네 명이 해결해야 하는 결계 앞에 세 명이 섰다. 세레나 윌리엄스의 마음을 내내 괴롭히던 사실이다.

어쩌면 네 명이 제대로 서지 않았기 때문에 결계가 폭주해서 유리 옐레체니카가 희생된 것인지도 모른다. 에슈마르크 대공은 누군가가 고의적으로 그들이 끌어들이는 힘에 태워 마력의 컨트롤을 방해하는 수작질을 부렸다고 주장했지만 아무 증거도 나오지 않았다. 세레나가 그때 제대로 한 사람의 몫을 해내기만 했어도 유리 옐레체니카는 죽지 않았을 것이다.

그토록 아름답고 우아하던 사람이 단숨에 핏물 섞인 시신으로 변해 뭉개지고 녹아내렸다.

"유리 님."

세레나 윌리엄스가 울음을 토해 냈다. 시골 처녀 세레나 윌리엄스에게 새 삶을 열어 주고 단 한 번도 꿈조차 꿔 보지 못했던 세계를 알려 준 인간이 그날 그렇게 죽었다.

"유리 님, 죄송해요."

두서없이 반복된 고해가 몇 번인가 이어졌다. 그 죄악감 어린 말들이 세레나의 세계를 구성하는 부품처럼 겹겹이 쌓였다.

"죄송해요, 유리 님."

그녀는 여전히 마법이 무서웠다. 사실 처음부터 마법은 두려움의 영역에 있었다. 유리 옐레체니카에게서 처음으로 방법을 듣고 마력의 흐름을 경험해 보았던 날부터 무서웠다. 그 첫 순간 느꼈던 정체 모를 중압감이 무서워서 언제나 연습을 게을리했다. 제보다는 젯밥에 관심이 있는 사람처럼 굴었다.

연습이 없으니 발전이 느렸고, 개안하려던 눈은 억지로 다시 감았다. 그래서……. 그래서 유리 옐레체니카가 죽었다. 세레나는 그렇게 생각했다. 유리 옐레체니카 본인이 다루던 마법에 의해 내부에서부터 공격당해서, 뇌는 타들어 갔고 폐부는 찌그러졌으며 전신이 꺾였다.

마법이 무서웠다. 하지만 예전처럼 무서운 것을 회피하기만 해서는 또 누가 죽을지 알 수 없는 상황이 찾아오고야 말았다. 아무래도 상관없어. 그렇게 생각했다가도 돌연 그때까지 만났던 수많은 사람들의 얼굴을 상기했다.

그녀는 수도에 있을 때에 천한 신분이던 자신에게도 관대하게 대해 주고 후원까지 마다하지 않던 마이어 후작을 떠올렸다. 늘 부드럽게 웃으며 초보 정령술사의 서툰 정령을 돌봐 주고 이야기를 들어 주던 에슈마르크 대공을 떠올렸다. 처음으로 마법사의 세계에 떠밀어 주며 언젠가는 동등한 위치에 서서 너희 집안의 과일을 곁들인 티타임이라도 갖자고 말해 주던 옐레체니카 백작을 떠올렸다. 그 곁에서 늘 차분하고 유들유들한 얼굴로 사납게 웃었지만, 유리 옐레체니카에게만은 살뜰하게 많은 것을 챙겨 주던 집사 레일리 크라하를 떠올렸다.

언제고 지지가 되어 준 좋은 친구였지만, 사실 누구보다도 먼 곳에 있었던 이해자 애셔 황태자의 얼굴도 뒤따라 떠올랐다. 뷔올 북부에 사는 막내 여동생, 그 바로 아랫동네에서 일하고 있는 둘째 여동생. 부모님. 나고 자란 고향을 떠올렸다.

두려움이 앞섰지만 세레나 윌리엄스는 더는 물러날 곳이 없었다. 도망쳐 왔던 곳에서 과거의 잔재를 마주한 그녀가 하염없이 유리 옐레체니카의 이름과 울음을 섞어 토해 냈다.

유리 님.

뷔올에 살아남은 두 번째 마법사는 평화로운 전원의 산간 지방, 불 꺼진 저택 안에서 그날에야 깨어났다. 결국 그녀도 그날의 일에 사로잡혀 달아나지 못했다. 유리 옐레체니카의 죽음이 자신의 탓이라고 여겼기 때문에.

세레나 윌리엄스는 비로소 육중하고 아득한 마법사의 세계 위에 섰다. 누구도 잡아 세울 수 없는 곳이었다. 세상에 단 두 명, 알렉시스 에슈마르크와 유리 옐레체니카만이 일찍이 밟았던 땅.

세레나 윌리엄스가 근원을 보게 된 날이다.

7. 므라우의 까마귀, 레일리 크라하

인생이란 뭘까. 나는 온갖 회의감에 사로잡히고 말았다.

알렉시스 에슈마르크는 이유도 모르겠지만 질척거리며 정령을 선물했고, 자꾸만 유리 옐레체니카를 남몰래 사랑하기라도 했다는 양 수작을 걸고 있었다.

그가 그렇게 나온다고 신뢰할 수는 없다. 애초에 생긴 게 그렇게나 내 취향인데 제대로 된 인성을 보유하지는 않았으리라는 깊은 확신도 있었다.

그 작자가 준 정령을 믿고 사용할 수 없어 조금 알아보기까지 했다. 그런데 손 안에 정령을 소환해 주는 행위는 실제로도 선배 정령사가 후배에게 해 주는 일이라고 알려져 있었으며, 본디 정령이란 이름을 나누고 계약을 맺은 상대의 부탁만 들어주므로 정령이 나와 계약한 이상 알렉시스 에슈마르크의 눈과 귀가 될 염려도 없다.

그래서 알렉시스 에슈마르크에 대한 의심을 거두었느냐? 물론 아니다. 오히려 더더욱 수상해졌다.

유리 옐레체니카와 에슈마르크 대공 사이에는 어떤 교류도 없었다, 고 알려져 있다. 마이어 후작과 옐레체니카 백작이 그러했듯 주요 행사에서만 몇 번 마주치고 인사를 나눈 정도일 것이다, 라고 들었다. 늘 유리의 뒤에 그림자처럼 따라다니는 레일리조차도 알렉시스 에슈마르크의 갑작스러운 접근에 의아해하고 있다.

그 남자가 왜 갑자기 내게 접근하고 있단 말인가? 그것도 되도 않는 로맨스 소설 같은 대사를 쳐 대면서 말이다. 물론 알렉시스 에슈마르크는 로맨스 소설의 서브 남주가 맞지만, 본래대로라면 나와는 무관해야 할 일이었다.

따지자면 그가 왜 세레나한테 수작질을 걸지 않고 나한테 수작질을 걸고 있는지부터 오리무중이었다. 원작자인 내게는 혼란을 가중시킬 뿐이다.

더구나 그 살롱에서의 만남 이후 일주일도 지나지 않아, 나는 기이한 소문을 듣게 되고 말았다. 알렉시스 에슈마르크가 윌리엄스 농가의 수도 지부 지배인 세레나 윌리엄스에게 자신의 제자가 될 것을 제안했다. 그래, 제자 말이다.

마법과 정령술에 재능이 있으니 가르쳐 주겠다는 제안이었다. 시골에서 막 상경한 농가의 처녀 세레나 윌리엄스로서야 생전 꿈도 꿔 보지 못한 일이었을 테고, 그녀는 당연히 그의 제안을 감사히 받아들였다. 세레나 윌리엄스는 이제 명실상부 정령과 마법의 세계로 나아갈 것이다.

원작, ≪세레나의 티타임≫처럼.

아아악. 나는 머리를 쥐어뜯으며 괴로워했다. 유리 옐레체니카가 세레나에게 정령술을 가르쳐 주지 않으면 아무 문제도 없으리라고 여겼는데, 대체 왜 난데없이 이 나라의 가장 고귀한 혈통을 지닌 대마법사 알렉시스 에슈마르크가 난입했단 말인가?

그 인간은 왜 어울리지 않게 후학을 기르는 즐거움에 눈을 뜬 사람처럼 굴고 있단 말인가? 이대로 세레나 윌리엄스는 정말 정령술의 달인이 된단 말인가? 그래서 이야기는 《세레나의 티타임》대로 흘러가고, 내가 미리 설정해 뒀던 대로 유리 옐레체니카는 죽는 건가!

아! 쓰발! 유리 옐레체니카 같은 캐릭터는 좀 죽어 줘야 주인공을 각성 시킬 수 있다고 생각한 작가 녀석 반성해라! 물론 여전히 그렇게 생각하고 있지만!

아무튼 알렉시스 에슈마르크가 세레나에게 정령술을 가르쳐 주게 될지도 모른다는 경우의 수는, 정말이지 추호도 상상해 보지 못했다. 물론 세레나의 재능 정도야 그 역시 금세 알아봤을 것이다.

하지만 그에게는 굳이 그녀를 교육하고 가르칠 만한 이유가 없었다. 애초에 후학 양성과는 거리가 먼 인물이다. 그런데 왜 굳이 세레나를 제자로 들이겠다고 대대적으로 선언까지 했단 말인가? 아무리 생각해 봐도 모를 일이었다.

내가 미리 짜 두었던 《세레나의 티타임》의 예상 시나리오는 덕분에 전부 타는 쓰레기가 되었다. 그 모든 이야기는 내가 아는 정보에 맞춰 한 단계씩 스토리가 진행되리라는 가정을 상정해 두고 만든 시나리오였다. 즉, 세레나 윌리엄스가 정령술을 배우게 된다면 유리 옐레체니카야말로 그 원인이어야 한다는 가정하에 만들어진 이야기들이다. 알렉시스 에슈마르크가 세레나의 스승이 된 이상 이야기는 달라질 수밖에 없다.

그렇다면 내가 할 일은? 이 상황에 맞춰 새롭게 시나리오를 짜야 한다. 여러 가능성을 가정해야 한다. 하지만 그러기에는 '알렉시스 에슈마르크' 라는 캐릭터에 대해 세세히 알지 못한다. 대충 어떤 방식으로 떠들고 생각하고 사는 놈인지야 대강 감이 잡히지만, 실제로 어떤 삶을 살았고 어떤 일들을 겪은 인간인지는 알지 못한다. 그의 목적성과 방향성을 모른다면 행동을 유추할 수도 없다.

공개된 설정은 물론이요 미공개 설정까지 알아야 했다. 본래 캐릭터의 가장 근본적인 요소를 결정짓고 정의하는 것은 그 캐릭터의 비설이다. 남에게는 알려지지 않은 이야기. 함부로 떠들게 되지도 않을 법한 이야기들. 알렉시스 에슈마르크의 비밀 설정이 필요했다. 미래의 내가 ≪세레나의 티타임≫을 쓰며 짰을 법한 설정을 알아내야 한다는 것이다.

레일리는 내게 협력해 준다고 했지만, 사실 무엇부터 할지도 결정되지 않은 상황이었다. 어디에서부터 캐내면 좋을지도 감을 잡지 못했다. 세레나가 사교계에 데뷔했기 때문에 나는 사교계에 발길을 끊었다. 더는 그녀와 정도 이상으로 얽히지 않는 편이 낫다. 하지만 사교계에 발을 끊음으로 인해, 내 행동반경은 더없이 좁아졌다.

"성가신 인간이리라고는 생각합니다만, 왜 그에 대해 자세히 캐내려 드시는지는 모르겠군요."

오늘도 새벽같이 일어나 내가 좋아하는 윌리엄스 농가의 딸기를 슬그머니 사 온 레일리가 슬쩍 질문했다. 나는 레일리에게 돌려줄 수 있을 법한 적당한 변명거리를 달리 지니지 못했다. 곰곰이 깍지만 끼고 있다가 부드럽게 대꾸했다.

"신경 쓰여서."

뭐가 신경이 쓰이냐면 너무나 내 취향이어 버리는 그 얼굴과, 그로 인해 함께 너무나 내 취향이 되었을 것이 자명한 그의 인성과, 예쁜 인간 쓰레기를 사랑하는 내 취향이 스스로 신경 쓰여 견딜 수가 없다. 그런데 레일리가 어쩐지 조용해졌다.

슬그머니 고개를 들었다가, 아니나 다를까 몹시 못마땅한 얼굴로 싱글벙글 생글생글 웃고 있는 집사 놈과 눈이 마주쳤다. 저 자식 또 왜 저래. 그런데 레일리는 이번엔 자세하게 불만을 토로하지 않고, 담담히 찻잔만 내려놓으며 차분히 비꼬았다.

"마스터, 외람되나마 집사로서 한마디 조언을 드리자면."

"응?"

"좋아하는 사람이 생겼다고 사생활을 캐고 다니는 것은 일부분 범죄의 영역입니다."

"아, 글쎄 그런 거 아니라니까."

"신경이 쓰이는 게 무엇을 의미하는지도 모를 정도로 미숙한 인격임을 물론 모르지 않습니다만."

"아니라고."

날카롭게 대꾸하며 손에 들고 있던 포크로 막말하는 집사 녀석의 손등을 쿡 찍어 버렸다. 물론 이렇게 사람을 향해 포크를 휘두르거나, 사람 손을 찌르는 행위는 매우 많이 위험하고 안 좋은 짓이니까 어린이 여러분은 못난 어른을 따라 하지 맙시다.

아무튼 내 신경질에 의해 단숨에 손등을 찍혔던 레일리의 눈썹이 대번에 휙 꺾였고, 장갑 낀 손이 우악스럽게 턱을 잡아 올리더니 강제로 견과류들을 밀어 넣기 시작했다. 으아악. 어린이 여러분은 이런 짓도 따라 하지 맙시다.

결국 레일리에게 붙잡혀 평소 편식하던 견과류를 두 주먹이나 우걱우걱 씹어 먹은 내가 불퉁하게 턱을 괴고 책상을 탕탕 두드리기 시작하자, 그때에야 내 기분을 달래기 위한 달콤한 멜론이 대령되어 왔다.

"이것도 윌리엄스 농가 거냐."

"요 근래 마스터가 가장 신경을 쓰시는 세레나 윌리엄스가 본 농장에서 들여온 새로운 물품이지요. 과일을 개량해 안쪽의 과육이 분홍색입니다."

"뭐야, 신기하네."

"그러고 보니 그녀가 정령술에 재능을 보여 사교계에 데뷔했다는 이야기를 들으셨을 때도 반응이 수상하셨지요."

"집사 주제에 주인의 속내를 떠보려고 하지 말라. 어이, 집사. 멜론이나 먹기 좋게 잘라 봐."

하여간에 귀신같은 놈이었다. 나는 화제도 돌릴 겸 팔짱을 끼고 턱짓으로 레일리를 부려 먹었다. 아주 불유쾌한 표정을 짓기는 했지만, 결국 레일리는 잠자코 과일을 다듬어 먹기 좋게 내놓아 주었다.

"아무튼 말씀하신 대로 에슈마르크 대공에 대해 몇 가지 캐 보기는 했습니다."

"엥. 벌써?"

"일처리에 '벌써'라는 것은 없습니다. 주인의 명이 떨어진 순간부터 집사의 소임을 다했지요."

아무튼 내 집사의 일처리 솜씨 하나만은 알아줘야 했다. 상대가 상대인 만큼 대단한 정보를 캐낸 것은 아니겠지만, 최소한 어디부터 캐야 할지에 대한 단서는 잡아야 했다. 나는 레일리가 잘라 준 분홍색 멜론에 포크를 꽂으며 하나하나 질문하기 시작했다.

"수상한 점, 이상한 점은?"

"세간에 알려진 것 이상의 정보는 별달리 없었습니다만, 그저 한 가지, 마음에 걸리는 것은 에슈마르크 대공의 무역업입니다."

"그가 국제 외교 담당인 건 훤히 알려진 사실이잖아."

"개인적으로도 자회사를 하나 경영하고 있더군요. 무역을 중심으로 돌아가는 거대 상단입니다. 수도보다는 교외에 본 지부를 두고 연합국과의 교류를 주로 하는 모양입니다."

"흐음."

턱을 들어 올리며 눈을 가늘게 떴다가 책상을 손끝으로 툭툭 두드리며 시선을 깔았다. 실제로도 그런 방식으로 공권력을 휘두르며 착복하는 귀족 경영가가 적은 편은 아니었다.

뷔올은 그런 권력에 관대했다. 굳이 숨기지 않고 하는 치들도 적지 않았다. 자유 경제는 개뿔, 윌리엄스 농가의 경우엔 정말이지 극적으로 성공한 소상업자였고, 대부분의 성공한 기업체의 뒤에는 귀족이 있다. 애초에 전근대 사회인 것이다.

"딱히 드문 일은 아니라고 보는데. 물론 대공 같은 경우엔 황제의 눈치를 살피며 살고 있으니 굳이 그런 켕기는 일은 하지 않으리라고 생각했지만, 황제 자체가 그런 거에 관대하니 별로 상관이 없을 수도 있지."

"중요한 건 단순히 그가 경영하는 무역업이 존재한다는 점이 아닙니다. 소문에 따르자면 그 대부분의 인력을 유사인족과 반인으로 충당한다는 것 같습니다."

"귀족이 개인적으로 보유할 수 있는 유사인 노예의 수는 작위에 따라 다르지만 에슈마르크 대공의 경우 오십 명, 하지만 그런 거대 상단이 보유할 수 있는 유사인 노예의 숫자도 따로 있을 테니 합치면 몇백은 되겠군."

"그보다도 많다는 것 같더군요. 그리고 거대한 상단 부지 안쪽으로 들어간 유사인족들은 그 안에서 모든 숙식을 해결하고, 외부에 드나드는 일을 제한당합니다. 어차피 제대로 된 직원이 아니라 노예이니 별수 없는 일입니다만, 뒷골목에 도는 소문에 따르자면, 매일 새벽 뒷문으로 시체가 나온다는 이야기도 있더군요."

"시체?"

인상을 찡그리며 반문했다가 돌연 레일리와 눈이 마주쳤다. 그는 푸른 보랏빛이 도는 눈을 태연히 깔고는, 내 손에서 포크를 뺏어 쥐더니, 한쪽 무릎을 꿇고 자세를 낮춘 후 멜론을 직접 찍어서 내게 먹이기 시작했다. 나는 레일리가 과일을 먹일 때마다 넙죽넙죽 입을 벌리며, 책상 위를 뒤져 뷔올의 법제를 기록해 둔 문서를 찾아냈다.

보유 가능한 노예의 수와, 그 노예를 다룰 때 지켜야 하는 최소한의 규정이 적힌 책이었다. 노예의 등록 및 보유 과정은 전부 국가 공매를 거쳐 세금을 잔뜩 내고 행해야 하므로, 그렇게 자주 노예가 죽어 나간다면 여러모로 문제가 생겼을 것이 자명했다.

"그런데 넌 그런 건 어디에서 어떻게 알아 온 거야?"

"그렇게 나가는 시체를 어떻게 처리한다고 보십니까?"

레일리가 생긋 웃어 보였다.

"인간들이 꺼리는 일을 해야 하는 장소에는 어디에든지 제 동료가 있습니다. 뒷골목에서 하루 벌어 하루를 지내는 이들의 신뢰만 얻고 있다면 지저분한 정보는 언제든지 얻을 수 있지요."

"시체 처리반……. 어느 지역인데 네가 그 지역 뒷세계 주민들의 정보를 마음대로 얻어 낼 수 있단 말이야?"

"항구 도시 엘제바입니다. 뷔올에서 세 번째로 큰 항구이기도 하고, 뒷세계가 발전한 곳이기도 하지요. 물론 저는 그 도시에는 가 본 적도 없습니다만, 과거에 일을 해 주던 의뢰인 몇몇은 엘제바에 거점을 두고 있었지요. 므라우의 유민도 적잖이 그쪽으로 흘러들어 갔습니다."

내 입에 멜론 한 조각을 더 넣어 준 레일리가 포크를 내려놓았다. 그리고 내가 앉은 의자 양쪽의 손잡이를 붙잡더니 상체를 세우며 나를 밀어 뭉개듯이 부드럽게 키스했다.

"마스터를 모시고 있는 인간은 과거 그쪽 세계에 발 담았던 이라면 모르는 이가 없는 악명 높은 청부업자입니다. 더러운 정보라면 언제든 말씀만 하시지요."

"엘제바."

그가 입을 맞추든 말든 의자 깊숙한 곳에 등을 파묻고 있던 나는 뒤늦게 레일리의 얼굴을 밀어내며 심드렁히 곱씹었다. 손가락 끝에는 그의 타이가 걸려서 붙잡혀 있었다.

"야, 김레일리. 나랑 데이트 좀 하자."

레일리의 표정이 어딘지 기이해졌다.

"'데이트' 말씀이십니까?"

"수영복 챙겨. 가는 김에 바다도 좀 보고 오게."

"'수영복'은 또 뭡니까."

"그 뭐냐. 얇고 짧은 옷. 바다 들어갈 거야."

"그 지역의 바다는 폐수로 오염되어서 인간의 몸으로는 들어가지 않는 편이 낫습니다. 그런데 직접 엘제바에 가실 생각이십니까?"

"으, 젠장. 바다에는 못 가겠네. 아무튼 별수 있냐. 그런 철통같은 보안을 유지하는 상단이라면 조사하는 방법이 얼마나 있겠어?"

어깨를 주무르며 목을 꺾다가 일단 바로바로 확인하기 좋은 국가 노예 공매와 기본 법전, 유사인족과 반인에 대한 지침이 적힌 책들을 빠르게 챙겼다. 이 시점에서 취할 수 있는 방법으로 쉽고 빠르고 직선적인 것이 하나 있다. 간단한 일이었다.

"내 집사의 능력만 믿고, 남몰래 쳐들어간다."

내가 뭔가 위대한 계책이라도 낼 줄 알았는지 묘하게 기대 어린 눈빛으로 기다리던 레일리가 대단히 싫어하는 표정을 지었고, 이내 산뜻하게 웃어 보이며 남은 멜론을 내 입에 쑤셔 넣었다. 말은 안 했지만 이딴 걸 주인이라고 모시고 있다는 사실에 대한 자체적인 회의감, 덧대어 나를 바라보는 경멸과 한심함의 눈빛이었다.

물론 나는 뻔뻔한 얼굴로 멜론부터 씹어 삼켰고, 깔끔히 그를 무시하며 새끼손가락으로 귀나 후빈 후 훅 불어 내 버렸다. 늘 나를 한심하게 보는 김레일리가 새삼스럽게 조금 더 한심하게 보든지 말든지 내가 알 바 아니었다.

* * *

항구 도시 엘제바는 말하자면 이 나라의 스팀펑크적 발전의 이면에 위치한 도시였다. 사방에 즐비한 발전된 문명이 매일같이 내뿜는 증기와 오염된 폐수가 흘러 흘러 최서단 엘제바의 외곽까지 내려갔다.

뷔올의 수도, 나라의 이름을 따서 '뷔올' 그 자체로도 불리는 도읍지를 두고 '스팀펑크적 유토피아'를 구현해 놓은 세계관이라고 분류하자면, 엘제바는 그 반대였다. 극도로 발전한 스팀펑크로 인해 파생된, 일종의 디스토피아였다.

매연이 가득한 하늘 아래로 계속해서 비가 쏟아졌다. 뷔올의 수도는 유리 엘레체니카가 만든 정화탑으로 자체적인 정화 작업을 지속하고 있지만 엘제바까지는 그 힘이 닿지 않는다. 뷔올에서 몰아낸 매캐한 연기를 뒤집어쓴 엘제바에는 일 년 내내 어둠이 도사리고 있다.

모든 외곽 지역이 이런지 물었지만, 레일리는 엘제바가 특수한 경우라고 답해 주었다. 엘제바 쪽의 해양으로는 아직 마땅한 교류 국가가 발견되지 않았기 때문에 당장에 뒤탈이 없을 그쪽으로 모든 오물을 쏟아 내는 것이다. 다른 지역으로 가야 하는 오염 물질들도 마법의 힘과 거대한 정화탑을 이용해 엘제바를 비롯한 일부 해안지역으로 몰아내고 있었다.

비릿하고 역한 바닷물과 폐수의 냄새가 뒤섞여서 안개처럼 가라앉았다. 커다란 창고와 공장들이 즐비한 골목들 사이로 어렴풋한 사람 그림자가 간간이 비쳤다.

이동하는 내내 들은 간략한 설명에 따르면 엘제바의 주민은 크게 양극화되어 있다. 대량의 증기와 폐수, 산화물을 쏟아 내야 하는 거대 사업체들, 그리고 그렇게 발생한 산화물과 폐수를 이용해 새로운 것을 만들고 암시장에 팔아 연명하는 빈민가의 인간들이다.

마력의 찌꺼기가 뒤섞인 증기와 재에서는 기이한 화학 반응이 일어난다. 증기 기관으로 약간의 일차적인 화석 연료들을 태웠을 때 얻은 오물에 특정한 기름을 섞어 오래도록 썩히면 조금 다른 형식의 에너지를 발하게 만들 수 있다. 이 세계에서 사용하는 일종의 디젤기관들은 요컨대 그 오물을 연료로 삼고 있다.

실제로도 이 세계에서 가장 최초로 2차 화석 연료를 개발한 사람들은 쓰레기와 오물밖에 없던 도시의 주민들이었다. 인간다운 그 어떤 삶도,

문명도 허가되지 않은, 버림받은 자들의 어두운 땅.

므라우의 사람들은 황폐한 곳에 갇혀서도 어떻게든 살아남기 위해 쓰레기를 연료로 사용한 엔진을 개발했다. 증기 기관 혁명, 스팀펑크가 뷔올에서 시작되었다면, 엔진 혁명, 디젤펑크는 므라우에서 시작되었다고 할 수 있다. 그리고 그 원동력은 그 자체로 소외된 자들의 저력과 자산이 되었다.

그들이 자신만의 힘을 제대로 길러 내기 전에, 위협을 느낀 기존의 권력 세력은 므라우를 단숨에 쓸어버렸다. 그 사건이 므라우 토벌과 함께 이루어진 대대적인 반인 및 유사인족에 대한 '사냥'이었다.

그리고 그 학살에서 살아남은 자들은 뿔뿔이 흩어져, 마찬가지로 버림받은 땅, 정부의 관리가 미치지 않는 지역으로 깃들었다. 엘제바로 말할 것 같으면 아주 괜찮은 무법 지대였다. 이미 므라우가 있던 시절부터 청부업의 여러 연줄이 이쪽으로 이어졌다는 것 같으니까 말이다.

한창때의 므라우에 비할 바는 아니지만 엘제바도 그럭저럭 버림받은 자들의 땅이 된 셈이다. 엘제바의 빈민들은 지하의 하수도 곳곳에 터전을 마련했다. 분별없는 하수도 개발로 인해 그 구조가 미로처럼 복잡해졌고, 덕분에 도망자들이 숨어들기에도 좋았다. 근래에는 구 므라우 주민들이 하수도 주민의 대부분을 차지한다는 듯했다.

병든 땅의 가장 병든 곳에서 살아가니, 당연히 인간들도 병들었다. 대부분 신체 일부분이 녹아내리거나 내장이 망가졌다.

"미리 우산을 챙겨 오길 잘했군요."

나보다 먼저 마차에서 내리며 우산을 펼친 레일리가 내게 손을 내밀었다. 나는 레일리의 손을 붙잡고 즉시 그를 따라 내렸다. 다루는 법에 익숙해지기 위해 거의 매 시간 곁에 두고 다니는 정령도 종종걸음으로 내 어깨에 달라붙어 따라왔다.

어쨌든 아무리 레일리 크라하여도 그 티 나는 능력, 번개를 사용하지 않고 흔적을 남기지 않으며 내부를 샅샅이 뒤지고 나오는 것은 힘든 일이라고 판단한 모양이었다. 보다 안전한 작업을 위해서는 출입구만이라도 확실히 파악해 둘 필요가 있다. 그리고 그 일에 도움을 얻기 위해 구 므라우 출신의 하수도민을 찾아내기로 한 것이다.

시간으로 따지자면 대낮이지만 엘제바 전역은 어두컴컴했다. 레일리의 뒤를 따라 걸으며 주변을 두리번두리번 훑어보다가, 그의 한쪽 어깨가 기이한 푸른 무지갯빛을 반들반들 머금은 검은 비에 폭삭 젖은 것을 발견했다. 나는 즉시 그의 팔뚝을 툭 쳤다.

"너 어깨 젖잖아. 우산 똑바로 세워."

"종잇장 같은 마스터의 몸은 엘제바의 비를 맞았다간 즉시 쓰러지실 겁니다. 이전에 비를 맞고 쓰러지셨던 기억 안 나십니까."

"아차."

확실히 타당한 말이었다. 본래 내 몸이어도 비를 잘못 맞았다간 금세 감기에 걸리는데 유리 엘레체니카의 종잇장 같은 몸이라면 더할 말도 없다. 더구나 엘제바 지역에 내리는 비는 그냥 비도 아니다.

하지만 흘긋 레일리의 어깨를 살핀 나는 아파 오는 양심의 선언을 이겨내지 못했다. 흑흑흑흑. 아무리 생각해도 나는 너무나 착한 조물주임에 틀림없다.

"그……. 뭐냐, 우산 하나 더 안 챙겨 왔냐? 내 우산은 내가 들면 되는데."

"됐습니다."

레일리가 한 치의 동요도 없이 딱 잘라 거절했다. 결국 나는 슬그머니 손을 뻗어 레일리의 장갑 낀 손에 살짝 겹쳤다. 그리고 우산을 잡은 레일리의 손을 대강 감싸서 그쪽으로 밀어 기울였다. 대놓고 나에게로 기울어져 있던 우산을 살짝 제대로 돌린 것이다.

흘긋 나를 바라봤던 레일리가 보랏빛 눈을 부드럽게 접으며 생긋 웃었다. 그리고 가차 없이 힘으로 밀어붙여서 우산을 휙 내 쪽으로 밀어젖혔다. 순간 손목이 꺾일 뻔했다.

"야, 이 자식아, 마스터의 몸을 염려하는 자식이 이런 짓을 해도 되는 거냐?"

이를 드러내며 그의 발치를 걷어차다가 순간 중심을 잃어서 휘청거렸다. 한숨을 푹 내쉰 레일리는 결국 우산을 다른 손으로 바꿔 쥐고, 대신 내 어깨를 잡아끌었다. 당장에 그의 품에 끌려가서 어깨 근처에 몸을 파묻고 빼꼼 고개를 들었다. 레일리는 단정하게 세운 우산을 제대로 우리 머리 위로 끌고 왔다. 그가 비꼬는 투로 말했다.

"말끝마다 '냐', '냐'. 고양이가 아닌 인간다운 격식을 갖춘 말투를 쓰실 수는 없습니까?"

"그렇다, 김레일리 네 주인님은 사실 숨만 쉬어도 격식이 넘쳐흘러서 말투로라도 조금 덜어 내 주지 않으면 대하기 어려운 사람이 되어 버린다."

"말은 잘하시는군요."

뻔뻔하게 대답하자 레일리가 이번에도 상큼하게 웃으며 대단히 싫어했다. 사람이 태어나길 이렇게 태어나서 이렇게 살다가 돌연 귀족이 됐는데 이 이상으로 뭘 더 어쩌란 말이냐.

나는 어깨나 주무르다가 그의 팔 안에 확 끌어당겨진 채 슬쩍 레일리의 어깨를 확인했다. 이미 폭삭 젖어서 잘 알아보기는 힘들지만 어쨌든 아까보다는 상태가 괜찮아 보였다.

그럭저럭 내 양심도 덜 아프고 내 몸에게는 아주 좋은 상태가 되었으니 더는 신경 쓰지 않아도 될 듯했다. 머리칼을 벅벅 긁다가 당장에 중요한 다른 일로 화제를 돌렸다.

"확실한 출입구는 찾았냐?"

"있기는 합니다만 폐수 처리 시설을 통해 잠입하는 방식이 될 것 같습니다. 다만 신체에 유해한 영향이 올 수 있기 때문에 확인은 좀 해 봐야겠군요."

"만일 유해한 영향이 존재한다 치면, 돌파할 방법은 있고?"

"일전에 이야기를 듣기 위해 찾을 때 예전 동업자 중 한 명과 연락이 닿았습니다. 우선은 자세히 이야기를 듣고 사전 조사부터 할 예정입니다. 모시고 갈지, 안전한 곳에 두고 갈지에 대해서는 여러모로 고민해 봤습니다만, 역시 제 옆이 가장 안전합니다."

나를 데리고 성큼성큼 걸어 뒷골목의 복잡한 길로 접어든 레일리가 주변을 흘긋 살피며 천천히 둘러봤다. 아마 지하 수로로 통하는 길을 찾는 듯했다. 레일리도 정보는 접한 적이 있지만 실제로 엘제바에 와 보는 건 처음이라고 했던 만큼, 수월하게 바로 지하 수로로 들어가기는 어려웠다.

그나저나 나도 따라 들어가야 한단 말인가. 첫 번째로 거부 반응이 일어났고 두 번째로 납득했다. 굳이 레일리가 데리고 가겠다고 먼저 말하지 않았어도 따라서 들어가야 할 판이었다.

레일리는 내가 왜 알렉시스 에슈마르크를 캐려 하는지 모르고, 나는 레일리가 생각하는 것 이상으로 대공을 경계하고 있다. 레일리는 대수롭지 않게 넘길 정보여도 이 세계의 원작자인 내가 봤을 때는 대수로울 수 있는 것이다.

"위험하진 않을까?"

"마스터께서 걸리적거리시지만 않는다면 아무 문제없을 겁니다."

"그게, 나는 아마도 걸리적거릴 예정이라."

"곁에 붙여 두신 정령은 폼입니까?"

"비싸고 예쁘고 무용한 장식물 같은 거라고 할까악! 아! 농담이라고 뮤라! 악!"

당당하게 대답하다가 정령이 내 머리를 쫙 잡아당기는 바람에 비명을 내질러야 했다. 미안하다고 두어 번 거듭 사과하고야 정령이 불퉁한 얼굴로 나를 놓아줬다. 나는 죽는 소리를 내며 두피를 비비다가 손끝으로 정령을 얹어서 뺨 옆으로 들어 비벼 주며 짜증스레 덧붙였다.

"보다시피 아직 친해지는 과정이라."

"그럼 조금 더 친해지고 계셔야겠군요. 제가 먼저 확인하고 오는 동안은 안전한 곳에서 대기하시기 바랍니다. 최소한 마스터를 모시고 가려면 사전 조사는 필요합니다."

"들어가는 문은 찾았어?"

"물이 흐르는군요."

레일리가 대수롭지 않게 대꾸했다. 그의 말을 듣고야 고개를 들고 레일리가 보는 방향을 함께 쳐다봤다. 바닥에는 곳곳마다 물웅덩이들이 고여 있었는데, 그 표면에는 기묘한 보랏빛, 녹색의 무지개가 어렴풋이 맴돌고 있었다. 두꺼운 기름층이 막을 형성한 것처럼 묘한 띠를 그리고 있었던 것이다.

물에 휘발유를 쏟으면 애매하게 꺼림칙한 빛을 띠는 무지갯빛 막이 생기듯이, 엘제바 전역의 물웅덩이에는 예외 없이 기묘한 빛깔이 감돌았다. 전부 폐수였다. 그 불온해 보이는 빛깔의 기름막이 조금씩 일렁이며 물의 흐름을 알려 주었다.

이제 보니 과연 우리가 지금까지 걸어온 길은 물론이요, 주변의 길에 고인 물 역시 모두 한 방향으로 흘러가고 있었다. 물의 방향을 따라 성큼성큼 걷기 시작한 레일리가 오만한 태도로 턱짓을 했다.

"하지만 지하 수로로 통하는 길을 찾기 전에, 우선 처리해야 할 문제가 있군요. 엘제바에 진입한 순간부터 꼬리가 붙었습니다."

"출처는?"

"지하의 주민으로 판단되는 세력이 세 종류, 그리고 아마도 이 구역에 터전을 둔 권력자의 끄나풀로 보이는 세력이 두 종류입니다. 어느 쪽이든 마스터의 궁금증을 마음껏 해소하시려면 저들의 눈이 달갑지 않으시겠지요."

"달갑지 않지."

"이쪽 처마 안에 잠시 서 계시겠습니까. 혹시 모르니 우산은 들고 계시는 편이 좋겠습니다."

다정한 태도로 나를 한쪽 벽 아래에 밀어 넣은 레일리가 내게 우산을 쥐어 줬다. 나름대로 처마가 튀어나온 곳이었는데도 조금이라도 빗물을 맞을까 염려하는 듯했다.

그런데 내가 우산을 쥐고 있으면 레일리는 생으로 이 찝찝한 빗물을 맞아야 하는 게 아닌가?

미간을 좁히며 고개를 기웃거리다가 우산 손잡이를 제대로 받아 들고 손목을 조금 앞으로 세웠다. 나만을 씌우던 우산이 슬쩍 기울어져서 레일리까지 덮어 주었다. 괜한 양심의 통증 때문이었다.

하지만 내 호의가 무색하게도, 보랏빛 눈을 부드럽게 접었던 레일리는 우산의 대를 장갑 낀 손으로 꾹 밀어 다시 제대로 세워 준 후 거침없이 자신의 할 일을 하기 시작했다. 우산조차 없이 빗물을 뒤집어쓰며 주변에서 판판한 돌덩이들 몇 개를 주워 오더니, 내가 선 자리의 바로 옆에 쌓기 시작한 것이었다. 꼬리를 처리한다던 말과는 거리가 있는 행동이었다.

그의 은발은 순식간에 질척거리는 기름기와 찌꺼기, 재가 가득 섞인 탁한 물에 젖어 들었다. 영 마음에 걸려서 우산을 주춤주춤 흔들다가 조금 기울여서 그에게 다시 슬쩍 씌워 줬다. 머리라도 씌워 주려 하는데, 레일리가 다시 우산대를 쭉 밀어냈다.

"뭘 모르시는군요."

"내, 내가 뭐."

괜히 멋쩍게 어물거리는데, 레일리가 태연하고 당당한 얼굴로 한숨을 내쉬었다.

"마스터께서 가고 싶다고 줄곧 노래를 부르셨다 해서, 안전성도 확인 되시 않은 곳에 다짜고짜 끌고 올 막돼먹은 집사로 보이십니까?"

"일단 네 인품은 막돼먹은 게 맞지만, 듣고 보니 그건 맞아. 나를 다치게 하면 집사 자격 미달이지. 그래서 뭐, 믿는 구석이라도 있는 모양이다?"

"비가 오는 곳은 그게 어디든지 레일리 크라하의 땅입니다. 오염된 땅이라면 더더욱 그렇지요. 애초에 어떤 물질이든 므라우에서 나고 자란 저를 위협하기는 어렵습니다."

차분히 말한 그는 돌들을 적당히 쌓아서 바닥에 줄줄 흐르는 물로부터 한 뼘 이상 높게 단을 올린 후, 바닥에 푹 손을 박아 벽돌 하나를 생으로 끄집어내 마지막으로 위에 얹었다. 그러고는 품을 뒤져 얇은 천 조각 같은 것을 꺼내 툭툭 펼치더니 그 위에 사뿐히 얹었다.

"그건 뭐야?"

"특수 처리까지 마친 고무입니다. 비가 많이 오는 지역이고, 지하 수로를 이용할 예정이니 혹시 몰라 몇 장 챙겨 두었습니다."

"고무는 갑자기 왜?"

"이 위에 올라가 계십시오."

거기까지 듣고 나니 과연 알 만했다.

재빨리 상황을 파악한 나는 즉시 치맛단을 잡아 올리고 고무 깔린 벽돌 위로 올라섰다. 벽에 딱 붙어서 선 탓에 우산이 조금 앞으로 기울었다. 검은 빗물에 젖은 레일리의 은발이 섬세한 얼굴 위로 후드득 늘어졌다. 그가 말끔하게 웃었다.

"청소를 하는 동안 섬기는 자의 발끝에 먼지라도 묻으면 집사로서의 크나큰 실책 아니겠습니까."

그리고 네가 비 오는 날 이런 지형에서 능력을 쓰고 내가 한 걸음이라도 이 벽돌 위를 벗어났다간 나는 당장에 감전되겠지.

나는 집사의 깊은 뜻을 다 이해하는 조물주의 자애롭고도 싱그러운 미소를 머금으며 고무 위에 꼿꼿하게 섰다. 내가 고무 위에 얌전히 선 것을 확인하고야 레일리가 몸을 세웠다. 시퍼런 스파크가 어지럽게 일렁이기 시작할 때, 그가 가뿐히 통보했다.

"잠시 지저분한 주변을 정리하고 오지요, 마스터."

* * *

물론 레일리가 주변을 청소하든 어쩌든 내가 나설 일은 없었다. 솔직히 말해 긴장감조차 없었다. 나는 빵빵한 유리 옐레체니카의 마력만 믿고 하루 종일 소환해 곁에 붙여 놓고 다니는 정령이나 만지작거리며 레일리가 꼬리를 청소하기만을 기다렸다.

지금 붙은 꼬리가 알렉시스 에슈마르크의 꼬리일지, 아니면 외부인을 경 계하는 엘제바의 주민들일지는 알 수 없는 일이었다. 레일리가 정보 조금 캐내자고 자비를 베풀 위인 같지도 않았다.

온 사방에 요란한 번개가 휘몰아치다가 금세 잠잠해지고야, 훌쩍 길 한가운데로 내려앉은 레일리가 아무 일도 없었다는 듯 여상한 얼굴로 집사복을 훌훌 털어 냈다.

당연히 빈손일 줄 알았는데, 뜻밖에도 장갑 낀 손아귀에는 축 늘어진 사람 한 명이 붙들려 있었다. 귀에는 요란한 비늘이 돋아 있었고, 귀걸이 형태의 구속구가 귓불에 꽂혀 반짝였다.

"반인이네."

"대부분 그렇더군요. 어디에서 온 놈들인지는 아직 모릅니다."

"너 그런데 마음 놓고 번개 쓰더라. 네가 흉수라는 흔적이 남지 않을까?"

"이 지방은 본래 번개가 자주 칩니다. 아무튼 마침 안내를 해 주겠다고 찾아왔으니, 알렉시스 에슈마르크의 사업에 대해 아는 게 없는지 조금 캐 묻고 오겠습니다. 썩 보기 좋은 장면은 아닐 테니 지붕 위쪽에서 하고 오 지요."

"구속구 달려 있는데 어차피 별달리 말은 못 하지 않겠냐. 그거 근처의 신경이랑 이어져서 뇌까지 전달 물질을 보낸다고 알고 있는데."

나름대로 이 세계관의 기본 설정을 줄줄 읊으며 의문을 제기했는데, 레 일리는 만신창이로 화상을 입은 정보원의 멱살을 툭툭 흔들다가 대수롭지 않게 손을 내렸다. 그리고 순식간에 꽝 하는 폭음이 터져 나왔다. 비명은 그 다음이었다.

레일리는 태연히 귀와 함께 뜯어 낸 구속구를 바닥에 내던지더니 나한테 멀끔히 턱짓을 했다. 그의 손아귀에는 고통으로 꿈틀거리는 피투성이의 사람이 여전히 들려 있었다. 나도 모르게 얼굴에서 핏기가 싹 빠지는 듯한 느낌이 들었다. 별로 보고 싶지 않았던 장면을 실시간으로 눈앞에서 목격하고 만 탓이었다.

그러니까, 구속구가 피부 아래의 신경들과 연계되어 있고 전달 물질을 언제든 쏘아 보낼 수 있으니 그 주변의 살과 근육까지 단번에 제거해 주겠다는 모종의 친절함인 거냐.

내 새끼 인성 수준이 정말이지 아름답군.

"다녀오지요."

"응, 그래. 시발 알아서 해라, 쓰레기야."

"시키셔서 충실하게 일했습니다만 또 뭐가 그렇게 불통하십니까?"

"우리 집사가 사람 귀를 아무렇지도 않게 뜯어내는 인간쓰레기라는 점에 새삼스럽게 깜짝 놀랐을 뿐이다. 아무튼 하고 와."

화해 손을 내저은 후 레일리가 마련해 주었던 발판 위에 쪼그리고 앉았다. 레일리가 얼마나 무자비한 고문을 가하든 말든 사실 내가 알 바는 아니었다. 애초에 따지자면 눈앞에서 4D쯤으로 보고 있으려니 꺼려질 뿐이지, 본래 판타지 소설이란 얘도 죽고 쟤도 죽고 걔는 죽느니만 못한 비참한 인생을 살게 되는 이야기 아니던가.

캐릭터 한둘 고문하고 죽어 나가든 말든 그런 것보다도 나는 나 자신의 현실을 걱정해야 했다. 알렉시스 에슈마르크에 대해 조사하는 것도 좋고, 레일리가 정보를 알아 온 것도 좋다. 문제는……. 그 모든 정보에 석연치 않은 점이 없느냐 하면 그건 아니라는 점이었다. 레일리 크라하가 알아낼 정도의 정보.

레일리 크라하는 본래 므라우의 까마귀라고 불리며 뒷세계의 온갖 더러운 일을 도맡아 하던 히트맨이었다. 므라우가 지도에서 사라지던 날, 구속구를 장착당하다가 달아나기를 반복했고, 구속구에 의한 반작용에도 불구하고 그를 사려는 이들마다 물어뜯다가 결국 유리 옐레체니카의 손에 의해 거두어지고야 잠잠해졌다.

여전히 세상 곳곳에 억눌린 채 살아가는 반인이나 유사인족들에게 있어 레일리 크라하는 그 존재 자체로 영웅 같은 상징물이었다. 그러니 레일리가 얻어 낸 정보의 신뢰도는 높다. 그가 어지간한 고위 귀족보다도 발 넓고 정확한 정보망을 지니고 있다는 것도 사실이다.

그러나 여전히 석연치 않은 점이 있다.

일단 무턱대고 엘제바에 오긴 했는데, 사실 마음에 걸리는 점이 없는 것은 아니었다. 시체를 빼돌리는 통로가 존재할뿐더러, 그 통로를 통해 뻔질나게 시체가 흘러나오는 중이고, 인근에서는 계속해서 노예가 실종되고 있다. 실종되는 만큼 새롭게 충당되기도 할 것이다. 그렇다면 그것은 그 자체만으로도 충분히 고위 계급의 시선을 끌 만한 요소였다. 적어도 근방의 고위 귀족들은 대충 기묘함을 느끼고 있었으리라.

그럼에도 불구하고 권력에 의심이 많고 주변을 믿지 못하는 황제가 알렉시스 에슈마르크의 수상한 짓에 대해 일말의 조사도 하지 않았다. 바로 이 지점이 수상쩍다는 것이다.

황제는 정말로 이 사실을 모를까? 단지 알렉시스 에슈마르크에게서 모든 권위를 뺏고 마음을 놓고 있는 걸까? 사실 황제만은 아직 만나 본 일이 없어서 그의 캐릭터성을 명확하게 판단하기가 어려웠다.

황제가 상황과 타이밍을 재고 있거나 이 정도 돈 놀음은 관습적으로 눈감아 주고 있는지도 모르지만, 달리 해석하자면 그의 눈을 가릴 정도의 힘을 이미 알렉시스 에슈마르크가 손에 넣은 것인지도 모른다. 그만한 사병이나 권력, 혹은 엘제바 자치 권력과의 연계라든가……

하지만 묘하군. 알렉시스 에슈마르크가 권력에의 욕심이 있는 캐릭터 인가? 그건 역시 조금 애매했다.

권력은 그런 인물상의 종착역이 될 수 없다. 알렉시스 에슈마르크 같은 타입은 차라리 권력보다는 사랑에 자기 목숨 말고 남의 목숨과 세상의 존망을 거는 타입이었다. 권력은 목적이라기보다는 과정. 그렇다면 그가 권력을 손에 넣고 나서 하려는 일이 무엇이지?

"생각보다 재미있는 이야기가 나왔군요."

생각에 빠져 있는데 대뜸 눈앞으로 레일리의 얼굴이 불쑥 끼어들었다. 깜짝 놀라서 몸을 뒤로 젖히다가 벽에 머리를 박고 악 소리를 내며 쫙 미끄러졌다. 아래에 고여 있던 물에 빠질 뻔한 내 몸을 휙 잡아채 들어 올린 레일리가 인상을 찡그렸다.

"빗물이야 계속해서 흐르고 퍼지는 중이니 거의 본래의 상태로 돌아온 것 같긴 합니다만, 아직은 그렇게까지 안전하다고 볼 수 없습니다. 빠지지 않도록 조심하십시오."

"까, 깜짝야. 갑자기 얼굴 들이밀지 마라, 좀. 꽃다운 나이에 빗길 위로 미끄러져서 뒈지는 줄."

"그래서 제 탓이라는 겁니까. 마스터의 주의력 없는 행동거지를 제 탓으로 돌리지 마십시오."

"주인을 제대로 챙기지 못하고 놀라게 만든 집사 탓이지."

"말을 말겠습니다."

생긋 웃은 레일리가 나를 제대로 고쳐 안았다.

"저를 잡으실 요량이면 장갑부터 낀 후 잡으십시오."

온갖 금속을 용광로에 던져 넣은 듯한 빛깔이 괴이하게 녹아내린 액체를 여전히 뒤집어쓴 채, 그가 속삭였다. 나는 권고를 받아들여 장갑부터 낀 후 우산을 고쳐 쥐어 레일리의 어깨 너머로 팔을 둘렀다.

"그나저나 재밌는 얘기가 나왔다니, 뭔데?"

"놀랍게도 우리 뒤에 따라붙었던 자들은 감시역이나 파수꾼이 아닌, '경호원'입니다. 고용된 자들이죠."

"'경호원'?"

"이 지방에 방문한 고위 인사를 발견하면 호위 및 감시를 하도록 메커니즘이 짜여 있는 모양입니다만……. 상시 대기인지, 우리가 저들의 근무 때에 하필이면 시기를 맞춰 온 건지는 알기 어렵군요. 해치워 버렸으니 일단 빨리 지하 수로로 들어가지요. 날뛴 흔적을 없애 버린 후, 다시 잠입하는 편이 좋겠습니다."

"잠깐만. 고위 인사를 발견하면 호위를 한다고? 왜?"

"비상식적으로 많은 노예의 수급, 자주 죽어 나오는 시체, 고위 인사들의 빈번한 방문. 이 정도면 감이 오셔야 하는 것 아닙니까? 제 주인의 지성 수준을 의심하게 만들지 마십시오."

"아, 거, 사사건건 복장 긁네."

이를 드러내며 날카롭게 쏘아붙였지만, 레일리가 짚어 준 요소만 차례대로 나열하고 보니 과연 아무래도 무언가가 보이는 듯했다. 하지만 그렇게 되면 이야기는 또 다른 국면을 맞이하게 되는 셈이다. 나는 머리칼을 벅벅 헤집었다.

"노예 경매인가."

머릿속에 떠오른 유일한 가설을 한 단어로 모아 뇌까리자 레일리가 묵묵히 고개를 기울였다. 표정을 보아하니 그럭저럭 정답인 모양이었다.

구두를 신은 발을 바닥에 툭툭 두드리며 바닥 재질의 경도를 확인한 레일리가 나를 품에 안은 채 자세를 숙였다. 그리고 당장에 달리기 시작했다. 나는 빗방울을 피하기 위해 우산의 대를 휙 낮춰 잡고 조금 기울여서 들었다. 결국 나도 레일리의 의견에 동의했다.

"초대장 가진 놈 하나 털어서 대신 잠입하자."

"그러려고 지하로 들어가 흔적을 지우겠다는 것 아닙니까. 기존의 계획과

달리 지하에서 미리 탈출구를 확보해 둔 후, 정문으로 잠입하겠습니다. 마스터의 외모는 너무 눈에 띄니 신분을 감출 물건들도 지하에서 확보해야겠습니다."

정말로 엘제바에서 노예 경매가 이루어지고 있다면, 그건 생각보다 심각한 문제로 이어진다.

뷔올의 모든 반인, 유사인족 노예 수급은 국가를 중심으로 이루어진다. 국가에 신고되어 관리를 받는 노예들만이 귀족가에 공급될 수 있다. 국가 차원의 공매를 통해 노예를 등록하는 것만이 허가되어 있기 때문에, 노예를 사고팔고 들이는 다른 모든 방법은 결국 불법적인 경로였다.

유일한 예외는 길들여지지 않는 야수 므라우의 까마귀를 전속으로 삼은 유리 옐레체니카뿐이었지만, 아무래도 경우가 특수했다. 레일리 크라하 같은 놈을 경매장에 올렸다가는 손님들의 안위조차 보장할 수 없기 마련이고, 애초에 유리 옐레체니카가 직접 구출해 온 놈이므로 황제가 따로 노예 승인을 해 준 것이다.

국가에서 노예 사업을 주관하는 이유는 반인과 유사인족이 지닌 힘이 지나치게 강대하여, 그 구체적인 거취와 머릿수를 확실하게 조사하고 관리할 필요성을 느꼈기 때문이다.

유사인족과 반인, 인간이 지니지 못한 능력을 지닌 기이한 자들은 그 존재 자체로 강력하고 패도적인 병력이 된다. 실제로도 ≪세레나의 티타임≫에서 레일리 크라하가 대륙을 말아먹을 세기의 빌런이 되는 것도 그 덕일 것이다.

레일리야 워낙에 악명 높은 놈이기는 하지만, 아무리 그라고 해도 혼자서는 대륙을 상대로 효율적인 깽판을 놓기가 어렵다. 기본적으로 인외 종족을 상대할 수 있는 마법사는 한정되어 있는 소수에 불과하기 때문에, 결국은 얼마나 많은 유사인족과 반인을 보유하고 있느냐에 따라 전력이 갈리기 마련이었다. ≪세레나의 티타임≫에서 세기말의 악당으로 돌아온 레일리 크라하 역시 유사인족과 반인들을 몰고 다니며 깽판을 일으켰을 것이다.

물론 노예 사업을 국가에서 집중적으로 관리하는 이유가 병력 문제 때문만은 아니다. 누구나 갖고 싶어 하는 아름답고 강인한 노예들을 사고파는 업무를 국가에서 주관한다면 그것만으로도 충분한 재력을 충당할 수 있다.

즉, 형제 중에서 알렉시스 에슈마르크만을 살려 놓았던 비정한 황제가 만일 이 사태를 알았다면 마냥 눈감아 주고 있지는 않았으리라는 결론에 종착한다.

알렉시스 에슈마르크는 황제의 정권에 정면으로 도전하고 있다. 이런 도시에 정기적으로 고위 인사들이 찾아올 정도라면 규모가 작은 경매도 아닐 것이고 알 만한 인사는 전부 연줄이 닿아 있다고 봐야 했다. 그러면 그 자체로 일종의 과시처럼 작용할 수 있다.

요컨대 황제의 눈을 속일 수 있다는 점. 그의 등 바로 아래에 앉아 황제의 권위를 짓밟는다는 일 자체로.

상징적인 반역이 된다.

오, 과연 드디어 내 자캐의 인성 자랑이 시작되려는 모양이었다. 그리고 알렉시스 에슈마르크의 인성이 형성된 방식이라든가 과정, 그가 실제로 하고 있는 일과 방향성 등을 파악하면 그 캐릭터에 대해서도 조금 더 자세히 알 수 있을 것이다.

자세히 알게 되면, 나는 그를 '판단'할 수 있다. 그리고 판단한 결과 그냥 두지 않는 편이 낫다면 약점을 잡아 휘두를 수 있어야 했다. 어차피 내 캐릭터니까 조건만 충족되면 그 이후에는 문제없었다.

그 순간 여태까지 빠르게 내달리던 레일리가 좌르륵 바닥을 긁으며 미끄러졌다. 새카만 집사복이 요란하게 풀럭였다. 거대한 창살로 물이 콸콸 소리를 내며 쏟아지고 있는 하수구의 바로 앞이었다. 그리고 바닥의 돌을 가가각 긁어내며 급제동을 건 그가 단숨에 한 다리를 들어 창살을 짓밟듯이 걸어찼다.

꽝! 요란한 폭음을 터트리며 창살이 크게 흔들리는 순간 그의 발에서 시작된 새파란 전류가 창살의 날을 타고 좌르륵 번져 주변의 구조물까지 콰르릉 울렸다. 쩡, 하늘에서도 그의 힘에 반응해 거대한 천둥이 울리기 시작했다.

"유독한 가스가 흐를 겁니다. 마스크 쓰십시오."

레일리가 지나가는 투로 툭 뱉어 냈다. 나는 즉시 품 안을 뒤졌고, 레일리는 나를 기다려 주지 않은 채 몸을 회전시키며 이번엔 반대쪽 발로 창살을 밀어내듯이 내리찍었다. 쩌정-! 새까만 구두를 신은 발이 쇠창살을 들이박는 순간 요란한 소리와 함께 창살이 뜯겨 나갔다.

다급히 마스크를 눌러 쓰고 얼굴에 딱 맞게 부착시켜 주는 마력구를 작동시키는 순간, 머리 위로 암흑이 흘렀다. 레일리가 나를 품에 안은 채 거대한 지하 수로 안으로 냅다 뛰어든 것이었다.

콰르르, 폭풍우라도 치는 듯한 소리를 내며 오염된 폐수가 저 아래로 떨어져 내리고 있었다. 고막에 멍이라도 들 것 같았다. 하수구 안의 거대한 그림자가 머리 위로 드리웠다. 여태 펼치고 있던 우산이 휘청 흔들렸다가 바람을 받으며 위로 꺾여 나가기 시작했다.

나는 레일리의 목 너머로 감고 있던 손을 들어 가까스로 우산을 접었고, 레일리도 당장에 쇠파이프 하나를 박살 내며 걷어차고 추락하는 속도를 줄였다.

그리고 우리는 거대한 폐수의 폭포를 따라 지하 수로의 가장 깊숙한 곳으로 떨어져 내리기 시작했다.

* * *

엘제바의 지하 수로는 상상했던 것 이상으로 컸다. 땅 위에 드러난 도시보다도 땅 아래에 파고든 사람들의 주거 환경이 더 복잡하고 체계적이었다. 거대한 사각형의 건물들로 기계처럼 구획을 나눈 상부의 도시를 생각하자면, 도리어 지하가 훨씬 사람 사는 곳 같았다.

지하의 주민들은 버려진 물품들과 마력구들을 연결해 이 구역에서 사용할 수 있는 물품들을 만들었다. 그 과정에서 때로는 실패도 했을 것이다. 그 잔해들이 여전히 곳곳에 굴러다니고 있었다. 레일리는 나를 안고 뛰어든 상태 그대로 성큼성큼 걷기 시작했다. 혹시 모르니 나를 바닥에 내려놓을 생각은 없는 것 같았다.

구석구석 빠져나온 거대한 파이프들 안쪽에서 새파란 안광을 빛내는 사람 그림자가 간간이 비쳤다. 어디선가 수군거리는 소리가 물 흐르는 소리에 파묻혀 웅웅 되울렸다. 처음엔 몇몇 패거리가 만화에나 나올 법한 대사를 치며 얼굴을 내밀었지만, 레일리의 얼굴을 물끄러미 바라보다가 금세 잘 지내다 가시라며 정중하게 길 안내까지 해 준 후 저 안쪽으로 슬그머니 자취를 감추었다.

"'가진 거 다 내놔'라는 문장 육성으로 처음 들어 봤어."

"그러시겠지요."

심드렁히 대꾸한 레일리는 조금 더 걷다가 바닥에서 무언가를 발견하고야 허리를 숙여 그것을 주워 들었다. 나를 한 팔로 훌쩍 들어 올리고도 팔에 큰 무리는 없는 듯했다.

"유리 옐레체니카란 언제나 보기만 해도 부유한 삶을 살았던 인간 같았습니다. 예전에 어찌 사셨는지는 모르겠지만 그때도 어지간한 귀족보다는 풍족하게 사셨으리라 여기고 있습니다. 은연중에 묻어나는 태도가 그렇지요. 어디까지나 제멋대로에 주변이 어떻게 박살 나든 개의치 않으신다는 점도 그랬습니다. 제멋대로에 무신경하다는 점은 마스터께도 해당하겠군요."

그래서 유리 옐레체니카는 대체 어떤 인간인 거냐. 미간을 좁혔다가 팔다리를 휘적휘적 흔들며 자세를 고치고 주변을 자세히 둘러봤다.

"나도 유리의 예전 삶은 모른다만 아무튼 끝내주는 패기의 소유자였던 것 같긴 해. 너야말로 대체 예전에 어떻게 살았기에 다들 얼굴만 보다가 눈 비비고 돌아가?"

"뭘 또 굳이 묻고 그러십니까? 아주 개판이었습니다."

이끼 끼고 녹이 슬어 어두컴컴한 수로 안쪽으로 괴상하게 반짝이는 녹색 벌레들이 가득했다. 벌레에서부터 새어 나오는 희미한 빛만이 수로 안쪽을 희미하게 밝혔다. 수로를 점검하기 위한 주된 경로를 따라 푸른 발광구들이 붙어 희미한 경로로 깜박였다.

주워 올린 거대한 황금 동전을 휙 뒤집어 살핀 레일리가 근처의 벽을 유심히 훑어보다가 반대편으로 훌쩍 건너뛰었다.

"말씀하신 표현 그대로 '끝내주는' 인간이었죠."

구석에 늘어져 있는 쇠줄을 툭툭 건드리던 그가 개중 하나를 휙 잡아당기더니 끝에 황금 동전을 매달았다. 단숨에 튀어 오른 황금 동전은 쇠줄과 함께 덜컹덜컹 소리를 내며 위쪽으로 끌려 올라갔다. 물끄러미 그것을 바라보던 내가 인상을 찡그렸다.

"뭘 한 거야?"

"예전 동료에게 제가 왔다고 알린 겁니다. 이건 브라우에서 지내던 시절부터 사용되던 소식 전달 방식이지요. 혹시나 해서 찾아봤더니 여전히 쓰는군요."

"오, 그럼 네 옛 동료랑 만나는 건가."

"아뇨. 보통은 서로 얼굴 볼 일이 없게 만듭니다. 동전은 간단한 도움을 청하는 표식입니다. 적당한 변장에 필요한 도구, 신분을 속일 장치, 이 경우에는 일찌감치 구조를 물어봤던 만큼 미로 도시의 지도도 챙겨줄 수 있을 겁니다. 개중에서도 황금 동전은 그 도구들이 지목하는 방향성을 의미하죠. 이 경우엔, 우리 계획에 따라 누군가를 대신할 수 있을 정도의 암시를 지니게 됩니다만."

"부유함."

"맞습니다."

건성으로 대답해 준 후 벽 아래쪽의 곳곳을 구두코로 툭툭 차 보던 레일리가 어느 한 곳을 꽝 소리 나게 걷어찼다. 그 순간 파이프의 한 구석이 움푹 파이더니 안쪽에서 금속끼리 마찰하는 듯한 땅땅 소리가 몇 번 간격을 두고 울렸다. 곰곰이 소리를 듣고 있던 레일리는 소리가 멎고야 다시 걷기 시작했다.

나로서는 도통 따라잡기 힘든 그들만의 세계였다. 김레일리는 과거 얼마나 쓰레기같이 살았는가? 지금도 이렇게 쓰레기인데.

역시 내가 미처 설정하지 않은 부분까지 폭발하고 만 세계관을 볼 때마다 기분이 이상해지고 마는 것이다. 물론 설정하지 않은 곳까지 폭발해서 잔해조차 남지 않은 내 캐릭터의 인성 역시 난감하기는 마찬가지였다. 나는 살이 두어 개 꺾인 우산을 한 손에 흔들다가 레일리의 어깨에 턱을 괴었다.

그 후부터는 일사천리였다. 우리는 암호로 알게 된 장소에 가서 가발과 옷가지들을 받았고, 시체와 오물을 쏟아 내는 하수 처리 시설부터 확인했다. 레일리의 옛 동료라는 조력자는 알뜰하게 이것저것을 챙겨 주었다. 나로서는 얼굴도 본 적이 없는데 아무튼 고마운 일이었다.

수로에서 필요한 물품을 얻고, 다시 지상으로 돌아온 우리는 우선 엘제바를 벗어난 것처럼 보이도록 흔적을 정리했다. 그 후 엘제바 인근에 잠복해서 오가는 사람들을 살피다가 적당한 대부호를 하나 골라냈다. 주변을 감시하고 경호하는 꼬리들부터 하나씩 처리한 후 마지막으로 마차를 턴 것이다.

결과적으로 남의 마차에 평온하게 자리를 잡고 앉아 잠입 준비를 하며 조력자에 대한 보답은 어떻게 할지 레일리에게 물었지만, 그는 재미있다는 듯 코웃음을 쳤을 뿐 딱히 보답을 해 줄 생각은 없어 보였다.

"보답의 보답이 왜 필요하겠습니까."

"빚이라도 지워 됐냐."

"대충 그런 게 되겠군요."

"어떤 은혜인데?"

"표적이 같았을 때 양보한 일이 있습니다. 꽤 큰 작업이었지요. 어차피 저는 벌 만큼 벌었고 명성도 알릴 만큼 알렸으니 별로 절박하지도 않았습니다. 사회에서 배척받은 인간이 살아남는 법은 이쪽으로라도 이름을 알리는 것뿐이니, 그것으로 은혜가 되는 셈입니다."

"헤에."

마차 안에 있던 놈들은 유리가 만든 약으로 재워 두고 그 일행으로 가장해서 변장을 했다. 내 머리에 검은 가발을 꼼꼼하게 씌워 주던 레일리가 인상을 찡그렸다.

"자세히 아실 필요는 없습니다."

"어. 자세히 안 궁금해."

느와르는 2D로 충분했다. 퉁명스럽게 대꾸하자 레일리가 방실방실 웃으며 보랏빛 눈을 접었다. 그 와중에도 다른 장갑으로 바꿔 낀 손으로는 내 턱을 잡아 올리고 화장을 고쳐 주고 있었다.

"정말 무성의하시군요. 아랫것에게 최소한의 관심은 두셔야 할 것 아닙니까?"

"너도 상관하지 말라며. 애초에 내가 내 집사의 번거롭고 포악한 과거사까지 일일이 궁금해해야 하냐?"

"'번거롭고 포악한'? 유감스러운 말씀을 하십니다."

"므라우의 까마귀님이 동네 새 떼 먹이 주며 보살피는 자선가는 아니었을 것 아니야. 됐어, 됐어. 알고 싶지도 않아."

나는 훼훼 손사래를 치며 사양했다. 내 말을 듣고 대꾸 대신 그저 못마땅한 얼굴로 생긋 웃어 보인 레일리는 옷가지까지 말끔하게 정돈해 준 후,

이런 불법적인 경매에 으레 딸려 오는 화려한 가면을 얼굴에 씌워 줬다.

레일리 역시 귀족이나 부호 행세를 해야 하므로 집사복 대신 적당한 정장을 입은 상태였다. 집사복이 아닌 화려한 옷을 입은 레일리 크라하는 처음 보는 셈이었는데, 꼼꼼히 레일리의 얼굴을 살피던 나는 다시 미적지근한 감탄사를 뱉어 냈다.

"아싸, 미남 최고. 인성이 개판인 놈이지만 그나마 눈이라도 즐거워서 다행이다."

"그런 무례하고 경망스러운 생각은 굳이 혀 위에 올리지 마시고 생각까지만 해 주시겠습니까? 평균적인 품위의 유지에 상당한 지장이 생기는군요."

"평균 수준 네가 올리든가."

"집사에게 하는 귀족의 발언이라고는 믿기 어렵습니다만."

빈정대듯 대꾸한 레일리는 내 차림새를 전부 손봐 준 후에야 본인도 온갖 장식이 번쩍거리는 화려한 가면을 썼다. 그 후 잠시 정지해 놨던 마차의 마력구를 다시 가동시켰다. 우리가 다시 목적지를 입력할 필요도 없이, 본래 예정되었던 경로를 따라 마차가 움직이기 시작했다.

여러모로 순조로웠다. 마차의 원래 주인에게서 뺏어 온 초대장을 내밀고 뻔뻔히 안에 들어선 우리는 친절하게도 안내를 받아 깊숙한 곳까지 도달했다. 레일리의 손을 붙잡고 마차에서 내려서부터는 깊숙한 지하로 뱅글뱅글 돌아 내려가야 했다.

그리고 어느 순간 거대한 지하 정원이 나타났다. 엘제바의 오염된 환경에서 보리라고는 상상조차 못 해 본 호화롭고 웅장한 정원이었다.

내가 질린 얼굴로 싫은 소리를 내든 말든 레일리는 내 어깨를 잡아끌어 자기 쪽으로 끌어당겼다. 안내인은 여기까지 우리를 안내해 온 것으로 일을 끝냈는지, 정중하게 절을 하며 다시 입구 앞에 섰다. 새 손님을 맞으려는 듯한 눈치였다.

"시작까지는 아직 시간이 남았으니 정원에서 시간을 보내시지요. 혹 필요하신 것이 있으시다면 곳곳에 걸려 있는 종을 울려 주십시오."

안내인이 마지막으로 부드럽게 말했다. 레일리는 대답을 주는 대신 손짓을 해서 그를 돌려보내고, 나를 붙잡은 채 성큼성큼 걸어서 정원 안쪽으로 들어가기 시작했다.

그가 내 손바닥에 한 글자씩 말을 적었다. 어렵게 알아봤지만 주변에 도청 장치와 영상 기록구들이 있다는 것 같았다. 어쨌든 알렉시스 에슈마르크의 공간인 만큼 정령은 마력의 흐름을 끊는 상자 안에 담아서 품에 넣어 뒀는데 아무래도 선견지명이었던 듯했다.

"시작할 때까지 어쩔까?"

내가 던지듯이 묻자 그가 나를 붙잡지 않은 손을 툭툭 튕기기 시작했다. 순간 파직 소리와 함께 높은 천장에서 무언가가 깨져 나갔다. 우리가 걸어가는 길 내내 무언가가 부서지는 소리가 퍽퍽 뒤따랐다. 짐작건대 더 강한 힘으로 마력 장치들을 박살 내고 있는 듯했다. 나는 레일리가 이제 됐다고 말하기만을 기다리며 그의 팔을 붙잡고 있다가, 한참 후에야 손을 놓을 수 있었다.

정원의 감시 장치가 전부 파괴되었음을 확인받고 정령을 꺼냈다. 괜히 소환을 하고 어쩌고 하며 마력의 파동을 일으키는 것보다는 상자로 봉인해 두었다가 꺼내는 편이 안전했다.

상자 뚜껑을 열어 정령을 풀어 준 후 곳곳을 쏘다니게 해서 다른 곳으로 통하는 길이 있는지부터 확인했다. 이런 일에는 정령을 쓰는 것이 가장 편리했다. 우리는 정원 구석에 자리를 잡고 앉아서 정령이 돌아오기만을 기다렸다.

결과적으로 정령이 발견한 것은 들어온 문, 아마 경매장으로 향하는 듯한 거대하고 복작복작한 문, 그리고 세 개의 숨겨진 문이었다. 숨겨진 통로들은 굳이 깊숙하게 살피고 오지 않은 모양이었다.

잘했다고 정령의 머리 위를 검지로 꾹꾹 눌러 주다가 레일리를 붙잡고 일어섰다. 아무튼 우리가 경매만 하자고 온 것은 아니었다. 뭐라도 좋으니 알렉시스 에슈마르크를 캐자고 온 것이다. 즉, 직접 이곳저곳을 쏘다닐 필요가 있었다.

　안내인에게서 얻은 정보에 따르면 경매가 시작되기까지는 한 시간가량이 남았으니 그사이 곳곳을 확인해 볼 수 있을 듯했다. 뮤라가 물어 온 정보에 따르면 대부분의 경비는 경매 시간에 맞춰 경매장 근처로 집중된다는 것 같으니 더더욱 일석이조였다.

　물론 상층부까지 꼼꼼히 들쑤실 정도로는 시간이 남지 않았으니 바로 근처의 관련 사무실들부터 훑기로 했다. 유사인족과 반인을 노예로 팔아 치우는 경매에 대한 증거 자료라도 얻으면 단숨에 알렉시스 에슈마르크의 약점이 된다. 우리는 기척을 살피다가 주변에 사람이 없을 때를 틈타 숨겨진 문들을 하나씩 열어 조사하기 시작했다.

　하나는 경매에 나갈 노예들이 갇혀 있는 지하로 이어졌고, 하나는 거물급 손님들을 대접하는 귀빈실이었다. 유감스럽지만 잡혀 있는 노예들에게까지 신경을 써 줄 정도의 여유가 없었다. 우리는 최종적으로 마지막 세 번째 문이 있는 쪽으로 향했다. 아니나 다를까 관리자들이 머무르는 곳이었다. 바깥으로 이어진 통로는 마땅히 없어 보였는데, 처음에 들어온 문으로 나가서 다시 지상으로 돌아가야 하는 구조인 듯했다.

　사무실 문 앞에서 뮤라를 슬그머니 들여보내 정찰을 한 후 인원과 위치를 파악했다. 시체라도 발견됐다간 경매도 엉망이 되고 단숨에 보안 수준이 높아질 테니, 죽이지 않고 묶어 두든가 티가 나지 않게 처리할 필요가 있었다. 그리고 '티가 나지 않게'라는 것은 레일리 크라하와 친하지 않은 단어이기도 했다.

　본래 지닌 힘이 번개였기 때문에 달리 숨길 방법을 찾기는 했지만, 그마저도 은사를 이용한 난도질에 가까우니 흔적이 남지 않을 수가 없다.

4D보다도 실감 나는 환경에서 직접 보고 싶은 전투 방식은 더더욱 아니었다.

혹시 몰라 권총을 들고 오긴 했지만 요란한 소리가 나니 그마저도 어려웠다. 이 세계에는 아직 소음기까진 등장하지 못했고, 비슷한 효과를 내는 마법 장치는 전부 알렉시스 에슈마르크의 특허로 철저하게 관리되는 중이어서 티 나지 않게 구할 수가 없었다.

레일리가 뻔뻔하게 말했다.

"현역 시절부터 못나 보이는 것에는 재능이 없었지요."

"그러셨겠지."

"워낙 잘나서."

"미쳤나 봐."

"그래서 어떻게 할까요? 움직임을 제압해서 묶어 두는 일 정도는 은사로 충분히 해결할 수 있습니다."

"일단 그렇게 해. 입을 막아 놓을 만한 걸 찾기 전엔 내가 뮤라한테 시켜서 물로라도 소리를 막아 둘 테니까."

손바닥 위에 앉아 있던 뮤라가 알았다는 듯 고개를 끄덕였다. 정령은 생각보다 사람의 말을 잘 알아들었다. 나는 예쁘다 예쁘다 하며 뮤라를 열심히 칭찬해 주었다. 물의 정령이니까 잘만 다루면 여러모로 활용도가 높을 것 같긴 한데, 지금 당장 마땅히 생각나는 것은 대단치 않았다. 물 채찍을 휘두르거나 가두거나 물속에서 숨을 쉬거나……

정령의 힘이 어디까지 가능케 만드는지도 아직은 모호했다. 상상할 수 있는 범위와 실현 가능한 범위는 역시 다를 것이다. 물의 정령이 관장할 수 있는 '물'은 어느 정도란 말인가? 상상할 수 있는 모든 것이 가능하다면 내가 이 세계의 창조자인 이상 가장 유리해야 옳은데 말이다.

그렇다고 해서 굳이 내가 직접 모험을 하고 실험해 볼 생각도 들지 않았다. 바로 옆에 튼튼하고 잘 싸우는 집사가 있는데 뭐가 문제란 말인가.

인생은 편하게 사는 것이 장땡이다.

그리고 실제로도 그 집사가 열심히 일해서 사람들을 한 명씩 제압하고 다니는 사이 뮤라에게 모든 일을 맡겨 둔 나는 책상 근처를 뒤지는 일에 열중했다. 자잘한 서류들은 많았지만 한눈에 불법적인 면모를 싹 드러내고 심각성을 알려 줄 법한 중요한 서류는 마땅치 않았다.

뮤라에 의해 입을 틀어막힌 채 코로만 씩씩 숨을 뱉어 내던 인간들이 하나둘 캐비닛 안에 밀려들어 가고 있었다. 그런데 그들을 캐비닛 안에 차곡차곡 쌓아 둔 후 물끄러미 바라보던 레일리가 고개를 기웃거리며 말했다.

"끙끙거리는 소리가 바깥에 새어 나갈 것 같다는 점이 문제군요."

"뭐 어쩌겠냐. 방법도 없고."

"방법이 왜 없습니까. 아무튼 찾고 계십시오. 이쪽은 제가 처리하겠습니다."

"그려."

건성으로 대답하고 깊숙한 서랍들까지 뒤지고 있는데 돌연 핑 하는 소리와 함께 뭔지 모를 액체가 바닥에 쏟아지는 소리가 뒤따랐다. 별생각 없이 고개를 들었다가 황급히 다시 내렸다. 으아악.

으아아악.

"미친놈아, 뭐 하는 거야!"

"성대를 잘라 내고 있습니다. 개의치 마십시오."

"아아아아, 으아아아. 시발 진짜 뭐 하는 거야, 미친. 그걸 어떻게 개의치 않냐. 아, 쓰바 하지 말라고."

내가 물론 영화로 따지면 B급 영화 폭력 영화 느와르 영화 공포 영화 가리지 않고 다 잘 보긴 하는데, 이렇게까지 현실적인 것에는 면역이 없단 말이다, 면역이.

아무리 엑스트라나 조연급의 캐릭터들 몇에 해당하는 이야기라지만 눈앞에서 직접 보는 건 얘기가 달랐다. 속이 메스꺼웠다.

"하지 마, 하지 마. 하더라도 나는 나가고 해."

책상 아래에 엎어져서 바닥을 주먹으로 쾅쾅 내리치며 항의하다가 핼쑥한 얼굴로 머리를 박았다. 작업을 멈추긴 했는지 주변이 조금 잠잠해졌다. 그때에야 책상 위로 고개를 빼꼼 내밀었다가 뺨에 튄 핏물을 슥 닦아 내던 레일리와 눈이 마주쳤다. 보랏빛 눈이 어렴풋이 일그러졌다.

나를 물끄러미 바라보던 레일리가 인상을 찡그리더니 결국 손을 거두었다. 이미 성대가 잘려 버린 남자만을 캐비닛 안에 마구잡이로 던져 넣은 그가 조용히 한숨을 뱉으며 문을 닫았다. 그러고는 별로 동요하지 않은 듯한 태도로 차분히 말했다.

"시간이 조금 남았으니 지하 정원까지 모셔다 드리고 다시 오겠습니다. 혼자 돌아가시는 건 위험하니까요."

"아, 됐네요. 바쁘니까 시간 낭비하지 말자. 내가 혼자 간다. 정령도 있고, 만일 걸리면 그냥 길 잃었으니까 데려다 달라고 하지, 뭐."

"소득은 있으십니까?"

"별로. 경매 시작하면 그때 다시 틈 봐서 빠져나와야 할 것 같아. 위쪽을 뒤져야 좀 건더기가 있는 걸 얻을 듯싶은데. 어쨌든 그 사람 소유의 땅인 만큼 전용 사무실이나 서재라도 있다고 했으니까, 알맹이가 있다면 거기에 있겠지."

일단 지금 찾은 것들부터 작은 가방에 쑤셔 넣은 후 발딱 일어나서 문으로 슬금슬금 다가갔다. 레일리의 발치에 흥건하게 고인 핏자국을 보지 않으려고 애를 쓰면서 문고리에 손을 얹는데, 그가 다시 캐비닛 문을 열면서 태연히 물었다.

"정말 혼자 가실 수 있으십니까?"

"예아."

머리칼을 벅벅 긁으며 문을 휙 열어젖히고 바깥으로 나선 후에야 빼꼼 얼굴만 밀어 넣고 다시 말했다.

"아무튼 뒤탈 없게 처리하고 와."

"알겠습니다."

레일리의 확답을 들어 낸 후 문을 닫고 돌아서는데, 갑자기 무언가에 거칠게 머리를 붙잡았다.

꽝-! 요란한 소음이 들린 것은 그 직후의 일이었다. 온몸을 적시는 격렬한 통증은 마지막에야 찾아왔다. 정신을 차리고 보니 나는 복도의 제일 끝까지 나동그라져 있었고, 가발은 훌렁 벗겨져 문 앞에 떨어진 채였다. 눈앞이 어찔했다. 오, 미친, 뭔 상황이야.

미처 정신을 차리기도 전에 커다란 손이 우악스럽게 내 목덜미를 잡아채 바닥에 찍어 눌렀다. 순간적으로 눈앞이 새까매졌다. 유, 유리의 몸은 씨바 연약하고 종잇장 같아서 이렇게 막무가내로 대하면 안 된다고! 발버둥을 치다가 어렴풋이 주변 상황을 확인했다.

나보다 머리 두 개는 큰 거구의 남자였다. 내 머리채를 잡아채 휘두르려다가 가발이 벗겨져서 이 꼴이 난 듯했다. 다급히 철컥거리는 소리가 들렸지만 이미 문은 잠겨 있었다. 레일리도 구하러 나오지 못한단 말이냐. 인생.

기본적으로 유리 옐레체니카가 장신인 만큼, 이만하면 못해도 210센티미터는 넘길 것이다. 꿈틀거리다가 굽 있는 신발로 남자의 허벅지를 찍었지만 인간의 몸이 어쩌다 이렇게까지 단단한지 오히려 내 발이 옆으로 죽 미끄러졌다. 숨통이 막혀 들었다.

애초에 왜 기척을 전혀 느끼지 못했단 말인가? 아무리 방 안에 있었다지만 유리도 레일리도 내로라하는 실력자의 육신을 지니고 있다. 이전에 알렉시스 에슈마르크야 그 작자가 일부러 기척을 감추고 들어왔던 만큼 우리가 주의를 기울이지 않으면 알아채기 어려운 것이 당연했지만, 이런 어중이떠중이의 기척마저 느끼지 못한다는 것은 부자연스러웠다.

상황을 파악하기 위해 다급히 남자의 몸을 훑다가, 그의 손에 달린 묘한 보석 장신구를 발견했다. 전체적인 옷차림에 그것만이 유난히 튀었다.

나는 대번에 인상을 찡그렸다. 가느다란 쇠로 팔찌의 줄을 만든 형태가 아무래도 수상쩍었다. 유심히 살피니 과연 마법 장치의 패턴이었다. 정황상 소음과 기척을 줄여 주는 마법 장치인 듯했다.

에슈마르크 대공 이 자식, 이딴 걸 만들었으면 국가를 위해 이바지할 생각은 안 하고. 이를 악물고 씹어뱉었다. 일단은 살아남아야 에슈마르크 대공에게 엿을 먹이든 어쩌든 할 것 아닌가.

"뮤, 뮤라."

꺽꺽거리며 넘어가는 숨을 가까스로 모아 잡고 머리카락에 매달려 있던 정령을 불렀다. 정령은 '구체적인 명령'으로만 다룰 수 있다. 내가 위험에 처한다고 해서 알아서 나서 주지는 않는 놈들이라는 뜻이 된다. 나는 내 목을 조르는 커다란 손목을 움켜쥐고 남자의 얼굴에 손톱을 박으며 이를 악물었다. 얼굴에 피가 쏠려서 입가로는 비릿한 핏물이 터져 흐르고 있었다.

"처리해!"

별로 구체적이지는 않은 명령이었지만, 방금 전까지 레일리가 하던 일에 대해 내가 '처리'라는 단어를 썼던 덕인지 뮤라는 알아서 레일리의 방식과 비슷한 '처리'를 선택했다.

순식간에 핑 하는 소음이 귓가를 적시더니, 까맣게 명멸하던 시야 위로 무언가가 왈칵 쏟아졌다. 제대로 분별하지 못한 사이 입 안으로 쏟아져 들어온 것을 몇 모금 삼키고 말았다. 그 순간 조금 힘이 풀린 손을 강제로 떼어 내고 몸을 뒤집으며 쿨럭쿨럭 숨을 토해 냈다. 눈을 뜨기가 어려웠다.

"씨, 씻겨 줘. 뮤라, 씻겨 줘."

바닥을 엉금엉금 기면서 가까스로 뱉자마자 차가운 물이 머리 위로 확 쏟아졌다. 몇 번 얼굴을 비비고 눈가를 닦아 내고야 내가 뒤집어쓴 것이 핏물이라는 것을 깨달았다. 그 말인즉 방금 두어 모금 삼켜 버린 것도 피라는 뜻이 된다. 이런 삐.

기겁해서 물러나려다가 반대쪽으로 나동그라졌다. 벽에 등을 기대고 주저앉고 나서야 뮤라가 방금 전에 남자의 성대 근처를 통째로 도려내 버렸다는 것을 깨달았다.

"으아악."

순간 눈앞이 핑 돌았다. 레일리 미친 새끼, 내 정령한테 무슨 악영향을 준 거냐.

이러다가 토할 것 같다고 생각하는 순간 아니나 다를까 토기가 치밀었다. 결국 시체 바로 옆에서 웩웩거리며 토하다가 고개를 들었는데, 마침 모퉁이를 돌아 우리를 발견한 두 번째 경비원과 시선이 마주치고 말았다. 경비원의 입이 휙 벌어졌다.

"목의 수분을 날려 버려!"

순간적으로 그의 목이 콱 조여든다 싶더니, 바람 빠지는 소리를 내며 창백해진 채 비틀거리다가 벽에 쿵 박았다. 빠르게, 조용하게 처리하는 방법이 무엇일까?

"피."

나는 다급히 덧붙였다.

"피를 얼려, 뮤라."

그 말이 떨어진 즉시 남자가 목덜미와 가슴께를 난폭하게 쥐어뜯으며 바닥에 나뒹굴었다. 흰자가 휙 돌아가며 나를 향해 눈을 치켜떴다가 바닥으로 풀썩 쓰러졌다. 경련하는 손끝이 바닥을 긁으며 기어오려는 듯싶었지만 금세 툭 엎어지고 말았다. 그리고 더는 움직이지 않았다.

"으……."

따지자면 정령을 통하기는 했어도 나는 지금 사람을 죽인 셈이었다. 시선이 마주쳤던 남자의 눈동자가 머릿속에 아른거렸다. 아니, 뭐, 어차피 내 소설 속이지 않겠는가? 하지만 눈앞에서 이렇게 직접 현장을 보고 경험하는 일은…….

제에에기랄, 내 인생은 정말 대체 어쩌다가 이 꼴이 났단 말인가.

멀찌감치 남자들을 바라보면서 가쁜 숨을 몰아 뱉다가 인상을 찡그렸다. 나중에 가상현실 게임 같은 게 나오더라도 도저히 못하겠군. 토기가 다시 올라왔다.

그때 지금껏 달칵거리기만 하던 문이 요란한 소리를 내며 쾅 뜯겨 나왔다. 한 손에 번개를 두른 채 문부터 열어젖혔던 레일리는 복도의 상황을 확인하고 왈칵 인상을 찡그렸다. 그러더니 바닥에 떨어져 있던 가발부터 주워 들어서 당장에 내 머리 위에 푹 눌러씌웠다.

"이곳이 발각되면 소란이 벌어질 겁니다. 일단 자리를 피하죠."

여기까지 뭔 목적으로 들어왔는데 이제 와서 도망을 친단 말인가? 게다가 이쯤 되자 나로서도 제6의 감각을 느낄 수밖에 없었다. 특별한 게 없는 뒷거래 경매장의 한낱 경비가, 아직 세상에 발표되지 않은 기적을 감추는 마법 팔찌 같은 것을 차고 있을 이유가 없는 것이다.

뭔지는 모르겠지만 아무튼 이곳에는 뭔가가 있다. 소설 바깥으로 돌아가기 위해서라도 조금 더 단서를 모을 필요가 있었다. 인상을 찡그렸던 나는 레일리의 부축을 받아 엉금엉금 일어나며 뮤라에게 다시 명령했다.

"이 주변의 빛을 굴절시켜서 사람들을 헤매게 해. 여기로 아무도 못 들어오게 만들어."

여전히 구역질이 났다. 일부러 바닥을 보지 않으려 하면서 끙끙대다가 레일리의 옷소매를 잡아당겼다.

"아직 못 나가. 이따가 위쪽까지 살펴야겠어."

"왜 그렇게까지 에슈마르크 대공에게 집착하시죠?"

"적 같으니까."

얼굴만 봐도 인간쓰레기 같아 보인다는 감정적인 추측뿐만 아니라, 이제는 어느 정도 물증에 확증까지 잡은 입장에서 거리낌 없이 솔직하게 말했다. 내 말을 들은 레일리가 묘한 표정으로 눈썹을 꺾었다.

"'적'."

그가 가만히 곱씹었다. '적'이라는 표현이 그에게 남긴 미묘하고도 특수한 인상이라도 있는 듯한 말투였다. 나는 흘금 그를 바라보았다가 인상을 쓰며 짧은 설명을 덧붙였다.

"야, 기척을 숨기는 장치 같은 게 개발되었다는 얘기 들은 적 있나?"

"없습니다. 유리 님도 만드신 적이 없는 것으로 압니다."

"그럼 저 아저씨 팔에 있는 팔찌 좀 챙겨 둬."

"저게 그런 장치입니까?"

"정확히 그런 용법을 지닌 건지는 확신할 수 없지만, 일단 팔찌의 줄 부분이 마법진 형태를 만들고 있잖아."

너무 역해서 목덜미를 부여잡고 두 눈을 질끈 감은 채 도리질을 치다가 재빨리 대답했다. 내 말을 듣고서야 남자에게 다가가서 팔찌를 챙겨 돌아온 레일리가 나를 부축해서 복도를 벗어나기 시작했다. 팔찌를 유심히 살피던 그가 뒤늦게 아아, 하고 신음을 뱉었다.

"짧은 사이에 잘도 보셨군요."

"죽을 뻔했다고. 기지를 발휘했다."

"어떻게 된 겁니까? 몸은 괜찮으신지요."

"안 괜찮아. 토할 것 같고 기분 나빠. 어지러워."

레일리가 물끄러미 나를 응시하다가 차분히 다시 물었다.

"그럼, '심리 상태'만 안 좋으신가요."

"목도 아파. 나 지금 목 쉰 거 안 보이냐. 저 덩치로 이렇게 가녀린 내 목을 졸랐다고. 내동댕이치기도 해서 근육도 다 아프고, 머리채를 잡혀서 머리카락도 죄다 빠질 것 같아. 아씨, 생각나니까 더 아프네."

고자질이라도 하듯 빠르게 쏘아붙이자 레일리가 표정조차 없이 내 머리칼을 만지작거리다가 인상을 왈칵 찌푸렸다. 우리는 문제의 복도로부터 벗어나자마자 헝클어진 가발과 가면부터 제대로 정돈했다. 더 이상의 대화는 달리 이어지지 않았는데, 정원에 들어서서는 레일리가 돌연 나를 번쩍 안아 올렸다.

"뭐, 뭐 해?"

"경매장에 들어가면 어두워지니 상처를 봐 드릴 수 있습니다."

레일리가 차분히 대꾸하며 성큼성큼 걸어서 경매장 입구로 다가갔다. 아직 문은 열리지 않은 상태였다.

"시간 되면 문 연댔잖아? 아직 못 들어가는 거 아냐?"

"모쪼록 잠자코 계십시오."

퉁명스러운 태도로 대답한 레일리는 즉시 문지기 앞에 서더니 주머니에서 꺼낸 초대장을 툭 내던졌다. 문지기는 이렇게 대놓고 문을 열라고 시위를 하는 인간이 나올 줄은 몰랐는지 대번에 당황한 표정을 지으며 초대장을 돌려주려 했다.

"아직 못 들어가십니다. 금방 열리니 조금만 대기하시면……."

"미안하지만 내 노예가 더는 기다리기 힘들어서. 약을 놓을 때 시간 조절을 잘못한 것 같아."

나른한 얼굴로 타이를 고쳐 맨 레일리가 툭 뱉어 냈다.

"나야 훤히 밝은 곳에서 해결해도 상관이 없지만, 네놈들 위신에는 좀 문제가 아닐까 싶은데."

"그……."

레일리의 대답을 들은 문지기가 대번에 짜증스러운 태도로 깊숙하게 절을 했다.

"안쪽 상황을 살피고 오겠습니다. 잠시만 기다려 주십시오."

표정을 숨기려는 듯 허리를 숙인 채 고개를 들지는 않고 있었지만 진상 고객을 대하는 직원으로서의 고뇌가 그의 머리 위로도 무수히 느껴졌다. 굳이 이런 고위층의 경매장에 노예를 데리고 오고, 시간을 조절해서 약까지 놓아 끌고 왔다는 점 자체에서 목적이 뻔한 발언이었다. 경매장을 자기 취미 생활의 공간으로 활용하려 했다는 뜻이 된다.

그리고 알렉시스 에슈마르크가 주최하는 행사에 이딴 태도를 보이며 방문할 법한 인물이면 최소한 그만한 권력은 지닌 가문의 인간이라는 함의를 갖고 있다. 즉, 권력이 있는 인물이라는 거지. 그렇게 보이면 우선 자세한 질문을 받지 않아도 되는 상황이 마련된다. 나름대로 머리를 잘 쓴 변명이긴 했다.

그나저나 약에 취해 해롱거리고 있다는 노예가 대체 누군데? 나는 잠시 물끄러미 레일리를 바라보다가 허, 하고 기이한 탄식을 뱉어 냈다. 설마 나냐.

"곧 다른 분들도 입장이 가능해질 테지만, 잠시라도 먼저 들어가 계실 수 있을 것 같습니다. 3층의 제일 끝단으로 자리를 마련해 두었습니다."

원치 않던 깨달음을 얻고 인상을 폭삭 찡그리는 사이, 경매장 안쪽을 확인한 문지기가 재빨리 초대장을 확인하고 돌려줬다. 어쨌든 상황을 모면하기는 해야 했으므로 잠자코 있던 나는 문을 통과하자마자 레일리의 허벅지를 퍽 걷어찼다. 그런데 그 순간 오싹한 살기와 함께 날 선 시선들이 좌르륵 느껴졌다. 경매장 안 곳곳에 거한들이 빼곡히 도열해 있음을 그때에야 깨달았다.

노예 주제에 주인을 걷어찼다고 안 좋게 보는 건가. 인상을 찡그리며 그들을 살피는데, 성큼성큼 걸어 우리에게 배정해 준 자리로 다가가던 레일리가 푹 한숨을 내쉬었다.

"그래."

그가 오만한 태도로 들으라는 듯 말하며 나를 푹신하고 거대한 소파에 휙 내던졌다. 레일리는 단 한 번도 나를 아무렇게나 내던진 일이 없으므로, 나는 제대로 대처하지 못한 채 자세도 잡지 못하고 소파에 풀썩 나동그라지고 말았다.

일단 경황없이 상체를 짚고 몸을 세우려는데, 한 손으로 타이를 쭉 풀어낸 레일리가 내 위에 올라타서 강제로 나를 다시 넘어트렸다. 그러고는 가면을 살짝 얼굴 위로 올리고 당장에 고개를 숙였다.

"이제부터 귀여워해 줄 테니 그만 보채지."

이게 말이야, 방귀야. 어이가 없어서 입을 쩍 벌리다가 당장에 키스당했다. 목이 젖혀지면서 아까 다쳤던 목덜미가 욱신 아파 왔다. 나도 모르게 신음을 뱉으며 몸을 움츠리자 레일리가 내 머리칼을 거칠게 헤집으며 목덜미를 손끝으로 확인했다.

그의 손끝이 스칠 때마다 미치도록 아팠다. 시간적으로나 공간적으로나 여유가 없어서 이제야 내 목덜미의 상처를 만져 확인해 본 그의 미간에 대번에 주름이 잡혔다.

그 무렵에야 우리를 살피던 시선들이 천천히 떨어져 나가기 시작했다. 아무리 경비원들이어도 귀족으로 추정되는 인물의 사생활까지 빤히 관찰하고 있다간 경을 치르기 십상이다. 그러니 이대로 조금만 더 경계를 풀게 만들면 상처를 치료하고 다시 빠져나갈 틈도 생길 것 같았다. 결과적으로는 좋은 방법이었다.

그렇지만 그것과는 별개로, 이 새끼는 누구 마음대로 사전 상의조차 없이 다짜고짜 주인을 노예 취급한단 말인가. 애초에 순식간에 이런 방법을 떠올릴 정도였으면 다른 방법도 충분히 생각할 수 있었을 텐데, 굳이 이러고 있는 의도가 불분명했다. 아니, 대놓고 불순하다!

추측하건대, 내가 김레일리 이놈을 아는데, 아마도 그냥 이러고 싶었기 때문일 것이다. 언젠간 반드시 이놈을 죽이고야 말 것이다.

그때 레일리가 나를 휙 엎어 넘어트리며 품을 뒤져 주사기처럼 생긴 앰플을 꺼내 들었다. 아직까지 우리를 관찰하던 주변의 몇몇 경비원들도 더는 지켜볼 생각이 사라졌는지 혀를 차며 고개를 돌리기 시작했다.

"뭐, 뭐야……. 요."

다급히 존대의 어미를 바꿔 붙이며 손으로 바닥을 짚고 두어 번 물러나고자 애를 썼지만 레일리의 손에 발목을 잡혀 그의 아래로 휙 끌려가고 말았다.

"약."

레일리가 생긋 웃었다.

"먹을 시간이다. 착하지."

그리고 당장에 어깨를 붙들려 그의 아래에 찍혀 눌렸다. 치, 치료제겠지, 인간아? 그렇게나 음험하게 웃으며 그렇게까지 수상한 태도로 사람을 바닥에 깔아뭉갠 채 꺼낸 앰플이지만 아무튼 치료제겠지?

이런 미친 세상에, 내가 어쩌다 내 소설 속의 최종 빌런에게 목덜미를 내놓은 채 수상한 앰플을 맞는 신세가 되었단 말인가.

글쓰기의 신이시여, 저에게 레일리 크라하를 열심히 굴리고 비극적으로 죽일 수 있는 신들린 필력을 주소서. 나는 속으로 간절히 기도하며 일단 레일리의 옷자락을 붙들었다.

지금은 내가 현실적으로 어쩔 수 없으니까 잠자코 받아 보겠지만 일만 해결되고 나가면 바로 이 건방진 집사 자식을 해치워 버릴 것이다. 에잇, 김레일리, 죽어라, 죽어.

* * *

결과부터 말했을 때, 다행히도 김레일리가 강제로 투여한 약이 치료제가 맞기는 맞았다. 유리의 약품 중 대부분이 고통을 남기지 않는 훌륭한 약이라는 것을 감안했을 때 다분히 의도가 불순하기는 했지만 치료제가 맞기는 했다. 이것이 무엇을 뜻하느냐?

물론 죽도록 아팠다는 뜻이 된다. 딱 앰플을 투여한 순간에는 멀뚱멀뚱 레일리를 바라보기만 하다가, 어느 순간부터 발작처럼 비명을 지르며 바둥바둥 발버둥을 쳐야 했다.

처음엔 정말로 이 자식이 드디어 나를 죽이는구나 싶어서 엉엉 울면서 소파를 넘어 도망가려 했지만 그것도 불가능했다. 레일리가 내 허리를 휙 잡아당겨 품에 안고 목덜미와 머리 뒤쪽에 쪽쪽대는 바람에 그대로 붙잡혀서 아등바등 난리를 쳤다.

덕분에 의심의 눈길이 싹 떨어져 나가기는 했지만 아무튼 내 집사 녀석의 인성에 대해 또 한 번 회환을 느끼는 계기가 됐다. 다른 손님들이 들어오고 나서도 내 약효가 지속되는 바람에 애써 우리를 외면하던 경비원들마저 우리에게 다가와 조금 조용히 해 달라는 주의를 줄 정도였다. 레일리는 알겠다며 두어 번 내게 키스를 했다가 결국 내 입을 틀어막고 둘러업은 채 다시 경매장을 벗어났다.

그리고도 외곽의 의자에 앉아 한참 동안 연인 행각 엇비슷한 것을 하고야 약효가 가라앉았다. 유리 옐레체니카의 약품이 늘 그렇듯 효과만은 확실했다. 목의 통증은 거의 사라진 상태였다.

색색거리고 호흡이 돌아오는 것을 확인하고야 레일리가 장갑을 고쳐 꼈다. 그는 즉시 손끝을 두어 번 툭툭 튕기다가 우리를 지켜보던 경비원이 있는 쪽으로 손을 휙 펼쳤다. 그리고 비명이 터져 나오기도 전에 거한이 풀썩 쓰러졌다. 무언가가 후드득 쏟아지는 소리가 나기도 했고, 그게 아니더라도 굳이 그쪽을 확인하고 싶지는 않았다.

나는 레일리의 옷깃을 잡아당겨 그의 어깨 근처에 얼굴을 파묻었다. 그나마 다행이라고 해야 할지, 내 집사가 너무나도 오버 파워 캐릭터여서 현실감은 좀 덜했다.

레일리가 장갑 안쪽의 은사 장치를 점검하며 태연히 말했다.

"효과 좋게 경매장까지 다시 벗어났습니다. 뛰어난 수완 아닙니까. 마스터의 집사를 자랑스럽게 여기셔도 좋습니다."

"이 말도 안 되는 성깔의 집사 새끼, 너 정말 주인님 손에 네 목숨을 쥐여 드리고 싶어서 이러냐……?"

"할 수 있으면 해 보시죠."

할 수 있으면 해 보라고 했겠다, 이 자식. ≪세레나의 티타임≫에서 나가기만 해 봐라, 내 결단코 네놈의 명줄을 끊어 주마. 나는 엄지손톱을 목 앞에 대고 휙 긋는 시늉을 해 보였다. 레일리는 코웃음을 쳤다.

"아무튼 경매가 진행되기 시작했을 때 주변을 둘러본 결과, 참가자들 전원이 마력으로 처리된 가면을 쓰고 있어 참석한 인물들을 일일이 확인하지는 못했습니다. 주변의 경비 대다수가 경매장으로 돌아간 시점이니, 지금부터는 굳이 우리의 존재를 숨기지 않고 들쑤시고 다녀도 괜찮을 것 같습니다."

"그러니까 방금 전에도 가차 없이 목을 날려 버리셨겠지."

"안 보신 것 아니었습니까?"

"안 봐도 대강 눈에 선하거든? 흐흑. 피 냄새 나잖아."

내 말을 들은 레일리가 눈썹을 휙 꺾으며 나를 물끄러미 내려다보더니 품을 뒤져서 무언가 수상한 스프레이를 꺼내 들었다. 어쩐지 불안해서 뒤로 물러나려다가 붙잡혔다. 그는 한 치의 망설임도 없이 스프레이를 내 눈, 코, 입이 모인 얼굴 한복판에 칙칙 뿌려 버렸다. 독한 허브 향수 같았다.

순간 콜록거리며 그의 어깨를 쾅쾅 후려쳤지만 레일리는 이번에도 별로 영향을 받지 않은 듯했다. 나는 연거푸 재채기를 했다. 향이 너무 독해서 눈앞이 핑핑 돌고 코끝이 간지러웠다.

"야! 내가 개냐? 냄새 못 맡게 코앞에 대고 칙칙 뿌려 대게?"

"제 마스터께서 짐승과 진배없다는 점에 대해서는 언제나 높게 평가하고 있습니다."

"높게 평가하긴 개뿔이."

"이제 피 냄새는 안 나시겠지요."

"피 냄새뿐 아니라 그냥 대부분의 냄새가 안 나는데."

"그럼 됐습니다."

"그리고 우리 집 집사를 바꿀 때가 된 것 같군."

내 말에 레일리가 다시 한 번 비웃음을 보였다.

"어디 해 보시지요."

젠장……. 소설에서 나가서 작가의 본분으로 돌아가면 신들린 필력으로 김레일리의 죽음을 멋들어지게 설계해 주는 것까진 어떻게 해 볼 수 있을 것 같은데, 내가 유리 옐레체나카의 몸에 깃들어 ≪세레나의 티타임≫ 안에 있는 이상 이 자식을 함부로 해고할 수 없다는 점도 사실이었다.

내가 이를 갈며 그를 바라보는 사이 본인의 무기들을 전부 점검한 레일리가 내 허리춤의 권총 한 자루와 탄창들까지 확인한 후 자리에서 일어섰다. 나도 그를 따라 일어서다가 바닥에 쓰러진 거한을 그만 정면으로 보고 말아서 입을 틀어막고 얼굴을 찡그렸다. 또 토할 것 같았다. 까치발을 들고 께름칙하게 주변으로 돌아서 걸었다. 레일리는 아무렇지도 않게 계획을 설명했다.

"아무튼 어디로 어떻게 움직일지는 바깥으로 나가서 생각해 보지요. 미리 받은 도면에 의하면 동쪽에 에슈마르크 대공의 집무실이 있고 서쪽에 노예들이 갇힌 별관이 있습니다. 당연히 동쪽으로 가시겠지요?"

"그래."

잠자코 대답하다가 흘긋 바닥에 쓰러진 인영을 바라보고 다시 미간을 좁혔다.

"아니다, 너는 서쪽으로 가."

"예?"

레일리가 날카로운 목소리로 반문했다.

"최대한 시선을 끌어서 침입자가 그쪽에 있는 것처럼 보이게 해. 그러는 편이 더 괜찮을 것 같다."

정령을 생각보다 자유롭게 다룰 수 있는 것 같아서 자신이 붙었다는 점도 이유 중 하나였지만, 무엇보다도 레일리의 문제 해결 방식이 나랑 영

안 맞아서 굳이 곁에 두고 보기 싫다는 이유도 있었다. 내 말을 들은 레일리가 별안간 못마땅한 낯을 했다.

"혼자 몸을 지키실 수는 있으십니까?"

"아까 정령 부리는 거 못 봤나?"

"확실히 유리 님의 정령술은 본래 일반적인 정령사의 것보다 한 차원 높은 방식의 활용성을 보이기는 했습니다만, 마스터의 정령술도 상상 이상의 방식을 차용하는 것은 의외였습니다. 하지만 그렇다고 해서 마스터께 유리 님의 정령술 같은 강력함을 기대할 수는 없겠지요. 아까도 사람을 죽였다는 사실에 스스로 충격을 받아서……."

"아, 그런 거 아니거든?"

"그럼 뭡니까?"

"처음이라 그래, 처음이라."

처음은 개뿔. 난 앞으로도 사람 죽일 일 없다고. 애초에 이건 소설 속의 세계고 주변에 있는 건 전부 캐릭터이니 사람이 아니란 말이다. 사람이 아니다, 사람이 아니다. 여긴 내 소설 속이다. 마인드 컨트롤을 한 번 더 한 후 성큼성큼 걸어서 출구 쪽으로 걷기 시작했다.

으! 못 하겠다! 아니다, 아니야. 이래서 세레나는 어떻게 처리해 버릴 생각을 했냐. 어차피 죄다 내 캐릭터란 말이다. 캐릭터란 글을 구성하는 톱니바퀴들일 뿐이다. 글로는 서사의 필요성에 맞춰 어렵지 않게 죽이는데 3D가 되어 눈앞에 움직인다 해서 갑자기 죽이지 못할 이유는 없었다. 그렇지만 젠장 너무 싫고 끔찍한 걸 어쩌란 말인가. 나는 다시 마인드 컨트롤을 하며 양쪽 관자놀이를 지그시 눌렀다.

못미더운 얼굴로 나를 물끄러미 바라보던 레일리가 결국 이번에도 내 뜻을 따랐다.

"좋습니다. 그럼 제가 먼저 나가서 주변에 남은 경비들을 이끌고 서관으로 빠지겠습니다. 아까 취득한 팔찌로 기척을 지우십시오."

"가는 김에 노예들 철창도 좀 풀어 주고 그래."

"그게 목적이십니까?"

"어?"

레일리가 그쪽 세력의 뒤를 봐주고 있다는 건 일찌감치 알고 있었으니 친구들 도와주러 가라는 뜻에서 꺼낸 말이었는데, 그가 돌연 이상한 태도로 되물었다. 나는 멀뚱히 그를 바라보다가 고개를 모로 기울였다.

"아니, 너 그런 거 싫어하잖아? 가는 김에 풀어 주라고. 내가 뭐 대단한 말이라도 했냐."

그런데 레일리의 푸른 보랏빛 눈동자는 여전히 이상한 태도로 나를 물끄러미 살피고 있었다. 내가 인상을 쓰며 의문을 표할 때가 되고야 그가 고개를 돌렸다.

"모쪼록 그리하지요."

가면을 다시 눌러쓰고 장갑의 손목 부분을 만지며 달칵 소리를 낸 레일리가 단조롭게 대답했다. 바닥을 구두코로 툭툭 두어 번 두드리는 화려한 정장 차림의 등을 멀뚱히 바라보다가, 왠지 모르는 인간의 등 같아서 등짝을 퍽 치며 괜히 말을 걸었다.

"아무튼 다칠 정도로 무리하진 말고."

"걱정 마십시오. 지금껏 일하면서 한 번도 목숨을 잃은 적이 없습니다."

"잃었으면 시팔 여기 있겠냐."

"본인 걱정이나 하시라는 얘깁니다."

"오냐."

음……. 사실 여전히 아무렇지 않게 죽일 자신은 없지만 아까는 놀라고 당황해서 그랬고, 이제는 내가 전투에 대비하고 가니까 다른 방법도 찾으려면 찾을 수 있을 것이다. 죽이지 않고 끝내는 것도 가능하다는 얘기였다. 애초에 정령술이라는 게 활용 방식에 따라 더할 나위 없이 평화적일 수도 있는 능력 아니겠는가? 믿는다, 사기적 스펙을 지닌 유리 옐레체니카의 육신.

능력이 좋아서 데드 플래그가 만연한 캐릭터에 빙의했다면, 최소한 죽지 않을 정도로는 능력을 쓸 수 있어야 할 것 아닌가? 정령 좀 부린다고 심장이 터지진 않겠지. 하고 글쓰기의 신에게 간절히 기도해 보았다.

하지만 이런 소리를 해 봤자 레일리는 경각심 없는 무른 소리로 여길 것이 분명했으므로 괜한 말을 꺼내지는 않기로 했다. 사실 말을 꺼낼 틈도 없었다.

그사이 성큼성큼 걷던 레일리는 더 이상 지체하지 않고 돌연 꽝 소리와 함께 바닥을 박찼다. 그의 잔상이 거뭇하게 흔들리다가 자취를 감추는 순간 출구에 서 있던 안내인의 머리가 출구 계단 좌측의 벽 모서리에 잔인하게 찍혔다. 으아악. 미친놈아, 나는 아직 마음의 준비가 덜 됐어.

반사적으로 휙 고개를 돌리며 물러나려다가, 안쪽에서 경보음이 들리기 시작하는 것을 깨닫고 울며 겨자 먹기로 뮤라를 불러들였다.

"뮤라, 내 모습을 가려!"

레일리에게 시선이 쏠린 사이 동쪽 건물로 간다는 것이 계획이니 약간이라도 모습을 감출 필요가 있었다. 기척을 지워도 눈에 보이면 끝이니까. 내 명령을 들은 즉시 뮤라가 주변에 얇은 물의 장막을 쳤다. 나는 이미 일찌감치 출구로 빠져나간 레일리의 뒤를 좇아 출구 계단을 오르기 시작했다. 물론 유리 옐레체니카의 종이 몸으로 모든 계단을 오르는 것은 도저히 미친 짓 같았으므로, 뮤라의 힘을 빌려 빠르게 계단을 올라갔다.

그런데 긴장한 것이 무색하게도, 레일리 크라하가 워낙에 위협적인 놈이었던 탓인지 순식간에 경비들이 썰물처럼 빠져나갔고, 덕분에 나는 큰 충돌이나 어려움 없이 동관에 들어설 수 있었다.

아무튼 민완 집사 최고. 나는 여유롭게 경비원들을 따돌리며 곳곳을 들쑤시고 다니기 시작했다. 미리 받아 두었던 지도에 따라 주요 사무실들부터 훑었다. 알렉시스 에슈마르크의 집무실은 도면에 따르자면 상층부에 있으니 하층부에서부터 싹 정돈하며 올라갔다.

그리고, 결론부터 말했을 때, 무언가를 손에 넣으면 넣을수록 점점 더 에슈마르크 대공이 수상해졌다.

뷔올은 공매로만 노예를 사고팔 수 있게 하고, 노예의 등록조차도 법적으로 제한되어 있는 국가였다. 그런 나라에서 황실의 피를 지닌 대공이라는 작자가 사적인 경매를 연다. 그것만으로도 충분히 수상한데, 더구나 마이어 후작과 담소를 나누며 얻어 들은 바가 있는, 연합국 쪽으로 이어지는 금지된 노예 무역의 중추에도 에슈마르크 대공이 있는 듯했다.

온갖 장부와 서신, 자료들을 살피며 인상을 찡그렸다. 솔데인 마이어가 언급한 바 있는 무역업 중심의 수상쩍은 단서들은, 아마도 전부 에슈마르크 대공에게로 이어지고 있었다.

"나라가 발칵 뒤집히겠군."

의심 많은 황제가 이 사실을 알자마자 어떤 가정을 떠올릴지는 불 보듯 뻔한 일이었다. 형제들을 모조리 도륙하고, 태어난 지 얼마 안 됐다는 이유에서 막냇동생 알렉시스만을 살려 두었다. 대신 그가 특출한 재능을 보이기 시작하자 하나둘 권리를 빼앗기 시작했다. 그는 대공이지만 성인이 되어 실질적으로 독립하면서는 따로 봉토를 받지도 못했고 황실 종친으로서 힘을 지니지도 못했다.

애초에 독립이랄 것도 없는 인생이었다. 그는 귀한 태생에도 불구하고 누군가의 돌봄이나 섬김을 받으며 살아 본 적이 딱히 없다. 그냥 처음부터 대공이었다. 황자가 아닌, 단지 대공.

그가 지닌 땅이라곤 황실 종친들끼리 알아서 물려주다가 지난 세대에 주인을 잃게 된 에슈마르크령 정도가 전부였다. 대공 작위에 붙은 땅인 만큼 좁은 지역은 아니지만 딱히 발전한 지역도 아니고, 상대적으로 환경적 취약 지역에 해당하는 서부에 위치하고 있으니 사실상 앞으로도 개발될 일이 딱히 없어 보이는 지역에 불과했다.

뷔올에서 '서부'란 환경 오염이 몰리는 곳이었다. '버리는' 땅이라고 해야 할까. '환경 오염이 발생하는 것은 막을 수 없으니, 기왕이면 그 나쁜 영향은 전부 한 지역으로 몰아주자!' 뭐, 대략 이런 발상에서 시작된 일이다. 억울하면 거주지를 옮기라는 식이었다. 아무튼 이 나라에는 개새끼밖에 없다.

수도보다 서쪽에 있으면 일단 수도의 폐기물을 전부 넘겨받게 되므로 자연히 죄다 그런 지역이지만, 서쪽으로 치우쳐 있을수록 더 그런 취급을 받는다. 알렉시스 에슈마르크의 혈통을 생각해 보면 옜다, 주인 없는 오염된 땅이나 대충 받아 가라, 뭐 이런 식으로 남는 땅이나 던져 주는 건 아무래도……. 부족한 대우인 것은 사실이었다.

알렉시스 에슈마르크가 쥐고 태어난 것 중에서 아직까지 그에게 남아 있는 것은 마법적인 재능과 대공이라는 명예 작위뿐이었다. 나머지는 전부 스스로 손에 넣은 것이다. 재상직, 명망, 마법, 타의 추종을 불허하는 마법 특허들, 마법 특허를 기반으로 쌓은 부와 권력.

그렇게까지 걸출한 인물이 자신을 도태시킨 황제의 눈을 속이고 국가의 권리를 야금야금 빼앗기 시작했다. 이쯤 되면 이미 상당한 진척을 거둔 상태라고 봐도 좋았다. 황제는 제위에 위협을 느낄 것이다. 그리고 사실, 이런 자료들을 눈앞에 두고 본다면, 나도 그렇게밖에는 생각할 수가 없다.

다만 생각해 봐야 할 문제가 있다…….

알렉시스 에슈마르크는 과연 정말로 제위에 관심이 있는 인간일까? 아니, 물론 관심이 있을 수는 있다. 제위에 관심을 가진다고 해서 붕괴되는 설정은 아니라고 판단했다. 그저 그것만이 알렉시스 에슈마르크를 맹목적으로 움직이게 할 수는 없다고 생각했다. 나는 알렉시스 에슈마르크의 캐릭터성에 혼란을 느끼기 시작했다.

이 자료를 황제에게 가져가면 아마 뷔올에는 피바람이 불 것이다. 나는 한두 명을 죽이면서도 스스로 혼란에 사로잡혔지만, 아마 그보다도 훨씬 많은 인간이 죽어 나갈 것이다. 하지만 스스로 생각하기에도 뜻밖의 일이었다. 나는 그 사실에는 별로 동요하지 않았다.

어차피 문장 몇 마디 정도로 전해 듣게 될 텐데, 그 정도면 활자로 접하는 것과도 큰 차이가 없다. 활자로만 전달받는 일에는 직접적인 사실감이 적다. 어디까지나 문장에 불과했다.

기본적으로 소설 속인 만큼, 그런 소식을 듣는 것은 소설을 읽는 것과 크게 차이가 없다고 여겼다.

소설을 쓰는 것도 마찬가지였다.

"후딱 내 세계로나 돌아가야지."

불길하고 위험천만한 내 글 속에 계속 남아 있을 생각은 추호도 없었다. 괜히 찝찝해서 뒷목을 주무르다가 최상층으로 올라갔다. 정말 놀랍게도 나는 아직 아무와도 부딪치지 않았다. 사람들의 발소리가 들릴 때는 잽싸게 숨고 뮤라를 통해 기척과 모습을 조금이나마 옅게 만든 덕이었다.

최상층에는 방이 세 개밖에 없었다. 나는 일찌감치 접수해 두었던 내부 지도를 이용해 곧장 알렉시스 에슈마르크의 집무실에 쳐들어갔다. 문이 마법으로 잠겨 있기에 뮤라에게 힘을 몰아줘서 강제로 때려 부수게 했다. 의식적으로 마력을 꺼내 주지 못하는 나인데도 머리가 띵해질 정도였다. 이렇게까지 강력한 결계로 문을 걸어 두다니, 확실히 뭔가 수상한 것이 있긴 한 모양이었다.

문을 열고 들어서며 상상한 풍경은 서재와 책상이 있는, 평범한 집무실이었다. 유리 옐레체니카의 것과 크게 다르지 않은 형태 말이다. 그러나 막상 문 너머에서 등장한 것은 마치 창고 같은 공간이었다.

귀해 보이는 물건들이 먼지 낀 채 사방에 즐비했고, 그 곳곳에는 대체 왜 있는지 모를 싸구려 시집이나 가죽을 덧댄 일기장 같은 것이 놓여 있었다.

일단 일기장부터 펴 보기로 했다. 일기장이라는 물품은 일반적으로 주인 되는 인물의 캐릭터성을 이해하기에 가장 좋은 물품 중 하나였다. 예쁜 쓰레기 관상을 지닌 알렉시스 에슈마르크가 일기를 썼다니 정말이지 상상 이상

이기는 했다. 어린아이 같은 문투나 짧은 문장과는 이질적이지만, 글씨만은
견줄 바 없는 명필이었다.

> 청소를 했다. 사방이 고요해요.
> 청소를 했다. 책을 읽었다.
> 책이 많아서 다행히 할 일이 끊기지 않아요.
> 꼬마들이 떠드는 이야기를 들었다.
> 청소를 했다.
> 오늘도 청소.
> 청소.
> 청소.

"미친 하루 종일 청소만 하잖아. 대공으로 태어났으면서 매일 청소만
했냐, 이 새끼?"
　아무리 읽어도 청소 얘기밖에 없었다. 짜증이 나서 팔락팔락 넘기며 청소
외의 다른 문장이 나오는 곳을 찾아보았다. 다행히 중간쯤에 가자 겨우 다른
문장이 나왔다. 그런데 이건 또 이것대로 수상했다.

> 아버지는 여전히 일어나지 않는다.

　아버지? 나는 눈썹을 움찔 꺾었다가 고개를 기우뚱 기울였다. 알렉시스
에슈마르크는 반정과 함께 잉태되어 여덟 달이 지나고야 태어났다. 그는 자
신의 아버지를 만난 적조차 없다. 이건 알렉시스 에슈마르크가 아닌 다른
누군가의 일기인가? 일기의 표지를 앞뒤로 휙휙 뒤집어 보았던 나는 다시
다음 페이지를 읽기 시작했다.

청소.

청소할 곳이 없어서 창고를 치웠다. 처음 보는 것들이 나왔다. 살펴볼 작정이다.

이게 뭔지 모르겠어요.

찾아낸 것들을 조금 더 살펴보고 있다.

오랜만에 청소. 먼지가 쌓인 것은 처음 보았다.

답이 나오질 않아.

아버지에게 물어봤지만 대답이 없다.

확실히 알렉시스 에슈마르크의 일기는 아닌 것 같군……. 하지만 알렉시스 에슈마르크의 것이 아니라면 대체 왜 그만한 마법으로 꽁꽁 숨긴 문 안쪽에 곱게 놓여 있었단 말인가?

슬쩍 바깥으로 나간 나는 나머지 문 두 개를 열어서 그 안을 확인해 보았다. 알렉시스 에슈마르크의 집무실이 달리 있는지 확인해 볼 작정이었다.

그러나 역시 한쪽은 옥상 정원으로 이어지는 문일 뿐이었고, 나머지 한쪽은 알렉시스 에슈마르크가 본인의 편리한 이동을 위해서 제작하고 설치해 둔 이동 마법 컨트롤러였다. 즉, 최상층에 있는 제대로 된 방은 내가 들어갔던 창고 같은 곳밖에 없다는 것이 된다.

그러면 이 일기는? 나는 다시 팔랑팔랑 책장을 넘기며 본래 헤매던 창고 안으로 돌아갔다.

청소.

청소.

아버지가 썩는 걸 최대한 늦추긴 했는데, 이젠 어떻게 할 수가 없다. 형체를 알아보기 어려운 진물이 되었다.

청소.

아버지까지 청소해야 할지 고민하고 있다.

조금 더 책을 읽었다.

청소. 아버지도.

잠깐, 잠깐만.

"이게 뭐야?"

나는 기겁해서 책 읽기를 멈추고 멀찌감치 떨어뜨려 놓은 채 다시 읽었다. 그러니까……. 내가 이해한 게 맞는다면, 일기 속의 '아버지'라는 작자는 일기가 시작되기 이전에 일찌감치 죽어 있었다는 뜻이 된다. 사람이 죽었는데 왜 이렇게 평온하고 쳇바퀴 같은 일상만 적혀 있었단 말인가? 다급히 일기장을 휙휙 넘기며 빠르게 속독하기 시작했다.

청소, 청소, 책을 읽고, 창고에서 찾았다는 무언가를 좀 더 살펴보고, 계속 그 일상의 반복이었다. 그리고 어느 순간, 처음으로 다른 말이 나왔다.

사람이다.

사람.

아직도 사람.

궁금해요.

경솔한 짓은 하지 않기로 해요. 사람은 위험하댔어요.

움직이지 않는다.

움직이지 않아요.

사람이 고장 났다. 아버지처럼.

사람을 조금 더 지켜보고 있다.

데려오면 될 거예요. 이젠 위험하지 않을 테니까.

데려왔어요.

멋들어진 명필이 유지되고 있는 걸 봤을 때 한 사람이 적은 일기일 테니, 일기의 내용도 스스로 고민하며 적은 말들일 텐데 꼭 대화를 나누고 있는 것 같기도 했다.

일종의 분열증 같은 건가? 하기야 아버지의 시체와 함께 방치된 모양인데 제정신이었다면 그게 더 대단한 일일 것 같기는 했다. 게다가 아무래도 지금 데려왔다는 거, 사람 시체잖아.

뒷장을 확인했지만 데려온 사람 시체에 대한 언급은 없었다. 다른 이야기들만이 즐비하게 이어졌다.

사람은 자신을 상징하는 것을 가슴팍에 붙이고 다닌다는 것을 알았어요.

아버지의 서재에서 안감에 이름을 적은 망토를 발견. 아돌프 라이케. 그럼 나도 라이케.

사람에게는 이름이 있다.

이름.

어머니 이름을 알 수 없어서 서재를 뒤졌다.

청소. 찾는 중.

아버지의 일기를 발견. 어머니 이름을 알아냈다. 아버지가 어머니를 엘류이센이라고 불렀다. 여신의 이름이다. 이름일까. 이름?

아버지. 내 이름은 무엇이오?

엘류이센? 나는 또 고개를 갸웃거렸다. 엘류이센이라면 이 세계의 신화에서 등장하는 물과 마법의 여신이었다. 그러니까, 신성 국가가 관장하는 주교리가 아닌 고대 신화의 일부였다. 이제는 신화라기보다 설화에 가까운 형태밖에 남지 않았다. 따지자면 그리스 신화나 북유럽 신화 같은 느낌으로, 창작물의 소재로만 소비되고 있었다.

물론 딱히 내가 주체적으로 짠 설정이라 기억하는 것은 아니고, 이 세상에 들어온 뒤 접하는 소설책이나 인용구마다 다 신화 얘기를 줄줄 떠들고 있어서 어쩔 수 없이 알게 됐다. 귀족들의 고오급 토크에도 반드시 필요한 배경 지식 중 하나라서 레일리가 중요한 몇몇 일화들은 내 머리에 강압적으로 쑤셔 넣어 주기도 했다.

'라이케'라는 성씨야 몬타뉴 경이 가짜 이름으로 공공연히 써 버린 후로는 흔한 성씨가 됐으니 별로 중요치 않은 부분이었다. 특기할 만한 것은 엘류이센의 이름뿐이었다.

엘류이센은 여행자와 마법사, 창조와 순환, 물과 흐름을 관장하는 신이었다. 전설에 따르자면 이 세계에 최초로 마법을 알려 준 신이라고도 한다. 황야를 헤매는 젊은 인간 남자를 보고 사랑에 빠져 자신의 피를 황야에 물처럼 샘솟게 했고, 신비의 샘을 마신 남자는 마법의 힘을 쓰게 되었다. 최초의 대마법사에 대한 이야기다.

일기의 주인이 뭘 하는 놈인지는 여전히 모르겠지만, 적어도 그 아버지라는 작자가 어머니라는 자에게 홀딱 빠져 있었다는 건 확실했다. 영감을 주고 기운을 발전시키는 신의 이름을 붙여 불렀다니 끝내주는 팔불출이 아닌가. 이 세계에서 연인을 엘류이센이라고 부르는 것은, 현대식으로 말하자면 연인을 '오, 나의 뮤즈여.' 따위로 부르는 것과 마찬가지의 일이었다.

일기는 두 줄 더 적혀 있고 그만이었다. 뒷장을 넘겨 보았지만 백지인 것을 보니 더는 일기를 쓰지 않은 듯싶었다. 남은 두 줄은 짧았다. 같은 날 적은 건지, 다른 날 적은 건지도 알아보기 어려웠다.

어머니는 여신이었어요. 그렇다면 나도.

나가자.

그게 끝이었다. 삼분의 일 이상을 백지로 남겨 둔 채 일기가 끊어졌다.

나는 한동안 마지막 페이지를 들여다보다가, 일단 일기를 덮고 방 안을 마저 뒤지기 시작했다. 어쩐지 신경이 쓰여서 마지막 장까지 읽기는 했지만 그 후로는 끝까지 백지였으니 더는 일기장을 살필 이유가 없을 듯했다.

잡동사니에는 관심이 없었고 뮤라가 발견한, 바닥 아래의 비밀 공간에 숨겨져 있던 금고에 가장 먼저 손을 댔다. 역시나 마법이 걸려 있었다. 문에 걸린 것보다도 한층 복잡하고 체계적이었다. 얼핏 손으로 훑으며 유리 옐레체니카의 초감각으로 살피기에는, 훨씬 최근에 설치된 마법진 같기도 했다. 그러나 여전히 머릿속은 대체 그 일기장이 왜 이곳에 있었는지에 대한 의문으로 복잡했다.

알렉시스 에슈마르크의 일기는 아니다. 그의 아버지는 선황이고 그의 어머니는 이리나 경이며, 그의 성씨는 라이케도 아니었다. 그렇다면 일기의 주인은 생판 다른 제삼자가 된다는 것이다. 그런 생판 남의 일기를 왜 마법까지 걸어서 수도로부터 멀리 떨어진 본인의 구역에 꽁꽁 숨겨 두었단 말인가?

엘류이센. 머릿속으로 계속해서 그 이름을 곱씹다가 순간적으로 손을 멈췄다.

젊은 마법사에게 크나큰 발전과 강력한 힘을 가져다준 신.

"에슈마르크 대공도 마법사잖아."

그리고 분명 에슈마르크 대공도 어느 시점을 기준으로 급격히 성장해서 대단한 마법사가 됐다고 들었다. 자세하게 찾아본 적이 있긴 한데 기억이 가물가물해서 끙끙거리며 기억을 되짚다가, 유리 옐레체니카의 지능에 의존해 겨우 떠올렸다.

알렉시스 에슈마르크는 열셋의 나이로 연합국에 볼모처럼 사절로 파견되어 5년을 연합국에서 지냈다. 그 후 그가 외교 전반을 맡게 되기까지 큰 저력이 된 경험이었지만, 당시엔 입지가 거의 없었다.

마법이나 정령술만큼 선천 재능이 중요하게 작용하는 능력이 또 어디에 있겠는가. 몬타뉴의 후손이며 이리나의 아들이고 에슈올의 손자인 그에게는 그때에도 이미 재능은 충분했을 것이다. 그럼에도 그다지 열의를 보이지는 않은 모양이다. 당시의 알렉시스 에슈마르크 역시 마법을 쓸 수는 있었지만 성취는 미미했다. 주변에서도 그를 두고 하등에 쓸모없는 게으른 황자로 취급했다.

그리고 열여덟의 나이로 귀국한 알렉시스 에슈마르크는 돌연 기상천외한 마법 특허들을 발표하며 지금까지 듣도 보도 못한 성취를 쌓아 올리기 시작했고, 열아홉 나이에 이미 마법사단의 단장인 어머니를 추월했다.

그때 누군가를 만났다면? 그러니까, 그에게 여행자의 신 엘류이센 같은 존재가 되어, 지니지 못했던 열의를 북돋고 마법적 완성을 도와준 존재가 있었다면?

그러니까……. 여기서부터는 가설인데, 일기장의 주인이 알렉시스 에슈마르크의 아이라면? 일기장에 등장한 '아버지'는 실제 아버지가 아니고 위장 역이었다면?

라이케는 이 세계에서는 꽤 흔한 성이었다. 전설적인 대마법사 몬타뉴가 일반인들의 생활에 섞여 들어갈 때 사용한 가명이 라이케였기 때문이다. 그렇다면 알렉시스 에슈마르크도 연합국에서 생활할 때 신분을 숨기고 싶은 일이 생기면 자기 자신의 이름을 라이케라고 밝혔을 가능성이 있다.

별 같잖은 가설이었지만 확실히 그렇게 생각하면 이해가 됐다. 숨겨 둔 아이가 있다면 내가 이해하지 못하는 알렉시스 에슈마르크의 궁극적인 목적이 그곳에 있다고 생각할 수도 있었다. 마지막 문장이 '나가자'였으니 그 후에 어떤 일이 생겼을지도 알 수 없고, 일기장이 알렉시스 에슈마르크의 손에 돌아왔다면 필연 그도 그 사실을 알고 있을 것이다.

알렉시스 에슈마르크 같은 타입은 명확했다. 어떤 식으로든 자기 자신의 틀 안에 들어온 것에게 애틋하다. 일전에 사랑 때문에 세계의 존망까지 걸 수 있는 타입이라고 생각했던 것도 같은 맥락의 일이었다.

머릿속의 타래가 얼핏 해결됐다. 그때 금고가 덜컥 소리를 내며 마지막 잠금장치에서 멈춰 섰다. 직접적으로 마법진의 마력 구조와 도해를 파악해서 정확히 일치하는 공명을 일으켜야 하는 결계였다. 시전자와 동등한 수준의 술자가 아니면 마법진의 마력 구조를 파악하기도 어렵다.

본래의 유리 옐레체니카라면 어떻게든 했을지도 모르지만 지금의 나로서는 무리였다. 지금까지의 마법 장치들은 혹시 몰라 챙겨 온 유리 옐레체니카의 마법 해제용 발명품들로 돌려 막아 가며 해체가 가능했지만 이것만은 불가능했다.

금고 앞에 주저앉아 끙끙거리다가 주변을 날아다니던 뮤라를 불러들였다. 이대로 돌아갈 수는 없다. 이렇게까지 꽁꽁 싸매 두었다면, 높은 확률로 이 금고가 노다지일 것이다.

"뮤라, 내 손에 물 좀 감아 봐. 힘 섞어서."

뮤라는 내가 시키는 대로 확실하게 일을 처리했다. 마법의 힘이 뒤섞인 물을 손에 감은 채 그대로 금고의 마법진 위에 얹었다. 부우 소리를 내며, 이상한 흐름이 두 힘 사이에서 격렬하게 충돌했다.

"힘이 밀어내면 그냥 밀려 줘. 그 힘을 고스란히 찍어 내. 도장처럼. 무슨 소린지 알겠지?"

정령의 힘이 이름 그대로 생생히 상상할 수 있는 모든 영역에 미친다는 것을 안 이상, 정령이 있는 원작자에게 불가능한 일이란 없다. 나는 나 자신을 믿기로 하고 마법진의 복제를 시도해 보았다.

간단하게 요약하자면, 정말로 성공했다. 어느 순간부터 뮤라의 물은 그 마법진과 똑같은 형태의 마법을 형성했고, 내 힘을 끌어다 쓴 뮤라의 물이 뿜어내는 마력에 의해 마지막 잠금장치까지 해제되었다.

아싸, 득템. 정령의 힘을 시험하듯이 조금씩 한계를 알아보며 이것저것 시킬 때마다 예기치 않은 성공의 희열을 느끼게 되는군. 나는 잽싸게 금고를 열고, 안에 있던 두툼한 서류들을 꺼내 들었다. 노예 경매와 관련된 중요한 서류가 있으리라고 믿어 의심치 않았다.

그러나 정작 금고 안에서 나온 것은 전혀 다른 내용의 문서였다. 처음엔 지금까지 판매한 노예 목록인 줄 알았다. 그도 그럴 것이, 다양한 노예들의 발가벗은 전신과 각각의 부위들을 상세히 묘사해 그려 놓고 관련 정보를 기술한 문서였던 것이다.

그런데 몇 장 더 넘기다가 으악 소리를 내며 문서를 멀찌감치 떨어트렸다. 내부 기관, 뇌의 형태, 체액의 점도 등 기타 알고 싶지 않은 내용에 대한 연구 자료가 좌르륵 이어졌다.

"으아악. 미친놈 아냐. 이런 걸 왜 금고에 처넣고 있는 거야."

반인과 유사인족을 상대로 인체 실험이라도 했나……? 꺼림칙하고 비윤리적인 일이지만 사실 법적으로 금지되는 일은 아니었다. 다른 국가라고 해서 크게 다르지는 않지만, 특히 뷔올에서는 반인과 유사인족이 동물만도 못한 취급을 받는다.

나는 영 꺼림칙한 기분이 되어 손가락 끝으로 겨우겨우 종이 한 장을 집어 슬쩍 들어 올렸다. 두툼한 문서 가득 각기 다른 인간들의 해부 및 인체 실험 자료가 있었다. 잔인하게 살해하기도 하고, 고문 같은 실험을 산 채로 가하기도 하고, 능력을 확인하기 위해서 마법으로 통제된 곳에서 구속구를 조작해 다양한 압박을 주기도 했다. 애초에 정신머리 제대로 박힌 멀쩡한 인간이 할 짓은 아니었다.

"으."

정말 너무 싫군. 최대한 빠르게 훑어보기만 하며 휙휙 넘기다가 마지막 장에 다다랐다. 연구 책임자의 서명란이었다. 그리고 나는 지금까지 생각했던 가설들을 모조리 버려야 했다. 알렉시스 에슈마르크의 숨겨 놓은 아이에게 문제가 생겨서, 에슈마르크 대공이 그 보복이든 무엇이든 뒤처리를 하려는 것 같다는 가설 말이다. 전부 무의미했다.

연구 책임지의 서명은 '엘류이센 라이케'였다.

젠장, 또 이 자식에 닿는군. 알렉시스 에슈마르크랑 무슨 사이야. 별다른 소득도 없이 짜증스럽게 문서를 덮고 가방 안에 그 문서도 일단 쑤셔 넣었다. 그리고 금고 안을 마저 자세히 살피려다가, 문득 기이한 것을 발견했다.

까마귀 깃털이었다. 촉감이 마치 금속 같았다. 그러니까……. 나는 이런 것을 본 적이 있다. 유리 옐레체니카의 저택, 주인만이 출입할 수 있는 봉쇄된 연구실의 피 웅덩이 위에서였다.

어?

"이게 뭐야……?"

이상한 감탄사를 뱉으며 멍청히 앉아 있다가 까마귀 깃털을 내던졌다. 대체 왜 유리가 실종된 후 피투성이의 연구실에 떨어져 있던 깃털과 똑같은 것이 알렉시스 에슈마르크의 금고 안에서 발견됐는지는 몰라도, 지금은 그깟 것이 중요한 게 아니었다.

나는 아주 소름 끼치는 깨달음을 얻었다. 여지조차 없이 문제적인 상황이었다. 아무 생각 없이 자연스럽게 읽어 넘기고 말았는데, 생각해 보면 다른 어떤 기이한 상황보다도 용납할 수 없는 일이었다. 허겁지겁 가방에서 연구 문서를 꺼내서 가장 마지막 장을 펼쳤다. 연구 책임자의 서명이 적혀 있었다.

Elyuichen Riyche

그래서……. 대체 왜 알파벳으로 서명이 되어 있단 말인가?

"엘류이센 라이케."

나는 홀린 듯이 그 이름을 발음했다. 직관적인 깨달음이 있었다. 일기장의 주인. 손발에서 핏기가 쫙 빠져나가는 것이 느껴졌다. 덜덜 떨리는 손끝으로 금고 안을 마저 헤집다가, 금고 천장에 간단한 장치로 붙어 있던 그림 한 장을 발견했다.

그림 속에서 나를 물끄러미 바라보는 선홍색 눈동자와 마주쳤다. 지금의 내 얼굴과 비슷한 이십 대 중후반의 또렷하고 원숙한 얼굴로, 물빛 머리칼의 여자가 웃었다. 백금발의 선한 인상에 자안을 지닌 소년과 함께였다. 물기를 머금고 새하얗게 피어난 백합을 한 아름 품에 안은 채.

약 20년 전의 알렉시스 에슈마르크였다.

"유리 옐레체니카(*Yuri Yelechenich*)."

다른 모든 의문을 뒤로하고, 가장 큰 문제점은 엘류이센 라이케의 애너그램이 유리 옐레체니카라는 점이었고, 그 애너그램에 사용된 문자가 알파벳이라는 점에 있다.

이 세계에는 그 언어가 없다.

그 순간, 꽝-! 시야가 크게 흔들리며 격렬한 통증이 밀려들었다. 무언가에 뒤통수를 얻어맞고 크게 흔들렸던 몸이 가까스로 중심을 잡는 순간, 즉시 옆으로 몸을 굴렸다. 빠각 소리를 내며 내가 있던 자리의 금고가 단숨에 찌그러졌다.

금고의 마법진이 훼손되면서 금고가 당장에 폭발했다. 인체 실험과 관련된 문서에 즉시 불이 붙으며 거대한 마력장이 전신을 휩쓸고 나갔다. 팔찌가 깨지고 뮤라가 강제로 역소환된 것도 그 순간의 일이었다.

나이가 뒤집힌 듯한 유리 옐레체니카와 알렉시스 에슈마르크의 초상화가 팔랑팔랑 쇠몽둥이 앞으로 나부꼈다. 단숨에 불이 옮겨붙었다. 백합 위로 새빨간 불길이 푸른 혀를 날름거리기 시작했다.

시야가 뿌옇게 흐려졌다. 아무래도 잘못 얻어맞은 듯했다. 어떻게든 상체를 세우려다가 균형감을 잃고 기듯이 엎어졌다. 이상한 태도로 척추를 기울이고 크게 휘청거리던 남자가 정신이 나간 사람처럼 쇠몽둥이를 질질 끌며 상체를 세웠다. 긴 은발을 목덜미쯤에서 묶은, 녹안의 남자였다. 시야는 풀려 있었다.

"내 인생을 진창에 밀어 넣더니 뻔뻔하게도 내가 준 지도를 믿었구나, 레일리."

남자가 아연히 뇌까렸다.

"만나고 싶었다."

나, 나는 시팔 레일리가 아니라고! 금고에 설계되어 있던 자기 보호 시스템 마법으로 인해 당장은 정령을 불러낼 수도 없다. 내 뒤통수를 후려갈기며 이미 핏덩이와 살점 약간, 푸른 머리칼이 덕지덕지 묻은 쇠몽둥이가 새하얗게 번득였다. 스스로 확인할 수는 없지만 내 상처도 극심할 것이 분명했다.

엉금엉금 기어서 어떻게든 자리를 모면하려 하는 사이, 남자가 쇠몽둥이를 다시 한 번 쳐들었다. 자세히 보니 평범한 쇠몽둥이는 아니었다. 아마도 전기가 통하지 않게 만든 특수 마법 합금인 듯했다. 낯선 남자가 웅얼웅얼 지껄였다.

"용서 못 해."

스스로 쓴 소설에 빙의하고 보니 날이 갈수록 기대 이상의 수상한 세계였음은 분명하나, 어떻게든 이 몸을 지닌 채 죽지 않기 위해 발버둥 치고 있었는데 이제 와 가장 수상한 것이 나 자신의 육신이었다니 이게 웬 개소리란 말인가? 더구나 지금 나는 왜인지 성별부터 다른 내 집사로 오해받아 인생의 대펀치를 맞이하고 있다. 아무리 생각해도 이 소설은 잘못돼도 어딘가 많이 잘못됐다.

이제는 정말 무의미한 고민이 아니게 되었다. 나는 스스로 신이 되겠다고 일기에 적어 넣은 이와 아마도 동일 인물일 인간, 유리 옐레체니카의 몸에 빙의했다.

마력 회로도 일반적인 인간과 거꾸로 뒤집혀 있으며, 그 지닌 자질과 소재만은 따라올 자가 없이 뛰어났다. 어째서인지 초상화 속의 나이에서 현저히 어려진 뒤 뷔올에 데뷔하기까지 했다. 스스로 황제 앞에 나아가 말하길, '근원'을 알고 있었다는 인간.

그리고, 아마도 영어 알파벳을 제 언어처럼 서명 삼아 사용할 수 있는 인간이기도 했으며, 어쩌면, 어쩌면…….

라이케. 이 세계의 가장 위대한 대마법사가 남몰래 남긴 후계자일지도 모른다. 불사약을 만드는 비술을 지닌 채 푸른 숲으로 사라져서 돌아오지 않은 대마법사, 몬타뉴 경의 직계 혈손 말이다. 만일 그렇다면 알렉시스 에슈마르크와 더불어서 불사약에 가장 인접한 혈통이었다. 그렇다! 유리 옐레체니카는 사라지기 직전까지도 불사약을 연구하고 있었다!

어느 쪽이든 평범한 인간은 아니었다. 순순히 무언가에 휩쓸릴 인간은 더더욱 아니었고, 이 세계에만 얽매인 인간이 아니라는 것은 일찌감치 확인했다. 그런 그녀가, 단순히 빙의자에게 몸을 내주며 사라졌을 것 같지는 않았다.

그렇다면 내가 이 몸에 들어오면서 유리 옐레체니카는 어디로 사라졌단 말인가?

또, 과연, 무엇을 위해 사라졌단 말인가?

거기까지 생각했을 때, 더는 기다리지 않고, 둔탁한 소리를 내며 쇠몽둥이가 내리꽂혔다.

〈다음 권에 계속〉

Ⅰ. 자캐 살인마의 글

(ver. 수정 후...... ㅋㅋ샤)

Big Question!

1) 나는 왜 내 책 속에 있나? 책 빙의물은 안 쓰는데!

2) 유리 옐레체니카는 어디로 사라졌을까?

→ 1번이랑 2번 진짜 중요함,
왠지 좆된 기분이 듬.

3) 돌아갈 방법은 존재하는가? 존재한다면? 내 빙의물의 법칙을 따르는가?

4) 흑막(혹은 악당 수괴)는 누구?

↳ 나였죠! ^^ 샤

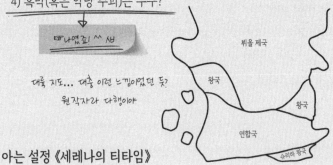

뷔올 제국

왕국

왕국

연합국

슈리하 왕국

대륙 지도... 대충 이런 느낌이었던 듯?
원작자라 다행이야

아는 설정 《세레나의 티타임》

1. 레일리 크라하(29세?)

· 므라우의 암살자 출신 · 악역 겸 최종 전투 상대 · 강력한 무력

· 유리 옐레체니카의 집사 · 유능함 · 생각을 감추는 편

· 꿍꿍이가 검고 인성 나쁨

· 므라우(히트맨) → 노예 → 집사 루트

· 반인 · 1/4 인간 번개 능력 보유

· 유리의 죽음 이후 시체를 안고 푸른 숲으로 사라짐

+ 전도성 은사를 사용하는 듯

2. 세레나 윌리엄스(22세)

· 과수원집 딸(제국 변경!) ·주인공

· 유리 엘레체니카를 존경! ·정령술사 → 마법사

· 각성 계기: 유리 엘레체니카의 죽음 *(시발......)*

 엘류이센 라이케 (?세)

 개대박격 시발

~~3. 유리 엘레체니카(26세)~~ *그러고 보니 존댓말 깨졌음 시발ㅋㅋㅋㅋㅋ 아 졎됨*

· 세레나의 스승 ·죽을 예정 ·5클래스. 대단한 성취임

· 푸른 숲 공방의 후계자 ~~16살에 명예 백작~~ *클래스 개념이 어떻게 되는 건지?*

· 가문 병력: 가문의 저주? 마력 회로가 비정상. *아직 미설정된 상태임. 확인 필요.*

· 심장의 기형 → 건강관리는 유능한 집사 레일리가.

> → 레일리한테 변명은 이렇게 했다!
> 유리의 영혼체 분리 실험 도중 우연찮은 실험 성공 사례가 나타남!
> 증명을 위해 반복해 보았지만 재구현이 되지 않음.
> 지킬 박사와 하이드 씨의 루트를 타서 인격이 두 개로 갈라졌다고 해 뒀음.
> 뭐 딱히 믿는 것 같진 않은데...... 말은 통일해 두기.

4. 대륙사

A. 뭔가 흉흉한 사건 ⓐ → 유리의 죽음, 세레나 각성
　　　　　　　　　　 → 레일리의 흑화 후 사건 ⓑ

　　A에 대해서 ☞ ⓐ 사건과 ⓑ 사건은 유관한가?
　　아니면 완전 별개의 사건인 걸까?

B. 황제의 7일 모반 → 유리 엘레체니카는 명분을 지니지 못한
　　　　　　　　　　　황제의 와일드카드!

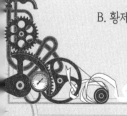

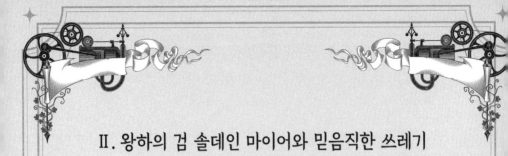

Ⅱ. 왕하의 검 솔데인 마이어와 믿음직한 쓰레기

5. 뷔올 제국 황실, 세력 구도

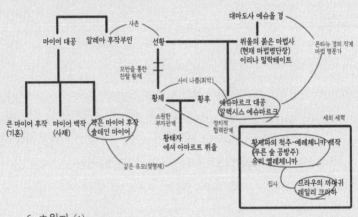

6. 초월자 (1)

A. 레일리 크라하

·자체 정보력을 보유했다.

　므라우 잔당이나 반인-유사인족들의 커넥션일까?

·이 자체 정보력의 존재를 유리도 알고 있는 상황 같음.

·그렇다면 유리의 협조 여부는?

·유리와 함께 유사인족의 해방을 꾀하고 있었을 가능성이 높다.

　　　　　　→ 어쩌면 이게 대륙을 뒤흔드는 주요 사건일지도?
　　　　　　　확인해 봐야 할 듯함.

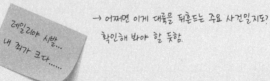

레일리아 새빨...
내 죄가 크다......

B. 유리 엘레체니카

·집에 거울이 없어서 그런가 보다 했는데, 레일리 왈, 거울을 싫어했다나 봄.

·사람 많은 곳을 기피했음. → 가시적인 신체적 이상으로 이어지기도.

·각성제 복용은 ok.

·레일리 몰래 벌인 실험이 있고, 암흑의 세계에 대한 ~~강제~~ 협조였을지도?

~~By 마이어 후작: 신중하고 의뭉스러운, 재야의 책략가?~~

·물의 마나와 친화도 높음! 너무 친화도가 높아서 물에 닿으면 마나가 폭주.

C. 알렉시스 에슈마르크

~~·북을의 아이들인가 봄. 황족인데도 아무나 이름으로 끽끽 붙리 댐.~~

~~·미남둥이(잔기매 !!)~~

~~·대단히 예쁜 모양인게 그랑다편 사야 쓰레 1일 듯함.~~

~~·황제가 없는 늠 챠급하는 미댓동정.~~

~~·Feat. 귀부인들 - 빵탕해 보아도 싶을 지킨다? 아니 그거 콩깍지 아닌감?~~

~~·부작, 유능, 재상, 외교, 무역.~~

부자고 유능하고 외교와 무역을 담당하는 재상인데
아이돌은 개뿔 그냥 저세상 쓰레기 새끼임 ㅋㅋ 염병이다

D. 솔데인 마이어

· Feat. 귀부인들: ~~여성에게 관심이 없는~~ 묵직하고 듬직한 사람.

· 융통성이 없다는 모양. 전근대적 남자? 별로인데…….

· 대공가부터가 보수적 성향을 지녔고 적장자 계승을 주장한다고 함.
어쩌면 마이어 대공가와 유리 옐레체니카는 정적일지도? 주의해야 할 듯.

· 전형적 기사 계급 귀족 남성으로 추정.

전근대맨은 역시 아냐 ^^;

→ 악 궤럴 아아아! 착하고 좋은 사람! 마자도 양호해 짱
잘생긴 얼굴엔 역시 잘생긴 인생이지!

⇒ 근데 이 시기라느니 혹시 당신도 가느니 수상쩍은 말 개많이 했음.
유사인족-반인이 관여됐다는 수도 살인 사건에 주목할 필요 있어 보임.
유리 이상의 고위 귀족이 얽혀 있나?

→ 시발 진짜 좆된 느낌 ㅜㅜㅜ 시발 ㅜㅜ

7. 뷔올 제국

· 제3세계에의 착취를 기본으로 함. 완벽한 제국주의.

· 중산 계급의 귀족화 중으로 추정.

· 극단적 양극화? 반인과 유사인족의 취급도 최악인 듯.

· 문은 열려 있지만 실질적으로는 제한된 여성의 사회 활동 →
유리 옐레체니카에 대한 대중적 선망

· 있는 놈에겐 유토피아, 아닌 사람에겐 디스토피아?

· 동전 단위 1클루트〉1플라드. 1클루트=100플라드

· 클루트: 꽃, 새, 나무 문양!/플라드: 물고기, 왕관 문양!

시발시발 이미 다 알고 있었네 나!!!

※ 이상한 점······ 이건 역시 좀 더 알아봐야 한다.

1) 내가 왜 이 세계의 글을 읽을 수 있는 걸까?

시발 진짜 돌겠네

2) 레일리가 유리를 사랑했던 모양 ㅎㅎ 아무래도 찐사랑인 듯

3) 페도라의 남자 이 새끼 누구임? → 얘 상관이 제일 수상함.

나인듯 ㅎㅎ

III. 에슈마르크 대공과 내가 아는 나의 취향

8. 생각해 볼 문제

☆ 페도라의 남자와 유리 옐레체니카의 비밀 실험
아마도 죽병이었던 듯

1) ~~페도라의 남자는 뭔가…… 외주 같은 걸 제안한 집단에서 온 걸까?~~
   ~~위험한 의뢰를 받았거나 이 의뢰를 거부하는 바람에~~
   ~~처리당하게 되는 것일지도 모른다.~~

2) 아씨발 피투성이 실험실을 발견함. 시발 뭐가 자꾸 파도 파도 계속 나와?
   → 습격을 당해 유리가 혼수상태에 빠지고, 그 빈자리를 네가 빼꼈나?
   ~~하지만 그렇게 생각하기엔 원작이 설명되지 않음.~~

   + 인간보단 짐승의 소행.

레일리 왈,
최신 연구는 불사약에
관한 것이었다고 함.
그런데 왜 얘가 이걸
이렇게 자세히 알고 있는지는
모르겠음…….

평범한 까마귀 깃털과 비슷.
촉감은 마치 금속 같음.
빛을 흡수하는 듯한
거무튀튀한 광택이 있다.

유리가 레일리 몰래 뭔가를
진행하고 있었다는 식으로
떠들어 댔던 페도라남의 말과
충돌하나?

아마도 반인이나 유사인족의
신체 일부 같은데…….
까마귀…….
~~혹시 레일리와 관련이 있을까?~~

9. 마법의 구조에 대해

주장 1) 써클과 클래스 개념. 체내에 마력을 모아 두시라!
주장 2) 마력은 단지 바람의 흐름 같은 유체이니 의지의 힘을 써 봐라!
　　　의지의 힘이 뭔데.
주장 3) 자연력을 몸 주변에 돌리고……. 뭐 씨발 학자 새끼들마다 말이 달라?
　　　이 와중에 레일리 새끼 차 진짜 잘 타네.
　　　마라꽃 예쁘다. 이건 뭐 몇 번을 봐도 예쁘냐.

10. 초월자 (2)

D-1. 솔데인 마이어 (투머치인포)

·과일 좋아함. 시발 진짜 안 궁금했어.
·서른이라고 함. 진짜 묻지도 않았는데…….
·시발 이러다 쥐도 새도 모르게 결혼당하는 거 아냐?
　아냐, 아냐, 입 조심하자. 말이 씨가 된다…….
~~·그래도 아무튼 좋은 사람이긴 한 것 같음.~~
~~썸타는 기분도 들고, 어차피 소설 속 캐릭턴데 싶지만 기분은 좋음. ㅎㅎ~~
~~개 같은 내 소설 속이지만 나도 조금쯤은 즐겨야지.~~
~~정보도 캘 겸 봉사 활동 같이 하기로 일단 약속 잡음.~~
~~·이 소설 조금 로맨스 맞는 것 같기도 함ㅋㅋ~~

됐다 그래, 시발. 좋은 사람도 나한테 좋아야지.

B-1. 유리 옐레체니카

·마이어 후작 왈, 사람들에게 선을 긋는 듯한 사람이었다.
어딘지 완전무결해 보이는 사람. ~~아마 성공작만 저택 밖으로 나오는데~~
~~그 빈도가 워낙 잦아야지, 다른 사람들이 보기엔 하는 족족 성공하는~~
~~대단한 천재처럼 보인 모양.~~ 　　　　　　마이어 후작이 옳았다.
·하지만 주변인들의 평가를 종합해 보면, 어쩐지 의뭉스럽고 유능한 사람?

A-1. 레일리 크라하

·솔직하지 못한 놈. 유리 좋아했다는 고백 한마디를 못함. 집사야......
·유리의 어떤 면은 존경했다고 함. 그게 바로 사랑 아니냐.
·어쨌든 우리 집사 참 유능함. 인성은 반성해라, 새끼야.

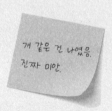

개 같은 건 나였음.
진짜 미안.

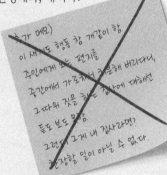

(가 메모)
이 새끼도 행동 참 개같이 함.
주인에게 오는 편지를
중간에서 가로채서 처분해 버리다니,
그따위 짓을 하는 점에 대해선
들도 보고 모양.
그런데 그게 내 집사라면?
천장할 일이 아닐 수 없다.

C-1. 알렉시스 에슈마르크

·7일의 밤 이후 8달, 팔삭둥이로 태어남.
·정통성 의심받은 덕분에 살아남음.
황제도 그래서 크게 경계하지 않고 살려 둔 듯.

·친탁을 오지게 한 외모 때문에 요즘은

대체로 선황의 친자로 인정받고 있는 듯.

·혈통을 인정받게 된 대신 황제가 황실 종친으로서의 모든 권리를 뺏음.

⇒ 황제와의 관계는 개판!

　　두각을 드러내면 드러낼수록 더 철저히 밟힌 모양.

·황제 앞에서의 절대적 약자. 말 한마디로 복권될 수도, 쫓겨날 수도 있다.

·하지만 정작 본인은 종친위나 계승권에 연연하지 않는 사람처럼

막 굴면서 자유로운 행보를 보이는 듯함. 어쩌면 방탕아가 된 이유......?

　　이 새끼는 당대 최고의 마법사면서 집필 활동도 안 하나 봄.

　　나도 마법 좀 써 보자 개새끼야......

추가 메모)

야, 이 새끼 이거 추가해야 함. 반드시 추가해야 함.

일단 이놈은 쓰레기의 판상을 갖고 있다.

말하는 투도 유들유들한 게 딱 쓰레기 타입이었음.

말 진짜 개같이 해서 뭐가 진실인지 모르게 하는 스타일.

유리가 얘랑 아는 사이였는지 뭐였는지.

초면부터 너무 친한 척을 해 대는데 일부러 그러는 건지

뭔지 모르겠음. 네가 왜 유리한테 편지를 써?

마치 옛날에 이놈을 부르던 사이였다는 듯한

그 의미심장한 말은 대체 뭔데? 야, 수상하다, 수상해.

어떻게 이렇게 머리카락 한 올까지 수상하냐.

추가 메모 2)

생각해 보니, 혹시 알렉시스 에슈마르크가

페도라님의 구곤인가?

접근 방식이 비슷한데......?

오케이, 둘이 협력자였음. 진짜로

개새끼와 개새끼였음.

IV. 글의 시작

11. 푸른 숲 공방

· 통칭 '사람이 돌아 나오지 않는 숲'
· 발견: 2천 4백 년 전. 최초 방문자는 대마도사 몬타뉴 경.
　　　유일한 생존 귀환자이기도 했으나, 네 번째 방문에서 실종.
· 재등장: 2천 년 전, 망국의 왕녀 실비아 에레스타 방문 후 귀환.
　　　이때부터 '총기'가 등장, 뷔올 건국.
· 대두: 우연한 방문자, 공방의 존재 주장. '전구'가 등장.

좀 더 자세히 알아봐야 함

"푸른 숲은 세계의 근원과 맞닿아 있는 치열한 마력의 터전이니,
응당 제가 그것을 통제하고 말을 삼가며 섭리와 표준,
중심과 원리에 대한 비밀을 지켜야 함을 이해해 주셔야 합니다."

→ *아무리 생각해 봐도 이게 뭔 대사냐. 유리도 참 범상치 않았던 건 확실한 듯.*
야, 왜 갈수록 오리무중이냐. 일단 자료 조사는 여기에서 멈추고 가설을 좀 세워 봐야겠음.

⋮

문제 상황 1. 페도라의 남자와 관련된 의문
　　　　　(feat. 유리 옐레체니카의 비밀스러운 xxx?)
문제 상황 2. 유리의 연구 주제는?
문제 상황 3. 피투성이 실험실 씨발.

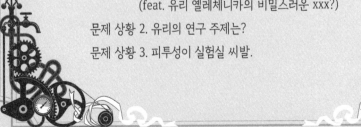

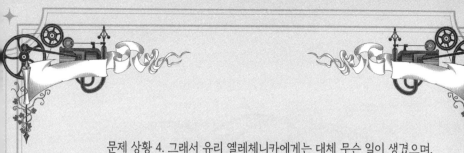

문제 상황 4. 그래서 유리 옐레체니카에게는 대체 무슨 일이 생겼으며,
그 결과 어디로 사라졌는가?
→ 그래서 위협을 가한 인물은 누구고, 그 목적은 무엇일까?
유리 옐레체니카가 죽을 법한 사건이 뭔지?
그 죽음의 형태가 타살인지 사고인지?　혹은 자살인지.

참고해야 할 점) 알렉시스 에슈마르크가 수상하긴 한데
알렉시스 에슈마르크에게는 그런 짓을
저지를 마땅한 이유가 없다.

⋮

지금 이게 중요한 게 아님. 세레나가 수도에 상경했다.
원작이 시작됐음!

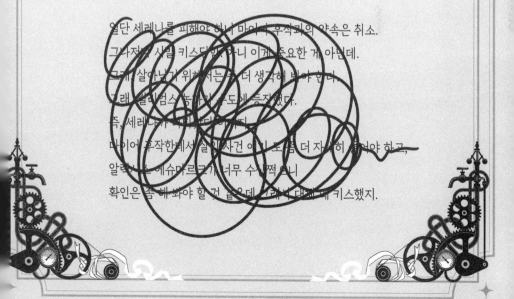

일단 세레나를 피해야 하니 마이어 후작과의 약속은 취소.
그 다음에 시릴 키스딸범. 아니 이게 중요한 게 아닌데.
그게 살아남기 위해서는 좀 더 생각해 봐야 한다.
그래 알미엄스 능니고 수도에 등장했다.
즉, 세레나가 먹이 프타탁혔지.
마이어 후작한테서 살인 사건 어미로 좀 더 자세히 들어야 하고,
알렉시스 에슈마르크가 너무 수상쩍으니
확인은 좀 해 봐야 할 거 같은데 그래서 대체 왜 키스했지.

레일리 크라하이 새끼 진짜 뭐 꿍꿍이야. 정당적인 이유나 예방책…….

아니면 나를 통제하기 위한 수단?

그런데 이 새끼가,

이유가 뭐시 됐든지 갑자기 키스를 한다니! 미친놈 아니냐.

아니, 이 생각 그만해. 하지만 왜 갑자기 내가 개안테 키스를 당해?

시발……. 생각할수록 쪽팔리네,

대충 개자식은 왜 기별도 안 하고 와서 저랄…….

애초에 개가 왜 나한테 마법을 가르쳐줘? 꿍꿍이가 의심스럽다.

얼마나 의심스럽냐면 나한테 키스한 레일리 크라하이만큼……. 으윽 염병.

김레일리 크라하이 미친 새끼 때문에 생각이 안 이어짐.

어쩔 수 없지, 지금부턴 실전이다!

시발 뒈져 과거의 나